Volker Klüpfel / Michael Kobr

SCHUTZPATRON

Kluftingers neuer Fall

Piper München Zürich

Mehr über unsere Autoren und Bücher:
www.piper.de

Von Volker Klüpfel und Michael Kobr
liegen im Piper Verlag außerdem vor:
Milchgeld
Erntedank
Seegrund
Laienspiel
Rauhnacht

MIX
Papier aus verantwortungsvollen Quellen
FSC® C014496
www.fsc.org

ISBN 978-3-492-05205-4

Satz: Satz für Satz. Barbara Reischmann, Leutkirch im Allgäu
Druck und Bindung: GGP Media GmbH, Pößneck
Printed in Germany

Für Michi.
Danke,
Volki

Für Volker.
Danke,
Michi

Künder ew'ger, froher Wahrheit,
unsres Land's Apostel, du,
bringe uns ersehnte Klarheit
und im Sturm der Zeiten Ruh.
(Aus dem *Magnuslied* nach D. Haugg)

Heiliger Antonius,
kreizbraver Ma,
fihr mi an des Plätzle na,
wo i mei Sach verlore ha.
(*Volksmund*)

Prolog

»Wotan?«

Reglos lauschte er in die vorabendliche Stille hinein. Kein Laut. Er drehte sich einmal um die eigene Achse, doch das diffuse Licht der heraufziehenden Dämmerung, das durch die Wipfel der knorrigen Bäume hinunter zum feuchten Waldboden drang, ließ ihn nur wenige Meter weit sehen.

»Wotan!«

Wie immer, wenn er den Namen rief, war er ihm ein wenig peinlich. *Selbst schuld*, dachte er, *niemand hat dich gezwungen, deinem winzigen Hund einen derart martialischen Namen zu geben*. Aber er hatte den Kontrast so putzig gefunden: der kleine Dackel mit den krummen Beinchen und der Name der germanischen Gottheit. Langsam begann er sich Sorgen um ihn zu machen. Es war nicht Wotans Art, einfach so fortzulaufen.

»Wotan?« Er schnippte seine Zigarette weg, trat sie aus und hielt inne. *Hatte er da nicht etwas gehört?* Er blickte zurück auf den Weg, der, mit Baumstämmen befestigt, hinunter ans Flussufer führte. Nichts.

Vor ihm ragte das Plateau mit der Ruine auf. Bei ihrem Anblick fröstelte es ihn. Nebelschwaden hatten sich auf der Wiese ausgebreitet und hüllten die moosbewachsenen Steine des Turms in einen fahlen Schleier. Das Dämmerlicht hatte die Farben aus der Natur gewaschen, alles wirkte grau, trostlos und unheimlich. Er gestand es sich nur ungern ein, aber der Schauder, der von ihm Besitz ergriff, kam nicht von der Temperatur. Er versuchte sich einzureden, dass es nur die Angst um seinen Hund war, denn er wagte gar nicht, sich auszumalen, was passiert sein könnte, wenn Wotan nicht in Richtung Auto, sondern zum Steilufer gelaufen war. Mühelos hätte er unter den Latten des Zauns dort hindurchschlüpfen können, um dann … Gerade als er seinen Blick mit einer bösen Vorahnung in Richtung Abgrund wandte, hörte er ihn.

Es war ein ungewöhnlich aggressives Knurren, aber es kam zweifellos von seinem Hund. Ohne zu zögern, rannte er los, achtete nicht auf die Äste, die ihm ins Gesicht peitschten, sprang über Wurzeln und welkes Laub, blieb stehen und lauschte, den Kopf geneigt, den Blick unbestimmt in die Dämmerung gerichtet. Da! Erneut ein Knurren. Es kam … er kniff die Augen zusammen, als könne er so seine Sinne schärfen … ja, es kam eindeutig von der Lichtung.

Aus der Richtung des Gedenksteins flog Erde und Laub in hohem Bogen auf die Lichtung. »Wotan!« Sein Hund scharrte wie verrückt in der Erde und knurrte den Waldboden an. Gar nicht auszudenken, was dieser Dreck auf den Polstern des neuen Autos anrichten würde. Nur noch Wotans Hinterteil ragte hinter dem Tuffstein hervor, dessen altertümliche Inschrift an die »Veste Alt-Kalden« erinnerte, eine mächtige Burg, die einst hier in Altusried gestanden hatte. Er erinnerte sich noch, dass irgendeine Katastrophe ihr ein jähes Ende bereitet hatte.

»Hör – jetzt – auf!«, schrie er wutentbrannt, da das Tier nicht reagierte. Er stampfte dabei mit dem Fuß auf, was ein merkwürdig dumpfes Geräusch verursachte, als sei es unter der Grasnarbe hohl. Erschrocken hob der Dackel den Kopf, jaulte einmal kurz und kam auf ihn zu, da spürte der Mann einen Zug modriger Luft von unten, hörte das Krachen berstenden Holzes und fiel ins Bodenlose. Dann wurde es dunkel.

Finsternis und Kälte. Mehr nahm er zunächst nicht wahr, als er wieder zu sich kam. Doch sofort gesellten sich rasende Kopfschmerzen hinzu, ein Hämmern hinter der Schläfe, als wolle ihm jemand von innen den Schädel sprengen. Unwillkürlich fasste er sich an den Kopf, spürte ein feuchtes, warmes Rinnsal und wusste, auch ohne es zu sehen, worum es sich dabei handelte: Blut. Sein Blut.

Urplötzlich drängte sein Mageninhalt mit aller Gewalt nach oben, und er übergab sich heftig. Mit dem Handrücken fuhr er sich zittrig über den Mund. Er versuchte, seine Gedanken trotz des mörderischen Pochens in seinem Schädel zu sammeln. Was war passiert? Sein Spaziergang auf dem engen Waldweg zum Fluss fiel ihm wieder ein, der Aufstieg, die Ruine, der Stein, Wotans plötzliches Verschwinden …

»Wotan?«

Jetzt erst bemerkte er das verzweifelte Bellen über sich. Er legte den Kopf in den Nacken, was das Hämmern in seinen Schläfen noch verstärkte. Oder war es die Tatsache, dass über ihm nichts war als undurchdringliche Schwärze? *Wie lange war ich weg?* Er hatte keinerlei Gefühl für die Zeit, die seit seinem Sturz vergangen war. Sein Sturz! Hektisch tastete er seinen Körper ab. Er schien einigermaßen glimpflich davongekommen zu sein. Offensichtlich war nichts gebrochen, nur sein Schädel brummte erbärmlich. Doch die Erleichterung wurde sofort von einem beängstigenden Gedanken verdrängt: Wie sollte er hier je wieder rauskommen? Wotans Bellen klang, als käme es aus mindestens vier, fünf Metern Höhe. Der Hund musste an der Stelle stehen, wo er eingebrochen war, doch nicht ein einziger Lichtstrahl drang bis hier unten vor. Ächzend stand er auf, breitete die Arme aus und drehte sich mehrmals um die eigene Achse. Blind stolperte er ein paar Schritte nach links, bis er gegen eine feuchte Wand stieß. Seine Finger tasteten über behauene Steine. Er versuchte, sich an ihnen hochzuziehen, aber sie waren glitschig, und er fand keinen Halt. Verzweifelt ließ er sich zu Boden sinken und lehnte seinen malträtierten Kopf an die kühle Mauer. Was würde er jetzt für eine Zigarette geben. Er hielt inne. Die Streichhölzer! Aufgeregt kramte er sie aus seiner Hosentasche, schob die verbeulte Packung vorsichtig auf und zündete eines an. Zuerst fiel sein Blick auf seine vom Dreck beinahe schwarzen Finger. Sie zitterten, als er das Hölzchen hob. Die Wände des Lochs schienen im flackernden Schein der Flamme einen schaurigen Tanz aufzuführen. Sein Verlies maß höchstens fünf auf fünf Meter, und ihm war sofort klar, dass er keine Chance hatte, sich aus eigener Kraft daraus zu befreien. Zu steil und glitschig waren die Wände. Er drehte sich noch ein Stückchen weiter, dann musste er das Streichholz fallen lassen, und es verlosch.

»Scheiße«, zischte er. Es waren vielleicht noch ein Dutzend Hölzer in der Packung. Er musste sie sich gut einteilen. Auch wenn es hier unten stockfinster war, schloss er die Augen, um sich das Bild, das er sich von dem Raum gemacht hatte, noch einmal in Erinnerung zu rufen. Plötzlich riss er sie wieder auf. »Das Gitter«, flüsterte er, zündete ein weiteres Streichholz an und hielt es mit ausgestreckter Hand nach vorn. Tatsächlich, er hatte sich nicht getäuscht: In die gegenüberliegende Wand war ein rostiges Gitter eingelassen. Er starrte so fasziniert darauf, dass er die Flamme ganz vergaß und erst wieder daran dachte, als sie ihm die Fingerkuppe ansengte. Doch er ignorierte den Schmerz, krabbelte zu dem Gitter und rüttelte mit aller Kraft daran. Er merkte schnell, dass es nicht lange dauern würde, bis er es aus seiner Verankerung herausgerissen hätte. Stück für Stück löste es sich aus der Mauer. In einer letzten Anstrengung zerrte er keuchend daran, biss die Zähne zusammen, als das rostige Metall in seine Finger schnitt – und riss es schließlich mit einem Krachen aus der bröckeligen Steinwand. Er warf es neben sich und entzündete ein weiteres Streichholz: Vor ihm tat sich ein etwa fünfzig Zentimeter hoher Gang auf, der in eine ungewisse Schwärze führte.

Er hielt kurz inne und faltete die Hände. Da er nicht wusste, welcher Schutzheilige für seine missliche Situation zuständig war, schickte er einfach ein kurzes Stoßgebet gen Himmel. Er bekreuzigte sich hastig und kroch hinein. Schon nach wenigen Metern jedoch bereute er seine Entscheidung: Der Gang war so eng und schwarz, dass sich die Panik wie ein enger, dunkler Mantel um ihn legte. Er holte hektisch ein weiteres Streichholz heraus. Er brauchte Licht, musste etwas sehen – und schrie auf. Direkt vor ihm, ausgestreckt auf dem Boden, lag ein Mensch. Das heißt: Das, was von ihm übrig war, denn er starrte direkt in die schwarzen Höhlen eines Totenschädels. Er erschrak so heftig, dass er das Streichholz fallen ließ, worauf er sofort ein neues entzündete. Der Schädel sah nicht so aus wie die Skelette, die er aus dem Fernsehen kannte. Dieser hier war nicht weiß, sondern dunkel, fast schwarz, und in seiner Stirn klaffte ein Loch. Er veränderte seine Haltung etwas, und das Licht der Flamme brach sich nun in Metall, offenbar Teile einer uralten Rüstung. Als er die knöchernen Überreste einer Hand sah, war seine Angst urplötzlich wie weggeblasen. Denn an einem der Finger prangte ein schillernder, blitzender Ring, dahinter lag ein mit Edelsteinen besetzter Armreif. In diesem Moment erlosch die Flamme wieder.

Mein Gott, ein Schatz, dachte er, kramte ein weiteres Hölzchen heraus, nicht mehr darauf bedacht, es für seine beschwerliche Rückkehr an die Oberfläche aufzusparen. Er leuchtete den Boden ab, entdeckte die andere Hand, deren Fingerknochen auf etwas zu zeigen schienen. Und tatsächlich: In einem Spalt zwischen zwei Steinen steckte ein Messer, dessen Griff ebenfalls mit Edelsteinen besetzt war. Ohne nachzudenken, griff er danach, zog es heraus, worauf sich einer der Mauersteine löste und einen Hohlraum freigab. Er entfernte noch weitere Steine aus der Wand, dann wurde es wieder finster.

Was kommt denn jetzt noch?, fragte er sich, streckte seine Hand im Dunkeln aus und fasste in das Loch. Er bekam etwas Weiches zu fassen, griff zu, merkte, dass darunter etwas Metallisches war, zog es heraus und zündete eines seiner letzten Streichhölzer an: Er starrte auf einen halb verfaulten Stofffetzen, der um etwas Großes, Metallisches geschlagen war. Sein Mund war trocken, als er den Stoff abzog – und einen selbst unter all dem Dreck golden schimmernden Gegenstand in Händen hielt, der über und über mit Edelsteinen besetzt war. Er wusste nicht genau, was es war, das er da in Händen hielt: Ein prächtiger Strahlenkranz ging von der Mitte aus, unten besaß es einen massiven Fuß, der ebenfalls aus Gold zu sein schien.

Fahrig suchte er im Dunkeln nach weiteren Gegenständen. Neben einigen Ringen ertastete er noch einen Kelch und zwei verzierte Armreifen. Er raffte seinen Fund zusammen, schlug alles notdürftig wieder in den Stoff ein und robbte damit weiter. Sein ganzes Denken kreiste nun nicht mehr um seinen Weg nach draußen, sondern um die geheimnisvollen Gegenstände. *Wie sind sie hierhergekommen? Warum hat sie vor mir niemand entdeckt? Woher kommt das Loch in dem Totenschädel? Bin ich jetzt reich?* Er merkte gar nicht, wie der Gang um ihn herum sich weitete, immer geräumiger wurde. Erst als er statt Erde feuchte Holzplanken spürte, hielt er inne. Er erhob sich ganz langsam und stand plötzlich wieder aufrecht. *Wo bin ich bloß?* Er kramte die Streichholzschachtel hervor. Nur noch ein Hölzchen befand sich darin. Er biss sich auf die Lippen: *Das muss jetzt klappen.* Atemlos stand er da, als sich die Flamme flackernd entzündete. Dann seufzte er erleichtert. Er ahnte, wo er war.

Kaum eine halbe Stunde später atmete er wieder die klare, kalte Nachtluft. Der Gang hatte ihn in einen Hohlraum unter der Turmruine geführt, von dort hatte er sich mithilfe ein paar herumliegender Hölzer durch die brüchige Mauer einen Weg nach draußen gebahnt, wo Wotan winselnd einen Freudentanz um ihn herum vollführt hatte. Jetzt saß er in seinem Wagen und sog gierig den Rauch der Zigarette in seine Lungen. Seine neuen Polster waren ihm nun vollkommen egal. Er starrte nur ungläubig auf die Dinge, die er aus der Unterwelt mitgebracht hatte.

Jetzt musste er eine Entscheidung treffen.

Ein warmes Gefühl der Selbstzufriedenheit im Bauch sagte ihm, dass er den richtigen Entschluss gefasst hatte. Er lenkte seinen Wagen zielsicher durch die dunkle Kemptener Innenstadt. Außer den riesigen Köpfen auf den Wahlplakaten, die die Straßen säumten, war keine Menschenseele zu sehen. Als er anhielt und ausstieg, fiel sein Blick für einen Moment auf das Plakat in der Mitte des Rathausplatzes. Beim Anblick des dicken Mannes mit dem roten Kopf musste er grinsen. Dass ein Bayer Bundeskanzler werden könnte, schien selbst hier im Allgäu äußerst unwahrscheinlich. Doch die Wahl, für die er sich noch vor wenigen Stunden so brennend interessiert hatte, war ihm nun nicht mehr als einen flüchtigen Gedanken wert.

»Komm, Wotan«, zischte er, nahm die Sachen vom Beifahrersitz und betrat das Gebäude.

»Moment, Hunde ham da herin nix zu …« Der junge Mann am Schreibtisch verstummte mitten im Satz. Seine Augen weiteten sich, als die verdreckte Gestalt mit dem blutverkrusteten Gesicht in den Schein der Lampe trat. Der Mann wurde begleitet von einem nicht minder schmutzigen Dackel.

»Kohler. Andreas Kohler mein Name, grüß Gott. Lassen Sie sich nicht von meinem Aussehen täuschen«, rief die Gestalt durch das Zimmer, lief zum Tresen und legte ohne weitere Erklärungen seine Fundstücke darauf. »Ich glaub, ich hab da was für Sie.«

Dem jungen Beamten klappte der Kiefer nach unten. Er erhob sich langsam aus seinem Stuhl und ging auf den Tresen zu, wobei er die Gegenstände, die nun dort lagen, nicht aus den Augen ließ.

Kohler schätzte den Polizeibeamten auf etwa fünfundzwanzig Jahre, auch wenn ihn sein schütteres Haar älter wirken ließ. Der Polizist war schlank, und in seiner Uniform wirkte er sportlich. Als er den Tresen erreicht hatte, schluckte er und murmelte nur ein Wort: »Priml!«

»Aus Dietmannsried?«

»Aus Dietmannsried.«

»Andreas Kohler, richtig?«

»Richtig.«

Der Beamte tippte die letzten Angaben umständlich in die Schreibmaschine ein, wobei er immer wieder fluchend unterbrach und mit Tipp-Ex auf dem Papier herummalte. Schließlich zog er den Bogen heraus und reichte ihn über den Tresen. »Gut, wenn Sie das Protokoll bitte hier unterschreiben, Herr Kohler.«

»Und wie geht es jetzt weiter?«

Der junge Beamte kratzte sich am Kopf. »Ehrlich gesagt: Das weiß ich nicht. Also, einen Schatz, das haben wir hier meines Wissens noch nie gehabt.«

»Aber ich krieg doch eine Belohnung?«

»Ja, sicher. Das steht Ihnen ja zu. Obwohl Sie die ja wohl gar nicht nötig haben.« Der Polizist grinste und deutete durch die Scheibe auf das nagelneue graue Auto, das vor der Wache im Schein einer Laterne parkte.

»Ja, schön, gell? Aber es gehört nicht mir.«

Der Blick seines Gegenübers verfinsterte sich.

»Ich meine, doch, doch, schon meins, aber ich bin Autoverkäufer und fahre immer die neuesten Vorführwagen.«

»Sie meinen, der wär zu verkaufen?«

Kohler hob die Augenbrauen. Warum sollte er nicht auch noch ein Geschäft machen, so ganz nebenbei, auf der Polizeiwache? Der Tag war ohnehin schon verrückt genug verlaufen. »Sind Sie interessiert?«

»Mei, schon. Käme halt auf den Preis an. Was ist es denn für ein Modell?«

»Ein Volkswagen. Der nagelneue Passat Variant – als Diesel. Ist erst seit ein paar Tagen auf dem Markt. Der hält ewig. Und ist sparsam obendrein.«

»Sparsam?« Der Polizeibeamte zog interessiert die Brauen hoch. »Sie verstehen Ihr Handwerk. Aber ewig muss er ja gar nicht halten, bloß ein paar Jahre.«

Der Autoverkäufer fischte mit seinen schmutzigen Fingern eine Visitenkarte aus dem Geldbeutel. »Rufen Sie mich einfach an.« Dann winkte er seinem Hund und ging.

Dienstag, 7. September

»Himmelarsch!«

Missmutig knallte Kluftinger die Fahrertür seines alten Passats zu. Dabei war er vor zwanzig Minuten noch leidlich gut gelaunt zu Hause aufgebrochen. Und die kurze Fahrt von seinem Wohnort Altusried bis zu seinem Büro in der Kemptener Innenstadt hatte ihn sogar noch fröhlicher gestimmt. Kluftinger liebte es, wenn sich der Sommer allmählich seinem Ende entgegenneigte. Endlich durfte man sich wieder guten Gewissens drinnen aufhalten, und seine Frau würde ihn nicht mehr mit absurden Vorschlägen wie »Wollen wir nicht zum Baden gehen?« traktieren. Über der Iller standen wieder erste Nebelschwaden, die ungemütliche Hitze des kurzen Sommers war einer herrlichen Frische gewichen, und die Septembersonne tauchte die Landschaft in mildes Licht.

Doch wieder einmal hatte Kluftingers Freude über diesen wunderschönen Tag keinen Bestand angesichts eines beinahe allmorgendlichen Ärgernisses: Seit die Kemptener Kriminalpolizei vor einigen Monaten in ein neues Gebäude umgezogen war, gab es keine reservierten Parkplätze für die Mitarbeiter mehr. Noch nicht einmal für ihn als leitenden Kriminalhauptkommissar. Nur Dienstautos durften im Hof abgestellt werden. Aber er fuhr halt lieber mit seinem eigenen Wagen und rechnete die gefahrenen Kilometer ab. Er hatte einmal mittels eines komplizierten Rechenvorgangs, den er selbst nicht mehr nachvollziehen konnte, herausgefunden, dass ihm dies finanzielle Vorteile brachte. Nun wurde er das Gefühl nicht los, dass es sich bei der neuen Parkplatzregelung um eine Art Erziehungsmethode für renitente Selbstfahrer handelte. Aber er dachte nicht daran, mit dieser Gewohnheit zu brechen. Jetzt erst recht nicht!

Dennoch verfluchte er sich regelmäßig dafür, denn hier in der Innenstadt waren die kostenfreien Parkplätze mehr als rar. Zwar gab es in hundert Meter Entfernung ein Parkhaus, in dem mittlerweile die meisten seiner Kollegen Plätze zu einem reduzierten Preis gemietet hatten, doch für Kluftinger kam das nie und nimmer infrage. Allein der Gedanke, dafür zu zahlen, dass er während der Arbeit sein Auto abstellen durfte, trieb ihm Schweißperlen auf die Stirn.

Heute war es jedoch besonders schlimm. Kein einziger der ihm bekannten Gratisparkplätze war mehr frei gewesen. Und jetzt war er auch noch zu spät dran. Wenigstens bekam das sein oberster Vorgesetzter, Polizeipräsident Lodenbacher, nun nicht mehr mit. Denn der residierte weiterhin im Polizeikomplex am Stadtrand. Für Kluftinger eigentlich die beste Neuerung, die der Umzug mit sich gebracht hatte.

Nach langer Suche überquerte der Kommissar nun mit hastigen Schritten die Straße. Er nickte dem Bordellbesitzer von nebenan freundlich zu, der wie fast jeden Morgen seinen ziemlich ungemütlich aussehenden Hund ausführte, von dem aber sowohl das Herrchen als auch die für ihn arbeitenden Frauen behaupteten, dass er ein »ganz ein Lieber« sei. Der Kommissar schmunzelte. Niemals hätte er gedacht, dass sich ein so gutes nachbarschaftliches Verhältnis zwischen den beiden doch so gegensätzlichen Etablissements entwickeln würde.

Gedankenversunken stieg er die Treppe zu »seinem Stockwerk« hoch; sein Büro lag in der zweiten Etage.

»So, so! Wenn die Katz ausm Haus is, tanzn die Mäus aufm Tisch, oda, Kluftinga? I glaub, i muass wieder a bisserl mehr kontrollieren, in Ihrem Saustall da heroben!«

Kluftinger hielt kaum merklich einen kurzen Moment inne und schloss die Augen. Priml. Lodenbacher! Die niederbayerische Heimsuchung! Noch bevor er den Treppenabsatz erreicht hatte, presste er hervor: »Ah, Herr Lodenbacher, was verschafft uns denn heut schon so früh die … Ehre?«

Mit zusammengezogenen Brauen musterte der Polizeipräsident den Kommissar, auf dessen Stirn sich winzige Schweißtröpfchen bildeten – sei es wegen seines Zuspätkommens oder wegen des hastigen Tempos, mit dem er die Treppen genommen hatte. Schließlich fasste Lodenbacher den Kommissar am Arm und zog ihn in Richtung der Büros.

»Auf geht's, mit dera Sach, die wo heut ansteht! I hob net vui Zeit, i bin nachher beim Golf mit dem Landrat. Kemman S'! Alle warten schon im großen Besprechungsraum auf Sie, ned wahr? Gehen S' weiter und walten S' Ihres Amtes!«

Kluftinger sah ihn ratlos an. Er hatte nicht die geringste Ahnung, was heute Besonderes auf dem Programm stand. Außer einer Serie von Autodiebstählen ging es bei der Kemptener Kripo gerade ziemlich ruhig zu.

»I hob Eahna doch a Memo gschickt!«, beantwortete der Polizeipräsident Kluftingers fragenden Blick.

Au weh, dachte der Kommissar. Seine E-Mails kontrollierte er eher unregelmäßig. Aber er hatte doch die Abteilungssekretärin Sandy Henske gebeten, ihm wirklich Wichtiges auszudrucken! Und am Vortag hatte sie ihm nichts gegeben. Kluftinger wischte sich mit der flachen Hand den Schweiß von der Stirn.

Von Lodenbacher wurde er nun vehement in Richtung des großen Besprechungsraumes geschoben.

»Ich schau nur noch schnell in meinem Büro vorbei«, versuchte Kluftinger wenigstens einen kleinen Aufschub zu bekommen, vielleicht konnte er ja sogar Sandy oder einen seiner Mitarbeiter fragen, worum es heute gehen sollte. Richard Maier, der Streber, wusste doch immer, was gerade los war. Doch sein Chef dachte gar nicht daran, ihn noch einmal entkommen zu lassen, und stieß die Tür des Besprechungsraums auf. Kluftinger hörte das eintönige Gemurmel einer lockeren Unterhaltung, dann verstummten nach und nach die Gespräche. Er sah sich im Raum um und blickte in die erwartungsvollen Gesichter seiner »Kernmannschaft«, wie er sie gerne nannte: die Kommissare Richard Maier, Eugen Strobl und Roland Hefele. Sie hatten sich alle drei vor einer Platte mit kalten Häppchen postiert, und dem Zustand dieser Platte nach zu urteilen, standen sie schon eine Weile dort. Doch es waren noch weitere Personen im Raum, was Kluftinger zu dem Schluss kommen ließ, dass es sich wohl um eine Angelegenheit von einiger Wichtigkeit handelte, wegen der sie heute hier zusammengerufen worden waren: Willi Renn, Chef des Erkennungsdienstes, stand am Fenster, wippte ungeduldig von einem Bein auf das andere und warf dem Kommissar einen vorwurfsvollen Blick zu, der wohl seiner Verspätung geschuldet war. Willi hasste Unpünktlichkeit noch mehr als verwischte Spuren am Tatort. Es hatten sich außerdem noch ein paar Mitarbeiter der Verwaltung eingefunden sowie einige Sekretärinnen aus anderen Abteilungen.

Kluftinger war völlig ratlos, was das Ganze zu bedeuten hatte. Die einzige Gemeinsamkeit, die ihm zu den hier anwesenden Personen einfiel, war die Tatsache, dass sie bei der Polizei arbeiteten.

Er wurde jäh aus seinen Gedanken gerissen, als Lodenbacher mit einem deutlich vernehmbaren Knall die Tür hinter sich zuzog und sich ein Geschenk samt Schleife und Karte griff, das auf einem Sideboard bereitlag. Daneben stand, in einem Bierglas als provisorischer Vase, ein üppiger Blumenstrauß.

Kluftinger zuckte schließlich mit den Schultern und wollte sich zu seinen Kollegen gesellen. Er würde ja bestimmt gleich erfahren, worum es sich handelte, und nahm sich vor, bei Lodenbachers Rede, die ihnen sicherlich drohte, hin und wieder wissend zu nicken. Als er an seinem Chef vorbeiging, nahm der ihn noch einmal beiseite.

»Jetzt fangen S' amol an mit Ihrer Rede, ich schließ mich dann an.«

»Meiner …«

»Jetzt gengan S' zua. I hob aa ned ewig Zeit.« Lodenbacher machte eine Handbewegung, als verscheuche er ein lästiges Insekt.

Rede?

Das Wort dröhnte in seinem Kopf wie der grollende Donner eines nahenden Gewitters. Wie sollte er eine Rede halten, wenn er nicht einmal wusste, weswegen? Kluftinger sah auf und blickte in die erwartungsvollen Augen der versammelten Kollegen, alle Gespräche waren verstummt.

Herrgott, denk nach!, befahl er sich. Wieder begann er zu schwitzen. Er versuchte es mit seiner kriminalistischen Kombinationsgabe: ein Jubiläum vielleicht. Zumindest kein einfacher Geburtstag, zu dem wären schließlich der Präsident und die Kollegen aus den anderen Abteilungen nicht extra gekommen. Kluftinger blickte in die Runde, ein Gesicht nach dem anderen nahm er sich vor. Hefele. Ein runder Geburtstag? Nein, Hefele war in etwa sein Jahrgang. Außerdem stand sein untersetzter Kollege dermaßen unbeteiligt herum, dass es um jemand anders gehen musste. Maier. Ein Dienstjubiläum? Zwanzig Jahre? Er hätte nicht sagen können, wie lange es her war, dass Richie von der baden-württembergischen zur bayerischen Polizei gewechselt war. Allerdings: Wenn es um ihn gegangen wäre, würde er sich sicher nicht so vornehm zurückhalten. Also Strobl. Vielleicht ja doch eine Beförderung? Eigentlich unmöglich, dann würde Eugen mit ihm gleichziehen. Schließlich war Kluftinger selbst seit … Kluftinger stutzte – vor wie vielen Jahren war er damals in den Polizeidienst eingetreten? Polizeischule mit neunzehn. Er versuchte zu überschlagen. Mit Mitte zwanzig dann der Eintritt in die Kriminalpolizei. Mitte zwanzig? Sollte heute sein dreißigjähriges Dienstjubiläum bei der Kripo Kempten sein? Das könnte ziemlich genau hinkommen. Noch einmal sah er in die Gesichter der anderen. Alle lächelten ihn an. Sie warteten auf eine Rede. Natürlich, ein paar launige Worte zu seinem Jubiläum. Die Anspannung wich von ihm. Er zupfte seinen Janker zurecht und legte los.

»Meine lieben … Kollegen, liebe … andere Anwesende. Schön, dass ihr hier zusammengekommen seid, es freut und ehrt mich gehörig. Wie ich hier seinerzeit als junger Beamter angefangen habe, da war ich noch … jung … also relativ halt. Dreißig Jahre ist das jetzt her …«

»Herr Kluftinger, jetzt warten S' halt!«, unterbrach ihn sein Vorgesetzter. Der Kommissar stutzte über den wenig feierlichen Ton, den Lodenbacher anschlug. An seinem großen Tag könnte der ja schon ein wenig netter sein.

»Wir wollen schließlich ned ohne die Hauptperson beginnen. Es geht ja ned bloß allweil um Sie!«

Kluftinger schluckte. Also doch nicht sein Jubiläum. Lodenbacher legte ihm eine Hand auf die Schulter und nahm ihn beiseite.

»Wissen Sie, Herr Kluftinger«, begann er leise, »amol unter uns, was Eahna, ich mein Ihnen, auch nicht schaden daad … dät … äh … würde, wär ein Rhetorikkurs mit Sprecherziehung. Sind ja auch ein Vorgesetzter … irgendwie!«

Der Kommissar runzelte die Stirn.

»Ja, Sie stöpseln halt schon allweil recht rum. Und die erziehen Ihnen auch Ihren graißlichen Dialekt ein bisserl ab, ned? Mir hat dös wahnsinnig gutgetan. Ich hab gleich nach meiner Beförderung einen Wochenendkurs bei dem Münchener Promitrainer gebucht. Bei dem sind auch die ganzen Schauspieler, wissen S'? Und Moderatoren und so weiter. Konn ich Eahna … Ihnen … nur empfehlen. Ned ganz billig, aber guat!«

Ein zaghaftes »Mhm« war alles, was Kluftinger herausbrachte. Tatsächlich war ihm schon aufgefallen, dass bei Lodenbacher weniger niederbayerische Färbung zu hören war als noch vor ein paar Monaten. Allerdings hatte er im Moment andere Sorgen, schließlich musste er seine ungehaltene Rede geistig gerade noch einmal umschreiben. Zunächst galt es aber herauszufinden, welcher Hauptperson diese gelten sollte. Noch einmal blickte er in die Runde. Lediglich Sandy Henske fehlte. Wäre sie doch bloß hier! Sie hätte ihm bestimmt helfen können.

In diesem Moment ging die Tür auf, und seine Sekretärin betrat den Raum: Sie trug ein hautenges, mattschwarzes Minikleid und derart hochhackige Schuhe, dass dem Kommissar schon beim Anblick schwindlig wurde. Ihre zurzeit wasserstoffblonden Haare hatte sie hochgesteckt, nur eine Strähne fiel ihr ins Gesicht. Perlenohrringe und ein knallrotes seidenes Halstuch komplettierten das Bild. Auf einmal begriff Kluftinger, um wen es heute ging. Auch die anderen ließ der Auftritt der Sächsin nicht unbeeindruckt: Während Strobl leise pfiff, entfuhr Hefele ein etwas zu lautes »Brutal!«.

Alle Köpfe ruckten herum und sahen ihn an. Sein Gesicht nahm schlagartig eine ungesunde dunkelrote Färbung an. Mit einem beschämten Räuspern wandte er sich ab und stopfte sich noch ein paar Häppchen in den Mund.

»Alle Achtung, Frau Henske!«, sagte Lodenbacher und deutete einen Applaus an.

Sandy lächelte.

Maier, der sich unbemerkt hinter Kluftinger gestellt hatte, flüsterte ihm ins Ohr: »Jetzt aber wirklich! Das ist keine angemessene Kleidung für eine Polizeidienststelle! Ich komm schließlich auch nicht in meiner Badehose!«

»Gott sei Dank, Richie«, raunte Kluftinger flüsternd zurück. »Und jetzt sag mir lieber mal, worum es da überhaupt geht!«

Doch Maier kam nicht zu einer Antwort, denn sein Chef wurde von Lodenbacher nun unsanft in die Mitte des Raumes geschoben, und erneut sahen ihn alle erwartungsvoll an. Sandy strahlte mit ihren makellos weißen Zähnen übers ganze Gesicht. Maier tippte auf seinem Handy herum, hielt es wie eine Videokamera vor sich und filmte in Kluftingers Richtung.

Die Gedanken rasten durch Kluftingers Kopf. Dienstjubiläum? Geburtstag? Die wenigsten Fehltage? Mitarbeiterin des Jahres? Kurzerhand entschied er sich für eine der vielen Möglichkeiten. Es gab Situationen im Leben, da musste man einfach alles auf eine Karte setzen. »Liebes Fräulein Henske, liebe Sandy!«, hob er an und bemühte sich, dabei weniger dialektal zu klingen als sonst, »wenn man sich andere Vierzigjährige so anschaut …«

Sandy riss entsetzt die Augen auf. Priml, dachte Kluftinger. Daneben. Er wandte seinen Blick zum Boden: Dort kauerte Maier mit seinem Telefon, offenbar um ihn aus der Froschperspektive zu filmen. Das erleichterte ihm die Konzentration auf die schwierige Rede nicht gerade. Fahrig fuhr er fort: »… sind diese anderen Vierzigjährigen doch deutlich weniger kindisch als du, Richie! Jetzt reiß dich halt mal zusammen und steh auf, Herrgott!«

Maier erhob sich langsam, wobei er keinen Moment das Smartphone senkte. Stattdessen kommentierte er murmelnd: »Hier sehen Sie den leitenden Hauptkommissar Kluftinger, der nun endlich eine kleine Laudatio auf unsere Sandy Henske halten wird.«

»Was machst denn du da überhaupt?«, zischte Kluftinger.

»Vorsicht, wird alles aufgezeichnet!«

»Jetzt mach's mal aus, Kruzifix!«

»Wieso? Es soll doch eine schöne Erinnerung werden, ein Andenken für Sandy!«

Hoffnung keimte in Kluftinger auf: »Ein Andenken … woran?« Er versuchte, dabei so gleichmütig wie möglich zu klingen, musste sich aber eingestehen, dass es eher einem Flehen gleichkam.

»Ja, an das heutige Ereignis halt!«

Lodenbacher räusperte sich lautstark.

So kam er nicht weiter, das war Kluftinger klar. Kein Geburtstag, also Dienstjubiläum.

»Liebes Fräulein Henske, oder, wie wir Sie in all den Jahren genannt haben, liebe Sandy«, hob der Kommissar wieder in feierlicherem Ton an, »ach, all diese Jahre – sind sie nicht viel zu schnell vergangen? Diese wunderbaren … sagen Sie, wie lange sind Sie jetzt hier bei uns bei der bayerischen Polizei?«

»Dreizehn Jahre sind es jetzt schon, Chef!«

Kruzifix!

»Aber in Bayern bin ich ja schon ein bisschen länger, nicht wahr. Gut zwanzig Jahre, kaum zu glauben!«

Na also, seufzte Kluftinger innerlich. War ja auch Zeit geworden! »Ja, wenn ich mir vorstelle, was für eine harte Zeit das für Sie gewesen sein muss, diese Flucht!«

Sandys Stirn bewölkte sich.

Au weh, dachte sich der Kommissar, *jetzt kommen bei ihr die Erinnerungen hoch.*

»Wir alle haben noch die Bilder im Kopf von den überfüllten Botschaften in den Ostblockländern. Schwierige Verhältnisse müssen das gewesen sein.«

Kluftinger hielt für einen Moment inne. Alle starrten ihn an, auch Lodenbacher schien er in den Bann gezogen zu haben. Von wegen Rhetorikkurs! Sandy hatte feuchte Augen bekommen.

»Gut zwanzig Jahre, ja. Die grüne Grenze, Sie müssen furchtbare Angst gehabt haben. Es gab ja kein Zurück! Hatten Sie denn überhaupt ein Auto zur Verfügung? Sind Sie denn über Ungarn rübergekommen? Durch ein Loch im Eisernen Vorhang in die große Freiheit? Was haben Sie denn damals mit Ihrem Begrüßungsgeld gemacht?«

Sandy schluchzte nun laut auf. Kluftinger blickte die anderen nach Bestätigung suchend an. Ja, wenn es emotional wurde, dann wusste er, welche Worte man wählen musste. Seine jahrzehntelange Laienspielerfahrung tat dabei natürlich das Ihrige. Gut, dass Richard Maier diesen Moment für immer festgehalten hatte.

Lodenbacher drehte sich irritiert zu Maier, der gerade über seine Schulter filmte, und fragte konsterniert: »Was hot denn des oiß mit dem Anlass zum tun?«

»Fräulein Henske, schämen Sie sich Ihrer Tränen nicht!« Kluftinger hatte sich geradezu in einen Rausch geredet. »Gerade heute, an Ihrem großen Tag!« Er ließ seine Worte ein wenig verklingen. Diese Sprache! Unglaublich, wozu er unter Stress fähig war! Er zwinkerte in Maiers Handykamera.

»Ach ja?«, brach es nun aus der Sekretärin heraus. »Worum geht's denn heute? Sie haben … es … ver…« Der Rest des Satzes ging in einem heiseren Schluchzen unter.

Hefele stellte sich eilig neben sie, hielt ihr ein Papiertaschentuch hin und legte ihr zaghaft eine Hand auf die Schulter. Dann warf er Kluftinger einen tadelnden Blick zu.

Maier fuchtelte mit dem Handy dicht vor Sandys Gesicht herum. »Könntest du noch einmal schnäuzen und danach so nett aufschluchzen? Das hab ich nicht in der Nahaufnahme draufbekommen!«

Da streckte Hefele seine Hand aus und bedeckte damit das Objektiv. »Herrgottzack, Richie, jetzt hör mal mit dem Schwachsinn auf! Siehst du nicht, wie's der Sandy geht? Jetzt verschwind und lass sie in Ruh, sonst hau ich dir das Ding um die Ohren!«

Wortlos machte Maier einige Schritte zur Seite. Dann streckte er seinen Arm aus, richtete das Objektiv auf sein Gesicht aus und sagte: »Dienstag, siebter September, soeben wurde ein heftiger, jähzorniger Wutausbruch des Kollegen Hefele dokumentiert. Hat sich in Stresssituationen immer weniger unter Kontrolle, gerade wenn er emotional stark involviert ist. Eventuell Kontaktaufnahme mit dem psychologischen Dienst vonnöten!«

»Dich sollten sie einweisen, du G'schaftlhuber!«

»Erneute Unbeherrschtheit …«, brachte Maier noch heraus, dann riss ihm Hefele das Telefon aus der Hand.

Kluftinger und Strobl sahen sich bedröppelt an. *Vielleicht ist sie schwanger*, schoss es Kluftinger durch den Kopf. Auch Erika hatte in diesem Zustand bei jeder Gelegenheit Tränen vergossen. Er würde Sandy in den nächsten Tagen im Auge behalten, um das herauszufinden.

Maier hatte inzwischen seinen ersten Schreck überwunden und wollte sich sein Telefon zurückholen, das Hefele jedoch in gebückter Haltung mit seinem Körper schützte.

Plötzlich übertönte ein Schreien den Tumult: »Schluss jetzt! Mir san doch da nicht bei den Hottentotten! Ned? Was soll denn des?« Lodenbachers Kopf war knallrot angelaufen. »Reißen S' Eahna zamm, mir sind da ja nicht auf dem Pausenhof! Und wos hat dieses ganze Geschwafel von Eahna mit der Lebenszeitverbeamtung von Frau Henske zum tun, Kluftinga?«

Lebenszeitverbeamtung! Kluftinger schlug sich gegen die Stirn. Aber da konnte man doch beim besten Willen nicht draufkommen. »Ja, ich wollt ja grad drauf zu sprechen kommen. Also, so eine Verbeamtung, liebe Frau Henske, die ist ja heutzutage gerade im Verwaltungsdienst gar nicht mehr so häufig, gell? Die meisten bleiben im Angestelltenverhältnis und verdienen dadurch weniger. Umso mehr freut …«, begann er erneut, doch Sandy fuhr mit starrem Blick herum.

Dann rief sie unter Tränen: »Geben Sie sich keine Mühe, Chef! Übrigens: Ich bin mit einem VW Golf aus Dresden gekommen. Über die Autobahn. 1991 gab's die nämlich schon!« Dann stürmte sie aus dem Raum und knallte die Tür hinter sich zu.

Keine zwei Sekunden später öffnete die sich wieder, und Gerichtsmediziner Georg Böhm trat ein. Als er in die erhitzten Gesichter der Anwesenden blickte, schnalzte er mit der Zunge und sagte: »Mist, da hab ich wohl wieder was verpasst!«

»Ich muss schon sagen: An dir ist ein Komiker verloren gegangen. Schad, dass ich nur so wenig mitbekommen hab.« Böhm zog seine hellblaue Baseballkappe vom Kopf und rubbelte sich die kurz geschorenen Haare. »Also wirklich, Klufti, bei dir ist einfach immer was geboten!«

Kluftinger warf seinem schelmisch grinsenden Gegenüber einen zerknirschten Blick zu. »Jaja, Hauptsach, du hast deinen Spaß«, sagte er, nachdem er seine Bürotür hinter sich zugezogen hatte. »Ich mein, ich muss das mit der Sandy ja jetzt wieder ausbaden. Himmelherrgott, bloß, weil ich eine einzige Mail ausnahmsweise mal nicht gelesen hab. Früher hat man sich die wichtigen Sachen doch auch einfach so gesagt, oder? Heut muss man immer erst ein Memo schreiben oder einen Termin im … Mail anmelden.«

Böhm pfiff durch die Zähne. »Respekt. Der leitende Herr Hauptkommissar steht jetzt auf Du und Du mit der modernen Kommunikationstechnik, scheint's!«

Kluftingers Augen verengten sich. Prüfend sah er den Pathologen an. Es gab nicht viele, die so mit ihm reden durften. Böhms Respektlosigkeiten waren jedoch regelmäßig der Auftakt zu ausgefeilten Wortgefechten. Manchmal war sich der Kommissar allerdings nicht sicher, ob der junge Mann tatsächlich nur einen Spaß machte.

»Du hast leicht reden«, gab er murrend zurück. »Die Menschen, mit denen du dich bei deiner Arbeit so umgibst, die beschweren sich nicht, wenn du ihnen eine Rede hältst, die sie für nicht angemessen halten, oder wenn du mal ihren Geburtstag oder ihre Beförderung vergisst.«

»Treffer. Hast schon recht, die sind unkomplizierter. Meistens. Mir persönlich aber ein bisschen zu zurückhaltend, wenn ich mich mit ihnen unterhalten will.«

Wieder musterte ihn der Kommissar. Er kannte ein paar Pathologen, und nicht wenige von ihnen hatten *einen leichten Hau*, wie er es zu sagen pflegte. Kluftinger konnte das nur zu gut verstehen. Allein beim Gedanken, tagtäglich von Leichen umgeben zu sein, wurde ihm ganz anders. Und ihm war klar, dass es ihn buchstäblich um den Verstand bringen würde, wenn er an ihnen auch noch rumschnippeln müsste. Aber er wusste auch, dass Böhm das wusste und sich in der Vergangenheit immer wieder einen Spaß daraus gemacht hatte, Kluftingers Grenzen der Leichenunverträglichkeit auszutesten.

»Ganz ehrlich, Schorschi«, erwiderte Kluftinger, weil er wusste, dass zu den wenigen Dingen, die Böhm aus der Fassung bringen konnten, die Verballhornung seines Namens gehörte. »Ich glaub, du solltest öfter mal unter Menschen. Also: atmende, mit einer Körpertemperatur oberhalb des Gefrierpunkts und einer Gesichtsfarbe, die …«

In diesem Moment flog die Tür auf, und ein sichtlich erregter Lodenbacher stürmte herein. »Naa, naa, Kluftinga, no amoi, des is … i moan, des ko ned sei. Ned amoi a läppische Urkundenverleihung kenna Sie anständig über die Bühne bringen. Seit i so weit weg bin, is des oiß nix mehr.«

Der Kommissar hob die Augenbrauen: Tatsächlich hatte er genau das gegenteilige Gefühl.

»Jetzt schaung S' aber, dass Sie de hoaklige Soch do wieder hibiagn«, schimpfte der Polizeipräsident und schien in der Erregung seine mühsam und teuer erworbenen Rhetorikkenntnisse komplett zu vergessen. Er habe sich persönlich beim Ministerium dafür eingesetzt, dass Fräulein Henske nach ihren dreizehn Dienstjahren noch verbeamtet werde. Im Übrigen bedeute ihre Ernennung, dass sie nun neben den klassischen Aufgaben als Sekretärin auch mit anderen Verwaltungsaufgaben der Kripo betraut werde und nun wohl öfters Wichtigeres zu tun habe, als Kluftinger und seinen Männern Kaffee zu kochen.

Dann knallte er die Ernennungsurkunde auf Kluftingers Schreibtisch. »I hob koa Zeit für an so an Schmarrn, i muaß zum Golfen mit dem Herrn Landrat.« Er hob mahnend den Zeigefinger: »Aber i überleg mir was, wie i wieder mehr zu meine Leut komm.« Mit diesen Worten lief er ebenso ungestüm aus dem Büro, wie er es kurz zuvor betreten hatte.

Zwei ratlose Gesichter blickten sich an.

»Klingt wie eine Drohung«, bemerkte Böhm.

»Immer, wenn es um seine Führungsqualitäten geht, sind wir seine Leut«, maulte der Kommissar.

»Ist doch nett. Sag ich zu meinen Leichen auch immer.«

Angewidert verzog Kluftinger das Gesicht.

»Was war denn eigentlich genau los?«

Kluftinger winkte ab. »Weiber!« Dann rückte er etwas auf seinem Stuhl nach vorn und fügte verschwörerisch hinzu: »Wahrscheinlich schwanger.«

Wieder pfiff der Pathologe. »Wirklich? Nicht schlecht, Herr Specht. Die Sandy hat doch früher nix anbrennen lassen. Wird sie jetzt häuslich oder was? Und wer ist denn der Glückliche?«

»Was weiß denn ich? Meinst du, die erzählt mir so was? Da verliert man eh den Überblick. Und überhaupt tät es mich auch gar nicht interessieren.«

»Verstehe. Mich allerdings schon. Na ja, muss ich halt bessere Quellen anzapfen. Jetzt aber zu was anderem: Du solltest mal mitkommen, ich hätt da nämlich was für dich.«

»Mitkommen? Mit dir?« Kluftinger zog besorgt die Augenbrauen zusammen.

»Ja. Ich fahr dich auch und bring dich wieder her, versprochen.«

»Wohin?«

»Na, nach Memmingen halt, in mein Büro.«

Der Kommissar seufzte. Er wusste, dass das Böhms Bezeichnung für seine Leichenkammer war. »Wart mal, ich schau mal in meinem Kalender, ob ich heut noch irgendwelche Termine hab.« Er tippte auf seinem Rechner herum, wobei sich plötzlich die E-Mail von Lodenbacher öffnete, in der er die Urkundenverleihung von heute ankündigte. Der letzte Satz der Nachricht lautete: »… und geben Sie sich bitte besonders Mühe, Sie wissen, wie sensibel Frau Henske ist.«

Mit einem Seufzen löschte Kluftinger die Nachricht.

Böhm stand auf. »Jetzt komm schon mit. Oder hast du in deinem Mailprogramm irgendwas Wichtiges gefunden, was dagegen spricht?«

»Ja, Kruzifix, ich komm ja«, grummelte Kluftinger zurück.

Als sie am Schreibtisch von Sandra Henske vorbeikamen, sagte Kluftinger: »Bitte, Fräulein Henske, verschieben Sie doch bitte … alle wichtigen Termine heute. Der Böhm will mir was …«, er schluckte, »zeigen.«

Die Sekretärin quittierte das mit einem gleichgültigen Achselzucken.

»Ja, aber vorher noch herzlichen Glückwunsch, Sandy«, sagte Georg Böhm eifrig und streckte ihr die Hand entgegen. »Find ich echt toll.«

»Danke, Georg. Endlich gratuliert mir hier mal jemand anständig«, erwiderte sie mit einem Seitenblick auf Kluftinger.

»Wann ist es denn so weit?«

Irritiert blickte Sandy den Pathologen an. »Wie jetzt? Heut. Heut ist es doch so weit.«

Der Pathologe legte die Stirn in Falten, machte dann aber eine wegwerfende Handbewegung und sagte: »Jetzt beginnt eine sehr schwere, aber auch sehr schöne Zeit. Ab jetzt ist schonen angesagt, gell? Das sag ich dir als Arzt!«

Sandy grinste. »Ja, genau wie bei uns in den Behörden in der DDR, nich wahr?«

Kluftinger fröstelte beim Anblick der mit grünem Tuch abgedeckten Körper, die auf den Edelstahltischen lagen. *Nur gut, dass ich heut noch nichts gegessen hab*, dachte er, als die Übelkeit ihm unaufhaltsam den Magen umdrehte. Sein letzter Besuch hier im Keller des Memminger Klinikums war schon eine ganze Weile her. Damals hatte er sich nicht nur die Leiche eines Mannes, sondern auch die einer Krähe ansehen müssen, und das Ganze hatte für ihn auf der Toilette geendet. Er versuchte krampfhaft an das Lied zu denken, das er in solchen Fällen immer innerlich anstimmte. Wie ging das noch?

Ein weißes Boot im Sonnenglanz … »Was willst du mir denn eigentlich zeigen?«

Böhm begab sich zu einem der Tische … *und du schenkst mir den Blütenkranz …*

Kluftinger versuchte sich auf alles vorzubereiten, was da kommen könnte. Verstümmelungen? Verätzungen? *Ich folgte dir ins Paradies …*

»Weißt du eigentlich, wie viele Morde jährlich unentdeckt bleiben?« Mit diesen Worten schlug der Pathologe das Tuch zurück.

… ein Märchenland, das Barbados hieß. Kluftinger stutzte. Unter dem grünen Tuch kam der Kopf einer sehr korpulenten alten Frau

zum Vorschein. Auf ihrem Gesicht lag ein friedlicher Ausdruck, der ihn an seine Großmutter erinnerte, die mit einem Lächeln um die Lippen entschlafen war.

Als er, verwirrt von dem Anblick, der viel weniger grausam war, als er erwartet hatte – jedenfalls über die Tatsache hinaus, dass er auf eine Leiche blickte –, wieder in Böhms Gesicht schaute, merkte er, dass der auf eine Antwort wartete. »Hm?«

»Morde? Unentdeckt?«

»Ja, unentdeckte Morde. Schlimm.« Wartete unter dem Tuch noch eine weitere Überraschung? Die Frau ohne Unterleib oder etwas in der Richtung?

»Herrgott, jetzt konzentrier dich halt, ich versuch dir hier was zu sagen. Aber ich seh schon, mit Pädagogik kommen wir hier nicht weiter. Also gut, dann eben Frontalunterricht: nach neuesten Schätzungen etwa tausendzweihundert.«

Kluftinger starrte ihn fragend an.

»Morde. Die nicht entdeckt werden.«

Der Kommissar kniff die Augen zusammen: »Willst du jetzt unsere Arbeit kritisieren, oder was? Du weißt doch, dass wir tun, was wir …«

»Nein, jetzt hör halt zu. Ich spreche nicht von denen, die nicht aufgeklärt werden. Nein, tausendzweihundert Morde, die gar nicht erst *entdeckt* werden, die gar nicht in die Statistik eingehen. Schau, zum Beispiel diese Frau hier: Maria Zahn aus Kempten. Tot aufgefunden in der ehemaligen Autowerkstatt ihres Mannes: Die hat der Hausarzt bei der Leichenschau … na ja … untersucht, aber eine falsche Todesursache festgestellt.«

Kluftinger fiel es schwer, hier einen klaren Gedanken zu fassen, aber er versuchte krampfhaft, Böhms Ausführungen zu folgen. »Ach so, du meinst, der Hausarzt hat sie …«

»Nein, Schmarrn, das mein ich nicht, ich meine, dass die Hausärzte gar nicht dafür ausgebildet sind, dass sie gewaltsame Tode feststellen. Liegt wie immer am Geld. Weißt du, was die für eine Leichenschau kriegen? Lausige fuffzig Euro zum Beispiel in Berlin, bei uns so um die hundert, aber mit allem Drum und Dran, der ganze Verwaltungskram und so. Ich mein, da würd ich mir auch kein Bein ausreißen. Viele ziehen die Toten nicht mal aus, was eigentlich Pflicht wäre.«

»Kann ich verstehen«, murmelte Kluftinger.

»Hm?«

»Du meinst, wir hätten tausendzweihundert Morde mehr zu bearbeiten, wenn die das gründlicher machen würden?«

»Genau, jetzt hast du's. Die Zahl gilt allerdings für ganz Deutschland, keine Ahnung, wie viele davon für uns abfallen würden. Ich mein, man muss nur mal bedenken, dass bei uns nur zwei Prozent der Leichen obduziert werden, in Österreich macht man das zum Beispiel schon mal bei zwanzig Prozent. Immerhin soll es besser werden, es gibt da jetzt einen neuen Beschluss, nach dem wir die Hausärzte für so was schulen sollen. In anderen Ländern ist das eh schon längst so. In unserem Fall jedenfalls hatten wir Glück, weil die Frau verbrannt werden sollte. Und da wird standardmäßig obduziert, was die meisten nicht wissen. Sonst hätte niemand entdeckt, dass die Frau keineswegs an Herzversagen als Folge einer Vorerkrankung und ihres Übergewichts gestorben ist, wie das der Arzt vermutet hat, sondern daran.« Böhm zog das Leintuch noch ein bisschen mehr zurück, zeigte auf ihren Hals und winkte Kluftinger näher zu sich.

»Herrgott, Georg, wenn's der Arzt nicht gesehen hat, werd ich's auch nicht feststellen. Sag halt einfach, was los ist.«

»Ja, ja, schon gut. Hier sind ganz klar Würgemale zu erkennen. Jedenfalls, wenn man danach sucht.«

Der Kommissar stieß einen leisen Pfiff durch die Zähne aus. »Wie alt ist die Frau noch mal?«

»Zweiundachtzig laut Totenschein. Ich geh mal davon aus, dass das stimmt.«

»Sie ist mit zweiundachtzig noch erwürgt worden?«

»Ja, und?«

»Rentiert sich doch gar nimmer.«

Sie sahen sich an.

»Und jetzt?«, fragte der Kommissar.

»Jetzt bist du dran.«

»Aha. Klingt wie eine Drohung.«

Mehrere Monate zuvor

Er wählte den Weg über den Friedhof, weil er hoffte, dort um diese Zeit den wenigsten Menschen zu begegnen. Doch er hatte sich geirrt: Selbst bei diesem nasskalten Wetter und zu dieser dämmrigen Stunde war hier erstaunlich viel los. Nach einem ersten Zögern störte es ihn allerdings nicht mehr. Niemand hatte Augen für ihn, jeder war vertieft in das, womit er sich gerade beschäftigte: Manche harkten in der feuchten Erde herum, andere standen nur da und starrten auf die Grabsteine, ein paar alte Frauen unterhielten sich leise.

Er schlug seinen Mantelkragen noch ein wenig höher und beschleunigte die Schritte. Der Kies knirschte ungewöhnlich laut unter seinen Sohlen, so kam es ihm jedenfalls vor. Schließlich hatte er das schmiedeeiserne Tor erreicht. Er erwartete, dass es quietschen würde, doch es schwang fast geräuschlos auf. Nur noch ein paar Schritte, dann war er am Portal. Er atmete tief durch, als er die schwere Tür hinter sich schloss. Unwillkürlich wanderte sein Blick über die Bänke, die so leer und verlassen wirkten, als habe nie ein Mensch auf ihnen gesessen. Er schaute empor, sah die imposanten Deckenfresken, in deren Zentrum eine Darstellung stand, die Jesus auf einer Wolke zeigte, die Hände wie schützend über seine Jünger haltend. Schließlich kam sein Blick auf dem goldenen Kreuz auf dem Altar zur Ruhe. Ein mulmiges Gefühl beschlich ihn, als er das Kruzifix betrachtete. Vielleicht war es doch keine so gute Idee gewesen, sich hier zu treffen. Andererseits: Es war nicht sein Vorschlag gewesen, und er hatte keine Wahl gehabt. Dennoch kam es ihm jetzt vor wie ein schlechter Scherz.

Das Schlagen der Kirchturmglocke ließ ihn zusammenzucken. Es klang hier drin wesentlich hohler als draußen, und man konnte das mächtige Uhrwerk arbeiten hören. Er drehte sich einmal um die eigene Achse: Wo war nur der Beichtstuhl? Er hielt sich nicht oft in Gotteshäusern auf, genau genommen überhaupt nie. Geschweige denn, dass er jemals in einem dieser Dinger Platz genommen hätte. Er war noch nicht einmal getauft. Da! Er hatte ihn gefunden. Ein kunstvoll geschwungener hölzerner Rahmen, üppig mit Gold verziert, der in die seitliche Kirchenwand eingelassen war und wie ein Triptychon drei Türen beherbergte. Das musste er sein. Jetzt wurde er langsam nervös. Was, wenn der andere nicht da wäre? Und was, wenn er doch da wäre, ihm das, was er ihm zu sagen hatte, aber nicht gefallen würde? Langsam ging er auf den Beichtstuhl zu. Seine Schritte hallten durch das Kirchenschiff, und der trübe Schein von ein paar Kerzen erhellte es nur spärlich.

Er öffnete die Tür und kniete sich auf das Bänkchen in dem winzigen Raum. Knapp über dem Boden war die weiße Farbe, mit der das Holz getüncht war, abgeblättert – hier hatten offenbar schon viele vor ihm gekniet. Allerdings aus gänzlich anderen Motiven. Er versuchte, durch das hölzerne Gitter vor ihm zu spähen, um zu sehen, ob der andere schon da war.

In diesem Moment tönte von der anderen Seite eine tiefe Stimme: »Nun, mein Sohn, was bedrückt dich? Du kannst ganz offen mit mir sprechen.«

Für einen Moment dachte er, er hätte etwas falsch verstanden, hätte die Zeit oder den Ort verwechselt und fände sich nun einem richtigen Priester gegenüber. Doch dann erkannte er die Stimme, die noch tiefer klang als sonst.

»Lassen Sie den Quatsch«, entfuhr es ihm wütend. Er war nicht hier, um alberne Späße zu treiben, dazu war die Sache einfach zu ernst. Und er wollte diesen Ort so schnell wie möglich wieder verlassen. Schon jetzt verursachte die harte Kniebank ihm stechende Schmerzen. Obwohl es in der Kirche sehr kühl war, bildeten sich kleine Schweißtröpfchen auf seiner Oberlippe. Er war froh um die Dunkelheit, so würde wenigstens seine Nervosität verborgen bleiben.

»Na, na, nicht so aufgeregt«, sagte die Stimme im Beichtstuhl jedoch.

»Ich bin nicht aufgeregt.«

»Kommt mir aber so vor.«

»Könnten wir diesen Humbug lassen und zum Wesentlichen kommen, verdammt noch mal?«

»Oho, mein Sohn! Wer wird denn an dieser heiligen Stätte fluchen? Bist du nicht hier, um Vergebung zu erlangen?«

»Wissen Sie was? Mir reicht's.«

»Willst du wieder gehen?«

»Ich … nein, aber …«

»Gut, gut, ich wusste ja nicht, dass dir jeder Funken Humor fehlt. Also, lass uns über das Vorhaben reden.«

Er seufzte. Endlich schien das Gespräch einen normalen Verlauf zu nehmen. Wenn man in einem solchen Fall überhaupt von normal reden konnte. »Gut, ich habe die Infos, die Sie brauchen.«

»Alles?«

»Soweit ich das beurteilen kann, schon.«

»Okay, das Wichtigste zuerst: Wie viel ist insgesamt drin?«

Er senkte die Stimme noch etwas mehr, sodass seine nächsten Worte nicht mehr waren als ein Wispern: »Genau 4,35 Millionen.«

Stille. Die Kirchturmuhr schlug erneut. Er dachte schon, das Treffen wäre beendet, da sagte die Stimme: »Gut. Wir teilen achtzig-zwanzig.«

»Und ... für wen sind die achtzig?«

Die Stimme gluckste: »Was glaubst du denn?«

Die Zornesröte stieg ihm ins Gesicht. Musste er wirklich so mit sich reden lassen? Immerhin war er hier der Auftraggeber. »Vergessen Sie's«, sagte er deshalb lauter, als er gewollt hatte.

»Das ist nicht verhandelbar«, lautete die Antwort. »Rechne es dir aus: Es bleibt genug übrig. Und ich trage das gesamte Risiko.«

»Das stimmt doch gar nicht, ich habe doch auch ...«

Sein Gegenüber ließ ihn gar nicht ausreden. »Du hörst nicht zu, mein Sohn. Ich sagte: nicht verhandelbar. Und du weißt doch: Geben ist seliger denn Nehmen, wie uns das Neue Testament lehrt.«

Zähneknirschend presste er hervor: »Akzeptiert.«

»Sehr weise, mein Sohn. Dafür spreche ich dich zwar nicht von deinen Sünden, dafür von deinen Sorgen los. Und jetzt erzähl mir, was ich wissen muss.«

Ein Besucher in der Kirche hätte nur das gedämpfte Murmeln gehört, das für Beichtgespräche charakteristisch ist. Die Männer achteten peinlich darauf, dass ein unwillkommener Zuhörer von ihrem Gespräch nichts mitbekommen konnte.

»Hast du die Pläne?«, zischte es schließlich von der Seite, auf der normalerweise der Pfarrer saß.

Wortlos schob er ein zusammengefaltetes Papier durch eine Öffnung in der Trennwand.

»Gut, das war's dann fürs Erste.« Die Stimme nahm wieder einen sakralen Ton an: »Bete drei Vaterunser und drei Ave-Maria, das sollte genügen.«

»Ihre Nerven möchte ich haben«, seufzte er und erhob sich.

»Halt.« Die Stimme hatte das Wort nur gezischt, doch es kam derart schneidend bei ihm an, dass er sich sofort wieder hinkniete. »Ich werde zuerst gehen. Du bleibst hier für die Dauer der Gebete, die ich dir aufgegeben habe. Erst dann darfst du dich entfernen.« Dann stand sein Gegenüber auf.

»Moment«, warf er hastig ein, »wie kann ich Sie erreichen?«

»Sehr gut, mein Sohn, das hätte ich beinahe vergessen.«

Er hörte, wie der andere etwas aus einer Tasche zog und es zu ihm herüberschob. »Hier ist ein Handy.«

»Ich habe selbst eines.«

»So eins nicht«, kam es ungehalten durch das Gitter. »Es ist mit einer Prepaidkarte versehen. Im Speicher findest du genau eine Nummer. Es gibt allerdings nur zwei Szenarien, bei denen du diese Nummer wählen darfst: Entweder es tritt ein Notfall ein, oder an den eben besprochenen Rahmenbedingungen ändert sich etwas. Egal was, du informierst mich. Solltest du aus einem anderen Grund anrufen, war's das. Dann hörst du nie wieder von mir. Verstanden?«

»Ja, ja, sicher«, entgegnete er hastig. Der andere stand auf, und er hörte, wie die Tür des Beichtstuhls knarrend aufschwang. Plötzlich fiel ihm noch etwas ein. »Warten Sie! Noch eine Frage: Wie darf ich Sie nennen?« Er hörte den anderen atmen.

»Sagen wir einfach, ich bin dein Schutzpatron. Es sieht ganz danach aus, als könntest du einen gebrauchen!«

»Männer, kommt's ihr mal alle sofort zu mir?« Auch wenn sein Chef ihm nahegelegt hatte, doch die Einladungsfunktion »in seinem Lotus« zu nutzen, wenn er eine Konferenz einberufen wolle, hielt Kluftinger die Schreien-aus-der-offenen-Tür-über-den-Gang-Methode jeglichem Lotus und sonstigen asiatischen Erfindungen weit überlegen.

Als sich – wie er fand, als Beweis der Überlegenheit seiner analogen Methode – seine Kollegen wenige Sekunden später in seinem Büro eingefunden hatten, setzte er sich zufrieden auf die Schreibtischkante.

»Was gibt's denn so Dringendes?«, wollte Strobl wissen.

Kluftinger hob gerade zu einer Antwort an, da öffnete sich die Tür, und seine Sekretärin kam herein. Wortlos legte sie ihm einen Stapel Papier auf den Schreibtisch und wandte sich wieder zum Gehen. Er blickte flüchtig darauf und sah dann, dass ihre Ernennungsurkunde immer noch bei ihm lag. »Fräulein Henske, die können Sie gleich mitnehmen«, rief er ihr hinterher und wedelte mit dem Papier in der Luft. »Ich brauch die ja jetzt nicht …«

Er kam nicht dazu, seinen Satz zu vollenden, denn Sandy brach in ein herzzerreißendes Schluchzen aus und stürmte aus dem Zimmer.

Mit leerem Gesichtsausdruck starrte der Kommissar auf die Tür, die sie hinter sich zugeknallt hatte, dann seufzte er vernehmlich und sagte: »Schwanger, wenn ihr mich fragt.«

Sofort brach Richard Maier in ein meckerndes Lachen aus, worauf ihn die anderen Kollegen missbilligend anstarrten. »Na, ich war's nicht«, erklärte er und hob abwehrend die Hände. Darauf wandten sich die Köpfe in Richtung Hefele, der rot anlief und polterte: »Ja, Himmelherrgott, jetzt schaut's doch nicht so saudumm, was weiß denn ich, was die hat, ich kapier's doch auch nicht …«

»Dabei bist du doch der Frauenversteher«, erwiderte Maier grinsend, und Kluftinger merkte, dass die Stimmung zu kippen drohte und Hefele im Begriff war, auf seinen Kollegen loszugehen. Doch

Strobls »Ich weiß gar nicht, was ihr habt, das ist doch schön!« entschärfte die Situation etwas, und alle beruhigten sich wieder.

»Danke, Eugen«, sagte Kluftinger, der die ganze Aufregung auch nicht so recht verstand. Er räusperte sich und beeilte sich dann, zum eigentlichen Thema ihrer Zusammenkunft zu kommen. »Also, ich war grad bei unserem Pathologen Böhm in Memmingen«, begann er und machte eine kurze Pause. Keiner reagierte. »In seinem … Dings … seinem … Mausoleum.«

Wieder keine Reaktion. Ein bisschen Anerkennung hätte er sich schon erwartet. Keiner stieg gern in Böhms Totenreich hinab, und wenn doch, dann hatte er dafür Respekt verdient – besonders, wenn es sich dabei um ihn drehte, fand Kluftinger.

Da räusperte sich Maier: »Genau genommen …«

Kluftinger machte eine wegwerfende Handbewegung. »Ach, komm, Richie, ist nicht der Rede wert. Das hätte jeder von euch genauso gemacht.«

Irritiert blickte ihn sein Kollege an. »Was ich sagen wollte, war: Genau genommen ist der Georg kein Pathologe.«

Der Kommissar zog die Augenbrauen hoch.

»Ich meine, ihr sagt das immer, aber er ist halt Gerichtsmediziner.«

Hefele, noch immer merklich in Rage, ging ihn feindselig an: »Und? Er schnippelt an Toten rum, oder?«

»Eben.«

»Wie, eben?«

»An Toten. Pathologen schnippeln an Lebenden.«

Sie blickten sich erstaunt an.

»Allerdings ist das, womit sie es zu tun haben, totes Gewebe.«

»Was jetzt«, fragte Kluftinger gereizt, »tot oder lebendig?«

»Beides.«

»Sehr hilfreich. Der Böhm hat sich jedenfalls noch nie beschwert.«

»Wahrscheinlich hat er's aufgegeben.«

Etwas aus dem Konzept gebracht, fuhr Kluftinger fort: »Es ist jedenfalls so, dass viele Morde von Hausärzten unentdeckt bleiben.«

»Von Hausärzten?«, fragte Hefele nach, der sich offensichtlich wieder beruhigt hatte.

»Ja. Das habt ihr nicht gewusst, gell?«, entgegnete Kluftinger stolz.

Seine Kollegen schüttelten den Kopf.

»Ist ja auch kein Wunder«, sagte Hefele, »die haben ja eine medizinische Ausbildung, da kann man leicht was vertuschen.«

»Nein, das vertuschen die ja gar nicht aktiv, das kriegt man nur eben gar nicht mit.« Kluftinger blickte in fragende Gesichter. Er versuchte, sich an die Ausführungen von Böhm zu erinnern. »Über eintausend Morde sind das. Also, tausend mehr, als es sonst wären, halt.«

In ein langes Schweigen hinein fragte Strobl: »Ohne Ärzte gäbe es weniger Morde?«

Maier schob nach: »Willst du uns jetzt sagen, dass lauter mordende Serienkiller-Hausärzte da draußen unterwegs sind?«

»Was? Nein, ich mein nicht Morde *von* Ärzten. Sie entdecken nur die Morde nicht! Herrgott, jetzt seid's doch nicht so schwer von Begriff: Die Hausärzte finden bei der Leichenschau eben nicht die Hinweise auf ein Verbrechen, weil sie gar nicht danach suchen. Oder nicht ausgebildet sind dafür.«

Nun hellten sich die Mienen der Kollegen deutlich auf. »Jetzt wird's Tag«, sagte Strobl, und die anderen nickten.

»Und außerdem werden eh nur fünf Prozent …« Kluftinger dachte nach. Er wusste nicht mehr genau, was Böhm ihm erzählt hatte. »Also, im Vergleich zu Österreich zumindest … die obduzieren viel mehr. Zwanzig Prozent.«

»Von was?«, fragte Maier.

Kluftinger lief rot an. »Von hundert, Herrgott. Bin ich beim Verhör oder was? Jedenfalls haben wir in Deutschland anscheinend ein Problem mit der Leichenschau.«

»Ja, darüber hab ich auch schon was gelesen«, erklärte Maier.

»Ja, ja. Sicher hast du das«, erwiderte Hefele mit übertriebenem Nicken. »Wahrscheinlich hast du's sogar selber geschrieben.« Dann wandte er sich an Kluftinger. »Wie viele waren das noch mal?«

»Über tausend.«

»Im Jahr?«

»Ich … hm, also, ja, ja, bestimmt.«

»Und wo? In Deutschland? In Bayern? Oder bei uns?«

Kluftinger dachte angestrengt nach, dann platzte er heraus: »Zefix, sind wir hier im statistischen Landesamt oder … oder … woanders? In Deutschland, ja. Also, auf jeden Fall hab ich heute einen entdeckt, von diesen Morden.«

Jetzt bekamen die Kollegen große Augen, und Kluftinger hatte endlich ihre ungeteilte Aufmerksamkeit. Nun wurde es ernst. Er erzählte ihnen von der Frau und den Würgemalen. Als er fertig war, setzte er sich hinter seinen Schreibtisch und musterte sie zufrieden.

»Also, eigentlich …«

»Ja, Richie?«

»Eigentlich, streng genommen, hat ja dann der Böhm den Mord entdeckt, oder?«

Strobl biss sich auf die Lippen, und Hefele hielt sich die Hand vor den Mund.

Kluftinger setzte sich auf: »Ist denn das nicht völlig wurscht? Wer das entdeckt hat? Wichtig ist doch, dass wir hier einen Mord haben, um den wir uns kümmern müssen.«

Die anderen nickten. Nur Maier schien noch nicht zufrieden: »Ich mein ja bloß, weil du gesagt hast, *du* hättest ihn …«

In diesem Moment klingelte das Telefon. Auf dem Display wurde eine Mobilnummer angezeigt. Kluftinger zuckte die Achseln und hob ab.

»Ja? … Ach so, Entschuldigung, Kluftinger … Natürlich, Sie haben völlig recht, Herr Lodenbacher.«

Kluftingers Kollegen grinsten. Strobl bedeutete ihm, doch laut zu stellen, damit alle mithören konnten.

»Ich steh do grad auf der Dreifing-Räinsch«, quäkte es aus dem kleinen Lautsprecher.

»Wo sind Sie?«, fragte Kluftinger und beugte sich dabei über den Lautsprecher, worauf Strobl ihm zuflüsterte: »Beim Golfen!«

»Auf der Driving-Range, Kluftinga. Und wissen Sie, wer neben mir steht?«

Kluftinger hielt das für eine rhetorische Frage, doch als Lodenbacher nicht weitersprach, erwiderte er: »Der schwarze Mann?«

»Herr Kluftinga, lossen S' den Blödsinn. Der Herr Landrat steht neben mir, ned?«

»Sag ich ja: der schwarze Mann«, antwortete er und sah zufrieden, wie seine Kollegen mühsam ein Lachen unterdrückten.

»Herr … Herr Kluftinga, ich hab das Handy auf Laut geschaltet.«

Der Kommissar setzte sich kerzengerade hin und lief knallrot an. Nun bereitete es seinen Kollegen noch mehr Mühe, nicht loszuprusten.

»Oh, ah so, ja, ich … Grüß Sie Gott, Herr Landrat.«

Er hörte ein dumpfes Gemurmel am anderen Ende, dann fuhr Lodenbacher fort – wie immer, wenn Honoratioren in der Nähe waren, besonders krampfhaft um hochdeutsche Diktion bemüht: »Es geht um die Soche, Sie wissen schon, die Ausstellung in Altusried. Des is a ganz große … also Soche, vor allem die Sicherheit liegt mir sehr am Herzen. Des sind ja Dinge von gewaltigem Wert, des sucht ja seinesgleichen im Allgäu, ach was, in Bayern, Deutschland, ned wahr? Do kemma uns koan Fehler leisten.«

Er redete sich in Rage und vergaß dabei, auf seine Aussprache zu achten. Es folgte ein zweiminütiger Monolog, in dem es immer wieder um »immense Werte«, »großes öffentliches Interesse« und ein »einmaliges Ereignis« ging. Auch wenn Lodenbacher nicht direkt sagte, worum es sich drehte, war Kluftinger klar, was er meinte. In seinem Heimatort gab es ja seit Wochen kein anderes Thema. Alle redeten nur noch von der »Heimkehr des Schatzes«, wie die Lokalzeitung es genannt hatte. Ihm schwante nichts Gutes.

»… und deswegen wollen mir, dass Sie bei dera Arbeitsgruppe auch dabei san«, schloss sein Vorgesetzter.

Kluftinger sah sich in endlosen und – wie meist bei derartigen von Lodenbacher ins Leben gerufenen Arbeitsgruppen – fruchtlosen Sitzungen dahinvegetieren, deswegen sagte er schnell: »Aber das wär doch eine Sache für den Maier. Der ist in so was viel besser, der kann das, und er kennt sich aus, und er ist eh grad hier und …«

Maier richtete sich auf. Seine Augen leuchteten.

»Naa, Kluftinga, der is allweil so kompliziert und drängt sich immer in den Vordergrund.«

Richard Maier ließ sich wieder in seinen Stuhl sinken.

»Ich hab auch den Lautsprecher an, Herr Lodenbacher.«

»Oh … Kluftinga, wia gsogt, des is wichtig. Außerdem sind Sie ja aus Altusried, also da sind Sie genau der Richtige. Morgen is die erste Sitzung, da könna mir alles Weitere besprechen.« Grußlos beendete er das Telefonat.

Als Kluftinger aufsah, bemerkte er, dass seine Kollegen gerade dabei waren, sein Büro zu verlassen. »Und wo wollt ihr jetzt hin?«

Maier antwortete schnell: »Na, du hast ja jetzt einen Auftrag, da musst du dich sicher um einiges kümmern, und da dachten wir …«

»Ja, das tät euch so passen. Wir haben jetzt Wichtigeres zu tun.«

Als Kluftinger vor der alten Autowerkstatt am Ufer der Iller in der Kemptener Altstadt die Tür des Dienstwagens öffnete, standen dort bereits der weiße BMW von Willi Renn und ein Streifenwagen, mit dem wohl sein Team gekommen war. Wie die das nur schafften, immer noch vor ihnen an den Tatorten zu sein! Kluftinger stieg aus und ging auf den Erkennungsdienstler zu, der gerade im Kofferraum seines Autos kramte.

»Willi, auch schon da?« Kluftinger klopfte dem Kollegen auf die Schulter. Er mochte Renn und hätte nicht sagen können, wie lange er schon mit dem kleinen Mann zusammenarbeitete, an wie vielen Tatorten sie schon gemeinsam nach Spuren und Indizien gesucht hatten, Kluftinger eher intuitiv, Willi akribisch und genau. Und der Kommissar wusste, dass man sich immer auf »Willi, den Wühler« verlassen konnte, nicht nur, wenn es um Spurensicherung ging.

»Klufti, du weißt doch, dass wir von der schnellen Truppe sind! Wo hast du denn dein Auto gelassen?«, wollte Renn wissen.

»Du, der Eugen ist gefahren. Hast du heut gar keinen Strampelanzug an?« Der Kommissar grinste. Normalerweise trugen Renn und seine Kollegen an Tatorten einen weißen Einweg-Papieranzug, Kopfhaube und Handschuhe, um keine Spuren zu verwischen oder mit eigenen Haaren oder Hautschuppen zu verunreinigen.

»Ein Anzug hilft da drin höchstens noch gegen Ölschlamm und Wagenschmiere, vernünftige Spuren werden wir wohl kaum finden. Da hat schon die Putzfrau zusammengekehrt!«, brummte Renn. Dann zog er sich die blau karierten Gummistiefel an, die er eben aus dem Kofferraum geholt hatte.

Kluftinger warf ihm einen fragenden Blick zu.

»Ich hab keine Lust auf Ärger mit meiner Frau, weil ich die neuen Mokassins aus dem Spanienurlaub mit Altöl versaut hab!«, erklärte Renn, griff augenzwinkernd doch noch nach einem Einwegoverall und entfernte sich.

Kluftinger ließ den Blick über das Haus wandern, vor dem er stand: ein L-förmiges Gebäude, das den geteerten Hof begrenzte, links von ihm das große Wohnhaus und direkt vor ihm in rechtem Winkel dazu die etwas niedrigere zweistöckige Werkstatt. Das gesamte Gebäude hatte schon bessere Zeiten gesehen: Beim Wohnhaus blätterte der Putz ab, die meisten der zahlreichen Fenster waren trüb. Einige der schäbigen grünen Läden fehlten. Nur wenige

Fenster waren gegen neuere Kunststoffmodelle ausgetauscht worden. Deren Scheiben jedoch waren sauber geputzt, mit Gardinen versehen, dahinter konnte man Zimmerpflanzen erahnen. Nur hier schien noch jemand zu wohnen. Der Werkstatttrakt war in einem moosigen Grünton gestrichen, im Erdgeschoss zwei alte Klapptore, eines davon halb offen, der erste Stock wirkte ungenutzt, die kleinen Fenster waren voller Spinnweben. An einem kleinen Balkon, einer Art winziger Dachterrasse auf der Werkstatt, leuchteten üppig blühende rote Geranien aus hellgrauen Plastikblumenkästen. Ein bizarrer Mix, fand Kluftinger.

Über den Toren prangte als Relief in verwitterten grauen Lettern ein Schriftzug: *Auto-Zahn, Fahrzeugreparaturen aller Marken. Inh. Herbert Zahn.*

In diesem Moment bog ein Lieferwagen mit der Aufschrift *Motorrad-Center Biberach* auf den Hof ein. »Himmelarsch, kann man denn nirgends in Ruhe arbeiten?«, schimpfte Kluftinger und ging auf das Auto zu.

»Was gibt's denn?«, fragte der Mann auf dem Beifahrersitz, nachdem sie das Fenster heruntergelassen hatten.

Der Kommissar seufzte. Das war seine Lieblingsfrage an Tatorten. Wenn die Menschen mit diesem schaulustigen Leuchten in den Augen wissen wollten, ob es eine Sensation zu sehen gebe. Entsprechend genervt wollte er die beiden wieder loswerden. Doch als er mitbekam, dass sie sich lediglich verfahren hatten, wurde er wieder etwas freundlicher und erklärte ihnen den Weg. *Gelbfüßler*, dachte er kopfschüttelnd, während sie um die Ecke bogen.

»Der Hefele hat grad angerufen«, sagte Strobl und steckte sein Handy weg. »Kommt zusammen mit Zahns Arzt gleich mal hier vorbei.«

»Mit welchem Zahnarzt?«

»Nein, nicht Zahnarzt, mit dem Arzt von Zahn ... also, dem Doktor von den Zahns halt, dem, der den Totenschein ausgestellt hat«, erklärte Strobl umständlich.

»Schon klar, Eugen. Kommt's, wir gehen rein!«

»Das dürfte ja ein Tatort ganz nach deinem Geschmack sein, oder, Klufti?«, merkte Strobl grinsend an. »Ich mein ... so ganz ohne Blut und ohne Leiche!«

Maier gluckste.

»Ihr braucht's gar nicht so großspurig tun! Als ob euch das nicht auch lieber wär!«, blaffte der Kommissar zurück und betrat die Werkstatthalle.

Kluftinger fiel als Erstes der beißende, muffige Geruch auf: eine Mischung aus Öl, Lösungsmittel, Metall und dem Dreck, der sich seit fünfzig Jahren in diesem Raum angesammelt hatte. Was er dann sah, wirkte geradezu wie eine Reminiszenz an vergangene Zeiten, als in Fahrzeugen noch echte Mechanik dominiert hatte, nicht schnöde Elektronik. Eine mächtige Metalldrehbank vor der Rückwand, dazu eine Standbohrmaschine auf einer mächtigen schwarzen Werkbank. Daneben zwei riesige Gasflaschen eines geradezu antik anmutenden Schweißgerätes und in der Ecke ein großer Amboss. Hier waren früher offenbar noch Ersatzteile angefertigt, nicht nur Relais getauscht und Bordcomputer programmiert worden.

In dem Raum waren übereck zwei alte Autohebebühnen angeordnet, Werkstattwagen mit allerlei ölig-verschmiertem Werkzeug standen herum, und an der linken Seitenwand hing ein verrostetes Schild mit der Aufschrift: *Wenn das Auto nicht springt an, ruf doch gleich den Auto-Zahn.* Einige Blechschilder von Reifen- oder Elektrikherstellern, deren Namen Kluftinger allenfalls noch aus seiner Jugendzeit kannte, fristeten hier ein Schattendasein und schienen geradezu darauf zu warten, von irgendeinem begeisterten Sammler wieder zu altem Glanz erweckt zu werden.

Bei einer der Hebebühnen knieten Willi Renn und seine Mitarbeiter, junge Kollegen, die Kluftinger nur dem Namen nach kannte. Sie waren beide ordnungsgemäß mit Overalls bekleidet und erfüllten somit das Klischee vom Erkennungsdienst weit besser als Willi.

Plötzlich hörte der Kommissar hinter sich ein seltsames Surren, das rasch näher zu kommen schien. Er drehte sich um und sah einen älteren Mann in einem Elektrorollstuhl, der sich in seine Richtung bewegte. Der Kommissar ging einen Schritt auf den Mann zu, doch der Alte schien keine Anstalten zu machen, sein Gefährt zum Stehen zu bringen. Kluftinger machte einen Ausfallschritt nach rechts, doch er war nicht schnell genug gewesen: Sein linkes Schienbein brachte den Rollstuhl mit einem heftigen Ruck zum Stehen. Ein stechender Schmerz ließ den Kommissar kurz aufschreien.

»Kreuzhimmel, haben Sie denn …«, setzte er zu einer heftigen Schimpftirade an, doch bevor er richtig loslegen konnte, hielt ihn auch schon sein schlechtes Gewissen zurück: Schließlich saß sein Gegenüber im Rollstuhl, und er wollte nicht rücksichtslos erscheinen. Er war sich immer unsicher, wie man mit den Gebrechen oder Einschränkungen anderer umzugehen hatte. Viele wollten ja gar keine Sonderbehandlung. Man wusste nie, ob die Betroffenen es nicht eher als Affront ansahen, wenn man ihnen helfen wollte. In diesem Fall fühlte sich Kluftinger sogar ein wenig schuldig. Schließlich hatte er ja mitten im Weg gestanden.

»Ich mein, es … tut mir …«, stammelte er.

»Nix für ungut, Herr Inspektor«, unterbrach ihn der Mann im Rollstuhl. »Aber das Ding reagiert nicht besonders sensibel. Und manche sagen das auch seinem Besitzer nach. Herbert Zahn. Mit wem habe ich das zweifelhafte Vergnügen?«

Erst jetzt konnte Kluftinger das Gesicht seines Gegenübers richtig sehen. Zahn wirkte recht rüstig, geradezu drahtig – ein Eindruck, der durch die sonnengebräunte Haut, markante Gesichtszüge und eine sonore Bassstimme unterstrichen wurde. Nur an seinen dürren, knochigen Händen sah man, dass der Mann über achtzig sein musste.

»Kluftinger, Kripo Kempten, grüß Gott, Herr Zahn. Zuerst mal möchte ich Ihnen mein Beileid aussprechen zum Tod Ihrer …«

»Geben Sie sich keine Mühe, das Leid hält sich in Grenzen, was mich angeht«, sagte Zahn lapidar.

Kluftinger runzelte die Stirn.

»Meine Frau und ich, wir haben nicht gerade eine Bilderbuchehe geführt, verstehen Sie? Aber in unserem Alter, da lässt man sich nicht mehr scheiden, auch wenn man sich überhaupt nichts mehr zu sagen hat. Jeder von uns ging längst seiner eigenen Wege, obwohl wir in einem Haus gelebt haben. Und meine Frau, wie soll ich das sagen, sie war nicht gerade herzlich, verstehen Sie? Nicht nur zu mir. Was meinen Sie, wieso sie in der Nachbarschaft nur ›Giftzahn‹ genannt worden ist? So was hat schon seinen Grund! Die konnte ein furchtbarer Drache sein.«

Kluftinger sah den Mann fassungslos an. Unglaublich, wie der über seine erst vor ein paar Tagen verstorbene Frau sprach. Was bewog jemanden, sein Leben mit einem Menschen zu verbringen, der ihm nichts mehr bedeutete, schlimmer noch, der ihm regelrecht zuwider war? Unvorstellbar, und dennoch kannte er einen ähnlichen Fall aus der eigenen Familie: Hatte nicht seine Großmutter am offenen Grab ihres zehn Jahre älteren Mannes vor allen Trauergästen gesagt, sie sei zwar sehr traurig über den Tod ihres Mannes, freue sich aber auch auf ihr neues Leben als Witwe und auf ein paar schöne Jahre, die sie nun noch habe? Er dankte Gott in einem Stoßgebet für seine funktionierende Ehe, konnte er sich doch nicht einmal in den schlimmsten Albträumen ausmalen, wie groß seine Trauer wäre, würde seiner geliebten Erika etwas zustoßen. Kluftinger schüttelte kaum merklich den Kopf, versuchte dann aber, seinen Abscheu vor Zahns Verhalten, so gut es ging, zu verbergen.

»Haben Sie denn Ihre Frau aufgefunden?«, fragte er und bemühte sich, dabei möglichst sachlich zu klingen.

»Schon, ja. Neulich ist sie mal in der Früh nicht da gewesen«, gab Zahn an. »Ich hab schon in der Nacht gesehen, dass sie nicht in ihrem Bett lag, auf dem Weg zum Klo komm ich ja an ihrem Zimmer vorbei.«

»Und dabei haben Sie sich nichts gedacht?«, hakte Strobl auf einmal nach. Kluftinger hatte gar nicht bemerkt, dass seine beiden Kollegen schräg hinter ihm standen. Maier hielt sein Handy-Diktiergerät in Zahns Richtung.

»Mein Gott! Die ist oft auf dem Sofa bei laufendem Fernseher eingeschlafen und erst beim Morgengrauen ins Bett gegangen. Was hätt ich mir da schon denken sollen?«

»Aber im Bericht des Hausarztes steht, dass er erst um elf Uhr dreißig des nächsten Tages gerufen worden ist«, hakte Kluftinger nach. »Haben Sie denn nicht wenigstens in der Früh mal nach Ihrer Frau geschaut?«

»Halb zwölf ist ja auch noch in der Früh!«, gab Zahn zurück. »Wir frühstücken nie zusammen, und ich steh eh später auf. Manchmal ist sie dann halt schon weg gewesen, beim Einkaufen auf dem Markt oder was weiß ich. Aber wie sie nicht gekommen ist, als es auf die Essenszeit zuging, da hab ich mal in die Werkstatt geschaut. Und da ist sie dann gelegen. Hat man ja gleich gesehen, dass die hinüber ist.«

»Zeigen Sie uns bitte genau, wo Ihre Frau gelegen ist!«, forderte Strobl den Mann auf.

Zahn zögerte kurz, dann richtete er sich auf einmal in seinem Rollstuhl auf. Kluftinger zuckte regelrecht zusammen, wurde aber schnell von Maier abgelenkt, der leise, aber durchaus für alle vernehmlich sagte: »Ein Wunder, ein Wunder!«

Strobl und Kluftinger warfen ihm umgehend tadelnde Blicke zu, woraufhin der Kollege kleinlaut zurückgab, man dürfe doch wohl mal noch ein »Späßle« machen.

Zahn schlurfte davon unbeirrt auf die Hebebühne zu, an der Willi und seine Kollegen noch immer zugange waren. Die Polizisten folgten ihm.

»Sind Sie denn gar nicht auf den Rollstuhl angewiesen, Herr Zahn?«, wollte Kluftinger wissen.

»Angewiesen nicht«, brummte der zurück, »aber ich bin mein ganzes Leben schon lieber gefahren als gelaufen. Wieso sollte ich mir diese Annehmlichkeit denn nicht gönnen? Wenn ich denk, was ich früher für Autos und Maschinen gehabt hab! Ich war zweimal bayerischer Meister auf der Sandbahn! Speedway, verstehen Sie? Das kennen Sie heut gar nicht mehr! Aber egal. Also, ich bin hier reingekommen und hab meine Frau da über dem vorderen Querholm von der Hebebühne liegen sehen.«

»Haben Sie denn seitdem hier irgendetwas verändert?«

»Wie, verändert? Ich hab da seit zwanzig Jahren nichts mehr verändert. Das ist noch genau wie vorher! Nur dass sie nicht mehr daliegt halt.«

Jetzt wandte sich Kluftinger an Renn: »Habt ihr euch den Schacht unter der Bühne schon mal angeschaut, Willi?« Er deutete auf die rechteckige Montagegrube, die nur zu einem kleinen Teil mit einem verbogenen alten Gitter gesichert war.

»Mal langsam, Kollege! So weit sind wir noch nicht!«

»Macht es dir was aus, wenn ich da mal selber runtersteige?«

»Wie gesagt, ich glaub nicht, dass wir hier noch viel finden. Aber tu, was du nicht lassen kannst! Und denk dran: Auch deine Erika wird nicht grad begeistert sein, wenn du völlig verdreckt heimkommst!«

»Ich pass schon auf«, wiegelte Kluftinger ab und stieg die wenigen Gitterstufen in den dunklen Schacht hinunter. Unten verlor der Kommissar für einen Moment den Halt. Er krallte sich reflexartig an dem rostigen Geländer fest, um nicht hinzufallen. Mit zusammengekniffenen Augen sah er zu Boden, der bedeckt war von genau dem schmierigen Film aus Altöl und diversen anderen undefinierbaren Substanzen, vor denen ihn Willi gerade gewarnt hatte.

»Kruzinesn! Herr Zahn, haben Sie denn kein Licht hier unten?«, fragte er aus dem Dunkel.

Zahn schüttelte den Kopf.

»Er hat keins!«, gab Maier dienstbeflissen weiter. »Aber wenn du möchtest, dann kann ich dir Licht machen. Ich hab ein Flashlight-App!«

Kluftinger streckte den Kopf aus der Grube: »Was hast du?«

»Ein Flashlight, also … Taschenlampen-App!«

»Ein Epp, soso. Reimt sich verdächtig auf Depp!« Kluftinger sah augenzwinkernd zu Strobl, der seine Lippen zu einem Grinsen verzog. »Also, kann man damit leuchten? Dann will ich's haben!«

Maier zögerte etwas: »Eigentlich handelt es sich dabei um mein neues Smartphone. Und ich geb so sensible Geräte ungern aus der Hand, noch dazu an Leute, die sich damit absolut nicht auskennen!«

»Alles klar. Dann komm endlich runter und mach's hell, du … Leuchte!«

Erstaunt stellte der Kommissar fest, dass Maiers Telefon als Not-Taschenlampe tatsächlich ganz passabel funktionierte. Während der in gebückter Haltung das Gerät nahe über dem Boden hin und her schwenkte, suchte Kluftinger die Grube Quadratzentimeter für Quadratzentimeter ab. Als sie etwa ein Drittel hinter sich hatten, beugte sich Kluftinger ruckartig nach unten und stieß mit Maiers Hinterkopf zusammen.

»Herrgott, Richie, geh aus dem Weg mit deinem Quadratschädel, ich hab da was!« Kluftinger klaubte einen Gegenstand vom Boden, der im spärlichen Licht des Telefons wie ein verschmierter Draht, ein Kabel oder ein dünnes Drahtseil aussah. Daneben lag eine zerrissene Kette.

»Ein Kabel in einer Werkstatt, Respekt, Herr Hauptkommissar, wer konnte damit rechnen«, spottete Willi. »Ich schau vielleicht auch noch mal, sicher ist sicher. Wir haben nämlich sogar eine transportable Neonleuchte dabei!«

»Schönen Dank auch, und ich plag mich mit der Funzel ab!«

»Du, ich wollt mich nur nicht einmischen.«

»Aha, alles klar!« Kluftinger fischte die eben geborgenen Teile mit spitzen Fingern vom Boden und hielt sie Zahn vor die Nase. »Was ist das, Herr Zahn?«

Der alte Mann wollte gerade danach greifen, da zog Kluftinger es ihm wieder weg.

»Nur anschauen, bitte, Herr Zahn, Sie wissen ja, die Spuren!«

Willi nickte anerkennend in Kluftingers Richtung.

Zahn setzte die Brille auf, die an einer Kordel um seinen Hals hing, und schürzte die Lippen, dann sagte er: »Wenn Sie mich fragen, ist das der Gaszug von einem 911er oder 912er Porsche, Baujahr 1960 bis frühe Siebziger. Kann aber auch schon von einem 356er sein. Den können Sie aber wegwerfen, der ist an der vorderen Befestigung abgerissen. Das andere ist die Christophoruskette meiner Frau.«

»Respekt, Herr Zahn«, kommentierte Maier. »Damit können Sie ja bei ›Wetten, dass?‹ auftreten!«

»Willi, packt das mal in einen von euren Gefrierbeuteln, bitte!«, bat Kluftinger.

Renn hielt ihm einen seiner durchsichtigen Asservatenbeutel hin. »Klufti, da muss ich dich ja regelrecht loben!«

»Herr Zahn«, wandte sich der Kommissar wieder an den alten Mann, »wollen Sie denn gar nicht wissen, weshalb wir hier sind?«

»Sie werden es mir schon bald mal sagen, nehm ich an!«

»Ihre Frau ist keines natürlichen Todes gestorben, wie es im Totenschein steht«, erklärte Kluftinger und fixierte dabei sein Gegenüber, um dessen Reaktion möglichst genau mitzubekommen. »Sie ist ermordet worden. Das hat die Obduktion zweifelsfrei ergeben!«

Zahn runzelte die Stirn. Mit zu Schlitzen verengten Augen presste er hervor: »Heu, jetzt wird's interessant!«

»Ich kann Ihnen ohne Umschweife schon einmal sagen«, mischte sich Maier ein, »dass Sie sich verdächtig gemacht haben. Sehr verdächtig. Ich hab Ihre Aussagen alle auf dem Handy!«

»Ach so? Meinen Sie, ich hab sie mit meinem Rollstuhl überfahren, oder wie?«

»Wohl kaum«, konterte Strobl, »schließlich ist sie erwürgt worden!«

»Ach so, klar, ich hab sie erwürgt! Ich kann noch nicht mal einen Stift halten, so stark hab ich Gicht! Aber meine Frau, diesen Koloss, den hab ich einfach mal so erwürgt! Nach über fünfzig Jahren Ehe hab ich mir gedacht: Jetzt reicht's mir, jetzt erwürg ich den alten Drachen!« Er tippte sich mit dem Finger an die Stirn.

»Jetzt mal mit der Ruhe, Herr Zahn«, sagte Kluftinger, »wir sagen ja nicht, dass Sie es waren. Hat Ihre Frau denn Feinde gehabt?«

»Feinde?«, wiederholte Zahn abschätzig. »Fragen Sie lieber nach ihren Freunden, da geht das Aufzählen schneller!«

»Warum? Wie hat sich Ihre Frau denn unbeliebt gemacht?«, hakte Strobl nach.

»Wie gesagt: Giftzahn haben die Leut gesagt. Wie oft hab ich sie gewarnt, dass sie nicht immer ihre Nase überall reinstecken soll. Jetzt hat sie den Dreck!«

In diesem Moment erhellte ein Lichtschein von draußen die düstere Werkstatt. Kluftinger wandte sich zur Tür: Hefele betrat gerade mit einem vielleicht fünfzigjährigen Mann den Raum. »So, Kollegen, darf ich vorstellen, Herr Doktor Sichler, der Arzt von Frau Zahn.«

Maier schob sich an Kluftinger und Strobl heran und flüsterte: »Aber nicht der Zahnarzt!«

»Den hatten wir schon«, erklärte Strobl. Dann klopfte er dem Kollegen aufmunternd auf die Schulter und setzte ein »Kannst du ja aber nicht wissen« hinzu.

Kluftinger begrüßte den Arzt und war überrascht von dessen Händedruck, der auffallend kräftig war für einen Mann von seiner Statur. Auf Ende vierzig schätzte ihn der Kommissar, hochgewachsen, schlank, ja geradezu dürr. Seine weiße Hose war gut und gern drei Zentimeter zu kurz, und der Hosenbund saß oberhalb des Bauchnabels. Obendrein machte der Doktor ein Hohlkreuz, was seinen Hintern wie eine Art Entenbürzel hervortreten ließ.

»Gut, dass Sie gleich mitgekommen sind, Herr Doktor Sichler. Kluftinger, Kripo Kempten. Können Sie uns denn mal kurz schildern, wie das vor sich gegangen ist, als Sie vorgestern hierhergerufen worden sind?«

»Herr Zahn hat mich verständigt, gegen elf, halb zwölf müsste das gewesen sein. Er hat mir sofort gesagt, dass seine Frau tot sei und er sie hier in der Werkstatt gefunden habe.«

»Hat Sie das denn nicht stutzig gemacht?«, erkundigte sich Strobl.

»Wissen Sie, Frau Zahn war herzkrank. Wenn Sie sie gesehen haben, wissen Sie auch, dass sie eine sehr starke Person war …«

»Sie war fett, Herr Doktor, das können Sie ruhig ohne Umschweife sagen!«

Der Arzt sah zu Zahn hinüber, der mittlerweile wieder in seinem Rollstuhl Platz genommen hatte, und zuckte mit den Schultern, dann fuhr er fort: »Schön, sie war sehr übergewichtig, dickleibig, das stimmt schon. Und dann hatte sie noch die Probleme mit dem Herzen. Angina Pectoris.«

»Pah, die hatte überhaupt kein Herz, mal ehrlich!«, brummelte Zahn.

Sichler ließ sich nicht beirren. »Ich bin also schon am Telefon davon ausgegangen, dass Frau Zahn an einem Herzversagen gestorben ist. Wer rechnet schon mit einem unnatürlichen Tod bei einer Zweiundachtzigjährigen?«

»Vielleicht der Arzt? Bei der gesetzlich vorgeschriebenen Leichenschau?«, forderte Maier den Mediziner heraus.

Der reagierte prompt. Er ging einen Schritt auf Maier zu und sagte mit einem Nachdruck, der den Polizisten sichtlich einschüchterte: »Ich weiß, was ich laut Gesetz machen muss. Und ich mache es, so gut ich kann. Wenn Sie zwischen einer Lungenentzündung und einer Krebsnachsorge samt Prostatauntersuchung mal schnell zu einem Todesfall in eine düstere Garage gerufen werden, wo eine dicke alte Frau liegt, die eigentlich nach Menschenermessen längst tot sein müsste, meinen Sie, da entgeht Ihnen nicht auch mal was?«

»Jetzt lassen Sie uns nicht streiten«, versuchte Hefele zu beschwichtigen, und Kluftinger fügte hinzu: »Niemand macht Ihnen da einen Vorwurf!« Dann sah er Maier scharf an und fragte: »Als Sie keine Anhaltspunkte für eine Gewalteinwirkung gefunden haben, was haben Sie getan?«

»Ich hab zusammen mit Herrn Zahn die Bestatter gerufen.«

»Standen Sie in einer engen Beziehung zu Frau Zahn?«, fragte Maier weiterhin in recht unversöhnlichem Ton.

Der Arzt runzelte fragend die Stirn.

»Na ja, waren Sie so etwas wie ihr Vertrauter? Sie wären nicht der erste Hausarzt, der in einem Testament …«

»Haben Sie denn Kinder, Herr Zahn?«, fragte Kluftinger an den Mann im Rollstuhl gewandt, um die Situation nicht noch mehr eskalieren zu lassen. Der Arzt, der schon zu einer Gegenrede angesetzt hatte, hielt abrupt inne.

Zahn machte eine wegwerfende Handbewegung und brummte: »Kinder? Nein. Meine Frau hat von ihren ehelichen Pflichten nie viel gehalten, auch als wir jung waren, nicht. Es gab also nicht viele Gelegenheiten. Aber ich war auch nicht scharf drauf. Ich hab mich anderweitig vergnügt, wenn Sie verstehen, was ich meine.«

Kluftinger blies hörbar die Luft aus. So genau hatte er es eigentlich gar nicht wissen wollen. »Herr Doktor, ist Ihnen etwas aufgefallen, hier in der Werkstatt? Vielleicht, dass etwas herumlag oder irgendetwas verändert schien?«

»Verändert? Es ist schon eine Weile her, dass ich hier drin gewesen bin. Vielleicht fünfzehn Jahre. Damals hat Herr Zahn noch die Werkstatt betrieben und meinem alten Jeep einen neuen Auspuff verpasst. Aber wenn Sie mich so fragen: Seitdem ist hier alles gleich geblieben!«

Strobl schaltete sich ein: »Was hat denn Ihre Frau überhaupt hier unten gemacht? Ich meine, wenn hier alles stillgelegt ist.«

»Ist es ja gar nicht«, gab Zahn zurück. »Das hier wird seit bald zehn Jahren alles vermietet. Einschließlich der Werkzeuge und der Ausstattung. Meine Frau hat sich darum gekümmert. Das haben immer wieder andere gehabt, meistens so Autoschrauber, die dann ihren Oldtimer aufgemöbelt haben. Dann haben sie die Werkstatt an irgendwelche Kumpels weitervermittelt. Ich sag's Ihnen gleich, da ist bei meiner Frau viel unter der Hand gelaufen.«

Die Beamten blickten sich an. Das gab dem Ganzen natürlich eine neue Wendung.

»An wen hat sie denn zuletzt vermietet?«, fragte Kluftinger aufgeregt. »Wo sind denn Ihre aktuellen Mieter? Und was haben sie hier gemacht? Sieht ja nicht nach Autoreparatur aus, dazu fehlen die Fahrzeuge und Teile, oder? Und können Sie sich vorstellen, was Ihre Frau hier in der Werkstatt wollte? Hat sie denn irgendeine Veranlassung gehabt, hierherzukommen? Und hat sie einen Schlüssel gehabt?«

»Weg. Weiß nicht. Stimmt. Keine Ahnung. Glaub nicht. Ja.«

»Bitte?«

»Ja, wenn Sie alle Fragen auf einmal stellen, antworte ich halt auch auf einmal.«

Kluftinger lief rot an. Gut, er hatte gerade keine professionelle Fragetechnik angewandt; wegen der neuen Sachlage war der Gaul ein bisschen mit ihm durchgegangen. »Das ist hier eine ernste Sache, Herr Zahn«, ermahnte er den alten Mann. »Würden Sie sich bitte entsprechend verhalten?«

»Schon gut, schon gut. Also, meine Frau hätte den Mietern niemals alle Schlüssel gegeben, dazu war sie viel zu misstrauisch. Sie hat immer wieder herumspioniert hier unten und sich weiß Gott was für Geschichten ausgemalt, dass hier gestohlene Autos umlackiert oder zerlegt werden. Und dann hat sie auch die Miete immer bar haben wollen, weil sie allen immer misstraut hat. Vielleicht wollte sie ja an dem Abend auch Geld eintreiben.«

Der Kommissar seufzte. »Gibt es einen Mietvertrag?«

»Ich denke schon. Da müssen wir in den Unterlagen von meiner Frau nachschauen. Die sind oben im Wohnzimmerschrank.«

Um Maier und den Arzt fürs Erste voneinander zu trennen, schickte Kluftinger den Kollegen mit Hefele und Zahn in dessen Wohnung, damit sie den Vertrag suchen.

»Ich müsste dann mal wieder in meine Praxis«, meldete sich Sichler, der nach Maiers Weggang friedlicher schien.

»Ja, Sie können eigentlich gehen. Wir haben ja Ihre Nummer.«

Ein paar Minuten noch standen Strobl und Kluftinger ein wenig verloren in der Werkstatt. Es schien hier tatsächlich keinerlei Ansatzpunkte für die Ermittlungen zu geben. Auch Willi Renn hatte ihnen wenig Hoffnung gemacht.

Als die beiden Polizisten gerade die düstere Halle verlassen wollten, hielt sie Renn jedoch mit einem »Hey!« auf. Er stand in der schmalen Tür zu einem Nebenraum auf der linken Seite der Werkstatt. »Kommt's mal her, Kollegen, und schaut's euch das an. Vielleicht könnt ihr euch einen Reim darauf machen, ich kann's jedenfalls nicht!«, rief er.

Kluftinger verstand sofort, was Willi meinte: Er blickte in einen kahlen, etwa vier Meter hohen Raum, schätzungsweise vierzig Quadratmeter groß, der Zahn als Lager gedient haben musste. Der Raum wurde von einer einzelnen Neonleuchte notdürftig erhellt. Kluftinger zog grübelnd die Brauen zusammen. Sein Blick fiel auf ein seltsames Gebilde im Zentrum des Zimmers: Auf einem zusammengeschraubten Sockel aus Dachlatten und Sperrholz stand eine billige bunte Heiligenfigur aus Plastik unter einer Art Käseglocke aus Glas, ringsherum markierten giftgrüne dicke Wollfäden so etwas wie einen Würfel. An verschiedenen Stellen des Raums waren wie die Reste eines überdimensionalen Spinnennetzes Gebilde aus den gleichen Schnüren gespannt. Kluftinger hatte keine Ahnung, was er da vor sich hatte. Er schüttelte langsam den Kopf, drehte sich dann um und blickte in die völlig ratlosen Gesichter von Willi Renn und Eugen Strobl.

»Habt's ihr eine Idee?«, wollte Renn wissen, doch die beiden anderen schüttelten nur die Köpfe.

»Hm, komisch«, sinnierte Kluftinger, »das schaut aus wie so eine Installation, findet ihr nicht? Moderne Kunst oder so was.«

»Interessant!«, tönte es hinter dem Kommissar. Er wandte sich um und sah, wie Richard Maier sein Taschenlampenhandy hochhielt und Fotos machte.

»Lass gut sein, Richie«, sagte Kluftinger, »der Willi hat schon genügend fotografiert, da brauchst du jetzt nicht noch rumknipsen.«

»Ich will ja auch nur für mich ein paar private Bilder«, verkündete der und drängte sich mit noch immer gezückter Kamera in den Raum. »Ich liebe moderne Kunst, und was wir hier sehen, erinnert in seiner Verwendung von Alltagsgegenständen und ihrer Veredelung zur Kunst ein bisschen an die Readymades von Duchamp! Was meint ihr?«

Verwirrt sahen drei Augenpaare zu Maier. Der schien die Blicke in seinem Rücken zu spüren, denn er drehte sich um und bemerkte: »Ihr wisst schon, der mit der Kloschüssel an der Wand ...«

»Deine Schüssel hat aber noch keinen Sprung, da bist du sicher?«, entfuhr es dem Kommissar, der solche Äußerungen allenfalls von Langhammer gewohnt war, nicht aber von einem seiner engsten Mitarbeiter. »Und überhaupt: Weshalb bist du denn schon wieder da?«

»Weil Kollege Hefele gerade mit Herrn Zahn die Akten nach dem Vertrag durchforstet. Deshalb.«

»Aha, dann kannst du ja gleich wieder raufgehen und den Zahn nach diesem ... was auch immer fragen. Den Weg kennst du jetzt ja, gell?«

Einige Wochen zuvor

»Ihr wisst«, begann der kräftige, durchtrainierte Mann mit der auffallend tiefen Stimme, »dass ich euch heute hierhergebeten habe, weil ihr auf eurem Gebiet die Besten seid. Verlasst euch drauf, ich werde euch fürstlich entlohnen für eure Arbeit. Aber bildet euch nicht zu viel ein – ihr alle seid nur kleine Rädchen in einem großen Getriebe – allein könnt ihr überhaupt nichts ausrichten!«

Er ging in der alten Werkstatt auf und ab, die nur durch eine einzige Neonröhre an der Decke schwach beleuchtet wurde. Vor ihm saßen sechs Männer und eine junge Frau auf hölzernen Werkbänken mit ölverschmierten alten Maschinen.

Irgendwie passte er nicht so recht in dieses Ambiente. Hätte man ihn auf der Straße gesehen, man hätte ihn für einen biederen Beamten halten können, mit seiner braunen Tuchjacke, der Bundfaltenhose und seinen schwarzen Halbschuhen. Wären da nicht diese wachen, blitzenden Augen in seinem zerknitterten Gesicht gewesen. Die anderen hingen an seinen Lippen, wirkten angespannt: Einer kaute nervös auf den Fingernägeln herum, ein anderer, ein besonders groß gewachsener, kräftiger junger Mann, leckte sich unablässig über die Lippen. Sie wussten alle, mit wem sie es hier zu tun hatten, auch wenn sie ihn zuvor nicht alle persönlich gekannt hatten.

»Für diejenigen, mit denen ich zum ersten Mal zusammenarbeite: Es gibt ein paar Prinzipien, die mir sehr wichtig sind. Verschwiegenheit ist oberstes Gebot und Grundvoraussetzung, ich erwarte außerdem Disziplin, Fleiß, Präzision, Einsatz, Ehrlichkeit.« Beim letzten Wort lachten sie, doch er blieb ernst. »Und nicht zuletzt Respekt. Vor mir und meinen Entscheidungen, über die ich nicht diskutieren werde, und untereinander. Ich möchte, dass wir als Team arbeiten, und dazu gehört ein respektvolles Miteinander. Wir haben eine schwierige Aufgabe vor uns, aber dazu später. Zuerst müsst ihr wissen, mit wem ihr es im Team zu tun habt. Ich bringe jedem von euch dasselbe Vertrauen entgegen, also enttäuscht mich nicht. Ihr würdet es ohnehin bitter bereuen.« Er sagte das alles kühl, sachlich, und wirkte tatsächlich ein bisschen wie ein Beamter.

Er machte eine kurze Pause, um seine Worte wirken zu lassen und einen nach dem anderen anzublicken. »Solltet sich einige von euch untereinander schon kennen, dann vergesst eure richtigen Namen. Ich habe es mir zur Gewohnheit gemacht, bei jedem Projekt neue Pseudonyme zu verwenden – und bin immer gut damit gefahren. Eure erste Aufgabe wird es sein, euch die neuen Namen einzuprägen – und zwar so, dass sie euch in Fleisch und Blut übergehen. Mich werdet ihr ab sofort nur noch Sankt Magnus, euren Schutzpatron, nennen.«

Sie blickten sich überrascht an. Einer kicherte, doch ein eisiger Blick des imposanten Mannes ließ ihn sofort verstummen. »Wenn wir uns besser kennen, dürft ihr das ›Sankt‹ vielleicht weglassen«, fuhr er spöttisch fort. »Magnus ist der Schutzpatron des Allgäus – das werdet ihr nicht wissen, denn besonders religiös wirkt ihr nicht gerade. Ich werde euch jetzt einem nach dem anderen die Namen zuordnen, gleichzeitig stelle ich euer Fachgebiet vor. Echte Identitäten habt ihr ab sofort nicht mehr, kapiert?«

Die Männer und die Frau nickten eifrig, einige murmelten »Verstanden« oder ein leises »Ja«.

»Also, dann passt gut auf. Ladys first«, sagte Magnus und nickte der attraktiven Frau zu, die nun ihre Wollmütze abnahm und so den Blick auf kurz geschnittene dunkle Haare freigab. Ihre Bewegungen wirkten geschmeidig, und sie zog die Blicke ihrer männlichen Kollegen auf sich.

»Unsere Santa Lucia hier ist die Elektrik- und Elektronik-Fachfrau. Lucia ist die Schutzpatronin der Elektriker – und der wenigen Frauen, die es auf diesem Gebiet gibt. Unsere Lucia ist eine absolute Koryphäe, und ich erwarte, dass ihr euch zotige und dumme Sprüche spart, ja?«

Lucia nickte in die Runde. Zwei der Männer sahen sich grinsend an, was ihnen jedoch sofort einen tadelnden Blick des Anführers einbrachte.

Dann sah Magnus zu dem blassen, schmächtigen, fast jungenhaften Mann von vielleicht dreißig Jahren, der neben Lucia saß. Er kaute auf den Fingernägeln, seine Haare waren kurz geschoren, und mit seinen übertrieben langen Koteletten sah er ein wenig aus wie ein Relikt aus den Siebzigerjahren. Unruhig wippte er immer wieder vor und zurück, als sein Name genannt wurde.

»Gut. Unser Sankt Christophorus, Schutzpatron der Fährmänner, wird dafür sorgen, dass wir immer heil und schnell ans Ziel kommen. Er wird sich auch um die unauffällige Beschaffung eines kleinen Fuhrparks kümmern und notfalls Reparaturen oder Modifikationen vornehmen.«

Christophorus grinste kurz, dann kaute er wieder an seinen Nägeln.

»Neben ihm Servatius, der Mann für Schlüssel und Schlösser. Übrigens einer der Eisheiligen. Ihr wisst vielleicht: Pankraz, Servaz, Bonifaz. Aber das nur am Rande. Ein absoluter Experte. Wundert euch nicht, wenn ihr mal einen Schlüsseldienst ruft, und er kommt – Sankt Servatius ist tagsüber unbescholtener Geschäftsmann und Handwerker!«

Der dunkelhaarige Südländer sah mit zusammengekniffenen Augen in die Runde und nickte nacheinander jedem der Anwesenden zu.

»Neben ihm sitzt unser Goldschmied, Sankt Agatha. Zu seiner genauen Aufgabe später mehr.«

Der untersetzte Mann, den man eher für einen Huf- als einen Goldschmied gehalten hätte, fuhr hoch. Seine Augen funkelten, die Lippen begannen zu beben, und sein Kopf nahm binnen Sekunden eine rötliche Färbung an.

Magnus hob beschwichtigend die Hände: »Leider ist der Patron deiner Berufsgruppe eine Patronin. Nix für ungut, aber das ist jetzt halt so.«

Grinsen machte sich auf den Gesichtern breit, einige lachten kurz auf.

»Alles klar! Kann mir mal einer sagen, was dieses Kinderspiel hier soll? Dieses Heiligengedöns?« Dem Mann fiel es sichtlich schwer, nicht endgültig die Beherrschung zu verlieren. »Ich lass das nicht mit mir machen!« Schnaubend stand er vor Magnus.

Der sah ihn mit stoischer Ruhe an und sagte: »Entweder Sankt Agatha, oder du spielst nicht mit bei unserem kleinen Krippenspiel. Aber ich kann dir schon jetzt prophezeien, dass du es bereuen würdest.«

Agatha schien eine Weile mit sich zu kämpfen. Noch immer atmete er schwer, ballte die Fäuste, um schließlich eine wegwerfende Handbewegung zu machen und sich wieder auf die Werkbank zu setzen. »Schon gut, von mir aus! Aber wenn eine von euch Missgeburten lacht, dann Gnade euch Gott!«

»Gut«, fuhr der Schutzpatron fort, »schön, dass wir das so schnell klären konnten. Kommen wir also zum Nächsten. Ein Mann mit unfassbarer Körperbeherrschung. Auch wenn sein Spitzname sonst ›Die Spinne‹ ist, lernt ihr ihn heute als heiligen Georg, den Märtyrer, kennen, Schutzpatron der Artisten.« Der drahtige Mann, von dem Magnus gesprochen hatte, sah freundlich lächelnd in die Runde und nickte dem Schutzpatron anerkennend zu. Er war so klein, dass er gut und gerne als Jockey hätte arbeiten können.

»Kommen wir zu den letzten beiden.«

Alle sahen nach rechts, wo noch ein grauhaariger, stämmiger Mittfünfziger und ein muskelbepackter, hellblonder Hüne saßen. »Zunächst unser Fachmann für alle Baufragen: Sankt Wunibald.« Magnus grinste, als er merkte, wie wenig begeistert der Grauhaarige über seinen Namen war. Aber nach der Episode von eben hielt der es offensichtlich für klüger, den Mund zu halten. »Er wird nicht nur alle baulichen Fragen klären – er kennt sich auch mit der Praxis aus.«

»Kann man so sagen«, bestätigte der Grauhaarige.

»Und schließlich gilt es noch einen umzutaufen, den die meisten von euch als ›Das Viech‹ kennen dürften. Für seine … nun ja, Tätigkeit gibt es nicht direkt einen Schutzpatron. Deswegen wollen wir ihm der Ordnung halber den Namen des Schutzherrn der Verbrecher und Diebe geben: Nikolaus von Myra.« Der grobschlächtige Blondschopf schien zufrieden. Er lächelte und gab dabei eine lückenhafte Zahnreihe preis.

»Eine Frage«, meldete sich Lucia. »Wieso das mit den Heiligennamen? Hat das was mit unserem Projekt zu tun?«

Magnus sah sie lange an, und die anderen erwarteten bereits einen Wutausbruch von ihm, da entgegnete er sanft: »Ja und nein. Ja, es hat was mit unserem Projekt zu tun. Und nein, weil ich das mit den Heiligen immer so mache.«

Lucia legte die Stirn in Falten. »Aha. Und warum?«

Magnus' Gesicht wirkte plötzlich hart und grau. Er seufzte: »Fragen zu stellen ist nicht eure Aufgabe, jedenfalls nicht solche. Aber lasst mich so viel sagen: Ich habe meine Gründe. Die liegen lange zurück. Zu lange, um darüber zu reden. Ich hab der Kirche viel zu verdanken.« Bei dem letzten Satz nahm sein Gesicht wieder freundliche Züge an. »Aber nicht so, wie ihr denkt. Die Kirche hat mich unfreiwillig reich gemacht. Dank der Schätze, die dieser niederträchtige Zusammenschluss bigotter, macht- und sexgeiler Männer über die Jahrhunderte zusammengerafft hat und die ich ihr weggenommen habe …«

Magnus wischte sich über den Mund. Er hatte mehr gesagt, als er eigentlich wollte. »Nun gut. Kommen wir also zur Vorstellung unseres kleinen gemeinsamen Projekts.«

»Ich habe das Gebilde auch Herrn Zahn gezeigt, dem Vermieter der Werkstatt, also dem Ehemann des Mordopfers, er kann damit nichts anfangen«, erklärte Maier umständlich. Er saß mit den Kollegen seiner Abteilung im Besprechungsraum der Kriminalpolizei Kempten. Alle sahen sie auf ein Foto der seltsamen Skulptur, das von einem winzigen Beamer auf die Leinwand geworfen wurde. An dem Gerät, das gerade einmal so groß war wie eine Fernbedienung, hing Maiers Handy.

»Leider hatte ich nicht genügend Zeit, Detailfotos zu machen«, klagte der und warf seinem Chef einen vorwurfsvollen Blick zu, was diesen jedoch wenig beeindruckte. Nach einer ausgedehnten rhetorischen Pause fuhr Maier fort: »Dank meines privat erworbenen Handybeamers habt ihr aber noch einmal Gelegenheit, die Installation während unseres Brainstormings vor euch zu sehen.«

»Also, Männer«, schaltete sich Kluftinger ein, »jetzt lasst mal eure grauen Zellen arbeiten! Was fällt euch zu dem Ding ein? Das mit der Kunst war eher ein Witz von mir, wir müssen schon ernsthaft überlegen.«

»Also entschuldigt, aber ich finde es nicht so abwegig, wenn wir die Kunsttheorie im Hinterkopf behalten. Wenn es sich wirklich um einen bislang unbekannten, möglicherweise gestohlenen Duchamp handelt, hätten wir ein sehr gutes Mordmotiv!«

»Ach so, ja, stimmt. Wir sollten überall nachschauen, wo Kloschüsseln an der Wand hängen«, seufzte Strobl. Beleidigt schob Maier die Unterlippe vor.

»Ich hab schon an einen Webstuhl oder so was gedacht. Wegen der Wolle«, gab Hefele zu bedenken, was Maier mit einem »Wahrscheinlich eine Riesen-Strickliesel« kommentierte.

»Wartet mal«, meldete sich Strobl zu Wort, »ich hab schon auch in die Richtung gedacht. Vielleicht ist es irgendeine Vorrichtung, die man zur Herstellung von irgendetwas braucht!«

»Wahnsinnig konkret, Eugen!«, blaffte Maier.

Kluftinger richtete sich auf und schlug mit der Faust auf den

Tisch. »Herrgott, jetzt hört's halt endlich auf mit euren Kindereien. Könnt ihr mal wieder professionell arbeiten? Wir sind doch hier nicht im Sandkasten, wo man sich gegenseitig die Schaufel auf den Grind haut!«

»Ja, ja, mir kann man die Schaufel schon immer drüberziehen, aber wehren darf ich mich nie! Ich bin doch nicht euer Depp!«

»Richie, das sagt ja keiner«, beschwichtigte Kluftinger. »Die Sache mit der Herstellung von irgendwas glaub ich auch nicht, Eugen. Was willst du mit dem Klump schon bauen? Das fällt doch gleich wieder auseinander!«

»Schon«, stimmte Strobl zu, »aber vielleicht ein Modell von einer Maschine oder einem Werkzeug?«

Kluftinger zuckte ratlos mit den Schultern.

Nach einer Weile fragte Maier leise: »Darf ich was sagen?«

»Richie, du weißt doch, dass du immer alles sagen darfst, was du auf dem Herzen hast«, gab Kluftinger zurück und warf Strobl und Hefele vielsagende Blicke zu.

»Also gut«, fasste sich Maier ein Herz und verkündete seine nächste Theorie: »Okkultismus.«

»Hm?« Der Kommissar verstand nicht, worauf sein Kollege hinauswollte.

»Okkultismus. Vielleicht ist das Ganze Teil eines okkultistischen Rituals. Eine Art Kultplatz vielleicht …«

»Genau. Vielleicht rufen sie die heilige Barbie an, die Schutzpatronin der Plastikpuppen?«, entfuhr es Strobl, was ihm allerdings einen tadelnden Blick seines Chefs einbrachte.

»Geht's schon wieder los! Mir reicht's jetzt, echt!«, sagte Maier, und Kluftinger entging nicht, dass seine Stimme brüchig klang. Er musste durchgreifen, denn einen weinenden Kollegen hätte er nicht verkraftet.

»Schluss jetzt, Zefix«, rief er also erneut zur Ordnung. »Kann doch sein, was der Richard sagt! Weiß Gott, auf was für Ideen die Leute kommen. Es gibt nichts, was es nicht gibt. Unser Herrgott hat ja einen großen Tiergarten! Hast du irgendwas Bestimmtes im Auge, Richard?«

»Nein«, gab der dankbar zurück, »ich hab nur gedacht, weil die ganze Szenerie ja auch so düster ist, da würd Okkultismus ganz gut passen.«

»Mhm«, bestätigte Kluftinger. »Warum nicht, gell? Sonst jemand was?«

»Meint ihr«, setzte Hefele zögernd an, »es kann auch was … Sexuelles sein? Irgendwas recht Versautes vielleicht … ich mein, auch da gibt es ja die abartigsten Neigungen.«

Die anderen sahen sich an. Nach Maiers Beinahe-Heulen traute sich keiner mehr, etwas einfach abzutun.

»Aber was soll jetzt an einer Plastikpuppe und einer Käseglocke irgendwie … geil sein?«, ruderte Hefele von sich aus wieder zurück.

Nach einigen nachdenklichen »Hmms« sahen sich die Beamten schweigend an. Kluftinger war der Erste, der wieder zu reden begann.

»Also, wir können Folgendes festhalten: Wir wissen nicht, was dieses Gebilde sein soll. Aber offenbar haben die Mieter der Werkstatt, die, wie Richard ja gerade vor einer halben Stunde erfahren hat, im Mietvertrag weder einen richtigen Namen noch eine existierende Adresse angegeben haben, das Zeug in der Kammer installiert. Wenn wir die Mieter ermitteln könnten, wären wir einen großen Schritt weiter. Ich gehe fest davon aus, dass diese Leute mit dem Mord an der alten Frau zu tun haben. Und wenn sie keinen Dreck am Stecken hätten, hätten sie ihre Identität nicht verschleiern müssen. Und ich bin sicher, dass dieses komische Zeug da«, er zeigte mit der rechten Hand in Richtung der Leinwand, »für irgendwas benutzt wurde, was nicht koscher ist. Ihr?«

Alle nickten wortlos und mit gesenktem Blick.

Kluftinger schürzte die Lippen. »Gut. Wie gehen wir also weiter vor? Ich würd sagen … Eugen und Roland, ihr nehmt euch mal die Nachbarn von den Zahns vor. Vielleicht hat von denen jemand beobachtet, wer da in der Werkstatt ein und aus gegangen ist. Und fragt ruhig auch, was sie von Zahn halten und wie seine Frau so war. Der Alte ist mir nicht so hundertprozentig geheuer. Bitte gleich morgen in der Früh damit anfangen. Und Richie, du gehst bitte zu den Kollegen vom Diebstahl. Kann ja gut sein, dass die vielen geklauten Autos, die wir gerade haben, mit unserer Sache hier zusammenhängen. Vielleicht kannst du da ja heut noch was in Erfahrung bringen, ob die schon einen Verdacht haben oder zumindest mit unserer Geschichte was anfangen können.«

Um Maier, der noch immer ein wenig bedröppelt dreinblickte,

ein bisschen aufzuheitern, fügte er noch an: »Und vielleicht kannst du noch mal im Internet recherchieren wegen diesem Glump in der Kammer. Eventuell kommst du da irgendwie weiter.«

Maier nickte, und der Anflug eines Lächelns huschte über sein Gesicht.

»Ach«, fügte Kluftinger noch an, »hat denn der Willi schon einen Bericht fertig?«

Die Kollegen zuckten mit den Schultern.

»Frag doch mal die Sandy, vielleicht hat die schon was!«, riet Hefele.

»Du, Roland, ich glaub, die ist immer noch ziemlich grantig auf mich wegen der Geschichte mit der Urkunde. Frag doch du sie lieber, ich geh jetzt heim.«

»Ich hab eigentlich auch keine Zeit mehr«, protestierte Hefele wenig überzeugend, schob aber sofort nach: »Aber okay, wenn's dir hilft, mach ich's halt.«

Kluftinger ging in Gedanken bereits seinen Feierabend durch, als er sein Büro verließ und sich auf den Weg zu seinem Wagen machte. Er sah sich schon mit geöffnetem Fenster nach Hause fahren, sah, wie er das Auto vor der Garage parkte, ausstieg und ... das Auto! Mitten in der Bewegung erstarrte der Kommissar, unfähig, auch nur einen Finger zu rühren. Ihm wurde heiß und kalt zugleich. Ein paar Sekunden lang stand er einfach nur da, dann zwang er sich zu einer unbeholfenen Bewegung, rieb sich die Augen, doch das, was er sah, änderte sich nicht. Vielmehr das, was er nicht sah: Dort, wo er heute Morgen sein Auto abgestellt hatte, stand ... nichts. Der Parkplatz war leer. Kein Wagen, weder seiner noch ein anderer. Nur eine leere Parklücke, die sein ungläubiges Staunen geradezu höhnisch zu erwidern schien.

Er zog die Brauen zusammen. Hatte Erika das Auto geholt? Nein, das konnte nicht sein, sie wollte heute einen Hausputz machen, Kuchen backen und erst gegen Abend einkaufen, weil ihr Sohn Markus sich mit seiner Freundin Yumiko angekündigt hatte. Markus ... konnte es sein, dass er schon da war und vielleicht das Auto mit dem Zweitschlüssel geholt ... um seine Yumiko irgendwohin ... Schmarrn, dann hätte er sich auf jeden Fall gemeldet.

Hatte man ihn abgeschleppt? Nein, auch das konnte nicht sein, er hatte ja schließlich auf einem ordnungsgemäßen Parkplatz gestanden.

Wie in Trance spielte Kluftinger mit dem Schlüsselbund in seiner Hand, blickte sich erst ratlos um, dann wieder auf die Parklücke … Die Erkenntnis durchfuhr ihn so plötzlich, dass ihm übel wurde. Er wankte leicht und stützte sich an der Straßenlaterne ab, neben der er stand. Eigentlich war es undenkbar, aber dennoch die einzig plausible Erklärung: Geklaut! Gestohlen! Weg!

Mit zitternden Händen fummelte er sein Telefon aus der Hosentasche. Er musste die Polizei rufen, sofort. Vielleicht war es noch nicht zu spät, vielleicht waren die Diebe noch nicht weit gekommen. Er ließ seinen Finger unschlüssig über dem Tastenfeld kreisen.

»Zefix!«

Er konnte die Polizei nicht rufen.

Er *war* die Polizei.

Kluftinger schluckte. Wenn das die Kollegen erfuhren, wäre er auf Jahre hinaus das Gespött sämtlicher Abteilungen von hier bis Ulm und im angrenzenden Österreich. Er verfluchte sich in diesem Moment dafür, dass er den Wagen nie abschloss. »Irgendwann klauen sie ihn dir noch mal«, sagten seine Kollegen immer, worauf er jedes Mal entgegnete: »Mir klaut keiner was. Und wir sind ja nicht in Polen«, was einen aus dem Nachbarland stammenden jungen Kollegen regelmäßig auf die Palme brachte.

»Jessesmariaundjosef«, keuchte er. Was jetzt? Anonym Anzeige erstatten? Quatsch, wie sollte das denn gehen – bei einem Autodiebstahl!

Denk nach! Überleg!, rief er sich innerlich zu. Vielleicht könnte er einfach wieder ins Büro gehen und warten bis … bis … was?

»Die haben es doch nicht mehr ganz recht! Wer klaut denn so einen alten Karren?«, stieß er plötzlich laut hervor, sodass ein Pärchen, das ihn gerade passierte, erschrocken herumfuhr und seinen Schritt beschleunigte. Kluftingers Verzweiflung schlug nun in Zorn um, den er vor allem gegen sich selbst richtete. »Warum? Warum hab ich Depp denn nie abgesperrt?«, haderte er mit sich, auch wenn diese Praxis mittlerweile rund dreißig Jahre gut gegangen war.

Er ballte die Fäuste. Nein, er würde seinen geliebten Wagen, in dem er so viel Lebenszeit verbracht hatte, nicht einfach kampflos aufgeben. Wofür war er schließlich Polizist? Er würde die Diebe aufspüren und sie dingfest machen.

Sein Kampfgeist wurde jedoch von einer im Moment viel drängenderen Frage im Keim erstickt: *Wie komm ich jetzt heim?*

Er sah auf die Uhr. Mit dem Bus? Nein, soviel er wusste, fuhr so spät keiner mehr. Ob er einen seiner Musikkollegen anrufen sollte? Unmöglich, die Geschichte würde spätestens bei der nächsten Probe die Runde machen. Mit dem Taxi? Bei dem Gedanken an die Kosten wurde sein Mund trocken. Andererseits: Es war ja eine Notlage, und überhaupt: Er arbeitete hart genug, da durfte er sich ja wohl auch mal was gönnen, und obendrein: Was konnte denn das schon kosten …

Noch während er all dies dachte, hatte er sich bereits auf den Weg zum nächsten Taxistand gemacht, der gleich um die Ecke bei dem großen Einkaufszentrum lag, in das er mittags oft ging, um sich einen Imbiss zu holen. Er wollte gerade in das erste Taxi einsteigen, da wurde er vom Fahrer schroff darauf hingewiesen, dass er gefälligst den Wagen am Kopfende der Schlange zu nehmen habe.

»Ja, gut, schönen Dank auch«, maulte Kluftinger, »da ist dir jetzt aber eine saubere Fuhre durch die Lappen gegangen.« Schimpfend ging er zum ersten Taxi, einem ziemlich heruntergekommenen Mercedes, dessen Fahrer die Fenster heruntergelassen hatte und den Bürgersteig mit fremdländischer Musik beschallte.

»Sind Sie frei?«, fragte Kluftinger, indem er sich durch das Beifahrerfenster ins Wageninnere lehnte.

»Steigsch du ein«, befahl ihm der Fahrer und warf seine Zigarette aus dem Wagen.

»Nein, ich würd erst noch gern wissen, was es kostet.«

»Wissmer erscht, wemma da sin«, grinste ihn der Südländer an.

»Schon klar, ich mein, so ungefähr halt. Ich will nach Altusried.«

»Fummunzwansischfuffzisch«, kam es wie aus der Pistole geschossen.

»Was?« Kluftinger war entsetzt.

»Fummun…«

»Ja, ich hab's schon verstanden. Aber woher wollen Sie jetzt das auf einmal so schnell wissen? Ich mein, das ist doch nicht Ihr Ernst, oder? Da müssen wir schon noch … an der … Preisschraube drehen.« Kluftinger war ein erbärmlicher Verhandler, weswegen er normalerweise immer bezahlte, was man von ihm verlangte, aber in diesem Fall war das undenkbar.

Fragend blickte ihn der Mann aus dunklen Augen an.

»Ich mein: billiger. Das Fahren billiger machen. Ist ja schließlich eine Langstreckenfahrt. Über Land!«

Kurz blitzte in den Augen des anderen die Kampfeslust auf, dann sagte er gelassen: »Gud. Machma Fummunzwansisch.«

Kluftinger spannte die Kiefermuskeln an: »Dafür kann ich mir ja ein Fahrrad kaufen und …«

In diesem Moment quäkte das Funkgerät des Mannes. Der ließ den Motor an, beugte sich zu Kluftinger und grinste ihn an: »Rufsch mi halt an, dann fahr i di zum Radgeschäft.« Dann brauste er mit quietschenden Reifen los.

Ungläubig starrte der Kommissar ihm nach. Unter diesen Umständen sparte er es sich, mit den anderen Taxifahrern in weitere Preisverhandlungen zu treten, und setzte sich ziellos in Bewegung.

Sein Problem war noch immer nicht gelöst. Wen sollte er jetzt anrufen? Seine Eltern? Nein, diesen Triumph gönnte er seinem Vater nicht, der ihn immer noch behandelte, als sei er ein unmündiger Teenager. Langhammer? Indiskutabel. Erika? Natürlich, Erika könnte ihn doch abholen, schließlich … Er schlug sich mit der flachen Hand so heftig gegen die Stirn, dass es klatschte. Mit welchem Auto hätte sie ihn denn holen sollen?

»Dann lauf ich halt heim!«, rief er sich schließlich selbst zu und beschleunigte wie zur Bestätigung sein Tempo. Was war schon dabei, schließlich war das Wetter wunderbar, die Temperatur genau richtig für eine Wanderung, die frische herbstliche Luft gesund … und er war gut zu Fuß!

Zwanzig Minuten später hätte er zumindest die letzte Aussage nicht mehr so ohne Weiteres unterschrieben. Er schwitzte stark, und seine Füße schmerzten, was er auf die neuen Haferlschuhe schob, die für längere Strecken ganz offensichtlich nicht gemacht waren. Was ihn aber noch mehr an seinem Vorhaben zweifeln ließ, war die Tatsache, dass er nach diesem ordentlichen Fußmarsch noch nicht einmal aus der Stadt heraus war – und noch gut zehn Kilometer vor sich hatte.

Er passierte gerade seine alte Dienststelle, aus der die Kripo ausgegliedert worden war, und verwünschte erneut den Umzug, der ihm all die Parkplatzprobleme beschert hatte, die nun im Diebstahl seines Autos gipfelten. Aber all das Lamentieren würde ihn auch nicht schneller nach Hause bringen. Er sah nur noch eine Möglichkeit: Er musste per Anhalter fahren. *Stoppen*, wie Markus das nannte. Denn sein Sohn hatte das in Ermangelung eines eigenen Autos jahrelang praktiziert, um dem nicht gerade abwechslungsreichen Nachtleben in Altusried zu entkommen. Seine Mutter war zwar jedes Mal vor Angst fast gestorben und hatte damit auch Kluftinger schlaflose Nächte beschert, aber Markus hatte sich davon nicht beeindrucken lassen. »Dann gibst du mir halt deinen Karren«, war seine Standardantwort gewesen, worauf Kluftinger immer geantwortet hatte: »Pass aber auf, bei wem du einsteigst.«

Nachdem die Polizeidirektion außer Sichtweite war, streckte Kluftinger die Hand aus, reckte den Daumen nach oben und starrte erwartungsvoll auf die Straße.

Nachdem dreiundzwanzig Autos – er hatte mitgezählt – einfach vorbeigefahren waren, ohne anzuhalten, wobei einige ihn frech angegrinst und andere den Daumen ebenfalls nach oben gestreckt hatten, wurde er etwas ungehalten. Sicher, er nahm auch nie Anhalter mit, aber das war etwas anderes. Denn bei den richtigen, gewohnheitsmäßigen Anhaltern, und dazu zählte er nun ja beileibe nicht, handelte es sich um, nun ja, manchmal eher am Rand der Gesellschaft stehende … Subjekte. Und aus zahlreichen Ermittlungsakten wusste er, wie eine solche Fuhre enden konnte. Er dagegen strahlte nun wirklich Solidität und Zuverlässigkeit … Im Augenwinkel nahm er aufscheinende Bremsleuchten wahr. Na also. Er blickte auf und sah, wie ein großer silbergrauer Wagen, ein Mercedes, den Rückwärtsgang einlegte und schließlich neben ihm zum Stehen kam. Das Fenster fuhr herunter. Kluftinger sah eine riesige Sonnenbrille und …

»Na, Schätzchen, wie viel?«

Der Kommissar schnappte nach Luft. Nach einigen Sekunden – zu vielen, als dass seine Antwort noch als schlagfertig durchgegangen wäre – erwiderte er: »Das können Sie sich nicht leisten.« Doktor Martin Langhammer schaffte es doch immer wieder, ihn aus der Fassung zu bringen – in den Augen des Kommissars das einzige Talent des Altusrieder Landarztes.

Der Doktor grinste und schob mit dem Zeigefinger die Brille etwas nach unten, um sein Gegenüber über die Gläser hinweg zu mustern, was er bestimmt für eine unwahrscheinlich coole Geste hielt, Kluftinger dagegen für unwahrscheinlich dämlich.

»Na, mein Lieber, dann hüpfen Sie mal rein«, sagte Langhammer schließlich und stieß die Beifahrertür auf, wobei er Kluftingers Knie traf, der sich einen Schmerzensschrei jedoch verkniff.

»Hm?«

»Kommen Sie schon, ich nehm Sie mit.« Mit großer Geste deutete Langhammer auf den Beifahrersitz. »Hat Ihre Kiste schlappgemacht?«

»Wieso?«

»Na, weil Sie doch Autostopp machen.«

»Tue ich nicht.«

Verwirrt nahm Langhammer die Brille ab. »Tun Sie doch.«

»Nein.«

»Natürlich.«

»Nein, Herrgottzack.«

»Aber Sie... Jetzt hören Sie doch mit diesem Kinderkram auf.«

Kluftinger dachte kurz nach. Dann hellte sich seine Miene auf: »Nix Kinderkram. Erwachsenenkram.« Er lehnte sich etwas in den Wagen hinein und flüsterte: »Polizeikram.«

Der Doktor bekam große Augen, und Kluftinger hatte Mühe, ein Grinsen zu unterdrücken. Langhammer war einfach zu leicht berechenbar. *Im Herzen bin ich einer von Ihnen*, hatte er vor nicht allzu langer Zeit bei einer Ermittlung zu Kluftinger gesagt, die sie aufgrund widriger Umstände hatten zusammen durchführen müssen. Der Arzt hatte dabei großes Interesse an der Kriminalistik offenbart. Der Kommissar erinnerte sich nur ungern daran, gedachte nun aber, sein so beschwerlich erworbenes Wissen gegen ihn zu verwenden. »Ja, eine geheime Aktion. Bitte fahren Sie weiter, sonst bringen Sie alles in Gefahr.«

Langhammer sah sich nach allen Seiten um, konnte jedoch nichts entdecken, was Kluftingers Geheimniskrämerei rechtfertigen hätte können. »Kann ich Ihnen vielleicht irgendwie helfen?« Auch er hatte die Stimme nun gesenkt.

»Gott bewahre ... ich mein: Das wär viel zu gefährlich. Was meinen Sie, was da passieren kann!«

Langhammer ließ nicht locker. »Sie wissen ja, ich habe einige Einblicke in das Gebiet der Kriminalistik gewonnen, davon haben nicht zuletzt Sie profitiert, als wir gemeinsam …«

»Ich weiß, ich weiß.« Kluftinger reagierte auf Worte wie »gemeinsam« und »wir« in Zusammenhang mit Langhammer besonders allergisch. »Aber das hier ist anders. Gefährlich … und eben streng geheim. Das heißt …«

Langhammer schöpfte wieder Hoffnung. »Ja?«, fragte er eifrig.

»Na ja …«, setzte der Kommissar verschwörerisch an, »Sie könnten vielleicht auf dem Heimweg schauen.«

»Schauen? Wonach denn?«

»Wonach? Ja … Dings halt, das … ist schwer zu erklären. Nach Verdächtigem halt … schauen. Wenn Sie's sehen, werden Sie es wissen. Mehr kann ich Ihnen nicht sagen, ohne die Sache zu gefährden.«

Jetzt grinste Langhammer ihn an. »Verstehe. Ich bin Ihr Mann. Und wenn ich was sehe, melde ich mich unverzüglich.«

»Unverzüglich, ja, ja.«

»Also, ich nehme Witterung auf.« Mit diesen Worten zog Langhammer die Tür zu und brauste davon.

Kluftinger strich sich über sein schmerzendes Knie und sah dem Wagen halb erleichtert, halb wehmütig nach. Eigentlich wäre er doch gerne mitgefahren.

»Also dann, mach es mal gut«, riefen ihm die beiden Männer noch nach, als er fast eine Stunde später am Altusrieder Marktplatz aus dem Auto stieg.

»Ja, Sie auch. Und alles Gute!« Er verzog die Lippen zu einem erleichterten Lächeln. Er hatte sicherheitshalber nicht nachgefragt, warum die Männer gemeinsam hier Urlaub machten, warum ihr Parfüm so aufdringlich roch, warum sie gegenseitig als »mein Mann« voneinander sprachen und warum im Autoradio bei so jungen Männern Musik von Marianne Rosenberg lief. Er war zwar froh, dass die beiden ihn mitgenommen hatten, aber noch glücklicher, dass er wieder hatte aussteigen können und jetzt endlich fast zu Hause war.

Die kurze Strecke von der Hauptstraße bis zu seinem Haus genoss er in vollen Zügen – jedenfalls bis ihm der erneute Gedanke an sein gestohlenes Auto den schönen Spätsommerabend vergällte. Zu allem Überfluss rief dann auch noch Langhammer auf dem Handy an und berichtete ihm von mehreren Entdeckungen, die er während der Fahrt nach Altusried gemacht habe. Kluftinger verstand zunächst nicht, als ihm der Doktor dann aber seine »verdächtigen Beobachtungen« mitteilte – eine Milchkanne, die ungewöhnlich nahe am Straßenrand stand, eine dicke Frau auf einem nagelneuen Mountainbike und ein Bauer, der mit einem Heuwagen ohne Nummernschild auf der Hauptstraße fuhr –, war ihm klar, dass er Kluftingers »Ermittlungsauftrag« todernst genommen hatte. Ihm war schleierhaft, wie dieser Mann ein Studium erfolgreich hatte abschließen können.

Als Kluftinger schließlich zu Hause ankam, überlegte er sich bereits, als er die Tür aufschloss, eine passende Ausrede für seine Frau und bemerkte gar nicht, dass die schon im Hausgang auf ihn wartete.

»Wo warst du denn so lange?«, fragte Erika mit in die Hüften gestemmten Händen, was nicht zu ihrer besorgten Miene passen wollte.

»Warum?« Kluftinger stellte sich erst einmal dumm, um Zeit zu gewinnen. Sein Hirn hingegen arbeitete auf Hochtouren.

»Na, schau mal, wie spät es ist.«

Kluftinger blickte auf seine Armbanduhr und erschrak selbst ein bisschen. Es war bereits nach sieben, tatsächlich viel später, als er gedacht hatte. »Mir ham eine Leichensach reingekriegt«, sagte er entschuldigend und senkte den Kopf.

»Ach, und da haben sie euch auch gleich die Handys abgenommen?« Nachdem Erika überzeugt war, dass *nichts passiert war*, wie sie stets befürchtete, wenn etwas vom normalen Tagesablauf abwich, überwog nun ihre Verstimmtheit. »Und wie riechst du überhaupt?« Sie hob den Kopf und schnupperte demonstrativ in die Luft.

»Ich, wieso?« Er hob den Arm und roch unter seiner Achsel.

»Doch nicht da. Ich mein … mehr …« Sie kam näher und sog die Luft ein, während sie um ihn herumging. »Mehr so überall. Dein Rasierwasser ist das jedenfalls nicht.«

»Herrschaft, Erika, was soll jetzt das schon sein, ehrlich, dafür hab ich jetzt keinen Nerv.«

»Pass bloß auf, Butzele«, sagte sie leise und hob drohend den Zeigefinger. »Ich hab ein Auge auf dich!«

Er blickte sie mit ausdruckslosem Gesicht an.

»Jedenfalls muss ich jetzt noch schnell zum Einkaufen fahren«, sagte sie dann.

Kluftingers Kopf ruckte herum. »Wie? Einkaufen? Ach was, wir ham doch alles da.«

»Woher willst du denn das wissen? Also, irgendwie bist du heut komisch.« Wieder trat ein misstrauischer Ausdruck in ihr Gesicht.

»Ich mein: Was braucht man denn schon an einem so … herrlichen Abend?« Er fand selbst, dass er eine Spur zu überschwänglich klang.

Misstrauisch musterte sie ihn. »Wir brauchen Lebensmittel, sonst motzt der Herr wieder, dass es nix Gescheites zu essen gibt.«

Er wog flugs einen leeren Kühlschrank gegen die Folgen ab, die die Wahrheit haben würde. »Aber bei dem Wetter läuft man doch am liebsten. Ein kleiner Abendspaziergang, bevor der Herbst über uns hereinbricht.« *Über uns hereinbricht* – als Verbrecher wäre er eine absolute Niete, fand der Kommissar.

»Wir brauchen aber noch Getränke.«

»Mhm.«

»Soll ich die bis hierher tragen?«

»Ich … nein, natürlich nicht. Gar nicht sollst du die tragen. Das mach natürlich ich. Die sind doch viel zu schwer für dich, ich nehm den Leiterwagen und hol die Sachen. Und du kannst dich schön in den Garten setzen und die gute Luft genießen.« *Die Luft genießen* – er war geliefert, das war klar.

Sie trat einen Schritt näher. Wieder blähten sich ihre Nasenflügel, und sie schnupperte an ihm.

Er war verärgert, aber auch ein bisschen geschmeichelt, dass sie nach all den Jahren offenbar immer noch eifersüchtig werden konnte.

»Dein freundliches Angebot mit den Getränken, das Parfüm – hast du vielleicht ein schlechtes Gewissen?«

»Ein schlechtes … ich glaub, bei dir hackt's. Also, ich geh jetzt einkaufen.« Mit diesen Worten stürmte er nach draußen in die Garage, wobei er die Tür ein wenig heftiger hinter sich zufallen ließ, als er eigentlich gewollt hatte. Wenn er wirklich etwas zu verbergen gehabt hätte – also etwas weniger Harmloses als sein gestohlenes Auto –, dann hätte er mit diesem Abgang seiner erbärmlichen Vorstellung einen traurigen Höhepunkt beschert.

Die Sonne ging bereits unter, als er vom Einkaufen nach Hause kam. Das Rad des Leiterwagens war seit Langem kaputt und hatte ihm beim Flaschentransport ein Schneckentempo aufgezwungen. Eigentlich hatte er es schon lange reparieren wollen, aber wann brauchte man schon den Leiterwagen? Um Sachen zu transportieren, hatte man ja schließlich ein Auto …

Mittwoch, 8. September

Fahles Licht fiel durch das kleine staubige und fast zur Hälfte von Spinnweben überzogene Fenster in Kluftingers Garage, die er, in Ermangelung von etwas Besserem, gerne als »sein Reich« bezeichnete. Es war noch früh am Morgen, gerade machte die Nacht einem ersten Anflug von Dämmerung Platz. Der Wecker hatte heute mehr als eine Stunde früher geklingelt als gewöhnlich. Dennoch hatte der Kommissar eine knappe, eilige Katzenwäsche der Dusche vorgezogen und sich statt eines ausführlichen Frühstücks nur eine Tasse Pulverkaffee bereitet. Die stand jetzt auf dem schmalen Fensterbrett, während er selbst in der hinteren Ecke in der Kälte seiner gähnend leeren Garage kauerte und ächzte. Einen völlig platten Fahrradschlauch mit seiner altertümlichen Luftpumpe aufzufüllen, aus der hinten mehr Luft herauskam als vorn durchs Ventil, war kein Zuckerschlecken. Er wusste nicht genau, wann er zum letzten Mal sein Rad benutzt hatte, und hoffte inständig, dass der Reifen wenigstens kein Loch hatte, denn zum einen hatte er keine Ahnung, ob sich noch irgendwo Flickzeug befand, zum anderen lief ihm allmählich die Zeit davon. Doch nach einer Weile nahm er mit Zufriedenheit wahr, dass sich das Gummiprofil langsam, aber merklich vom Garagenboden hob. Na also, ging doch!

Er zuckte zusammen, als sich auf einmal die Seitentür, die in den Kluftinger'schen Hausgang führte, quietschend öffnete. Im Schein der Korridorlampe stand Erika in Bademantel und Hausschuhen. Sie sah ihren Gatten verwundert an, und als der nichts sagte, sondern nur ausdruckslos zurückstarrte, fragte sie: »Kannst du mir mal verraten, was du hier in der dunklen Garage machst? Warum du auf einmal eine Stunde früher aufstehst als die letzten dreißig Jahre? Und überhaupt: Wo ist eigentlich das Auto?«

Kluftinger wollte gerade zu einer detaillierten Beantwortung der Fragen ansetzen, hielt dann aber inne. Nach kurzem Überlegen sagte er nur: »Ich fahr heut mit dem Fahrrad! Mach ich jetzt übrigens öfters!« Dann pumpte er eifrig weiter.

Erika sah ihn ungläubig an. »Bist du … krank?« Sie klang ernsthaft besorgt.

Ihr Mann hielt inne und blickte sie von unten an. »Nein, Erika, ich bin nicht krank … noch nicht. Und damit ich es auch nicht werde, mache ich jetzt was für meinen Körper. Ein bissle Trimm-dich halt, damit ich wieder in Form komm! Ist auch gut für meine Linie.«

Erika musterte ihn skeptisch und begann schwerer zu atmen. Eine leichte Zornesröte machte sich auf ihren Wangen breit. »Du kannst ruhig auch gleich sagen, dass du eine andere hast! Dann weiß ich wenigstens Bescheid!« Sie schluchzte vernehmbar.

Kluftinger blickte seine Frau entgeistert an. Dann stand er ächzend aus der Hocke auf und ging laut lachend auf sie zu. »Erika! So ein Schmarrn!«

Doch als er sie in den Arm nehmen wollte, stieß sie ihn zurück. »Lachst du mich jetzt auch noch aus? Wer ist es denn? Die Henske?«

Kluftinger konnte sich einen weiteren Lacher nicht verkneifen. Ausgerechnet Sandy Henske – er hätte nie gedacht, dass seine Frau jemals einen Gedanken daran verschwenden könnte. Wieder zog er Erika an sich, und diesmal bekam er keine Gegenwehr zu spüren. »Jetzt hör halt auf! Als ob ich eine andere Frau hätt! Wer will mich alten Dackel denn noch? Und übrigens: Das wär mir viel zu anstrengend. Du reichst mir voll und ganz!«

»Ach so? Wenn das der einzige Grund ist, dann können wir uns auch gleich scheiden lassen!«, gab seine Frau zurück und entwand sich ihm wieder. »Und was war mit dem Parfüm gestern?«

»Ach, Erika, das war völlig harmlos, wirklich! Ich bin … ich erklär dir das nachher, versprochen! Nix, was du jetzt vielleicht meinst. Mach dir bitte keine Sorgen, ja?« Er zog sie lächelnd wieder an sich. »Aber ich muss jetzt mein Rad aufpumpen!«

»Was soll denn jetzt das auf einmal, mit dem Fahrrad? Ich mein, ich hab ja nichts dagegen, wenn du auf dich schaust, aber was ist denn plötzlich passiert, dass du …«

»Erika«, fiel ihr Mann ihr ins Wort, »es geht mir ja auch nicht nur um meine Gesundheit. Das ist ja auch eine Frage der Umwelt. Schau, wenn allein jeder von meiner Abteilung mit dem eigenen Auto ins Geschäft fährt, was da an Benzin draufgeht. Und wegen dem Treibhauseffekt! Wir können doch nicht so tun, als ob uns das alles nichts angehen würde.«

Mit zusammengezogenen Brauen sah Erika ihren Mann an. Kluftinger wurde klar, dass dieses Argument aus seinem Mund kaum glaubwürdiger klang als die plötzliche Sorge um seine körperliche Fitness. Daher beschloss er, schnell das Thema zu wechseln. »Du, ich hab außer dem Kaffee noch nichts gefrühstückt. Was haben wir denn da?«

»Von gestern sind noch Semmeln übrig. Was willst du drauf? Leberwurst oder Frischkäse?«

Kluftinger überlegte. Es war ganz schön weit nach Kempten, und da er keine körperliche Anstrengung gewohnt war, würde die Strecke kräftezehrend sein. Wahrscheinlich sollte er lieber irgendein Fitnessessen zu sich nehmen. Langhammer betonte doch immer wieder, dass sein *Powermüsli* ihm Kraft für den ganzen Tag gab. »Haben wir ein Müsli?«

Erika stockte regelrecht der Atem. »Du willst …. was?«

»Müsli halt. Und wenn du welche hast, nehm ich mir auch noch so Riegel mit, als Brotzeit!« Dann wandte er sich wieder seinem Rad zu.

Kopfschüttelnd stand Erika in der Tür. »Ich hab keine Ahnung, was mit dir los ist. Ich vertraue aber einfach darauf, dass du mir sagst, was es ist, wenn du so weit bist, ja?«

»Alles gut, glaub's mir! Was ist jetzt mit dem Müsli?«

»Du, schau grad selber nach, ich geh jetzt erst mal ins Bad, mir ist kalt!«, erklärte Frau Kluftinger und schloss lautstark die Garagentür.

Zwanzig Minuten später radelte Kluftinger am Altusrieder Ortsschild vorbei. Er hatte im Vorratsschrank in einem Schraubglas tatsächlich noch Cornflakes gefunden, die allerdings alles andere als knusprig waren, aber das machte Kluftinger genauso wenig aus wie der Umstand, dass es sich dabei streng genommen nicht um Müsli handelte. In seine Aktentasche, die nun notdürftig auf dem Gepäckträger festgeklemmt war, hatte er noch drei Schokoriegel gepackt. Er hatte bei der Berichterstattung über die Tour de France einmal vom sogenannten »Hungerast« gehört, einer Körperschwäche, die durch mangelnde Nahrungszufuhr entstand und die Leistungsfähigkeit radikal einschränkte. So weit würde er es nicht kommen lassen.

Nun trat er kräftig in die Pedale. Bisher klappte es ja wirklich gut mit dem Radeln. Nur fünf Minuten hatte er bis zum Ortsausgang gebraucht; wenn das so weiterging, war er in einer halben Stunde bereits im Büro. Und damit sogar früher als sonst. Kluftinger atmete tief ein. Er sog die gute Herbstluft durch die Nase, genoss den Duft nach feuchtem Gras, in den sich eine leise landwirtschaftliche Note mischte, genoss es, die Kuhglocken von einer Weide und das unbeschwerte Zwitschern der Vögel zu hören, freute sich an den bunten Blättern der Bäume, die den Radweg säumten, der mit etwas Abstand parallel zur Straße verlief, und sah nach rechts hinüber zu den Gipfeln der Allgäuer Alpen, die in ein paar Wochen schon wieder von Schnee überzuckert sein würden. Allerdings wurden Kuhglocken und Vogelgesang immer wieder vom Lärm vorbeifahrender Autos übertönt. Er schüttelte den Kopf. Warum hatte er nicht schon längst den Wagen ab und zu gegen diese gesunde und umweltfreundliche Alternative getauscht? Noch dazu, wo es doch wirklich Spaß machte.

Bereits zehn Minuten später hatte Kluftinger seine Meinung schon wieder geändert. Er hatte den Ortsteil Krugzell hinter sich gebracht und fuhr jetzt auf den letzten Metern der neuen Ortsumgehung. Ein Auto nach dem anderen zog an ihm vorbei, und immer wieder hupten einige – ob die Fahrer ihn erkannt hatten oder ihn als Verkehrshindernis betrachteten, konnte er in seiner Haltung – weit nach vorn über den Lenker gebeugt – nicht feststellen. Tiefes Durchatmen war ihm kaum noch möglich, so sehr war er inzwischen außer Atem, und zu dem Ziehen in den Oberschenkeln hatte sich ein veritables Seitenstechen gesellt. Seine »Windjacke« hatte er mittlerweile ausgezogen, nun pfiff die kalte Luft durch seinen Wolljanker, unter dem er stark schwitzte.

Als er an einem Marterl am Wegrand vorbeifuhr, hielt er kurz an, sah sich nach allen Seiten um, kniete dann nieder und sprach, das Gesicht der Madonnenstatue zugewandt, leise: »Heiliger Antonius, kreizbraver Ma, bitte fihr mi an des Plätzle na, wo ma mei Auto hiverzoge hot. Danke. Im Namen des Vaters, des Sohnes und des Heiligen Geistes.« Er bekreuzigte sich und fuhr mit frischer Zuversicht weiter – der heilige Antonius hatte ihn noch nie im Stich gelassen.

Mit hochrotem Kopf, an dem seine nassen Haare klebten, kam der Kommissar schließlich eine weitere Dreiviertelstunde darauf keuchend und völlig am Ende seiner Kräfte vor der Kriminalpolizeidirektion an. Er lehnte sein Fahrrad an die renovierte Fassade, wohlweislich den Hinweis auf einem Edelstahlschild ignorierend, der darum bat, genau dies nicht zu tun. Wenn man ihm schon keinen Parkplatz zur Verfügung stellte und deswegen das Auto geklaut wurde …

Kluftinger stutzte. Erst jetzt kam er überhaupt auf den Gedanken, dass er ja auch sein Fahrrad irgendwie gegen Diebstahl sichern musste! Die nötigen Vorbereitungen für seine morgendliche Tour und schließlich die ungewohnte körperliche Belastung hatten seine Sinne so in Beschlag genommen, dass er sich gar nicht damit befasst hatte. Dabei hatte er sich vor Jahrzehnten selbst ein Fahrradschloss gebastelt, das sicher auch den größten und massivsten Bolzenschneidern standgehalten hätte: Er hatte sich beim letzten Eisenwarenhändler der Stadt dreieinhalb Meter der stärksten Eisenkette besorgt, die der auf Vorrat hatte, und dazu drei schwere Vorhängeschlösser. Zwar brauchte er für diese Sicherung wegen ihres hohen Eigengewichts immer einen kleinen Rucksack, aber wenn er die Kette mehrmals durch Speichen und Rahmen schlang und dann dreimal Rahmen und Räder fest miteinander verschloss, gab ihm das ein gutes Gefühl. Die Nachfrage seiner Frau, warum er zwar einerseits Haus- und Autotür stets offen stehen ließ, meist sogar mit steckendem Schlüssel, andererseits aber sein Fahrrad sicherte, als sei es aus vierzehnkarätigem Gold, hatte er freilich nie schlüssig beantworten können. Nun lag ebendieses Schloss aber zu Hause in Kluftingers Garage.

»Hurament!«, fluchte er schließlich und packte sein Rad. Musste er es eben mit ins Haus nehmen. Ein »Na, den Fluch hör ich aber ungern …! Morgen, Kommissar!« ließ ihn aufsehen: Im Haus gegenüber stand Uschi, eine der »Damen«, am offenen Fenster und rauchte. Kluftinger nickte und hob die Hand zum Gruß.

»Ich wollt nur sagen, wegen …«, fuhr sie fort, doch Kluftinger winkte ab.

»Ich hab wirklich keine Zeit für ein Schwätzchen … Frau … Uschi. Mir pressiert's ein bissle!«, rief er, ohne sie eines weiteren Blickes zu würdigen. Dann schleppte er sich und sein Fahrrad die wenigen Stufen zum Haupteingang hoch. An der Pforte nahm er den beiden diensthabenden Beamten in Uniform das Versprechen ab, besonders gut auf sein Rad aufzupassen, es sei wirklich ein außerordentlich wertvolles Fahrzeug. Die beiden Kollegen versicherten, den ganzen Tag ein Auge darauf zu haben, und Kluftinger konnte sich des Eindrucks nicht erwehren, dass ein undefinierbares Grinsen dabei ihre Mundwinkel umspielte.

Jetzt möglichst unbemerkt ins Büro kommen und sich erst mal frisch machen, dachte sich Kluftinger, als er die letzte Treppenstufe nahm. So könnte er unmöglich einem seiner Mitarbeiter …

»Na, Chef, ham Sie heut Morgen schon mit'm wilden Zeisig gepimpert?« Sandy sah ihm ausdruckslos ins Gesicht, unter dem Arm trug sie einige Aktendeckel.

Kluftinger starrte sie entgeistert an und krächzte mit belegter Stimme: »Ich hab … was?«

»Mit'm wilden Zeisig gepimpert!«, wiederholte die Sekretärin. »Das haben wir in Dresden immer so gesagt. Sie wissen schon, in der Ostzone, die ich damals so fluchtartig verlassen habe, um nach Bayern, ins gelobte Land, zu pilgern.«

Dann ließ sie ihren Chef stehen und setzte ohne weiteren Kommentar ihren Weg in Richtung Treppe fort.

Priml, dachte Kluftinger. Nicht nur, dass sie ihn in einem derart derangierten Zustand gesehen hatte. Ihrer Reaktion war eindeutig zu entnehmen, dass sie ihm noch nicht annähernd seinen Fauxpas von gestern verziehen hatte. Gesenkten Hauptes begab er sich in sein Büro, immerhin ohne einem weiteren Kollegen zu begegnen. Dort warf er seine Tasche auf den Schreibtisch, ging zu dem kleinen Waschbecken, das in einem der Einbauschränke angebracht war, und zog sich Hemd und Unterhemd aus. Früher hatte es noch Stoffhandtücher bei der Polizei gegeben, doch in den neuen Räumen waren diese einem Spender für die hellgrüne kratzige Papiervariante gewichen, die man aus öffentlichen Toiletten kannte. Kluftinger seufzte und wischte sich den Oberkörper ab. Dann versuchte er, seine Haare zu trocknen und wieder in eine einigermaßen zivile Form zu kämmen. Schließlich spritzte er sich mit den Händen einen großen Schwall Wasser ins Gesicht, was jedoch dazu führte, dass seine Hose mehr als nur ein paar Tropfen abbekam. Seufzend zog er auch diese aus und legte sie auf der kleinen Sitzecke neben Hemd und Unterhemd zum Trocknen aus. Nur mit Socken und seiner weißen Doppelrippunterhose bekleidet, begab sich der Kommissar zu einem weiteren Einbauschrank, wo er immer einen Anzug zum Wechseln aufbewahrte. Es kam hin und wieder vor, dass er unvorhergesehen offiziell auftreten musste, etwa wenn eine eilige Pressekonferenz anberaumt wurde. Und da Erika ihren Mann dann ungern hemdsärmelig sah, bestand sie darauf, dass er den grauen Anzug mit dem Trachtensakko im Büro hängen ließ. In diesem Moment war ihr Kluftinger dafür sogar dankbar. Auch ein weißes Hemd befand sich säuberlich gebügelt in der Plastikhülle, die die Wechselkleidung vor Staub schützte. Der Kommissar machte sich gerade daran, diesen Überwurf vom Bügel zu ziehen, als er ein Geräusch hinter sich vernahm. Er fuhr herum. In der Tür stand Sandy Henske.

»Oh, ich wusste nicht ... Ich hab aber geklopft«, sagte sie und wirkte dabei weniger forsch als eben auf dem Korridor, was Kluftinger erleichtert zur Kenntnis nahm. Wenn durch diese peinliche Situation die gespannte Atmosphäre wieder ins Lot kam, dann war es zumindest für etwas gut gewesen. Derweil musterte ihn Sandy in aller Ruhe von oben bis unten, um schließlich kurz, aber vernehmlich aufzulachen. »Ich hab genug gesehen, ich komm später wieder«, sagte sie und verschwand aus dem Zimmer.

Bevor er sich wieder anzog, prüfte der Kommissar ausgiebig sein Spiegelbild, wobei er unbewusst seine Brust blähte und den Bauch einzog, bis ihm die Luft wegblieb, und er sich selbst versicherte, dass die sportliche Aktivität, der er sich heute Morgen ausgesetzt hatte, bereits einen positiven Einfluss auf seine Figur gehabt habe. Dann verließ er frisch gekleidet sein Zimmer und spähte zu Sandys Schreibtisch hinüber. Erleichtert stellte er fest, dass die gerade nicht am Platz war, sah sich nach allen Seiten um, ging zu dem Tisch hinüber und zog die oberste Schublade auf. Er wusste, dass die Sekretärin dort nicht nur Kopfschmerztabletten aufbewahrte, mit der sie im Notfall die ganze Abteilung versorgte, sondern auch eine ordentliche Auswahl an Pflege- und Kosmetikprodukten. Er griff sich ein Deodorant und steckte es sich in die Tasche. Erst als er sich in seinem Zimmer großzügig damit eingesprüht hatte und es gerade wieder in die Schublade zurücklegen wollte, las er, was auf der Dose stand: *Femona – der zarte Duft für die intimen Bereiche der Frau!*

»Also ich riach auch nix, ned!«, tönte es aus dem Telefon, das mitten auf dem großen Besprechungstisch stand.

»Da seht ihr's, der Herr Lodenbacher ist meiner Meinung!«, triumphierte Kluftinger und grinste in die Runde. Seine Kollegen schüttelten nur resigniert den Kopf. Widersprechen konnten sie schlecht, denn nach dem Zuspätkommen des Kommissars am Vortag hatte Lodenbacher darauf bestanden, bis auf Weiteres zu den Morgenlage-Besprechungen von Kluftingers Abteilung per Telefon zugeschaltet zu werden. Nachdem also alle eingetrudelt waren, hatte man beim Präsidenten angerufen, der gerade noch das Ende einer Diskussion über Kluftingers Anzug und zudem darüber mitbekommen hatte, ob es nun heute im Konferenzzimmer nach einem furchtbar aufdringlichen Parfüm rieche oder nicht. Während alle anderen nacheinander die Nase rümpften, beharrte Kluftinger darauf, lediglich den Duft von frisch gebrühtem Kaffee zu riechen.

Ein »Also, meine Herrn, jetzt fang ma an, ned?« schepperte aus dem kleinen Lautsprecher. »Ich hob noch einen wichtigen Termin! Ob es bei Eahna stinkt oder nicht oder ob der Herr Kluftinga ausnahmsweise mal angemessen gekleidet is, des duat do jetzt nix zur Sach!«

Die Anwesenden sahen sich an und schnitten Grimassen, Strobl kritzelte »Wichtigen Termin! Bestimmt rein dienstlich!« auf einen Zettel, und die Kollegen hatten Mühe, sich ein Lachen zu verkneifen, als er ihn Beifall heischend hochhielt, damit es die ganze Runde lesen konnte. Kluftinger grinste ebenfalls, gab Strobl dann aber ein Zeichen, dass es nun an der Zeit sei, mit der Morgenlage zu beginnen.

»Wir haben eine neue Leichensache, Herr Lodenbacher!«, sagte Strobl in Richtung des Telefons.

»Wer hot des gsogt?«, tönte es sofort von der Mitte des Tisches.

»Ich!«

»Wer soll des sein … Ich?«

»Wie jetzt? Wer ich bin? Oder … oder Sie?«, sagte Strobl grinsend, klang dabei aber völlig ernst.

»Höan S' auf mit dem Schmarrn! Hefele, san Sie des?«

Hefele richtete sich dienstbeflissen in seinem Stuhl auf und sagte: »Nein, Herr Lodenbacher, ich kling so… wie Sie es grad hören.«

»Wissen S' wos?«, blaffte Lodenbacher so laut, dass der Lautsprecher zu knistern begann. »Mir wird des zu bläd. Ab sofort nennen Sie Ihren Namen, bevor Sie was sagen!«

»Also gut!«, fasste sich Roland Hefele ein Herz. »Hefele Roland. Wir haben ein Tötungsdelikt seit gestern!«

»Aha, und warum weiß ich nix davon?«, wollte Lodenbacher wissen.

»Hefele Roland. Weil heut erst die Morgenlage ist und weil es auch keine aktuelle Tötung ist, also eine mit einer Leiche am Tatort, sondern eine, die der Böhm bei einer Routine-Obduktion entdeckt hat.«

»So. Kennan Sie mir jetzt endlich sogn, wer umkemma is?«

»Richard Maier ...«, setzte der an, doch ein sich ankündigendes Niesen ließ ihn innehalten.

»Wos? Um Jessas, unser Maier is ... is ... tot?«, fragte Lodenbacher betroffen. »Der war doch gestern no bei Eahna!«

»Nein. Eugen Strobl. Nicht der Maier.«

»Wos? Schmarrn, jetzt höarn S' abe auf, den Strobl hob ich doch grad noch gsprochen, ned?«

»Eugen Strobl. Nein, auch nicht ich. Eine alte Frau aus Kempten, Maria Zahn, zweiundachtzig Jahre, Lenzfrieder Straße. Ihr Hausarzt hat Herzversagen diagnostiziert und auch einen entsprechenden Totenschein ausgestellt. Und der Böhm hat im Nachhinein aber herausgefunden, dass sie stranguliert worden ist. Wir haben bisher keine Anhaltspunkte, was passiert sein könnte, die Frau wurde in der stillgelegten, vermieteten Autowerkstatt ihres Mannes, die sich im Wohnhaus des Ehepaars befindet, gefunden.«

»Roland, weißt du schon was von den Mietern?«

»Wer redt?«

»Kluftinger.«

»Wos?«

»Hefele Roland. Nein.«

»Wos nein?«

»Hefele Roland. Nein. Ich weiß nichts von den Mietern. Sie haben eine falsche Adresse und falsche Namen angegeben. Aus den Unterlagen der Verstorbenen geht hervor, dass sie die Miete immer bar bezahlt haben. Das hat sie zwar in einer Tabelle vermerkt, ging wohl aber an der Steuer vorbei. Die Zahn war ziemlich auf Geld aus, zumindest war die Miete für diese alte Klitsche sehr hoch, wie ich finde.«

»Richard Maier, Kriminalhauptkommissar, spricht …«

Die anderen sahen sich an. War ja klar, dass Maier es wieder besonders korrekt machen musste. Hefele schrieb »Streber!« auf seinen Zettel.

»… ich hab mich gestern noch mit den Kollegen vom Diebstahl unterhalten. Wie wir ja schon wissen, gibt es aktuell eine Serie von Autodiebstählen im Allgäu. Aber die Kollegen tappen nach wie vor im Dunklen. Sie haben zwar den Verdacht, dass einige zwielichtige Autohändler damit zu tun haben, aber einen echten Anhaltspunkt haben sie nicht. Und andererseits gibt es auch keine rechte Verbindung, schließlich haben wir kein gestohlenes Auto in Zahns Werkstatt gefunden.«

»Wo werden denn die meisten Autos gestohlen, Richie?«, fragte Kluftinger und versuchte dabei, möglichst gelangweilt zu klingen.

»Meine Herrn: Disziplin! Wer redt?«

»Herrgott … Kluftinger halt!«

»Hier spricht wieder Kriminalhauptkommissar Richard Maier, bitte. Also, die Kollegen haben gemeint, dass schon das meiste in den Städten gestohlen wird, Kempten und Memmingen sind die Schwerpunkte.«

»Vor allem tagsüber?«, wollte Kluftinger wissen.

»Kriminal…«, setzte Maier an, wurde aber von Kluftinger unterbrochen, der ein scharfes »Richie!« zischte.

»Maier spricht. Schmarrn, tagsüber. Natürlich werden die meisten Wagen nachts gestohlen. Soll das jetzt eine Fangfrage sein?«

»Kluftinger. Und welche Typen von Autos sind die beliebtesten?«

»Maier antwortet jetzt wieder, Herr Polizeipräsident. Also, beliebt sind wohl nach wie vor teure Sportwagen, aber auch Coupés, SUVs und große Kombilimousinen …«

Kluftinger horchte auf.

»… vor allem also eher große Autos.«

»Baujahr?«, fragte der Kommissar nach.

»Maier redet nun. Wie, Baujahr?«

»Ja, alt oder neu?«

»Erneut hat Richard Maier das Wort. Ja, neu halt, was soll denn die Frage? Klar sind auch Klassiker älterer Baujahre dabei, die sind ja besonders wertvoll.«

Kluftinger nickte kaum merklich. Das war es also. Die Diebe hatten sein Auto gesehen, es völlig richtig als klassisches Automobil eingeschätzt und kaltblütig zugegriffen! »Richie, was meinen denn die Kollegen … äh, Kluftinger hier … was mit den gestohlenen Autos passiert?«

»Nun antwortet wiederum Richard Maier, Leutkirch. Sie wissen es natürlich aktuell nicht. Aber es gibt wohl einige klassische Methoden. Zum einen werden vielen Autos neue Identitäten gegeben, das heißt, es werden neue Fahrgestellnummern eingraviert, die wiederum aus gestohlenen, echten Fahrzeugbriefen stammen. Oder sie fälschen Fahrzeugpapiere. Das klassische Modell, dass die Autos schon auf dem Schiff oder über die Grenze nach Osteuropa sind, bevor sie hier als gestohlen gemeldet wurden, ist die andere Variante. Viele Autos werden auch zerlegt und in Teilen transportiert, oder man puzzelt diese Teile neu zusammen. Jetzt planen die Kollegen wohl, eine Art Lockvogel-Wagen mit winzigen Sendern zu präparieren, um den Typen auf die Spur zu kommen.«

»Mal angenommen …«

Ein Räuspern kam aus dem Telefon.

»Ja, ja … Kluftinger … mal angenommen, ein Auto wird einem gestohlen. Wie groß sind die Chancen, dass …«, hakte der Kommissar nach, wurde aber von Lodenbacher unterbrochen.

»Kluftinga, wos wolln S' denn alweil mit den Autos? Kümmern Sie sich um die Mordsache, da haben Sie gnug zum tun, ned? Verzetteln Sie sich ned so, verstanden? Ach so, und denken Sie dran, Sie kommen heut Nachmittag um vierzehnhundert zu mir ins Büro!«

»Hundert was?«

»Um zwei!«

Die anderen sahen den Kommissar mitleidig an. Der versuchte, doch noch einmal aus der Sache mit der Ausstellung rauszukommen.

»Ist das denn wirklich unumgänglich? Ich mein, ich hab ja schon viel zu tun grad mit dem neuen Fall …« Kluftinger grauste davor, in einer Arbeitsgruppe zu sitzen, die ausgerechnet von Lodenbacher geleitet wurde. Außerdem wurde um die Schau seit Wochen ein großes Tamtam gemacht: Anfang der Achtzigerjahre hatte ein Spaziergänger einen wertvollen Schatz unter der Burgruine Kalden in Altusried entdeckt. Eine Reliquienmonstranz mit sterblichen Überresten des heiligen Magnus, des Schutzpatrons des Allgäus. Bei gezielten Grabungen hatte man daraufhin weitere Funde gemacht, wie einige kunstvoll gestaltete Kelche und allerlei Schmuck. Die genaue Untersuchung hatte ergeben, dass diese nicht nur materiell, sondern vor allem kunsthistorisch und auch aus Sicht der Kirche von unschätzbarem Wert waren.

Die Altusrieder hatte die ganze Sache nicht sehr überrascht. Vor allem die Alten hatten nur wissend genickt und die Sagen wieder hervorgeholt, die schon seit Jahrhunderten über die Burg kursierten, die geheimnisvollen Gänge darunter, das jähe Ende des steinernen Baus bei einem Erdrutsch und seine verborgenen Schätze, die dabei mit in die Tiefe gerissen worden waren.

Als junger Polizist hatte Kluftinger damals sogar mit dem Fund zu tun gehabt. Während die Archäologen, Kunsthistoriker und Restauratoren ihn aufarbeiteten, war es dann recht still darum geworden, dann aber ging er geradezu um die Welt: Immer wieder hatte Kluftinger in der Zeitung Meldungen gelesen, dass er in Paris, Rom, London und sogar New York im Rahmen großer Ausstellungen zu sehen war. Schließlich war es mehreren Gremien und Politikern aus dem Allgäu gelungen, den Schatz zurück in seine Heimat zu holen. Dafür war nach der riesigen Freilichtbühne ein weiteres sündteures Großprojekt der Gemeinde in Auftrag gegeben worden – ein eigens gebauter moderner Ausstellungsraum auf dem Gelände eines ehemaligen Bauernhofs neben der Burg. Kluftinger befürchtete bereits einen nicht enden wollenden Besucherstrom, der in Zukunft das Dorf heimsuchen würde.

Ein »Homm S' mi?« seines Vorgesetzten riss den Kommissar aus seinen Gedanken. Er hatte gar nicht recht zugehört, gab aber mit einem »Mhm« zu verstehen, dass er Lodenbachers Ausführungen gefolgt war.

»Gut. Also zum Fall zurück: Roland und Richie, ihr fahrt heut zu den Nachbarn von dem Zahn, um sie zu befragen, bitte. Das war ich, also Kluftinger quasi.«

»Ach so«, meldete sich Strobl zu Wort, »wir haben gestern Abend noch einen Anruf einer Nachbarin bekommen, die schräg gegenüber wohnt. Sie hat unsere ganzen Autos vor dem Haus von den

Zahns gesehen und will jetzt irgendwas Auffälliges beobachtet haben. Ich hab gesagt, du kommst im Lauf des Vormittags bei ihr vorbei. Ist dir das recht?«

»Hm?« Kluftinger dachte kurz nach. »Nein, das ist nicht recht, die soll bitte herkommen. Ich hab wirklich einen Haufen Arbeit, da kann ich nicht dauernd in der Weltgeschichte rumgondeln. Für was haben wir ein Büro.«

Strobl verstand nicht. Kluftinger nutzte doch sonst jede Gelegenheit, seinem Schreibtisch zu entkommen. Er schüttelte den Kopf und wollte gerade etwas sagen, als Lodenbacher vernehmen ließ, dass er das nur begrüßen könne, auch er finde, dass effizientes Arbeiten bei der Polizei am besten im Büro geschehe. Zudem erkläre er die Morgenlage-Besprechung hiermit für beendet, »seine Herrn« sollten jetzt an die Arbeit gehen. Noch einmal ermahnte er Kluftinger, pünktlich zu erscheinen, dann verabschiedete er sich mit einem »Lodenbacher Ende«.

Die Polizisten standen auf, Kluftinger bat Eugen Strobl aber, noch kurz bei ihm zu bleiben. Als die anderen die Tür geschlossen hatten, zog er ihn zu sich. Was Maier vorher über die Autodiebstähle erzählt hatte, hatte ihn auf eine Idee gebracht. Doch dafür galt es jetzt noch die nötigen Vorkehrungen zu treffen.

»Eugen«, begann er in konspirativem Ton, »sag mal, wenn man so einen Dienstwagen braucht, was muss man da noch mal schnell machen?«

Strobl sah ihn verwundert an.

»Ich mein, muss man sich die jetzt unten beim Präsidium anfordern, oder haben wir da grad was da? Also was, was frei wär?«

»Was, was frei wär?«, wiederholte Strobl.

»Ja, ich mein, den Audi wirst du ja nehmen, wenn ihr in die Stadt fahrt, was haben wir denn sonst noch?«

Strobl warf einen Blick aus dem großen Fenster auf den Hinterhof. »Also, wenn du es genau wissen willst: Wir hätten einen 3er BMW in Weiß, einen Golf Variant in Weinrot, einen grauen Opel Astra und den neuen schwarzen A4, aber den nehmen meistens die vom Betrug. Aber sag mal: Wieso brauchst jetzt du auf einmal einen Dienstwagen? Ist dein Passat kaputt, oder wie?«

»Du …«, tat Kluftinger möglichst unbeteiligt, »einfach so. Ich schone halt jetzt mein Auto mal ein bissle. Steht mir ja auch zu, oder?« Gegen Ende des Satzes hatte seine Stimme einen fast schon feindseligen Klang angenommen.

»Ja, ja, schon gut«, antwortete Strobl und hob die Hände. »Also: Du gehst runter zum Fuhrpark, lässt dir einen Schlüssel geben und trägst dich in die Liste ein. Fertig. Aber du hast ja eh erst mal beschlossen, den Vormittag über hierzubleiben. Ich schau, dass die Frau, also die Nachbarin, möglichst bald kommt.«

Gut zwanzig Minuten später öffnete Kluftinger im winzigen Hinterhof der Kriminalpolizeidirektion die Heckklappe eines nagelneuen schwarz glänzenden Audi A4, der jüngsten Errungenschaft des Kemptener Polizei-Fuhrparks. Die Sache mit dem Schlüssel hatte schon mal problemlos geklappt, die Kollegen vom Betrug hatten eingewilligt, jedoch gleich ihren Anspruch auf den Wagen für den nächsten Tag angemeldet. Kluftinger hatte versprochen, spätestens um neun am nächsten Morgen sei das Auto wieder verfügbar. Sein Blick fiel auf eine längliche Tasche, aus der gut und gerne zehn Nummernschilder herausragten. Bei der Ermittlung erwies es sich hin und wieder als hilfreich, wenn man das Autokennzeichen wechseln konnte, deswegen hatten die Dienstwagen immer verschiedene Schilder im Kofferraum. Der Kommissar überlegte. Im Moment war ein Mindelheimer Nummernschild montiert. Ob er es gegen eines aus dem Oberallgäu austauschen sollte? Oder doch lieber ein Kemptener? Oder gar ein Münchener? Möglicherweise wurde das Gelingen seines Plans dadurch ja beeinflusst ... Da kam ihm eine Idee. Er zog sein Handy aus der Tasche des Trachtensakkos und wählte Strobls Anschluss. Als der abhob, fragte Kluftinger, ob er denn wisse, woher die meisten gestohlenen Fahrzeuge stammten.

Verwundert kam von Strobl zurück: »Sag mal, ist das jetzt dein Hobby mit den Autodieben, oder was? Ich glaub, wir haben echt was anderes zu tun, findest du nicht? In einer Stunde kommt die Nachbarin vorbei. Willst du uns eigentlich dabeihaben bei der Vernehmung?«

»Ja«, antwortete Kluftinger, »freilich will ich euch dabeihaben. Aber jetzt sag halt: Sind die meisten aus dem Oberallgäu gewesen oder aus Kempten oder ...«

»Herrschaft, Klufti, was weiß ich. In den Städten wird am meisten geklaut, hat der Maier gesagt, und mehr weiß ich auch nicht. Servus. Sag mal, wo bist denn du eigentlich, dass du mit dem Handy anrufst? Ich hab gedacht, du wolltest am Schreibtisch …«

»Das tut jetzt nix zur Sache, Eugen. Kommt bitte mit der Frau in mein Büro, wenn sie da ist, wir befragen sie lieber da als im Vernehmungszimmer.« Kluftinger kramte in der Kennzeichentasche und zog schließlich zwei Schilder mit der Buchstabenkombination MM-KE heraus. Nachdem sich auf diesen gleich zwei Allgäuer Städte verbanden, erschien es ihm einleuchtend, sie auszuwählen.

Kurz darauf saß er bei laufendem Motor im Wagen. Es hatte ihn zwar einige Mühe gekostet, die Funktionsweise der elektrischen Sitzverstellung zu durchschauen, das Lenkrad in eine akzeptabel hohe Position zu bringen, das Auto mit dem seltsamen Steckschlüssel per Knopfdruck zu starten und schließlich die elektronische Handbremse zu lösen, aber schließlich hatte er all diese Klippen umschifft. Ein Anflug von Stolz machte sich in ihm breit angesichts dieser Leistung. Er fuhr vom Hof, bog in die Straße ein und drehte eine Runde um den Block, um das Auto nach zwei Minuten wieder direkt vor der Direktion abzustellen, unmittelbar unter dem Halteverbotsschild, das jedoch ausdrücklich auf die Ausnahmegenehmigung für Einsatzfahrzeuge der Polizei hinwies. Er machte den Motor aus und ließ die vorderen Fenster herunter. Vorsichtshalber schloss er noch das Handschuhfach ab, in dem sich das mobile Blaulicht befand, dann verließ er den Wagen. Er blickte in den Fond, wo sich ein Pilotenkoffer mit Polizeiausrüstung befand. Kluftinger nahm ihn, steckte die übrigen Nummernschilder aus dem Kofferraum notdürftig hinein und ging noch einmal um das Fahrzeug herum. Zufrieden nickte er, als er die heruntergelassenen Scheiben sah.

Der Kommissar atmete tief durch, stieß noch ein »Jetzt derwisch i di!« aus, wandte sich schwungvoll um und rannte in Richtung Eingang. Ohne den verwunderten Blicken der Kollegen an der Pforte Aufmerksamkeit zu schenken, stürmte er die Treppe hinauf, riss die Tür zu seinem Büro auf, stellte den Koffer ab und lief zum Fenster. Er warf einen erleichterten Blick auf den schwarzen Audi. Gott sei Dank, bis jetzt war nichts passiert. Dann öffnete er das Fenster und stützte sich auf dem Rahmen auf. Nun musste er nur noch ein wenig warten, dann würden ein, zwei Männer vorbeilaufen … sich erst einmal unauffällig umsehen … wie beiläufig an dem

Audi stehen bleiben … und sich dann an ihm zu schaffen machen. Dann musste Kluftinger lediglich die grünen Kollegen alarmieren, und sie hätten die Diebesbande dingfest gemacht.

Kluftinger blinzelte in die Sonne. Heute Abend würde er wahrscheinlich schon wieder mit seinem geliebten Passat nach Hause fahren können und hätte nebenher Amtshilfe für die Kollegen geleistet. Dann würde zum Glück auch das Versteckspiel mit Erika ein Ende haben.

Das Klingeln seines Telefons ließ ihn aufschrecken. Sofort streckte er den rechten Arm in Richtung des Schreibtisches aus, ohne jedoch auch nur einen Moment den Blick von der Straße abzuwenden. Doch er kam nicht an den Hörer, auch nicht durch einen weiten Ausfallschritt, und auch die wilde Verrenkung, bei der er sich mit der Linken noch am Fensterrahmen festkrallte und mit dem Fuß versuchte, den massiven Schreibtisch zu sich herzuziehen, zeitigte keinen Erfolg. Es half nichts, er musste das Telefon einfach klingeln lassen. Wenn es wichtig war, würde der Anrufer sich schon noch einmal melden. Dennoch erkannte Kluftinger, dass es nun zu handeln galt: Er musste ja neben der Observation des Dienst-Audis auch noch seiner normalen Arbeit nachgehen können, und davon hatte er angesichts des neuen Falls mehr als genug. Dazu aber musste er seinen Schreibtisch so umstellen, dass er von ihm aus zum Fenster hinaussehen konnte. Und das musste er erstens allein schaffen, und zweitens hatte es schnell zu gehen, denn er konnte seinen Posten unmöglich länger als eine Minute verlassen. Den Diebstahl eines unverschlossenen, fabrikneuen Dienstwagens mit heruntergelassenen Seitenscheiben direkt vor dem Polizeigebäude zu erklären oder zu vertuschen hätte auch seine Phantasie entschieden überfordert.

Der Kommissar zimmerte sich blitzschnell einen Plan zurecht: Er würde einfach mit schnellen Wechseln zwischen Fenster und Tisch versuchen, diesen etappenweise in Richtung Fenster zu ziehen. Er hatte jedoch das Gewicht des Tisches unterschätzt und zudem nicht an die vielen Kabel gedacht, die diesen mit dem Schacht am Boden verbanden und die sich bei der Aktion als äußerst widerspenstig erwiesen.

Dennoch schaffte er es in rund zehn Minuten, wenn auch eher schlecht als recht: Der Tisch stand zwar direkt vor dem Fenster, allerdings hatte er Computer, Bildschirm und Maus an der alten Stelle belassen müssen, am Boden, versteht sich, denn die Länge der Kabel hatte einfach nicht ausgereicht. Die fest installierte Lampe hatte Kluftinger ebenfalls nicht abmontieren können. Egal, schließlich war es hell – und bis zum Einbruch der Dunkelheit wäre das Problem längst vom Tisch. Der Kommissar grinste wegen seines gedanklichen Wortspiels.

Mit einem Auge stets auf dem nach wie vor verwaist dastehenden Fahrzeug, widmete er sich seinen Aufgaben. Vor der Vernehmung der Anwohnerin war noch Zeit genug, einige Akten abzuschließen und Berichte zu unterschreiben. Kluftinger zog gerade einen Aktendeckel zu sich her, als es an der Tür klopfte. Der Kommissar drehte sich mit dem Stuhl kurz zur Tür, von wo ihn Sandy Henske verwundert anblickte.

»Was … ich mein …«, setzte Sandy an, doch Kluftinger war nicht um eine prompte Erklärung verlegen: »Wissen Sie, Sandy, ich hab das Gefühl, dass vielleicht eine Wasserader durch das Büro läuft. Ich fühl mich ein bissle unwohl, wenn ich da drüben sitze. Und ich schwitze auch in letzter Zeit so stark. Ist jetzt nur mal zum Probieren.«

Statt des erwarteten skeptischen Kommentars seiner Sekretärin erhielt Kluftinger jedoch Unterstützung für seine seltsamen Ausführungen. »Da mag schon was dran sein. Wenn Sie möchten, ich hab ein Buch über Feng-Shui zu Hause. Ich kann es ja mal mitbringen. Da gibt es doch allerhand Wissenswertes«, bot sie an und legte ihm einige Papiere auf den Tisch. Dann fuhr sie fort: »Aber überlegen Sie sich das mit der Schreibtischposition noch einmal. Das mag ergonomisch schön und gut sein, wenn das Licht von vorn kommt, aber mit dem Rücken zur Tür und zum gesamten restlichen Raum zu sitzen ist furchtbar schlecht für den Energiefluss!«

»Aha!«, versetzte Kluftinger und versicherte, sich das noch einmal durch den Kopf gehen zu lassen. Sandy verließ den Raum wieder und zog die Tür hinter sich zu, doch das Schloss schnappte wieder heraus, und die Tür schwang einen Spaltbreit auf. Das, fand der Kommissar, war sicher noch schlechter für den Energiefluss, also stand er seufzend auf, um die Tür zuzudrücken. Er wollte gerade wieder zum Fenster zurücksprinten, als er einen Gesprächsfetzen vom Korridor her vernahm: »Nee, Richie, ich weiß nich, der Alte wird ooch immer wunderlicher!«

»Chef?« Sandy Henske hatte sein Büro betreten und machte, weil er mit dem Rücken zu ihr saß, verbal auf sich aufmerksam.

»Hm?«, fragte er, ohne sich umzudrehen.

»Die Frau Sommer wär jetzt da.«

»Wer?«

»Die Frau Sommer. Sie sollte herkommen. Die Nachbarin von der Frau Zahn.«

»Ach ja. Gut, soll reinkommen.«

»Wie jetzt?«

»Kann reinkommen. Die Dame.«

»Sie ist doch schon drin.«

Kluftinger drehte sich um. Im Zimmer stand eine attraktive dunkelhaarige Frau, er schätzte sie auf Mitte dreißig. An der Hand hielt sie einen Buben, der ihn wie seine Mutter erwartungsvoll anblickte. »Ach so, ja, ja, freilich, ich mein: Setzen Sie sich doch bitte.«

Mit einer fahrigen Handbewegung deutete er auf einen Stuhl, der wegen der neuen Schreibtischposition nunmehr verlassen im Raum stand, dann drehte er sich wieder zum Fenster.

»Und der Kleine?«, fragte Sandy in seinen Rücken.

»Was?«

»Na, der Kleine sollte vielleicht nicht unbedingt hören, was Sie hier zu besprechen haben, oder?«

»Ich bin nicht klein«, protestierte der Junge.

Erneut drehte sich der Kommissar um. Er musterte den etwa sechsjährigen Jungen und wollte gerade etwas zu ihm sagen, als Maier zur offenen Tür hereinkam.

»Du, ich hab da noch eine Frage wegen ...« Er stutzte, als er die Frau und das Kind sah, grüßte die Mutter, beugte sich dann zu dem Jungen und sagte: »Na, und wer bist du, kleiner Mann?«

»Ich bin nicht klein«, protestierte der Bub etwas heftiger und boxte Maier in die Seite.

»Ah, Richie, ich seh, du kannst gut mit Kindern«, tönte Kluftinger.

»Ich, also na ja, ich ...«

»Keine falsche Bescheidenheit. Nimm doch mal den ... den jungen Mann mit zu dir ins Büro, ich hab mit seiner Mutter was zu besprechen.«

»In mein Büro? Also, ich weiß nicht, ich hab eine Menge ...«

»Das war keine Bitte.«

Zerknirscht senkte Maier den Blick. Dann streckte er die Hand aus und sagte: »Na, dann komm mal mit, Kleiner.«

Hefele betrat gerade den Raum, als die beiden hinausgingen, wobei der Bub Maier missmutig ansah und Grimassen schnitt. Hefele grinste seinen Kollegen an: »Endlich hat man hier mal eine adäquate Verwendung für dich.«

Sandy lachte laut auf, worauf Hefele rot anlief und sich schnell in die Sitzgruppe fallen ließ.

»So, jetzt nehmen Sie bitte da Platz, dann fangen wir an.« Kluftinger deutete erneut auf den Stuhl, dann setzte auch er sich, wobei er seinen Schreibtischstuhl nur so weit zum Raum hin drehte, dass er die Straße noch gut im Blick hatte. Dabei kehrte er der jungen Frau nach wie vor fast vollständig den Rücken zu. Sichtlich irritiert blickte die zu Sandy, die mit einem Schulterzucken und den Worten »Schlechtes Feng-Shui« aus dem Zimmer verschwand.

»Sie wissen, worum es geht?«, fragte der Kommissar schließlich, ohne die Frau anzusehen. Als er keine Antwort erhielt, wiederholte er seine Frage, diesmal mit dem Zusatz: »Frau Sommer?«

»Wie? Ach, Sie meinen mich. Tschuldigung, ich wusste nicht, ich hab nicht gesehen, wo Sie hinschauen, deswegen …«

»Ja, ist ja egal, also: Sie wissen, worum es geht?«

»Um den Tod von Frau Zahn, nehme ich an.«

»Richtig.«

»Ich dachte, es sei ein Infarkt gewesen.«

»Wie kommen Sie darauf?«

»Hat doch der Hausarzt gesagt. Sie wissen ja, so was spricht sich schnell rum.«

»Verstehe. Nein, es war kein Herzinfarkt. Könnte sein, dass es überhaupt kein natürlicher Tod war«, formulierte Kluftinger vorsichtig.

»Um Gottes willen. Sie meinen, ihr Mann hat sie …«

»Frau Sommer, wenn wir das alles schon wüssten, wären Sie ja nicht hier. Aber sagen Sie, wie kommen Sie denn darauf, dass Herr Zahn ihr etwas angetan haben könnte?«

»Wissen Sie«, erklärte die Frau, »die haben sich eigentlich nur noch angeschrien. Wenn sie überhaupt miteinander geredet haben. Das war schon keine Gleichgültigkeit mehr, das war Hass.«

»Ihnen ist also etwas … sagen wir … Ungewöhnliches aufgefallen in der letzten Zeit?«

»Ja.«

»Was denn?«, erkundigte sich Kluftinger und wandte sich für einen Moment der Frau zu.

»Die sind immer in der Nacht gekommen.«

»Die?«

»Na ja, die Leute halt. Die Mieter, nehm ich mal an. Ich hab es der Frau Zahn schon mal gesagt, dass das ein bisschen komisch ist, aber sie hat abweisend reagiert wie immer. Danach hab ich mich geärgert, dass ich überhaupt was gesagt hab. Ich mein, geht mich ja nix an, ist ja ihre Werkstatt, da hat dann sie die Scherereien. Wobei, andererseits, wenn da irgendwas nicht mit rechten Dingen zugeht, wo ich ja gleich daneben wohne, also dann bin ich vielleicht auch irgendwann … und mit dem Buben …«

»Schon klar. Was war denn jetzt nachts?«, unterbrach Hefele die Frau, nachdem sein Chef sich wieder dem Fenster zugewandt hatte und keine Anstalten machte, ihren Redefluss in für die Ermittlungen nützliche Bahnen zu lenken.

»Also, die sind immer erst gekommen, wenn's schon dunkel war. Das waren ein Kombi und ein Porsche, Neunelfer Targa. Ich sag mal aus den Achtzigern.«

»Woher wissen Sie denn das?«, fragte Hefele überrascht.

»Weil ich's gesehen hab.«

»Schon, aber ich mein, woher Sie das mit dem Modell wissen. Und dem Baujahr. Als Frau …« Er führte den Satz nicht zu Ende.

»Was soll denn das jetzt heißen? Als Frau … Sie meinen, nur weil ich eine Frau bin, muss ich froh sein, dass ich ein Auto von einem Traktor unterscheiden kann, oder was? Ihr Männer seid doch alle gleich, genau wie der Vater von meinem Kleinen. Immer gescheit dahergeredet, aber als es drauf ankam, war er weg.«

Hefele hob entschuldigend die Hände. »So hab ich das nicht gemeint.«

»So? Nein, sicher haben Sie das nicht. Sie haben nur gemeint, weil ich doch den ganzen Tag meine Nägel lackieren und meine Haare tönen muss, krieg ich von der Welt um mich rum nix mit, hm?«

»Woher wissen Sie's denn jetzt?«, unterbrach sie Kluftinger.

»Was?«

»Das mit dem Auto.«

Die Frau schien kurz nach Luft zu schnappen, dann sagte sie: »Mein Sohn sammelt Modellautos. Den ganzen Tag schaut er aus dem Fenster und sagt: ›Mami, guck mal, ein Ford sowieso!‹ oder ›Ein Audi diesunddas!‹. Und der kam ja immer wieder, das hab ich mir gemerkt.« Vorsichtig blickte sie zu Hefele, der sich Mühe gab, nicht allzu zufrieden zu nicken. »Und er war schwarz, das hab ich auch ohne meinen Sohn rausgefunden.«

»Warum kam Ihnen das seltsam vor?«

»Na, hören Sie mal, die sind immer gekommen, wenn's dunkel war. Dann haben sie den Porsche draußen stehen lassen und haben den Kombi, so einen weißen Ducato, reingefahren. Wirklich gesehen hat man nie einen von denen. Und mal ehrlich, so kaputt kann der gar nicht gewesen sein, dass sie den so oft haben richten müssen.«

»War das alles?«, wollte Kluftinger wissen.

»Wie man's nimmt.«

»Geht's etwas genauer?«

»Wenn sie drin waren, hat es immer so geblinkt.«

»Geblinkt?«

»Ja, ich weiß auch nicht, wie ich das besser beschreiben soll. Immer so … geblinkt.« Sie hob eine Hand und wischte damit unbestimmt in der Luft herum. »Und manchmal ist auch so ein bläuliches Licht durch die Rollos gedrungen.«

Hefele seufzte. »Von Rollos haben Sie uns noch gar nichts erzählt.«

»Na, wenn sie keine gehabt hätten, hätte ich ja wohl gesehen, was drinnen vor sich geht«, giftete die Frau zurück, und Hefele zog unwillkürlich den Kopf ein. »Jedenfalls war es dann auch immer mal länger dunkel.«

»Bläuliches Licht und Blinken«, murmelte Kluftinger.

»Bitte?«

»Hm, meinen Sie, es könnte drinnen irgendjemand was geschweißt haben?«

Die Frau dachte nach. »Ja, das könnte sein, das würde vom Licht her passen. Und, na ja, immerhin ist es ja auch eine Werkstatt.«

»Sonst noch was?«

»Also, außer dem Licht waren da noch so komische Geräusche.«

Sie dachte nach, dann schüttelte sie den Kopf und fuhr fort: »Ab und zu war eine Art Klingeln oder Läuten zu hören, wie von einem … ach, ich weiß auch nicht.« Sie schluckte. »Ich krieg jetzt noch eine Gänsehaut, wenn ich daran denke.« Zur Bestätigung rieb sie sich über die Arme.

Die Beamten konnten sich darauf keinen Reim machen. »Und Sie haben die Leute nie gesehen?«

»Leider nein. Einen Abend sind mehrere rausgekommen und haben einen gestützt, der hat irgendwie gehinkt. Aber das war das einzige Mal. Und einmal stand dann irgendwas auf dem Lieferwagen, aber das hab ich nicht erkennen können.«

Hefele setzte sich auf. »Was meinen Sie mit einmal?«

»Na ja, ich glaube, das stand vorher nicht drauf. Aber ich bin mir nicht sicher, ich meine, ich hab ja keine Observierung durchgeführt …«

Kluftinger erhob sich langsam aus seinem Stuhl, den Blick strikt auf die Straße geheftet. Gerade näherte sich ein älterer Mann dem Fahrzeug. Der Kommissar hielt den Atem an, als der Mann die heruntergelassenen Scheiben sah, sich hinunterbeugte, umblickte – und schließlich den Kopf schüttelte und weiterlief. »Zefix«, zischte der Kommissar und ließ sich zurück in seinen Stuhl fallen.

»Ist bei dir alles klar?«, erkundigte sich Hefele, doch Kluftinger machte nur eine wegwerfende Handbewegung.

»Pizza haben sie gerne gegessen.«

»Was?«

»Sie haben sich öfter Pizza liefern lassen, vom *Jesolo*, das hab ich gesehen. Ich dachte schon, vielleicht sind es Italiener, aber …«

Kluftinger streckte sich und angelte sich das Telefon vom Boden. »Ja, Richie? Ich bin's. Hör mal, du musst einen Pizzaservice für mich anrufen. Pizzeria *Jesolo*. Nein, nicht deshalb, Schmarrn!«

Schließlich fragte er: »Können Sie sich erinnern, an welchen Tagen die Pizzas bestellt worden sind?«

Die Frau zuckte mit den Schultern.

»Richie, frag halt einfach nach, wann etwas an die Adresse der Werkstatt geliefert worden ist. Und wenn du den Fahrer findest, der das Essen gebracht hat, dann sag, er soll am besten gleich vorbeikommen, ja?« Er überlegte kurz, blickte dann fragend zu Hefele, der eifrig nickte, und schloss mit den Worten: »Und wenn er eh schon da ist, soll er zwei Pizzas mitbringen. Mit Schinken und Pilzen. Und kümmer dich weiter gut um das Kind, ja?« Der Kommissar legte auf. »Ich hab heut noch nix Rechtes im Magen«, sagte er entschuldigend in Richtung der Frau. Die unfreiwillige Radtour hatte seinen Essensplan durcheinandergebracht.

»Noch eine Frage: Haben Sie sich die Autonummern gemerkt?«

Frau Sommer senkte den Blick und errötete leicht. »Ich hatte sie mir aufgeschrieben. Aber der Berti, mein Kleiner, hat den Zettel gegessen.«

»Gegessen?«

»Tja, Kinder eben! Seitdem sein Vater das Weite gesucht hat, hat er wirklich eine kleine Macke. Ist das schlimm?«

Kluftinger schüttelte den Kopf. »Nein, nicht schlimm. Nur … ungewöhnlich. Die Autonummern wären wahrscheinlich eh gefälscht oder gestohlen gewesen. Trotzdem danke für Ihre …«

In diesem Moment öffnete sich die Tür, und der Bub kam herein. Kluftinger erwartete, dass Maier ihm folgen würde, doch alles was der Kommissar sah, war das bleiche, entsetzte Gesicht seiner Sekretärin, die unverwandt auf den Jungen starrte.

Er wollte sie schon fragen, ob sie ein Gespenst gesehen habe, da erkannte er, was ihr einen solchen Schrecken eingejagt hatte: Der Junge trug um seine Schultern ein Pistolenholster – mit Inhalt. Kluftinger stockte der Atem. Starr vor Schreck schaute er zu, wie das Kind breitbeinig in das Zimmer spazierte und rief: »Keine Bewegung!«

Da ließ ein gellender Schrei den Kommissar zusammenfahren, und er sah, dass der Junge entsetzt in Richtung seiner Mutter blickte. Sie war es, die geschrien hatte, und der Bub rührte sich nicht mehr. Kluftinger nutzte den Moment, sprang auf, lief zu dem verängstigten Kind und riss ihm das Holster von der Schulter. Erst nach ein paar Sekunden entspannte er sich wieder.

Frau Sommer breitete die Arme aus, und der verschreckte Junge lief zu ihr. Sie zerstrubbelte seine Haare und sagte lachend: »Du Lausbub!«, wobei sie dem Kommissar gleichzeitig einen eiskalten Blick schickte. Der lief knallrot an und stürmte mit einem wütend gezischten »Maier!« aus dem Zimmer. Hefele folgte ihm und prallte fast gegen ihn, als er vor der Tür zu Maiers Büro abrupt stehen blieb und ungläubig hineinstarrte.

»Was ist denn los?«, wollte Hefele wissen, worauf Kluftinger lediglich mit dem Kopf ins Zimmer wies. Dort saß Richard Maier auf seinem Schreibtischstuhl, die Hände mit Handschellen an die Lehne gekettet, der Kopf hochrot von den Anstrengungen, die er unternommen hatte, um sich aus dieser Lage zu befreien. Er öffnete den Mund, um etwas zu sagen, doch es kam kein Wort über seine Lippen.

Eine Weile starrten die Beamten ungläubig in das Zimmer, dann brachen sie gleichzeitig in derart schallendes Gelächter aus, dass sich die Türen der anderen Büros öffneten und die Kollegen neugierig ihre Köpfe herausstreckten. Als Kluftinger das sah, legte er seine Hand auf die Klinke, warf noch einen letzten Blick zu Maier, sagte: »Du verhältst dich besser ganz ruhig! Zu dir komm ich später!« und zog die Tür zu.

»Das regeln wir intern«, beantwortete Kluftinger Hefeles fragenden Blick.

Die Frau und ihr Sohn waren schon seit fast einer halben Stunde weg. Zeit, die Kluftinger damit zugebracht hatte, die Straße zu überwachen und darüber nachzusinnen, wann Maier wohl seine Lektion gelernt hatte und er ihn wieder befreien sollte. Wenn der Vorfall bekannt werden würde, hätte das schlimme dienstrechtliche Konsequenzen, deswegen hatten Kluftinger und Hefele Stillschweigen vereinbart, wobei sie sich gleichzeitig in die Hand versprachen, dieses Wissen durchaus gegen Maier zu verwenden – und zwar jahrelang. Vielleicht würde das den in letzter Zeit doch ziemlich forsch agierenden Kollegen etwas bremsen.

Weil ihm der Fensterrahmen unangenehm in die Unterarme schnitt, holte er sich nach einer Weile ein Kissen von der Sitzgruppe und stützte sich darauf. *Viel besser,* dachte er, und auf einmal verstand er die Menschen – meist fortgeschrittenen Alters –, die in dieser Stellung einen Großteil ihrer Tage zubrachten. Das war wirklich fast so gut wie Fernsehen. Noch dazu an der frischen Luft.

Unterbewusst nahm er eine Bewegung im Haus gegenüber wahr und hob den Kopf.

»Huhu«, schallte es von dort.

Kluftinger grinste, als er die üppige Wasserstoffblondine winken sah.

»Hallo, Fräulein Uschi«, rief er zurück. »Alles klar?«

»Natürlich, wenn so ein Mann wie Sie auf uns Mädchen aufpasst.«

»Ja, gell, hier kann Ihnen nix … he, du Saukrüppel, geht's noch?« Mit Zornesröte im Gesicht brüllte Kluftinger einen Jugendlichen an, der gerade sein Eispapier ins offene Fenster des Dienstautos geworfen hatte. Doch der zuckte nur mit den Schultern und schlenderte weiter, wobei er genüsslich an seinem Eis schleckte.

»Machst des bei dir daheim auch, du … du …« Der Kommissar rief sich innerlich zur Ruhe, er wollte hier nicht mehr Aufsehen erregen als unbedingt nötig, das wäre für seinen Lockvogel-Plan kontraproduktiv.

»Also, Herr Kommissar«, sagte Uschi und drohte ihm dabei scherzhaft mit dem Finger, »Sie sind ja ein richtiger Vulkan. Ich mag es, wenn Männer noch Männer sind.«

»Ja, also … ich … sicher.« Ihm war die Situation einigermaßen unangenehm, außerdem verspürte er ein immer dringender werdendes Bedürfnis. Andererseits konnte er den Wagen nicht aus den Augen lassen.

»Äh, Fräulein Uschi, könnten Sie mal … also, wo Sie ja gerade nix zu tun haben«, er stockte. Er musste dringend an seiner Gesprächskompetenz im Bezug auf die neue Nachbarschaft arbeiten. »Ich mein, könnten Sie mal bitte ein Auge auf das schwarze Auto da unten werfen?«

»Sicher, mach ich doch. Und wenn wirklich Kundschaft kommt, dann werd ich die schon so dirigieren, dass ich trotzdem noch auf Ihr Auto aufpassen kann.«

»Oh, das ist … nett, dann vergelt's Gott.«

Als er von der Toilette zurückkehrte, machte er noch einen Abstecher in Maiers Büro und befreite den Kollegen aus seiner misslichen Lage – allerdings ohne ein Wort zu sagen und mit vorwurfsvollem Blick. Dann verließ er das Zimmer und roch schon vom Gang aus, dass der Pizzabote bereits eingetroffen war, ein Student an der Fachhochschule, der sich mit den Ausfahrten etwas dazuverdiente, wie er angab. Mit vollem Mund schilderte ihm Hefele, was sie von ihm wissen wollten, während Kluftinger seine Pizza schweigend am Fenster vertilgte.

»Ja, ich kann mich noch an die Fahrten erinnern, weil die schon etwas komisch waren«, gab der junge Mann zu. Die beiden Beamten sahen sich an.

»Komisch?«, fragte Hefele.

»Ja, meistens lag das Geld schon da. Mit einem Zettel, auf dem stand, ich solle alles vor die Tür legen. Das ist eher ungewöhnlich.«

»Wie oft sind Sie denn dahin gefahren?«

»Ich denke, so vier-, fünfmal.«

»Hatten Kollegen von Ihnen auch diese Fuhre?«

»Nein. Jedenfalls nicht bei unserem Pizzaservice. Wir haben ja nicht viele Fahrer, und abends bin ich eigentlich immer da. Ich hab dann auch immer geschaut, dass ich das machen kann. Auch wenn ich die Leute nicht zu sehen gekriegt hab – das Trinkgeld war immer geil.«

»Gut, danke, aber wenn Sie die nie gesehen haben, war's das eigentlich schon«, tönte Kluftinger vom Fenster aus.

»Hab ich doch.«

Die Polizisten bekamen große Augen.

»Aber Sie haben doch gerade …«

»Ich habe gesagt, dass meistens das Geld draußen lag. Aber einmal, da bin ich gekommen, als einer gerade vor der Tür stand.«

»Erinnern Sie sich noch an ihn?«, fragte Hefele schnell.

Der Student dachte nach. »Hm, ich weiß nicht. Wenn ich so drüber nachdenke: Er sah irgendwie aus wie so ein Schauspieler.«

»Welcher?«

»Gott, wie heißt denn der? Sie wissen schon, der immer in den deutschen Filmen mitspielt, die an irgendwelchen exotischen Stränden spielen. Karibik und so.«

Die Polizisten sahen ihn ratlos an.

»Ach kommen Sie. So ein Älterer. Wie Sie ungefähr.«

Kluftinger verschluckte sich.

»Steht immer unter Palmen, spielt abgehalfterte Ärzte und sagt mit so einer ganz tiefen Stimme schwülstige Sachen wie ›Es darf nicht sein‹ oder ›Wir müssen einen neuen Weg für uns finden‹. Na, klingelt's jetzt?«

Bei dir im Oberstübchen vielleicht, dachte Kluftinger.

»Wissen Sie was«, beendete Hefele das Gespräch, indem er aufstand, »wir machen jetzt ein kleines Protokoll, und wenn Ihnen der Name nicht einfällt, schauen Sie halt daheim im …«

»Christa Brinkmann!«, entfuhr es dem jungen Mann.

»Bitte?«

»Er war der Geliebte von Schwester Christa, also später Frau Doktor Brinkmann, der Frau von Professor Brinkmann in der ›Schwarzwaldklinik‹. Ist zurzeit Kult bei uns Studenten.«

»Tut uns leid«, schaltete sich Kluftinger ein, »aber wir sind hier leider keine Experten für …«

»Ja! Jetzt weiß ich, wen Sie meinen. Aber haben die denn wirklich ein Verhältnis gehabt? Hinter dem Rücken des Professors? Ich bin mir da nämlich nicht sicher …«, unterbrach ihn Hefele mit einem breiten Grinsen.

Entgeistert blickte Kluftinger seinen Kollegen an.

»Ja, ich hab das immer angeschaut, früher. Und inzwischen hab ich alle Folgen auf DVD. Wir können ja gerne mal einen Klinikabend machen, so unter Kollegen. Mit Schwarzwälder Kirsch und Schinken und so.«

»Mhm, sicher«, murmelte der Kommissar. Nach so einem Abend würde er eine Klinik brauchen. Er blickte auf die Uhr. »Au weh, ich muss jetzt eh weg, zu dieser saublöden Sitzung vom Chef. Roland, du machst das alles hier fertig, oder?« Er zeigte unbestimmt auf den jungen Mann. Hefele nickte. Bevor Kluftinger die Tür schloss, sagte er noch: »Und räum die Pizzakartons weg, ja?«

Als Kluftinger den schwarzen Dienst-Audi vor dem Polizeipräsidium abstellte, war ihm ein wenig mulmig zumute. Hatte er vorher noch gehofft, jemand würde sich für den Wagen interessieren, war jetzt genau das Gegenteil der Fall. Denn ein Verlust dieses teuren Gefährts hätte ihn neben seinem guten Ruf wahrscheinlich auch sein gesamtes Erspartes gekostet. Nun besaß das Auto aber nur eine dieser neumodischen Fernbedienungen, denen der Kommissar zutiefst misstraute. Ihm konnte keiner weismachen, dass es für jeden ausgelieferten Wagen einen eigenen Code gab. Zwar waren einige Autos zusätzlich noch mit echten Türschlössern ausgestattet, doch hier suchte er diese vergeblich. Schweren Herzens drückte er auf den

Verriegelungsknopf, das Auto blinkte auf, und nach einem sonoren Klacken senkten sich die *Knöpfle*, wie sie der Kommissar nannte, in die Türverkleidung. Sorgfältig prüfte er bei einem Rundgang die Verriegelung aller Türen. Doch dann stellte er fest, dass neben dem *Fahrertürknöpfle* ein kleines rotes Lichtlein ruhig, aber stetig vor sich hin blinkte. Was das wohl zu bedeuten hatte? Möglicherweise handelte es sich ja um eine Warnleuchte, die anzeigte, dass die Türen nicht dauerhaft verriegelt waren? Kluftinger drückte immer wieder den Verriegelungsknopf, doch jedes Mal meldete sich auch das Lämpchen wieder.

Ein Blick auf die Uhr verriet ihm, dass es für ein ausgiebiges Studium der Gebrauchsanweisung zu spät war. Also stieg er noch einmal ein und parkte den Wagen fast direkt vor dem Haupteingang, wo man ihn von der Pforte aus gut sehen konnte, führte erneut die komplette Verriegelungsprozedur durch und bat beim Eintreten die verwunderten Kollegen vage, doch bitte hin und wieder ein Auge auf das Auto zu werfen.

Dann meldete er sich bei Lodenbachers Sekretärin, die ihn in einen Konferenzraum führte, in dem bereits mehrere Personen im Stehen miteinander plauderten. Kluftinger blickte in die Runde und sah außer Lodenbacher, der ihm wortlos zunickte, noch einen weiteren Bekannten: Am Fenster stand Dieter Hösch, der Altusrieder Bürgermeister. Er war so ins Gespräch mit einer Frau mit wilder roter Lockenmähne vertieft, dass er das Kommen des Kommissars gar nicht bemerkte. Außerdem waren noch zwei Männer und eine grauhaarige Frau anwesend, von denen Kluftinger jedoch nicht wusste, wer sie waren. Einer der beiden Herren wandte sich um, schien einen Moment zu überlegen und lief schließlich zielstrebig auf ihn zu. Der hagere dunkelhaarige Mann kam ihm irgendwie bekannt vor, doch er kam nicht darauf, woher.

»So, jetzt muss ich schon mal fragen«, setzte der Unbekannte an, »Herr Kluftinger, gell?«

Kluftinger nickte, weiterhin mit zusammengepressten Lippen überlegend, und streckte dem Mann die Hand zum Gruß entgegen.

»Sagen Sie«, gab sich sein Gegenüber redselig, »wie geht's Ihnen denn so – und vor allem: Wie geht es Ihrem Passat?«

Kluftinger schluckte und fixierte den Mann. Wusste er etwas über den Verbleib seines Wagens? Steckte er mit den Dieben unter einer Decke? Noch schlimmer: War er es selbst? Oder wollte er ihm versteckt einen Hinweis geben? Noch in diese Überlegungen hinein erklärte sein Gesprächspartner: »Wahrscheinlich erinnern Sie sich nicht mehr, gell? Mein Name ist Andreas Kohler.«

»Mei, klar, jetzt bin ich wirklich auf der Leitung gestanden«, versetzte der Kommissar und fasste sich an die Stirn. Er hatte keine Ahnung, wer dieser Kohler war und woher sie sich kannten.

Das vermutete wohl auch sein Gegenüber, denn Kohler fügte hinzu: »Ich hab Ihnen doch damals den Schatz gebracht und das Auto verkauft.«

»Ja, ja, weiß ich doch, klar, Sie sind der Finder des Burgschatzes!«, erwiderte Kluftinger überschwänglich. Jetzt, wo er wusste, wer es war, freute er sich ehrlich, den Mann nach so langer Zeit wiederzusehen. »Für mich war das ja ein toller Zufall, so bin ich zu meinem Auto gekommen!«

»Sagen Sie bloß, Sie haben den Passat noch«, sagte Kohler erstaunt.

Kluftingers Kopf wurde heiß. »Ja, klar. Ich mein … schon.« Er wollte sich noch nicht eingestehen, dass der Wagen für immer fort sein könnte.

»Ui, nach all den Jahren! Der ist ja schon ein Oldtimer! Wie viele Kilometer haben Sie denn drauf?«

»Dreihundertsechsundneunzigtausend und ein paar Zerquetschte. Und immer noch mit dem ersten Motor! Das muss mir erst mal einer nachmachen. Das ist noch Wertarbeit. Der hat meine Familie durch alle Lebenslagen begleitet!«

»Haben Sie ihn nicht bei der Abwrackaktion drangegeben und die Prämie eingestrichen?«

»Ach, hören Sie mir damit auf!« Kluftinger machte eine wegwerfende Handbewegung. »Was meinen Sie, wie oft ich das gehört hab! Verschrotte doch die alte Mühle endlich, haben sie gesagt! Keine Ahnung haben die. So ein Auto kriegt man nicht wieder. Der ist noch pfenniggut, braucht sechseinhalb Liter Diesel, und wenn's sein muss, schraub ich den selber auseinander und wieder zusammen. Da kommt kein Mercedes hin. Und Platz hat der! Allein was ich mit dem schon Äpfel gefahren hab. Und mal ehrlich: Jetzt hat der fast vierhunderttausend Kilometer gehalten, wieso soll denn jetzt auf einmal was kaputtgehen?«

»Nun, Sie werden ihn natürlich entsprechend gepflegt haben, nehm ich an.«

»Ehrlich gesagt«, sagte Kluftinger verschwörerisch, »nicht grad so viel. Mein Sohn, der Markus, hat ihn früher immer alle zwei Wochen geputzt und poliert, um sich sein Taschengeld aufzubessern. Aber das ist jetzt auch schon fünfzehn Jahre her, und seitdem wasch ich ihn so drei-, viermal im Jahr. Aber ich hab alle Kundendienste machen lassen. Scheckheftgepflegt, auch wenn ich schon das dritte hab!«

Kohler lachte kurz auf.

»Aber sagen Sie«, fuhr der Kommissar fort, »was ist denn aus Ihnen so geworden? Sie fahren wahrscheinlich einen Rolls-Royce vom Finderlohn, oder?«

Der Mann schüttelte energisch den Kopf. »Glauben Sie mir, da lag für mich persönlich kein großer Segen auf dem Schatz! Ich hab ja fast nix gekriegt für den Fund. Mich haben sie jahrelang damit abgefertigt, dass halt der historische Wert im Vordergrund steht. Und jetzt? Versicherungssumme von zig Millionen Euro. Aber meine Ansprüche sind doch längst verjährt. Na ja, was soll's, es kommt ja nicht aufs Geld an. Ich hab damals eine Entscheidung getroffen und bin heut noch überzeugt: Es war die richtige. Aber ich freu mich, dass ich jetzt mit in den Gremien bin: Was das Museum angeht, den Bau und jetzt auch diese Sicherheitskommission. Das find ich toll, dass man mich da nicht vergisst. Aber finanziell hab ich beim Verkauf von Ihrem Auto beinahe mehr verdient!«

Kluftinger stutzte. *Also doch*, dachte er, *ich hab immer gewusst, dass ich zu viel bezahlt hab, damals!*

»Haben Sie ihn denn dabei?«, riss ihn Andreas Kohler aus seinen Gedanken.

»Wen jetzt?«

»Ja, den Passat!«

»Den … Passat? Nein, ich hab … ein Dings … ein Dienstauto hier. Wissen Sie, heutzutage muss man mit einem modernen, offiziellen Dienstwagen ausgerüstet sein«, log Kluftinger, »ein 54-PS-Diesel reicht halt für eine Verbrecherjagd nicht mehr!«

»Verstehe«, sagte Kohler nickend, dann bat Polizeipräsident Lodenbacher die Anwesenden, Platz zu nehmen.

Nach einer allgemeinen Begrüßung stellte der Polizeipräsident alle Teilnehmer vor. Die rot gelockte, schlanke Frau im lachsfarbenen Walkjanker hieß Doktor Margit Wallmann und war Historikerin der Universität München, die grauhaarige Frau, die aus der Nähe deutlich jünger wirkte, war Eva Brandstätter, eine Expertin einer großen Stuttgarter Versicherung. Und der letzte unbekannte Mann, den Kluftinger insgeheim schon »den Bodybuilder« getauft hatte, ein bärtiger, kräftiger und athletischer Mann in Jeans, dessen Sakko über dem T-Shirt kaum zuging, wurde ihnen als René Preißler, Chef der Sicherheitsfirma *AllSecur*, vorgestellt. Der Altusrieder Pfarrer sei ebenfalls Mitglied der Kommission, heute allerdings wegen einer Beerdigung verhindert.

»Als Erstes is wichtig, dass wir uns alle auf den gleichen Wissensstand bringen, ned?«, begann Lodenbacher. »Denn wenn mir für die Sicherheit dieses einmaligen Schatzes do … also … garantieren sollen, dann müass mer wissen, was dahintersteckt. Herr Hösch, möchten Sie gleich anfangen, wie alles begann?«

Kluftinger nickte kaum merklich. Es war ein anerkennendes Nicken, und er zog innerlich den Hut vor Lodenbacher. Denn der kaschierte offenbar mangelnde Vorbereitung geschickt durch taktisches Vorgehen. Und der Kommissar, dessen Kenntnisse ebenfalls einer Auffrischung bedurften, konnte davon nur profitieren.

Zunächst betonte der Bürgermeister die immense Bedeutung und Chance für die Gemeinde, die die dauerhafte Ausstellung eines so bedeutenden Kunstschatzes mit sich bringe, wobei er dieselben Floskeln verwendete wie bei jeder Rede, die Kluftinger bisher von ihm gehört hatte. Und das waren im Laufe von Höschs jahrzehntelanger Amtszeit einige gewesen. Erstens schaffte er es bei jeder Rede, irgendeinen Bezug zur Laienspieltradition des Ortes herzustellen, der Bürgermeister hielt dies wohl für eine Art moralische Verpflichtung. Und immer ging es um »großes Engagement«, um »Gemeinschaftsleistung«, »Zusammengehörigkeitsgefühl, Stolz und Freude«, um »Tradition und Fortschritt« und ein »lebenswertes Miteinander«. Kluftinger hätte die Reihe noch eine Ewigkeit fortsetzen können. Noch dazu, da sich Höschs Kollegen aus anderen Gemeinden sehr ähnlich ausdrückten, egal welchem politischen Lager sie angehörten. Vielleicht gab es da so eine Art Lehrbuch, das man bei Übernahme eines Amtes automatisch bekam und das die Würdenträger geflissentlich auswendig zu lernen hatten.

»Besonders wichtig ist mir natürlich der Schutz der Ausstellung vor Raub und Diebstahl, denn ein Zwischenfall kann die gesamte innere Sicherheit von Altusried in Gefahr bringen!«, tönte Hösch schließlich pathetisch.

Kluftinger verdrehte die Augen. Die »innere Sicherheit« einer Zehntausend-Seelen-Gemeinde! Bald würde man in Altusried ein eigenes Verteidigungsministerium brauchen. Einen Geheimdienst hatte man eh schon, auch wenn der nicht institutionell war, sondern aus sämtlichen Vereinsmitgliedern, Frauenbünden, der Musikkapelle und der Feuerwehr bestand – denen blieb im Dorf nichts verborgen.

»Zuletzt möchte ich betonen«, erklärte Hösch, »dass ich es großartig finde, mit Herrn Kohler als dem Finder einen so würdigen Schirmherrn zu haben, der noch dazu aus der Nachbargemeinde Dietmannsried stammt. Ein Zeichen, dass die Altusrieder gewillt sind, auch mal über den Tellerrand und somit die Ortsgrenzen hinauszusehen.«

Ein Akt wahrer Völkerverständigung, dachte Kluftinger.

Dann war die Historikerin an der Reihe. Sie stand auf, entfaltete ein Blatt und begann zu lesen: »Aus dem Altusrieder Bekanntmachungsblatt des Jahres 1935. *Doktor Heberle über die Burg Kalden in der Überlieferung des Volkes, welche ihm sein Vater berichtet hat: Ferner schreibt mein Vater, dass einmal bei einem angehenden Gewitter zwei Hexen mit aufgezogenen Röcken in der Iller unterhalb Kalden standen und einen Hagel heraufbeschwören wollten. Die eine rief: ›Schlag! Schlag!‹ Dann sagte die andere: ›I ka it schla, Mange Hund billt!‹ Von der Sankt-Magnus-Kapelle in Sommersberg jenseits der Iller ertönte eben das Wetterglöcklein.*«

Die Historikerin blickte auf. »Was Sie hier eben gehört haben, war eine Volkssage, klar. Aber die moderne Geschichtswissenschaft ist zunehmend gewillt, solche Sagen als Quellen für ihre Forschung zu nutzen. Und das *Mange Hund billt*, also *der Hund von Sankt Mang bellt*, sprich, *die Glocke der nahen Magnuskapelle läutet*, dürfte wohl der erste Hinweis auf einen Zusammenhang zwischen der Burg Kalden und dem Schutzpatron des Allgäus sein, der überliefert ist.«

Sie machte eine Pause und blickte die Anwesenden an. Kluftinger fand das einen reichlich theatralischen Beginn. Dennoch hatte ihn die Geschichte sofort gefesselt. Wieder zitierte sie aus ihrer

Quelle: »*Auch von Schätzen, die in der Burg verborgen sein sollen, weiß die Sage zu berichten. Von dem fast senkrecht abfallenden Ufer soll ein unterirdischer Gang zur Burg führen. Dort bewacht ein schwarzer Pudel, gespensterhaft mit feurigen Augen, eine eiserne Geldkiste.*« Die Frau faltete das Blatt wieder zusammen: »Nun, eine Geldkiste haben wir nicht gefunden. Wohl aber einige unterirdische Gänge, auch hier also hatte die Überlieferung recht. Noch haben wir das Geflecht aus Tunneln nicht ganz entwirrt, das wird eine Menge Geld kosten, das wir uns aber durch das neue Museum und die, da bin ich zuversichtlich, zahlreichen Besucher erhoffen. Wohl aber haben wir andere, echte Schätze entdeckt.«

Sie lobte die herausragende Bedeutung des in historischer, kunsthistorischer und künstlerischer Hinsicht einzigartigen Fundes, dann lobte sie sich selbst: Die Restaurierung sei exzellent und immens wertsteigernd gewesen, die Dokumentation des Fundes und der dazugehörenden Geschichte lückenlos, die historische Dimension didaktisch und museumspädagogisch wundervoll aufbereitet, die Präsentation schnörkellos modern und die Kooperation mit allen Stellen reibungslos gelaufen. Aber das sei ja auch kein Wunder, sie habe schließlich die nötige Erfahrung, und die zahle sich bei einem solchen Projekt vielfach aus.

Kluftinger hätte gern noch mehr über die Geschichte des heiligen Magnus gehört, seine Reliquie, die Umstände, unter denen sie nach Altusried gekommen waren. Einiges war ihm bekannt, aber nun begannen ihn auch die Details zu interessieren. Doch er verspürte keine Lust, ausgerechnet in dieser Runde nachzufragen, noch dazu bei der selbstzufriedenen Frau Doktor. Er würde das schon noch auf andere Weise in Erfahrung bringen.

Eva Brandstätter, die Frau von der Versicherung, war da schon eher seine Kragenweite. Mit einem sonoren Schwäbeln in der Stimme erklärte sie das Sicherheitskonzept des neuen Museumsbaus. Kluftinger mochte diesen Klang gern. Auch wenn der Stuttgarter Dialekt nicht der beliebteste war, er fand viel Selbstironie und Verschmitztheit darin. Und schließlich stand das Allgäuerische auch nicht gerade weit oben auf der Beliebtheitsskala deutscher Regionalfärbungen. Außerdem waren Frau Brandstätters gemütliches Auftreten und ihre zurückhaltende Kleidung dem Kommissar sympathisch. Für ihn sprach nach wie vor nichts gegen ein dezentes graues

Kostüm, auch wenn darin kein Modelkörper, sondern eine ganz normale Frau steckte.

»Wir wollen Sie von Anfang an in unser Konzept einbeziehen. Die Sicherungen entsprechen dem neuesten Stand der Technik, das versteht sich«, erläuterte die Frau. »Ich werde Ihnen in einer kleinen Präsentation die einzelnen Komponenten erklären, die die Sicherheitsfirma, übrigens ein international überaus renommiertes Unternehmen, zusammengeschaltet hat. Natürlich will ich nicht vergessen zu erwähnen, dass das Ganze finanziell für die Gemeinde nur machbar ist, weil solvente Sponsoren gefunden wurden und wir hier einige Prototypen einsetzen können, die quasi testweise installiert werden.«

Höschs Miene verfinsterte sich.

»Aber keine Angst, Herr Bürgermeister, das sind ausgereifte Produkte. Die Firma benutzt Altusried nur als Referenzprojekt, um ihre Leistungsfähigkeit zu demonstrieren. Jetzt möchte ich Sie aber mit den Räumlichkeiten in Kalden ein bisschen vertraut machen. Dazu habe ich von den Architekten die Pläne mitgebracht, die werden wir uns jetzt als Erstes ansehen.«

Die Frau faltete einen riesigen Plan in der Mitte des Tisches auf.

»Hier sehen Sie den gesamten Ausstellungsraum. Die Rechtecke sind die einzelnen Vitrinen. Jede verfügt natürlich über eine Spezialverglasung und Einzel-Alarmüberwachung. Die besteht darin, dass sowohl die Vitrinen als auch die Exponate darin mit Kontakten gesichert sind. Neben dieser elektronischen Sicherung gibt es meist noch eine mechanische, sprich, wir verankern die Stücke entweder in der Vitrine oder der Wand, je nachdem, wo sie ausgestellt sind.«

Sie geriet allmählich in Fahrt. »Eine meiner Lieblingssicherungen ist aber diese hier.« Sie hielt ein Foto einer Schraube hoch. »Alles, was nicht in Vitrinen steht, wird irgendwie in den Mauern verankert. Doch jetzt kommt's: Diese Schrauben hier sind eine Attrappe. Wir nennen sie Beschäftigungstherapie. Wenn sich Eindringlinge daran abmühen, sehen sie erst, wenn sie sie gelöst haben, dass sie gar keine Bedeutung für die Sicherung hatten.« Sie lächelte.

Auch Kluftinger gefiel der Gedanke, dass irgendwelche Einbrecher sich an einer völlig nutzlosen Schraube zu schaffen machen, während die Polizei bereits auf dem Weg ist.

»Es gibt noch einige weitere Optionen, die wir hier besprechen sollten. Zum Beispiel gibt es Co_2-Sensoren, die eigentlich für den Einsatz an Grenzübergängen entwickelt wurden. Sie wissen schon: um zu testen, ob beispielsweise auf einem Lkw Menschen versteckt sind. Man könnte so ein Messgerät natürlich auch so konfigurieren, dass es anschlägt, wenn sich die Co_2-Konzentration in einem Raum verändert. Des Weiteren könnten wir RFID-Chips an die Gegenstände kleben, womit sie weltweit zu orten wären. Das würde allerdings eine ganze Stange extra kosten. Und auch kombinierte Hitze- und Bewegungssensoren wären denkbar. In jedem Fall ist es sicher eine gute Entscheidung, die ganze Anlage mit einem Notstromaggregat abzusichern, das übernimmt, falls der Strom ausfällt oder …«, sie ließ ihre Handkante wie ein Beil auf den Tisch niedersausen, »… oder gekappt wird.«

Eva Brandstätter legte nun einen vergrößerten Ausschnitt des Planes auf den Tisch. »Lassen Sie uns nun zum Herzstück kommen. Hier eine Detailzeichnung des Raums mit der Reliquienmonstranz, unserem Hauptschatz, der geradezu im Raum zu schweben scheint.«

Kluftinger besah sich die Zeichnung, und ihn beschlich gleich das seltsame Gefühl einer gewissen Vertrautheit. »Der gläserne Kasten hängt von oben her in der Luft, und solange die Räume geöffnet sind, können die Leute sogar von unten in die Monstranz hineinsehen. Doch sobald das Museum schließt, aktiviert sich sozusagen ein unsichtbarer Schutzvorhang aus Sensoren und Laserlicht, der jede noch so kleine Erschütterung oder Bewegung erfasst. Sie müssen sich das ein wenig vorstellen wie in den alten Filmen, etwa dem ›Diamantenraub in Rio‹, als eine Art imaginäres Fadengerüst, das …«

Kluftinger sprang auf und stieß dabei seine Apfelschorle um, worauf Frau Brandstätter blitzschnell den Plan anhob, um ihn vor der auslaufenden Flüssigkeit in Sicherheit zu bringen. Mit einer Serviette wischte der Kommissar den Saft eilig zusammen.

»Tut mir leid«, rief er, »ich muss dringend weg. Ich erkläre Ihnen alles, wenn ich wieder da bin. Es geht nicht anders, Sie werden es verstehen!«

Dann stürzte er zur Tür und ließ sechs verdutzt dreinblickende Augenpaare zurück.

Ungeduldig wippte Kluftinger von einem Bein auf das andere, während er die Türklingel drückte. Er wusste, dass der Mann schlecht zu Fuß war, aber in diesem Moment konnte es ihm nicht schnell genug gehen, da war jede falsche Rücksichtnahme fehl am Platz. Selbst als er ihn im Inneren bereits schimpfen und immer wieder »I komm ja, i komm ja scho« rufen hörte, klingelte der Kommissar weiter Sturm.

So war es immer, wenn er plötzlich einen Geistesblitz hatte. Dann hielt ihn nichts mehr auf. Zum einen, weil er fürchtete, er könnte den Gedanken wieder verlieren, zum anderen wohl auch, um die Zeit, die er bis zu der Idee mit seiner Begriffsstutzigkeit vertrödelt hatte, möglichst schnell wieder reinzuholen.

»Kreuzhimmel … Herr Inspektor?«

»Kommissar, wenn schon.«

»Was?«

»Ich heiß Kommissar. Ich mein, Schmarrn. Kluftinger. Ich muss dringend noch mal in die Werkstatt.«

»Sicher, sicher. Aber so pressieren müssen Sie nicht, die läuft Ihnen ja nicht weg.« Mit einem kehligen Lachen setzte sich der Mann in Bewegung, sehr zu Kluftingers Leidwesen ohne Rollstuhl, sodass er schon befürchtete, er müsse das schwankende Männlein vor sich die Treppe hinunter bis zur Werkstatt tragen. Nach zwei endlos scheinenden Minuten waren sie endlich angekommen.

Doch als Herbert Zahn ungelenk mit dem riesigen Schlüssel im Schloss herumfuhrwerkte, riss Kluftinger der Geduldsfaden, und er drängte den Alten beiseite, um selbst aufzusperren. Mit großen Schritten durchquerte er die Werkstatt auf den hinteren Raum zu, stürmte hinein und blieb mit offenem Mund stehen.

»Da lecksch mi doch am …«

»Haben Sie was vergessen?« Zahn hatte den Raum nun ebenfalls erreicht.

»Was? Ach so, ja, das kann man wohl sagen.« Kluftinger schritt langsam durch das Gewirr aus Schnüren, Kartons und Holzleisten, blieb hin und wieder stehen, murmelte etwas vor sich hin, sagte einmal »Ach, verstehe!«, ein andermal »Dann ist das also …«, was sein Beobachter zunächst interessiert, mit zunehmender Dauer jedoch entgeistert verfolgte.

Schließlich blieb Kluftinger mitten im Raum stehen und schluckte. »Au weh, da müss mer ja das Konzept ändern.«

»Was müssen Sie ändern?«

»Das Sicherheitskonzept.«

»Von was?«

»Von der Ausstellung.«

Der Gesichtsausdruck des Mannes verriet, dass der keinen blassen Schimmer hatte, wovon er sprach.

»Dieser Raum«, sagte Kluftinger schließlich mehr zu sich selbst als zu dem Alten, »ist eine Nachbildung des Raumes, in dem der Altusrieder Burgschatz ausgestellt werden soll.«

Zahn schien noch immer nicht zu verstehen, und Kluftinger begann zu erläutern, vor allem, um sich selbst darüber klar zu werden, was das alles zu bedeuten hatte. »Ihre Mieter, das waren keine Autoschieber, Herr Zahn. Das waren … sind … na ja, werden Schatzräuber sein.«

Er fand, das Wort klang ein bisschen zu wildromantisch, eher nach den Freibeutern in den alten Seeräuber-Filmen, die er sonntagnachmittags so gerne sah.

»Die Männer, die hier waren, die …«, Kluftinger stockte, »… also, die Ihre Frau umgebracht haben, das sind hundsgemeine Diebe. Auch wenn die vielleicht meinen, sie seien was ganz Besonderes, haben sie doch nix anderes vor, als was zu klauen. Was sehr Wertvolles, das muss ich allerdings zugeben.«

Zahn blickte ihm starr in die Augen, und Kluftinger hatte das Gefühl, dass er noch irgendetwas sagen müsse. Also schob er nach: »Ich werd das zu verhindern wissen, verlassen Sie sich drauf.«

Drei Wochen zuvor

»Wenn ihr mich so direkt fragt: Es geht um einen Schatz!«

Magnus ließ seine Worte verhallen und sah forschend in die Gesichter der Männer und der Frau, die ihm in der Werkstatt gegenübersaßen.

»Einen Schatz?«

Alle blickten ungläubig auf ihn, dann sprach Servatius aus, was wohl die meisten dachten: »Okay. Also, bei so einem Kasperletheater mach ich nicht mit.« Die dunklen Augen des Südländers funkelten gefährlich. »Ich hab schon viel Gutes über dich gehört, aber eine Schatzsuche? Nein, danke!«

»Nun, ihr müsst mir schon vertrauen«, erwiderte Magnus gemessen. »Allein, wie mir scheint, euch fehlt der Glaube! Doch glaubt wenigstens dem Götzen Mammon! Ich sagte euch bereits: Es geht um etwa viereinhalb Millionen, die bei der Sache drin sind!«

»Junge, Junge.« Lucia pfiff leise durch die Zähne. »Jetzt mal raus mit der Sprache: Worum geht's?«

»Es geht, wie schon gesagt, um einen wirklichen Schatz. Wir müssen ihn jedoch weder suchen, noch werden wir nach alten Schiffswracks tauchen: Wir stehlen eine kostbare Reliquienmonstranz. Zurzeit baut man in einem Kaff nicht weit von hier, Kalden bei Altusried, extra ein Museum dafür. Das Ding ist aus purem Gold und mit reichlich Edelsteinen besetzt. Stammt, für die Kunstinteressierten hier, aus dem Hochmittelalter und ist wohl so ziemlich das Wertvollste, was das Allgäu jemals beherbergt hat. Das Ding enthält angeblich Knochensplitter vom heiligen Magnus, der, wie ihr ja inzwischen wissen solltet, der Schutzpatron des Allgäus ist!«

Er blickte in teilnahmslose Gesichter.

»Schon mal drüber nachgedacht, warum hier alles ›Sankt Mang‹ heißt? Die Brücke über die Iller ganz in der Nähe, eine der wichtigsten Kemptener Kirchen, ein Stadtteil, ein Platz und das Mangfest in Füssen?«

Das zaghafte Kopfnicken einiger der Anwesenden zeigte ihm, dass er es nicht nur mit Ignoranten zu tun hatte.

»Irgend so ein Typ ist in den Achtzigern drübergestolpert. Hat ein Skelett von einem ungarischen Ritter gefunden, wie Untersuchungen der Rüstung später ergeben haben. Man weiß nicht, ob der Ungar den Schatz damals in Sicherheit bringen oder rauben wollte. Tja, so oder so, nun werden wir sein Werk vollenden. Aber lassen wir die Geschichte mal beiseite. Die Bedeutung, die dieser Schatz für die Leute hier hat, sollte uns eh besser kaltlassen. Uns geht es um den Marktwert. Die Monstranz ist ein absolutes Unikat, das seinesgleichen sucht.«

»Vergiss es, Magnus! Ich bin raus«, rief Georg und sprang auf. Sofort wirkte er noch kleiner als im Sitzen. »So ein Ding, das kannst du nie zu Geld machen!«

»Er hat recht«, stimmte ihm Agatha zu, und der sonst eher schwerfällige Mann begann wild zu gestikulieren. »Es sei denn, man zerlegt so ein Stück und vertickt die Einzelteile, also Gold und Steine extra. Dann kannst du aber vergessen, dass es so viel Kohle bringt!«

Magnus grinste süffisant. »Was mir an euch durchaus gefällt, ist, dass ihr mitdenkt. Aber in diesem Fall müsst ihr euch keine Sorgen machen: Es gibt jemanden, dem das Ding so viel wert ist.«

Sie blickten ihn überrascht an.

»Die Versicherung«, sagte er, und in seine tiefe Stimme mischte sich ein bedrohlich knurrender Unterton. »Aber eben nur, wenn es noch ganz ist. Ich bin mir absolut sicher, dass es glattgeht, wenn wir unser Schätzchen erst mal haben. Aber wie schon gesagt: Ihr müsst mir schon einen kleinen Vertrauensvorschuss geben! Also, will tatsächlich jemand aussteigen?«

Magnus schaute sie einen nach dem anderen an. Diejenigen, die vorher skeptisch gewesen waren, senkten ihre Blicke. Daraus schloss er, dass aus seinen Schäfchen nun zahme Lämmer geworden waren.

Zehn Minuten später hatte er auf der großen Werkbank einen Plan ausgebreitet, um den sich alle versammelten. »Das hier ist der zentrale Raum der Ausstellung, mit der Vitrine für die Monstranz. Wunibald, du wirst in den nächsten Tagen für den Nachbau dieses Raumes verantwortlich sein, Nikolaus wird dir dabei helfen. Auch wenn man es diesem Muskelberg nicht ansieht, bei Schweißarbeiten ist er sehr geschickt.

Keine Sorge, ein einfaches Modell genügt. Einige von euch, vor allem Lucia, Servatius und Georg, werden dann intensiv an der Nachbildung des Museums, die hier in diesem Nebenraum der Werkstatt entstehen wird, üben.«

Magnus zeigte auf eine Tür, die von der kleinen Halle abging.

»Wir müssen in das Museum rein, darum dreht sich alles. Details bekommt ihr später. Ein grober Masterplan steht zwar bereits, doch er hat noch einige Schwachstellen und viele Unbekannte, für die ich euer Fachwissen benötige. Studiert die Pläne auf euer Spezialgebiet hin und gebt mir eure Einschätzungen! Ich gehe dann mit jedem von euch einzeln die Sache durch. Lucia und Servatius, für euch habe ich Detailpläne der Sicherungseinrichtungen besorgt. Zu treuen Händen und zum häuslichen Studium sozusagen!«

Er reichte den beiden einen Stapel Papiere.

»Christophorus, du bist für sämtliche Fahrzeuge zuständig. Zu Lande, zu Wasser und in der Luft, wenn du so willst. Du fährst nicht nur, du kaufst, tankst, wartest, präparierst und reparierst. Zunächst besorgst du uns bitte einen Kastenwagen. Möglichst groß, aber wendig. Und unauffällig, wenn es geht. Sprinter, Transit, Ducato, was weiß ich. Geh kein Risiko ein bei der Beschaffung, ja? Um Kennzeichen kümmere ich mich. Das Baby bekommt dann ab und zu eine neue Beschriftung, damit wir nicht allzu viel Aufsehen erregen.«

Christophorus' Augen blitzten und er zupfte nervös an seinen Koteletten herum.

Magnus setzte gerade wieder an, als es zweimal kurz am Werkstatttor klopfte, wobei die alte Metalltür mit den Riffelglasscheiben schepperte. Auf einen Schlag herrschte gespenstische Stille. Alle sahen mit weit aufgerissenen Augen und offenen Mündern zu Magnus. Der machte schnell eine beschwichtigende Handbewegung in ihre Richtung, schürzte die Lippen und flüsterte: »Keine Sorge!«

Er gab Nikolaus ein Zeichen, worauf der Hüne mit großen Schritten zur Tür lief. Die anderen verfolgten mit den Augen seinen Weg zum Halleneingang. Er drehte den Schlüssel und zog die Tür einen Spaltbreit auf.

Unverständliche Wortfetzen drangen bis zur Werkbank. Sie hörten die aufgeregte Stimme einer Frau, immer wieder unterbrochen durch den sonoren Bass von Nikolaus. Als er zwei Minuten darauf den Schlüssel wieder im Schloss drehte, stöhnte er laut. »Das war die Vermieterin. Sie wollte das Geld für diesen Monat.«

»Mir scheint, sie wird ein wenig zu neugierig. Ich hoffe, dass sie uns nicht noch einmal Probleme macht!«, sagte Magnus nachdenklich.

Die Männer und Lucia warfen sich skeptische Blicke zu. Magnus spürte, dass er zu beunruhigt geklungen hatte. »Doch diese kleine Zöllnerin wird unseren Weg zur Reliquie nicht ernsthaft gefährden, meine Schäfchen. Gelobt sei Jesus Christus«, schob er deshalb in salbungsvollem Ton nach.

»Himmelherrgottsackzement!« Wütend warf Kluftinger sein Handy auf den Beifahrersitz. Er hatte pflichtschuldig seinen Chef über die neueste Entwicklung informieren wollen, doch der war bereits zu einem weiteren Golftermin mit irgendeinem Großkopferten unterwegs. Außerdem war er wohl noch immer verärgert über Kluftingers überstürzten Aufbruch beim Arbeitskreis, weswegen seine Sekretärin ihn nun zum Rapport auf den Golfplatz zitierte. Der war zwar nur dreißig Kilometer entfernt, aber umständlich zu erreichen, und überhaupt hatte Kluftinger wenig übrig für diesen elitären Sport. Beim Blick auf die Uhr besserte sich seine Laune jedoch wieder ein wenig: Es war schon spät, jedenfalls lag der Feierabend in greifbarer Nähe, und wenn er jetzt noch den Golfplatz-Termin wahrnahm, dann könnte er danach eigentlich gleich heimfahren – mit dem Dienstwagen.

Eine knappe halbe Stunde später betrat Kluftinger das Lokal des Golfklubs Ottobeuren. Eine adrett gekleidete Dame an einem Schreibtisch blickte kurz auf, musterte ihn wortlos und widmete sich dann wieder ihrem Telefongespräch. »Nein, nein, ich organisiere nur das Catering für unser Benefizturnier nächsten Monat«, flötete sie in den Hörer und blickte Kluftinger dabei missbilligend an, der vor ihrem Schreibtisch stand. »Du, warte mal, Häschen, da ist grad … einer«, sagte sie schließlich und hielt eine Hand vor die Sprechmuschel, um dann Kluftinger weit weniger gut gelaunt zu fragen: »Ist was?«

»Ja, ich such den Lodenbacher und …« Der Kommissar überlegte kurz. Er wusste gar nicht, mit wem sich sein Chef hier traf. »… Und seinen Golffreund.«

Die Frau hob die perfekt gezupften Augenbrauen. »Ach, den Didi? Ja, der ist draußen. Müssten so auf Bahn vier sein. Das ist …«

»Find ich schon, danke.« Kluftinger setzte sich mürrisch in Bewegung, als die Frau ihm etwas nachrief.

»Was?«

»Die Schuhe. Mit den Schuhen können Sie nicht auf den Platz.«

Kluftinger blickte auf seine Haferlschuhe hinab. »Die halten das schon aus, das ist echtes Leder«, erklärte er der Frau, die daraufhin die Brauen zusammenzog, den Kommissar ein paar Sekunden mit zuckenden Mundwinkeln anstarrte, als müsste sie loslachen, um dann ernst zu erwidern: »Nein, nicht wegen der Schuhe. Wegen des Platzes. Das Profil macht den Platz kaputt.«

»So? Also, ich geh wirklich ganz vorsichtig, dann …«

Ein braun gebrannter Mann mit Baseballkappe schaute aus einer Tür heraus. »Ute-Schatz, gibt's Probleme?«

Die Frau zuckte die Achseln. »Na ja, ich hab ihm gesagt, er kann nicht mit den Schuhen auf den Platz, aber er will es nicht so ganz einsehen.«

Der Mann blickte auf Kluftingers Füße. »Nein, also, da hat die Ute schon recht, das geht auf keinen Fall, ich bin hier der Head-Greenkeeper und kann Ihnen versichern, dass …«

»Was sind Sie?«

»Der Head-Greenkeeper. Ich kümmere mich um den Platz.«

»Ach so«, nickte Kluftinger verständig, »der Gärtner.«

Das Gesicht des Mannes verdunkelte sich noch ein wenig mehr, dann zischte er: »Schuhe aus jetzt!«

Dem Kommissar war klar, dass er so erstens nicht weiterkommen würde und zweitens ein Streit mit den Golfkumpanen seines Chefs ihm seinen Arbeitsalltag nur unnötig erschweren würde. Deswegen bückte er sich, band seine Schuhe auf, zog die Socken aus, stopfte sie in die Schuhe und hielt sie mit einem fragenden Blick in die Höhe. Als kein Widerspruch ertönte, drehte er sich um und ging durch die große Terrassentür nach draußen, wobei er noch hörte, wie die Frau ihr Telefongespräch wiederaufnahm: »Du glaubst nicht, Häschen, was hier gerade passiert ist …«

Kluftingers Gang über den Golfplatz erinnerte ihn ein wenig an einen dieser Geländetage, die er bei der Bundeswehr hatte über sich ergehen lassen müssen: geduckt, ständig Haken schlagend, um eventuellen Geschossen auszuweichen, die hier in Gestalt von Golfbällen unterwegs waren. Seine Gefechtsbereitschaft wurde allerdings beeinträchtigt, als die majestätischen Türme der Ottobeurer Basilika am Horizont auftauchten. Das war schon eine malerische Kulisse, um diesem überflüssigen Sport nachzugehen, musste Kluftinger einräumen, und er blieb stehen, um den Anblick des prächtigen Baus zu genießen. Er war nicht oft im Unterland, was er bei solchen Anlässen bedauerte. Denn es war wirklich …

Kluftinger zuckte zusammen. Ein lang gezogenes, fiependes Hupen hatte ihn derart erschreckt, dass er seine Schuhe fallen ließ. Als er sich umdrehte, begriff er jedoch, dass es von einem dieser lächerlichen weißen Wägelchen kam, mit dem einige hier auf dem Platz herumfuhren. Bislang kannte der Kommissar diese Gefährte nur aus Filmen, in denen immer glatzköpfige Männer mit grotesk karierten Hosen, ledernen Handschuhen und Schiebermütze darin saßen. Der Fahrer dieses Exemplars winkte ihm aus der Ferne aufgeregt zu. Kluftinger blickte sich um. Stand er ihm im Weg? Er hielt es nicht für ausgeschlossen, auch wenn rechts und links neben ihm noch jeweils zwanzig Meter Grasbahn verliefen. Aber die Golfer waren seltsame Menschen, da konnte man so etwas nicht ausschließen.

»Überhol halt, Depp«, brummte Kluftinger und unterstrich seine Aufforderung durch eine weit ausholende Geste. Dann hob er seine Schuhe wieder auf und stapfte weiter, darauf bedacht, möglichst in der Mitte der Bahn zu laufen.

Seine Gedanken wanderten wieder zur Klosterkirche, zu den Mönchen, die dort noch immer lebten, zu den …

Er machte einen Satz zur Seite, als nun unmittelbar hinter ihm die Hupe wieder ertönte.

»Ja, Kruzitürkn, reicht Ihnen die Bahn nicht, oder was?«, sagte er im Umdrehen und verstummte dann.

In dem Wagen saß Doktor Martin Langhammer mit grotesk karierten Hosen, ledernen Handschuhen und Schiebermütze. »Na, mein Lieber, da sind Sie jetzt aber platt, dass Sie mich hier treffen, was?«

Der Kommissar musterte sein Gegenüber lange, dann seufzte er: »Eigentlich nicht.«

»Aber sagen Sie: Was machen Sie denn an so einem … exklusiven Ort? Soll ich Sie diesmal ein Stück mitnehmen? Oder sind Sie wieder …«, Langhammer senkte seinen Blick auf Kluftingers nackte Füße, »… in geheimer Mission unterwegs? Auf Samtpfötchen, wenn Sie so wollen?« Er lachte derart laut über seinen Scherz, dass Kluftinger das Gesicht verzerrte, als habe er Magenkrämpfe. »Also, was ist jetzt? Wollen Sie bei mir aufspringen?«

Das wollte Kluftinger eigentlich nicht, aber er wollte auch nicht noch Kilometer barfuß bis zu seinem Chef laufen. Also bejahte er, schwang sich auf der Beifahrerseite in das kleine Gefährt, das erheblich Schlagseite bekam, und sagte: »Loch vier.«

»Loch vier, aye, aye, Sir.« Damit drückte Langhammer aufs Gaspedal des Elektromobils, was jedoch nur die Wirkung hatte, dass sie nun in, so schätzte Kluftinger, eineinhalbfachem Schritttempo dahinzuckelten, auch wenn der Doktor das Lenkrad mit beiden Händen umklammerte und sich leicht vorbeugte, als säße er in einem Rennwagen.

Während sie so auf dem scheinbar endlosen Grün dem Horizont entgegenruckelten, begann Langhammer ungefragt seine Anwesenheit zu erklären. Man wolle ihn als Mitglied im Klub, erzählte er, er müsse sich das aber erst einmal anschauen, schließlich wisse er noch gar nicht, ob das hier alles seinen Ansprüchen genüge. »Wissen Sie, die Architektur und die Oberflächenstruktur einer solchen Anlage und dann das Greenkeeping, das sind ja Wissenschaften für sich. Aber das sagt Ihnen sicher gar nichts, Sie sind ja kein Golfer.«

»Doch, ich hab schon öfters gespielt«, erwiderte Kluftinger eingedenk der vielen Stunden, die er mit seiner Familie auf der Neun-Loch-Minigolfanlage im Altusrieder Ponypark zugebracht hatte und die meistens in einem handfesten Krach mit einem weinenden Markus oder mit einer beleidigten Erika geendet hatten, auch wenn er nachher nie so genau sagen konnte, warum eigentlich.

»Ach, tatsächlich? Das wusste ich ja gar nicht.«

»Ja, mei, ich häng's ja auch nicht an die große Glocke.«

»Verstehe. Und was haben Sie für ein Handicap?«

Misstrauisch beäugte der Kommissar den Doktor. War das eine Anspielung auf seine Körperfülle? »Also bittschön! Keins.«

»Wie – keins. Sie meinen, ein niedriges?«

»Nein«, entgegnete Kluftinger auf einmal entschieden. »Wenn, dann schon ein hohes. Sicher höher als Ihres jedenfalls.«

Der Doktor grinste. »Davon kann man wohl ausgehen.«

Eine Weile blieb es still, dann fragte Langhammer: »Wann haben Sie denn Ihre Platzreife erlangt?«

»Mit zwölf.«

»Vor zwölf Jahren?«

»Nein, *mit* zwölf. Da hat der Platz aufgemacht, und ich war einer der Ersten, die gespielt haben.«

»Ach, so früh bereits? Und jetzt? Spielen Sie noch?«

»Ja, ja, wenn sich die Gelegenheit dazu halt ergibt. Ich hab ja viel zu tun. Aber hin und wieder schon. Auch wenn wir mal einen Ausflug mit der Musik machen.«

»Ach, ich hatte ja keine Ahnung davon, dass die Musiker auch dieses Hobby teilen.«

»Doch, doch, grad der Johann, der ist ganz wild drauf. Besonders die Windmühlen-Bahnen mag er.«

»Die Wind… in Holland oder was?«

Kluftinger sah ihn entgeistert an.

»Hier läuft es jedenfalls ganz gut«, fuhr Langhammer fort. »Habe gerade einen Eagle gespielt. Hatten Sie auch ab und zu Eagles?«

Kluftinger dachte nach. Igel? »Nein. Ratten hat's in der Anlage ein paarmal gehabt, aber das haben die wieder in den Griff gekriegt, das war nur, weil der Wirt das Essen …« Kluftinger hielt inne, weil er an Langhammers Blick merkte, dass sie offensichtlich nicht von derselben Sache redeten.

»Übrigens, ich kenne einen tollen Golferwitz …«, wechselte der Doktor das Thema.

Jo, priml, dachte der Kommissar.

»Also, ein Ehepaar spielt Golf. Zwischen dem zweiten und dem dritten Loch fragt sie ihn: Wärst du traurig, wenn ich sterben würde? Da sagt er: Natürlich. Zwischen dem fünften und dem sechsten Loch fragt sie ihn: Und würdest du wieder heiraten? Darauf er: Wenn die Richtige daherkommt. Sie spielen also weiter, und zwischen dem achten und dem neunten Loch fragt sie dann: Und würdest du sie mit meinen Golfschlägern spielen lassen? Worauf er … sagt …« Der Doktor unterbrach sich, weil er schon vor der Pointe in herzhaftes Lachen ausbrach, was Kluftinger bei Witzeerzählern sogar noch mehr hasste als die Tatsache, dass sie überhaupt Witze erzählten. »… Also, darauf sagt der Mann: Geht nicht, sie ist Linkshänderin!« Das letzte Wort ging in ein lautstarkes Prusten über.

»Verstehen Sie … Linkshänderin …« Dem Doktor schossen Tränen in die Augen, und er verlangsamte seine Fahrt, bis sie fast zum Stehen kamen.

»Priml«, war der einzige Kommentar des Kommissars, doch Langhammer schien sich auch allein so gut zu amüsieren, dass ihn die verhaltene Reaktion seines Beifahrers nicht weiter anfocht.

Nach zwei weiteren Golfwitzen ähnlicher Güte tauchten hinter einer Baumgruppe endlich der Polizeipräsident und sein Mitspieler auf, den Kluftinger sogar auf diese Entfernung als den leitenden Oberstaatsanwalt Doktor Dieter Möbius erkannte. Dafür brauchte es nicht viel, er hätte nicht gewusst, dass sonst noch jemand mit rosafarbenen Hosen auf den Golfplatz ging.

Als Lodenbacher den Kommissar im Elektromobil erkannte, legte er überrascht die Stirn in Falten: »Wos mochan Sie denn do?«

»Sie sind gut«, erwiderte Kluftinger bitter, »Sie haben mich doch herbestellt!«

»Ich?«

»Ja, Ihre Sekretärin hat gemeint, Sie erwarten umgehend Bericht.«

Lodenbacher schien immer noch verwirrt, drehte sich dann aber zu seinem Mitspieler und schlug einen selbstbewussten Ton an: »Do, sehen Sie, meine Männer, die kemman sogar zu mir aufn Goifplotz, wann's wichtig is.«

Langhammer rutschte inzwischen unruhig auf seinem Sitz hin und her, wobei seine Karohose auf dem Kunstleder quietschende Geräusche verursachte.

»Was ist denn?«, platzte Kluftinger schließlich genervt heraus, als der Doktor auch noch damit begann, ihm mit dem Ellenbogen in die Seite zu boxen. Daraufhin deutete Langhammer mit dem Kinn auf Lodenbacher und zog dabei die Brauen nach oben. Kluftinger verstand.

»Ach so.« Und mit einem Seufzen fuhr er fort: »Darf ich vorstellen: der Langhammer.«

Der schien nur auf die Nennung seines Namens gewartet zu haben und sprang geradezu aus dem Wagen, worauf der Polizeipräsident und der Staatsanwalt unwillkürlich einen Schritt zurückwichen.

»Doktor Langhammer«, sagte der Arzt und zupfte an seinem Handschuh, um sogleich seinen Arm auszustrecken. »Ich bin ein guter Freund von Herrn Kluftinger und zudem sein Hausarzt. Er ist ja ebenfalls ein großer Golfer, wie ich gerade erfuhr.«

Kluftinger verzog das Gesicht und murmelte: »Eher ein kleiner.«

Nachdem sich auch Lodenbacher und Möbius vorgestellt hatten, tönte der Doktor: »So, ich würde ja gerne noch mit so wichtigen Persönlichkeiten plaudern, aber der Klubmanager erwartet mich.« Dann schwang er sich wieder in sein Gefährt. »Aber wenn hier so illustre Menschen spielen, werde ich wohl auch Mitglied, und dann haben wir ohnehin ausgiebig Gelegenheit zum Plauschen.« Mit diesen Worten drückte er aufs Gas, winkte noch einmal gravitätisch mit dem Handrücken und erinnerte Kluftinger dabei ein bisschen an den Papst in seinem Glasmobil.

»Herr Kluftinger, wie schön, dass wir beide uns einmal wiedersehen«, sagte Möbius mit heller, sanfter Stimme, und eine Wolke seines Parfüms waberte dem Kommissar um die Nase. Kluftinger musste unwillkürlich an sein Autostoppabenteuer vom Vortag denken, und sofort kamen ihm die Gerüchte um Möbius' … »Orientierung« in den Sinn, die bei den Kollegen immer Anlass zu allerlei Tratsch waren. Auch eine kurze Affäre mit seiner Sekretärin Sandra Henske hatte das Gerede nicht verstummen lassen. »Sie sind also auch Golfer? Davon hat mir Ihr Chef ja gar nichts erzählt. Spielen Sie doch ein paar Runden mit uns.«

Lodenbacher machte einen zerknirschten Eindruck, schloss sich der Einladung aber an: »Jo, sicher, des wär doch wos … ned?«

»Nein, nein, danke«, wehrte Kluftinger ab. »Ich bin ja eher … kürzere Bahnen gewohnt.«

»Ach kommen Sie«, ließ Möbius nicht locker, »haben Sie Ihre Schläger dabei?«

»Nein, die leih ich mir immer aus.«

»Verstehe, das ist lobenswert pragmatisch gedacht. Sie können sich aber gerne bei meinen bedienen. Ein Nein wird nicht akzeptiert, nicht wahr, Herr Lodenbacher?«

»Jo mei, wann er ned wui … man soll niemand zu seinem Glück zwingen, ned?«

Die Einlassung seines Chefs gab für Kluftinger den Ausschlag: »Ach, was soll des G'schiss, dann spiel ich halt eine Runde mit.« Er wollte sowieso schon immer mal testen, ob das Golfen auf freier Wildbahn wirklich leichter war als das filigrane Spiel auf den Bahnen, das er betrieb. Jedenfalls hatte er das immer vermutet, bisher aber noch keine Gelegenheit gefunden, diese Annahme zu überprüfen. Möbius legte also einen Ball auf die Abschlagmarkierung und forderte Kluftinger auf, sich einen Schläger auszusuchen.

»Ach, ham Sie mehrere?« Der Kommissar war überrascht, beim Minigolf bekam man immer nur einen.

Möbius lachte herzhaft und zeigte auf seinen Caddie. Kluftinger schaute sich die Schläger an, wusste aber nicht so recht, welchen er nehmen sollte.

»I daat a Hoiz nehma«, schlug Lodenbacher vor, worauf Kluftinger mit den Augen rollte und sagte: »Sehr witzig, ich probier's doch lieber mit einem Schläger.«

Lodenbacher schien nicht zu verstehen. »Jo, i moan jo an Holzschläger.«

Noch einmal besah sich Kluftinger die Schläger. Wollte sein Chef ihn hier vor dem Staatsanwalt für dumm verkaufen? Die Schläger waren doch alle aus Metall. Schließlich kürzte Möbius die Sache ab, indem er einen herauszog, ihn Kluftinger reichte und sagte: »Vertrauen Sie mir, ich weiß, was gut für Sie ist.« Dabei zwinkerte er ihm zu, und der Kommissar war heilfroh, dass die Kollegen diese Anmerkung nicht mitbekommen hatten. Vor seinem inneren Auge sah er ihr hämisches Grinsen.

Kluftinger fackelte nicht lange, nahm sich den Schläger, stellte sich seitlich zum Ball und drosch sofort heftig und ziemlich ungelenk drauflos, woraufhin alle überrascht der Flugbahn des Balles nachsahen – bis auf Kluftinger, der peinlich berührt auf das große Loch starrte, das er in den Rasen geschlagen hatte.

»Nicht schlecht, mein Lieber«, sagte schließlich der Staatsanwalt, und auch Lodenbacher klopfte ihm anerkennend auf die Schulter. Als Kluftinger versuchte, die Rasenstelle mit seinen nackten Füßen wieder notdürftig festzutreten, machte Möbius nur eine wegwerfende Handbewegung. »Ach, lassen Sie mal, soll sich der Greenkeeper darum kümmern.«

»Also doch Gärtner«, zischte Kluftinger, und sie gingen los.

»Wos woitn Sie eigentlich, Kluftinga?«, fragte der Polizeipräsident, nachdem sie ein paar Meter gegangen waren.

Der Kommissar schlug sich gegen die Stirn: In der ganzen Aufregung um die Schuhe, den Doktor und den Rasen hatte er ganz den eigentlichen Grund für seine Anwesenheit vergessen. Er erzählte ihnen also die Sache mit der Werkstatt und dem Plan, wobei er etwas weiter ausholen musste, um Möbius ebenfalls ins Bild zu setzen.

»Das ist ja eine ganz tolle Nummer«, sagte der schließlich, als Kluftinger geendet hatte, und pfiff durch die Zähne. »Aber eigentlich ja ganz gut, nicht wahr, lieber Lodenbacher? Damit wissen Sie ja jetzt schon vorher, dass etwas passieren wird, und obendrein auch noch, wo. Das ist ein Luxus, den Sie sonst nicht haben.«

Der Polizeipräsident machte ein zerknirschtes Gesicht.

Inzwischen waren sie bei Kluftingers Golfball angekommen, der am weitesten von dem mit Fähnchen gekennzeichneten Loch entfernt war, das rund fünfzig Meter weiter auf einer kleinen Anhöhe lag. Während der Kommissar sich wieder in Position stellte und, von seinem vorherigen Schlag beflügelt, ein bisschen genauer Maß nahm, wandte sich der Staatsanwalt an Lodenbacher: »Haben Sie sich mal überlegt, woher die diese detaillierten Informationen über die Sicherheitsvorkehrungen im Museum haben?«

Lodenbacher bekam große Augen. »Woin Sie do odeitn, dass …«

»Ich will gar nichts andeuten, ich will nur zur Vorsicht mahnen. Ich meine: Irgendwoher müssen die ja wissen, wie es da aussieht, also scheint es zumindest so, als …«, Möbius schien seine Worte genau zu überlegen, »… als sei Ihr *Inner Circle* nicht ganz so geschlossen, wie Sie das vielleicht vermutet haben.«

»Ich … oiso … ich hob gar nix ge…«

»Jawoll!« Kluftingers Freudenschrei unterbrach die Unterhaltung der Männer. Sein Ball war geradewegs auf dem besonders schön gemähten Stück Rasen um die Fahne herum gelandet.

»Prächtig, mein lieber Herr Kluftinger. Sie sind ja ein echtes Talent. Nicht wahr, Herr Lodenbacher?« Der gab Kluftinger mit einem düsteren Blick zu verstehen, dass seine Anwesenheit nicht länger erwünscht war – jedenfalls nicht, wenn es nach ihm ging. »Jo, der Herr Kluftinger muss dann auch wieda …«, begann er, doch Möbius ignorierte ihn einfach.

»Ich frage mich nur, was die alte Frau damit zu tun hat.«

»Also, wenn Sie mich fragen: gar nichts«, antwortete Kluftinger, und mit diesen Worten setzten sie sich wieder in Bewegung.

»Wie meinen Sie das?«

»Mei, ich glaub, die ist nur zur falschen Zeit am falschen Ort gewesen. Und wie es aussieht, war sie wohl auch recht neugierig.

Kann also gut sein, dass sie ihre Nase in Dinge gesteckt hat, die sie nicht hätte sehen sollen.«

»Hm, klingt plausibel …«, entgegnete der Staatsanwalt nach einigem Nachdenken. Dann schnappte er sich einen der Schläger, stellte sich vor seinem Ball in Position, blickte einmal kurz in Richtung Fahne und bugsierte den Ball mit einem eleganten Schwung nur knapp am Loch vorbei.

»Sehr gut, Herr Staatsanwoid, wirklich sehr gut«, sagte Lodenbacher und machte sich nun seinerseits zum Schlag bereit. Er nahm sich mehr Zeit, blickte immer wieder zur Fahne, befeuchtete seinen Finger, um den Wind zu prüfen, und machte einige Luftschläge zur Übung. Gerade als er zu seinem richtigen Schlag ausholte, tönte Möbius laut: »Herr Kluftinger, was meinen Sie, hat der Lodenbacher die richtigen Leute für diese Arbeitsgruppe ausgesucht?«

Der Polizeipräsident gefror in der Bewegung, setzte sie dann zwar fort, hatte jedoch nicht mehr genügend Schwung, und der Ball verlor schnell an Höhe und Geschwindigkeit, um schließlich in einem Sandbunker seitlich des Lochs zu landen.

»Künstlerpech«, kommentierte Möbius den verunglückten Schlag, schnappte sich seinen Caddie und zog los. Als Kluftinger an seinem Chef vorbeiging, zuckte er lediglich die Schultern.

Lodenbacher eilte ihnen nach: »Höarn S', hod des … Zeug da ned scho amoi oaner stehlen woin? Mir is, als hätt i do amoi wos ghöart.«

Sie blieben stehen. Möbius' Brauen zogen sich zusammen: »Natürlich, Sie haben recht. Ja, jetzt erinnere ich mich, da gab es mal so einen Fall. Das muss in den Achtzigern gewesen sein. Der Schatz ist damals nach seiner Entdeckung lange Zeit im Archäologischen Institut der Uni München untersucht worden. Als man ihn dann schließlich freigegeben hat und er zur Ausstellung in ein Museum überführt werden sollte, ist er bei diesem Transport geklaut worden. Das war ziemlich spektakulär damals. Nicht wahr?« Er sah Lodenbacher an, schüttelte dann aber den Kopf. »Ach, das war ja noch vor Ihrer Regentschaft. Das Kuriose an der Sache war, dass es keinen Überfall in dem Sinn gegeben hat. Nichts. Bei der Ankunft war der Wagen einfach leer. Bis heute weiß keiner, wie er das gemacht hat.«

»Er?«, fragte Kluftinger.

»Ja, Rösler hieß der Mann, ich habe ein gutes Gedächtnis für

Namen. Man hat ihn über einen Lockvogel geschnappt, der vorgab, die Monstranz kaufen zu wollen. Aber, wie gesagt, er hat nie verraten, wie er es gemacht hat. Der hat, glaube ich, immer behauptet, er sei gar nicht der Dieb, sondern habe den Schatz über einen Hehler erworben oder so.«

Sie gingen schweigend die letzten Meter bis zum Sandbunker und sahen dort einem immer nervöser werdenden Lodenbacher zu, wie er verzweifelt versuchte, seinen Ball wieder auf das Grün zu befördern. Als es ihm nach dem sechsten Schlag immerhin gelang, ihn auf die andere Seite des Grüns aus dem Bunker herauszubugsieren, stapfte er mit hochrotem Kopf auf seinen Caddie zu, pfefferte den Schläger hinein und blaffte dann Kluftinger an: »Und? Wos woin S' jetzt mocha in dera Soch?«

»Na ja, ich hab gedacht, also, ich mein ...«

»Sie werden doch sicher mal den Mann aufsuchen wollen, der damals den Diebstahl begangen hat«, schlug der Staatsanwalt vor. »Wenn der noch lebt. Der könnte Ihnen ja vielleicht ein paar Insiderhinweise geben, oder?«

»Eben«, sagte Kluftinger und nickte.

»Gut, oiso donn, an d' Arbeit, ned?« Lodenbacher machte dabei eine Handbewegung, als wolle er ein Insekt verscheuchen.

Kluftinger merkte, dass dem Präsidenten seine Anwesenheit zuwider war, noch dazu, da der Kommissar mitbekommen hatte, welch schlechte Figur sein Chef heute beim Spielen gemacht hatte. Da ihm klar war, dass Lodenbacher das die nächsten Tage an der ganzen Abteilung im Allgemeinen und ihm im Besonderen auslassen würde, dachte er fieberhaft nach, wie er für ein wenig bessere Stimmung sorgen könnte. Ihm fiel jedoch nichts ein – bis auf die Witze von Langhammer.

»Kennen Sie den schon?«, begann er also ohne Umschweife: »Ist ein Mann mit seiner Frau beim Golfen. Sagt die Frau: Wenn ich hin wär, wärst du dann traurig? Sagt er ...«

»Wie – hin?«, unterbrach ihn sein Chef.

»Na, hinüber halt. Tot. Gestorben, wenn Sie so wollen.«

»Sie hom vielleicht eine Ausdrucksweise.«

»Jedenfalls sagt sie, ich mein, er ... wie war das noch mal?« Lodenbachers in aggressivem Ton vorgebrachte Zwischenfrage hatte ihn aus dem Konzept gebracht. Er war sowieso ein miserabler Witzeerzähler, und die angespannte Stimmung hier machte die Sache nicht gerade leichter. »Ach ja, er sagt: Ja, ziemlich traurig. Dann golfen sie weiter, und schließlich fragt sie: Und würdest du auch wieder heiraten? Darauf er …« Jetzt war es Kluftinger, der aus Verzweiflung losprustete, bevor die Pointe kam. »… Darauf er, also, nein, nein, sie ist ja Linkshänderin.« Die anderen beiden sahen sich nur verständnislos an und zuckten die Achseln.

»Wos soi nocha des für a Witz sei?«, murrte Lodenbacher, und Kluftinger verstummte schlagartig.

»War vom Langhammer«, gab er kleinlaut zurück.

»Jetzt gengan S' zua und mochan S' Eahna Arbeit.«

»Aber, aber, Herr Präsident, der gute Herr Kluftinger muss doch erst noch einlochen«, schaltete sich Möbius ein. »So viel Zeit muss sein.«

Er reichte ihm einen weiteren Schläger, der im Gegensatz zu den anderen einen schmalen, länglichen Kopf hatte. Als Kluftinger sich wieder in Position stellte, schritt Möbius ein: »Nein, nein, nicht so. Sie müssen beim Putten etwas mehr, wie soll ich sagen … Ach, ich zeig es Ihnen am besten.« Mit diesen Worten stellte er sich hinter den Kommissar, legte beide Arme um ihn und fasste damit ebenfalls den Schläger. Dann holte er mehrfach aus, wobei sich ihre beiden Körper aneinander rieben, und Möbius sagte: »Ja, ja, so ist es gut.«

Mit geweiteten Augen blickte Kluftinger zu seinem Chef, dem er in diesem Moment zweifelsfrei ansah, dass auch er schon von den Gerüchten über Möbius gehört hatte. Priml. Wenn das seine Kollegen erfahren würden, hätte er bis Weihnachten keine Ruhe mehr. Hastig führte er deswegen den Schlag aus, folgte dem Ball ebenso gebannt wie seine beiden Mitspieler und sah, wie er schließlich im Loch landete.

Möbius klatschte euphorisch, und Kluftinger war einigermaßen zufrieden mit sich. Schnell gab er dem Staatsanwalt den Schläger zurück, hob die Hand zum Gruß und wollte sich schon zum Parkplatz aufmachen, als Lodenbacher sagte: »Naa, nix, jetzt suachen S' erst no meinen Ball mit uns. Dann war's wenigstens für irgendwas guat, dass Sie do woarn, ned?«

Seufzend und wenig enthusiastisch machte sich der Kommissar daran, bei der Suchaktion zu assistieren – und erspähte, nachdem er ein wenig durch das Gelände gestreift war, tatsächlich einen Ball im höheren Gras, etwa zehn Meter unterhalb der Grünfläche, auf der die Fahne stand. Er drehte sich um, winkte, doch die anderen beiden sahen ihn nicht. Er holte schon Luft, um nach ihnen zu rufen, da hielt er plötzlich inne. Er dachte kurz nach, bückte sich und zog seine Schuhe an. Dabei griff er mit einer Hand nach dem Ball und ließ ihn in eine Tasche gleiten. Dann sprang er behände auf und schlenderte zu den anderen.

»Nicht gefunden?«, fragte er.

»No ned«, gab Lodenbacher zurück.

»Sie, Herr Lodenbacher, ich hab ja jetzt wirklich noch einiges zu tun, da haben Sie schon recht, deswegen glaub ich, ist es besser, ich mach mich mal langsam an die Arbeit.«

Sein Chef blickte ihn an, den Kopf rot vom Suchen in gebückter Haltung. Er sah erst zu Kluftinger, dann zu Möbius und antwortete schließlich: »Ja, des is a brave Einstellung. Guada Mo, wiederschaun.«

Als Kluftinger zum Abschied dem Staatsanwalt die Hand reichte, zog der ihn an sich und flüsterte: »Das mit dem Ball bleibt unser kleines Geheimnis, keine Sorge.«

Zwei Wochen zuvor

»Also, wir brauchen auf jeden Fall dieses spezielle Gefährt, diverse Klamotten und dann noch diese kleine Liste an Dingen.« Christophorus legte dem Schutzpatron einen langen, handgeschriebenen Zettel auf die Werkbank. Er strich sich fahrig über die Koteletten, als sei er unsicher, ob er alles richtig gemacht hatte. »Ich hab es mit allen besprochen. Jeder hat seinen Wunschzettel ausgefüllt, ich hab's nur am Schluss noch mal gebündelt. Wobei jeder sein Zeug selber besorgt, genau wie du es wolltest.«

Magnus nahm das Blatt Papier und las es aufmerksam durch. Dann pfiff er durch die Zähne: »Oha, ihr seid ja nicht gerade bescheiden, Männer.«

Santa Lucia räusperte sich.

»Pardon: *Leute*, um korrekt zu bleiben. Aber dass du beim Shoppen nicht zurücksteckst, ist ja eh klar. Hast du ja in den Genen.« Magnus grinste Lucia an und erntete dafür eine Faust mit erhobenem Mittelfinger.

»Wenn ich recht sehe, fehlt aber noch der Feuerlöscher.«

»Den hab ich schon«, sagte Servatius und nickte so heftig, dass ihm einige seiner schwarzen Strähnen ins Gesicht fielen.

»Umso besser. Kommst du klar damit? Kannst du ihn entsprechend präparieren?«

Wieder nickte der Südländer.

»Gut. Und vergesst das Haarspray nicht, das seh ich auch nicht auf der Liste.«

»Darum kümmere wohl am besten ich mich«, sagte Lucia grinsend, und auch Magnus lächelte.

»Aber wie sollen wir das alles unauffällig bezahlen?«, erkundigte sich Nikolaus. »Ich meine, da kommt ja schon was zusammen, oder? Und es sind ja unter anderem größere Sachen dabei. Vor allem, was mich angeht: Ich muss da einiges auch bestellen.«

»Ja, das stimmt schon. Deswegen habe ich das hier für euch.« Magnus griff sich eine Stofftasche und fischte sieben nagelneue Smartphones mit Touchscreen-Bildschirmen heraus. Er gab jedem eines davon, und alle betrachteten zufrieden ihre Geräte. »Ich gehe davon aus, dass ihr die Dinger bedienen könnt?«

»Also ... ich weiß nicht so recht. Ich mein, ich hab noch nie so eins in der Hand gehabt«, meldete sich Christophorus zaghaft zu Wort. Servatius, der neben ihm saß, grinste.

Der Schutzpatron blickte Christophorus mit kalten Augen an. »Dann beschäftige dich damit. Und nur so viel: Meine zweijährige Nichte kommt mit der Benutzeroberfläche hervorragend klar. Ich will also nichts hören von wegen ›Versteh ich nicht‹ oder so.«

Die Männer betrachteten verlegen schweigend ihre Telefone.

»Gut. Es handelt sich bei allen um gehackte Geräte, die mit Prepaidkarten betrieben werden. Wenn ihr neue braucht, die sind hier drin.« Er hielt noch einmal den Stoffbeutel hoch und hängte ihn dann an einen Haken über der Werkbank.

»Und wie sollen wir damit bitte schön die Rechnungen bezahlen?«, fragte Sankt Wunibald. Der stämmige Grauhaarige sah grinsend in die Runde, doch niemand erwiderte seinen Blick.

»Ob du es glaubst oder nicht: irgendwie schon«, antwortete Magnus. »Lucia?«

Die schlanke Frau mit den kurzen Haaren löste sich aus der Gruppe und stellte sich neben Magnus. Aus einem schwarzen Rucksack zog sie einen Laptop hervor. Während sie ihn hochfuhr, sprach Magnus weiter: »Auf euren Telefonen befindet sich eine App, ein Programm, auf dem ihr die Verkaufsstellen von Paysecure-Karten findet. Immer schön übersichtlich auf einer Landkarte, die auch euren aktuellen Standort anzeigt.«

Die Männer blickten sich fragend an. »Ich habe mir schon gedacht, dass die meisten von euch damit noch nie zu tun hatten«, kommentierte Magnus diese offensichtliche Ratlosigkeit. »Also, es geht so: Hier sind eine ganze Menge Paysecure-Karten. Ihr nehmt euch eine mit einer passenden Summe, je nachdem, was ihr braucht.« Er hielt ein paar blaue Plastikkärtchen hoch.

Dann sah er zu Lucia, die nickte und das Wort übernahm: »Also Männer. Was ihr benötigt, könnt ihr in den einschlägigen Internetforen bestellen. Wenn ihr damit Probleme habt, kommt zu mir. Keine falsche

Scheu, ihr werdet euch doch von einer Frau noch was zeigen lassen, oder?« Sie grinste schief. »Na ja, in euren Fachgebieten werdet ihr euch sicher auskennen. Wenn ihr also bestellt habt, dann schickt ihr die PIN-Nummer eurer Karte per Mail an die Verkäufer. Mit diesen Nummern haben die dann Zugriff auf die Summe auf der Karte, ihr habt also sozusagen ›bezahlt‹. Bargeldlos und anonym, so wie wir es am liebsten haben. Wenn ihr Tarn-E-Mail-Konten braucht, da hab ich genügend für euch.« Bei diesen Worten zeigte sie auf ihren Bildschirm. »Und das war's schon. Sollten euch die Karten ausgehen, findet ihr, wie schon gesagt, die Bezugsquellen in der App eures Telefons. Aber eigentlich kriegt ihr die an fast jeder Tankstelle. Zum Kaufen müsst ihr zwar euren Namen angeben, aber ein Ausweis wird nicht verlangt. Ich gehe einfach mal davon aus, ich muss noch nicht einmal bei Männern erwähnen, dass ihr das unter falschem Namen macht.« Wieder grinste sie.

»Wo sollen wir uns die Sachen denn hinschicken lassen?«, fragte Nikolaus. Er wollte die Vorurteile, die ihm wegen seiner muskulösen Statur oft begegneten, nicht bestätigen, doch tatsächlich hatte er nur die Hälfte verstanden. »Doch nicht hierher, oder?«

»Nein, sicher nicht«, schaltete sich Magnus wieder ein. »Ich hab uns eine Packstation unter falschem Namen gebucht. Die Daten dazu findet ihr in eurem Telefon-Adressbuch unter ›Packstation‹. Benutzt niemals diese Adresse hier oder irgendeine andere, die wirklich existiert. Ist vielleicht nicht nötig, darauf extra hinzuweisen, aber ich hab schon alles erlebt.«

»Aber was ist, wenn wir kurzfristig was brauchen und es nicht bestellen können?« Wunibald hatte die Frage diesmal ganz sachlich gestellt, ohne Magnus dabei anzusehen. Stattdessen knetete er seine fleischigen Hände. »Ich mein, wenn ich jetzt Zement oder so was brauch, dann kann ich mir das auch beim Baumarkt besorgen, oder?«

Magnus sah wieder zu Lucia am Laptop. »Ja, das ist eigentlich kein Problem«, antwortete sie. »Aber bitte benutz dafür unsere Prepaidkreditkarten.« Sie fasste in die Tasche und holte ein paar Kärtchen heraus. »Es war nicht ganz einfach, die zu besorgen, weil man die in Deutschland nicht ohne Identifizierung kriegt. Hab ich also im Ausland organisieren müssen. Aufgeladen werden die mit dem Guthaben dieser Paysecure-Karten, ist also nicht zurückzuverfolgen. Aber das ist vielleicht ein bisschen zu kompliziert für euch. Und das müsst ihr eigentlich auch gar nicht wissen, ihr könnt einfach die Karten bei mir holen, ihr müsst halt ungefähr abschätzen, wie viel Geld ihr braucht für eure Einkäufe.« Sie blickte zu Magnus, um sich zu vergewissern, dass sie nichts vergessen hatte.

»Okay, das war's dann«, sagte der. »Noch Fragen?«

Die Männer schienen noch damit beschäftigt zu sein, die Informationen, die sie gerade bekommen hatten, zu verarbeiten.

»Umso besser. Dann hab ich noch eine kleine Überraschung für euch. Agatha?«

Jedes Mal schien ein Ruck durch den Körper des untersetzten Mannes zu gehen, wenn er mit diesem Namen angesprochen wurde. Doch er erhob sich ohne Protest und stellte sich neben Magnus. In seiner Hand hielt er einen großen Leinensack.

»Es fehlt noch der letzte Schliff, aber Agatha ist schon ziemlich weit gekommen mit seinem Werk.« Mit diesen Worten machte Magnus eine ausladende Handbewegung, und Agatha stellte den Sack vorsichtig auf den Boden, um dann mit einer Hand hineinzugreifen. Gespannt folgten alle seiner Bewegung und bekamen große Augen, als er sie wieder herauszog und den Gegenstand, der sich darin befand, auf den Tisch stellte: Es war ein perfektes Abbild der Reliquienmonstranz aus dem Burgschatz.

Als Kluftinger den schwarzen Audi um die Straßenecke lenkte, sah er sofort, dass es vor seinem Haus einen regelrechten Menschenauflauf gab. Für normale Verhältnisse jedenfalls. Erika hatte ihm ja erzählt, dass Markus seinen Besuch angekündigt hatte, zudem brachte er seine japanische Freundin Yumiko mit. Die beiden standen nun mit Erika vor der Garage, zusammen mit Kluftingers Eltern, die Markus und Yumiko vom Bahnhof abgeholt hatten.

»Heu, Vatter, hast du endlich ein vernünftiges Auto gekauft? Davon hat die Mutter gar nichts erzählt!«, rief Markus und ging auf Kluftinger zu, der gerade aus dem Wagen stieg. »Aber ummelden musst du ihn noch«, merkte sein Sohn mit Blick auf das Memminger Nummernschild an. »Sonst meinen die Leut, du wärst ins Unterland gezogen!«

»Der Vatter und ein neues Auto!«, sagte Erika lächelnd. »Eher ziehen wir wirklich noch nach Memmingen, bevor er seinen geliebten Passat hergibt!«

»Dienstwagen«, brummte Kluftinger und gab ein resigniertes Seufzen von sich. Markus war wieder da, worüber er sich im Grunde ja auch sehr freute. Er liebte seinen einzigen Sohn, und auch Yumiko war ihm sehr sympathisch. Deswegen freute er sich darüber, dass diese es so lange wie bisher keine andere an der Seite seines Sprösslings ausgehalten hatte. Dennoch: Während ihrer Aufenthalte gab es einige Umstellungen in seinem geliebten Alltagstrott, mit denen er schwer fertig wurde. Meist würde man von nun an in der dritten Person über ihn reden, und Erika würde ihn auf einmal – wie Markus – »Vatter« nennen. So weit, dass sie sich mit »Vatter« und »Mutter« oder womöglich irgendwann mit »Oma« und »Opa« anredeten, hatte er es eigentlich nie kommen lassen wollen. Dagegen war »Butzele«, Erikas Spitzname für ihn, geradezu eine Wohltat. Nachdem sich alle Anwesenden herzlich begrüßt hatten, verabschiedeten sich Kluftingers Eltern auch schon wieder, schließlich habe der Vater am Abend noch das traditionelle Pensionistenkegeln der Polizeigewerkschaft. Wie immer fragte er seinen Sohn, ob er denn nun endlich in der Gewerkschaft organisiert sei, und wie immer verneinte der mit Hinweis auf den Mitgliedsbeitrag und den Umstand, dass man als Beamter eh kein Recht zu streiken habe, womit sich Kluftinger senior, ebenfalls wie immer, zähneknirschend zufriedengab.

Als sie ins Haus gingen, begann Erika wieder, an ihrem Mann zu schnuppern.

»Was willst du denn allweil?«, fragte Kluftinger genervt.

»Also irgendwie ... riechst du schon wieder komisch. Wie gestern. Zwar anders, aber doch bekannt, irgendwie ...« Plötzlich weiteten sich ihre Augen. »Femona«, presste sie hervor.

»Was?«, fragte Kluftinger. Er konnte nicht glauben, dass seine Frau diesen letzten Rest von Sandys Deo von heute Morgen noch wahrnehmen konnte.

»Das ist ein Frauen... na ja, ein Duft für Frauen eben«, zischte Erika mit versteinerter Miene, darauf bedacht, dass Markus und Yumiko sie nicht hören konnten.

»So ein Schmarrn«, beharrte Kluftinger, bedauerte aber schon wieder, dass er nicht sofort die Wahrheit gesagt hatte. Erika war neuerdings sehr empfindlich, was solche Dinge anging.

»Sag mal«, begann sie und sah ihm dabei tief in die Augen, »gestern dieses Parfüm, heute ein anderes, dann dein Anzug, ich meine, hast du, wie soll ich sagen ...« Sie brach den Satz ab.

Kluftinger war beinahe gerührt, weil er sofort wusste, worauf sie hinauswollte, wehrte sie aber nur barsch ab: »Ganz ehrlich, manchmal hast du echt einen Knall. Wer soll mich schon wollen außer ... dir.« Dann drehte er sich um und ging ins Wohnzimmer. Seine Frau blieb noch eine Weile stehen und blickte ihm nachdenklich hinterher.

Eine Viertelstunde später saßen die vier um den kluftingerschen Esstisch, und Erika schien die Unterhaltung von eben bereits wieder vergessen zu haben. Sie trug ihr »Allgäuer Filettöpfle« auf, das sie als Willkommensgruß für ihren sicherlich ausgehungerten studierenden Sohn gemacht hatte. Kluftinger lief das Wasser im Mund zusammen. Doch er wusste, dass nicht er es war, der heute als Erster an die Reihe kam. Zuerst wurde Yumiko mit einer normalen, dann Markus mit einer Riesenportion versorgt, bevor Erika ihm den Löffel hinhielt. Selbst während des Essens strahlte seine Frau immer wieder geradezu verklärt ihren Sohn und dessen Freundin an. *Unglaublich,* fand Kluftinger, *wie sehr man den eigenen Sohn vergöttern kann.*

»Also, Papa«, begann Markus in seltsam feierlichem Tonfall, »wir müssen dir etwas …«

»Sag mal, Bub, seit wann bin ich jetzt wieder der Papa?«, wollte Kluftinger wissen.

»Früher hast du dich über ›Vatter‹ aufgeregt, jetzt passt dir ›Papa‹ wieder nicht. Soll ich ›Alter‹ sagen, oder wie?«

»Ich geb dir gleich Alter!«

»Also bitte«, mischte sich Erika ein, »jetzt fangt nicht schon wieder an zu streiten!«

»Ich streit doch gar nicht!«, grummelte Kluftinger.

»Also, Vatter, auf jeden Fall ist es so …«

»Weißt du, wenn man sich mal dran gewöhnt hat, dann will man auch gar keine andere Bezeichnung mehr. Ich mein, Vatter, das passt schon.«

»Das ist doch jetzt völlig wurscht, der Markus wollte doch gerade …«, setzte Erika erneut an.

»Ja, Himmelarsch, kann ich jetzt auch mal was sagen?«, rief Markus so laut, dass Kluftinger die Gabel aus der Hand glitt und in die Soße fiel, wobei ihm etwas davon auf sein Hemd spritzte. Also stand er auf, ging mit den Worten »Das hätt ich mich mal trauen sollen, bei meinem Vatter« in die Küche und kam zwei Minuten später mit einem großen Wasserfleck auf der Brust zurück. Dann wandte er sich an Yumiko: »Ist er schlecht drauf, dein Markus heut?«

»Vatter, übertreib's nicht, ja? So brauchst du dich nicht aufführen, wenn du zu unserer Hochzeit nach Japan kommst, nur dass das klar ist! Da braucht man ein bissle Manieren!«, versetzte Markus, zu Kluftingers Überraschung aber nicht ärgerlich, sondern ebenso breit grinsend wie vorher schon Erika.

»Ja, ja, jetzt jagt mir nur einen Schrecken ein! Markus, tut mir leid, ich wollt dich nicht blöd anreden. Ich hab grad ein bissle viel um die Ohren im G'schäft. Eine neue Mordsache, ganz kompliziert, dann die Ausstellung in Kalden und so eine Autoschiebergeschichte. Also, du wolltest mir was sagen?«

Markus sah ihn mit großen Augen an. Dann schüttelte er den Kopf. Auch Yumiko hatte einen unsicheren Blick, den der Kommissar nicht recht einzuschätzen vermochte.

»Jetzt bittschön, was habt ihr denn da ausgeheckt miteinander? Willst du dein Studium abbrechen? Brauchst du mehr Geld?«

»Wir heiraten, Vatter, geht das jetzt endlich in deinen Allgäuer Sturschädel rein?«

»Ihr …« Sein Blick wanderte von einem finster dreinschauenden Markus über eine unsicher lächelnde Yumiko hin zu einer mittlerweile besorgt aussehenden Erika. Die Gedanken schossen ihm durch den Kopf, bis sich einer von ihnen festsetzte, den er dann sofort artikulierte: »Bist du schwanger?«, fragte er an Markus' Freundin gewandt.

Die zog erstaunt die Brauen nach oben und setzte zu einer Antwort an, wurde aber von Markus unterbrochen.

»Also Vatter, ganz ehrlich, jetzt reiß dich mal zusammen! Die Miki ist nicht schwanger, und wenn du willst, dass du überhaupt mal Enkelkinder kriegst, dann führ dich jetzt vernünftig auf!«

»Enkel … ich mein … ich?«

»Also ich freu mich so für euch zwei!«, versuchte Erika etwas zu laut die Situation zu retten. Dazu setzte sie wieder ihr verklärtes Lächeln auf und fasste ihren Sohn und dessen Freundin an den Händen.

Kluftinger nutzte die Zeit, um sich ein wenig zu fangen. Die beiden wollten also heiraten. Und wenigstens würde er noch nicht zum Großvater – darauf konnte er gut und gern noch fünf Jahre warten – allein die blöden Kommentare der Kollegen klangen ihm schon jetzt in den Ohren. Doch Markus war nicht der Typ dafür, sich leichtfertig zu binden. Nein, dazu hatte er in der Zeit vor Yumiko seine Freundinnen dann doch zu oft gewechselt. Er musste also einen triftigen Grund haben, die Japanerin … *Natürlich*, schoss es ihm durch den Kopf. Sie war doch Ausländerin. Sollte das der Grund für …

»Vatter, nur falls das deine nächste Frage sein sollte, es wird auch keine Scheinehe, weil die Miki eine Aufenthaltserlaubnis braucht, um endlich in einem zivilisierten Land leben zu können!«, blaffte Markus.

»Also bitte, Markus«, gab Kluftinger entrüstet zurück, »als ob ich an so was denken würde! Ich weiß doch, dass die Yumiko aus gutem Haus ist und ja keine *solche* Ausländerin ist, in dem Sinn jetzt!«

»Äh, wenn ich fragen darf«, meldete sich Yumiko endlich auch einmal zu Wort, »was ist denn eine ›Ausländerin in dem Sinn‹?«

»Nein, ich mein halt«, Kluftinger begann zu schwitzen, »niemand, der jetzt so was … ausnutzen würde und … also Japan ist ja schließlich ein Land, das … halt … jedenfalls freu ich mich sehr für euch, ehrlich!«

»Das ist doch toll, Herr Kluftinger!«, erwiderte Yumiko erleichtert. »Dann müssen wir mal darauf anstoßen!«

»Ja, mei, das stimmt!«, frohlockte Erika. »Ich hol mal schnell einen Sekt rauf!«

»Erika, lass, ich mach das schon, hol du die Gläser!«, bot Kluftinger an.

»Können wir das auch machen, wenn wir fertig gegessen haben? Wird ja kalt!«, gab Markus zu bedenken. Kluftinger blickte auf seinen fast noch vollen Teller und wog seinen Hunger gegen die Möglichkeit ab, über diese Neuigkeiten auf dem Weg in den Keller noch einmal in Ruhe nachdenken zu können und kurzzeitig dieser Harmonieblase zu entkommen. »Esst ihr mal weiter, ich hol schnell den Sekt und stell ihn in den Kühlschrank, dann ist er nachher kalt genug!«, erklärte er schließlich.

Als der Kommissar nach fünf Minuten zurückkam, hatte er sich wieder gefangen. Na gut, heirateten sie eben. Mit Yumiko als Schwiegertochter konnte man doch mehr als zufrieden sein!

»Du, Butzele, ich hab gesagt, das geht nicht, dass die Yumiko immer noch ›Sie‹ zu uns sagt«, vermeldete Erika, als er sich gerade wieder seinem Essen widmete. »Deswegen haben wir schon grad beschlossen: Wir sind ab sofort alle per Du!«

Kluftinger nickte zustimmend und aß weiter. »Woll, mir sehr recht. Ich sag ja eh schon immer Yumiko«, presste er mit vollem Mund heraus. Jetzt musste es schnell gehen, denn kalte Rahmsoße gehörte nicht gerade zu seinen Leibspeisen.

»Du, Miki, erzähl dem Vatter doch, was sein Name auf Japanisch bedeutet!«

Die wirkte plötzlich erschrocken: »Also, ich glaube … ehrlich gesagt … ich fürchte, eine Entsprechung für einen solchen Namen haben wir gar nicht«, brachte sie stockend hervor. »Am ehesten vielleicht … Fudo.«

»Fudo?«, fragte Kluftinger skeptisch. »Klingt wie ein Sofa. Und was heißt das?«

»Ja, das ist … also, wie soll ich sagen … der Gott des Feuers.« Als sie Kluftingers finsteren Blick sah, überlegte sie erneut. »Vielleicht auch, ich weiß nicht, Amida?«

»Gefällt mir schon besser. Was heißt das?«

»Gar nichts, das ist der Name eines Gottes.«

Kluftinger grinste breit.

»Eines Buddhas, um genau zu sein.«

Priml. Offenbar war die Mutter-Sohn-Koalition, die hier zusammengekommen war, dabei, sich einen weiteren Verbündeten mit ins Boot zu holen. Der Kommissar rang sich ein Lächeln ab. Er wollte jetzt keinen Ärger. Nicht nach diesem Tag! »Also wie auch immer, ich freu mich sehr für euch. Wo wollt ihr feiern? Beim Mondwirt oder im Stiefel?«, stellte er daher eine unverfängliche Frage.

»Das kommt jetzt halt drauf an, ob wir hier oder drüben heiraten«, erklärte Markus.

Kluftinger blickte ihn entgeistert an. »In der DDR?«

Sein Sohn verdrehte die Augen. »In Japan natürlich. Da gibt es meines Wissens gar keinen Mondwirt. Oder, Miki?«

Yumiko lächelte. Kluftinger blieb die Luft weg. »Ihr wollt wirklich in Japan …«, setzte er an.

»Die beiden wissen es noch nicht«, griff Erika ein, »aber ich hoffe schon auch, dass sie sich hier das Jawort geben. Gell, ihr zwei? So eine Reise ist halt wahnsinnig weit.«

»Und teuer«, fügte Kluftinger hinzu.

»Weißt du, Mama, für Mikis Eltern ist es genauso weit nach Altusried wie für euch nach Okinawa.«

Erika schluckte. »Nein, klar. Für die Miki ist das auch so eine Sache. Aber du sagst ja, dass deine Eltern eigentlich ganz gern reisen.«

»Eben!«, rief Kluftinger dazwischen.

»Ihr macht das, wie ihr meint, Markus«, fuhr Erika fort. »Ich mein ja bloß, stell dir mal den Vatter in Japan vor!«

»Ihr tätet euch wundern!«, erwiderte Kluftinger trotzig.

Markus grinste: »Das glaub ich auch. Und nicht nur wir.«

Kluftinger überging diese Bemerkung einfach: »Ihr wohnt dann doch eh hier.«

»Wo? Bei euch?«, hakte Markus ungläubig nach.

»Nein. Aber hier halt. In Bayern. Und irgendwann ja mal wieder im Allgäu, oder?«

»Mach mal langsam, Vatter, da würd ich keinen Eid drauf schwören.«

»Ja, wollt ihr am Ende in … Franken bleiben?« Kluftinger hätte nicht besorgter klingen können, wenn es sich dabei um den Gazastreifen gehandelt hätte.

»Was weiß denn ich, wohin es uns verschlägt, Herrschaft!«

Der Kommissar überlegte fieberhaft. Er würde alles tun, um nicht in diesen sehr exotischen und sehr fernen Bereich der Erde, der Asien zweifellos war, reisen zu müssen. »Ja, schon recht. Aber wegen der Hochzeit: Wir organisieren das für euch. Von hier aus. Ihr müsst euch ja weiter eurem Studium widmen. Und wir regeln hier alles, mit Feier und Kirche und Blumenschmuck und so. Also … die Mutter halt!«

»Vatter, jetzt lassen wir erst mal ein bissle Zeit ins Land gehen. Jetzt kommen erst mal Yumikos Eltern, und dann entscheiden wir das alles.«

»Heu, das ist ja nett. Kommen euch deine Eltern in Erlangen besuchen?«

»Nein, die beiden kommen zu uns nach Altusried«, klärte Erika ihn auf.

Um Himmels willen! Was war heute nur für ein Tag! Besuch aus Japan? Wo sollten die Leute denn wohnen? Was sollten sie essen? Wer sollte in welcher Sprache mit ihnen reden?

»Aber bitte, Erika«, sagte Yumiko, »lass die beiden im Hotel wohnen, dann hast du keine Arbeit damit!«

Ein patentes Mädle, also doch!, schoss es Kluftinger durch den Kopf. Doch er hatte nicht mit seiner Frau gerechnet.

»Yumiko, das könnt ihr uns aber wirklich nicht antun! Ihr schlaft alle bei uns, wir haben doch genügend Platz! Das wär ja noch schöner, ins Hotel. Auf keinen Fall!«

»Äh, jetzt mal blöd gefragt«, setzte Kluftinger an, »warum eigentlich nicht? Ich mein, wir haben ja gar kein Futon. Und ganz ehrlich, mein Japanisch ist ja auch nicht so ganz lupenrein.«

Yumiko zog die Brauen zusammen und warf ihm einen fragenden Blick zu.

»Nein, jetzt versteh mich nicht falsch. Wir zahlen das fei auch gern«, log der Kommissar. »Aber schließlich ist unser Essen hier daheim gar nicht so für deine Eltern geeignet. Wenn sie in Kempten im Hotel sind, können wir ja ins Han-Po gehen, weißt du, den Japaner, wo wir damals beim Essen waren.«

Yumiko lächelte verlegen.

»Erinnere uns besser nicht daran, Vatter!«, seufzte Markus.

»Schluss jetzt, keine Diskussion mehr, alle schlafen hier, deine Eltern bekommen unser Schlafzimmer für die Woche!«, beendete Erika das Thema so deutlich, dass Kluftinger nicht einmal mehr den Versuch einer Gegenrede machte. »Und jetzt holen wir den Sekt!«

»Erika, bleib sitzen, ich übernehm das!«, bot sich Yumiko an und machte sich in Richtung Küche auf. Erika ließ sie lächelnd gewähren. Eine Schwiegertochter, die freiwillig im Haushalt half – da musste sie sich um das Wohlergehen ihres Sohnes also keine Sorgen machen.

Sie holte die bunten Kristall-Sektgläser mit den eingravierten Rosenranken aus dem Wohnzimmerschrank, wischte sie mit einer Stoffserviette aus und brachte sie an den Esstisch. »Schau, Markus, die haben wir damals zur Hochzeit bekommen, der Vatter und ich! Mei, wenn ich mir vorstelle, was man euch wohl Tolles schenkt!«

»Hoffentlich keinen solchen Kitsch!« Markus rückte auf der Eckbank näher zu seinem Vater, legte ihm einen Arm um die Schulter und prostete ihm mit seinem Speziglas zu. Erika deckte derweil den Tisch ab, nachdem sie versichert hatte, ihre beiden »Männer« sollten mal ruhig sitzen bleiben, sie mache das schon allein.

»Und, Vatter, wie findest du das jetzt?«

»Was? Das mit der Hochzeit?«

»Schon.«

Kluftinger sah sich verschwörerisch um, dann setzte er mit gesenkter Stimme an: »Braucht es das denn jetzt wirklich? Bub, überleg dir das gut! Du kennst doch das Sprichwort: ›Drum prüfe, wer sich ewig bindet …‹ und so. Also, nicht dass du mich da falsch verstehst! Die Yumiko ist wirklich nett, und ich find, sie passt zu dir. Und sie tut dir auch gut, du bist jetzt viel … solider irgendwie. Aber denk drüber nach! Ich mein, es drängt euch doch niemand.«

»Vatter, wir wollen das aber! Wir lieben uns nämlich!«

Kluftinger schluckte. Nun musste er sich auf dünnes Eis begeben – so emotionale Themen waren nicht gerade ein Heimspiel für ihn. »Lieben, soso. Schon, das ist ja schön und gut. Ihr könnt euch doch auch einfach so lieben! Heutzutage ist doch das nichts Schlimmes mehr! Und kein Grund, gleich zu heiraten!«

»Vatter, warum habt ihr denn damals geheiratet? Ich mein, bis ich kam, sind doch allemal noch drei Jahre vergangen!«

»Das war damals halt so!«

»Das war damals so? Deswegen hast du die Mutter …«

Kluftinger schüttelte heftig den Kopf und warf einen sorgenvollen Blick zur Tür. Markus hatte ziemlich laut gesprochen. »Nein, ich hab sie schon auch … ich sie … schon auch lieb … halt. Ach, das wirst du doch schon gemerkt haben in all den Jahren, oder? Aber wirklich, Bub, hör auf deinen Vater und lass dir alles ganz, ganz gut durch den Kopf gehen! Ich sag dir eins aus Erfahrung«, flüsterte er über den Tisch gebeugt, »man stellt sich das recht romantisch und toll vor mit der Ehe und so, aber sobald du verheiratet bist, ist Schluss mit lustig! Da hast du nix mehr zu melden, und nix ist mehr, wie es vorher war!«

»Vielen Dank, mein Göttergatte, ist schon recht!«

Erika stand auf einmal neben ihm. Er blickte sie mit dem unterwürfigsten Dackelblick an, den er auf die Schnelle zustande brachte, und stellte beruhigt fest, dass Erika ihn milde anlächelte. »Mein alter Holzklotz! Du kannst es halt nicht besser ausdrücken, gell?«

Ihr Mann überhörte den betulichen Tonfall.

Dann setzte Erika zu Markus gewandt hinzu: »Aber meinen tut er es gut, der Vatter.«

»Wenn du es sagst, Mama, dann glaub ich das halt auch!«

»Du, ich bräucht übrigens morgen mal das Auto, ich würd gern noch nach einem neuen Wohnzimmerteppich schauen, bevor die Eltern von Yumiko kommen. Nimmst mich halt in der Früh mit dem Dienstauto mit, dann nehm ich das Auto, und der Markus oder ich holen dich wieder ab.«

»Au, das wird nicht gehen, morgen!«, widersprach Kluftinger schnell.

»Und warum nicht?«

»Weil … das Auto … der Passat … ist … muss … zum Kundendienst, da hab ich ihn angemeldet.«

»Kundendienst?«, hakte seine Frau nach. »Und wieso macht das nicht der Klausi?«

Klausi, ein Klarinettist aus der Musikkapelle, war der Inhaber einer freien Werkstatt in Altusried und somit für gut und gerne sechzig Prozent des Fuhrparks der Musiker zuständig.

»Du, ich hab den Dings getroffen heut, beim Lodenbacher … egal … auf jeden Fall hat der … na, Kohler, genau, von dem wir damals das Auto gekauft haben, gemeint, dass … ich ihn lieber zum VW-Service bringen soll, weil da vielleicht was an der Elektrik sein kann.«

Erika runzelte die Stirn.

»Zum VW-Service? Da war das Auto ja schon fünfundzwanzig Jahre nicht mehr!«

»Aber morgen halt schon. Hat dann auch mit Garantie zu tun und so … Ich bring ihn gleich morgens hin.«

Markus lachte auf. »Garantie! Bei der Karre! Ich krieg die Krise!«

»Und was ist jetzt mit meinem neuen Teppich?«

»Also komm, Erika, jetzt übertreib halt nicht so! Unser Teppich ist doch noch pfenniggut! Bloß wegen dem Besuch! Es kommt ja nicht der Kaiser von China, oder?«

Eine Woche zuvor

Lucia fuhr zusammen, als der Alarm ertönte. »Verdammter Mist«, schimpfte sie, wütend über sich selbst. Schrill hallte das Klingeln der Glocke in ihrem Kopf. Wieder hatte sie es nicht geschafft, die Sicherheitsvorkehrungen zu überwinden.

»Konzentrier dich, Mädchen«, sagte Magnus und legte die Kuhglocke weg, mit der er den Alarm simuliert hatte. »Ich hab dir schon tausendmal gesagt, dass sie den Stellplatz für die Vitrine geändert haben. Das musst du draufhaben, sonst ...« Er vollendete den Satz nicht, denn er hielt es für wirkungsvoller, die Folgen ihrer Phantasie zu überlassen.

»Ja, tut mir leid«, murmelte Lucia und zog sich die Augenbinde vom Kopf. »Ich hab es drauf, wirklich, aber das mit der Änderung irritiert mich eben noch ein bisschen. Keine Sorge, ich krieg das noch rechtzeitig hin.«

»Das wär auch besser«, seufzte Magnus. »Vielleicht sollte jetzt lieber mal jemand anderes weitermachen.«

»Nein, ich will es noch einmal probieren.« Die umstehenden Männer rollten mit den Augen, sagten aber nichts.

»Gut, wie du meinst«, sagte Magnus. »Aber diesmal wenden wir uns den Schaltkreisen zu, okay? Dann sehen wir schnell, wie gut du dich noch konzentrieren kannst.«

Lucia nickte, trat an eine der Werkbänke und zog sich die Augenbinde wieder über den Kopf. Dann nahm sie ein Metallkästchen, öffnete es, zog aus ihrer Hosentasche einen Draht, steckte ihn sich zwischen die Zähne und begann, die Kabel in dem Kasten zu ertasten. Die Männer hielten den Atem an und achteten genau auf die Leuchtdioden, die daran angebracht waren. Sie blinkten grün, als Lucia den Draht aus dem Mund nahm und ihn an einen der anderen heranführte. In dem Moment, in dem sich die kupfernen Enden berührten, schalteten die Dioden von Grün auf Rot um. Lucia machte weiter, denn sie konnte diese Veränderung nicht sehen. Magnus ergriff die Kuhglocke, hielt den Klöppel fest, schlich sich ganz nah an die Frau heran und begann dann direkt neben ihr mit Getöse zu läuten. Wieder fuhr Lucia zusammen und riss sich die Augenbinde herunter.

»Lass mal gut sein für heute«, sagte Magnus sanft, und die junge Frau trollte sich in den weniger beleuchteten Teil der Werkstatt.

»Wie wär's, wenn wir jetzt mal mit dir weitermachen?«, sagte der Schutzpatron an Georg gewandt. »Mir wurden ja wahre Wunderdinge von dir berichtet.«

Sein Gegenüber grinste gelassen.

»Vorschusslorbeeren werden dir hier aber nichts nutzen«, erklärte Magnus, und das Grinsen auf Georgs Gesicht verschwand. »Du wirst uns schon überzeugen müssen.«

Die Augen des kleinen, drahtigen Mannes wurden schmal, und eine Weile taxierten sich die beiden, bis Georg plötzlich losrannte, unvermittelt einen Salto vollführte, der ihn auf der Werkbank landen ließ, Anlauf nahm und mit drei schnellen Schritten über Bank und Wand nach oben sprang, wo er sich mit einer Hand in das Sims des kleinen Fensters krallte. Als wiege er nichts, zog er sich empor, stieß sich aber sofort wieder ab, bekam die Rohre zu fassen, die an der Decke entlangliefen, hangelte sich an ihnen bis zur gegenüberliegenden Wand, zog seine Beine nach und hing nun wie eine Spinne an der etwa vier Meter hohen Decke, den erstaunten Gesichtern am Boden zugewandt, ehe er sich wieder abstieß und mit einem Salto direkt vor Magnus landete. Der hatte nicht einmal mit der Wimper gezuckt, als der Körper auf ihn zugeflogen kam, verzog nun aber die Lippen zu einem schiefen Grinsen und begann, in die Hände zu klatschen, worauf sich nach und nach auch die anderen anschlossen.

»Beeindruckend«, kommentierte der Schutzpatron die eben dargebotene Aktion. »Aber wir sind hier nicht beim Zirkus. Wenn du diese beachtlichen Fähigkeiten allerdings in etwas für uns Brauchbares umwandelst, dann mache ich mir um deinen Part schon mal keine Sorgen.« Er blickte die restlichen Männer an. An einem von ihnen blieb sein Blick haften. Er warf ihm die Augenbinde zu.

»Servatius, du bist an der Reihe!«

Der dunkelhaarige Mann erhob sich, schüttelte seine Arme aus und ging bis zur Tür. Dort zog er die Binde über sein Gesicht, nickte einmal kurz und setzte sich in Bewegung. Wie bei der Wachablösung einer Leibgarde bewegte er sich im Stechschritt in Richtung der Mitte des Raumes.

Nach genau acht Schritten führte er eine zackige Neunziggraddrehung aus.

Die anderen schluckten. So wie er ging, marschierte er direkt auf den Nachbau der Vitrine zu. Magnus hob die Hand und bedeutete den anderen, sich ruhig zu verhalten. Noch einen Schritt, und Servatius würde direkt in die Holzinstallation laufen. Magnus hielt seine Glocke auf Hüfthöhe, da knallte das Schienbein des Südländers mit voller Wucht gegen eine der Querstreben. »Au, Scheiße!«, schrie er, dann zog er sich reflexartig die Augenbinde herunter, fasste sich an den Unterschenkel und trat noch einmal leicht gegen die Vitrinenattrappe, was Wunibald mit einem aggressiven »Hey, geht's dir noch gut?« quittierte. Servatius krümmte sich vor Schmerzen am Boden. Die anderen blickten ihn besorgt an, nur Nikolaus zeigte grinsend seine Zahnlücken.

Magnus lief kommentarlos zu ihm und ließ die Glocke zweimal ertönen. »Noch mal!«

Servatius sah zu ihm auf und schüttelte den Kopf, während er sich das Bein rieb. Er zog seine Hose hoch und gab so den Blick auf einen blutenden Riss frei, um den herum der Fuß gerade bläulich anschwoll.

Magnus kniff die Augen zusammen. Verächtlich sah er auf die Wunde, streckte dem Mann am Boden dann aber eine Hand entgegen. Mit schmerzverzerrtem Gesicht zog sich Servatius daran hoch, knickte mit dem verletzten Bein jedoch wieder ein.

»Morgen kannst du es«, zischte Magnus und entzog seinem Gegenüber die Hand, die der noch immer festhielt.

»Nikolaus, Wunibald, bringt unseren Patienten nach draußen! Wir sind ja kein Lazarett hier.« Dann wandte er sich Servatius zu: »Und nun geh mit Gott, du Weichei!«

Donnerstag, 9. September

Dieser Morgen lief zu Kluftingers Beruhigung deutlich normaler ab als der vorangegangene. Wenn man davon absah, dass sich Erika nicht dem aus einem Marmeladenbrot und einer Tasse Kaffee bestehenden Frühstück ihres Gatten widmete, sondern, während der Zeitung lesend aß, in der Küche ein opulentes Morgenmahl aus Eiern, verschiedenen Wurst- und Käsesorten, Kuchen, frischem Obstsalat und sogar »Gemüsesticks mit Joghurtdip« zubereitete. Der Kommissar wusste, dass er vorab davon ohnehin nichts bekommen würde, deshalb fragte er auch gar nicht danach.

Nach dem für das Ehepaar Kluftinger nach wie vor unerlässlichen Abschiedskuss hatte Erika darauf bestanden, unbedingt heute Abend noch nach einem neuen Teppich sehen zu wollen, wenn ihr Mann rechtzeitig von der Arbeit käme und das Auto schon fertig wäre. Der Kommissar machte ihr da freilich keine allzu großen Hoffnungen. Dann fuhr er los. Da er früher als nötig sein Ziel erreichte, beschloss er kurzerhand noch ein paar Kontrollrunden durch die Stadt zu drehen. Vielleicht hatte der Autodieb kalte Füße bekommen oder ein schlechtes Gewissen, hatte keine Verwendung mehr für den Passat oder war womöglich unzufrieden mit ihm und hatte ihn einfach zurückgestellt … nichts.

Resigniert parkte Kluftinger den Audi im engen Hof und gab etwas wehmütig den Schlüssel an der Pforte ab. Oben teilte ihm Eugen Strobl mit, dass sich Sandy krankgemeldet habe.

»Schwanger, sag ich doch«, kommentierte das der Kommissar und begab sich in sein Büro, das er zwei Minuten später wieder Richtung Besprechungsraum verließ. Die Morgenlage stand an. Die Kollegen der Abteilung hatten bereits Platz genommen und warteten nur noch auf Kluftinger. Als der sich gesetzt hatte, sah er einen nach dem anderen an und begann: »Also, Männer, folgende Sachlage hat sich mittlerweile …«

»Du, Klufti, wie schaut's erst mal mit einem Kaffee aus?«, fiel ihm Roland Hefele ins Wort.

Kluftinger sah ihn stirnrunzelnd an.

»Ja, ich meine, es gibt gewisse Traditionen, mit denen man nicht brechen sollte, oder?«

»Soll ich jetzt vielleicht auch noch den Kellner für euch spielen, wenn die Henske krank ist?«

»Ach, die Sandy ist krank...«, sagte Hefele in betroffenem Tonfall, »weiß man denn, was sie hat?«

Die anderen sahen sich wissend an.

»Wahrscheinlich morgendliche Übelkeit«, versetzte Maier und deutete mit den Händen einen Kugelbauch an, was die Kollegen mit breitem Grinsen kommentierten. Alle, bis auf Roland Hefele, der sie mürrisch zurechtwies: »Ihr wisst doch gar nicht, ob das stimmt, ihr Deppen!«

»Isch ja schon recht«, sagte Kluftinger und ging sofort zum dienstlichen Teil über, indem er von den neuen Entwicklungen berichtete, die sich am letzten Nachmittag und später auf dem Golfplatz, den er allerdings geflissentlich verschwieg, ergeben hatten. Er habe Staatsanwalt Möbius getroffen, der habe sogar erwähnt, dass ...

»Was?«, unterbrach ihn Strobl. »Du hast dich gestern Abend noch mit dem Möbius getroffen?«

Kluftinger lief knallrot an. Er sah in drei grinsende Gesichter. »Der Lodenbacher war auch dabei!«

Die Kollegen prusteten los.

»Oho! Zu dritt?«, gluckste Hefele.

»Apropos«, sagte Strobl, »wieso ist eigentlich der Lodenbacher heut nicht anwesend?«

Der Kommissar schluckte. Er hatte vergessen, ihn zuzuschalten. Schnell wählte er die Nummer von Lodenbachers Büro und erfuhr, dass der Herr Präsident später komme und morgen wieder an der Konferenzschaltung teilnehmen werde. Er habe jedoch eine Nachricht für Kluftinger hinterlassen, wonach er den Kommissar beim Promi-Golfturnier nächsten Monat dabeihaben wolle. Kluftinger beschloss, diese Einladung einfach so lange zu ignorieren, bis Lodenbacher sein Ansinnen wieder vergessen hatte – eine Strategie, die schon öfter aufgegangen war.

»Aha«, schaltete sich Strobl ein, nachdem Kluftinger aufgelegt hatte, »muss er ausschlafen, der Herr Präsident, nach der gestrigen Nacht, hm? In welchem Etablissement wart ihr denn?«

»Ihr seid solche Affen, wirklich! Man wird fei nicht … dings … nur wenn man sich einmal mit jemandem unterhält, der das vielleicht ist, gell?«, blaffte Kluftinger. »Und der Möbius hat auch schon mal was mit der Henske gehabt, also kann er, rein technisch …«

»Ganz ruhig!«, sagte Strobl. »Was hat denn jetzt der Möbius gesagt?«

»Er hat … ach wisst ihr was, ich hab überhaupt keine Lust mehr! Fangt ihr doch an, wenn ihr was habt!«

»Also ich könnte schon was anbieten!«, vermeldete Maier stolz.

»Aha«, sagte Kluftinger und wandte sich dem Kollegen zu, »dann lass mal hören!«

»Stellt euch vor, was ich herausgefunden habe – durch intensive Recherche und gründliche Beschäftigung mit dem Thema, das möchte ich nur mal erwähnt haben, ja?«

Alle schauten ihn erwartungsvoll an, doch erst als Kluftinger auch noch eine auffordernde Handbewegung machte, rückte er mit der Sprache heraus: »Also, du hast mich ja gestern angerufen und mir gleich gesagt, dass es vielleicht einen Zusammenhang zwischen dem Mord und dieser geplanten Ausstellung geben könnte.«

»Schon«, bestätigte Kluftinger grinsend, »ich hab halt niemand anderen erwischt als dich!«

»Ja, toll. Auf jeden Fall hab ich herausgefunden, dass dieser Schatz schon einmal gestohlen worden ist!«

»Jetzt hör doch auf!«, kommentierte Kluftinger ironisch. »Wo hast du denn bloß diese heiße Information wieder her?«

»Nun, Aktenstudium und …« Auf einmal hielt er inne und sah skeptisch zu seinem Chef hinüber. »Jedenfalls heißt der Mann …«

»Rösler«, ergänzte Kluftinger.

»Exakt. Vorname?«

Kluftinger zuckte mit den Schultern.

»Du weißt doch sonst alles!«

»Das aber nicht, also schieß los.«

»Steht hier auf dem Papier. Und ich weiß auch, wo er wohnt. Soll ich es euch sagen?« Maier hielt einen rosafarbenen Klebe-Notizzettel hoch.

»Herrgott, Richie, jetzt mach halt schon, wir sind doch nicht in einer Quizshow!« Dann langte er über den Tisch und versuchte, Maier das Zettelchen zu entreißen. Dabei glitt er aus und klatschte Maier die Hand ins Gesicht.

»Sag mal, geht's eigentlich noch?«, presste der empört hervor und hielt den Zettel dabei in die Höhe, sodass Kluftinger ihn nicht erreichen konnte.

»Jetzt gib mir den Zettel, sonst vergess ich mich«, sagte Kluftinger mit einer Mischung aus Zorn und Verzweiflung darüber, dass ausgerechnet er sich mit einer derart seltsamen Truppe auseinandersetzen musste.

»Hab ihn«, schrie plötzlich Hefele, der sich Maier unbemerkt von hinten genähert und ihm das Papier entrissen hatte.

Doch Maier dachte gar nicht daran, aufzugeben, sprang auf und holte sich die Notiz zurück. In diesem Moment umklammerte ihn Strobl von hinten und sagte triumphierend: »Jetzt kannst du's dir holen, Klufti.«

Der Kommissar stand auf, lief auf Maier zu und sah mit ungläubigem Staunen, wie dieser den Zettel zerknüllte, in den Mund steckte und darauf herumkaute.

Fassungslos sahen sich die anderen an und schüttelten den Kopf.

»Sag mal, Richie, ganz sauber bist du auch nicht mehr, oder?«, brachte Kluftinger nach einer ganzen Weile hervor, in der Maier unter den Blicken der Kollegen den Zettel gänzlich verschluckt hatte. Im ruhigen Ton des Kommissars lag eine Spur echte Besorgnis über das Verhalten seines Mitarbeiters. Der schien sich gerade erst bewusst zu werden, wie kindisch er sich benommen hatte, und lief rot an.

»So, Männer, dann eben ohne den Maier«, seufzte Kluftinger und würdigte den Kollegen dabei keines Blickes. »Eugen, du fährst mit mir zu diesem Rösler.«

»Bloß, wegen der Adresse …«, gab Strobl zu bedenken und blickte dabei zu Maier.

»Mei«, sagte Kluftinger, »entweder wir warten, bis der Zettel wieder rauskommt, oder du schaust selber nach!«

Strobl nickte.

»Roland, du lässt dir von Lodenbachers Sekretärin die Liste der Leute geben, die in der Kommission zur Sicherheit der Ausstellung sind, und informierst sie kurz über die aktuelle Bedrohungslage.

Wahrscheinlich wird der Lodenbacher eh heut oder morgen ein neues Treffen ansetzen, schließlich ist das Ganze ziemlich konkret und wird mit dem Mord an der Frau Zahn richtig bedrohlich! Und mach dich doch auch mal mit den Sicherheitsvorkehrungen vertraut.«

»Und ich?«, wollte Maier wissen.

»Du?«, setzte Kluftinger an. »Du … schaust, dass du dich von jetzt an wieder ein bissle zusammenreißt. Und dann kümmer dich bitte weiterhin um mein Auto. Es kann zwar, muss aber doch kein Zufall sein, dass die ausgerechnet eine Autowerkstatt gemietet haben, oder?«

»Dein Auto?«

»Hm?«

»Ich soll mich um dein Auto kümmern?«

»Wieso denn um meins?«

»Weil du das grad gesagt hast.«

»Ist doch gar nicht wahr.«

»Aber du hast …«

»Jetzt hör mal zu, Richie.« Kluftingers Stimme war nur noch ein Flüstern und seine Augen ganz schmal geworden. »Treib es nicht zu weit. Oder soll ich mich doch wieder daran erinnern, was der Bub hier gestern mit dir und deiner Dienstwaffe gemacht hat?«

Sofort verstummte Maier und blickte schuldbewusst zu Boden.

In dem Moment betrat Willi Renn, ohne zu klopfen, den Raum. »Ah, da seid's ihr!«

»Servus, Willi, was gibt's?«, grüßte Kluftinger.

»Wir haben ja wie gesagt kaum Spuren, aber seltsamerweise liegen in der halben Werkstatt verstreut Reste von Vitroporzellan.« Er hielt ein Tütchen mit einigen Splittern hoch. »So wie es aussieht, handelt es sich dabei aber nicht um irgendein Geschirr oder um Sanitärporzellan, sondern um Fliesen. Eigentlich hat das Zeug da nichts zu suchen, oder? Wie wenn sie damit irgendwas probiert oder gearbeitet hätten. Anscheinend hat die Putzfrau beim Zusammenkehren nicht alles erwischt. Mit Zahn haben wir schon geredet, der kann sich mal wieder keinen Reim drauf machen.«

»Zwischen Klinik und Friedhof, das nenn ich mal das Prinzip der kurzen Wege«, merkte Kluftinger an, als Strobl auf den Parkplatz vor dem wuchtigen Bau einbog, einem der größten Altersheime in Kempten. Auch wenn dies mittlerweile beschönigend »Seniorenresidenz« hieß, hatte sich in den zehn Jahren, die seit Kluftingers letztem dienstlichen Besuch hier vergangen waren, auf den ersten Blick nicht viel getan. Der Kommissar betrat mit Strobl die Halle und nahm sofort den stickigen Geruch, eine Mischung aus Desinfektionsmitteln, Umkleidekabine und Mottenkugeln, wahr. Ein flaues Gefühl machte sich in seiner Magengegend breit: Bald würde er auch zum alten Eisen gehören. Bald würde er einen verheirateten Sohn haben, würde zum Großvater, zum Pensionär werden und früher oder später hier landen. Na ja, vielleicht waren Erika, Markus und Yumiko ja so gütig, ihn ins Altusrieder Heim einzuweisen …

Die Frau an der Pforte schickte sie in den dritten Stock. Kluftinger sah sich um, als sie die Halle mit strammen Schritten durchmaßen. Ein paar alte Menschen saßen in Krankenstühlen oder Sesseln, lasen etwas oder starrten einfach in die Luft. Die beiden Polizisten nahmen den Fahrstuhl und traten in einen dunklen Korridor, der etwa so heimelig wirkte wie der Heizungskeller eines Finanzamts. Links und rechts gingen Türen ab. Sie klopften an Röslers Zimmer, dessen Tür ein Apothekenplakat für Kinder mit einer riesigen Katze zierte.

Von drinnen schallte ein überraschend munteres »Herein«. Kluftinger und Strobl betraten ein schlichtes, helles Zimmer mit je einem Bett auf der linken und der rechten Seite, dazu ein kleiner Esstisch mit zwei Stühlen, zwei dunkelgrüne Sessel und zwei Kommoden. Ein Mann saß am Tisch, während ein zweiter in einem der Sessel zu schlafen schien. Im Fernseher lief eine Reportage, in der sich ein Paar gerade aufs Übelste beschimpfte.

»Grüß Gott!«, rief der kleine, schmächtige Mann mit dichtem grauen Haar und Stoppelbart, dessen wache Augen Kluftinger sofort auffielen. Er trug eine dunkelgrüne Strickjacke, eine braune Hose und Filzpantoffeln. »Sie wollen zum Sepp, oder? Der schläft. Hat keinen guten Tag heut! Kommen Sie vom Sozialamt?«

»Nein«, erklärte der Kommissar, »wir wollen zu Heinz Rösler, das müssten dann ja Sie sein, oder?«

»Das bin ich, ja. Was kann ich denn für Sie tun?«

»Kluftinger, Kripo Kempten – mein Kollege Eugen Strobl.«

Dem Kommissar entging nicht, dass sich Rösler nervös die Hände rieb und mit der Zunge über seine Lippen leckte: »Ich … ich hab nichts mehr auf dem Kerbholz. Ich hab für alles gebüßt. Oder, um ehrlich zu sein, es ist verjährt.«

Kopfschüttelnd präzisierte Strobl: »Es geht nicht um Diebstahl oder Raub, Herr Rösler. Es geht um Mord!«

»Mord?«, entfuhr es dem Alten, der nun seltsamerweise beruhigt wirkte. »Ich hab mein Leben lang nie Hand an einen Menschen gelegt. Da sind Sie bei mir an der falschen Adresse. Ich war kein Vorbild für die Jugend, aber ich hab nie gegen meinen Ehrenkodex verstoßen.«

Der andere Mann im Sessel fuhr kurz hoch und begann zu husten. »Herr Rösler, sollen wir nicht lieber rausgehen? Ich weiß ja nicht, ob Ihr Zimmergenosse hier das alles mitbekommen soll.«

»Ach was«, winkte Rösler ab, »der kriegt nix mehr mit, der Möhwald. Ein armer Hund. Aber was will man machen? Wir sind jetzt schon seit drei Jahren ein Team. Letzten Sommer haben wir zusammen noch die Spieleabende aufgemischt und den Damen Komplimente gemacht. Denken Sie sich nichts. Worum geht es denn jetzt genau?«

»Sie haben sicher in der Zeitung gelesen, dass der Kaldener Burgschatz wieder ins Allgäu zurückkehrt, oder?«, wollte Strobl wissen.

»Gelesen? Ich hab mir alle Berichte aus der Zeitung ausgeschnitten und aufgehoben«, sagte Rösler, hob das gemusterte Wachstuch auf dem Tisch an und zog eine kleine Schublade auf. Er entnahm ihr eine Klarsichthülle mit einigen Zeitungsausschnitten und schwenkte sie in der Luft.

Strobl sah Kluftinger skeptisch an, ein Blick, den Rösler sofort bemerkte: »Nein, nein, da liegen Sie völlig falsch. Ich bin nicht mehr im Geschäft! Ich klau Ihnen den Schatz nicht. Rein nostalgisches Interesse, wirklich. Weiter nichts. Ich bin schon zu tattrig für so eine Aktion. Und ich hab auch keine Lust, das Heim wieder gegen eine Zelle einzutauschen. Auch wenn es nicht so viel anders aussieht – die Türen stehen offen hier. Und das soll so bleiben, in den paar Wochen oder Monaten, die ich noch habe!«

Mit gerunzelter Stirn sahen die Beamten den Mann vor ihnen an.

»Ja, ich bin unheilbar krank. Aber ich will kein Mitleid deswegen – ich habe mein Leben gelebt, glauben Sie mir!«

»Das glauben wir Ihnen gern, Herr Rösler«, erklärte der Kommissar. »Sie könnten uns aber trotzdem helfen. Bitte erzählen Sie uns ein bisschen von dem Raub damals. Sie können uns damit weiterbringen in einer Mordermittlung.«

»Mordermittlung! Ich hab keine Ahnung, was ich Ihnen dazu beisteuern könnte, aber bitte: Was möchten Sie wissen?«

»Also, der Schatz ist ja verschwunden auf einem Transport von München, wo er restauriert und genau untersucht worden ist. Man hat ihn da verpackt, und als man die Transportkisten wieder ausgepackt hat, war alles leer. Man hätte Sie wohl nie erwischt, wenn Sie nicht auf den Lockvogel reingefallen wären, der Ihnen das Zeug abkaufen wollte. Sie haben aber nie gesagt, wie Sie es angestellt haben.«

»Wenn Sie das wissen wollen, dann muss ich Sie gleich enttäuschen. Falls Sie mir die richtige Version präsentieren, dann sag ich Ihnen, dass Sie das Geheimnis gelüftet haben, so ehrlich bin ich. Aber draufkommen müssen Sie schon selber.« Röslers Augen funkelten, er schien richtig aufzuleben. Und es tat ihm sichtlich gut, dass sich jemand für ihn interessierte. Und noch etwas glaubte der Kommissar zu spüren: Der alte Mann, den er da vor sich hatte, war nicht der Drahtzieher eines erneuten Raubes. Es sei denn, er war ein sehr guter Schauspieler. Aber als »Experte« könnte er nützlich sein.

»Warum haben Sie eigentlich ausgerechnet den Schatz gestohlen und nicht … eine Bank überfallen oder so?«, fragte Strobl. »Solche Wertgegenstände sind doch viel schwerer loszuschlagen.«

Rösler lächelte, drehte sich dann langsam zum Fenster und blickte hinaus. Nach einer Weile sagte er: »Wissen Sie, Herr Kommissar, erstens bin ich kein Bankräuber, sondern ein Dieb. Das mag sich für Sie jetzt komisch anhören, aber Diebstahl ist … war halt mein Spezialgebiet. Sie sind ja auch Kriminalkommissar und nicht manchmal auch noch Zollfahnder. Das ist das eine.«

Der Mann machte eine Pause, um seine Worte wirken zu lassen. Dann fuhr er fort: »Was mich an dem Burgschatz fasziniert hat, möchten Sie wissen? Na ja, das liegt ja eigentlich auf der Hand: Er ist halt wahnsinnig wertvoll, noch dazu kam er aus dem Allgäu. So eine Gelegenheit direkt vor der eigenen Haustür, das lässt man sich nicht entgehen. Aber ich hab oft darüber nachgedacht in all den Jahren. Es gibt viele Faktoren, die da mitgespielt haben. Ich schreibe gerade mein Leben nieder, jetzt, wo es aufs Ende zugeht, und da stellt man sich so seine Fragen.«

»Sie schreiben Ihre Memoiren?«, hakte Kluftinger nach.

»Memoiren ist vielleicht zu viel gesagt. Ich bin ja kein Schriftsteller oder so«, gab sich Rösler bescheiden. »Ich schreib halt Erinnerungen auf. Vielleicht interessiert sich ja mal jemand dafür, wenn ich da drüben lieg.«

Rösler wies mit einem knochigen Finger zum Fenster. Kluftinger ahnte, dass es zum Friedhof hinausging.

»Und welche Beweggründe hatten Sie noch für den Raub?« Strobl gab sich mit Röslers Antwort noch nicht zufrieden.

»Na ja, ich hatte mich ein wenig auf sakrale Kunst spezialisiert damals«, erklärte Rösler voller Stolz. Dann klopfte er auf die Schublade unter dem Tisch und grinste. »Aber das können Sie alles mal nachlesen!«

»Was haben Sie mit den gestohlenen Gegenständen gemacht?«, wollte Kluftinger wissen.

»Ich hab nichts behalten, wenn Sie das meinen. Das bringt nur Unglück. Nur Bares ist Wahres, das gilt halt auch in unserer Branche. Mit der Zeit hatte ich einen Kreis von Interessenten. Denen konnte ich das Zeug anbieten, die haben gute Preise bezahlt.«

»Waren das Endabnehmer, also Sammler, oder einfach nur Hehler?«

»Teils, teils. Die Sammler gab es schon auch. Mir waren die sogar fast noch lieber. Die sind so verrückt nach dem Zeug, die zahlen alles, wenn sie erst einmal irgendeine seltene alte Madonna gesehen haben. Die meisten sehen auch nur die Kunst, die fragen nicht nach der Herkunft der Sachen, das ist denen scheißegal. Nicht umsonst ist das der drittgrößte Schwarzmarkt nach Drogen und Waffen, wussten Sie das? Aber man muss trotzdem aufpassen, grad beim Kontakt mit Sammlern, da kann man schnell in die Falle gehen. Wie man an mir gesehen hat.«

»Wenn Sie heute noch … sagen wir … arbeiten würden, gäbe es diese Strukturen noch, oder würde das anders ablaufen?«, fragte Kluftinger den Alten.

»Hm … im Prinzip würd ich sagen, ja. Wobei der Markt unübersichtlicher geworden ist. Heutzutage funktioniert die Kommunikation anders, das ist ja klar. Früher hatten Sie ein paar Abnehmer vor Ort oder vielleicht noch in München oder in Stuttgart. Aber heute können Sie ja theoretisch der ganzen Welt Ihr Zeug anbieten.«

»Heißt das«, hakte Strobl ein, »dass auch Onlineauktionen für so etwas benutzt werden?«

»Kaum, würd ich sagen. Dabei ist die Gefahr zu groß, aufzufliegen. Sie wissen doch besser als ich, dass die Polizei und eine Menge von Versicherungsangestellten diese ganzen Auktionen durchforsten nach Hehlerware. Mir wär das jedenfalls zu heiß. Noch dazu, weil da ohne Foto gar nichts mehr geht. Nein, im Netz muss man verdammt vorsichtig sein. Es gibt ein paar Chatforen, da bleibt das Ganze anonym, und Sie bieten mal vorsichtig was an. Aber trotzdem: Man weiß nicht, mit wem man es im Endeffekt zu tun hat. Persönliche Kontakte sind noch immer das A und O. Und eine gute Menschenkenntnis, aber an der fehlt's mir wohl ein bisschen.«

Rösler lachte kurz und bitter auf.

Kluftinger spürte, dass er jetzt am Ball bleiben musste – Röslers Gesprächigkeit könnte nur allzu schnell ein Ende finden. Darum fragte er: »Haben Sie jemals auf einen Auftrag hin etwas gestohlen?«

»Natürlich, das war immer eine komfortable Sache! Sie mussten sich keine Gedanken machen, was Sie als Nächstes besorgen, und noch dazu konnten Sie sich sicher sein, dass Sie einen Abnehmer haben! Und das hat heutzutage noch zugenommen. Diese extremen Sammler wissen genau, was sie haben wollen, aber keiner von denen macht sich die Finger schmutzig.«

»Wer ist denn heute so aktiv? Sie kennen die Leute sicher noch, oder?« Kluftinger wagte die Frage, obwohl er wusste, wie gefährlich sie für den weiteren Gesprächsverlauf sein konnte. Es wäre gut möglich, dass Rösler von nun an gar nichts mehr sagte.

Kluftingers Gegenüber zögerte. Er schlug die Augen nieder, schien eine Weile zu überlegen, mit sich zu ringen, doch schließlich blickte er die Beamten kopfschüttelnd an. »Nein, meine Herren, das können Sie nicht von mir erwarten. Die haben mir nichts getan. Warum sollte ich sie jetzt ans Messer liefern?« Nach einer letzten Pause fügte er hinzu: »Und ich bin nicht mehr so recht auf dem Laufenden, glauben Sie mir das!«

Kluftinger glaubte ihm kein Wort, hatte aber auch nicht erwartet, dass Rösler so schnell die Seiten wechseln würde. Darum versuchte er nun, ihn anders zu knacken. Schließlich schien der ein Dieb vom alten Schlag zu sein, ein echter »Ganove«, und er hatte offenbar einen regelrechten Ehrenkodex, nach dem er sein Verhalten ausrichtete. »Aber schauen Sie, diese Leute sind nicht mehr wie Sie. Die gehen über Leichen. Wir haben eine zweiundachtzigjährige Frau tot aufgefunden, die ein paar von denen in die Quere gekommen ist – eine hilflose Person, die sie einfach aus dem Weg geräumt haben. Das können Sie doch nicht gutheißen, oder? Die bringen Ihren ganzen …«, Kluftinger suchte nach dem richtigen Ausdruck, denn »Berufsstand« wäre nun doch ein wenig vermessen gewesen, »… Ihre ganze Zunft in Misskredit«, fuhr er schließlich fort.

Rösler legte die Stirn in Falten. Ein erster Etappensieg, den der Kommissar für sich verbuchen konnte.

»Ich find das nicht gut, was die machen. Aber ich kann Ihnen da auch nicht helfen. Wen ich noch kenne, der würde das nie tun. Und mit diesen kaltblütigen Schweinen, die jeden Erstbesten über die Klinge springen lassen, hab ich nie etwas zu schaffen gehabt.«

»Es wäre ja sicher auch ein komisches Gefühl, wenn denen jetzt mit so schmutzigen Mitteln gelingen würde, was Sie bisher als Einziger geschafft haben. Die sind nämlich auch hinter dem Burgschatz her, das habe ich, glaub ich, noch gar nicht erwähnt.«

Rösler bekam große Augen, und Kluftinger konnte sehen, wie es in ihm arbeitete. »Hören Sie«, entgegnete er schließlich, »ich werde jetzt nicht auf einmal zur Polizei überlaufen, und ich werde auch keinen von den alten Kollegen ans Messer liefern. Aber ich kann Ihnen schon mein Fachwissen zur Verfügung stellen. Nachdem ich es nicht mehr anwenden werde, hat es so wenigstens noch einen gewissen Wert.«

»Sie würden uns also helfen, einen Fall aufzuklären und möglicherweise eine weitere Straftat zu verhindern?«

»Unter einer Bedingung helf ich Ihnen: Sie müssen nach meinem Tod dafür sorgen, dass meine Erinnerungen irgendwie veröffentlicht werden.«

Kluftinger überlegte kurz, dann nickte er zustimmend. »Geht in Ordnung.«

»Mal angenommen«, setzte Strobl an, »Sie würden versuchen,

den Burgschatz noch einmal zu stehlen: Wie würden Sie vorgehen? Wo ist die Schwachstelle?«

Rösler schürzte die Lippen. »Schwer zu sagen, so aus der Ferne. Heutzutage gibt es jede Menge ausgefeilter Sicherungssysteme zu überwinden. Alles ist jetzt miteinander vernetzt, die Sensoren, sei es Bewegung, Wärme, Licht oder Schall, sind irrsinnig sensibel heute. Und der ganze Laserkram dazu! Aber lassen Sie sich gesagt sein: Jeder geht das anders an. Jeder hat seine eigene Handschrift, von den Guten zumindest, und ein Dilettant wagt sich an so etwas nicht heran. Nach wie vor sagt die Methode einiges über den Täter aus.«

Kluftinger horchte auf. »Wie kommt es denn, dass Sie immer noch so gut informiert sind?«

Rösler blies die Luft aus. »Mei, Herr Kommissar, Sie nehmen auch mal an einem Seminar teil, oder?«

Der Kommissar nickte – dass seine letzte Fortbildung schon gut und gern fünf Jahre zurücklag, tat im Moment ja nichts zur Sache. »Und wie machen Sie das?«

»Kontakte. Man muss auf dem Laufenden bleiben. Schließlich hab ich meine ganze Laufbahn damit zu tun gehabt.«

Bei dem Wort »Laufbahn« stutzte der Kommissar. Dennoch traf er spontan einen Entschluss: »Würden Sie mit uns kommen? Sich mal anschauen, was wir gefunden haben?«

Strobl blickte ihn entgeistert an.

»Ja«, sagte Rösler sofort, »wenn es nicht auf die Wache geht und nicht ins Gefängnis. Das sind zwei Orte, die ich in meinem Leben nicht mehr betreten will!«

Kluftinger hätte sich fast schon zugetraut, mit geschlossenen Augen durch den Ausstellungsraum in Altusried zu gehen, so gut kannte er den Nachbau hier in der Werkstatt mittlerweile. Diesmal war er es aber, der einen anderen bei der Erkundung des Zimmers beobachtete. Rösler schlurfte langsam umher, und auch wenn er auf einen Stock gestützt ging, so verrieten seine blitzenden Augen doch, dass sein Geist hellwach war. Er murmelte immer wieder vor sich hin, genauso wie es der Kommissar gestern selbst getan hatte. Kluftinger war froh, dass Strobl nicht dabei gewesen war, denn dessen Blick verriet eindeutig, was er von diesem seltsamen Gebaren hielt.

»Wird denn ein Laserlichtvorhang installiert?« Röslers belegte Stimme hallte plötzlich von den Wänden wider.

»Bitte?«

»Ob ein Laserlichtvorhang installiert wird, will ich wissen.« Der Alte seufzte. Man merkte ihm an, wie mühsam es für ihn sein musste, sich mit Menschen zu unterhalten, die von der Sache nicht annähernd so viel verstanden wie er.

Kluftinger kratzte sich am Kopf. »Moment, wie war das noch …«

»Ja, ist installiert«, fiel Strobl ihm ins Wort.

Erstaunt sah ihn Kluftinger an und fragte leise: »Ja?«

Sein Kollege nickte.

»Wusste ich es doch«, jubilierte Rösler.

Strobl beugte sich zu seinem Vorgesetzten und flüsterte ihm ins Ohr: »Das ist übrigens keine öffentliche Information.«

»Geheim?«

»Geheim … Das klingt so nach James Bond. Aber: ja, geheim.«

»Und woher weiß der das dann?«

»*Der* hat noch ganz gute Ohren, meine Herren. Sie sollten nicht dem Vorurteil erliegen, dass alle alten Menschen schlecht hören.«

»Also, woher wussten …«

»Was in Altusried installiert wird? Bitte, beleidigen Sie mich nicht. Das war wirklich eine leichte Übung. Sehen Sie hier dieses Schnurgeflecht? Das lässt nur diesen Schluss zu. Aber ich weiß noch mehr. Falls es Sie interessiert: Ich weiß auch, wer Sie in Altusried überfallen will.«

Die Beamten sahen sich mit offenen Mündern an. Strobl fing sich als Erster: »Bitte?«

»Ja«, sagte der Mann und stimmte ein kehliges Lachen an. Es schien ihm Vergnügen zu bereiten, die Polizisten in Staunen zu versetzen. Die hatten allerdings bedeutend weniger Spaß daran.

»Entweder, Sie sagen jetzt sofort, was Sache ist, oder ich geb Sie wieder in Ihrem Heim ab«, fuhr Kluftinger ihn an.

Das Lachen des Alten verstummte. Er winkte die beiden zu sich und setzte sich auf eine der Kisten, die in dem Raum standen. Dann stützte er seine Hände auf seinen Stock, sah sie ernst an und begann leise zu sprechen: »Ich werde euch jetzt eine Geschichte erzählen. Es handelt sich genau genommen um eine Art Mythos. Es ist die Geschichte eines Mannes, der über außergewöhnliche Fähigkeiten verfügt. Niemand weiß genau, wie er aussieht. Es schwirren nur Gerüchte herum, er habe einen dunklen Lockenkopf und ein kantiges Gesicht.«

»Wie der aus der ›Schwarzwaldklinik‹«, murmelte Kluftinger.

Rösler sah ihn entgeistert an. »Wie meinen?«

»Ach nix, ich hab nur laut gedacht. Weil doch der Pizzabote gesagt hat, er sieht aus wie der aus der ›Schwarzwaldklinik‹ …«

»Prof. Vollmers?«

Jetzt war es Kluftinger, der entgeistert guckte. »Keine Ahnung, ich hab mir den Schmarrn nie angeschaut.«

Strobl schaltete sich ein. »Ja, genau der.«

Rösler schien zu überlegen: »Ja, das könnte passen. Wie auch immer. Jedenfalls ist der Mann in, ich will mal sagen, meinen ehemaligen Kreisen, eine gewisse Berühmtheit. So wie ich es einmal war, wenn ich das in aller Bescheidenheit hinzufügen darf. Er hat einige der spektakulärsten Raubzüge der letzten Jahre durchgeführt. Erinnern Sie sich noch an den Einbruch in Schloss Hohenschwangau im Jahr 2005? Da sind die Diebe einen Tag zuvor als Touristen reinmarschiert und haben alles ausgekundschaftet. In der nächsten Nacht sind sie dann wiedergekommen und haben aus den Vitrinen im Billardzimmer über hundert kunsthistorisch wertvolle Orden gestohlen. Oder der Kunstdiebstahl in Zürich 2008, wo die van Goghs und Monets flöten gingen? Ich will Sie nicht weiter langweilen, schauen Sie einfach in Ihren Computern nach. Da werden Sie schon was über ihn finden. Sicher nicht alles, denn das haben Geschichten und Mythen nun mal so an sich, dass vieles ein bisschen ausgeschmückt wird. Wobei ich damit nicht sagen will, dass es weniger wahr ist. Er arbeitet nach der alten Art, wenn Sie so wollen. Der Mord allerdings passt nicht ins Bild. Für uns kamen früher solche Grobheiten nicht infrage. Unsere, nun ja, geschäftlichen Transaktionen haben wir akribisch geplant, einen perfekten Plan ausgearbeitet, und dann haben wir trainiert, als wollten wir einen Achttausender besteigen. In aller Regel hat das gereicht. Ich vermute, er hatte einen guten Lehrmeister.«

Die Worte klangen lange in der Stille nach. Es dauerte eine Weile, bis die Beamten sie verdaut hatten. Kluftinger fand als Erster seine Sprache wieder: »Sie … also, das klingt jetzt vielleicht ein bisschen banal, aber: Sie wissen nicht zufällig, wie er heißt?«

Erneut stimmte der Alte ein kehliges Lachen an: »Selbst wenn, würde euch das nix nutzen. Es ist ja nicht so, dass er einen festen Wohnsitz hätte, mit einer Klingel, wo sein Name draufsteht und drunter ›Meisterdieb‹ oder so was.«

Kluftinger ließ seine Schultern hängen. Wäre auch zu schön gewesen.

»Aber etwas kann ich euch schon noch sagen«, fuhr der Alte fort.

Ruckartig hob Kluftinger den Kopf. »Doch einen Namen?«

»Na ja, so ähnlich. Alles, was ich hier gesehen habe, lässt nur einen Schluss zu. Ihr Mann hat einen Spitznamen in der Branche. Man nennt ihn auch den … Schutzpatron.«

Die Männer blinzelten, als sie aus der dunklen Werkstatt in das goldgelbe Licht dieses herbstlichen Vormittags hinaustraten.

»Schutzpatron, hm?«, sagte Kluftinger mehr zu sich selbst.

»Ja, er ist so etwas wie ein Nothelfer in unserer Szene«, sagte Rösler. »Viele wissen, dass man sich an ihn wenden kann, wenn man in der Patsche sitzt.«

Kluftinger nickte versonnen, dann blieb er abrupt stehen. »Sagen Sie, Herr Rösler, würden Sie vielleicht für diesen Fall noch weiter mit uns zusammenarbeiten? Als externer Berater sozusagen? Bis die ganze Sache vorbei ist? Wir halten Sie auf dem Laufenden, und Sie versorgen uns mit Insiderwissen.«

Strobl sah seinen Vorgesetzten an, als habe der gerade gefragt, ob er ihm helfen würde, eine Bank zu berauben. Auch der Alte schien nicht recht glauben zu wollen, was er da eben gehört hatte. »Sie wollen, dass ich für Sie arbeite? Nach allem … was zwischen uns steht?«

»Man muss die Vergangenheit auch mal ruhen lassen. Und ich kenn keinen besseren Experten in dieser Sache als Sie.«

»Und was habe ich davon?«

Kluftinger dachte nach. »Eine Art … Buße?«

Rösler lachte. »Ich wüsste nicht, wofür. Ich hab schließlich gesessen. Nein, da müssen Sie sich schon was Besseres einfallen lassen.«

»Jetzt kommen Sie, lassen Sie mich nicht betteln. Am besten, wir fahren gleich nach Altusried, dann können Sie sich die Lage vor Ort anschauen. Was meinen Sie?«

»Das geht auf gar keinen Fall. Egal, wie ich mich entscheide, jetzt muss ich erst mal heim. Wissen Sie, in meinem Alter gibt es wichtigere Dinge als Geld und Ruhm und Buße und was weiß ich nicht alles.«

»Und das wäre?«

»Ein pünktlicher Mittagsschlaf zum Beispiel.«

»Du, Chef, ich hab hier einiges an Material für dich!«, empfing Richard Maier den Kommissar, als er den Flur der Abteilung betrat. Unter dem Arm hatte er einen beträchtlichen Stapel Papier. Er hielt ihn Kluftinger hin und erklärte, dies seien die neuesten Statistiken über Autodiebstahl in Bayern, die obersten beiden Seiten eine Auswertung der gestohlenen Fahrzeuge, geordnet nach Marken in den Allgäuer Landkreisen und den kreisfreien Städten.

»Kannst du mir sagen, was ich damit genau soll?«

»Ja, wie jetzt? Du hast gesagt, ich soll weiter Informationen zu den Autoschiebereien sammeln. Die Kollegen haben mir die Statistik geschickt, und ich hab sie ausgewertet. Wie du es wolltest.«

»Also gut, dann sag mir halt wenigstens, was du rausgefunden hast! Muss ich mir ja nicht auch noch alles durchlesen!«

Maiers Miene hellte sich wieder auf. »Also, wie wir schon wussten, es werden nach wie vor viele Luxuswagen geklaut, aber ganz stark im Kommen sind die Japaner!«

»Hör mir bloß mit den Japanern auf!«, blaffte der Kommissar. »Das brauchst du nicht betonen, dass die im Kommen sind!«

Maier runzelte die Stirn. Rat suchend blickte er zu seinem Kollegen Strobl, doch auch der zuckte die Achseln und sah seinen Chef verwundert an. Kluftinger nahm Maier die Unterlagen ab und wandte sich in Richtung seines Büros. »In zehn Minuten bitte bei mir zu einer kurzen Besprechung, sagt dem Roland Bescheid! Und Richie, mach uns bitte einen Kaffee, ja?«

»Ganz ehrlich: Ich bin mir nicht sicher, ob das der richtige Weg ist!«, gab Hefele zu bedenken, als Kluftinger und Strobl von ihrem Besuch bei Heinz Rösler berichtet hatten. »Ich mein, der Mann ist immerhin ein Berufsdieb gewesen, absoluter Wiederholungstäter und im Endeffekt unbelehrbar.«

»Ich würd dem Roland recht geben«, stimmte Maier zu, »wir können doch bei unseren eigenen Experten Rat suchen. Uns steht doch die komplette Polizeiorganisation zur Verfügung, sollen wir da wirklich mit der Gegenseite gemeinsame Sache machen? Immerhin müssen wir da ja Informationen preisgeben, die die Ausstellung und unsere ganzen Ermittlungen eher noch mehr gefährden können.«

»Schon, Männer, aber wenn ihr den Rösler gesehen hättet, dann würdet ihr uns zustimmen, gell, Eugen?«, sagte Kluftinger an Strobl gewandt. »Der hat mit seiner kriminellen Karriere abgeschlossen, aber er kennt die Szene trotzdem immer noch in- und auswendig. Und er soll jetzt ja nur mal kurz mit nach Altusried fahren, mehr nicht.«

Eugen Strobl nickte.

»Mei, wenn ihr meint«, gab sich Hefele geschlagen, und auch Maier zuckte resigniert mit den Schultern.

Vier Tage zuvor

»Verdammt noch mal, wie oft soll ich dir noch sagen: Du musst auf die Treppe aufpassen.« Magnus hielt die Stoppuhr an, die ihm um den Hals hing, und an seinen Kiefermuskeln sah man, dass er gerne noch ein bisschen mehr gesagt hätte, sich dies aber aufgrund der sowieso schon angespannten Stimmung verbiss.

»Es tut mir leid, in der Hektik ...«, begann Georg eine Entschuldigung zu formulieren, doch er hatte genau die falschen Worte gewählt.

»Hektik«, wiederholte er mit schriller Stimme. »Hektik? Was glaubst du, wie das vor Ort aussehen wird? Meinst du, das hier ist der anstrengende Teil bei dieser Arbeit? Kannst du dir vorstellen, was passiert, wenn es wirklich drauf ankommt? Wenn jede Sekunde entscheidend sein kann? Wenn niemand mit einer Stoppuhr neben dir steht? Wenn wir nicht sagen können: *Okay, das war nichts, wir machen's noch mal?* Na?«

Schuldbewusst blickte Georg zu Boden. Er ließ seine Schultern hängen und wirkte dadurch noch kleiner. Er wollte die Stimmung nicht durch eine weitere unbedachte Aussage verschlechtern.

»Also Magnus, hör mal, ich finde ...«, wollte ihm Nikolaus zu Hilfe kommen, doch er brach mitten im Satz ab. Alle Köpfe wandten sich zur Tür. Es hatte laut und vernehmlich geklopft. Sie standen wie versteinert im Raum, keiner wagte auch nur zu atmen. Ihre Gesichter verrieten, dass sie das Schlimmste befürchteten.

»Herr Magnus? Hallo, Herr Magnus, sind Sie da?«

Die Stimme gehörte ihrer Vermieterin, einer neugierigen alten Schachtel, die schon des Öfteren unerwartet hier aufgetaucht war, wo sie eigentlich gar nichts zu suchen hatte. Sie schien das jedoch etwas anders zu sehen.

Sofort fuhr Magnus herum und zischte Servatius zu: »Hast du etwa den Riegel am Tor vorne offen gelassen? Oder wie ist die Alte hier reingekommen?«

Servatius schwieg und blickte zu Boden, was für Magnus Antwort genug war.

»Herr Magnus, ich muss Sie mal sprechen!«, rief die Alte von draußen.

Sie blickten auf die alte Werkstattuhr, die an der Wand hing. Es war schon kurz nach elf, so spät hatte die Alte noch nie hier herumgeschnüffelt.

Magnus zuckte mit den Schultern, seufzte und gab Georg ein Zeichen, zur Tür zu gehen. Dieser öffnete sie einen Spaltbreit und fragte ruppig: »Was wollen Sie?«

»Ist der Herr Magnus da?«

»Nein.«

»Ich müsste ihn aber dringend ... sprechen.« Die Alte versuchte, während sie sprach, an Georg vorbei einen Blick in den Raum zu erhaschen, indem sie ihr enormes Gewicht erstaunlich flink verlagerte. Georg jedoch verhinderte dieses Vorhaben dadurch, dass er seinen drahtigen Körper synchron zu ihrem hin und her schaukelte.

»Hören Sie, wenn er kommt, sagen wir Ihnen Bescheid!« Gerne hätte er der Frau gedroht, doch das hätte ihre Neugierde nur noch mehr entfacht. Sie hatten damit gerechnet, dass derart betagte Vermieter so mit sich selbst beschäftigt wären, dass sie andere Sorgen hätten, als ihnen nachzuspionieren. Aber sie hatten sich ganz offensichtlich getäuscht. Mehr als einmal waren sie drauf und dran gewesen, abzuziehen, doch die knappe Zeit hatte sie dazu bewogen, hierzubleiben. Und als sie ihr gesagt hatten, wenn es etwas zu besprechen gebe, müsse sie das mit Herrn Magnus tun, war es noch schlimmer geworden. Sie konnte es einfach nicht verwinden, dass der Mann, der offenbar die Verantwortung hatte, ihr noch nicht seine Aufwartung gemacht hatte. Sie hatte ja keine Ahnung, wie froh sie darüber hätte sein sollen.

»Also, wissen Sie, ich habe da etwas gefunden. In Ihrem Müll.«

Georg wurde unsicher. Sie hatte ihren Müll durchwühlt?

»Nicht dass Sie denken, ich hätte in Ihrem Müll gewühlt«, rechtfertigte sich die Alte. »Aber beim ... Sortieren, da ist mir was in die Hände gefallen, worüber ich gerne sprechen würde. Am besten mit Ihrem ... Chef.«

Unsicher sah Georg sich um. Magnus wies mit dem Kopf in Richtung Tür, was wohl heißen sollte, dass er nicht vorhatte, selbst mit der Frau zu reden.

»Also, was haben Sie denn gefunden? Altglas im Restmüll?«

»Nein, nein, das ist es nicht. Ich habe da einen Artikel in so einer Plastikhülle gefunden, aus der Zeitung. Über diese Ausstellung in Altusried. Und dann diesen … was ist das wohl, eine Art Prospekt über diese Sicherheitsfirma. Das kam mir schon ein bissle komisch vor!«

Georg schluckte. Wieder warf er einen Blick über die Schulter. Doch sein Chef starrte gerade Nikolaus wutentbrannt an. Er war für den Müll zuständig, und Magnus hatte ihm hundertmal gesagt, dass er sorgfältig damit umgehen müsse. Dass schon einige vermeintlich geniale Coups im Nachhinein aufgeflogen seien aufgrund der Hinterlassenschaften des Teams. Das würde noch Ärger geben, da war sich Georg sicher.

»Wissen Sie«, riss ihn die alte Frau aus seinen Gedanken, »wenn Sie hier irgendetwas Illegales tun, also … dann müssen Sie gehen. Und ich sag es sonst meinem Mann. Oder …« Sie machte eine Pause, als denke sie nach. »Oder Sie müssen mehr Miete zahlen. Viel mehr!« Ihre Augen blitzten.

Das war es also. Es ging ihr ums Geld. Georg atmete erleichtert auf. Sie war käuflich. Sie würden sie leicht zum Schweigen bringen, es war nur eine Frage des Preises. Ein letztes Mal blickte er sich um. Magnus nickte. »Verstehe«, sagte Georg mit aufgesetzter Freundlichkeit, »wir sind gerne bereit, Ihnen für Ihre … sagen wir … Unannehmlichkeiten mehr Miete zu zahlen, das ist doch klar.«

Die Alte schien überrascht, dass sie so mühelos und schnell ihr Ziel erreicht hatte, und stand ein paar Sekunden mit offenem Mund da, bevor sie sagte: »Gut, das Doppelte?«

Georg nickte. Das war alles, was sie wollte? Nicht mehr?

»Gut, ich mache den neuen Vertrag fertig«, sagte die Frau. Dann drehte sie sich grußlos um und ging.

Georg schloss die Tür und zischte einen Fluch. Magnus wartete ein paar Sekunden, dann wandte er sich an Nikolaus: »Herrgott noch mal, was bist du? Ein Kind? Ein Amateur? Oder einfach nur ein Trottel? Ein Profi verhält sich so jedenfalls nicht.«

Nikolaus erwiderte nichts. Das Muskelpaket wirkte wie ein zu groß geratener Schuljunge.

»Bring das wieder in Ordnung!«, forderte Magnus bestimmt.

Nikolaus' Augen begannen zu leuchten. Er hatte schon befürchtet, aus dem Team zu fliegen, aber nun bot man ihm die Gelegenheit, seinen Fehler wiedergutzumachen. Er nickte eifrig und eilte nach draußen.

Die Köpfe aller Anwesenden ruckten herum, als Nikolaus ohne vorherige Ankündigung die Tür wieder aufzog. Er wirkte reichlich derangiert, Schweißperlen standen auf seiner Stirn, sein Gesicht war leichenblass, kraftlos ließ er die Schultern hängen. Fragend sahen ihn seine Komplizen an, doch er schlug die Augen nieder.

»Na los, sag schon, hast du die Sache geklärt?«, herrschte Magnus ihn an.

Er nickte, ohne aufzusehen, dann ließ er sich auf eine umgedreht in der Ecke stehende Bierkiste sinken und vergrub das Gesicht in seinen großen Händen.

»Bist du dir ganz sicher, dass sie uns nicht verpfeift? Ich meine, sie muss wissen, was dann auf sie zukommt. Was hast du zu ihr gesagt?«

Die anderen wandten sich wieder Nikolaus zu.

»Ich hab ... doch nicht gewusst, dass das ... so schnell geht!«, stammelte er mit brüchiger Stimme.

»Hast du sie ... Du willst jetzt nicht etwa sagen, dass du sie umgebracht hast, oder?«

Nikolaus sprang auf und starrte Magnus aus feuchten Augen an. Dann biss er sich auf die Lippen. »Aber du hast doch gesagt, ich soll das in Ordnung bringen!«

Magnus kniff die Augen zusammen. Seine ohnehin schon grollende Stimme nahm einen noch bedrohlicheren Ton an: »Du hirnverbrannter Vollidiot! Bist du wirklich so dumm? Wir sind doch nicht in Chicago! Mann, du hättest sie einschüchtern sollen – zum Schweigen bringen! Aber doch nicht gleich kaltmachen! Wir sind doch keine Mörder, verdammte Scheiße!«

Nikolaus schluckte und wich ein paar Schritte zurück. Magnus kam auf ihn zu, holte aus und verpasste ihm eine schallende Ohrfeige mit der flachen Hand.

Nikolaus blieb starr und ohne eine Miene zu verziehen stehen. Leise erklärte er: »Magnus, ich ... wollte sie doch wirklich nur einschüchtern!«

Magnus hatte sich abgewandt und starrte nun stur auf das Gebilde aus Holz, Karton und Fäden, auf dem die Plastik-Heiligenfigur thronte. Von seinem Schweigen ein wenig ermutigt, führte Nikolaus weiter aus: »Ich bin ihr hinterher und hab sie an der Schulter gepackt. Sie hat sofort mit ihren fetten Armen nach mir gehauen. Und da hat sie auf einmal mit den Bullen angefangen. Dass sie gerade bei ihnen angerufen hat und nur noch mal auf Nummer sicher gehen wollte, dass wir Dreck am Stecken haben. Und das hätten wir bewiesen, weil wir ihr Schweigegeld zahlen würden. Und immer wieder hat sie auf mich eingehauen. Miese Verbrecher wären wir. Die Polizei würde eh gleich kommen und uns allen das Handwerk legen … Ich hab mir wirklich nicht mehr anders zu helfen gewusst und hab einfach zugedrückt von hinten. Da hat sie dann endlich ihr Maul gehalten. Und ich hab einfach nicht mehr losgelassen, und auf einmal ist sie zusammengebrochen! Ich glaub, die hat nen Herzkasper gekriegt. Jedenfalls ist sie jetzt hin. Mann, Leute, glaubt mir halt, ich wollt doch nicht, dass die gleich verreckt, die Alte!«

Nikolaus schien durch diese Erklärungen wieder ein wenig ruhiger geworden zu sein. Noch immer standen die anderen Männer wie erstarrt da. Servatius ergriff als Erster das Wort: »Wenn ihr mich fragt: Um die Alte ist es nicht schad«, sagte der Südländer. »Aber das bedeutet leider, dass wir jetzt ganz schnell …«

Magnus schnitt ihm das Wort ab: »Genau das heißt es! Wir müssen weg hier! Und zwar sofort. Los, packt das Nötigste zusammen, und dann ab durch die Mitte! Wo ist die Alte jetzt?«

Nikolaus beeilte sich, seinem Chef die Tote zu zeigen, die neben der alten Hebebühne auf dem Boden lag. Die anderen rafften hektisch die Pläne zusammen, die sie gerade noch studiert hatten, und steckten sie in einen Rucksack.

»Magnus«, rief Georg mit Blick auf das Gebilde in der Mitte des Raumes, »was machen wir mit unserem Modell hier?«

»Lass gut sein, wir haben keine Zeit! Die Bullen können jeden Moment hier sein. Haben wir sonst alles?«

Die Männer nickten. Agatha hatte seine filigranen Werkzeuge, mit denen er an einem der Tische in der Werkstatt gearbeitet hatte, wieder in seinen Pilotenkoffer gepackt und mit einem Pinsel und einem kleinen Schäufelchen einige Späne, die beim Feilen seines Werkstücks angefallen waren, fein säuberlich zusammengekehrt und in einer Plastiktüte verstaut.

»Also, auf geht's, Männer«, befahl Magnus, »ab in die Autos. Wir treffen uns zur vereinbarten Zeit in der alten Hütte. Jeder bringt sein Material wieder mit! Und zu keinem ein Wort, verstanden? Ruhig Blut ist jetzt oberstes Gebot, okay?«

»Der Eugen und ich werden Rösler nachher abholen und mit ihm nach Altusried rausfahren«, erklärte Kluftinger. »Der Alte soll sich das mal ansehen und uns sagen, wo mögliche Schwachstellen sind, an denen Diebe ansetzen können. Eugen, du hast dir ja schon die Unterlagen vorgenommen, die ich vom Lodenbacher und den anderen von der Kommission gekriegt hab, bitte schau dir alles noch mal genau an, und nimm auch die Pläne von dem Raum und den ganzen Sicherungsmaßnahmen mit. Wir fahren erst so um halb drei. Besorgst du einen Dienstwagen?«

Eugen Strobl stutzte. »Sag mal, ist dein Karren kaputt, oder warum fährst du auf einmal nicht mehr?«

Kluftinger schluckte, doch schnell fiel ihm die Ausrede vom letzten Abend wieder ein. »Der ist grad in der Werkstatt, Kundendienst … und … so … Elektrikgeschichten … der steht beim VW-Zentrum.«

»Elektrikgeschichten?«, hakte Hefele stirnrunzelnd nach.

»Ja, ja … mit den Relais und dem Kabelbaum gibt's wohl ein Problem. Der stottert manchmal so«, erklärte Kluftinger und fuchtelte mit einer Hand wild durch die Luft.

»Soso. Na, dann kann man ja nur hoffen, dass der betagte Passat diese Operation auch gut übersteht. Du weißt ja, in dem Alter …« Hefele grinste.

»Drum hab ich ihn ja auch zu den Spezialisten gegeben. Die kennen sich da aus.«

»Na ja«, gab Strobl zu bedenken, »die älteren Monteure bestimmt, die, die schon seit fünfundzwanzig, dreißig Jahren da sind.«

»Hammer's dann? Außerdem habt ihr mir immer gepredigt, dass ich mit den Dienstautos fahren soll! So, und jetzt macht's euch mal an die Arbeit!« Wütend schnappte sich Kluftinger seinen Janker und warf ihn sich über die Schulter. Dabei hüpfte aus der rechten Tasche eine kleine weiße Kugel und kullerte über den Boden des Büros. Die Männer folgten ihm mit ihren Blicken und sahen dann wieder zu ihrem Vorgesetzten. Der hob den Golfball auf, dachte kurz nach, winkte dann aber ab und seufzte: »Ist eine lange Geschichte.« Darauf fuhr er in geschäftsmäßigem Ton fort: »Roland und Eugen, ihr fahrt bitte mit nach Kalden. Und Richie, bitte bring du mal raus, wer in Kempten und Umgebung verdächtig sein könnte, ältere Fahrzeuge zu klauen, ja? Wenn du das hast, dann mach dich mal ein bissle schlau, was die Alarmanlagen angeht, draußen im Museum. Der Eugen gibt dir die Unterlagen. So Elektronikzeug, das ist ja dein Spezialgebiet. Ach ja: Und frag doch mal bei den Kollegen vom Diebstahl nach, ob denen der Spitzname ›Schutzpatron‹ irgendwas sagt. Vielleicht ist der denen schon mal untergekommen. Und jetzt einen guten Appetit, Männer! Geht's ihr mit in die Kantine?«

Einen Sauerbraten mit Kartoffelknödeln, zwei Portionen Blaukraut, eine Ofennudel mit Zwetschgenkompott und eine Stunde später stand Kluftinger mit Eugen Strobl und Roland Hefele im Hof der Kriminalpolizeiinspektion. Vor ihnen parkte ein großer, grüner Transporter, dessen Kastenaufbau nur im oberen Drittel über schmale Fenster verfügte.

»Sag mal, Eugen, ist das jetzt dein Ernst?«, fragte Kluftinger kopfschüttelnd. »Wir sollen mit dem Knastbus fahren?«

»Mei, der Maier ist mit unserem Auto weggefahren, und die Fahrbereitschaft hat im Moment nur den hier, weil die Kollegen vom Betrug heut irgendeine Großaktion haben, wo jeder mit einem eigenen Wagen unterwegs sein muss. Und die Grünen brauchen ihre Autos alle selber«, sagte Strobl entschuldigend.

»Also komm, da nehm ich ja noch lieber den Blitzkombi! Frag doch mal bei der Verkehrspolizei nach! Die haben doch immer noch irgendeinen Karren übrig!«

»Hab ich ja schon. Die hätten auch ein Auto da, aber als ich erzählt hab, dass du ihn brauchst, haben die auf einmal gesagt, der Wagen sei reserviert. Und dann haben sie noch irgendetwas von einem Käse gefaselt … einem Weißlacker, glaub ich, und dass sie sich auch selber verarschen könnten, da bräuchten sie uns nicht dazu. Ich konnte mir keinen rechten Reim darauf machen.«

Kluftinger senkte den Kopf. Er wusste sehr wohl, worauf die Kollegen von der Verkehrspolizei anspielten: Vor ein paar Jahren hatte er mitten im Hochsommer einmal ein Stück eines stark riechenden Allgäuer Käses in einem ihrer Autos liegen lassen – ein Fauxpas, den sie ihm wohl immer noch nicht verziehen hatten.

»Das ist mal ein ordentlicher Auftritt für mich, Herr Kommissar!«, sagte Heinz Rösler eine halbe Stunde später, als er neben Kluftinger im Führerhaus des Kombis saß. »Standesgemäßer hätten Sie mich gar nicht abholen können! Das steigert meine Chancen bei den Damen hier. Die finden Männer interessant, die ein Hauch von Gefahr umgibt. Und Sie sind sicher, dass es Ihren Kollegen nichts ausmacht, dass sie hinten in den Zellen sitzen müssen?«

Kluftinger schob die Unterlippe nach vorn und schüttelte bedächtig den Kopf. Dann sagte er mit einem süffisanten Grinsen: »Ach was, Herr Rösler, das hat doch noch keinem geschadet, oder?«

Kluftinger staunte nicht schlecht, als sie in Kalden ankamen, dem kleinen Weiler zwei Kilometer nördlich des Altusrieder Ortskerns. Er war sicher schon tausendmal hier gewesen; als Kind hatten die Burgruine und das Iller-Steilufer, an dem sie stand, eine gewaltige Faszination auf ihn und seine Freunde ausgeübt. Sie hatten sich in den Überresten, die von der einstigen Burganlage noch standen, versteckt, Ritterspiele und Mutproben veranstaltet, hatten den Wald zu ihrem Revier gemacht und waren mehr als einmal in die gefährlichen Schotterwände des Steilhangs geklettert. So gesehen grenzte es an ein Wunder, dass nicht sie den Schatz gefunden hatten, sondern ausgerechnet ein junger Mann aus der wenig beliebten Nachbargemeinde Dietmannsried. Bis zu dem Fund hätte er damals geschworen, er kenne die Burg und ihre Umgebung wie seine Jankertasche.

Doch nun war es ihm, als sei er zum ersten Mal hier. Schon als sie den Hügel passiert hatten, der zwischen seiner Heimatgemeinde und dem Weiler lag, hatte er die Veränderung gesehen. Jetzt, als er den Kombi am Straßenrand abstellte, machte sich eine Mischung aus Verblüffung und Enttäuschung in ihm breit. Er war beeindruckt von dem, was die Bauarbeiter hier die letzten Wochen und Monate geleistet hatten. Und er war enttäuscht, dass er damit wieder um ein Stück seiner Kindheit gebracht worden war. So kam es ihm jedenfalls vor, auch wenn er wusste, dass seine Kindheit eh nur noch in seinem Kopf existierte. Es gab eben Ecken in Altusried, die schienen sich nicht zu verändern, und das waren für ihn schützenswerte Erinnerungsorte. Auch die Burgruine und Kalden gehörten dazu. Hatten dazu gehört. Denn nun war das Areal, das einst nur aus einem Gehöft, Wiesen und ein bisschen Wald bestanden hatte, um einen Parkplatz erweitert worden. Die Bäume, die das Anwesen umgeben hatten, waren gefällt worden, und der Hof selbst war nun eine Mischung aus alter Bausubstanz, Glas und Stahl. So machte man das wohl heute; Kluftinger hatte sich mit dieser Art der Altertumsveredlung des Althergebrachten jedoch nie anfreunden können.

»Na, junger Mann, Sie müssen mir schon behilflich sein.« Rösler beendete Kluftingers nostalgische Gedanken. Der Kommissar stieg seufzend aus und lief um den Wagen herum, um dem Alten beim Aussteigen zu helfen. Sie wollten sich gerade auf den Weg zum Eingang des zukünftigen Museums machen, als Strobl und Hefele von innen lautstark gegen die Wand des Wagens klopften.

»Ich glaube, Ihre Kollegen wollen herausgelassen werden«, sagte Rösler mit einem spöttischen Grinsen. »Ich kann das gut verstehen, ging mir auch so.«

Jetzt musste auch der Kommissar lachen. Er mochte diesen kauzigen Kerl, der mit so viel Selbstironie auf seine zwielichtige Vergangenheit schaute. *Von dem könnte sich mancher eine Scheibe abschneiden*, dachte er. Als er die stahlverstärkte hintere Tür des Kombis öffnete, grinste er seine Kollegen an: »Mei, euch hätt ich beinahe vergessen. Nachher wärt ihr mit der nächsten Fuhre noch im Gefängnis abgeliefert worden.«

Die beiden Beamten im Wageninneren verdrehten die Augen und schwangen sich nach draußen. »Wahrscheinlich wär's gar niemandem aufgefallen«, hakte ihr Chef nach, doch die beiden setzten sich wortlos in Bewegung.

Sie passierten ein großes Schild, auf dem die Eröffnung angekündigt wurde: *Am Samstag, 25. September: Große Einweihungsfeier zur Heimkehr des Altusrieder Burgschatzes. Dankgottesdienst, Einweihung, Tag der offenen Tür. Rittertheater. Kinderschminken. Hüpfburg.* Auf der riesigen Tafel war die Monstranz mit der Reliquie abgebildet, daneben das Altusrieder Ortswappen mit der Ruine, das Ganze war fotografisch in ein Bergpanorama montiert worden.

Man konnte von ihrem Bürgermeister halten, was man wollte, wenn es darum ging, Gäste in die Marktgemeinde zu locken, dann ließ er sich nicht lumpen. Das galt auch für das Museum: Kluftinger erinnerte sich noch gut an die heftigen Auseinandersetzungen, die das Projekt fast zu Fall gebracht hätten: Umweltschützer, Heimatpfleger und eine Bürgerinitiative hatten den erbitterten Widerstand mobilisiert. Doch als der Bürgermeister schließlich so viele Sponsoren und Fördergelder zusammengetrommelt hatte, dass die Gemeinde nur noch einen relativ kleinen Beitrag leisten musste, war die Stimmung gekippt. Inzwischen, so jedenfalls der Eindruck des Kommissars, hatten bis auf eine renitente kleine Querulantengruppe die meisten ihren Frieden mit dem Projekt gemacht. Das lag sicher nicht zuletzt daran, dass man vor allem heimische Handwerksbetriebe mit dem Umbau beauftragt hatte. Und so wurde Kluftinger mit großem Hallo begrüßt, als er die Baustelle betrat, die, aus der Nähe betrachtet, dann doch noch ein bisschen wüst aussah.

»Ja, Klufti, was machst du denn hier?«, wollte einer der Handwerker wissen, der sich gerade von einem Gerüst herunterschwang. Er wischte seine Hand an der verdreckten Latzhose ab und streckte sie Kluftinger entgegen.

»Servus Horscht«, erwiderte Kluftinger den Gruß und schlug widerwillig in die schmutzige Hand ein. »Wir müssen uns bloß mal drin umschauen.«

»Ist schon was gestohlen worden, bevor's überhaupt aufgemacht hat?« Der Handwerker grinste breit.

»Nein. Und das soll auch so bleiben«, antwortete Kluftinger knapp. Dann schob er noch nach: »Und ihr? Sieht nicht so aus, als würdet ihr zur Eröffnung fertig werden, oder?«

Das Grinsen des anderen verschwand, und Kluftinger bedeutete seinen Kollegen, ihm ins Innere zu folgen. Nachdem sie den Kassenbereich passiert hatten, blieben sie erst einmal stehen und ließen alles auf sich wirken: Von dem alten Bauernhof waren nicht mehr als ein paar Anklänge, ein paar Zitate übrig geblieben. An der Decke und den Wänden erkannte man noch das alte Mauerwerk, vereinzelt hatte man alte Balken freigelegt, die Decke war immer wieder durchbrochen, was dem Raum Höhe und Licht gab. Ansonsten dominierten Glas, Stahl und ein dunkler Schieferboden. An den Wänden standen bereits die Vitrinen, zum Teil noch in Plastikfolien verpackt. Das Zentrum des Museums bildete jedoch ein gläserner Quader, der scheinbar frei im Raum schwebte.

»Respekt«, sagte Strobl und klopfte seinem Chef auf die Schulter, als habe der die Anlage konzipiert. »Da habt's ihr Altusrieder ja doch mal was zustande gekriegt.«

Kluftinger nickte, denn er war selbst ein bisschen sprachlos, was hier geleistet worden war, zum größten Teil von Menschen, die er lange kannte, die Nachbarn und Freunde waren. Er fing sich jedoch schnell wieder und antwortete seinem Kollegen: »Ja, nicht schlecht, gell? Da könnt ihr zerstrittenen, egoistischen Kemptener halt mal sehen, was ein Dorf schaffen kann, wenn man zusammenhält.«

Es war ein altes Spiel zwischen den beiden: Während Strobl seinen Chef mit dessen Rückständigkeit aufzog, die seiner Meinung nach auf dessen Herkunft aus einem »Kuhkaff« zurückzuführen sei, konterte Kluftinger regelmäßig mit der Hochnäsigkeit und dem Narzissmus der Städter. Letztlich wussten sie beide, dass beispielsweise ein Münchner die Hand zwischen Kempten und Altusried nicht umdrehen würde.

»Wenn ihr das früher gewusst hättet«, sagte Strobl grinsend, »dann hättet ihr statt der schimmligen Ruine bestimmt die Monstranz in euer Wappen gemalt, oder?«

Rösler machte durch ein Räuspern auf sich aufmerksam. »Soll ich mich mal umsehen?«, fragte er.

»Ja, sicher, deswegen sind wir ja hier.« Kluftinger wies mit einer einladenden Handbewegung unbestimmt in den Raum, und der Alte machte sich, auf seinen Stock gestützt, auf den Weg. Es lief ähnlich ab wie am Vormittag in der Werkstatt. Auch hier murmelte Rösler unverständlich vor sich hin, während er durch den Raum lief. Die drei Beamten beobachteten ihn dabei, mit verschränkten Armen an einen Tapeziertisch gelehnt.

Nach einer Weile fragte Hefele: »Was kommt denn da in die Mitte rein?«

»Der heilige Magnus«, antwortete Kluftinger.

Hefele hob die Augenbrauen und blickte seinen Chef fragend an. »Ein Heiliger?«

»Teile von ihm halt. Das, was der Kohler da gefunden hat. Hast du doch mitgekriegt, oder?«

Hefele sah nicht so aus, als wüsste er, wovon der Kommissar redete. Deswegen holte der seufzend ein bisschen weiter aus: »Also, dass der Schatz hier vor einigen Jahren gefunden worden ist, das ist dir aber schon bekannt.«

Hefele nickte und sagte: »Schon. Und dass der damals mit dem Zeug zu dir in die Polizeidienststelle kam, auch.«

»Ja, aber das tut ja jetzt nichts zur Sache. Jedenfalls, neben dem ganzen Gold- und Edelsteinglump war das Hauptfundstück diese ominöse Reliquienmonstranz. Angeblich einzigartig in ihrer Verarbeitung und so. Und laut Inschrift mit Knochensplittern des heiligen Magnus versehen. Wer Magnus ist, weißt du aber, oder?«

Hefele hob entschuldigend die Achseln. »Ich bin doch nicht in der Kirche.«

»Immer diese Heiden.« Kluftinger blies die Luft aus und überlegte kurz. »Also, der Magnus ist der Apostel … der Schutzpatron des Allgäus. Der hat doch … mei, so im achten Jahrhundert, hier gepredigt. Die Allgäuer christianisiert, erleuchtet, wenn du so willst. Er soll eine Schlange in Kempten und einen Drachen bei Roßhaupten besiegt und mithilfe eines Bären eine große Eisenader am Säuling gefunden haben. Er hat viele Wunder gewirkt. Und das alles mit seinem legendären Stab.«

»Im Allgäu gibt's doch gar keine Schlangen und Bären.«

»Ja, aber Drachen, oder? Und Bären gab's früher wohl. Aber egal. Jedenfalls war er sehr wichtig für die Leut hier. Später hat man zu ihm gebetet, damit er einem aus verschiedenen Nöten hilft. Ungeziefer und so. Gibt doch den Spruch: *Sankt Mang / schlägt's Kraut mit der Stang*. Und auch bei Augenleiden ruft man den Magnus an.« Kluftinger versuchte, bei der Schilderung der Funktion als Schutzpatron möglichst distanziert zu klingen. Er legte keinen Wert darauf, dass die Kollegen mitbekamen, wie sehr ihn diese Geschichten faszinierten. »Nach ihm ist die Sankt-Mang-Kirche in Kempten benannt. Und gestorben ist er dann in Füssen, da gibt's ja heut noch das Manger Fest, wo man eine Magnusstatue zur Verehrung durch die Stadt trägt. Und auch seinen Stab. Der wird übrigens zur Eröffnung auch hierhergebracht.«

»Verstehe. Und der hängt dann da in der Mitte?«

»Nein. Wie schon gesagt: Der Platz ist für unser Prunkstück reserviert.« Kluftinger wunderte sich selbst ein bisschen darüber, dass er *unser* gesagt hatte, aber je gebannter die anderen seinen Erzählungen folgten, desto mehr fühlte er sich mit dem Projekt in seinem Ort verbunden. »Da rein …«, er zeigte mit dem Finger in die Mitte des Raums, »kommt die prachtvolle Monstranz mit den Reliquien des heiligen Magnus.« Er fügte seinen Worten nichts hinzu, ließ sie einfach in die Stille des Raumes verklingen, in den nur ganz gedämpft die Geräusche der Handwerker drangen. Seine Kollegen sahen in die Richtung, in die er deutete, und schwiegen ebenfalls.

»Ich muss mal«, rief Rösler plötzlich in die Stille.

»Tun Sie sich keinen Zwang an«, erwiderte Kluftinger.

»Ich weiß aber nicht, ob die Klos schon funktionieren«, gab Hefele zu bedenken.

Es dauerte lange, bis Rösler wieder zurückkam, und Kluftinger dachte voller Schrecken an die Zeit des Älterwerdens, wenn sein Stoffwechsel, der im Moment noch wie ein Schweizer Uhrwerk funktionierte, ein lästiges Eigenleben entwickeln würde. Deswegen blickte er den Alten mitfühlend an.

Rösler humpelte auf die Polizisten zu, sagte »Ist nicht machbar!« und wandte sich zum Gehen.

»Die Toiletten gehen noch nicht?«, erkundigte sich Hefele.

»Ich meine den Diebstahl. Können wir jetzt gehen?«

»Was soll das heißen?«, empörte sich Strobl, doch Rösler ließ sich nicht beirren und ging weiter Richtung Ausgang.

»Das soll heißen, dass Ihre Sachen sicher sind. Kann man nicht klauen. Gute Arbeit haben die Leute geleistet.«

»Und das war's?«

»Wär's Ihnen andersrum lieber?«

»Nein, das nicht, aber … na ja, wollen Sie nicht noch mal genau schauen?«, versuchte es Kluftinger. »Ich meine: Vielleicht haben Sie ja was übersehen.«

Jetzt blieb Rösler stehen und wandte sich um. »Wenn Sie meinen Fähigkeiten nicht vertrauen, dann hätten Sie mich eben nicht konsultieren sollen. Ich sag's Ihnen, wie's ist.« Dann schlurfte er weiter, hielt jedoch nach ein paar Schritten inne und fügte an Hefele gewandt hinzu: »Und Sie hatten recht. Die Klospülung funktioniert wirklich noch nicht.«

Zwei Tage zuvor

»Glaub mir, wir können zurück.«

»So, und wie kommst du zu dieser Erkenntnis?« Magnus sah Agatha mit strengem Blick an.

Doch der untersetzte Mann war sich seiner Sache sicher. »Ich … na ja, ich mein, es hätte doch was in der Zeitung gestanden. Und die Bullerei hätt man ja wohl auch mal dort gesehen. Es ist ja nicht so, dass niemand von uns mal einen Blick riskiert hätte.«

Magnus dachte nach. Keiner wagte es, ihn dabei zu stören. »Ich glaube, du hast recht«, sagte er schließlich. »Ich habe es mir auch schon gedacht. Offenbar hat die Alte geblufft. Vermutlich wollte sie damit nur verhindern, dass irgendjemand etwas Unüberlegtes tut. Auch wenn es diesen scheußlichen Zwischenfall so nicht gebraucht hätte.« Sein Blick ging zu Nikolaus, der seine Augen niederschlug wie ein kleines Kind, das von seiner Mutter getadelt wird. »Wie auch immer, wenn wir noch einmal reingehen, haben wir vielleicht die Chance, unsere Spuren gänzlich zu verwischen. Und das käme mir sehr gelegen. Also, Christophorus, was hältst du von einer kleinen Spritztour?«

Der Angesprochene schaute erschrocken auf. Er wirkte wie immer sehr nervös, kaute an seinen Nägeln, schien aber auch froh darüber zu sein, mal wieder gebraucht zu werden. Schließlich hatte man ihn als Fahrer angeheuert.

»Ich … ich bin bereit«, kam es wenig überzeugend von ihm.

Sie sprachen während der Fahrt kein Wort, was einerseits daran lag, dass Christophorus es nicht wagte, Magnus, den er in dessen Abwesenheit nur den »großen Boss« nannte, anzusprechen, andererseits, weil Letzterer kein Thema wusste, dessen Erörterung mit diesem nervösen jungen Mann sich für ihn in irgendeiner Weise gelohnt hätte. Nach einer Fachsimpelei über Autos oder Tuning stand Magnus nicht der Sinn.

Als sie in die Hofeinfahrt der Werkstatt bogen, bremste sein Fahrer den Lieferwagen jedoch so abrupt ab, dass Magnus ein gezischtes »Hey, hast du den Arsch auf?« entfuhr.

Doch der andere deutete nur mit dem Kopf nach vorn, und Magnus schluckte. Sie hatten sich den denkbar ungünstigsten Zeitpunkt für ihre Rückkehr ausgesucht. Ein Polizeiwagen stand in der Einfahrt, dazu noch ein paar andere Autos, und einige Männer liefen auf dem Hof herum.

»Scheißdreck«, schimpfte Magnus. »Dreh um und hau ab, aber nicht zu schnell, sonst haben wir sie am Hals.« Er öffnete das Handschuhfach und zog eine Baseballkappe heraus, die er sich tief ins Gesicht zog. Christophorus wollte eben wenden, wurde jedoch von einem der auf dem Hof herumlaufenden Männer, einem untersetzten, rotwangigen Mann mit Trachtenjanker, aufgehalten, der wild winkend auf sie zukam.

»Was machen wir jetzt?«, fragte Christophorus mit hoher Stimme, an der Magnus erkannte, dass seine Nerven schon wieder flatterten. Seine linke Hand wanderte unsicher nach unten ins Ablagefach der Fahrertür.

»Willst du uns umbringen?«, stieß Magnus zischend hervor, denn er wusste, was Christophorus dort suchte: die Pistole, die er immer griffbereit im Auto hatte. »Vergiss es! Habt ihr zu viele Gangsterfilme gesehen, oder was? Überlass einfach mir das Reden, aber lass das Arschloch nach Möglichkeit nicht in den Wagen schauen, kapiert?«

Christophorus nickte zwar, ließ seine Hand aber auf dem kühlen Metall des Pistolenlaufs ruhen. Allein die Berührung mit der Waffe beruhigte ihn.

Der Mann hatte sie inzwischen erreicht und deutete mit einer Kurbelbewegung an, dass sie das Fenster herunterlassen sollten. Christophorus lehnte den Kopf ein Stück nach draußen, und Magnus rief vom Beifahrersitz: »Was gibt's denn?«

»Kluftinger, Kriminalpolizei Kempten. Was wollen Sie denn hier?« Er versuchte an Christophorus vorbei ins Innere zu spähen.

»Wir wollten eigentlich zur Firma Sauter. Eine Lackiererei. Muss hier irgendwo in der Nähe sein.«

Der Polizist dachte nicht lange nach. »Ja, das ist nicht weit. Als Württemberger kann man sich da schon mal verfahren, gell?« Er blinzelte ihnen zu.

»Wieso denn als …«, begann Christophorus, doch ein unsanfter Hieb seines Beifahrers in die Niere verhinderte, dass er den Satz zu Ende führte.

»Können Sie uns denn den Weg kurz beschreiben?«, fragte Magnus schnell.

»Ja freilich, kein Problem. Sie müssen eigentlich nur hier raus, dann an der T-Kreuzung nach rechts, und wenn Sie an der Ampel links abbiegen, sehen Sie es kurz danach auf der linken Seite.«

»Okay, danke!«, entgegnete Magnus. Christophorus drehte die Scheibe wieder hoch und setzte den Kastenwagen zurück, um in der engen Hofeinfahrt zu wenden, da kam der Mann noch einmal zurück.

»Fuck«, entfuhr es Christophorus.

»Passen Sie auf den BMW auf, der gehört meinem Kollegen, fast schon ein Oldtimer das Ding. Da ist er sehr pingelig«, rief der Polizeibeamte, hob seinen rechten Arm und wies sie ein. Dann hob er die Hand zum Abschied, und Christophorus gab Gas.

»Was für ein Idiot«, sagte er kopfschüttelnd, als sie um die Ecke gebogen und die Beamten außer Sicht waren. »Weist der uns noch ein! Ich hab gedacht, ich krieg die Krise, als er noch mal zurückgekommen ist.« Er zündete sich eine Zigarette an.

»Ja, wie heißt es so schön«, sagte Magnus grinsend, »die Polizei, dein Freund und Helfer!«

Kluftinger betrat den Hausgang und schmetterte wie immer, wenn er nach Hause kam, ein »Bin dahoim!« in die Wohnung – ein Gruß, der jedoch unbeantwortet blieb. Markus und Yumiko schienen nicht zu Hause zu sein, seine Frau hörte er in der Küche telefonieren. In aller Ruhe zog er sich die Haferlschuhe aus und schlüpfte in seine Fellclogs, ein Ritual, mit dem stets der Feierabend begann und aus dem Kriminalhauptkommissar der Privatmensch Kluftinger wurde. Er freute sich auf einen gemütlichen Fernsehabend zu Hause. Auch wenn er wusste, dass heute nicht er, sondern Markus Herr über die Fernbedienung sein würde, war er froh, dass die ganze Familie vereint war. Er musste sich nicht einmal Gedanken darüber machen, wie er am nächsten Morgen ins Büro käme: Er hatte Richard Maier gebeten, ihn mitzunehmen, schließlich lag Altusried auf dessen Weg zur Arbeit.

Außerdem hatte er sich vorher von ihm bei der Kirche absetzen lassen und dort noch einmal für die unversehrte Rückkehr seines Wagens bei der Muttergottes gebetet, dies durch einen Eintrag ins Anliegenbuch untermauert und dann sogar drei Kerzen angezündet. Statt zwei Euro zehn hatte er obendrein einen Fünfer in den Opferstock gegeben – vorwiegend freilich, weil er kein Kleingeld eingesteckt hatte. Einigermaßen zuversichtlich, was die bevorzugte Behandlung seines Anliegens *da oben* angesichts der großzügigen Spende anging, hatte er sich auf den Heimweg gemacht.

Als Kluftinger in die Küche trat, wurde ihm schon nach wenigen Worten klar, mit wem Erika da gerade telefonierte: Dieser aufgeregte Plauderton war typisch für Gespräche mit ihrer besten Freundin Annegret Langhammer. Erika begrüßte ihn mit Kussmund und zeigte auf das Telefon.

»Er sieht schlecht aus«, sagte sie dann, worauf Kluftinger fragte »Wer?«, von Erika aber nur ein Kopfschütteln erntete. Offenbar hatte sie nicht mit ihm gesprochen. Allerdings über ihn, wie ihm aus dem weiteren Verlauf der Unterhaltung klar wurde.

Er zuckte die Achseln und nahm sich ein Bier aus dem Kühlschrank.

»Mach ruhig auf!«, sagte Erika.

»Freilich, das hatte ich auch vor.«

»Nein, nicht du, die Annegret. Der Martin kommt grad.« Sie wartete ein paar Sekunden auf eine Reaktion. Als diese ausblieb, sagte sie: »Schöne Grüße.«

»Von wem?«

Sie hielt die Hand vor die Sprechmuschel und zischte: »An den Martin. Von dir.«

»Von mir?«

»Auch schöne Grüße!«, sagte sie wieder laut.

»Wieder von mir?«

»Nein, an dich.«

»Ach so.« Er wollte gerade die Küche verlassen, da hielt ihn seine Frau zurück: »Der Martin will wissen, wie's bei der Arbeit geht.«

Kluftinger blickte sie missmutig an. »Gut. Wenn man davon absieht, dass mich der Lodenbacher bei einem Benefiz-Golfturnier dabeihaben will …«

»Ja? Stell dir vor, der Polizeipräsident will, dass er an einem Promi-Golfturnier teilnimmt!«

Kluftinger sah sie mit zusammengezogenen Brauen an. »Was?«, fragte er verwirrt. »Der Doktor auch?«

»Wie?«

»Der Langhammer spielt auch beim Golfturnier mit?«

»Nein, du! Ja, er.«

Kluftinger schwirrte der Kopf. Wenn seine Frau über fünf Ecken telefonierte, stieg er regelmäßig aus.

»Die Annegret sagt, der Martin sagt, du sollst bei ihm vorbeikommen«, sagte sie.

Kluftinger erschrak.

»Wegen dem Golf, gell, Annegret?«, versicherte sich Erika. »Der Martin hat einen Golfsimulator.«

»Ja, des passt!«, brummte der Kommissar mit ironischem Unterton und verließ die Küche.

»Es passt ihm gut, sagt er. Er freut sich!«

Kluftinger machte auf dem Absatz kehrt und zischte Erika wild gestikulierend zu: »Nein, ich sag zu ihm. Es passt zu ihm. Zum Doktor!«

»Ja, er sagt zu! Bis später Annegret, und vielen Dank gleich mal!«

Kluftinger schüttelte den Kopf. Keine zehn Pferde würden ihn heute noch aus seinem Sessel bringen, und das Allerletzte, was er sich vorstellen konnte, war, einen Abend lang dem Doktor und einer seiner Maschinen ausgeliefert zu sein.

»Wir brauchen noch ein kleines Mitbringsel, wenn der Martin schon seinen Feierabend opfert, um mit dir zu üben!«, trällerte Erika eine halbe Stunde später aus dem Flur. »Nimm doch bitte die Pralinen mit. Die, die in der Speis im Regal stehen!«

»Die aus Schokolade?«

»Nein, die aus Belgien.«

Der Kommissar seufzte resigniert. Wieder hatte seine Frau ihn rumgekriegt. Natürlich. Sie hatte ihn vor die Wahl gestellt: ins Möbelhaus fahren, um einen neuen Teppich auszusuchen, oder alternativ der Besuch bei Doktors. In Ermangelung eines Fahrzeugs war ihm nur eine Wahl geblieben. Und da angesichts der immer wahrscheinlicher werdenden Tatsache, dass der Passat unwiederbringlich verloren war, noch genügend familiärer Ärger auf ihn zukäme, hatte sich Kluftinger zähneknirschend gefügt.

Er hielt die Pralinenpackung in der Hand. Vierhundertfünfzig Gramm. Edle, per Hand hergestellte Köstlichkeiten. Seine Mutter hatte sie ihnen geschenkt, weil er sie so gerne mochte, weswegen er sie nun nicht kampflos dem Doktor überlassen wollte. Noch dazu, wo der sich doch immer so gesund ernährte und sie wahrscheinlich ebenfalls weiterverschenken würde.

»Die hat mir die Mutter geschenkt, die kann ich nicht hergeben«, rief er seiner Frau zu.

»Wird sie ja nicht erfahren.«

Er überlegte fieberhaft und beschloss schließlich, ein wenig zu improvisieren: Er riss die Packung auf und entnahm ihr einige Pralinen, wobei er vorher anhand der Legende auf der Unterseite diejenigen auswählte, die er nicht mochte. Dann packte er die vier Blätterkrokant-, zwei Schichtnougat- und drei Ingwermarzipanpralinen vorsichtig in ein Stück Alufolie. Als er fertig war, hielt er einen unförmigen, glitzernden Klumpen in der Hand. Den würde Erika ihm nie durchgehen lassen. Also riss er erneut etwas Folie ab, wickelte alles darin ein und drehte die überstehenden Enden wie bei einem überdimensionierten Bonbon zusammen. Stolz auf seinen Erfindungsreichtum packte er das Mitbringsel in eine Plastiktüte.

Zunächst genoss Kluftinger den kurzen Spaziergang, der Erika und ihn durch sein geliebtes Heimatörtchen führte, doch je näher sie dem Doktorenbungalow kamen, desto mulmiger wurde ihm. Weiß Gott, welche Demütigungen dort wieder auf ihn warteten. Als ihnen der Arzt die Tür öffnete, war dem Kommissar klar, dass es noch schlimmer kommen würde, als er befürchtet hatte: Langhammer war von Kopf bis Fuß in Karo gewandet.

»Sieht gut aus und ist trotzdem atmungsaktiv«, beantwortete der Doktor Kluftingers ungläubigen Blick. Dass er nicht mit dem sicherlich horrenden Preis prahlte, wertete der Kommissar unter diesen Umständen schon als Hoffnungsschimmer für die kommenden Stunden.

Die Hoffnung verflog, als ihm der Arzt forsch auf die Schulter klopfte und entzückt ausrief: »So, mein Adept ist da!«

Kluftinger lief rot an. Er war kaum zehn Sekunden hier, und schon musste er sich beleidigen lassen! »Selber Depp«, grummelte Kluftinger kaum hörbar und drückte dem karierten Doktor seine Windjacke in die Hand.

»Wie meinen Sie, mein Lieber?«

»Ich … wollt Ihnen noch … was zum Schlecken geben!« Er hielt seine Plastiktüte hoch. Kluftinger bemerkte die Aufschrift erst, als der Doktor sie laut verlas: *»Rose of Eden – Miederwaren und Dessous.«* Er blickte den Kommissar über den Rand seiner riesigen Brille an: »Na, was bringen Sie uns denn da Spannendes zum Schlecken mit, mein Bester?«

Erika sah ihren Mann pikiert an, doch der hatte sich schnell wieder gefangen: »Keine Sorge, nicht das, was draufsteht. Nur Pralinen, das ist eh passender in Ihrem Alter. Die Tüte ist auch nicht von mir, die hat unsere Schwiegertochter mitgebracht.«

»Schwiegertochter? Na hör ich denn da die Hochzeitsglocken läuten im Hause Kluftinger?«

Der Kommissar war erleichtert, dass Langhammer den Köder gleich geschnappt hatte und damit das schlüpfrige Thema vom Tisch war. »Schon.«

»Habe ich was von Hochzeit gehört?«, jubilierte eine Frauenstimme, im selben Moment öffnete sich die Windfangtür, und Annegret Langhammer begrüßte Erika mit einer Umarmung, während sie Kluftingers dargebotene Hand mit beiden Händen umschloss. »Erika, du musst mir unbedingt alles sofort erzählen. Ich bin ja so neugierig! Komm ins Wohnzimmer, ich hab uns schon einen Algendrink gemacht.«

Kluftinger blieb allein mit dem Doktor zurück. »Der Algendrink ist *die* neue Wunderwaffe gegen Fett. Thalasso, wenn Ihnen das etwas sagt. Alles Biomasse. Wir züchten die kleinen grünen Dinger selber. Möchten Sie auch einen? Da kann man sogar mal sündigen und sich solche …« Er hielt inne und sah in die Tüte, die er noch immer in Händen hatte, dann zog er die Brauen zusammen, stellte den Beutel ab und fuhr fort: »Solche … wie auch immer gearteten Süßwaren gönnen.«

»Danke, mit Biomasse heiz ich lieber«, gab Kluftinger zurück. »Ich tät dann grad ein Bier nehmen.«

»Haben wir, gar kein Problem. Sogar nach den Mondphasen gebrautes Biobier aus Dinkel. Eine Köstlichkeit für Kenner, Sie werden sehen. Gehen Sie doch schon vor in den Keller, ich hole Ihnen nur noch schnell ein Glas.« Mit diesen Worten deutete Langhammer auf die offene Tür und verschwand.

Der Kommissar blickte die Stufen hinab: Dort unten erwartete ihn Neuland. Noch nie hatte er diese Räume betreten. Schon auf dem Weg hinunter ins *Verlies,* wie er es gedanklich getauft hatte, präsentierte es sich wie ein Gegenentwurf zum kluftingerschen Untergeschoss: Kein Stäubchen lag auf dem Boden, nirgends stand etwas herum, die blütenweißen Wände wurden durch indirekte Beleuchtung erhellt. Selbst der Kellergang war blitzblank und aufgeräumt. Nirgends ein Regal, kein Getränkekasten, nicht einmal ein Karton. *Wozu dann einen Keller?*, fragte Kluftinger sich. Er passierte einige geschlossene Türen, die mit kleinen Messingschildchen versehen waren, und schüttelte den Kopf. Was waren das nur für Menschen, die ihren Lebensmittelkeller »Vinothek« nannten?

»Schauen Sie sich ruhig um!« Langhammer hatte sich wieder zu ihm gesellt.

»Danke, ich hab genug gesehen«, brummte Kluftinger.

Der Doktor führte ihn zu einem Raum, der mit »Bar/Home-

Cinema/Indoorgolf« beschriftet war. Davor befand sich ein kleines Bänkchen, auf dem Langhammer Platz nahm, sich ein paar Lederschuhe mit Stollen griff und anzog. Seine pinkfarbenen Plastikclogs stellte er daneben ab.

»Wegen des Parketts kann ich die Golfschuhe erst hier anlegen. Ich hab zwei Gästepaare, nehmen Sie sich einfach das, das Ihnen am besten passt!«, tönte Langhammer mit einer einladenden Handbewegung und verschwand in der Tür. Kluftingers Blick fiel auf zwei paar ausgeleierte, lederne Golfschuhe, dann auf seine Füße: Er hatte nur Sandalen an – ohne Socken. Die Leihschuhe erinnerten ihn an den Turnunterricht in der Grundschule: Dort hatte es eine Kiste gegeben, in der alle liegen gebliebenen Sportsachen der letzten Jahrzehnte aufbewahrt wurden. Und immer wenn einer der Jungen aus Kluftingers Klasse den Turnbeutel vergessen hatte, musste er die Sachen aus der Kiste nehmen. Noch heute bekam er eine Gänsehaut, wenn er an den Tag dachte, als ihm sein Lehrer eine dunkelblaue Mädchenstrumpfhose mit dem Befehl »Anziehen!« hingehalten hatte …

Der Kommissar sah sich um und entdeckte eine Tür mit der Aufschrift »Laundry«. Er wusste nicht, was das hieß, knipste das Licht an und fand einen Korb mit säuberlich zusammengelegter Wäsche. Er musste nicht lange suchen, bis er ein Paar blauer, weicher Baumwollsocken in Händen hielt. Schnell zog er sie an und schlüpfte dann in die Lederschuhe, die ihm, wie die Socken, ein bisschen zu eng waren. Aber für die paar Minuten, die er hier unten zu verbringen gedachte, würde er das schon aushalten. Er war sich außerdem sicher, dass die seelische Pein, die ihn erwartete, die körperlichen Schmerzen in den Hintergrund drängen würde. Dann atmete er tief durch, bekreuzigte sich und zog die Tür zum langhammerschen Hobbyraum auf. Dort war es stockdunkel. »Herr Langhammer?«, rief er.

»Gleich, gleich«, schallte es ihm aus dem Herzen der Finsternis entgegen. Dann blendete den Kommissar gleißendes Halogenlicht, in dessen Strahlen der Doktor mit ausgebreiteten Armen stand und feierlich sagte: »Ich präsentiere Ihnen den GOLFSIMPRO 3000! Versehen mit einem Quad-Core-Prozessor, einer Vier-Gigabyte-Grafikkarte und Radarsensor. Das Neueste, was auf dem Markt für den ambitionierten Heimanwender zu bekommen ist. Es gibt Kreuzfahrtschiffe, die mit deutlich weniger anspruchsvollen Geräten ausgestattet sind. Aber Vorsicht, mein lieber Kluftinger, das Equipment ist ziemlich teuer.«

»Ich will aber nur spielen und nicht kaufen!« Dann sah Kluftinger, wo er überhaupt stand: Der Tür gegenüber hing eine große Leinwand schlaff von der Decke, dahinter zeichnete sich unter einigen weißen Leintüchern ein Tresen mit rustikalen Barhockern ab, die Fläche davor war mit Kunstrasen ausgelegt. An der Decke war ein Beamer befestigt, der ein buntes Testbild auf die Leinwand projizierte. Die Wände zierten zahlreiche Poster, die Golfspieler in Aktion zeigten. Langhammer stand an einem Pult, auf dem sich ein Laptop nebst einer Videokamera befand.

»Mein lieber Kluftinger, treten Sie bitte hinter die Abschlaglinie zurück!«

Der Kommissar stellte sich widerwillig hinter einen weißen Strich auf dem Rasen, während der Doktor das Kameraobjektiv in seine Richtung drehte. »Sie filmen das fei nicht, gell?«

Der Arzt legte die Stirn in Falten. »Ich muss die Kamera schon laufen lassen, schließlich muss der Computer Ihren Schwung ja umrechnen. Aber keine Sorge, ich werde nichts davon ins Internet stellen. Fürs Erste jedenfalls!«

Der Kommissar sah auf die Uhr. *Maximal noch fünf Minuten*, dachte er.

»Nennen Sie mir jetzt Ihren Lieblingsgolfplatz!«, forderte Langhammer ihn auf.

»Meinen Lieblings…dings?«

»Also ich würde Bahrain empfehlen. Eine tolle Anlage, alles, was das Herz begehrt, mit herrlichen Sandbunkern!«

Kluftinger schüttelte vehement den Kopf. »Nein. Auf keinen Fall. Ein Golfplatz mitten in der Wüste! Die haben sie doch nicht mehr alle! Wir nehmen den Platz in Ottobeuren.« Das war schließlich der Einzige, den er wirklich kannte.

»Also, Ottobeuren hat der Computer nicht. Wie wäre es mit Sydney?«

»Viel zu weit! Hellengerst von mir aus. Oder, wenn's sein muss, den Platz in Wiggensbach, da beim Windrad oben!«

»Aber, mein Lieber, ich habe hier nur Plätze von internationalem Rang! Wenn Sie möchten, hätte ich auch Palma de Mallorca im Angebot!«

»Viel zu überlaufen.«

»Wissen Sie was?«, versetzte der Doktor ungeduldig. »Wir nehmen einfach Musterplatz A, das ist was für Anfänger. So, und jetzt kommen Sie mal zu mir, dann kann ich Ihnen die 3-D-Sensoren applizieren.«

»Applizieren?«, wiederholte Kluftinger. Ihm wurde angst und bange.

»Keine Sorge, das tut nicht weh. Es handelt sich lediglich um Klebepunkte, die dem System ermöglichen, eine genaue Schwunganalyse vorzunehmen«, sagte Langhammer mit dozierender Arztstimme. Dann musterte er sein Gegenüber und ergänzte mit spöttisch nach oben gezogenen Mundwinkeln: »Sie müssen sich nicht einmal ausziehen dafür.«

Kluftinger sah ein, dass er gegen den Enthusiasmus des Quacksalbers heute nicht mehr genügend Gegenwehr aufzubieten hatte. Freudig pfeifend versah der sogleich Kluftingers Arm- und Beingelenke mit denselben kleinen, silbrigen Klebepunkten, die bereits an seiner Kleidung glitzerten. Dabei machte Kluftinger jedes Mal einen Satz, wenn er Körperstellen zu nahe kam, die allein seiner Frau vorbehalten waren.

»So, bis der Computer hochgefahren ist, sollten wir uns ein bisschen aufwärmen«, schlug Langhammer vor. »Diese schnellen Bewegungen sind Gift für die Bänder, wenn man nicht gedehnt ist. Ich bediene mich einiger Stellungen aus dem Qigong.«

»Hm?«, fragte Kluftinger, dem dieses »Tschi« schon mehrmals untergekommen war, jedoch nie in einer Situation, an die er sich gerne erinnerte.

»Vielleicht versuchen Sie es einfach mit Skigymnastik, das erfüllt den gleichen Zweck«, erwiderte Langhammer mitleidig lächelnd. Dann vollführte er seltsam langsame Bewegungen, die er mit allerlei Zischlauten begleitete und die wirkten, als wolle er Kluftinger k.o. schlagen.

»Skigymnastik, hm?«, knurrte Kluftinger, machte zwei Kniebeugen, leerte die Flasche Biobier in einem Zug, schnappte sich einen Schläger und sagte: »Fertig! Und jetzt fangen wir endlich an, sonst ist das Turnier ja vorbei.«

»Wie Sie meinen – jeder ist seines Glückes Schmied«, kommentierte Langhammer und tippte etwas in seinen Computer. Dann drückte er mit einem »Los geht's!« auf seine Fernbedienung, worauf das Licht herunterfuhr und Geräusche aus dem Lautsprecher drangen. Seltsame Geräusche. Kluftinger blickte zur Leinwand. Er sah eine Wiese, doch es war nicht das Grün eines Golfplatzes. Es war eine Art Waldlichtung ... mit einem Pärchen darauf. Einem nackten Pärchen. Einem Pärchen, das ...

Der Blick des Kommissars fuhr zum Doktor. Der fummelte hektisch an seinem Computer herum, zischte dabei einen Fluch und zog schließlich ein Kabel an der Rückseite heraus, worauf das Bild verschwand.

»Also das ist doch die Höhe!«, entfuhr es ihm. Er wischte sich über die Glatze, die im Schein der strahlenden Leinwand knallrot leuchtete. »Ich hatte das Gerät ... in der Reparatur ...«

Der Kommissar grinste. »Da kriegt der Begriff Hobbykeller gleich eine ganz andere Bedeutung, gell? Ist das hier denn ein Golfrasen oder doch eher eine Spielwiese?«

»Wo denken Sie hin? Die müssen einen Virus ... auf die Festplatte ... oder so.«

Kluftinger war die Situation ein inneres Bockbierfest. »Sah mir eher oral als viral aus.«

Der Doktor japste wie ein Fisch auf dem Trockenen und vertiefte sich in seine Tastatur, wobei er etwas murmelte, das wie »konservativ« und »verklemmt« klang. Schließlich hob er den Kopf und deutete mit einem »So!« auf die Leinwand, auf der nun tatsächlich eine Golfbahn zu erkennen war.

Kluftinger, der kein Interesse daran hatte, das Thema zu vertiefen, fragte: »Welchen Schläger?«

»Warten Sie, ich mache es Ihnen am besten vor. Ich muss nur noch schnell die Spieler einstellen. Ich bin Spieler eins, mit dem Namen *Tiger*. Das ist mein Golfpseudonym sozusagen.«

Tiger! Kluftinger biss sich auf die Lippe, um nicht laut loszulachen.

»Und wie darf ich Sie nennen?«

Der Kommissar dachte nach. Dann lächelte er verschlagen und sagte: »Um im Bild zu bleiben: Nennen Sie mich einfach *Langer*.«

»Oh, zu lange gezögert, jetzt hab ich Sie schon Golfer genannt«, sagte Langhammer mit geschürzten Lippen.

Auch gut, dachte Kluftinger.

»Und mit Vornamen Mini.«

Priml.

Dann nahm sich auch der Doktor einen Schläger, legte sich einen Ball zurecht und schlug ihn in Richtung der Leinwand. Dort wurde der Ball durch den lose herabhängenden Stoff gebremst und fiel zu Boden.

Kluftinger hob die Augenbrauen. So sollte man Golf lernen? »Respekt. Zwei Meter. Nicht schlecht für den ersten Schlag«, spottete er. »Vielleicht hätten Sie sich doch noch länger aufwärmen sollen.«

»Ich korrigiere: hundertdreiundachtzig Meter.« Der Doktor zeigte auf die Zahlen am oberen Bildrand. »Ganz ordentlich für Loch Numero eins. Und jetzt Sie!« Er trat ein paar Schritte zurück und beobachtete gespannt den Kommissar.

Der brachte sich in Position und zog den Schläger durch. Mit einem satten Knall traf die Kugel auf die Leinwand. Noch lange, nachdem sie von der Stoffbahn abgeprallt war, zeigte das Bild den Flug eines virtuellen Balls über eine hügelige Landschaft, bis schließlich eine Fahne zu sehen war, die immer größer wurde. Kurz davor blieb der Ball schließlich liegen.

»Au weh, vierundsiebzig Meter weiter«, sagte Kluftinger mit übertrieben erschrockenem Tonfall.

Der Doktor starrte regungslos auf die Leinwand. Dann räusperte er sich und murmelte: »Auch unkonventionelle Wege führen manchmal zum Ziel«, um noch leiser hinzuzufügen, er habe möglicherweise bei Spieler zwei einen zu leichten Schwierigkeitsgrad eingestellt. Mit gerunzelter Stirn begab er sich zum Computer und drehte ihn so, dass der Kommissar keine Sicht mehr auf den Bildschirm hatte. Einige Mausklicks später forderte er den Kommissar auf, erneut abzuschlagen.

Doch die Szenerie auf der Leinwand hatte sich verändert: Statt eines sonnig blauen Himmels brauten sich dunkle Wolken am Horizont zusammen, die Bäume bogen sich in heftigem Wind, Regen peitschte auf den Rasen eines mit Sandbunkern gespickten Kurses. Und unter dem Namen »Mini Golfer« war nun »Handicap: Professional« zu lesen.

Der Kommissar zuckte mit den Achseln, nahm sich willkürlich einen Schläger aus der Tasche, legte sich einen Ball auf die kleine Abschlaghilfe und holte aus. Er spielte mit weniger Wucht als beim ersten Mal, doch wieder flog der Ball kerzengerade auf die Fahne zu. Zu Kluftingers Verwunderung tat sich kurz davor aber auf einmal ein riesiger See auf, und der virtuelle Ball wurde von einer heftigen Böe erfasst, die dafür sorgte, dass er spritzend ins Wasser plumpste. *Mini Golfer: Bitte starten Sie erneut mit Loch eins!,* stand auf einmal quer über der Leinwand.

Dann wechselte das Bild wieder, und auf der Anzeige stand: *Abschlag Tiger.* Unter strahlend blauem Himmel lag Langhammers Ball im Gras. Kein Halm regte sich im Wind. Der Doktor machte sich zum Schlag bereit, zog aber den Schläger zu hoch über den Ball, sodass der nur vom Tee hinunterkullerte und liegen blieb. Geschäftig hob er ihn auf, wirbelte herum und sagte: »Wissen Sie was, ich werde mich jetzt ganz der Analyse Ihres Spiels widmen! Ich kann schließlich jeden Tag hier unten üben. Und wir wollen Sie doch fit machen fürs Turnier, nicht wahr? Wenn Sie möchten, kann ich Sie auch dorthin begleiten und mit Rat unterstützen.«

Für einen Augenblick erwog Kluftinger ernsthaft, eine akute Blinddarmentzündung vorzutäuschen, doch dann entschied er sich dafür, die Sache wie ein Mann durchzustehen.

»Also, wir beginnen noch einmal von vorn. Die Einstellungen bleiben aber, man weiß ja nie, welches Wetter hier im Allgäu so herrscht. Oder sind Sie ein Schönwettergolfer, hm?«

Kluftingers Triumphgefühl über das zeitige Aufgeben des Doktors verlor sich irgendwo zwischen den Sandbunkern, aus denen er in den folgenden, endlosen Minuten abschlagen musste, und versickerte endgültig im *Green*, als er direkt vor der Leinwand *putten* musste, wie der Doktor forderte. Dabei begleitete Langhammer jeden Schlag mit gemurmelten Lauten, etwa »Mhm, mhm, mhm« oder »soso«. Auf Kluftingers Nachfrage erklärte er, dass er sich »im Investigationsmodus« befinde. Kluftinger dagegen war kurz davor, in den »Liquidationsmodus« zu schalten. Jede Golfeuphorie des Kommissars wurde im Keim erstickt: Kaum ein Ball erreichte mehr das gewünschte Ziel, immer wieder bekam er Strafpunkte aufgebrummt und musste von vorn beginnen, bis schließlich die Leinwand rot wurde und ein Text ihn darüber informierte, dass er ein Handicap von fünfzig erreicht habe und im Anfängermodus neu beginnen solle.

»Mann, Mann, Mann, Kluftinger, da haben wir noch ein ganzes Stück Arbeit vor uns!«, kommentierte Langhammer die Anzeige. »Vom Freizeitspieler zum Turniergolfer ist halt doch ein weiter Weg.«

»Sie müssen es ja wissen, Tiger.«

»Ihre Misere beginnt schon bei der falschen Schwungtechnik, wenn Sie mich fragen!«

»Tu ich aber nicht!«

»Wie meinen?«

»Ich frag Sie gar nicht!«

Langhammer ignorierte seinen Einwand, tippte auf dem Laptop herum, bis auf der Leinwand *Schwunganalyse Mini Golfer läuft* zu lesen war. Dann wichen diese Worte dem ernüchternden Ergebnis besagter Analyse.

»Wenig geübte Hobbygolferin!«, wiederholte Langhammer glucksend. »Man möchte meinen, der Simulator habe Humor. Oder kennt er Sie persönlich, mein Lieber?«

»Der ist halt von Ihnen schon versaut«, gab Kluftinger wenig schlagfertig zurück. Er fühlte sich leer und dem Doktor und seinen technischen Gerätschaften hilflos ausgeliefert.

Der stellte nun ein auf das Schwungverhalten von *Mini Golfer* angepasstes Trainingsprogramm ein. Jetzt kommentierte eine Computerstimme seine Schläge. Mal sollte er gleichmäßiger schwingen, mal lockerer stehen, mal mehr Körperspannung zeigen. Kluftinger wurde das dumpfe Gefühl nicht los, dass Langhammer jeden einzelnen Kommentar selbst eingegeben hatte. Als der sich dann auch noch von hinten an den Kommissar schmiegte, seine Arme um ihn schlang, um mit ihm synchron den richtigen Schwung zu üben, schoss dem Kommissar eine Welle Adrenalin durch den Körper, die ihm den Schweiß auf die Stirn trieb. Seine Hände umklammerten den Griff des Schlägers so kräftig, dass seine Fingerknöchel weiß wurden, und er schwang ihn mit Wucht nach hinten, wobei er Langhammers Arme mitriss. Einen Sekundenbruchteil später bohrte sich das Eisen krachend in die Gipskartonplatte der Hobbyraumdecke. Ein wenig weißer Staub rieselte daraus auf die beiden Männer, die vor Schreck erstarrten und dastanden wie zwei Statuen im Schneetreiben.

»Himmelarsch!«, entfuhr es dem Kommissar, wobei er sich aus der Umarmung des Doktors befreite.

Langhammer blieb stumm stehen, den Blick auf den Schaden gerichtet.

»Herr Langhammer, das tut mir leid jetzt. Aber die Decke ist halt wirklich saumäßig niedrig da herin. Wobei, das kann man ja recht einfach wieder spachteln. Ich mach Ihnen das wieder zu!«

»Nein, nein«, winkte Langhammer ab, »da muss schon ein Fachmann ran. Da kann man nicht einfach selber herumdoktern. Das sieht ja unmöglich aus. Lassen Sie mal, trifft ja keinen Armen.«

Schuldbewusst besah sich der Kommissar die Decke und glaubte bei genauerem Hinsehen eine schlecht geflickte Stelle neben dem von ihm verursachten Loch zu erkennen – noch dazu in etwa derselben Größe. Doch er hatte keine Gelegenheit, nachzuhaken, denn im selben Moment wurde oben die Kellertür aufgerissen, und Erika und Annegret stürmten mit besorgten Mienen in den Raum.

»Sagt mal – was war denn hier los?«, fragte Annegret und sah abwechselnd die beiden Männer an.

Kluftinger blickte mit rotem Kopf zu Boden.

»Nun, Personenschäden gibt es keine, aber die ungelenke und rustikale Spielweise unseres lieben Herrn Kluftinger hat für einigen Sachschaden gesorgt«, erklärte der Doktor und zeigte zur Decke.

»Also sag mal, wie hat das denn passieren können? Hättest du denn nicht ein bissle aufpassen können?«, schimpfte Erika. Ihr war die Sache noch peinlicher als ihm selbst, das wusste Kluftinger. An Langhammer gewandt fuhr sie fort: »Er ersetzt euch das natürlich, Martin. Wir kommen für alle Schäden auf, die durch seine Ungeschicklichkeit entstanden sind.«

Kluftinger versuchte zu schlucken, doch sein Mund war so trocken geworden, dass es ihm nicht gelang. Warum musste Erika ihn in solchen Situationen noch extra dastehen lassen wie einen kleinen, ungezogenen Jungen, der von seiner Mutter die Ohren lang gezogen bekommt?

»Ach was, lass mal sein, das ist doch nur der Keller hier«, wiegelte Annegret ab. »Die Hauptsache ist, dass euch nichts passiert ist!«

»Nein, Schmarrn«, insistierte Kluftinger und richtete ebenfalls den Blick nach oben, »ich mach euch das schon wieder ganz. So gut wie bei dem Loch direkt neben meinem bekomm ich das schon auch hin, keine Sorge!«

Die Frauen sahen beide auf, nur Langhammer widmete sich wieder seinem Computer.

»Ach, Martin, deswegen hast du letzte Woche den Gips und die

Spachtel gesucht!«, entfuhr es Annegret. Kluftinger warf ihr einen dankbaren Blick zu.

»So, nun aber Schwamm drüber«, beendete Langhammer die Diskussion, »die alte Kellerdecke ist nicht so wichtig.«

Seine Frau stimmte zu: »Genau, wir wollen noch ein bisschen was sehen von euren Golfkünsten!«

»Er stellt sich recht an, mein Mann, oder, Martin?«, fragte Erika unverblümt.

»Das möchte ich noch nicht einmal sagen. Für den Turniersieg wird es wohl noch nicht ganz reichen, aber ein gewisses Talent ist zu erkennen. Dein Göttergatte hat durchaus ein Händchen für den Golfsport – möchte man gar nicht meinen, wenn man ihn so sieht.«

»*Er* ist übrigens selber da«, knurrte Kluftinger.

»Na ja, wo er so einen geduldigen und guten Lehrer wie dich hat, Martin, da muss ja was hängen bleiben!«

Kluftinger legte die Stirn in Falten. War im Algentrunk etwa Alkohol gewesen?

Auch bei dem von den Frauen geforderten Golfmatch zwischen den beiden Männern feuerte Erika den Hausherrn an, während der Kommissar hin und wieder moralische Unterstützung von Annegret bekam, die ihn als Naturtalent pries. Als Kluftinger beim Putten auf einmal ein »Toor!« entfuhr, war sie die Einzige, die nicht hämisch lachte.

Der kleine freundschaftliche Wettkampf der Männer entwickelte sich so immer mehr zum erbitterten Duell. Mal lag Kluftinger einen Schlag vorn, mal der Doktor. Beim Abschlag zum neunten Loch legte Langhammer eine enorme Weite vor, und Kluftinger war bereit, alles zu geben: Er stellte sich parallel zum Ball, schwang mehrmals über ihn hinweg, fixierte ihn, blickte zur Leinwand und holte aus zu einem perfekten Schwung. Der Kopf des Schlägers traf den Ball mit ungeheurer Wucht ein wenig unterhalb der Mitte. Kluftinger kniff die Augen zusammen. Genau in der Mitte des Bildes traf die weiße Kugel auf und durchschlug die Leinwand mit einem satten Knall, auf den ein lautes Klirren folgte.

»Himmelarsch!«, entfuhr es Kluftinger erneut. Der Doktor blickte bedröppelt drein, die Frauen sahen sich erschrocken an. In der Leinwand klaffte ein langer Riss und gab den Blick auf Langhammers ehemalige Hausbar frei. Der Ball hatte die Glastür eines Hängeschrankes durchschlagen und die darin befindlichen Trinkgläser zerdeppert.

Kluftinger ließ seinen Schläger sinken, und die Computerstimme sagte blechern: *»Neuer Geschwindigkeitsrekord für Minigolfer.«*

»Also wirklich, da können wir jetzt bald nicht mehr hingehen wegen dir!«, schimpfte Erika. Sie hatte ihr Tempo noch einmal beschleunigt, sodass ihr Mann Mühe hatte, mit seinen Sandalen Schritt zu halten.

Au ja, bitte nie mehr!, schoss es ihm durch den Kopf, über seine Lippen kam jedoch nur ein entschuldigendes »Jetzt Erika, wart halt! Ich hab doch versprochen, dass ich morgen ein Leintuch vorbeibring! Und die Annegret hat gesagt, die Bar hätten sie schon lang nicht mehr in Verwendung.«

Mittlerweile waren sie fast zu Hause angekommen.

»Ach, hat sie das, ja? Aber der Martin war nicht gerade erfreut über das Angebot, statt einer Silberleinwand ein altes Leintuch von uns zu bekommen! Und überhaupt: Du hast ja heut anscheinend deine Schwäche für die Annegret entdeckt, oder wie? Gefällt sie dir auf einmal so gut, dass du gleich ihre Socken anziehst?«

Kluftinger wurde rot. Das »Na, na, die Strümpfe meiner Frau lassen Sie aber wohl hier, oder?« des Doktors war die Krönung eines an Peinlichkeiten reichen Abends gewesen.

»Du hast doch dauernd zum Doktor gehalten«, gab sich der Kommissar kampfeslustig. »Von mir aus kannst du auch bei denen im Bett in der Besucherritze schlafen, da brauchst dich schon nicht mehr für mich genieren! So, und jetzt geh ich für meinen Teil rein!«

Damit ließ er seine sprachlose Frau zurück, deren Lippen zu beben begannen. Doch noch bevor er die Tür geöffnet hatte, hielt er inne. In all den Ehejahren hatten sie nie mit einem Grundsatz gebrochen, den ihnen Erikas Vater mit auf den Weg gegeben hatte: niemals im Streit schlafen zu gehen.

Der Kommissar machte kehrt, schluckte allen Ärger hinunter und ging auf seine Frau zu, die sich gern von ihm in die Arme schließen ließ und dabei ein ungemein zärtliches »Du alter Depp!« murmelte.

Mittwoch, 22. September

»Danke fürs Fahren und bis später dann, gell? Und viel Glück.« Kluftinger schlug die Tür von Maiers Fiat Multipla zu und winkte erleichtert grinsend ins Wageninnere. Er war immer froh, aus Maiers Kiste auszusteigen, denn seiner Meinung nach war es eines der hässlichsten Autos, die es je gegeben hatte, auch wenn sein Kollege immer betonte, dass der Wagen schon mehrere Designpreise gewonnen habe. Kluftinger sagte dann immer, dass dies wohl in der Kategorie *größte Kloschüssel* gewesen sein musste.

Mit saurer Miene brauste Maier davon. Der Kommissar hatte dennoch kein schlechtes Gewissen. Gut, Maier würde es schwer haben, um diese Zeit noch einen Parkplatz zu finden. Und zugegebenermaßen waren sie deshalb so spät dran, weil er noch nicht fertig gewesen war, als ihn sein Kollege abgeholt hatte. Aber was hätte es dem schon gebracht, wenn er sich jetzt mit ihm auf die Suche begeben hätte? Schneller wären sie deswegen auch nicht gewesen. Und so war wenigstens einer von ihnen halbwegs pünktlich.

Er war, wenn man einmal von seiner grundlegenden Missstimmung wegen seines verschwundenen Autos absah, einigermaßen gut aufgelegt, als er den Bürotrakt seiner Abteilung betrat. Zwar hatten sie in den vergangenen eineinhalb Wochen keine nennenswerten Erfolge bei der Suche nach Frau Zahns Mörder gehabt, und vom Passat fehlte nach wie vor jede Spur. Und Maier hatte bei den Kollegen vom Diebstahl herausgefunden, dass denen der Spitzname »Schutzpatron« im Zusammenhang mit spektakulären Einbrüchen zwar mehrmals untergekommen sei, sie ihn aber für eine Legende hielten. Ein Märchen, das von anderen Ganoven zur Ablenkung von eigenen Verbrechen benutzt werde. Es gehe auch die Mär um, dass es sich bei dem Schutzpatron um eine Art Samariter der Unterwelt handele, der seinen »Kollegen« hin und wieder helfend unter die Arme greife.

Was jedoch die Ausstellung in Altusried betraf, hatte Kluftinger ein gutes Gefühl. Er war noch ein paarmal in dem Museum gewesen, das immer mehr Gestalt annahm, und die Sicherheitsvorkehrungen, die man ihnen in weiteren Treffen der Arbeitsgruppe genauer vorgestellt hatte, schienen wirklich beachtlich und sehr durchdacht.

Seine Stimmung wurde noch besser, als er sah, dass auch Sandra Henske wieder aus dem Krankenstand zurückgekehrt war. Er blieb kurz bei ihr stehen und fragte gut gelaunt: »So, war Ihnen heut Morgen gar nicht schlecht?«

Sandy legte ihre Stirn in Falten. Kluftinger lehnte sich über ihren Schreibtisch und fügte in vertraulichem Ton hinzu: »Sie können natürlich jederzeit heim, wenn's Ihnen nicht so gut geht in Ihrem Zustand, das ist doch sonnenklar.«

Da stieg der Sekretärin, die sich eigentlich mehr Gelassenheit für die kommenden Tage vorgenommen hatte, die Zornesröte ins Gesicht: »Ach, mein Zustand, ja? Wenn Sie darauf anspielen wollen, dass ich wegen der Feier in Ihren Augen überreagiert hab, dann sag ich Ihnen gleich ...« Sie hielt inne, weil der Kommissar die Hand gehoben hatte.

»Nicht aufregen, das tut Ihnen gar nicht gut«, sagte er, drehte sich um und ließ eine verdutzte Sandra Henske an ihrem Schreibtisch zurück.

Als sich alle bis auf Richard Maier zur Morgenlage eingefunden hatten, wollte Kluftinger die Besprechung beginnen. Hefele wandte jedoch ein, man müsse ja noch »den Alten« dazurufen, womit natürlich Polizeipräsident Lodenbacher gemeint war.

Kluftinger verzog das Gesicht. »Können wir das nicht wieder irgendwie umgehen?«, fragte er und blickte Hilfe suchend in die Runde. »Das wird dann wieder so kompliziert mit dem Namensagen und so, und bringen tut's eh nix, im Endeffekt.«

»Wir können ja sagen, es war belegt«, schlug Strobl vor.

Dankbar nickte Kluftinger: »Ja, genau, wir rufen hinterher an und sagen, dass wir ihn vorher nicht erreicht haben. Sehr gut. Den braucht wirklich kein Mensch.«

»Ach ja? Redet ihr von mir?« Maier betrat den Raum und blickte die drei forschend an. »Das ist Mobbing, ganz ehrlich. Und du als

Vorgesetzter solltest eigentlich so was unterbinden und nicht auch noch initiieren.«

Kluftinger verstand kein Wort.

»Nein, es reicht«, redete sich Maier in Rage, »erst schickst du mich auf diese Parkplatzodyssee, und dann solche Lästereien. Das geht echt zu weit.«

»Mein Gott, Richie, jetzt komm aber mal wieder runter«, versuchte Hefele den Kollegen zu beruhigen.

»Wir haben doch gar nicht von dir geredet«, warf Strobl ein.

»Aha? Von wem denn dann?«, rief Maier mit schriller Stimme und stemmte die Hände in die Hüften.

»Herrgottzack, vom Lodenbacher, du Depp«, schimpfte Kluftinger.

Maiers Haltung entspannte sich etwas. »Wie? Ach so, ja … sicher, in dem Fall …«

»Jetzt setz dich auf deine vier Buchstaben, und dann fangen wir an.« Der Kommissar wollte nicht noch mehr Zeit vertrödeln. Am Ende würde sich der Präsident doch noch dazuschalten.

»Also, ich habe ein paar sehr aufschlussreiche Sitzungen wegen der Eröffnung in Altusried gehabt. Das Museum ist wirklich bestens gesichert. Aber auch die haben gesagt: Es besteht immer ein Restrisiko. Jedenfalls müssen wir nach wie vor davon ausgehen, dass die Diebe nicht einfach aufgeben. Eugen?«

»Ja, ich bin mir sicher, dass sie nach ihrem überstürzten Aufbruch aus der Werkstatt genau verfolgt haben, was wir in der Sache unternehmen, und es dürfte ihnen nicht entgangen sein, dass der Tod der Alten inzwischen als Mord identifiziert worden ist. Das ist einerseits gut, weil wir ihnen sonst gar nicht auf die Spur gekommen wären. Andererseits wissen wir natürlich nicht, ob sie ihre Pläne jetzt nicht ändern.«

»Wo ist denn der Schatz gerade?«, wollte Kluftinger wissen.

Die Kollegen zuckten mit den Schultern.

»Wieso?«, fragte Hefele.

»Mei, wenn sie hier jetzt ihre Felle davonschwimmen sehen, vielleicht versuchen sie es dann woanders.«

Zehn Tage zuvor

»Lasset uns sehen, welch Mühselige und Beladene sich heute mit ihren Nöten an den Schutzpatron wenden«, murmelte Magnus halblaut, als er den Laptop hochfuhr. Ein Grinsen machte sich auf seinem Gesicht breit. Er saß auf dem Beifahrersitz seines Porsches, und nur der Schein des Bildschirms erhellte sein Gesicht. Er hatte sich ein ausgeklügeltes Netz an weitergeleiteten E-Mail-Adressen zugelegt, das es ihm ermöglichte, unauffindbar und trotzdem erreichbar zu sein für all die lukrativen Angebote, mit denen er seinen aufwendigen Lebensstil finanzierte. Immer wieder meldeten sich aber auch kleinere Gauner, die aus den verschiedensten Gründen in Bedrängnis geraten waren. Es hatte sich herumgesprochen, dass er in manchen Fällen seinen »Kollegen« Hilfe leistete – nicht umsonst wurde er der Schutzpatron genannt. Er kleidete sich gern in den Mantel des selbstlosen Gönners, immerhin hatte er ein großes Erbe angetreten.

Hatte er Interesse an den Leuten oder an dem, was sie ihm anboten, konnte er aus der sicheren Distanz, die ihm die Anonymität des Netzes bot, entscheiden, ob er sich meldete oder eben nicht. Allerdings musste er aufpassen: Je mehr Leute ihm schrieben, desto größer wurde auch die Gefahr, irgendeinem verdeckten Ermittler der Polizei in die Falle zu gehen.

Doch heute brauchte er sich keine Sorgen zu machen, denn den Absender der einzigen Nachricht, die sich in seiner Mailbox befand, kannte er seit Jahrzehnten. Umso nervöser war er jetzt, als er die Nachricht öffnete, die erst vor wenigen Minuten abgeschickt worden war. Seine Hände begannen zu schwitzen, als er zu lesen anfing:

Sei gegrüßt, Albert, mein Junge!
Verzeih mir, dass ich Dich nach wie vor so anspreche, aber ich habe Deinen Weg sehr genau verfolgt, und nach dem, was ich jetzt höre, zweifle ich daran, dass ein anderer Titel angemessen wäre. Hast Du denn gar nichts von mir gelernt?

Wahrscheinlich dachtest Du, nie wieder von mir zu hören – aber ich habe das Gefühl, Du seist vom rechten Pfad abgekommen. Ich habe noch immer meine Quellen und bin auf dem Laufenden, was zurzeit so passiert. Dein steigendes Ansehen in der Szene habe ich mit Genugtuung beobachtet. Du hattest Dich so gut entwickelt. Doch nun? Nun gehst Du über Leichen! Ich bin enttäuscht von Dir, mein Lieber, das sage ich ganz offen.

Magnus blickte durch die Scheibe seines Autos nach draußen. Er schwankte zwischen Wut und Enttäuschung wegen der gerade gelesenen Zeilen. Natürlich hatte er diesen Zwischenfall nicht gewollt. Aber die Zeiten hatten sich eben auch geändert, das musste selbst der Absender einsehen. Er atmete tief durch, dann las er weiter:

Dennoch kann ich nicht verhehlen, dass mich Dein neuestes Projekt sehr interessiert. Du wirst Dir denken können, warum ... Ich finde auch interessant, wie Du es anstellen willst – Du beherrschst dein Handwerk, gehst individuelle Wege. Und doch lass Dir gesagt sein: So wirst Du nicht zum Ziel gelangen. Bedenke: Was ich weiß, wissen auch andere. Ich glaube, Du tätest gut daran, ein weiteres Mal auf meine Erfahrung zu vertrauen.
In Erwartung Deiner Nachricht
Dein Lehrer

Magnus kniff die Augen zusammen und strich sich mit der Hand über sein zerknittertes Gesicht. Wieder und wieder las er die Nachricht. Was konnte er daraus schließen? Konnte er dem Absender vertrauen? Sollte der Mailschreiber tatsächlich wichtige Informationen für ihn haben, wäre es töricht, sie einfach zu ignorieren. Tipps aus dieser Quelle waren buchstäblich Gold wert. Er lehnte sich in seinem Sitz zurück und dachte nach. Dann nahm er einen Taschenrechner zur Hand und tippte eine Weile darauf herum, um sich schließlich wieder dem Computerbildschirm zuzuwenden. Er fuhr mit dem Mauszeiger zum Antwortbutton und begann dann einen Text zu tippen, wobei er seine Sätze immer wieder löschte und neu formulierte. Nach einigen Minuten las er sich noch einmal durch, was er schließlich geschrieben hatte:

Lieber Lehrmeister!
Wie schön, von Dir zu hören, und wie schön, dass Du nach wie vor Interesse an der Arbeit hast! Du weißt, wie wichtig mir Dein Rat schon immer war – ich hätte nicht gewagt, mich bei Dir zu melden, aber bei diesem Job bist Du ja, wie es scheint, nach wie vor ein absoluter Insider! Ich bin froh, Dich auf meiner Seite zu wissen! Ich beteilige Dich natürlich im üblichen Rahmen an meinem Anteil – Du kennst die Regeln und wirst Dir ausrechnen können, dass das nicht wenig ist. Und das Risiko liegt ja nach wie vor bei mir! Bitte schicke mir umgehend genaue Anweisungen, was Deiner Meinung nach zu tun ist!
Ach ja, zu Deiner Anspielung auf den kleinen Zwischenfall mit der alten Frau: Heute herrschen ein wenig andere Spielregeln als in der guten alten Zeit. Mehr gibt es dazu nicht zu sagen.
Magnus

Er nickte, war zufrieden mit dem Ergebnis und schickte die Mail ab. Er war sich sicher, dass der andere gespannt auf seine Antwort wartete.

Er ließ das Fenster herunter, sog die kühle, fast schon herbstliche Luft in seine Lungen und zündete sich eine Zigarette an. Er hätte nicht sagen können, wie lange er so dasaß, wie viele Autos durch den gelblichblassen Schein der Straßenlaternen an ihm vorbeigefahren waren, namenlose Menschen mit unbekannten Zielen, als ihn ein leises Klingelsignal zusammenfahren ließ. »Sie haben Post«, tönte kurz danach eine blecherne Stimme aus dem kleinen Lautsprecher seines Computers. Eilig schloss er das Fenster und las die neue Mail:

Lieber Albert,
Wenn Du je auf meinen Rat etwas gegeben hast, halte Dich genau an die Anweisungen: Wir brauchen ein Faksimile, sonst geht es nicht.

Magnus lächelte. So weit war er auch schon. Was er dann aber las, überraschte ihn doch weit mehr, als er zugegeben hätte.

Es ist die einzige Möglichkeit, es unter den Umständen noch durchzuziehen. Also hör gut zu: Du fährst nach Wien, und zwar möglichst bald! Dort machst Du Folgendes …

Die Frage nach dem aktuellen Aufenthaltsort des Schatzes stand ein paar Sekunden im Raum, dann sagte Hefele: »Freilich. Das ist ja im Moment noch eine Wanderausstellung. Ich weiß aber nicht, wo.«

»Das wird nicht schwer rauszufinden sein«, sagte Strobl. »Google es doch schnell mal«, forderte er seinen Chef auf.

Kluftingers Augen verengten sich. Wollte Strobl seine PC-Kenntnisse vor den anderen testen? Das konnte er haben. Google war eine Suchmaschine, das wusste er längst. Und er kannte sogar die Adresse: »Wewewe, guggl Punkt de eh«, sagte er langsam, während er die Buchstaben mit zwei Fingern in die Adresszeile tippte. Als die Seite erschien, überlegte er eine Weile, welches Schlagwort er in das Suchfeld eingeben sollte. Sein Sohn hatte ihm erklärt, dass man die besten Ergebnisse erziele, wenn man vollständige Fragen stellte. Also schrieb er: *Wo ist der Schatz gerade?*

Sekundenbruchteile später erschienen die Suchergebnisse, doch schon beim ersten Überfliegen stellte der Kommissar fest, dass die ihm wohl kaum weiterhelfen würden, auch wenn ihn *»die dümmsten Antworten auf die Frage: Schatz, was denkst du gerade?«* durchaus interessiert hätten. Schnell war ihm klar, warum die Ergebnisse so nutzlos waren: Er hatte in der Eile vergessen einzugeben, um welchen Schatz es eigentlich ging. Also ergänzte er die Suchfrage: *Ich meine den Altusrieder.* Doch auch das brachte bis auf den Hinweis auf eine abendliche Gesangsveranstaltung in seinem Heimatdorf und das Angebot, Mitglied der *Pilzfreunde e. V.* zu werden, keinen Informationsgewinn.

»Und?«, fragte Strobl nach einer ganzen Weile.

»Mei, so direkt jetzt nix«, antwortete Kluftinger. »Scheint, als hätten die das noch gar nicht aufm Netz.«

Seine Kollegen nickten sich mit geschürzten Lippen und hochgezogenen Augenbrauen zu. »Ja, genau. Das wird's sein«, spottete Hefele.

»Probier doch mal folgende Eingabe«, schaltete sich Maier ein, »Reliquienschatz, heiliger Magnus, Wien.«

»Das ist doch kein ganzer Satz«, konterte der Kommissar.

»Ja, und?«

»Ich mein ja bloß.«

»Soll das heißen, du weißt, dass das Zeug grad in Wien ist?«, fragte Hefele.

»Ha, ich hab's«, rief Kluftinger plötzlich erfreut aus. »Da steht's: *Ausstellung im Museum für Völkerkunde Wien noch bis 22. September. Legendärer Schatz aus der bayerischen Provinz … aufsehenerregender Zufallsfund aus den Achtzigerjahren … Letzte Station vor der endgültigen Rückkehr in die Heimat.* Sogar eine Telefonnummer steht da. Na also.« Er grinste die Kollegen zufrieden an.

»Wir sollten uns wohl mal mit denen in Verbindung setzen«, schlug Strobl vor. »Nicht, dass euch Altusriedern der einzige Schatz, den ihr jemals hattet, ausgerechnet in Österreich geklaut wird. Wobei, das würd ja eigentlich schon irgendwie …«

»Geschenkt, Eugen, geschenkt«, bremste Kluftinger seinen Kollegen. »Also, ich ruf da nachher gleich mal an. Allerdings sollten wir …«, er kratzte sich am Kopf, um die richtigen Worte zu finden, »… auch die Sache mit den Autoschiebern nicht ganz aus den Augen verlieren. Wer weiß, vielleicht gibt es da doch Verbindungen.«

Die Blicke seiner Kollegen verrieten ihm, dass die diesen Vorschlag reichlich seltsam fanden. Sie artikulierten ihre Einwände jedoch nicht, was Kluftinger fürs Erste genügte. Als sie das Büro verließen, klingelte sein Telefon. Die Nummer auf dem Display zeigte ihm, dass sein Chef anrief, der sich sicher erkundigen wollte, wieso er nicht zur Morgenlage zugeschaltet worden war.

»Ja? Herr Lodenbacher, grüß Gott«, eröffnete Kluftinger jovial das Gespräch. »Wie? Nein, wir haben's ja mehrmals versucht, aber es war immer belegt. Wir wollten mal mit den Kollegen in Österreich Kontakt aufnehmen, Sie wissen ja bestimmt, da wird doch der Schatz gerade ausgestellt … Jedenfalls wollte ich fragen, ob ich da irgendeinen Dienstweg einhalten muss, wegen … ja, verstehe, sehr sensibel, mhm … heikle Sache, natürlich … braucht noch keinen Amtshilfeantrag für einen solchen Informationsaustausch … auf Sie berufen, sicher, das hätte ich natürlich … ja, Pfiagott.«

Kluftinger legte auf. Er war erleichtert, dass ihm die Sache mit der Amtshilfe eingefallen war: Wenn es um solche Dinge ging, vergaß sein Chef sofort Nebensächlichkeiten wie telefonische Konferenzschaltungen.

Anschließend öffnete der Kommissar noch einmal die Internet-Suchseite und gab »Polizei Wien« ein. Die Treffer waren jedoch so zahlreich und unterschiedlich, dass er beschloss, direkt bei der Nummer anzurufen, die auf der Homepage des Völkerkundemuseums angegeben war.

Schon nach dem zweiten Klingeln meldete sich eine Frauenstimme mit unverkennbar österreichischem Akzent, den Kluftinger – im Gegensatz zu vielen seiner bayerischen Landsleute – sehr schätzte.

»Ja, grüß Gott, ich ruf wegen dem Schatz bei Ihnen an«, begann er das Gespräch.

»Möchten Sie die Eintrittspreise wissen, oder was? Sie müssen sich eh beeilen, die Ausstellung läuft nur noch heute«, erwiderte die Stimme gelangweilt. Sie hatte diesen Satz heute wohl nicht zum ersten Mal gesagt.

»Nein, nein, danke, die Preise brauch ich nicht. Ich bräuchte nur ein paar Informationen zur Sicherheit Ihrer Ausstellung. Zur Recherche, wissen Sie? Sagen Sie mal, wie sind denn die Sachen geschützt? Ich meine, alarmmäßig?«

Am anderen Ende blieb es eine Weile still. Dann fragte die Frau: »Wie meinen Sie das?«

»Na ja, der Schatz ist ja ziemlich wertvoll. Mir geht es um Ihr Sicherheitskonzept. Bestimmt haben Sie Überwachungskameras, oder? Und was für eine Alarmanlage, wenn ich fragen darf?«

Er hörte die Frau schwer atmen, dann sagte sie plötzlich: »Moment, ich verbinde!«, und schon war sie weg. Während Kluftinger der Warteschleifenmelodie lauschte, einer Elektroorgelversion des *Radetzkymarsches*, wunderte er sich ein wenig darüber, dass das Gespräch so abrupt zu Ende gegangen war.

»Stadtpolizeikommando Wien«, meldete sich kurz darauf eine männliche Stimme, die um einiges unfreundlicher klang als die seiner vorigen Gesprächspartnerin.

»Kluftinger, grüß Gott, ich habe Ihrer Kollegin schon erzählt …«

»Das war keine Kollegin«, bellte der Mann ins Telefon. »Sie haben Fragen bezüglich der Sicherung der Ausstellungsgegenstände gestellt.«

»Ja, hab ich, ich wollte …«

»Und Sie wollten mehr über den genauen Wert der ausgestellten Gegenstände wissen?«

»Nein, das weiß ich schon, aber ich …«

»Ihre Personalien?«

»Bitte?«

»Ihre Personalien.«

»Also, ich hab schon gesagt, mein Name ist Kluftinger, und ich bin …«

»Wir haben hier Ihre Nummer auf dem Display. Entweder sind Sie sehr gerissen oder sehr dumm. Der Stimme nach zu schließen, tippe ich auf Letzteres. Also bitte: Ihre Personalien.«

Ein paar Sekunden verschlug es dem Kommissar die Sprache. Dann dachte er noch mal über die Gespräche nach und musste sich eingestehen, dass er nicht gerade sensibel vorgegangen war und man durchaus falsche Schlüsse aus seinen Fragen ziehen konnte. Er war einfach nicht richtig bei der Sache gewesen, hatte noch nicht einmal erklärt, wer er war. »Ach so, Entschuldigung, hören Sie, ich bin ein Kollege aus Deutschland …«

»Ja, sicher, und ich Kaiser Franz Joseph.«

Kluftinger seufzte. Er hatte keine Lust, sich mit dem Mann noch weiter auseinanderzusetzen. »Hören Sie«, sagte er sachlich, »ich gebe Ihnen jetzt die zentrale Nummer der Kriminalpolizei aus Kempten im Allgäu. Das ist in Deutschland, in Bayern, um genau zu sein. Sie können die Nummer gern auch überprüfen. Rufen Sie doch bitte da an und lassen Sie sich mit Hauptkommissar Kluftinger verbinden, ja? Das wird mich doch entsprechend legitimieren, denke ich.« Er gab die Nummer durch, legte auf und wartete. Nach einer Minute klingelte das Telefon erneut, und er hob mit den Worten »Kriminalpolizeidirektion Kempten im Allgäu, mein Name ist Kriminalhauptkommissar Kluftinger, was kann ich für Sie tun?« ab.

Am anderen Ende blieb es einen Moment still, dann war eine Stimme zu vernehmen, allerdings nicht wie erwartet mit österreichischem, sondern mit niederbayerischem Akzent: »Herr Kluftinga, so lob ich mir dös. Sie learnen's ja doch no – Respekt!«

»Herr Lodenbacher, ich … ja, wir setzen eben um, was Sie uns auftragen. Sehen Sie, Sie brauchen gar nicht in unserer Nähe zu sein, es läuft trotzdem alles. Jetzt muss ich aber leider auflegen, ich erwarte noch einen Anruf von den österreichischen Kollegen.«

Der Präsident gab ihm noch den Namen eines »hochrangigen« Freundes, wie er betonte, bei der Wiener Polizei durch, bei dem Kluftinger sich notfalls auf ihn berufen könne, dann legte er zufrieden auf.

Sofort klingelte das Telefon wieder, und diesmal war es wirklich der erwartete Anruf aus Wien, allerdings meldete sich diesmal ein sehr viel freundlicher klingender Kollege, der sagte, er werde ihn mit dem Zuständigen verbinden.

Nach einer weiteren Minute in der Warteschleife, die Kluftinger diesmal von der Zithermusik aus *Der dritten Mann* versüßt wurde, was er angenehm selbstironisch fand, wurde der Hörer erneut abgenommen. Statt einer Begrüßung hörte er jedoch erst einmal seltsame Geräusche, die ihn annehmen ließen, die Leitung sei gestört. Dann identifizierte er sie jedoch als eine Mischung aus Husten, Schnauben und Röcheln, und er verzog angewidert das Gesicht. Erst als Kluftinger schon kurz davor war aufzulegen, sagte eine trotz des exzessiven Räusperns noch immer belegte Stimme: »Bydlinski?«

Kluftinger grinste. Das schien ein recht gängiger Name in Österreich zu sein, denn auch er hatte einmal einen Kollegen kennengelernt, der so hieß und zu dem das unappetitliche Japsen gerade eben auch gut gepasst hätte.

»Guten Tag, Herr Kollege, mein Name ist Kluftinger, ich bin Hauptkommissar bei der Kripo Kempten im Allgäu, Deutschland, ich wollte …«

»Jöh, i werd narrisch, der Klufti! Na, also so was, wirklich, heast!«

Die Irritation Kluftingers über die vertrauliche Anrede währte nur kurz, denn jetzt erkannte er die Stimme wieder, und sofort kehrten die Erinnerungen an die nicht immer ganz einfache Zusammenarbeit mit dem Kollegen zurück. Er hätte allerdings nicht mehr sagen können, ob sie sich geduzt oder gesiezt hatten, deswegen versuchte er eine Anrede elegant zu umschiffen.

»Ja, so was … wie man sich doch manchmal wiedertrifft …«

»Ich find's leiwand, dass du dich mal wieder meldest. Wie geht's denn allweil? Und was macht die Sandy?«

Der Kommissar erinnerte sich, dass der Österreicher nach ihrem Fall noch einige Zeit regelmäßig im Allgäu vorbeigeschaut hatte, um dort seine Sekretärin zu besuchen. Sollte *er* vielleicht der Vater …? Aber was ging ihn das an? An solchen Spekulationen beteiligte er sich nicht – und außerdem hatte er Wichtigeres zu tun. »Gut. Und Sandy geht es auch gut. Den Umständen entsprechend … Aber was machst … machen … was treibt einen Bydlinski nach Wien?« Schließlich hatte der österreichische Kollege damals beim Landespolizeikommando in Innsbruck gearbeitet.

»Mei, ich hab halt Heimweh gehabt. Tirol, das ist auf Dauer nix für einen wie mich! Weißt du, wir Wiener, wir sind einfach ein besonderer Menschenschlag.«

Das ist mir nicht entgangen, dachte Kluftinger. »Ja, schon klar. Und jetzt … ist man für Ausstellungen zuständig?«

»Hm? Wer ist zuständig?«

Der Kommissar sah ein, dass es zu kompliziert werden würde, das Gespräch ohne direkte Anrede zu führen, und entschied sich deshalb, Bydlinskis vertraulichen Ton zu übernehmen. »Du bist für die Ausstellung im Völkerkundemuseum zuständig, hat man mir gesagt.«

Ein paar Sekunden blieb es still. »Das ist ja das erste Mal, dass du mich auch duzt. Bist ja gar nicht mehr so verdruckst wie früher! Ja, ich bin zuständig. Es gibt nicht so viele Polizisten, die sich für Kunst interessieren, da hat sich das ergeben. Warum, was gibt's denn?«

Kluftinger gab ihm eine kurze Zusammenfassung der Lage. Als er fertig war, pfiff sein Gesprächspartner durch die Zähne.

»Jetzt liegt natürlich die Vermutung nahe, dass die auch bei euch vorbeischauen könnten«, schloss der Kommissar.

Bydlinski fackelte nicht lange: »Weißt was: Ich fax dir gleich die sicherheitsrelevanten Unterlagen durch. Und den Code, mit dem du dich in die Überwachungskameras einloggen kannst. Dann könnt ihr euch so zumindest mal einen gewissen Überblick verschaffen. Du hast doch in deiner Abteilung eh so einen Technikfreak, so ein penetrantes Gscheithaferl, wie hieß der gleich noch mal?«

Maier, dachte Kluftinger, sagte aber: »Keine Ahnung, wen du meinst.« Dann verabschiedete er sich herzlich, denn er war dem Österreicher für seine unbürokratische Hilfe ehrlich dankbar. Allerdings musste er sich eingestehen, dass er bei ihrer gemeinsamen Arbeit genau wegen dieser flexiblen Auslegung der Vorschriften mehr als einmal die Beherrschung verloren hatte. *Wie sich die Sichtweise doch manchmal ändert,* dachte er.

Als er aufgelegt hatte, rief er seine Sekretärin zu sich: »Sandy, halten Sie mir bitte das Fax frei, ich bekomme wichtige Unterlagen aus Österreich geschickt. Vom Bydlinski, den kennen Sie doch auch noch, gell?« Er grinste. Als Sandy keine Miene verzog, ergänzte er: »Na ja, mit dem haben Sie doch mal …«

»Was denn?« Ihre Augen funkelten angriffslustig.

Kluftinger schluckte. »Sie wissen schon, ge…arbeitet.« Schwangere Frauen waren tickende emotionale Zeitbomben. »Egal, war ja auch schon lange bevor Sie hier, also …«

»Was?«

Der Kommissar blickte auf die Uhr: »Oh, ich muss dann auch mal wieder weiter … dings. Und Sie müssen ja jetzt sicher auch viele neue Verwaltungs…sachen erledigen. Rufen Sie aber bitte vorher noch die die Kollegen rein.«

Einige Minuten später hatten sich alle um die gefaxten Unterlagen versammelt, darunter Pläne des Ausstellungsraumes und schematische Zeichnungen der Alarmanlage. Sie sahen sie sich lange Zeit wortlos an, bewegten ihre Köpfe hin und her, drehten die Pläne mal in die eine, dann wieder in die andere Richtung. Dabei vermieden sie jeglichen Augenkontakt.

»Vielleicht sollten wir die Spezialisten aus der Arbeitsgruppe auch hinzuziehen?«, durchbrach Kluftinger schließlich die Stille.

Sein Vorschlag wurde mit großem Hallo begrüßt: »Tolle Idee«, sagte Hefele, und Strobl schlug ihm sogar anerkennend auf die Schulter.

Acht Tage zuvor

Es war eng in dem Lieferwagen, und die Luft war stickig. Dennoch mussten sie manchmal auf diesen mobilen »Konferenzraum« zurückgreifen, nachdem ihnen ihr eigentliches Basislager abhandengekommen war. Und die alte Hütte ohne elektrisches Licht war auch kein adäquater Ersatz für die Werkstatt. Keiner sagte etwas, alle blickten gespannt auf Magnus. Sie wussten, dass er etwas Wichtiges zu sagen hatte, sonst hätte er sie nicht um diese Zeit hier zusammengetrommelt.

»Es gibt eine kleine Änderung des Plans«, begann er schließlich.

Das Gemurmel, das sich auf diese Ankündigung hin erhob, wurde schnell lauter. »Was?«, »Warum?«, »Welche?«, lauteten die durcheinander gestellten Fragen. Magnus hob beide Hände wie ein Priester und sagte: »Ganz ruhig, ich habe alles im Griff. Agatha und ich werden nach Wien fahren.« Er nickte dem kleinen, untersetzten Mann zu, der in der Ecke an eine der Türen gedrückt saß.

»Was wollt ihr denn da?«, fragte Christophorus mit nervöser Stimme vom Fahrersitz aus.

»Da ist doch grad die Ausstellung, du Idiot«, erwiderte Lucia und verdrehte die Augen.

»Richtig, die Ausstellung«, bestätigte Magnus.

»Wollt ihr etwa ohne uns …?«, begann Servatius, und die Augen des Südländers schimmerten dunkel.

»Keine Angst. Ihr seid alle weiterhin dabei. Und an eurem Anteil ändert sich nichts. Es ist nur eine kleine Modifikation unseres Plans, wie gesagt.«

»Und wie genau sieht die aus?«, wollte Georg wissen. Er saß neben Nikolaus und wirkte an der Seite des Hünen geradezu winzig.

Magnus blickte den drahtigen Mann mitleidig an. »Sankt Georg, du kennst nicht mal den alten Plan in all seinen Details, was würde es dir nutzen, wenn ich dir nun die Änderungen erklärte? Alles, was ihr wissen müsst, werde ich euch sagen.« Dann schlug er wieder seinen Predigerton an. »Fürs Erste muss reichen: Agatha wird sich in Wien in Gefahr begeben. Aber sorget euch nicht – ich werde meine schützende Hand über ihn halten.« Er blickte in fragende Gesichter. Sie konnten mit seiner blumigen Sprache offensichtlich nicht viel anfangen. Ihr Pech, dachte er. Dann fuhr er fort: »Es gibt einen neuen Propheten, der Interessantes zu verkünden hatte. Deswegen die Änderung.«

»Ist jetzt etwa noch jemand im Boot?«, fragte Servatius misstrauisch. Seine schwarzen Augen verengten sich. »Wird unser Anteil jetzt kleiner? Magnus, wir hatten einen ganz klaren Deal!«

»Der natürlich erfüllt wird«, zischte der Schutzpatron. »Noch nie hat jemand, der für mich gearbeitet hat, nicht das gekriegt, was er verdient hat. Und damit genug!«

Servatius entging die Warnung nicht, die in diesen Worten lag, und er schwieg.

»Und wer soll dieser … Prophet sein? Und wie kann er uns helfen?«, meldete sich Georg noch einmal zu Wort.

Magnus grinste. »Ihr müsst einfach glauben, meine Schäfchen. Ihr müsst einfach glauben.«

Etwa eine Stunde später begrüßte Kluftinger im großen Besprechungsraum neben René Preißler, dem Chef des mit der Absicherung der Altusrieder Ausstellung beauftragten Unternehmens *All-Secur*, auch Eva Brandstätter von der Stuttgarter Versicherung. Sie hatte ihren Abteilungsleiter mitgebracht, einen unscheinbaren Mann mittleren Alters namens Rolf Kuffler. Er sei ohnehin gerade im Museum in Kalden gewesen und deswegen gleich mitgekommen. Der Kommissar stellte kurz seine Mitarbeiter vor, und die Anwesenden setzten sich, wähend Maier noch auf einem Laptop tippte. Auf jeden Platz hatte Sandy bereits Kopien der Pläne gelegt, die sie vorher per Fax aus Wien bekommen hatte.

Eine Weile blätterten die Gäste die Unterlagen durch: Pläne des Ausstellungsraums, Beschreibungen der Alarmanlagen und Überwachungssysteme, Tabellen mit Wandstärken von Vitrinen und Gebäuden, Dienstpläne und Arbeitsanweisungen der Wachmänner. Immer wieder war ein Seufzen oder Schnauben der Experten zu vernehmen, Kuffler schüttelte gelegentlich den Kopf und zeigte seiner Mitarbeiterin mit abschätzigem Lächeln etwas auf den Unterlagen.

Kluftinger verstand das als Reaktion auf die schlechte Druckqualität und die schwere Lesbarkeit einiger Pläne. »Sie müssen schon entschuldigen«, begann er sich fast ein wenig verlegen zu rechtfertigen, »die Kollegen aus Wien haben uns die Sachen vor Kurzem erst gefaxt. Aber als Überblick sollte es doch gehen.«

Preißler sah den Kommissar lächelnd an. »Ach was, das reicht fürs Erste. Was uns, glaub ich, alle ein bisschen verwundert, ist die Art und Weise, wie unsere Nachbarn die Sache angehen.«

»Heißt das, Sie finden, dass die Sicherheitsvorkehrungen unzureichend sind?«, hakte Strobl nach.

»Unzureichend würd ich jetzt gar nicht mal sagen: Wie gesagt, sie haben halt eine andere Art, so etwas zu organisieren. Sie machen vieles nach alter Manier. Schauen Sie, während wir uns eher einer hochtechnischen Überwachungselektronik bedienen, lassen die halt den guten alten Nachtwächter patrouillieren – extrem ausgedrückt. Außerdem ist es ja der letzte Tag der Ausstellung, und bis jetzt ist es gut gegangen. Oder was meinen Sie dazu?«, wollte Preißler an die beiden Versicherungsexperten gewandt wissen.

»Im Prinzip, denke ich, trifft es das ganz gut, was Sie sagen«, stimmte Kuffler zu. »Es gibt – immer aus unserer Sicht – schon einige Schwachstellen. Aber das mag auch Ansichtssache sein, das heißt nicht, dass dieser Schatz in Wien leichter zu stehlen wäre oder prinzipiell das Risiko dafür höher wäre.«

»Was wären denn solche Schwachstellen?«, fragte Kluftinger nach.

Diesmal war es Eva Brandstätter, die die Antwort gab: »Nun, die Alarmanlage und an sich die Überwachungstechnik sind nach unserem Dafürhalten … sagen wir … ein wenig ungewöhnlich. Schwachstellen sehe ich vor allem im Fehlen des Laserlichtvorhangs. Aber das Gebäude ist ja schon älter. Interessant wäre es natürlich, mal ein Kamerabild zu sehen, um die Gegebenheiten vor Ort genauer einschätzen zu können …«

»Das dürfte eigentlich kein Problem sein«, unterbrach sie Kluftinger. »Richie, bist du schon so weit?«

Maier nickte eifrig und verkündete, er habe nur noch auf das Startsignal gewartet, um den Beamer einzuschalten. Was die Kameras in Wien in der letzten halben Stunde aufgenommen hätten, habe er zudem auf Festplatte gespeichert.

»Bitte zeig uns doch einfach mal, wie es da im Moment aussieht.«

Maier drückte auf die Fernbedienung, woraufhin die elektrischen Jalousien herunterfuhren, dann schaltete er den Beamer ein, und allmählich gewann das zunächst fahle Rechteck auf der Leinwand an Kontur: Nach kurzer Zeit waren nebeneinander schwarzweiße Bilder von insgesamt sechs Überwachungskameras zu sehen.

Kluftinger kniff die Augen zusammen, um zu identifizieren, was auf den einzelnen Filmchen zu erkennen war: ein Kassenbereich, die Halle eines repräsentativen Baus, ein Garderobenbereich, von dem aus ganz offensichtlich die Besuchertoilette abging, dann die Totale eines weitläufigen Ausstellungsraums mit mehreren Vitrinen und schließlich eine Nahaufnahme eines mächtigen gläsernen Kubus, in dem Kluftinger die Reliquienmonstranz des heiligen Magnus, das Kern- und Prunkstück der Schau, erkannte.

»Wenn es gewünscht wird, kann ich auf jede einzelne Kamera direkt zugreifen und die vergrößern – kein Problem«, erklärte Maier. »Wobei ich mit dem Rechner hier schon ein wenig an der Grenze der Kapazität bin. Dennoch erstaunlich, wie das alles vernetzt ist.«

Eine Weile starrten sie alle angestrengt auf die Leinwand und schwiegen.

»Was meinen Sie, Frau Brandstätter, ist das alles ausreichend?«, erkundigte sich Kluftinger. »Können wir vielleicht sogar noch was für Altusried lernen?«

»Wenn ich mich da einmischen darf«, ergriff nun wieder ihr Vorgesetzter das Wort. »Also, ich denke nicht, dass wir was davon lernen können. In Altusried wird ja, wie Sie schon wissen, der Prototyp einer neuen Alarmsicherung eingesetzt. Sonst wäre das für den Ort wohl kaum bezahlbar gewesen.« Sein trockenes Lachen ging in ein nervöses Hüsteln über. »Jedenfalls kann man das nicht mit dem vergleichen, was wir hier sehen. Sie müssen die Sicherheitsvorkehrungen in Österreich ja auch als Teil eines Gesamtkonzeptes sehen. Das Museum für Völkerkunde ist eingebunden in den riesigen Komplex, zu dem auch das Kunsthistorische Museum gehört. Einer der meistbesuchten Plätze des ganzen Landes. Ständig voller Touristen. Während wir in Altusried ja eher eine solitäre Stellung haben, die es ganz anders abzusichern gilt.« Er fuhr sich über seine perfekt sitzende Krawatte. »Ich bin mir sicher, dass bei unseren Nachbarn keine Gefahr droht. Es ist auch nichts bekannt, dass da in den letzten Jahren was weggekommen wäre. Wir sollten uns also auf unsere Aufgabe hier konzentrieren.«

Auf einmal unterbrach Kluftinger die Erläuterungen von Rolf Kuffler und fuchtelte mit der rechten Hand in der Luft herum, wobei er vage auf eines der Kamerabilder zeigte. »Stopp! Entschuldigen Sie, aber ich glaub, ich hab da gerade etwas Interessantes entdeckt. Da war was. Richie, schalt doch mal auf die Kamera ganz rechts unten, die mit der Vitrine.«

»Kamera sechs, kein Thema«, tönte Maier eifrig, und schon erschien auf der Wand überdimensional groß die Ausstellungsvitrine.

Der Kommissar schüttelte den Kopf. »Nein, jetzt ist es schon wieder weg. Spul doch bitte mal ein bisschen zurück und lass es noch mal laufen.«

Wieder war das Kamerabild zu sehen, und auf einmal befahl Kluftinger, das Bild anzuhalten. Die anderen sahen ihn fragend an, doch der Kommissar wies sie schließlich auf eine Spiegelung im Glas der Vitrine hin: Sie zeigte ziemlich schemenhaft das Gesicht eines Mannes.

»Respekt, Herr Kluftinger«, sagte Eva Brandstätter, die Augen angestrengt auf das Bild gerichtet, »ich hätte da nichts erkannt. Aber wer ist denn dieser Mann?«

»Wenn ich Ihnen das bloß sagen könnte«, antwortete Kluftinger zögerlich. »Aber ich hab das Gefühl, ich hab den schon einmal gesehen. Und zwar im Zusammenhang mit unserem Fall. Richie, den müsste man doch auf der Überblickskamera von dem Raum auch sehen. Schalt doch mal auf die, bitte.«

Maier nickte, stellte die gewünschte Überwachungskamera ein und spulte auch hier zurück.

Tatsächlich war nun derselbe Mann dabei zu sehen, wie er um die Vitrine mit der Reliquienmonstranz herumlief. Neben ihm gingen einige andere Besucher, aber der Kommissar konnte ihn sofort der Spiegelung zuordnen. Immer wieder blickte der Fremde auf und sah sich im Raum um. Nach einer Weile erklärte Kluftinger: »Es tut mir leid, ich kann's nicht genau sagen. Ich bin mir aber sicher, dass ... irgendwie ...«

Maier fror das Bild ein und vergrößerte den Ausschnitt mit dem Unbekannten.

»Also, ich möchte mich nicht einmischen«, meldete sich Kuffler wieder zu Wort, »aber ich glaube nicht, dass das jetzt sonderlich zielführend ist, oder? Es geht uns doch heute um die Sicherheit in Wien. Vielleicht sollten wir einfach noch einmal resümieren, welche Schwachpunkte wir sehen, und die Ausstellungsbesucher außen vor lassen. Sie haben uns ja dafür hergebeten.«

In diesem Moment öffnete sich lautlos die Tür, und Sandy kam mit einem Tablett herein, auf dem zwei Isolierkannen Kaffee und Tee sowie Milch, Zucker und Süßstoff standen. Sie stellte alles neben Roland Hefele auf den Tisch und bat, man möge sich doch selbst einschenken.

»Oh«, flüsterte sie Hefele mit Blick auf die Leinwand zu, »ich dachte, ihr habt hier zu arbeiten, und nun schaut ihr euch die ›Schwarzwaldklinik‹ an? Director's Cut? Oder Making-of?«

Kluftinger richtete sich in seinem Stuhl auf. »Was haben Sie da gesagt, Fräulein Henske?«

Sandy fuhr mit gerötetem Kopf herum.

»Ich … wieso? Ich meine … nichts, ich … wollte nur einen Scherz machen!«

»Herrschaft, was Sie eben gesagt haben, will ich wissen!«, herrschte Kluftinger sie heftiger an, als er beabsichtigt hatte. »Ich mein, Sie haben doch was von der ›Schwarzwaldklinik‹ gesagt, oder?«

Sandy nickte mit geröteten Wangen.

»Warum?«

»Ach, ist doch egal«, sagte sie kühl, »ich gehe einfach wieder raus. War nur ein blöder Kommentar.«

»Kennen Sie denn die Serie überhaupt?«

»Kennen? Ich war wahrscheinlich einer der größten Sascha-Hehn-Fans jenseits der Saale!«

»Haben Sie das drüben denn sehen können?«

Die Köpfe all seiner Kollegen ruckten gleichzeitig herum und sahen besorgt zur Sekretärin. Deren Augen hatten sich zu schmalen Schlitzen verengt. »Wissen Sie, Chef …«, setzte sie an, hielt dann inne und winkte ab, »ich dachte nur, weil der Mann da auf der Leinwand aussieht wie dieser Prof. Vollmers aus der Schwarzwaldklinik. Ich sag ja, ein blöder Kommentar. Aber Sie, Sie kommen mir gleich wieder mit diesem verdammischen Ossigelaber. Ach, lassen wir das am besten, es hat doch keinen Sinn mehr«, presste sie schließlich hervor, als sie sich schon zur Tür wandte. Dabei machte sie eine wegwerfende Handbewegung, und Kluftinger konnte sich des Eindrucks nicht erwehren, dass ihre Stimme schon wieder einen weinerlichen Klang hatte.

»Jetzt, Frau Henske, warten Sie halt, Sie haben uns doch geholfen damit …«, rief ihr der Kommissar hinterher, doch da fiel bereits die Tür ins Schloss.

»Meine Güte, ist das eine Mimose, seit sie … ach egal!«, brummte er und sah in die Runde. Alle sahen ihn verwundert an.

»Unsere Sekretärin ist … in anderen Umständen und hat gerade ein wenig Stimmungsschwankungen«, erklärte Strobl an die Gäste gewandt.

»O weh, davor ist keine Schwangere gefeit!«, erklärte Frau Brandstätter schmunzelnd.

»Herrgottzack, könnten wir uns mal wieder auf das Wesentliche konzentrieren?«, schimpfte der Kommissar. »Also Folgendes, den Mann, der da steht, wisst ihr, wo ich den gesehen hab?« Er schlug sich mit der flachen Hand an die Stirn. »Der war in dem Kombi, der damals umgedreht hat vor der Werkstatt! Das war der mit der dunklen Kappe auf! Die haben mich nach der Lackiererei gefragt! Kruzifix, das waren die Täter! Ich Rindviech! Drum wollten die auf den Hof fahren! Und dieser Typ da in Wien, der sich den Burgschatz anschaut, das ist der … der Schutzpatron! Dieser Pizzabote hat ihn doch auch mit diesem Prof. Vollmers aus der Fernsehserie verglichen.«

»Scheiße!«, entfuhr es Hefele, Maier und Strobl stießen die Luft aus, und die Gäste blickten erneut reichlich verwundert drein. »Richie, schalt mal auf die Livebilder, ob der Typ noch da ist!«

»Okay, kein Problem.«

»Wenn ich noch mal kurz einhaken darf«, sagte Kuffler reichlich verwirrt, »Sie sagen, der Mann hat Ähnlichkeit mit irgendeiner Figur aus einer Fernsehserie? Und machen deswegen so einen Aufstand? Außerdem finde ich das jetzt gerade gar nicht! Der hat ja viel längere, stark lockige Haare, der aus dem Fernsehen.« Eva Brandstätter nickte. René Preißler sah unbeteiligt in die Runde.

»Das mag schon sein, Herr Kuffler. Aber Haare kann man abschneiden, oder?«, merkte Kluftinger an. »Ich sage ja auch nur, dass er dem Mann von damals aus dem Auto und diesem Schauspieler ähnlich sieht. Aber was erkläre ich Ihnen das eigentlich? Jetzt lassen Sie uns bitte unsere Arbeit …«

»Da, der Schutzpatron ist noch da! Das ist das Livebild!«, fiel Maier seinem Chef ins Wort. Alle Blicke wanderten wieder zur Leinwand. Tatsächlich sah man den kurz geschorenen Mann jetzt, wie er sich immer wieder den Vitrinen näherte, sich dann abwandte und den Raum zu inspizieren schien.

»Eugen, die Henske soll bitte sofort beim Bydlinski auf dem Handy anrufen. Die Nummer müsste sie ja haben. Und es pressiert, sie soll nicht groß rumflirten!«

Einige Minuten später, sie hatten die Videobilder nicht aus den Augen gelassen, klingelte das Telefon, und Kluftinger hob ab. Von seinem österreichischen Kollegen erfuhr er, dass der sich im Moment sogar in der Nähe des Völkerkundemuseums befand. Er würde gleich mit ein paar Kollegen hinfahren und den vom Kommissar beschriebenen Mann überprüfen, bat jedoch darum, immer über die Videobilder auf dem Laufenden gehalten zu werden. Alle Augen waren nach wie vor auf die Kamerabilder gerichtet. Noch immer schlenderte der Schutzpatron in der Menschenmenge umher.

»Nach wie vor alles mitschneiden, bittschön, gell, Richard!«, bat Kluftinger seinen Kollegen.

»Ich hab bald den Speicher voll. Allzu lang geht das nicht mehr!«

Je länger sie die unspektakulären Bilder betrachteten, desto mehr nahm die anfängliche Aufgeregtheit ab. Kuffler stand auf, erkundigte sich nach der Toilette und verließ kurz den Raum. Kluftinger gab Bydlinski immer wieder telefonisch durch, dass sich an der geschilderten Situation nichts geändert habe. Doch auf einmal schien ein Ruck durch den Mann auf dem Überwachungsbild zu gehen. Er langte in seine Jackentasche, drehte sich ein Stück zur Seite und zog ein Handy heraus.

»Du, Valentin, jetzt telefoniert er. Ja, er gestikuliert und schaut sich immer wieder um. Nickt ab und zu, sagt aber selber kaum was … Nein, immer noch im Ausstellungsraum.«

Eva Brandstätter und René Preißler verfolgten gebannt Kluftingers Gespräch. Sie schienen beeindruckt von der Polizeiermittlung, die sie live beobachten durften.

Auf dem Bildschirm sah man nun, wie der Mann im Museum langsam sein Telefon wegsteckte, wobei immer wieder andere Besucher an ihm vorbeigingen und für einen Moment die Sicht versperrten.

»Die Zielperson geht jetzt zu den langen Vitrinen an der Seite. Ganz normales Tempo. Der schaut sich immer noch den Schatz an. Wo bist du denn jetzt?« Kluftinger hielt die Hand vor die Sprechmuschel und erklärte seinen Kollegen, dass Bydlinski und die Kollegen von der österreichischen Polizei nur wenige Minuten vom Heldenplatz entfernt seien. Dann sah er wieder auf die Leinwand. Es schienen immer mehr Besucher zu werden, die in die Ausstellung strömten. Kluftinger fragte sich ernsthaft, wie Altusried einem solchen Ansturm gewachsen sein sollte. Der Schutzpatron bewegte sich natürlich und unauffällig durch die Menschenmenge.

Wie ein Sportreporter kommentierte Kluftinger am Telefon, was er auf der Leinwand sah: »Jetzt betritt er den langen Gang mit der Fensterreihe. Moment … so, jetzt haben wir ihn vor der anderen Kamera. Schickt's euch bitte, es schaut so aus, als würde er jetzt in Richtung Garderobe gehen.«

In diesem Bereich waren noch mehr Besucher unterwegs als im Ausstellungsraum, und Kluftinger hatte ein wenig Mühe, den Schutzpatron nicht aus den Augen zu verlieren. Doch wider Erwarten steuerte er nicht die Garderoben an, sondern bewegte sich auf die danebenliegenden Toiletten zu. Er zog die Tür zur Herrentoilette auf, dann war er verschwunden, denn hier endete die Kameraüberwachung.

»Er ist jetzt auf dem Klo«, gab Kluftinger seinem Wiener Kollegen durch.

»Eugen, lass die Garderobenkamera nicht aus den Augen, wir dürfen nicht verpassen, wenn er rausgeht.«

Dann wandte sich der Kommissar an den Chef des Sicherheitsunternehmens: »Herr Preißler, Sie haben da doch den Gebäudeplan vor sich. Gibt es einen Weg, auf dem der Mann unbemerkt entkommen kann, oder muss er denselben Weg nach draußen nehmen?«

Preißler sah stirnrunzelnd auf den Plan, schob ihn dann dem Kommissar zu und sagte: »Also, das Klo ist eine Sackgasse, zumindest sieht alles danach aus. Wenn der Plan stimmt, gibt es da noch nicht einmal ein Fenster.«

»Gut«, sagte Kluftinger nickend. Mit einem Auge hatte er noch immer die Leinwand im Blick. Eine Weile saßen sie so da, und Hefele kommentierte jeden Ausstellungsbesucher, der die Toilette verließ, mit einem »Nein, das ist er nicht!«. Markus Kuffler, der wieder in den Besprechungsraum zurückkam, sah verwundert das WC-Schildchen auf der Leinwand und ließ sich von seiner Kollegin auf den aktuellen Stand bringen.

»Hast du noch genügend Platz auf der Platte, Richie?«, fragte Strobl dazwischen.

»Es wird immer heikler, aber noch ist es im grünen Bereich.«

»Ihr kommt jetzt rein?«, rief Kluftinger plötzlich in den Hörer. »Gut, sofort aufs Klo, Männer.« Dann schaltete er den Lautsprecher ein, und die anderen konnten nun auch Bydlinskis Stimme hören. Kluftinger bekam eine Gänsehaut, als er die Polizisten, zwei Männer und eine Frau in Uniformen, gefolgt von Valentin Bydlinski in Lederjacke und mit Mobiltelefon am Ohr, durch den Kameraausschnitt vor den Kassen laufen sah. Sie riefen den Kassiererinnen etwas zu und schlugen den Weg zu den Toiletten ein. Immer wieder wurden sie von langsam schlendernden Besuchern aufgehalten und mussten sie links oder rechts überholen. Schließlich hatten sie die Toilettentür erreicht.

»So, jetzt geht die Gendarmerie aufs Häusl, und dann schnapp mer uns das Vögerl«, war aus dem Telefon zu vernehmen, und alle Polizisten verschwanden aus dem Bild.

In Kempten wagten die Anwesenden kaum zu atmen. Sie sahen sozusagen einer Live-Krimi-Übertragung zu. Undefinierbare Geräusche drangen aus dem Telefonlautsprecher. Kluftingers Nerven waren aufs Äußerste gespannt. Er hielt es nicht mehr aus, noch länger auf die unbewegte Klotür auf der Leinwand zu starren, schob seinen Stuhl ein wenig vom Tisch weg und stützte die Arme auf den Oberschenkeln auf, das Gesicht auf den Handflächen ruhend. Er fuhr hoch, als ein »Klufti?« aus dem Lautsprecher schepperte.

»Du, also, mir sind hier aufm Häusl, und bis auf den Umstand, dass es hier furchtbar stinkt, ist die Luft quasi rein. Also entweder hat er sich geschwind eingemauert oder runtergespült. Weil Fenster gibt's eh kans. Habt's ihr einen Knick in der Optik oder was?«

»Zefix!«, schimpfte Kluftinger. »Er muss da sein, er ist ja nicht rausgekommen seitdem!«

Wenige Minuten zuvor

Sie hatten sich gut vorbereitet auf diesen Besuch. Dennoch prüfte Magnus noch einmal den Inhalt seines Rucksacks. Eigentlich dürfte nichts schiefgehen. Sie nickten sich noch einmal zu, bevor Agatha die wenigen Stufen hinaufstieg und in einem der Torbogen verschwand. Magnus wartete ein paar Minuten, zündete sich eine Zigarette an und betrachtete die imposante Umgebung: Der Heldenplatz schien das richtige Ambiente für ihre Unternehmung, denn auf eine gewisse Art waren sie genau das – Helden. Auch der gewaltige Rundbogen mit den unzähligen Säulen der Neuen Burg ließ niemanden kalt, schon gar nicht jemanden mit so viel Kunstverstand, wie er ihn hatte.

Er seufzte: Zu gerne hätte er sich weiter in diesem architektonischen Paradies verloren, doch er war ja nicht zum Vergnügen hier. Er trat seinen Zigarettenstummel aus und begab sich ebenfalls in die Eingangshalle. Er wusste, wie er sich zu bewegen hatte, wusste, wo sich die Kameras befanden, ohne dass er hinsehen musste. Es war von Vorteil, wenn Ausstellungen in solch bekannten Gebäuden stattfanden – da waren die Sicherheitseinrichtungen in ihren Kreisen mindestens so bekannt wie die Bauten selbst bei den Touristen.

Er spürte das warme Gefühl der Vorfreude, als er durch das große Portal trat. Auch dort musste er sich zusammenreißen, um nicht wieder ins Schwärmen zu geraten, so beeindruckt war er von dem riesigen Atrium, das er durchqueren musste, um in die Räume mit dem Schatz zu kommen. Wie ein ganz normaler Tourist kaufte er sich sein Ticket.

Bevor er hineinging, hielt er noch einmal kurz inne, atmete tief durch und mischte sich dann unter die zahlreichen Besucher. Gleich würde er zum ersten Mal im Original sehen, wofür er schon so lange arbeitete. Zwar war das so nicht geplant gewesen, aber er hatte gelernt, sich anzupassen. Er war flexibel geworden in all den Jahren, denn selten verlief alles reibungslos.

Die neue Lage bot ihm nun immerhin die Möglichkeit, vorab zu betrachten, was sie bald in ihren Händen halten würden. Ein erhebender Moment. Denn die Ehrfurcht vor den Dingen, die er »besorgte«, wie er es immer nannte, war im Laufe der Zeit nicht geringer geworden. Auch wenn ihn die Jahre seiner Kindheit, die er in kirchlichen Heimen zugebracht hatte, die vielen Demütigungen, die körperlichen und seelischen Qualen, die er dort hatte erdulden müssen, zum Feind dieses bigotten Männerbundes gemacht hatten, auch wenn er vor der Institution Kirche jeglichen Respekt verloren hatte: Er war ihr doch dankbar dafür, dass sie ihm – auf besondere Weise – so ein einträgliches Auskommen sicherte.

Die Gebete, die er in den dunklen Stunden seiner Kindheit zu einem angeblich liebenden Gott geschickt hatte, waren auf eine verquere Weise doch noch erhört worden. Auge um Auge, Zahn um Zahn – dieses alttestamentarische Diktum hatte er zu seinem Credo erkoren. Und so erlaubte er sich bei seinen Projekten auch immer diesen Spaß mit den Heiligennamen. Es war zweckmäßig und erinnerte ihn, wenn er einmal Skrupel bekam, immer daran, wo der Ausgangspunkt für seine »Karriere« lag.

Er lächelte, während er an den endlosen Vitrinen entlangging, denn er wusste, dass viele der größten Kunstwerke nicht existieren würden, gäbe es die Kirche nicht. Sie hatte die bedeutendsten Künstler für sich arbeiten lassen. Und immerhin waren so einzigartige Werke geschaffen worden: Michelangelos Decke der Sixtinischen Kapelle, da Vincis ›Abendmahl‹ und, wenn auch viel weniger berühmt, die Strigel-Madonnen aus Memmingen, von denen ihm die eine oder andere schon »geschäftlich« untergekommen war.

Als er die Halle mit den wichtigsten und edelsten Stücken des Kaldener Burgschatzes betrat, fasste er nach dem Kugelschreiber in seiner Hemdtasche, in den eine winzige Kamera eingebaut war. Früher war dieses Werkzeug noch sündteuer und nur auf dunklen Kanälen zu beschaffen gewesen, heute gab es diese Geräte für wenig Geld in jedem gut sortierten Internetshop. Wenn das Fortschreiten der Technik – vor allem im Sicherheitsbereich – seiner Berufssparte auch schon viele Unannehmlichkeiten bereitet hatte, so brachte es doch ab und an auch Positives.

Er blickte in den Raum und entdeckte Agatha. Unauffällig verhielt der sich ja nicht gerade, der untersetzte Mann mit der gestreiften Tasche war eher ein Blickfang. Immerhin würde das die Aufmerksamkeit von ihm selbst ablenken. Ihre Blicke kreuzten sich kurz, und sie nickten sich kaum wahrnehmbar zu.

Dann schritt Magnus die Exponate in konzentrischen Kreisen ab. Erstens wollte er so eine möglichst lückenlose Aufnahme des Schatzes mit seiner Minikamera erstellen, zweitens wollte er, dass der Moment, in dem er der Reliquienmonstranz gegenüberstand, den dramaturgischen Höhepunkt seines Besuches darstellte. Ganz so, wie wenn man sich das beste Stück vom Sonntagsbraten bis zum Schluss aufhebt. So ließ er sich also von der Menge treiben, spazierte vorbei an den Vitrinen mit den Ringen, ging weiter zu den Edelsteinen und den Goldkelchen.

Dann war es endlich so weit: Magnus stellte sich geduldig in den Pulk der Menschen, die sich um das Prunkstück der Ausstellung drängten. Dabei vermied er es geflissentlich, in eine der Kameras zu blicken, und hielt den Kopf gesenkt, bis er sie in seinem Rücken wusste. Schließlich trat die Frau vor ihm zur Seite und gab den Blick frei auf das Objekt seiner Begierde: Es sah der Replik auf den ersten Blick wirklich zum Verwechseln ähnlich, doch der Glanz des Originals war im Gegensatz zum Nachbau geradezu atemberaubend.

Seine Augen badeten im Schimmer des Reliquienschreins, und er sah auf seinem Spiegelbild im Glas der Vitrine die Faszination in seinen eigenen Augen. Das Spiegelbild! Wie ein Blitz durchfuhr ihn die Erkenntnis, dass sein Gesicht für die Vitrinenkamera nun deutlich sichtbar sein musste, und er wandte sich schnell ab. Er verfluchte sich selbst dafür, dass er beim Anblick dieses kunstvollen Gegenstandes für einen Augenblick die emotionale Distanz verloren hatte. Er ging schnell weiter, atmete tief durch. Es war nicht gravierend gewesen, schließlich ging es nur um sein Spiegelbild, niemand würde es sehen, man suchte ihn nicht, und schon gar nicht hier in Wien. Aber er war Perfektionist und erlaubte sich nicht den kleinsten Fehler. Nur so hatte er so lange und so erfolgreich seiner Arbeit nachgehen können.

Er wollte gerade weitergehen, da erstarrte er mitten in der Bewegung: Sein Handy vibrierte. Und zwar das Handy, dessen Nummer er nur einem einzigen Menschen gegeben hatte. Er führte das Gerät an sein Ohr und zischte ohne eine Begrüßung: »Ich hab dir doch gesagt, dass du nur im Notfall anrufen sollst. Und vor allem nur von dem Handy aus, das ich dir gegeben habe. Hast du etwa meine Nummer in dein eigenes Telefon eingespeichert, du Blödmann?«

Dann lauschte er den Worten des anderen und gab nur ein paarmal ein leises »Okay« zurück, wobei er darauf achtete, die Lippen möglichst wenig zu bewegen. Schließlich beendete er das Telefonat und sah sich vorsichtig um. Er musste sofort Agatha Bescheid geben und dann schnellstmöglich verschwinden. Er wusste nicht, warum es derart schiefgegangen war, aber es blieb keine Zeit, jetzt darüber nachzugrübeln.

Magnus ließ seinen Blick schweifen und fand Agatha vor der Infotafel, die über die Grabungen in Kalden Auskunft gab. Rasch, aber doch nicht so schnell, dass es auffallen konnte, durchquerte er den Raum und stellte sich neben ihn.

»Hör zu, es geht jetzt schon los«, flüsterte er ihm zu, ohne ihn anzusehen.

»Verstehe. Was ist passiert?«

»Keine Zeit für Erklärungen. Kriegst du das hin?«

»Sicher, was glaubst du denn?«

»Gut, ich bin weg.«

»Gelobt sei Jesus Christus«, sagte Agatha leise mit spöttischem Grinsen.

»In Ewigkeit, Amen«, erwiderte Magnus. Dann mischte er sich wieder unter die Besucher. Ließ sich allmählich zum Ausgang treiben, ging dann gesenkten Hauptes in Richtung der Toiletten. Er durfte nun keine Zeit mehr verlieren, aber wenigstens hatte er vorgesorgt. Sein Puls beschleunigte sich kaum, als er den gekachelten Raum betrat. Sofort lief er zu einer der Kabinen, schloss die Tür, nahm seinen Rucksack ab, zog seine Jacke und seine Hose aus, unter denen ein grauer Arbeitsoverall mit dem Logo des Museums zum Vorschein kam. Dann zog er einen Teleskopstab heraus, schraubte ihn auf, steckte einen Wischmopp darauf, schnallte sich den Rucksack verkehrt herum unter den Overall auf den Bauch, knüllte seine Kleidung hinein, setzte sich die Baseballkappe auf und spähte nach draußen. Als er niemanden sah, eilte er zur Tür und öffnete sie langsam. Sofort fing er an zu wischen und arbeitete sich so langsam, aber zielstrebig gen Ausgang vor.

Als er den erreicht hatte, rieb er seine Fingerabdrücke vom Wischmopp, stellte ihn in eine Ecke und ging hinaus.

Er wollte schon erleichtert durchatmen, da sah er, dass vom Platz her eine Gruppe Polizisten auf den Eingang zustürmte. Er senkte den Kopf und ging an ihnen vorbei, bereit, sofort durchzustarten. Doch sie rannten an ihm vorüber. Er spürte lediglich den Blick des letzten Beamten, eines ungepflegten Mannes mit abgewetzter Lederjacke, auf sich, dann hatten sie einander passiert.

Er huschte um die nächste Ecke und konnte sich ein Grinsen nicht verkneifen, als er im Gewirr der Säulen der Neuen Burg untertauchte. Er liebte diese adrenalingeschwängerten Momente – wenn sie gut für ihn ausgingen jedenfalls.

»Jetzt schaut's euch die Überwachungsbänder noch mal gescheit an, wir sehen uns derweil in der Garderobe ein bisserl um«, sagte Bydlinski. »Vielleicht hat er sich ja auf an Bügel gehängt.«

Kluftinger trat der Schweiß auf die Stirn. Wie hatte das passieren können? »Hat jemand die Kamera manipuliert?«, fragte er Maier verzweifelt.

»Hm, eher unwahrscheinlich. Es läuft ja eine Echtzeituhr mit.«

»Kreuzkruzifix«, schimpfte er so laut, dass Eva Brandstätter zusammenzuckte. Kluftinger sah sich um: Er wollte schnellstmöglich die fremden Leute hier loswerden. Sie mussten ja nicht noch mehr von dieser blamablen Vorstellung mitbekommen. Und sie machten ihn nur nervös.

»Frau Brandstätter, Herr Kuffler, Herr Preißler, es tut mir leid, dass diese unvorhersehbaren Ereignisse unser Gespräch ein wenig durcheinandergebracht haben. Aber wir haben doch wichtige Einschätzungen von Ihnen bekommen.« Mit diesen Worten erhob sich der Kommissar und streckte eine Hand zur Verabschiedung aus. »Wenn wir noch Fragen haben, melden wir uns, jetzt müssen Sie uns aber entschuldigen.«

Vom hektischen Gefuchtel seines Chefs angetrieben, spulte Maier das Video der Szenen, die sie gerade beobachtet hatten, wieder zurück.

»Stopp, ab da!«, rief Kluftinger, als sie die Stelle erreicht hatten, die zeigte, wie der Schutzpatron auf der Herrentoilette verschwand. Die Polizisten beugten sich vor und kniffen die Augen zusammen.

»Sagt's mir einfach, wer alles rausgekommen ist«, quäkte Bydlinski aus dem Lautsprecher des Telefons.

Wie gebannt starrten sie auf die Toilettentür und zuckten jedes Mal leicht zusammen, wenn sie sich bewegte.

»Als Erstes haben wir da so einen kleinen Mann mit Glatze. Aber das …«, Kluftinger rückte noch etwas näher an die Leinwand, um sicherzugehen, »… nein, das kann er nicht sein.« Auch seine Kollegen schüttelten die Köpfe.

Reglos warteten sie auf den Nächsten, der herauskommen würde. »Jetzt ist da einer mit Kind. Können wir wohl auch abhaken, ich mein, wo soll der schon so schnell Nachwuchs herbekommen haben.«

Wieder vergingen ein paar Sekunden, ohne dass jemand etwas sagte. »So, jetzt haben wir ja regelrechten Stoßverkehr: ein junger Blondschopf mit Lederjacke, ein Angestellter vom Haus mit einem Wischmopp, ein älterer Mann mit Stock, der …«

»Moment!« Bydlinskis Stimme überschlug sich fast, als er das Wort ins Telefon bellte. »Scheiße, ich bin so ein Riesenhirsch!«

»Was ist denn los?«

»Er ist mir eh schon begegnet. Draußen.«

»Unser Mann?«

»Unser Mann. Eh.«

»Herrgott, jetzt lass dir halt nicht jedes Wort aus der Nase ziehen. Welcher ist es denn?«

»Der Putzmann!«

Kluftinger bedeutete Maier mit einer rotierenden Handbewegung, dass er die Aufnahme ein paar Sekunden zurückspulen solle. Als der Mann mit dem Mopp erneut erschien, hielt Maier den Film an.

Kluftinger kraulte sich das Kinn. »Was macht dich so sicher, dass er es ist?«, wollte er von seinem österreichischen Kollegen wissen.

Auf dem Schirm sahen sie einen Mann, dessen Größe mit der des Gesuchten durchaus übereinstimmte. Er war jedoch wesentlich korpulenter; unter seinem Overall zeichnete sich ein stattlicher Bauch ab. Das Gesicht konnten sie nicht erkennen, denn er trug eine Baseballkappe.

»Ich bin ein Rindviech, aber in der Eile ist es mir nicht aufgefallen«, schimpfte Bydlinski ins Telefon. »Uns hat es so pressiert, dass ich es nur unterbewusst wahrgenommen hab. Aber jetzt seh ich es genau vor mir. Ich bin die paar Stufen raufgegangen zum Eingang. Und da kommt der mir entgegen in diesem Arbeitsanzug. Irgendwas ist mir komisch vorgekommen, aber ich hab nicht drüber nachdenken können. Jetzt weiß ich es: die Schuhe!«

Kluftinger kniff die Augen noch ein bisschen weiter zu, aber die

Aufnahme war einfach nicht gut genug, als dass man solche Details hätte erkennen können. »Was ist mit den Schuhen?«

»Es waren blank polierte Ledertreter. Edle Schuhe. Nix, was ein Putzmann anhaben würde. Scheiße, tut mir eh total leid, Kollegen.«

Kluftinger fand es beeindruckend, dass sich Bydlinski überhaupt an ein solches Detail erinnern konnte.

»Respekt, Valentin«, sagte er deswegen. »Mach dir keine Vorwürfe, dich trifft wirklich keine Schuld. Habt ihr seinen Rucksack im Klo gefunden?«

»Nein, 's Häuserl ist ganz leer.«

»Dann hat er den wahrscheinlich um seinen Bauch geschnallt«, vermutete der Kommissar.

»Ganz schön gerissen, der Gute«, sagte Strobl, und es klang fast ein wenig anerkennend.

»Und was machen wir jetzt?«, wollte Hefele wissen.

»Könnt's ihr euch bitte die Aufnahmen noch mal anschauen?«, bat Bydlinski. »Und zwar von da an, wo er das Gebäude betreten hat. Bleibt ihm auf den Fersen. Vielleicht entdeckt ihr noch irgendwas. Ich bleib auf Empfang, meine Herren.«

»Ich bleib auf Empfang, meine Herren«, äffte Hefele den österreichischen Kollegen flüsternd nach. »Ist das jetzt unser neuer Chef, oder was? Arbeiten wir jetzt neuerdings für den?«

»Der arbeitet gerade für uns, Roland«, versetzte Kluftinger ruppig. »Und wenn du persönliche Probleme mit ihm hast, unsere Sekretärin betreffend, dann trag die auch mit ihm persönlich aus.«

Hefele verschränkte schmollend die Arme.

»Ich bin schon mal auf den Anfang gegangen«, mischte sich Maier eilfertig ein und erntete dafür eine Grimasse von Hefele.

»Gut, also, fangen wir an. Konzentration bitte.« Sie blickten auch beim zweiten Mal so gebannt auf den Film, als wäre der ein spannender Krimi, auch wenn er nichts als alltägliche Bilder einer Ausstellung zeigte. Sie folgten dem Mann ohne Namen, der sich sehr aufmerksam, aber unauffällig in dem großen Ausstellungsraum umsah und besonders lange vor der Reliquienmonstranz verharrte – was er aber mit den meisten Besuchern gemeinsam hatte. Dann schlenderte er weiter, betrachtete die anderen Exponate, wiegte manchmal seinen Kopf. Hätten sie nicht gewusst, wen sie da beobachteten, ihnen wäre wie zu Beginn der Überwachung nichts aufgefallen.

»Was macht er denn da immer?«, durchbrach Kluftinger als Erster die Stille.

»Wo?«, fragte Strobl.

»Na, da. Er langt sich immer an seine Brusttasche. Seht ihr das? Da, jetzt wieder.«

»Vielleicht juckt es ihn«, schlug Hefele vor.

»Richie, kannst du das noch mehr vergrößern?«

»Ich glaube nicht. Bei der Auflösung würden wir da auch nicht mehr sehen.«

»Hm, vielleicht ist es auch nicht so wichtig.«

Wieder schwiegen sie eine Weile, sahen ihm zu, wie er gemächlich weiterschlenderte, bis Strobl sagte: »Da, jetzt kriegt er den Anruf. Mensch, der hat's echt drauf. Der weiß genau, wo die Kameras sind, und jetzt dreht er sich weg. Nicht mal von seinen Lippen könnte man lesen, also, wenn man's denn könnte.«

Kluftinger nickte. Der Mann verstand sein Handwerk.

»Und was macht er jetzt?«, fragte Hefele plötzlich.

»Wieso? Er schaut sich den Schatz an, siehst du doch«, kam es von Maier.

Der Mann stand nun mit dem Rücken zur Kamera vor einer Infotafel an der Längsseite.

»Ja, aber schaut mal auf seinen Kopf ...«, beharrte Hefele.

»Hm, sieht aus, als ob er Kaugummi kaut oder so«, versuchte Kluftinger zu deuten, was sie alle sahen.

Ein paar Sekunden lang starrten sie auf das Videobild, dann fiel es Strobl und Kluftinger gleichzeitig auf: »Nein, er spricht. Herrgott noch mal, er spricht!«, rief der Kommissar. »Er redet mit dem Typ, der da neben ihm steht!«

»Was ist denn bei euch los, meine Herren?«, meldete sich Bydlinski wieder.

»Hör zu, Valentin«, erklärte Kluftinger, »wir haben hier was. Er spricht hier mit einem Mann neben sich, der trägt einen Mantel und so eine Umhängetasche mit großen Streifen. Seht zu, dass keiner mehr rauskommt, und schaut, ob er noch da ist.«

Der Österreicher ließ sich nicht zweimal bitten. »Okay. Wenn ihr auf den Kameras irgendwas seht, dann sagt's bitte Bescheid.«

Die Kemptener Polizisten verfolgten auf der Leinwand fieberhaft die Livebilder von Bydlinskis Suche. Sie sahen die Kollegen in den Räumen umherlaufen und hörten aus dem Telefon die Geräusche dazu. Plötzlich ertönten laute Stimmen, und einige Menschen auf dem Videobild liefen aufgeregt durcheinander. Dann knackte es, als wäre die Leitung gestört, und schließlich meldete sich Bydlinskis Stimme wieder: »Wir haben ihn. Wollte abhauen. Scheint eh der Richtige zu sein.«

»Wo seid ihr denn grad?«, fragte Kluftinger, der sie auf dem Schirm aus den Augen verloren hatte.

»Na da«, erwiderte Bydlinski.

Jetzt sah er ihn wieder: Er winkte in eine der Kameras, neben ihm stand der Mann, den sie eben noch mit dem Schutzpatron hatten reden sehen. Kluftinger seufzte und lächelte zufrieden. Damit hatten sie in ihrem Fall einen Riesenschritt gemacht.

»Sauber, Kollege. Sauber!«, rief er ins Telefon. »Damit habt ihr was gut bei uns.«

»Bitte danke! Dann gib mir doch die neue Telefonnummer von der Sandy«, tönte die Antwort aus dem Hörer. Mit einem heiseren Lachen legte der Österreicher auf.

Keine zwei Stunden später piepste Kluftingers Handy, und es erschien eine Nachricht auf dem Display: *You have received an MMS from Bydlinski V.*

Dem Kommissar, dem in dieser Zeile nur der Name seines österreichischen Kollegen etwas sagte, hätte gerne Sandy um Hilfe gebeten, doch das schien ihm aufgrund des momentan doch recht belasteten Verhältnisses keine gute Idee zu sein. Nach kurzem Nachdenken stand er auf und stattete Maier einen Besuch in seinem Büro ab.

»Was gibt's, Chef?«, fragte der mit hochgezogenen Augenbrauen.

»Ich … ach so, ja, wollt bloß … wollt bloß sagen, dass du das gut hingekriegt hast, mit diesem Bihmerdings …«

Maier strahlte übers ganze Gesicht bei diesem unerwarteten Lob und bemerkte deshalb nicht, wie Kluftinger sein Handy in das Aktenregal legte.

»Ja, also, das wollt ich bloß sagen«, beendete Kluftinger seinen Kurzbesuch und ließ einen glücklichen Maier zurück. Dann huschte er in sein Büro und rief seine eigene Nummer an. Er ließ es zwei Mal klingeln, dann legte er auf. In Gedanken zählte er die Sekunden, bis …

»Du hast dein Handy bei mir liegen lassen«, sagte Maier, als er in Kluftingers Büro stürmte. »Und eine MMS hast du auch bekommen. Vom Bydlinski.« Der Kommissar war sich sicher gewesen, dass Maier das auf keinen Fall entgehen würde.

»Eine MMS?«, wiederhole Kluftinger. »Ja, mach sie doch grad mal …«, er suchte nach der richtigen Präposition, um den Satz zu beenden, »… an.«

Maier drückte ein bisschen auf dem Gerät herum und las schließlich laut vor: »Seavas Kollegen, das haben wir im Hotelzimmer unseres neuen Freundes gefunden. Der Fisch, übrigens ein Allgäuer, scheint ins Netz gegangen zu sein. Bitte kommt selber nach Wien und schaut es euch an. Lg, byd«

»Aha. Und hat er nicht geschrieben, was sie gefunden haben?«, wollte Kluftinger verwirrt wissen.

»Geschrieben nicht«, antwortete Maier und hielt ihm das Handydisplay vors Gesicht. Darauf war ein Foto zu sehen, das einen großen, goldglänzenden Gegenstand zeigte: die Reliquienmonstranz des heiligen Magnus.

Kluftingers Blick haftete auf dem kleinen Bildschirm seines Handys. Er hatte sofort in Österreich angerufen. Bei dem Mann handelte es sich um Markus Strehl, wohnhaft in Lindenberg. Er war gelernter Goldschmied, arbeitete bei einem Juwelier in Lindau. Er war zwar bereits wegen kleiner Delikte aufgefallen, aber momentan lag nichts gegen ihn vor, das hatte Kluftinger sofort überprüfen lassen. Bydlinski hatte am Telefon noch einmal bekräftigt, dass er es für sinnvoll halte, wenn Kluftingers Leute möglichst bald nach Wien kommen würden, um den Mann zu vernehmen.

Der Kommissar legte das Telefon weg und ging zur Tür. Er bat Sandy, die Kollegen in sein Büro zu schicken. Dann ging er zum Fenster und atmete tief durch. Der Fall hatte auf einmal so sehr an Fahrt gewonnen, wie er es noch am Morgen nicht für möglich gehalten hätte. Im gegenüberliegenden Haus lehnte Uschi, die in die Jahre gekommene Blondine, gerade aus dem Fenster und rauchte eine Zigarette. Mittagspause, dachte der Kommissar. Er war immer wieder erstaunt, dass es auch in diesem Gewerbe dieselben Rituale gab wie in jedem anderen Beruf. Als sie den Kommissar sah, winkte sie eifrig herüber und schien ihm bedeuten zu wollen, das Fenster zu öffnen, doch Kluftinger grüßte nur kurz zurück, denn in diesem Moment betraten seine drei Kommissare nacheinander das Büro. Er schloss den Lamellenvorhang und bat die Kollegen, in der Sitzgruppe Platz zu nehmen.

»Also, Männer, der Richie hat euch ja schon informiert, was in Wien passiert ist. Es schaut ganz so aus, als würden wir damit ziemlich knapp vor dem Abschluss unseres Falles stehen – vorausgesetzt, die Fahndung nach dem Schutzpatron ist auch noch erfolgreich. Wie auch immer, die Kollegen in Wien erwarten, dass wir selbst kommen und diesen Strehl vernehmen. Das kann uns ja eigentlich nur recht sein!«

Die anderen nickten eifrig.

»Das heißt, zwei von uns … von euch werden möglichst heute noch nach Wien fahren.«

Das Nicken war nun schon deutlich weniger intensiv.

»Also, wenn ich das gleich mal sagen darf: Nach Wien *fahren* ist ja wohl ein ziemlicher Blödsinn!«, bemerkte Maier. »Wir müssen schnell dort sein, also sollten wir schon fliegen. Ich hab im Routenplaner nachgeschaut, mit dem Auto sind das sechs Stunden und vier Minuten.«

»Und vier Minuten, aha!«, wiederholte Hefele spöttisch. »Und wenn du fährst, vielleicht sogar elf, oder, Richie?«

»Ach was! Eigentlich sind's neun, aber wir sind hier ja gut an die Autobahn angebunden, das hab ich abgezogen.«

Die anderen warfen sich vielsagende Blicke zu.

Maier ließ sich nicht beirren. »Mit dem Zug, auch das habe ich recherchiert, braucht man mindestens sechseinhalb Stunden. Mit dem Flugzeug gerade mal eine!«

Kluftinger nickte zustimmend. »Ich seh kein Problem, wenn ihr fliegen wollt. Wir kriegen das auf jeden Fall genehmigt, die Zeit drängt ja wirklich, noch dazu, wo der Schutzpatron nach wie vor auf der Flucht ist.«

Hefele meldete sich zu Wort: »Also, ich wollt nur sagen, dass ich da leider nicht zur Verfügung stehe.«

Kluftinger sah ihn stirnrunzelnd an. »Heu, ja wieso, hast du was vor heut Abend?«

»Ja, ich hab … ich muss halt so … Sachen noch … erledigen«, druckste er herum.

Die drei Kollegen sahen ihn grinsend an.

»So Sachen! Aha!«, gluckste Strobl. »Hat das am Ende was mit der Sandy zu tun?«

»Vielleicht ein Schwang…«, begann Maier, wurde aber von Hefele unterbrochen, der mit hochrotem Kopf aufsprang und sich vor seinem Kollegen aufbaute.

»Jetzt hör mal gut zu, du Krischpl! Ich hab verdammte Flugangst, okay? Und wenn ihr jetzt nicht gleich mit diesem Schmarrn aufhört, dann geh ich mich beschweren! Das ist lupenreines Mobbing, was ihr mit mir macht – und übrigens auch mit der Sandy!«

Maier schluckte. Hefele hatte sich jedoch wieder gefangen und setzte sich, noch immer vor Wut schnaubend, wieder auf seinen Platz.

Kluftinger warf Strobl einen eindringlich mahnenden Blick zu. Nun mussten sie sich alle am Riemen reißen, damit diese seltsam aufgeladene Stimmung, die seit einigen Tagen das ansonsten doch eher beschaulich dahinplätschernde Miteinander in der Abteilung belastete, nicht eskalierte. Schuld an allem war letztlich Sandys Schwangerschaft, resümierte der Kommissar für sich.

»Also, ruhig Blut, Männer! Flugangst ist ein ernsthafter Grund, der Roland ist raus aus der Sache«, entschied der Kommissar.

»Also: Ich würd schon mal auf jeden Fall mitfliegen!«, bot sich Maier an.

»Gut, also, wenn's nicht anders geht: Richie, Eugen, ihr beide …«

»Moment, Klufti, ich kann echt auch nicht fliegen. Nicht heut.«

Kluftinger sah Strobl mit großen Augen an.

»Ja, wie? Du auch nicht? Jetzt sag bloß, du hast auch Flugangst!«

Strobl schüttelte energisch den Kopf. »Schmarrn Flugangst. Wegen dem neuen Bad. Morgen kommen der Fliesenleger und der Installateur, und ich muss noch den Boden rausreißen, sonst können die gar nicht anfangen. Echt, Klufti, du weißt, dass ich mich nicht drücken würde, ich würd fahren, aber diesmal geht es echt nicht.«

Kluftinger seufzte. »Echt klar.«

»Na, da bleiben wohl nur wir zwei beide!«, tönte Maier vergnügt. »Also, ich hab schon mal geschaut wegen einem Flug.«

Kluftinger sah zu Boden. Priml. Nicht im Traum hatte er daran gedacht, selbst die spontane Reise anzutreten. Und dann auch noch in dieser Begleitung. »Also, wenn's denn sein muss, dann fahr ich halt mit!«, brummte er. »Richard, wie lange dauert das noch mal mit dem Auto, sagst du?«

»Wie gesagt, indiskutabel lang!«

»So lang ist das doch gar nicht! Schau mal: Bis wir erst mal in München am Flughafen sind und dann diese ganzen Ausreiseformalitäten erledigt haben, da sind wir schon halb in Wien!«

»Ausreiseformalitäten?« Maier runzelte ungläubig die Stirn. »Österreich ist Teil des Schengenraumes, das weißt du schon, oder?«

Der Kommissar zog die Brauen nach oben. »Mei, bist du gescheit! Das weiß ich schon. Halt das Ein…schecken und so!«

»Sag mal, wer hat vorher gesagt, es ist kein Problem, wenn wir fliegen?«, schaltete sich Strobl ein.

»Ich hab halt grad noch mal drüber nachgedacht! Und rein ökologisch gesehen ist das schon viel schlechter, die Fliegerei!« Er musste zugeben, dass diese Worte ausgerechnet aus seinem Munde nicht allzu überzeugend klangen.

Roland Hefele, der sich anscheinend wieder vollständig beruhigt hatte, sagte, die Hand auf Kluftingers Arm gelegt: »Du, Klufti, also wenn du auch Flugangst hast, dann sag's einfach. Wir finden dann schon eine Lösung!«

Der Kommissar zog seinen Arm weg. »Schmarrn! Flugangst!«, blaffte er. »Was weiß denn ich, ob ich Flugangst hab!«

»Wie, du weißt es nicht?«, bohrte Maier nach.

Diesmal war es Kluftingers Gesicht, das eine rote Färbung annahm. »Ja, wie gesagt: Ich kann es nicht sagen! Ich bin noch nicht geflogen, also … bisher!«

Die drei anderen sahen sich grinsend an, verkniffen sich jedoch angesichts der angespannten Stimmung jeglichen Kommentar.

Maier sagte in verständnisvollem Ton: »Du … Chef, ich bin doch bei dir!«

»Ja, *eben*!«, stöhnte Kluftinger und musste ebenfalls grinsen.

»Jedenfalls hab ich mich schon erkundigt: Es geht heute noch eine Maschine von Memmingen nach Wien, um zwei Uhr ist Abflug, wenn wir Internet-Check-in machen und nur Handgepäck mitnehmen, müssen wir gerade mal eine halbe Stunde vorher da sein.«

»Komm, Klufti, mal vom Allgäu Airport fliegen ist schon ein Erlebnis! Und es wird Zeit für deinen ersten Flug!«, ermunterte ihn Strobl.

»Ja, ist ja schon recht, von mir aus, wenn's nicht anders geht! Aber apropos Handgepäck: Ich hab noch nicht mal das! Ich war doch nicht drauf eingerichtet!«

»Ja, meinst du, ich? Ich würd halt jetzt schnell heim nach Leutkirch fahren und was holen.«

»Du, Richie, weißt du was, da fährst du am Rückweg schnell bei mir vorbei. Ich sag meiner Frau, dass sie mir was zusammenpacken und dir dann mitgeben soll!«

»Bitte, ganz wie du meinst.«

»Und du musst das alles buchen, gell? Beziehungsweise, das kann auch die Sandy machen. Sagst du es ihr bitte? Ich kann mich da um nix kümmern!«

»Lass mal, ich buche lieber selber, vielleicht kann ich uns noch tolle Plätze ergattern, weißt du, direkt am Notausgang. Das sind mir die liebsten!«

Kluftinger schluckte. Priml, das schien ja heiter zu werden, wenn selbst Maier, der jeglicher Art von Technik in allen Belangen des Lebens blind vertraute, sich vorsichtshalber direkt an den Notausgang setzte! »Du, Richie, sag mal, wer fliegt denn da? Ich mein, schon die Lufthansa, oder?«, fragte er besorgt.

»Lufthansa? Ach was, die fliegen doch nicht von Memmingen aus! Nein, das ist so eine neue ungarische oder tschechische Chartergesellschaft, soviel ich weiß. Ganz klein, die haben wohl nur zwei oder drei Flugzeuge.«

»Zwei oder drei … insgesamt jetzt?«

Maier zog die Schultern hoch. »Schon, glaub ich. Ich wollte letztes Jahr mit denen nach Kroatien, da hieß es, dass eine von den beiden Maschinen gerade einen Triebwerksschaden gehabt hätte, und wir mussten vier Stunden auf die andere warten.«

»Einen … Triebwerksausfall? Bei so einem neuen Flugzeug?«

»Also, neu würd ich die nicht nennen! Die Maschine damals hatte mindestens dreißig Jahre auf dem Buckel. Aber dafür sind die Dinger ja ausgelegt!«

Dreißig Jahre? Älter als sein Passat waren diese Dinger! Kluftinger spürte, wie sich eine nervöse Unruhe in ihm breitmachte. War das etwa Flugangst?

»Also ich buch uns das jetzt schnell, und dann fahr ich heim und hol meine Sachen!«, sagte Maier bestimmt und zog die Tür auf.

»Du, Richie, weißt du, lass uns doch noch einmal nachschauen wegen dem Zug. Ich mein, so ein Expresszug, der …«, startete Kluftinger einen letzten Versuch, seinem ersten Flug doch noch zu entkommen, doch Maier drehte sich wortlos zu ihm um und stimmte pfeifend eine Melodie an, die der Kommissar erst erkannte, als sein Kollege schon die Tür hinter sich geschlossen hatte: »Wind Nordost, Startbahn nulldrei …«

»Erika, ich hab's dir doch grad schon erklärt. Es geht nicht anders. Ja, es geht um diese Magnus-Ausstellung. Die Wiener haben einen Verdächtigen festgenommen«, erklärte Kluftinger wenig später am Telefon, »und nach einem weiteren fahnden sie noch. Und da muss ich schon selber hin. Ich hab auch grad noch mit dem Lodenbacher geredet, der erwartet das von mir.«

»Ach so, da kann man auf einmal schon fliegen«, empörte sich seine Frau, »aber wenn ich einmal im Urlaub weiter weg will als nach Südtirol, dann blockst du jedes Mal ab, weil du ja nur mit dem Auto verreisen kannst!«

»Jetzt, Erika, ich kann's mir auch nicht aussuchen. Ich würd lieber daheim bleiben, das darfst du mir glauben! Und jetzt pack mir bitte ein paar Sachen ein, der Maier Richard holt sie dann nachher bei dir ab.«

»Und was hätt der Herr dann gern dabei in Wien?«

»Mei, halt einen Schlafanzug und ein bissle Gwand. Nix Feines, ich hab nicht vor, auf den Opernball zu gehen!«

»Pff! Du hast doch eh nix Feines! Vor der Hochzeit heißt's eh noch mal nach Metzingen ins Outlet fahren, du brauchst schon einen neuen Anzug, gell?«

Der Kommissar rollte die Augen. Was durch diese vermaledeite Hochzeit noch alles auf ihn zukäme, war im Moment noch gar nicht abzusehen. Und dieser Tag im Autlett wäre sicher noch lange nicht das Schlimmste.

»Ja, ja, schon recht, das kömmer ja dann … sehen!«, wiegelte er fürs Erste ab. »Also dann, bis morgen oder übermorgen, gell? Pfiati!«

»Bis morgen oder übermorgen – pfiati! Sag mal, dürft ich als deine Frau aber schon noch erfahren, wann du gedenkst zurückzukommen, wo du wohnst, wer mit dir fliegt, wann du in Wien landest, oder? Fliegt da eine Frau mit?«

»Du, ich meld mich bei dir. Ich weiß doch selber noch nicht, wie das alles abläuft. Und die Henske muss erst mal ein Hotel suchen. Übrigens nicht für sich und mich, wenn es dich beruhigt. Der Maier fährt mit! Das ist ja wohl Strafe genug, oder?«

»Immerhin, der ist wenigstens ein grundanständiger Kerl, kein solcher Hallodri, wie du es von diesem Bydlinski erzählt hast!«

»Jetzt schau: Vielleicht taugt mir das Fliegen ja so gut, dass wir im Urlaub auch mal was Größeres machen.« Diese Hypothese war zwar mehr als unwahrscheinlich, doch für den Moment hoffte er, damit diese leidige Diskussion beenden zu können.

»Ja, ja, du und was Größeres machen im Urlaub, da bring ich dich ja leichter zu einem neuen Tanzkurs!«, tönte es aus dem Hörer.

Kluftinger wechselte schnell das Thema: »Und denk an meine Zahnbürste – die mit dem Saugfuß und der Kappe über dem Bürstenkopf, damit nix dreckig wird. Und mach's gut. Sonst ist ja der Markus auch da, wenn am Haus was ist!«

»Butzele, ich komm schon allein zurecht«, erwiderte Erika etwas sanfter und mit der brüchigen Stimmlage, die sie bei Abschieden immer anschlug. »Und am Haus war die letzten Monate auch nix, was soll denn da passieren? Sei du vorsichtig und geh kein Risiko ein, gell? Man weiß ja nie, in was für Situationen du da kommst!«

Na also. Das war die Erika, die er kannte und liebte: besorgt, einfühlsam, liebevoll. Er rang sich sogar als Abschiedsgruß ein »Bussi« ab, und sie legten einigermaßen versöhnt auf.

»Richie, jetzt trag dein Damenköfferle lieber mal eine Weile, sonst meinen die im Tower noch, da landet ein unangemeldeter Jumbojet!«

Maier ging gar nicht auf Kluftingers Bemerkung ein und zog ungerührt seinen quietschgelben und infernalisch lärmenden Hartschalentrolley in Richtung Flughafenterminal. Auf Geheiß seines

Chefs hatte Maier seinen Wagen auf einem weit entfernten Langzeitparkplatz, zum Missfallen des Kommissars *Longtime-Parking* genannt, abgestellt, da der nur einen Bruchteil dessen kostete, was vorn direkt am Flughafengebäude zu berappen war. Maiers Einwand, es handle sich doch um eine Dienstreise, deren Kosten ja voll erstattet würden, ließ sein Chef nicht gelten: Für das Abstellen eines Fahrzeugs über die Maßen Geld auszugeben kam nicht infrage – aus Prinzip.

Kluftinger begann zu schwitzen. Mit seiner Brotzeit-Plastiktüte und seinem alten Kunstlederkoffer, einem grauen Modell aus den Siebzigern, hatte er ein wenig Probleme, mit dem Kollegen Schritt zu halten. Anscheinend hatte es Erika ziemlich gut gemeint beim Einpacken. Immer wieder stellte er das Gepäck kurz ab und wechselte die Seite, um seine Handgelenke ein wenig zu entlasten. »Die könnten ja auch so Gepäckwägen bereitstellen, oder?«

»Ja, oder einen Dienstmann!«

»Schmarrn, so was gibt's doch schon lange nicht mehr!«

»Na ja, in der Zeit, als man solche Koffer wie deinen hatte, gab's das schon noch! Du weißt schon, Engel Aloisius und so. Und nicht zu vergessen ›Hallo Dienstmann!‹ mit Hans Moser und Paul Hörbiger!« Maier grinste und begann zu singen. *»Hallo Dienstmann! Hallo Dienstmann! Nehmen Sie hier diese Dahlie! Hallo Dienstmann! Hallo Dienstmann! Geh'n Sie damit zur Amalie …«*

In der Abflughalle sah es tatsächlich aus wie auf einem richtigen Flughafen. Mitten im Allgäu! Kluftinger hätte sich alles hier viel improvisierter vorgestellt, schließlich hatte man einfach einen Hangar der Luftwaffe umgebaut. Links fanden sich die Schalter der Fluglinien und ein Zollschalter, gegenüber waren Reisebüros und Autovermietungen, und ein großes Café markierte die Mitte der Halle. Maier hatte sich bereits auf eine der Ruhebänke geflätzt und spielte mit seinem Handy.

»Richie, gibst du mir jetzt mal meinen Flugschein?«

Maier sah auf, senkte dann seinen Blick wieder auf das Mobiltelefon und erklärte: »Ich hab keinen Flugschein für dich!«

»Ja, wie jetzt, du hast doch gesagt, du hast alles gebucht. Hast du jetzt Tickets, ja oder nein?«

»Wenn du so direkt fragst: nein.«

»Ja, sag mal … spinnst du? In nicht mal einer Stunde geht der

Flieger! Und wenn der jetzt ausgebucht ist? Du hast Nerven, echt! Ich hab dem Lodenbacher versprochen, dass wir das nächste Flugzeug nehmen!« Er wollte sich gerade auf den Weg zum Schalter der Fluglinie machen, da hielt ihm Maier lächelnd sein Smartphone hin.

»Logisch hab ich für uns beide gebucht. Aber mit Handyticket!«

»Aha. Krieg ich jetzt den Schein?«

»Chef, das ist doch da drauf!« Er zeigte ihm das Display, auf dem eine Art Strichcode zu sehen war.

»So, verstehe. Und wie krieg ich das jetzt auf mein Handy drauf?«

»Auf deinen Knochen? Gar nicht. Das hier gilt für uns beide.«

»Kannst du eigentlich nichts normal machen? Ich mein, wie andere Menschen auch?«

»Hast du denn deinen Perso dabei?«

»Ja, Mama. So, und jetzt gehen wir mal … ein…schecken!«

Nachdem Maiers elektronischer Flugschein zu Kluftingers großem Erstaunen tatsächlich akzeptiert worden war, legte Kluftinger seinen Ausweis auf den Tresen und stellte, wie ihm von der Angestellten im hellblauen Kostüm geheißen wurde, seinen Koffer auf das Band neben dem Schalter.

»Das macht dann bitte sechzig Euro. Bar oder mit Karte?«

Kluftinger sah die Frau verdutzt an. »Nein, mein Kollege hat das Ticket schon bezahlt. Das ist neu, das geht über das Telefon, wissen Sie?«

»Natürlich, der Flug kostet ohnehin nur neununddreißig Euro. Die sechzig bezahlen Sie für das Übergepäck. Sie dürfen leider nur zehn Kilo mitnehmen, Ihr Koffer wiegt aber fast vierzehn. Sie sehen, ich habe Ihnen ein Kilo nachgelassen«, erklärte die Frau und blickte ihn aus wasserblauen Augen gleichgültig an.

»Wie jetzt? Ein Kilo Gepäck kostet zwanzig Euro? Vierzig Mark? Sagt's mal, habt's ihr einen Schuss?«, entfuhr es dem Kommissar.

»Nein, keinen Schuss. Wir haben Allgemeine Geschäftsbedingungen, die Sie übrigens bei Ihrer Buchung akzeptiert haben. Respektive Ihr … Freund.«

Freund! Der Kommissar fuhr herum und wollte Maier gerade auffordern, die Sache irgendwie zu klären, da fiel sein Blick auf das kleine gelbe Rollköfferchen. Kluftinger atmete tief ein und wandte sich wieder an die Dame hinter dem Schalter. »Mein Dings, mein … Freund und ich reisen ja zusammen, sozusagen. Also können Sie ruhig die Koffer miteinander wiegen. Macht somit also zwanzig Kilo Freigepäck für uns beide«, erklärte der Kommissar triumphierend und stellte Richard Maiers Koffer neben seinen auf das Band.

Doch die Frau schüttelte gelassen den Kopf. »Tut mir leid, die Gewichtsangabe gilt pro Gepäckstück, nicht pro Reisegruppe. Steht übrigens auch in den AGBs!«

Kluftinger merkte, dass es wenig Sinn hatte, hier auf Kulanz zu hoffen. »Richie, wir packen um!«, erklärte er daher kurzerhand, griff sich die beiden Koffer und ging ein paar Schritte zur Seite zu einer Bank. Dort klappte er den Deckel seines Koffers auf, schüttelte den Kopf und seufzte: »Erika!« Priml. Diesmal hatte sie es mit der Fürsorge doch ein wenig übertrieben. Der Koffer war vollgestopft mit Dingen, die er auf seiner ein-, höchstens zweitägigen Reise niemals brauchen würde, und er hörte förmlich, was sich seine Frau beim Einpacken gedacht hatte: ein Paar Schuhe zum Wechseln *(falls es regnet)*, ein Anorak *(falls es kühl wird)*, eine Flasche Multivitaminsaft, eine Plastiktüte mit diversen Medikamenten, Pflasterstreifen, Salben und Pröbchen diverser Parfüms und Cremes – die er nie benutzte, wie Erika eigentlich wusste –, feuchtes Toilettenpapier, Desinfektionsspray, sein großer kunstlederner Waschbeutel, geschätzt die Hälfte der gesamten Kleidung, die er besaß *(man weiß ja nie)*, und sage und schreibe drei Bücher *(vielleicht wird es mal langweilig)*.

Er steckte die Flasche in seine Brotzeittüte und gab mit einer Handbewegung seinem Kollegen zu verstehen, dass der nun seinen Koffer öffnen solle. Widerwillig schwang Maier seinen Trolley auf die Bank. Auch was er nun sah, löste bei Kluftinger Stirnrunzeln aus. Es war das exakte Gegenteil seines Kofferinhalts: Den größten Teil stellten irgendwelche Ladekabel und elektronische Geräte dar – Maier hatte eine große Spiegelreflexkamera samt Wechselobjektiv dabei, einen Elektrorasierer und einige andere flache, mit Bildschirm ausgestattete Geräte, deren Sinn sich Kluftinger auf den ersten Blick nicht erschloss. Mindestens so interessant war aber, was der Kommissar nicht sah: Neben einem einzigen T-Shirt befand sich nur ein Paar Socken im Koffer. Nicht einmal eine Unterhose zum Wechseln war zu sehen. Maiers Kulturbeutel bestand aus einer Brotzeittüte mit einer Zahnbürste samt Minitube Zahnpasta.

»Aha, der Herr reist dann doch eher mit kleinem Gepäck!«, bemerkte Kluftinger und begann seine Umräumaktion, die Maier mit bitterer Miene verfolgte.

Nachdem der Kommissar schon die Hälfte seiner Oberbekleidungskollektion umgeladen hatte, schritt er jedoch ein. »Nein, Chef, alles, was recht ist, aber deine Unterhosen und Socken kannst du grad selber tragen!«

»Jetzt hab dich doch nicht so! Du musst es ja eh nur durch die Gegend schieben!«, bemerkte Kluftinger und schickte sich an, weitere Habseligkeiten aus seinem Koffer auszulagern, was von Maier jedoch dadurch unterbunden wurde, dass er seinen Trolley energisch schloss und schnell die Kombination des Zahlenschlosses verstellte. »Ich bin doch nicht dein Sherpa!«, versetzte er und zog beleidigt in Richtung Check-in-Schalter ab.

»Tut mir leid, das ist jetzt noch immer genau ein Kilo zu viel. Wenn es jetzt nur 650 Gramm wären – okay, da könnte man ein Auge zudrücken, aber so … ich hab auch meine Richtlinien.«

Kluftinger sah eine Weile entgeistert in die wasserblauen Augen, dann kam ihm die Idee. Er öffnete seinen Koffer einen Spaltbreit, tastete mit seiner Rechten nach dem Waschbeutel, öffnete ihn blind und zog schließlich sein Duschgel heraus. Er besah es sich und nickte: 350 Milliliter.

»Gnädige Frau – wir machen das jetzt folgendermaßen: Ich lass das hier bei Ihnen – zu treuen Händen. Passen Sie bitte darauf auf, ist immerhin ein Markenprodukt.« Er reichte ihr die Flasche. »Schreiben Sie halt vielleicht meinen Namen drauf, ich hol das morgen, spätestens übermorgen bei Ihnen ab!«

Mit einem Seufzen nahm die Dame das Duschgel entgegen, nickte zustimmend und klebte ein Gepäckbändchen um den Koffergriff. Als Kluftinger sich umgewandt hatte, warf sie die Flasche mit den Worten »Aldi, typisch!« in den Abfalleimer.

»Gibst du mir bitte deine Dienstwaffe?«, fragte Maier, als sie sich an der Sicherheitsschleuse angestellt hatten.

Kluftinger erschrak. »Kreuzkruzifix, ich hab die Waffe dabei! Hab ich völlig verschwitzt!«

Maier winkte ab. »Kein Problem. Wer weiß, schließlich fahren wir ja nicht zum Spaß nach Wien. Wir geben die Pistolen vor dem Flug ab, sie werden sicher verpackt, kommen in einen Extrabereich im Frachtraum, und wir kriegen sie in Wien wieder ausgehändigt. Also, gib her, dann kümmer ich mich schnell noch um den Papierkram.«

Kluftinger sah sich um und zog, als er sicher war, dass niemand ihn beobachtete, seine Waffe aus dem Holster. Dann drückte er sie Maier in die Hand und sagte: »Aber nicht wieder Kinder damit spielen lassen, gell?«

Sein Kollege nahm sie an sich und verschwand kommentarlos in der Tür der Flughafenpolizei.

Nun stand er allein an der Schleuse, seine Brotzeittüte in der Hand, und wusste nicht, wie er sich zu verhalten hatte. Der Sicherheitsangestellte sah ihn erwartungsvoll an und deutete erst auf seine Tüte, dann auf die Kunststoffkisten, worauf sich Kluftinger in Bewegung setzte, seine Brotzeit in eine der Kisten und diese auf das Laufband schob. Mit forschem Blick durchschritt er sodann den Metalldetektor, der aussah wie ein frei stehender Türrahmen, worauf ein schriller Warnton ertönte und eine rote Leuchte zu blinken begann.

Der Mann schüttelte den Kopf. »So wird das nix.«

»Ach so … ich bin Polizist, das passt schon«, sagte Kluftinger und zog seinen Geldbeutel heraus, um seinen Dienstausweis vorzuzeigen.

»Und? Das ändert nix. Alle werden kontrolliert, da gibt es keine Ausnahmen«, brummte der Mann. »Sämtliche metallischen Gegenstände bitte in eines der kleinen Kästchen legen, durch das Röntgengerät schieben und dann noch mal durchgehen, der Herr Polizist!«

Kluftinger ging missmutig zurück. Er legte seine Armbanduhr, den Hausschlüssel und seinen Geldbeutel ab.

»Was ist mit dem?«, fragte der Flughafenangestellte gelangweilt und zeigte auf Kluftingers Hose.

»Mit … wem?«

»Dem Gürtel.«

»Was soll damit sein?«

»Metall?«

»Ja, sicher.«

»Also: ausziehen.«

»Den Gürtel?«

Der Mann seufzte. »Ja, wovon red ich die ganze Zeit.«

»Aber … dann rutscht meine Hose.«

Der Mann warf ihm einen prüfenden Blick zu, als sei er nicht sicher, ob es der Kommissar ernst meinte. »Dann halten Sie sie fest.«

Kluftinger fügte sich, legte den Gürtel ab und durchschritt das Gerät, wobei er mit einer Hand seine Hose am Schritt hielt. Wieder schlug der Detektor Alarm.

»Ein Handy vielleicht?«

Kluftinger sah sein Gegenüber verdrossen an, erklärte, sein Handy sei nicht aus Metall, sondern aus Kunststoff, ging dann aber zurück, zog sein Telefon nebst einigen Bonbonpapierchen, ein paar Euromünzen und einem Stofftaschentuch aus der rechten Hosentasche und schickte diese letzten Devotionalien, die er anzubieten hatte, auf die Reise durch den Scanner.

Als es beim Durchschreiten der Schleuse erneut piepste, hörte Kluftinger die Reisenden in der inzwischen beträchtlich gewachsenen Schlange murmeln und kichern.

»Bitte setzen Sie sich hier auf den Stuhl und ziehen Ihre Schuhe aus!«

»Die Schuhe?« Das war doch reichlich absonderlich. Ob ihn der Sicherheitstyp bewusst schikanieren wollte?

»Die Schuhe!«

»Haben Sie Angst, dass ich im Flugzeug meine Socken als Waffe benutze?«

Fünf erniedrigende Minuten ohne Schuhe und Gürtel später hatte der Flughafenmitarbeiter einen weniger geduldigen Ton angeschlagen. »Also, zum letzten Mal jetzt: Trinken oder stehen lassen!«, blaffte er Kluftinger an. Der hatte eben erfahren, dass er zwar seine üppige Brotzeit – zwei Paar Landjäger, eine dicke Scheibe Presssack, eine kleine Tüte Senf, drei Semmeln und einige Schokoriegel – mit in den Flieger nehmen durfte, nicht aber die Saftflasche, die Erika ihm eingepackt hatte.

Der Kommissar fühlte sich gegenüber dem bulligen Sicherheitsmann schwach und hilflos, noch dazu, weil seine Hose ständig rutschte. Es ging ihm nicht um das Geld für das Getränk, aber er wollte ihm diesen Triumph nicht gönnen. »Hören Sie, ich geh noch mal schnell raus zu der Frau am Schalter, die hat mein Duschgel auch schon in Verwahrung, der geb ich noch den Saft dazu.«

Mit Blick auf die Schlange schüttelte der andere den Kopf. »Entweder trinken oder dalassen. Sonst können Sie Ihren Flug vergessen!«

Kluftinger lief knallrot an. Schnaubend riss er dem Mann die Flasche aus der Hand, schraubte sie auf und trank sie in einem Zug aus. Dann bestückte er seine Hosentaschen wieder mit den abgelegten Dingen, zog Schuhe und Gürtel an, ging ohne ein weiteres Wort in die Abflughalle, wo er in dem kleinen Shop das Pfand für die Plastikflasche auslöste, und stieß dann zu Maier, der ihn bereits erwartete.

»Und, alles glattgelaufen, oder gab's irgendwelche Probleme?«

Kluftinger setzte ein betont erstauntes Gesicht auf. »Probleme? Wieso? Alles gut so weit!«

»Du, das Boarding hat grad angefangen.«

»Ah ja, das ist ja … gut.« Kluftinger setzte sich.

»Wir können schon einsteigen!«

»Ach so. Auch gut.« Er erhob sich wieder. Irgendwie war er erleichtert, nun wieder seinen reiseerfahrenen Kollegen neben sich zu haben – auch wenn er ihn das niemals merken lassen würde. Nach ihm durchschritt er die Tür hinaus auf das Rollfeld und war überrascht, dass dort bereits die hellblau lackierte Maschine stand. Er genoss den frischen Wind, der heute trotz des strahlenden Sonnenscheins blies, wunderte sich aber, dass man hier einfach so zu Fuß zum Flugzeug ging. Das war seiner Ansicht nach doch alles andere als üblich heutzutage. Er hatte mindestens einen Bus oder einen dieser Ziehharmonikatunnel erwartet. Aber ihn beunruhigte eigentlich etwas anderes: Von Weitem hatte das Flugzeug nagelneu und blitzblank ausgesehen, doch je näher sie ihm kamen, desto betagter wirkte es: Zahlreiche verschiedenfarbige Lackschichten kamen zum Vorschein, und um die Triebwerke herum hatte sich Ruß gebildet. Auch das Reifenprofil schien nicht mehr das beste. *Wie bei meinem Passat*, dachte der Kommissar, was ihn trotz seiner dreißig nahezu pannenfreien Jahre nicht wirklich beruhigte. Beim Einsteigen verstärkte sich seine Beklemmung noch ein wenig. Er hatte sich alles hier viel größer vorgestellt. Und auch die wenig luxuriöse Atmosphäre, die die abgewetzte graue Kunstlederausstattung verbreitete, machte ihn nervös.

Er beschloss, sich abzulenken und der älteren Stewardess mit der strengen Frisur am Eingang eine *Bild*-Zeitung abzukaufen – mehr wollte er für Lektüre während des kurzen Fluges nicht ausgeben. »Ich zahl's dann am Platz«, sagte er, als er die Zeitung an sich nahm. Als er sich dorthin vorgekämpft hatte, entschied er sich kurzerhand für den Fensterplatz, da der noch ein wenig näher am Notausgang war, zog aber sofort den Sichtschutz vor dem kleinen Bullauge herunter. Er wollte selbst entscheiden, wann er für den Ausblick aus schwindelerregender Höhe bereit war. Maier verstaute unterdessen zwei Zeitungen im Ablagenetz und schlug eine weitere so raumgreifend auf, dass Kluftinger gar nicht mehr richtig sitzen konnte. Er drückte so lange mit dem Ellbogen gegen Maiers Arm, bis dieser nachgab.

»Hast du gleich drei Zeitungen gekauft, Richie?«

»Wie: gekauft? Die sind doch umsonst!«

»Die sind …«, begann der Kommissar, stand auf und drängte sich noch einmal zurück zum Eingang, um wenig später mit einem ganzen Stapel unterm Arm zurückzukehren. Erst am Platz betrachtete er seine Beute genauer, die ein breites Spektrum der Presselandschaft abdeckte: Neben einem Jachtmagazin, *Psychologie heute* und *Börse aktuell* waren auch zwei Frauenillustrierte darunter. Zu seiner Überraschung hielt er schließlich noch den *Playboy* in seinen Händen.

Die hektische Betriebsamkeit im Flugzeug legte sich allmählich. Fast alle Passagiere hatten mittlerweile ihr Handgepäck verstaut und Platz genommen, und die Stewardessen kontrollierten die Klappen der Gepäckfächer, als eine Lautsprecherdurchsage ertönte:

»Einen wunderschönen guten Tag, meine Damen und Herren, hier spricht Ihr Kapitän. Herzlich willkommen auf unserem heutigen Flug nach Wien-Schwechat vom Allgäu Airport Memmingen. Die KingAir begrüßt Sie und wünscht Ihnen einen angenehmen Flug. Bitte achten Sie nun auf die Durchsagen unseres Kabinenpersonals und auf die Sicherheitshinweise. Ich melde mich noch einmal mit näheren Informationen zum Flug, wenn wir unsere Reiseflughöhe erreicht haben. Mein Name ist Kevin Schreiner.«

»Ogottogottogott, nicht der!«, presste Maier hervor.

Kluftinger sah ihn erschrocken an. »Stimmt was nicht? Kennst du den?«

Maier grinste. »War bloß Spaß. Uralter Pilotenwitz. Aber ob ein Kevin als Pilot viel Wert hat?«

Es ärgerte den Kommissar, dass Maier offenbar gemerkt hatte, wie unwohl ihm hier drin war. »Du, Richie, die haben doch ein Klo hier, oder?«

»Schon.«

»Ich geh noch mal schnell.« Während des Fluges war es sicher verboten, die Toilette zu benutzen.

»Nein, jetzt darfst du nicht. Das geht erst wieder, wenn wir gestartet sind!«

Priml. Dabei hätte er dringend gemusst, weil sich der Inhalt der Saftflasche, die er eben noch so hastig geleert hatte, wieder meldete. Missmutig untersuchte er das Ablagenetz vor sich, fand darin jedoch nur ein Magazin der Fluggesellschaft, eine laminierte Karte mit Sicherheitshinweisen und immerhin einen praktischen Müllbeutel mit der rätselhaften Aufschrift »Sick Bag«.

Nun begann das, wovon er schon öfters gehört hatte: die Sicherheitsvorführung der Flugbegleiter. Während die Triebwerke des Flugzeugs bereits zu röhren begannen, stellte sich die älteste der Stewardessen, eine dünne Frau mit streng zurückgekämmten Haaren, in die Mitte des Ganges und vollführte zu einer Bandansage ausladende Handbewegungen mit den Armen, was Kluftinger ein bisschen an den Tanzstil von Doktor Langhammer erinnerte. Er wischte den Gedanken jedoch gleich wieder beiseite, denn er wollte der Darbietung dieser im Notfall lebensrettenden Anweisungen aufmerksam folgen. Ganz im Gegensatz zu den meisten anderen Fluggästen, die sich weiter unterhielten, in Zeitschriften blätterten oder im Stehen ihre Jacken auszogen, was dem Kommissar das Zuschauen erheblich erschwerte. Auch Maier schien sich nicht dafür zu interessieren, denn er tippte gelangweilt auf dem Touchscreen seines Handys herum.

Der Kommissar boxte ihn mit dem Ellenbogen in die Seite: »Jetzt pass halt auch mal auf, das ist wichtig.«

Er erntete nur ein mildes Lächeln. »Ach, da schaut doch niemand zu, das ist total uncool, ehrlich.«

»Ja, und? Lieber uncool als tot.«

»Kannst mich ja dann retten, wenn du als Einziger beim Crash lebendig rauskommst, weil du zugehört hast.«

Als die Stimme vom Band darauf hinwies, dass man alle elektronischen Geräte abschalten solle, weil diese die Bordinstrumente stören könnten, herrschte Kluftinger seinen Kollegen an, dem umgehend Folge zu leisten, er wolle nicht wegen dessen blöden Telefoncomputerdings sterben.

Dann wandte Kluftinger sich wieder der Frau in der hellblauen Uniform zu, die gerade mit routiniert wirkenden Bewegungen die Funktionsweise des Gurtes erklärte. Kluftinger vollzog jeden ihrer Schritte nach, öffnete und schloss den Gurt probehalber noch einmal, kontrollierte die aufrechte Position seines Sitzes und die Verriegelung des Tischchens vor sich, versicherte sich, dass Maiers Handgepäck ordnungsgemäß verstaut war, ahmte eifrig die Bewegungen bei der Erklärung der Sauerstoffmaske pantomimisch nach, was ihm jedoch einen bitterbösen Blick der Stewardess eintrug. Irgendwann wurde ihm die dargebotene Informationsfülle jedoch zu viel, und er zog einen seiner Bedienungsblöcke hervor, die er immer bei sich trug, um sich das Wichtigste mitzunotieren. Die Flugbegleiterin schien dieses ungewohnte Interesse an ihren Ausführungen zu irritieren, und ihre Stirn bewölkte sich zunehmend. Offensichtlich vermutete sie, dass der Kommissar sie veräppeln wolle.

Als die Lautsprecherstimme schließlich sagte, alle, die an einem Notausgang säßen, sollten sich fragen, ob sie sich den Anforderungen dieses Platzes – andere zum Notausgang geleiten, notfalls die Tür öffnen – gewachsen fühlten, kritzelte der Kommissar ein dreimal unterstrichenes »NEIN!« in seinen Block. Dann hielt er auf einer kleinen Skizze die Lage der anderen Notausgänge fest.

»Wenn Sie Fragen haben, melden Sie sich jederzeit bei unserem Kabinenpersonal«, endete die Ansage schließlich, und im selben Moment schoss Kluftingers Finger in die Höhe. Er nahm ihn auch während der Wiederholung der Durchsage auf Englisch nicht herunter, bis die Stewardess zu ihm kam und ihn mit mühsam abgerungener Freundlichkeit fragte: »Was kann ich für Sie tun?«

»Ich hätt da noch ein paar Fragen, Fräulein.« Kluftinger blätterte in seinen Notizen. »Wie ist das mit der Sauerstoffmaske, kommt die von selber runter, oder muss ich da was drücken?«

»Nein, die kommt von selbst«, sagte sie leise, als fürchte sie, ihre Unterhaltung könne mit angehört werden. Dann wandte sie sich zum Gehen.

»Und gibt's auch so eine Schwimmweste?«

»Ja, die gibt es, aber da wir nicht übers Meer fliegen, werden Sie die wohl nicht brauchen.«

»Aber es gibt auf dem Weg ja einige große Seen. Und was, wenn unser Flug umgeleitet wird?«

Die Frau mit den streng zurückgekämmten Haaren sah sich Hilfe suchend um. »Nun, in dem praktisch unmöglichen Fall einer Notwasserung ist die Weste unter Ihrem Sitz. Ich muss mich jetzt weiter um die Startvorbereitungen kümmern, wenn Sie gestatten.«

»Ja, schon, bloß …« Er deutete mit dem Kopf nach rechts und verdrehte die Augen in Maiers Richtung.

»Wie bitte?«

Wieder bewegte Kluftinger den Kopf und verdrehte die Augen. Sie folgte seinem Blick, der direkt auf Maiers Handy ging.

»Sie müssen Ihr Telefon jetzt ausschalten«, entfuhr es ihr barsch. Ihre Geduld mit dieser Sitzreihe schien schon vor dem Start langsam ihrem Ende entgegenzugehen.

»Siehst du, ich hab's dir gleich gesagt«, flüsterte der Kommissar, nachdem die Stewardess verschwunden war. Dann murmelte er etwas von »Weste kontrollieren«, beugte seinen Kopf zwischen seine Beine und fummelte unter seinem Sitz herum. Als er eine Kordel zu fassen bekam, zog er daran, worauf sofort ein durchdringendes Zischen erklang. Er steckte den Kopf noch weiter zwischen die Beine und sah, wie sich der Platz unter seinem Sitz mit orangefarbenem Plastik füllte. Blitzartig setzte er sich wieder gerade hin und schaute zu Maier.

»Ist dir zu warm?«, kommentierte der seinen roten Kopf.

»Mir … nein, wie kommst du denn da drauf?«

»Zischt da was?«

»Ich hör nix.« Kluftinger begann zu pfeifen, um so die Geräusche unter seinem Sitz zu übertönen. Dann haute er mehrmals mit seinen Hacken gegen die nun vollständig entfaltete Schwimmweste, um sie wieder ganz unter den Sitz zu schieben.

»Hast du was am Bein?«

»Wieso am Bein?«

»Du zuckst so.«

»Herrgott, was ist denn los mit dir? Bin ich hier beim Arzt oder was? Sei doch nicht so nervös. Wird schon alles gut gehen.«

Seine Aufmerksamkeit wurde von einem Ruck abgelenkt, als sich das Flugzeug langsam in Bewegung setzte und auf seine Startposition rollte. »Cabin crew prepare for take-off«, hörte Kluftinger, doch diesmal wollte er gar nicht wissen, was es bedeutete, denn sein ganzer Körper vibrierte, als die Triebwerke plötzlich hochgedreht wurden. Sie standen eine Weile, dann brandete ein ohrenbetäubendes Getöse auf, unter dem das ganze Flugzeug erzitterte. Der Kommissar presste stoßweise seinen Atem hervor, als der Schub einsetzte. Die Maschine beschleunigte so stark, dass sein Körper in den Sitz gepresst wurde. Er krallte sich in die Armlehnen und versuchte, nicht daran zu denken, mit welcher Geschwindigkeit sie hier über die Startbahn rasten. Dann hob die Maschine vom Boden ab, und Kluftinger drehte sich der Magen um. Seine Ohren fielen zu, und er schloss die Augen. Er öffnete sie erst wieder, als Maier sich zu Wort meldete: »Hättest du doch nur früher mal was gesagt«, sagte er mit anzüglichem Grinsen. Kluftinger folgte seinem Blick – und erstarrte. Seine rechte Hand hatte sich nicht in die Lehne, sondern in Maiers Schenkel gekrallt. Er zog sie so schnell zurück, als läge sie auf einer heißen Herdplatte.

Die nächsten zwanzig Minuten verbrachten sie schweigend, und Kluftingers Puls normalisierte sich dank mehrmaligen innerlichen Absingens von *Über den Wolken* allmählich wieder – soweit das in dieser Höhe für ihn eben möglich war. Plötzlich knackte es im Lautsprecher, und die Stimme des Piloten meldete sich erneut: *»Guten Tag, meine Damen und Herren, hier spricht noch einmal Ihr Kapitän. Wir haben inzwischen unsere Reiseflughöhe von einundzwanzigtausend Fuß beziehungsweise sechstausendfünfhundert Metern erreicht. Die Geschwindigkeit beträgt momentan siebenhundertdreißig Kilometer pro Stunde. Wir haben leichten Rückenwind und werden unser Flugziel Wien Schwechat voraussichtlich um 15.05 erreichen. Dort erwarten Sie Temperaturen um die achtzehn Grad bei leichter Bewölkung. Im Moment fliegen wir Nordnordost, werden aber vor dem Landeanflug eine Kurve Richtung Südosten fliegen, oder laienhaft ausgedrückt: nach rechts abbiegen …«*

»Also, die haben schon ein ziemliches Mitteilungsbedürfnis, oder?«, kommentierte Kluftinger abfällig.

»Wieso, ist doch interessant.«

»*Rechts unter Ihnen können Sie jetzt Altötting sehen …*«

»Mach doch mal auf«, bat Maier.

»Was?«

»Das Rollo, ich will was sehen.«

Kluftinger war noch nicht so weit, aus solcher Höhe auf die Erde zu blicken. »Ach was, das kennt man doch eh alles.«

»Jetzt sei doch nicht so«, maulte Maier, beugte sich über ihn und schob das Rollo hoch. Kluftinger drehte den Kopf demonstrativ in die andere Richtung, was er schon nach kurzer Zeit mit einem steifen Nacken bezahlte. Als der Kapitän sich dann noch einmal meldete, um ihnen die aktuelle Außentemperatur samt Luftfeuchtigkeit durchzugeben, wurde es Kluftinger zu bunt. Er packte seine Brotzeit aus und kommentierte, indem er den Tonfall der Durchsagen nachahmte: »Meine Damen und Herren, ich packe nun meinen mitgebrachten Presssack aus, der über eine Kerntemperatur von geschätzten siebzehn Grad verfügt. Dazu lege ich im Neunziggradwinkel eine Scheibe Brot und nordnordöstlich daneben eine kleine Tube Senf, die ich nun auf dem Presssack verteile …«

»Wissen Sie, es gibt durchaus Menschen, die sich für diese Durchsagen interessieren.«

Kluftingers Kopf fuhr herum. Neben ihrer Sitzreihe stand die Stewardess, die er gedanklich bereits *Zenzi* getauft hatte, wie die Kuh auf dem Hof seiner Nachbarn, die ihm auf dem Schulweg immer solche Angst eingejagt hatte.

»Oh … äh, also ich …« Der Kommissar lief rot an. Dann beschloss er, die Flucht nach vorn anzutreten. »Fräulein, würden Sie mir bitte einen Filterkaffee bringen und ein bissle Milch dazu? Und ein kleines Bier.«

Zenzi lächelte ihn süßlich an. »Vielleicht noch ein Stück Kuchen aus unserer Frischetheke? Mit Sahne dazu?«

»Ja, wenn das geht, dann das bitte auch.«

Ihr Lächeln verschwand. »Das ist hier doch kein fliegendes Wirtshaus. Wir werden in Kürze mit unseren Snacks durchgehen, so lange müssen Sie schon warten.« Dann rauschte sie davon.

Schulterzuckend packte Kluftinger seine Brotzeit wieder ein.

Ohne etwas zu trinken, wäre es für ihn nur der halbe Genuss. »Ich geh mal schnell aufs Klo«, sagte er zu Maier und zwängte sich an ihm vorbei nach draußen. Vor der Toilettentür wartete bereits eine Frau, die er fragte, wo sich denn die Herrentoilette befinde, wofür er nur einen feindseligen Blick erntete, gefolgt von dem Kommentar: »Sobald Sie drin sind, ist es eine.«

Als er schließlich an der Reihe war, die Tür abgeschlossen und gerade seinen Reißverschluss geöffnet hatte, leuchtete das Gurtanschnallzeichen auf, gepaart mit einem warnenden Klingelton. Kluftinger fuhr es wie ein Blitz in die Magengrube. Mein Gott, jetzt war es also so weit, sie stürzten ab! Er riss die Tür auf, sprintete an seinen Platz und warf sich an Maier vorbei förmlich in seinen Sitz, worauf dem Kollegen ein »Aua, spinnst du?« entfuhr. Dann zog er mit zitternden Fingern seinen Gurt fest.

»Geht's eigentlich noch?«, fragte Maier.

»Ja, hast du denn nicht gesehen?« Kluftinger zeigte mit glühenden Wangen auf das leuchtende Gurtsignal.

»Das?« Maier lachte. »Das bedeutet doch nix. Das machen die immer an, wenn sie meinen, es könnte leichte Turbulenzen geben. Ist aus versicherungstechnischen Gründen. Wenn einer stolpert oder so. Aber da passiert nie was.«

»Du meinst, wir stürzen gar nicht ab?«

»Abstürzen? Ach, quatsch, wer sagt denn so was?«

»Wer? Da … da vorne hat einer so was … behauptet.«

Maier schüttelte den Kopf. »Echt? Deppen gibt's, also wirklich. Übrigens: Deinen Reißverschluss kannst du jetzt wieder zumachen.«

Fast zehn Minuten brauchte Kluftinger, um sich wieder so zu beruhigen, dass ein erneuter Gang auf die Toilette möglich war. Er quetschte sich also erneut aus seinem Sitz und wartete vor dem gerade rot leuchtenden WC-Schildchen. Fünf Minuten später öffnete sich die Tür, und ein dicker, ungepflegt wirkender Mann, der eine Illustrierte unter den Arm geklemmt hatte, trat heraus, zögerte kurz, als er Kluftinger sah, grinste ihn dann an und zwängte sich an ihm vorbei. Der Kommissar sah ihm kurz nach, ging dann erneut in das bei diesem Fluglärm nicht allzu stille Örtchen – und bekam feuchte Augen. Ein bestialischer Gestank erfüllte die winzige Kabine. Automatisch hielt er die Luft an, doch er wusste, dass er sein eigenes kleines Geschäft nicht ganz ohne zu atmen würde verrichten können. Er presste also sein Gesicht in die Armbeuge und klappte mit der anderen Hand die Klobrille hoch. Als ihm sein erster Atemzug klarmachte, dass das bei dieser Geruchsbelastung nicht ausreichen würde, packte er seinen Pullover am Ausschnitt und zog ihn sich über die Nase, wobei er die Schultern fast bis zu den Ohren heben musste, damit diese provisorische Gasmaske auch bestehen blieb. Diese Anstrengung verschaffte ihm zumindest kurzzeitig olfaktorische Erleichterung. Zum Händewaschen musste er die Schultern aber wieder herunternehmen, weswegen er die Tür kurz öffnete, einen tiefen Atemzug nahm und dann unter dem entgeisterten Blick der davor wartenden Frau wieder schloss. So schaffte er die Handreinigung ohne weiteres Luftholen, und mit einem tiefen Seufzer verließ er die Kabine wieder, von all der Anstrengung stark schwitzend.

Als sich die Frau an ihm vorbeischob, blickte sie fragend in das purpurfarbene Gesicht des Kommissars. Noch bevor sie ganz in der Kabine war, sah der Kommissar, wie sich ihre Nasenflügel blähten, ihre Augen groß wurden und sie ihm einen vorwurfsvollen Blick zuwarf. Er wollte gerade zu einer Erklärung ansetzen, da knallte sie die Tür zu.

Mit hängenden Schultern machte er sich auf den Rückweg zu seinem Platz – und musste jäh innehalten. Eine Stewardess versperrte ihm mit einem Servierwagen den Weg. Ein prüfender Blick verriet ihm, dass es unmöglich war, daran vorbeizukommen, ohne über mindestens drei Sitze zu steigen.

»Äh, Entschuldigung, ich müsst grad mal …«, begann er, verstummte aber, als sich *seine* Stewardess zu ihm umdrehte.

»Sie schon wieder! Was ist denn diesmal? Brauchen Sie eine Sauerstoffflasche?«

»Nein, ich wollt eigentlich nur vorbei.«

»Na, Sie sehen ja, dass das nicht geht. Sie hätten eben nicht während des Service aufstehen sollen. Jetzt müssen Sie warten.«

»Gibt's denn keinen … Umweg, oder so?«

Sie dachte nach. »Na ja, sie könnten durch den Keller gehen und hinten wieder rauf.«

»Aha, und wie komm ich in den …«

Sie verdrehte die Augen, und Kluftinger wurde klar, dass es hier gar kein Untergeschoss gab, durch das er hätte gehen können. Er blieb also resigniert hinter ihr, hörte etwa einhundert Mal die Frage: »Darf es für Sie etwas zu trinken sein? Und ein kleiner Snack? Cookie oder Laugenstange?«, bis er schließlich wieder an seinem Platz war.

»Hast du Verstopfung?«, empfing ihn sein Kollege.

»Hä?«

»Weil du so lange gebraucht hast.«

»Nein, das war … ach, das ist eine lange Geschichte.« Kluftinger machte eine wegwerfende Handbewegung. »Jetzt hab ich aber wirklich Hunger. Hast du mir was zum Trinken bestellt?«

»Ja, hier.«

Maier reichte ihm ein Plastikbecherchen mit einer roten, dickflüssigen Brühe.

»Was soll denn das sein?«, fragte Kluftinger angewidert.

»Tomatensaft.«

»To… was?«

»Ja, das trinkt man gemeinhin in Flugzeugen.«

Kluftinger seufzte. »So, tut man das?« Er hatte keine Kraft mehr für eine Gegenwehr, und wenn er ehrlich war, schmeckte der Saft gar nicht so schlecht, ein bisschen wie die Fertigsoße, die bei seinen Lieblingsspaghetti immer dabei war. Gegen seinen Durst half das Gebräu freilich nichts. Dennoch mampfte er tapfer seine Brotzeit, packte die Reste in seine kleine Mülltüte und fiel ermattet in einen kurzen Dämmerschlaf.

Ein lautes Rauschen weckte ihn unsanft daraus, und sofort begann sein Herz wieder wie wild zu pochen. Er blickte nach oben und fand das Gurtzeichen bedrohlich leuchtend, worauf er nach draußen sah und beobachten konnte, wie sich die Tragfläche in sich verschob. Irgendetwas musste sich gelöst haben. Er kratzte sich am Kopf, an der Nase und am Brustbein, um zu verbergen, dass er sich eigentlich bekreuzigte, und versprach sich innerlich hoch und heilig, dass er, sollten sie diesen Flug überleben, ganz sicher mit dem Auto zurückfahren würde. Doch seine Hoffnung darauf schwand, als das Flugzeug zur Seite kippte und er plötzlich fast senkrecht auf den Erdboden starrte. Sein Kopf ruckte zu Maier, der selig in seinem Sitz schlief. Sollte er ihn wecken? Oder sollte er ihm die letzten Sekunden Todesangst lieber ersparen und ihn friedlich ins Jenseits hinübertreten lassen? Kluftinger blickte sich gehetzt um. Niemand schien von dem sich anbahnenden Drama Notiz zu nehmen. Selbst die Stewardessen schienen noch bester Laune. War vielleicht alles doch gar nicht so schlimm? Gab es noch die Chance auf Rettung? Aber wie sollte er das einschätzen, es war ja sein erster Flug.

Jetzt drehte sich die Maschine wieder in die Waagrechte, was Kluftinger ein bisschen beruhigte, allerdings nur, bis es unter ihm so heftig rumpelte, dass sogar Maier aufwachte und er sich sicher war, der komplette Gepäckraum sei soeben vom Rumpf abgerissen worden.

»Ah, das Fahrwerk ist ausgefahren, gleich landen wir«, kommentierte Maier mit einem lang gezogenen Gähnen das Geräusch.

»Ja, ja, das Fahrwerk. Eh klar«, nickte Kluftinger wissend.

»Du schwitzt ja schon wieder so«, bemerkte sein Kollege.

»Ach, ich weiß auch nicht, ich glaub, ich werd krank.«

Da verzog Maier die Lippen zu einem schiefen Grinsen: »Du, wenn du wieder mein Knie möchtest, greif ruhig zu.«

Doch selbst wenn er gewollt hätte: Er konnte sich nicht rühren. Sein Körper war gespannt wie die Sehne eines Bogens. Quälend lang dehnten sich die Sekunden, bis das Flugzeug mit einem nervenzerreißenden Poltern aufsetzte, vom Boden abprallte und dann noch einmal aufschlug.

Das war's jetzt aber, schloss Kluftinger mit allem ab, nur um von einem noch beängstigenderen Geräusch eines Besseren belehrt zu werden. Das mussten die Bremsen sein, denn schlagartig wurde das Flugzeug langsamer. Als könnte er selbst diesen Vorgang unterstützen, stemmte er seine Beine auf ein imaginäres Bremspedal, wie es Erika immer tat, wenn sie bei ihm im Auto mitfuhr. Erika! Würde er sie jemals wiedersehen?

»Bremsen!«, entfuhr es ihm plötzlich laut, und die Köpfe der Umsitzenden ruckten herum.

Dann verlor das Flugzeug sanft immer weiter an Fahrt und fuhr schließlich nur noch in Schrittgeschwindigkeit. Kluftinger wollte es nicht glauben: Sie hatten es geschafft. Sie hatten überlebt. Euphorisch klatschte er in die Hände, hörte auch nicht auf, als Maier ihm einen entsetzten Blick zuwarf, und brach erst ab, als er merkte, dass er der Einzige war, der Applaus spendete. Doch es war ihm nicht peinlich, denn die Erleichterung war zu groß. Endlich. Das Martyrium war beendet. Der letzte Flug seines Lebens war gut ausgegangen.

Da sich Kluftinger während der Landung geschworen hatte, ein besserer Mensch zu werden, packte er bei ihrem Aufbruch den Müll an seinem Platz zusammen und drückte die kleine Tüte, die bis zum Bersten gefüllt war, am Ausgang Zenzi in die Hand, worauf deren Kiefer herunterklappte, vermutlich, weil sie derartige Mithilfe der Passagiere nicht gewohnt war.

»Schon gut«, sagte er lächelnd.

Eine halbe Stunde später begegnete er ihr zum letzten Mal, als sie ihnen in der Empfangshalle ihre Waffen zurückgab. Er wollte ihr gerade etwas Nettes mit auf den Weg geben, da sagte sie: »Also, dass jemand wie Sie eine Pistole tragen darf, finde ich unverantwortlich!«

Zur selben Zeit

»Herrgott, könnt ihr Deppen nicht ein einziges Mal euren Dreck wegräumen? Immer dasselbe mit euch Leiharbeitsfritzen! Kein Wunder, dass ihr in einem richtigen Betrieb nicht unterkommt! Kein Sinn für Ordnung und Sauberkeit!«

Wunibald presste die Lippen zusammen und nickte. Dann fuhr er sich mit der fleischigen Hand durch die grauen Haare. Er spürte, wie das Adrenalin durch seinen Körper schoss und es ihm schwer machte, die Beherrschung zu bewahren. Er wurde schnell aggressiv, wenn er sich angegriffen fühlte. Doch er wusste, dass es sein Ziel, das Ziel der ganzen Gruppe gefährdete, wenn ihn der Vorarbeiter, ein grober, cholerischer Klotz, jetzt feuern würde. Er hatte nur als Aushilfe angeheuert, hatte noch nicht einmal einen richtigen Vertrag. Er wusste nicht, wie Magnus es überhaupt geschafft hatte, ihn hier unterzubringen, ohne dass jemand Verdacht geschöpft hatte.

Nun kam der Mann, den alle hier nur den »Kapo« nannten, direkt auf ihn zu. »Ich sag dir eins, du Penner: Mach endlich dein Werkzeug sauber! Den Fliesenkleber kriegen wir sonst nie mehr runter! Und räum den Abfall weg, sonst kannst du dir dein Geld in die Haare schmieren! Wir sind nicht deine Putzfrauen! Los jetzt, an die Arbeit!« Ohne eine Antwort oder Rechtfertigung abzuwarten, machte er kehrt und steuerte den Bierkasten an, den er heute schon zu einem Drittel geleert hatte.

Wunibald sah ihm kurz nach. Er lachte in sich hinein. Was für eine Drohung! Er würde sein Geld nicht bekommen! Auf diesen Hungerlohn konnte er gut verzichten. Deshalb war er nicht hier. Doch das würde dieser Idiot niemals erfahren. Er räumte wortlos die Fliesenschneidemaschine weg, kehrte die Abschnitte der Fußbodenleisten zusammen, packte seine Kellen und Spachteln in die Mörteleimer und machte sich auf den Weg zur Kellertreppe.

Nachdem er seine Werkzeuge gereinigt und die schmutzige Brühe in eine der Toilettenschüsseln gekippt hatte, fiel sein Blick auf die gekachelte Wand. Er strich mit den Händen noch einmal über die Fliesen und nickte sich dann selbst zu. Perfekte Arbeit war das, nichts zu sehen, selbst die Fugen machten einen völlig unscheinbaren Eindruck. Bis zu dem einen großen Moment würde niemand ahnen, welches Geheimnis diese Wand barg. Er grinste und zog die Tür der Toilettenkabine wieder zu. Alles schien perfekt zu laufen – ein Rädchen griff ins andere, das Team harmonierte. Er überlegte, ob er sich noch eine Zigarette anstecken sollte, verwarf den Gedanken aber. Er wollte den Kapo nicht provozieren.

Er hatte noch eine Arbeit zu verrichten – und das würde gar nicht ganz so leicht werden. Aber er hatte schon vorgebaut.

Oben wandte er sich an einen »Kollegen«. »Sag mal, Norbert, ihr setzt doch heut noch die Birnen in die Deckenstrahler ein, oder?«

»Die Leuchtmittel, ja. Warum?«

»Du, nur so. Ich tät euch vielleicht ein bissle helfen, da braucht es doch keinen Elektriker dazu, oder? Der Kapo hat gemeint, ich soll mir noch Arbeit suchen, die Fliesen sind ja alle verlegt.«

»Kannst du schon machen, von mir aus. Die Strahler liegen da drüben, wenn du willst, kannst du schon anfangen. Im Moment sind eh die Sicherungen raus. Aber gib Obacht auf der Leiter, und geh sorgfältig mit dem Material um!«

Wunibald ballte die Faust in der Hosentasche. Das war ja leichter als erwartet.

Dann machte er sich an die neue Arbeit. Er nahm sich einige Lampen und die lange Standleiter und ging in die große Halle. Direkt über der Bodenplatte, die den Tresor für die Reliquienmonstranz verdeckte, begann er. Der stämmige Mann war erstaunlich wendig. Das kleine Kästchen, das er oben auf der Leiter aus seiner Latzhose zog und an der Lampe mit doppelseitigem Klebeband anbrachte, würde garantiert niemandem auffallen. Genauso wichtig wie das kleine Kästchen war jedoch das Gegenstück in dem Feuerlöscher, den Magnus präpariert und ihm mitgegeben hatte. Er lag schon in seinem Auto bereit. Der Austausch des Löschers würde seine letzte Aufgabe sein, aber auch das würde ihm, bei der Ignoranz der Leute hier, die nur ihre eigenen Arbeiten im Kopf hatten, leichtfallen.

Dann musste er nur noch warten, bis er seinen wirklichen Lohn bekäme.

Als sie das Gate passierten und die Ankunftshalle des Wiener Flughafens betraten, hatte sich Kluftingers Nervenkostüm wieder beruhigt. Er verstand nun, warum der letzte Papst immer den Boden geküsst hatte, nachdem er aus dem Flugzeug gestiegen war.

Die Flügel der automatischen Tür hatten sich noch nicht hinter ihnen geschlossen, da entdeckte der Kommissar bereits seinen Wiener Kollegen Valentin Bydlinski zwischen den Wartenden. Das fiel auch nicht schwer: Nicht nur seine Erscheinung – abgewetzte Lederjacke, pockennarbiges Gesicht und strähnige Haare – hob sich von den anderen ab. Er hielt außerdem ein Pappkartonschild hoch, auf dem in krakeliger Handschrift stand: »Die Wiener Gendarmerie begrüßt Geheimagent Kluftinger. Weil: Inschpektor gibt's kan.«

Kluftinger, dem sich der Witz dieser Begrüßung nicht bis ins letzte Detail erschloss, winkte dem Kollegen. Der stürmte auf ihn zu und umarmte ihn, was der Kommissar reichlich übertrieben fand.

»Gut, oder?«, fragte Bydlinski und hielt noch einmal das Schild hoch. »Kottan, verstehst?«

»Ja, ja, sicher«, log Kluftinger. »Den Richie Maier kennst du ja«, fuhr er schnell fort und deutete mit dem Kopf auf den Kollegen, der sofort die Hand ausstreckte.

»Jo, freilich«, sagte Bydlinski, ohne einzuschlagen, »der Gscheithafen.« Dann grinste er breit und entblößte dabei seine tabakgelben Zähne: »Aber mir wär's lieber gewesen, du hättest die fesche Sandy mitbracht.«

Als sie sich Richtung Ausgang bewegten, fragte Maier: »Wo steht denn Ihr Auto?«

»Nix Auto, hab ich eh keins«, erwiderte der Österreicher. »Wir fahren mit dem CAT.«

»CAT?«

»City Airport Train«, sagte Bydlinski und klang dabei so stolz, als würde ihm das Gefährt gehören.

»Priml«, seufzte Kluftinger, während Maier brummte: »Nur gut, dass Sie uns abgeholt haben.«

Sie waren etwa fünfzehn Minuten bis in die Wiener Innenstadt gefahren, in denen Bydlinski ihnen nichts über den Fall, dafür allerhand über die Wiener Sehenswürdigkeiten erzählt hatte. Vor allem über den Zentralfriedhof, den der Schnellzug passierte, wusste er allerhand schaurige Geschichten.

Kluftinger, der endlich zum eigentlichen Grund ihres Besuchs übergehen wollte, fragte schließlich: »Was machen wir denn jetzt eigentlich?«

»Jetzt gehen wir erst mal was essen.«

Der Kommissar atmete tief durch. Sein Kollege aus dem Nachbarland schien es nicht eilig zu haben. Für ihn galt das jedoch nicht. »Aber wir setzen uns nirgends rein, so viel Zeit haben wir nicht.«

»Eh gut«, erwiderte Bydlinski mit spöttischem Grinsen. »Wir können uns auch raussetzen.«

Schließlich einigten sie sich darauf, auf dem Weg ins Polizeirevier an einem typischen Wiener Imbiss haltzumachen. Dieser war so unscheinbar, dass Kluftinger ihn zuerst gar nicht als solchen erkannte: In einem heruntergekommenen Haus in einer Seitenstraße wurde aus einem Fenster heraus Essen verkauft. Weder eine Werbetafel noch eine Speisekarte wiesen darauf hin.

Quirlig drängte sich Maier vor und sagte: »Ein Paar Wienerle, bitte!«

»Lasst vielleicht doch besser mich was aussuchen«, sagte darauf Bydlinski und schob Maier beiseite. »Dreimal Blunzengröstl, wie immer mit viel Kren, bitte«, orderte er. »Das beste in Wien«, versicherte er.

Es hätte auch das schlechteste sein können, Kluftinger hätte den Unterschied nicht bemerkt, schließlich hatte er noch nie von dieser Speise gehört. Dennoch schmeckte ihm die nicht gerade appetitlich aussehende braune Masse auf seinem Pappteller.

»Was ist denn das eigentlich genau?«, wollte Maier schließlich wissen.

Bydlinski sah ihn verwundert an. »Wie der Name eh schon sagt: hauptsächlich gebratene Blunzn, also Blutwurst, wie ihr Piefkes es nennt. Dazu Erdäpfel, Zwiebeln und frischer Kren.«

Maier sah Kluftinger mit einem angewiderten Ausdruck im Gesicht an und spuckte den Bissen aus, den er gerade im Mund hatte. Dann stellte er die Nahrungsaufnahme ein. Kluftinger aß jedoch mit gutem Appetit weiter. Zwar hatte es eine Weile gebraucht, bis er wieder Blutwurst essen konnte, nachdem er einmal gesehen hatte, wie sie hergestellt wird. Inzwischen aber hatte er seinen Frieden damit gemacht, noch dazu, wo er gehört hatte, dass Blut besonders eisenhaltig und somit außerordentlich gesund sei. »Isst du das noch, Richie?«, fragte er Maier und zeigte auf dessen Portion, die ihm dieser mit einem Kopfschütteln aushändigte.

Als sie endlich bei der Wiener Polizei angekommen waren, legte sich Kluftingers Unruhe etwas. Sie nahmen in einem der Verhörzimmer Platz, einem Raum, der wie alle anderen in diesem altehrwürdigen Bau mit hohen Fenstern, Stuckdecke und grauem Linoleumboden ausgestattet war, und warteten.

Bydlinski ging den Fisch holen, der ihm im Museum ins Netz gegangen war, und sie würden hoffentlich endlich mehr erfahren.

Schließlich ging die Tür auf, Bydlinski stieß einen untersetzten Mann mit schütterem Haar in den Raum und drückte ihn unsanft in einen Stuhl.

»So, er gehört euch«, sagte der Österreicher, dann lümmelte er sich auf einem Stuhl an der Wand, wo er gelangweilt auf einem Zahnstocher herumkaute. Maier ging noch immer nervös im Zimmer auf und ab. Er machte allmählich einen etwas angeschlagenen Eindruck.

Kluftinger nahm gegenüber dem Mann in Handschellen Platz.

»Mein Name ist Kluftinger, Hauptkommissar bei der Kripo Kempten, das hier ist mein Kollege Maier. Gut, vielleicht fangen wir erst einmal mit Ihrem Namen und Ihrem Wohnsitz an«, begann Kluftinger, doch sein Gegenüber starrte nur stur auf den Boden.

»Ah, ist Ihnen das zu schwer? Wie wär's dann damit: Was wollten Sie in dem Museum?«

Wieder keine Antwort.

Da schaltete sich Bydlinski ein: »Ich hab's euch eh schon durchgegeben: Der Mann heißt Markus Strehl. Er ist unter falschem Namen gereist, aber bei seinen Fingerabdrücken hat's in unserem Computer geklingelt. Wohnhaft in Lindenberg, arbeitet am Bodensee, damit in eurem Hoheitsgebiet. Seines Zeichens Meister des Goldschmiedehandwerks. Sein Name ist in Zusammenhang mit mehreren Delikten aufgetaucht, unter anderem Raub, Betrug und Kunstfälschung. Aktuell liegt nix gegen ihn vor, aber das wisst ihr ja eh schon.«

Kluftinger nickte.

»Was haben Sie dazu zu sagen?« Mit diesen Worten legte er vor Strehl ein Foto der nachgebildeten Monstranz auf den Tisch.

Der Mann hob den Kopf, schaute das Foto eine Weile an und senkte den Blick dann wieder.

»Seien Sie nicht dumm«, schaltete sich Maier ein. »Sie haben noch nichts getan. Wenn Sie jetzt nicht reden, sind Sie der Depp. Wenn Sie uns aber helfen, dann kommen Sie noch einmal mit einem blauen Auge davon. Wir würden uns auch für Sie einsetzen.« Er warf Kluftinger einen fragenden Blick zu, doch der nickte bestätigend, was Strehl jedoch kaltzulassen schien. Wieder schaute er teilnahmslos zu Boden, als ginge ihn das alles gar nichts an.

Kluftinger ging zu ihm und baute sich neben seinem Stuhl auf.

»Folgendes, Herr Strehl«, begann er leise, »was mein Kollege meint, ist: Wir haben bis jetzt keinen Tatverdächtigen für den Mord an der alten Zahn finden können. Jetzt haben wir einen: Sie. Ich häng Ihnen das Ding an, wenn Sie hier nicht mit uns kooperieren. Es gibt genügend Indizienprozesse, die mit einer lebenslänglichen Strafe für den Angeklagten enden. Die Leute wollen einfach einen Schuldigen sehen bei so etwas. Wie gesagt: Wir hängen Ihnen das an, verlassen Sie sich drauf!«

Strehl atmete tief ein, dann hielt er eine Weile die Luft an.

»Also gut«, begann er auf einmal, und Kluftinger hatte den Eindruck, Entschlossenheit in seiner Stimme zu hören, »wahrscheinlich ist es das einzig Vernünftige, wenn ich jetzt auspacke. Ich hab auch, ehrlich gesagt, keine Lust, für die anderen in den Bau zu gehen.«

Kluftinger nickte Strehl aufmunternd zu. Schließlich sagte der leise: »Was wollen Sie wissen?«

Kluftinger und Maier tauschten einen flüchtigen Blick. Nun hatten sie ihn so weit. Der Kommissar spürte Genugtuung: Offenbar hatte er mit seiner Drohung Strehls wunden Punkt erwischt. »Was wollten Sie hier in Wien? War das nur ein Besuch zur Vorbereitung, oder wollten Sie den Schatz hier klauen?«

»Also: Natürlich können Sie sich denken, dass ich hier nicht eine

Replik der Reliquienmonstranz bei mir habe, weil ich so ein großer Anhänger von Sakralkunst bin, dass ich das Zeug nachbaue und dann damit in Europa herumreise. Ich muss sagen, dass mich das Angebot gereizt hat. Man bekommt nicht jeden Tag den Auftrag, etwas so Aufwendiges und Filigranes herzustellen.«

»Wie genau hätte der Coup denn hier laufen sollen?«, wollte Bydlinski wissen.

Strehl kaute auf seiner Unterlippe. Zögernd antwortete er: »Ich … wir mussten umdisponieren, wegen des … Zwischenfalls.«

Kluftinger lief rot an. »Zwischenfall? So nennen Sie den kaltblütigen Mord an einer alten Frau? Wer hat das getan?«

»Ich weiß auch nicht, wer's war. Ich jedenfalls nicht. Ich war nicht einmal dabei, als es passiert ist, und habe mir ernsthaft überlegt, danach auszusteigen. Mit so etwas will ich echt nichts zu tun haben.«

»Ihre Skrupel waren dann aber wohl doch nicht so groß, was?«, fragte Maier provozierend.

Strehl wurde kleinlaut: »Nein, das Projekt war einfach zu verlockend. Und Magnus kann sehr überzeugend sein.«

»Magnus?«

»Ja. Das heißt: nein. Ich weiß nicht, wie er wirklich heißt. Ich kenne ihn nur unter diesem Namen. Und unter seinem … wie soll ich das nennen? Künstlernamen?«

»Wie lautet der?«, fragte Kluftinger, auch wenn er es bereits ahnte.

»Man nennt ihn gemeinhin den Schutzpatron.«

Die Beamten sahen sich vielsagend an.

»Wo ist er jetzt?«, wollte Maier wissen.

»Ich hab keine Ahnung. Meinen Sie denn, er würde mir das sagen? Wir haben uns heute früh wie verabredet vor dem Museum getroffen, keine Ahnung, wo er herkam und wo er danach hingegangen ist. Und wie man sieht, hat seine Vorsicht durchaus eine gewisse Berechtigung.« Strehl lachte, doch keiner der Polizisten lachte mit.

»Gut, darüber reden wir noch«, schloss Kluftinger das Thema erst einmal ab. »Jetzt zu Ihrem Ausflug nach Wien: Was wollten Sie denn nun im Museum?«

Der kleine pausbäckige Mann knetete seine Hände. Er schien

nach den richtigen Worten zu suchen. Dann sagte er: »Wir wollten es hier machen.«

»Aha. Und wie?«

»Durch Austausch. Wir wollten uns abends einsperren lassen und es gegen die Kopie austauschen, die ich angefertigt hab. Aber …«

»Aber wir waren vorher da!«, unterbrach ihn Bydlinski.

Kluftinger schüttelte den Kopf, um ihm zu verstehen zu geben, dass er sich besser aus der Unterhaltung raushalten solle.

»Ja, das auch«, fuhr Strehl fort. »Aber es wäre eh nicht machbar gewesen. Nicht in dieser kurzen Zeit. Nachdem wir den ursprünglichen Plan modifizieren mussten, hatten wir gedacht, vielleicht könnten wir hier, vielleicht in der Nacht, als Putzteam getarnt … aber es ging eben nicht. Zu viele Unbekannte in der Gleichung.«

»Wie geht es jetzt weiter? Und erzählen Sie mir nicht, der Schutzpatron hätte aufgegeben, das glaubt Ihnen kein Mensch.«

Strehl schürzte die Lippen. »Was ist denn jetzt genau für mich drin, wenn ich Ihnen das sage?«

Der Kommissar lächelte. »Sie sollten lieber fragen, was für Sie drin ist, wenn Sie's nicht sagen. Vorbereitung einer Straftat, Beihilfe zum Mord, sag ich da nur. Wir finden was, verlassen Sie sich darauf! Kooperieren Sie, und Sie bleiben ein freier Mann.« Er bluffte, aber das brauchte Strehl ja nicht zu wissen.

Der gab sich einen Ruck und begann tatsächlich auszupacken: »Nein, aufgegeben haben wir nicht. Es gibt einen Plan B.«

Maier richtete sich im Stuhl auf. »Und wie sieht der aus?«

»Bei der Eröffnung des Museums in Altusried passieren, wenn …«

»*Bei* der Eröffnung?« Maier sah ihn ungläubig an. »Niemals. Da sind doch die Sicherheitsmaßnahmen besonders hoch. Kein Mensch würde es da machen.«

»Sehen Sie, und genau deswegen ist das der beste Zeitpunkt. Keiner rechnet damit. Und Magnus sagt immer: Handle gegen die Erwartungen, das ist die halbe Miete.«

»Und *wie* genau soll es passieren?« Kluftinger beugte sich vor. Jetzt wurde es interessant.

Strehl blickte ihm direkt in die Augen: »Ich kenne nur Teile des Plans. Magnus würde nie einem Mitglied des Teams alles anvertrauen. Und er hat recht damit. Er ist eine Legende, und die ist er sicher nicht umsonst geworden. Also, alles, was ich weiß, ist, dass es eine Geiselnahme geben wird.«

Kluftinger wurde blass. Schlimmer hätte es kaum kommen können.

»Ganz ruhig, Herr Kommissar. Es wird keine echte, sondern nur eine fingierte Geiselnahme sein. Das ist ja das Perfide daran. Sie sollten also nicht nur die Geiselnehmer, sondern auch die Geisel selbst im Auge behalten.«

Das klang in Kluftingers Ohren zwar noch immer schlimm genug, aber zumindest etwas besser. »Und weiter?«, fragte er heiser.

»Sie sichern mir Schutz zu, wenn ich weiterspreche? Und Strafmilderung?«

»Ich sichere Ihnen Schutz zu. Alles andere werden wir dann sehen. Und jetzt reden Sie, Mann!«

»Gut, also, ganz sicher bin ich mir nicht. Entweder, er verlangt die Monstranz als Lösegeld oder so. Oder er setzt sich mit einem Fluchtfahrzeug ab und nimmt das Teil unbemerkt mit.«

»Und wie kommt er in die Vitrine?«

»Ich sagte ja: Ich weiß nicht alles. Aber das war doch auch schon eine ganze Menge, oder? Das müsste Ihnen helfen, die ganze Sache zu verhindern.«

Kluftinger dachte eine ganze Weile nach. »Wie kommunizieren Sie mit Ihrem … Chef?«, fragte er dann.

»Mit Prepaidhandys. Allerdings haben wir die Nummer von Magnus nicht. Er ruft uns an, wann immer es etwas zu besprechen gibt.«

»Und wie hat er am Anfang mit Ihnen Kontakt aufgenommen?«

»Über einen Mittelsmann.«

»Wer ist das?«

»Keine Ahnung. Den kenn ich nicht.«

»Natürlich nicht«, seufzte Kluftinger. »Kennen Sie denn wenigstens die anderen Mitglieder des Teams? Oder ein paar von ihnen?«

»Nein. Jedenfalls nicht mit richtigem Namen. Wir benutzen alle Decknamen.«

»Was für Decknamen?«

»Na ja, Magnus hat uns Phantasienamen zugeteilt.«

»Aha. Wie heißen Sie denn im Team?«

»Das tut jetzt ja nichts zur Sache, oder?«, zischte Strehl.

»Vielleicht nicht, aber Sie werden Ihren Decknamen wohl kaum mehr brauchen, also können Sie ihn uns ja auch sagen!«

»Agatha!«, presste er hervor.

Kluftinger dachte zunächst, er hätte sich verhört. »Agatha?«, wiederholte er ungläubig und hatte alle Mühe, sich das Lachen zu verbeißen.

»Ja. Magnus, dieser … Allen anderen hat er vernünftige Namen gegeben, nur mir …«

»Wie auch immer, Sie haben keinen von denen jemals vorher gesehen?«

»Nein.«

Kluftinger atmete tief durch. Er lehnte sich in seinem Stuhl zurück und betrachtete sein Gegenüber. Es war spät geworden, und noch mehr würde er im Moment wohl nicht aus ihm herausbekommen.

Dann wandte er sich an Bydlinski: »Wie lange könnt ihr so jemanden hier festhalten?«

Bydlinski grinste. »Lange genug, Kollege.«

»In welchem Hotel sind wir eigentlich untergebracht?«, fragte Kluftinger, als sie eine halbe Stunde später bei einer Tasse Kaffee in Bydlinskis Büro saßen.

Maier zuckte die Achseln. »Das weiß ich noch gar nicht, da muss ich im Büro anrufen. Die Sandy hat das gebucht.«

»Ist nicht nötig«, mischte sich Bydlinski ein. »Ist alles schon arrangiert. Ihr nächtigt im Hotel Valentin.«

Die beiden Allgäuer sahen sich fragend an. »Wissen Sie denn ungefähr, wo das ist?«, fragte Maier.

»Ja, das kenn ich sogar ziemlich gut. Ich wohn da nämlich auch.«

»Sie wohnen im Hotel?«

»Na, geh, ihr wohnt's bei mir, eh klar, oder? Hab ich mit euren Leuten so ausgemacht. Die Hotelzimmer sind gerade sackteuer, irgendeine komische Messe. Is besser, da können wir noch zusammen ein paar Glaserl heben.«

Kluftinger zog die Augenbrauen nach oben. Diese Aussicht schien ihm wenig verlockend. Er blickte zu Maier und konnte an dessen Miene ablesen, dass es ihm ähnlich ging. »Ach was«, winkte Kluftinger deshalb ab, »wir wollen dir doch keine Umstände machen. Und das Hotel geht sowieso auf Spesenrechnung, und dann …«

Bydlinski ließ ihn erst gar nicht ausreden: »Geh, jetzt seid's net sperrig. Das sind doch keine Umstände. Ich freu mich doch, so hochrangige Gäste bewirten zu dürfen. Wollt's noch mit dem Fiaker fahren, damit ihr auch was seht's von Wien?«

Hilfe suchend schaute der Kommissar noch einmal zu Maier, doch eigentlich war ihm klar, dass es ziemlich unhöflich gewesen wäre, dieses Angebot, besser gesagt diese Anordnung abzulehnen. Also fügten sie sich in ihr Schicksal und traten mit ihrem österreichischen Kollegen die Heimfahrt an. Immerhin fuhren sie mit der U-Bahn, nachdem Bydlinski ihnen versichert hatte, dass es sich bei der vorigen Frage um eine rein rhetorische gehandelt hatte: Freiwillig und ohne Not würde sich kein Wiener in so einen Pferdekarren setzen.

»Da vorne ist es eh gleich.« Bydlinski hatte seinen Finger ausgestreckt und zeigte auf einen schmucklosen Wohnblock, der wohl in den Sechzigerjahren entstanden war. »Gemeindebau!«, beantwortete der Österreicher Kluftingers skeptischen Blick.

»Ach, wie in dem Lied? Ich mein …«, er begann zu singen, *»du bist die Blume aus dem Gemeindebau …«*

Bydlinski grinste und stimmte mit ein *»… ohne di wär dieser Bau so grau …«*

Lachend und singend setzten sie ihren Weg fort, nur Maier trottete mit saurem Gesicht hinter ihnen her, ganz offensichtlich beunruhigt darüber, welchen Verlauf dieser Abend noch nehmen würde.

»Ich wohn ganz oben«, verkündete der Österreicher freudig, als sie durch die Tür in den Hausflur traten. »Super Aussicht. Aber Fahrstuhl gibt's kan.«

»Priml«, sagte Kluftinger, den schon der kurze Fußmarsch von der U-Bahn-Station bis hierher mächtig ins Schwitzen gebracht hatte. Als sie zehn Minuten später – sie hatten mehrere Zwischenstopps einlegen müssen, während derer sich der Kommissar Maiers Koffer als Sitzgelegenheit ausgeliehen hatte – Bydlinskis Wohnung erreichten, war Kluftinger froh, endlich *irgendwo* angekommen zu sein.

Der Wiener Polizist schloss die Tür auf und warf sich dann mit der Schulter dagegen. »Klemmt«, kommentierte er.

Als sie eintraten, schaltete Bydlinski das Licht ein, was die Sicht aber nicht wesentlich verbesserte: Die Wohnung war dunkel, und von der Decke des Hausgangs hing nur eine trübe Glühbirne. Was jedoch sofort wahrnehmbar war, war ein muffiger, fast beißender Geruch, als sei hier schon jahrelang nicht mehr gelüftet worden.

»Ich hab vorher extra noch schnell gelüftet«, sagte Bydlinski und bückte sich.

»Gott sei Dank«, antwortete Kluftinger bitter. Erst dann sah er, dass drei fette, langhaarige Katzen um ihre Füße herumstrichen.

»Darf ich vorstellen: Das sind Am, Dam und Des.« Der Hausherr hielt eine der schmutzig weißen Katzen an sein Gesicht, worauf ihm das Tier mit seiner winzigen Zunge über die Wange leckte. Kluftinger verzog angewidert den Mund und blickte zu Maier, der fassungslos auf die Katzen starrte.

»Ich hab eine Katzenhaarallergie, das weißt du doch«, jammerte er.

»Woher soll ich das bittschön wissen?«, erwiderte Kluftinger leise. »Und selbst wenn: Wie hätte ich denn wissen sollen, dass der Valentin welche hat, hm?«

Maier flüsterte: »Jetzt weiß ich wenigstens, warum ich den nie hab riechen können.«

»Das sind Angorakatzen«, meldete sich Bydlinski wieder zu Wort und hielt Maier das Tier auf seinem Arm entgegen, worauf dieser einen Satz zurück machte. »Sauteuer. Aber sind mir eh quasi zugelaufen. Ich hab sie im Keller gefunden. Denen gefällt's bei mir halt so gut. Gell, ihr kleinen Mozartkugerln, ihr wollt's doch eh nur bussieren.« Er begann wieder mit dem Tier zu schmusen.

»Und was sind das für komische Namen?«, erkundigte sich Maier missmutig.

»Na ja: wie in der Fernsehsendung«, antwortete Bydlinski.

»Welche Fernsehsendung?«

Kluftinger verdrehte die Augen. »Er kommt aus dem Tal der Ahnungslosen. Nennt man bei uns Württemberg.«

Der Österreicher nickte wissend. »Verstehe. War so eine Kindersendung. Abgefilmter Kindergarten, wenn du so willst. Die Titelmelodie ging so: *Am, dam, des …*«

»*… disse malle press*«, stimmte Kluftinger mit ein, dann sangen sie zusammen: »*… disse malle pumperness, am dam des.*«

Maier sah sie regungslos an. Dann sagte er: »Scheint ja echtes Bildungsfernsehen gewesen zu sein. Uahhh.« Der Beamte machte einen Satz, weil eine der Katzen sich schnurrend an seinem Bein rieb.

Kluftinger konnte sich schon vorstellen, dass es den Tieren hier gefiel: Die Wohnung war düster und muffig, vollgestellt mit Kartons, riesigen Papierstapeln und einem Sammelsurium aus Krimskrams, der aussah wie das, was in der Sperrmüllwoche immer an der Straße stand. Alles hier wirkte dreckig und verwahrlost. Ein Katzenparadies vielleicht – aber die Hölle für Übernachtungsgäste. Er verfluchte sich dafür, nicht hartnäckiger gegen das Angebot des Österreichers protestiert zu haben.

»So, jetzt legt's einmal ab, und wenn ihr wollt, gibt's noch eine kleine Jause als Betthupferl.« Mit diesen Worten ließ er die Katze auf den Boden fallen und verschwand in der Küche.

Sie zogen ihre Mäntel aus und blickten sich um. Eine Garderobe war nicht zu sehen, auch kein sonstiger Ablageplatz, der ihnen adäquat – sprich: sauber genug – erschien.

»Haut's euer Sach einfach irgendwohin und nehmt's schon mal im Wohnzimmer Platz«, rief ihr Gastgeber aus der Küche. Sie schauten sich achselzuckend an. Kluftinger wartete so lange, bis Maier seine Jacke auf einen Pappkarton voller alter, schimmliger Bücher legte, worauf er die seine auf Maiers platzierte, sorgsam darauf bedacht, dass sie nicht mit dem Karton in Berührung kam. Dann gingen sie ins Wohnzimmer und suchten sich in einem Durcheinander aus Kisten, alten Zeitungen, Pizzaschachteln, dreckigem Geschirr und Katzenfutterdosen einen Sitzplatz.

»Ich glaub, der hat ein böses Messie-Problem«, flüsterte Maier seinem Chef zu.

Der nickte nur und schob einen Stapel Fernsehzeitschriften zur Seite, um sich so einen Platz auf der zerschlissenen Ledercouch freizuschaufeln. Maier tat es ihm gleich und scheuchte eine der Katzen weg, die ihre Krallen gerade in sein Hosenbein schlug. Seine Augen waren bereits leicht gerötet, und er schniefte hörbar, was Kluftinger aber für eine theatralische Übertreibung seines tatsächlichen Zustands hielt.

»So, habt's ihr's euch schon gemütlich gemacht?«, fragte Bydlinski, als er sich mit einem Tablett zu ihnen gesellte. Mit dem Arm wischte er zerknüllte Papiertaschentücher und einige alte Tageszeitungen von dem kleinen Couchtisch und stellte dort das Tablett ab. Dann forderte er sie auf: »Greift's zu, is eh nicht viel …«

Kluftinger besah sich das vor ihm aufgebaute Abendessen und vervollständigte leise: »… aber wenig.«

»Ha, du gfallst mir«, sagte Bydlinski grinsend und schlug dem Kommissar kräftig auf die Schulter. Dann schob er ihm ein Glas hin und füllte es mit Roséwein aus einer Tetra-Pack-Tüte. »Kein Österreicher, aber ganz passabel trinkbar!«, erklärte er. Maier winkte ab, als er ihm eingießen wollte. Anschließend stellte er vor jeden ein kleines Schüsselchen, riss eine Tüte mit der Aufschrift »Feinste krosse Schweinekrusten« auf und sagte: »Na hopp, bedient's euch. Nur nicht so schüchtern.«

Als sie zögerten, schob er noch nach: »Wenig Cholesterin. Gesünder geht's kaum.«

Kluftinger betrachtete die fettigen, blassen Chips, die wie angesengter Schaumstoff aussahen, und bezweifelte die letzte Aussage ihres Gastgebers ernsthaft. Er hatte sowieso nicht mehr viel Hunger, nachdem er vorher Maiers Blunzenportion mit verdrückt hatte. Der jedoch starrte hungrig auf das karge Mahl vor ihm und schien innerliche Kämpfe auszufechten, ob er nun dem Hunger oder der Vernunft nachgeben sollte. Schließlich entschied er sich gegen den Imbiss und gähnte demonstrativ.

»Was darf's denn sein zum Trinken?«, fragte Bydlinski.

»Ich glaub, ich nehm einen Saft.«

»Au weh, mit Saft schaut's ein bisserl dürftig aus in meiner Speisekammer. Ich hab leider nicht allzu oft weiblichen Besuch. Ich steh mehr auf den Gerstensaft – magst ein Flascherl Zipfer?«

Maier schüttelte den Kopf.

»Dann hab ich eh nur noch Eutersaft!«, verkündete der Österreicher.

Kluftinger und Maier sahen ihn erschrocken an.

»Eine Milch halt! Die lieben meine pelzigen Spatzerln doch so!«

»Ich bin eigentlich … überhaupt auch gar nicht durstig, danke!«, winkte Maier ab.

»Ich seh schon, des wird nichts mehr mit unserer Party, oder?

Dann geh'n wir halt schlafen, wenn ihr mögt. Ich hau mich eh gleich hier auf die Couch.«

Kluftinger fragte sich ernsthaft, wie der Österreicher hier Platz zum Schlafen finden wollte, doch er fragte nicht nach, sondern trank den Rest seines Weins in einem Zug leer und erhob sich. Die Anstrengungen dieses Tages machten sich erst jetzt so richtig bemerkbar, da sie zur Ruhe kamen und die Müdigkeit wie bleierne Gewichte an seinen Gliedern hing.

Sie folgten dem Österreicher durch die Wohnung, stets darauf bedacht, nicht über eine der Kisten oder staubigen Gerätschaften zu stolpern, die überall herumstanden. Schließlich öffnete er eine Tür, und sie blickten in einen großen Raum mit einem Bett und zwei Nachtkästchen, der sonst keine weiteren Möbel beherbergte – bis auf einen Sessel, den Kluftinger unter dem Kleiderberg am Fenster vermutete.

»Gut, das nehm dann ich«, sagte der Kommissar, der sich nicht vorstellen konnte, dass noch ein besseres Zimmer auf sie wartete.

Dennoch überraschte ihn Bydlinskis Antwort: »Gibt eh nur das eine.«

»Hm?«, entfuhr es Kluftinger, der nicht glauben wollte, dass diese Antwort das bedeutete, was er befürchtete.

»Ich hab kein weiteres Zimmer«, bestätigte der Österreicher seine schlimmsten Vermutungen.

Wenn es kein anderes Zimmer gab, dann bedeutete das, dass er mit Maier das Bett würde teilen müssen. Und auch wenn der Kommissar nun wirklich keine übertrieben luxuriösen Ansprüche an sein Nachtlager stellte, so war das doch undenkbar. »Du wirst doch wohl noch irgendwo ein Zimmer haben – das ist doch eine große Wohnung«, insistierte er deswegen.

»Nur mehr eins, aber das wollt ihr sicher nicht.«

»Doch, wollen wir!«, erklärte Kluftinger rasch.

»Gut, wie ihr meint. Kommt's mit.« Bydlinski ging den Korridor weiter bis zum letzten Zimmer. Schon bevor er die Tür ganz geöffnet hatte, stach Kluftinger ein beißender Geruch in die Nase, der stärker war als die Grundmuffigkeit, die hier über allem lag.

»Das ist eigentlich das Schlafgemach meiner drei Grazien«, erklärte ihr Gastgeber und stieß die Tür ganz auf. Der fensterlose Raum glich eher einer Abstellkammer, wenn man einmal von dem

Bettgestell in der Mitte absah. Die Laken darauf waren völlig verdreckt, und auf dem Boden davor lagen offene Futterdosen herum, in der Ecke standen drei halb volle Näpfe.

»Also, ich kann hier unmöglich schlafen«, platzte Maier heraus, als sich Kluftinger zu ihm umdrehte. »Meine Allergie, das ist klar, oder?«

»Ja, ja, versteh schon«, maulte Kluftinger. Sein innerer Kampf dauerte nur kurz, die Entscheidung zwischen Katzenbett und Maierbett war schnell getroffen. »Dann halt doch das andere für uns zwei.«

»Wie ihr wollt's.« Der Österreicher begleitete sie wieder zurück und sagte: »Wenn ihr was braucht's, sagt's Bescheid. Ansonsten: Schlaft's recht schön. Eh fein, dass ihr meine Gäste seid.« Dann zog er die Tür zu.

Maier und Kluftinger sahen sich wortlos an und verfielen dann schnell in Aktionismus, um der peinlichen Stille zu entgehen, die sich im Raum ausbreitete. Während der Kollege in seinem Köfferchen kramte, begann der Kommissar, sich durch den Klamottenberg bis zum Sessel vorzugraben, auf dem er die Nacht zu verbringen gedachte. Ein Kleidungsstück nach dem anderen schichtete er auf einen anderen Stapel um, wobei etliche gebrauchte Unterhosen zum Vorschein kamen, die er lediglich mit spitzen Fingern anfasste und sofort unter anderem Gewand wieder begrub. Je weiter er sich vorarbeitete, desto mehr legte sich seine Stirn in Falten. Und das nicht etwa, weil er über die reichhaltige Garderobe des Österreichers staunte, der doch immer irgendwie gleich angezogen wirkte, sondern weil ihn mehr und mehr das Gefühl beschlich, dass er auf kein Möbel mehr stoßen würde. Bydlinski hatte sich ganz offensichtlich ein Prinzip zu eigen gemacht, das auch Kluftinger praktizierte: das des »Gwandsessels« – nur ohne Sessel. Seufzend ließ sich der Kommissar auf einen der beiden Klamottenhaufen fallen und blickte auf das Bett. Es würde ihm wohl nichts anderes übrig bleiben, als es mit Maier …

Seine Augen wurden groß: Maier stand am Kopfende des Bettes und zog sich munter pfeifend aus. Er stand bereits nur noch in Unterwäsche da und machte keine Anstalten, seine Tätigkeit hier abzubrechen. Schon flog das Doppelripphemdchen aufs Bett, und er hakte seine Daumen in den Saum seiner Unterhose ein, als ihn ein scharfes »Hey!« des Kommissars zusammenfahren ließ.

»Was schreist du denn so?«

»Ich will wissen, was du da genau vorhast.«

»Wie *vorhast*?«

»Na, was machst du da gerade?«

»Ich mach mich bettfertig.«

»Und wo ist dein Schlafanzug?«

»Ich schlafe immer nackt – schon seit frühester Jugend!«

Kluftingers Kiefermuskeln begannen zu arbeiten. Er atmete tief ein, dann sagte er mit einem bedrohlich knurrenden Unterton: »Und diese Gewohnheit endet genau heut!«

Im Badezimmer stützte sich Kluftinger auf das Waschbecken und blickte in das müde Gesicht seines Spiegelbildes. Die Reise nach Wien, sein spontaner erster Flug, all die unvorhergesehenen Wendungen, die dieser Tag für ihn bereitgehalten hatte, ja sogar die enge Zusammenarbeit mit Richard Maier – all das hatte er ja gut verkraftet. Doch nun wäre es Zeit für eine echte Rückzugsmöglichkeit. Er konnte sich einfach nur dann richtig tief entspannen, wenn er allein war – oder allenfalls noch in Gegenwart seiner Frau oder seines Sohnes. Alles andere stellte für ihn sozialen Stress dar.

Als der Kommissar den kleinen, in zartem Altrosa gekachelten Raum betreten und die Tür hinter sich geschlossen hatte, waren seine schlimmsten Befürchtungen bestätigt worden: Einen Schlüssel hatte er vergeblich gesucht. Priml. Nicht einmal hier war seine Intimsphäre sichergestellt. Er platzierte seinen Kulturbeutel auf einer freien Ecke des kleinen Waschbeckens und sah sich um. Der Zustand dieses Zimmers war eigentlich keine Überraschung mehr, denn es passte exakt zum Rest der Wohnung des Kollegen: Hier war seit gut und gern vierzig Jahren nicht mehr renoviert worden. Die Badewanne war fast bis an den Rand mit Kleidungsstücken und Handtüchern gefüllt, die so aussahen, als warteten sie schon ein paar Wochen oder sogar Monate auf eine Wäsche. Ein verschlissener Vorhang mit verblichenem Delfinaufdruck trennte die Duschwanne vom Bad ab. Der geflieste Boden war übersät von Fusseln und Wollmäusen. Auch die Klobrille aus Acrylglas, in die ein Stück echter Stacheldraht eingegossen war, verblüffte ihn nicht sonderlich. Sie passte zu Bydlinski und seinem seltsamen Humor.

Nachdem Kluftinger mit dem Desinfektionsspray, das ihm Erika eingepackt hatte, einmal das Badezimmer eingenebelt hatte, fischte er die Zahnpastatube aus seinem kunstledernen Kulturbeutel, wobei der vom Waschbecken fiel und der Inhalt sich über den Boden verteilte. Fluchend bückte er sich und stopfte seine Utensilien wieder hinein: Notfallpflaster, Deoroller, die alte Nagelschere, das kleine Hotelfläschchen Shampoo … Er erstarrte: Seine Reisezahnbürste lag ebenfalls auf dem Fußboden, und der Borstenschutz hatte sich gelöst. Er schluckte. Seine Ansprüche an Hygiene waren alles andere als übertrieben, aber es gab eine gewisse Grenze, die er in seinem Leben nicht mehr unterschreiten wollte. Als er die Bürste zögernd aufhob und auf das Konglomerat aus Flusen und Haaren sah, das von den Borsten herabbaumelte, war ihm klar, dass sich ihre Wege hier für immer trennen würden. Er schmiss sie angewidert in den überfüllten Mülleimer und wusch sich die Hände – wenn auch ohne das offenbar aus verschiedenen Resten zusammengeklebte Seifenstück zu verwenden. Diese Katzenwäsche – der Begriff ließ ihn bitter lächeln – musste für den heutigen Abend genügen. Dann drückte er sich ein wenig Zahnpasta auf die Kuppe seines rechten Zeigefingers und fuhr sich ein paarmal über die Zähne. Immerhin hatte er so frischen Minzgeschmack statt des Fettaromas der Krusteln im Mund. Er spritzte sich noch ein wenig Wasser ins Gesicht und trocknete sich dann mit dem Handtuch ab, das ihm seine Frau in den Koffer gepackt hatte. Tief sog er dessen Duft in seine Lungen: Es roch nach Sauberkeit, nach Frische, nach Daheim, nach Ruhe, Geborgenheit und irgendwie nach Erika. Er schlüpfte schnell in seinen dunkelgrünen Nickischlafanzug und ging seufzend zurück ins Schlafzimmer. Maier, noch immer lediglich mit Unterhose bekleidet, machte sich nun seinerseits auf ins Bad. Kluftinger riet ihm, Socken oder Schuhe anzuziehen, und als der Kollege ihn fragend anblickte, sagte er nur: »Wirst schon sehen, Richie!«

Dann schaltete er die Nachttischlampe auf seiner Bettseite an, löschte das große Licht und rollte sich vollständig in die Decke ein, sodass wie bei einem Mumienschlafsack nicht einmal mehr seine Arme herausschauten. Dabei lag er am äußersten Rand der Matratze auf der Seite, um so möglichst viel Raum zwischen sich und Maier zu bringen, wenn er mit dem schon das Bett teilen musste. Für Kluftinger war diese Schlafhaltung eine Art ungeschriebenes Gesetz zwischen Männern, die in eine solche Notlage gerieten. Dessen Einhaltung erwartete er stillschweigend auch von Richard Maier.

Als sich die Tür öffnete, betrat jedoch nicht sein Bettgenosse, sondern Valentin Bydlinski in Boxershorts und einem ausgeleierten Rapid-Wien-Trikot das Zimmer. Er warf die Kleidung, die er tagsüber getragen hatte, auf einen der Klamottenhaufen. »Ordnung muss sein«, flüsterte er lapidar und verließ das Zimmer wieder.

Kluftinger schüttelte ungläubig den Kopf. Dann befreite er sich jedoch noch einmal aus seiner Decke, stand auf und holte seine Dienstpistole aus dem Koffer, um sie zusammen mit seinem Geldbeutel, seinem Handy, einem kleinen mechanischen Reisewecker und seinem Hausschlüssel auf das Nachtkästchen zu legen.

Er hatte sich gerade wieder sorgfältig eingerollt und das Licht ausgemacht, da kam Maier vergnügt pfeifend zurück und kramte in seinem Koffer herum, dem er erst ein Ladekabel für sein Handy, eine Packung Taschentücher und schließlich ein Buch entnahm. Hinter seinem Nachtkästchen suchte er nach einer Steckdose für das Kabel, dann fragte er, sein Smartphone in der Hand haltend: »Für wann soll ich denn den Wecker stellen?«

»Vergiss es, Richie!«, brummte der Kommissar.

»Was soll ich denn vergessen, bitte?«

»Das mit dem Handy. Ich hab keine Lust, heut Nacht an diesem … Elektrosmogzeug einzugehen. Mach das Ding aus, ich hab meinen Reisewecker auf halb acht gestellt!«

»Da strahlt ja gar nix. Ich hab den Flugmodus aktiviert.«

»Ausmachen!«

»Ja, schon gut.«

Sein Kollege drückte auf seinem Telefon herum, und Kluftinger hätte gerne überprüft, ob er es wirklich abgeschaltet hatte, wenn er nur gewusst hätte, wie man das Ding bedient.

Schließlich warf sich Maier übermütig aufs Bett, knipste seine Nachttischlampe an und sagte: »Gut's Nächtle! Ich les noch ein bisschen, wenn's dich nicht stört.«

Der Kommissar wälzte sich mühsam in Maiers Richtung und sah, dass der gerade ein Buch mit dem Titel »Freunde finden, beliebt sein – Ein Wegweiser aus dem Abseits« aufschlug. Ein Lächeln huschte angesichts dieser Lektüre über Kluftingers Gesicht. »Es stört mich aber! Heut war ein stressiger Tag, und ich will jetzt schlafen!«

»Wenn ich nicht noch lese, kann ich nicht einschlafen«, erwiderte Maier trotzig.

»Zefix, Richard, jetzt gib endlich Ruhe! Und morgen liest du gleich beim Frühstück das Kapitel: Warum ich trotz Ratgeberlektüre immer noch keine Freunde habe!«

Maier stieß beleidigt die Luft aus, legte sein Buch weg und löschte das Licht.

Doch die ersehnte Ruhe wollte sich für Kluftinger nicht einstellen: Er hörte seinem Kollegen mehrere Minuten dabei zu, wie der sich auf dem Bett hin und her wälzte, die Decke vor und zurück schlug, um die richtige Schlafstellung zu finden.

»Geht das jetzt die ganze Nacht so?«, erkundigte sich der Kommissar.

»Tschuldigung, hab's gleich. Aber ich muss dich vorwarnen. Nachts bin ich ziemlich aktiv. Wenn ich dir zu nahe komm oder mich auf dich draufwälze, dann weck mich einfach!«

Draufwälzen?

Kluftinger machte seine Nachttischlampe erneut an, drehte sich zu seinem Kollegen, blickte ihn drohend an und sagte: »Hier, exakt in der Mitte dieses Bettes …« Er zog mit dem Finger eine imaginäre Linie. »… verläuft eine unsichtbare Grenze. Diese Grenze wird die ganze Nacht lang nicht überschritten, haben wir uns da verstanden?«

Maier grinste. Offenbar dachte er, sein Bettgenosse mache Scherze.

Um diesen Eindruck zu widerlegen, fügte Kluftinger todernst an: »Wenn dir dein Leben lieb ist, hältst du dich dran.« Dann löschte er das Licht wieder.

Doch er döste mehr, als dass er wirklich schlief. Immer wieder jagten Bilder des vergangenen Tages durch sein dahindämmerndes Bewusstsein. Er sah sich im Flugzeug sitzen, die Landung beklatschen, durch Wien spazieren … Ruckartig riss er die Augen auf. Direkt in seinem Nacken spürte er warmen Atem. Er rollte zum Nachttisch und schaltete das Licht an. Und tatsächlich: Maier lag mindestens zwanzig Zentimeter über der Mitte, den Mund offen, ein feines Speichelrinnsal auf Kluftingers Kissen ergießend! Der Kommissar drehte sich um, langte nach seiner Waffe, hielt sie dem Kollegen vors Gesicht und tippte ihm damit an die Stirn. Maier schlug langsam die Augen auf, einen glasigen Blick auf den Gegenstand werfend, den Kluftinger in der Hand hielt – und machte einen Satz zurück, der ihn beinahe aus dem Bett warf.

»Sag mal, spinnst du?«, rief er mit schriller Stimme.

»Richie, ich hab dir gesagt, ich mein's ernst!«

Maier atmete schwer: »Mal ganz ehrlich, auch wenn du mein Chef bist, aber manchmal tickst du nicht mehr ganz richtig!«

Von diesen Worten nicht im Geringsten beeindruckt, drehte sich Kluftinger wieder um und löschte erneut das Licht. Was Erika wohl heute gemacht hatte? In all der Hektik hatte er glatt vergessen, sich am Abend noch einmal daheim zu melden. Andererseits: Nachdem ja Markus und Yumiko gerade in Altusried waren, hielt sich die Sehnsucht seiner Frau nach einem Telefongespräch mit ihm sicher in Grenzen. Er könnte ihr ja bei seiner Rückkehr alles haarklein erzählen. Ob sie schon im Bett war oder noch vor dem Fernseher … Ein rhythmisches Vibrieren der Matratze unterbrach seinen Gedankengang.

»Was machst du da, Richie?«

»Wieso?«

»Dieses … Zappeln! Sag sofort: Was machst du?«

Kluftinger knipste erneut das Licht an.

»Richie, wo sind deine Hände?«

Maier sah ihn fragend an.

»Ich will sofort deine Hände sehen!«

Eingeschüchtert riss Maier seine Hände unter der Decke hervor. »Da sind sie doch.«

»Was war dann das für ein … Gehupfe grad?«

»Ich kann nicht mehr schlafen, nachdem du mich so unsanft geweckt hast. Und jetzt bin ich zappelig, weil ich so einen Kohldampf hab!«

Kluftinger setzte sich auf. »So wird das nix mit dem Schlafen. Aber ich muss zugeben, dass ich einen kleinen Happen schon auch noch vertragen könnt.«

»Wollen wir mal im Kühlschrank schauen, ob wir noch was finden?«

Kluftinger stimmte zu, fügte jedoch an: »Aber zieh dir bittschön ein T-Shirt an, ja?«

Auf dem Weg in die Küche vernahmen sie Bydlinskis sonores

Schnarchen aus dem Wohnzimmer. Sie schalteten das Licht an, hockten sich vor den Kühlschrank und stießen fast gleichzeitig einen Seufzer aus, in dem sich Enttäuschung, Resignation, Verwunderung und Ekel mischten: Auf den Gitterrosten standen vorwiegend Einmachgläser mit schwer definierbarem Inhalt, dazu zwei Dosen Muscheln in Madeirasoße, eine Packung Harzer Käse mit Kümmel, der an einer Stelle blaugrünlich verfärbt war, eine halb volle Konservendose Kuttelsuppe sowie zwei Flaschen tschechisches Bier. Im Gemüsefach lagen drei eingeschrumpelte Karotten neben ein paar welken Salatblättern.

Die Beamten sahen sich fragend an. Dann nahm der Kommissar eines der Gläser und hielt es gegen das Licht, um den graugrünen Inhalt genauer in Augenschein zu nehmen. Ein Etikett behauptete, dass es sich dabei um Sellerie handle. Weitere Etiketten trugen die Aufschrift *Sauerkraut, Salzgurken, Schwarzwurzeln* und *Eingesalzte Bohnen*. Kluftinger streckte seine Hand gerade nach einem Glas *Frankfurter* aus, da flüsterte Maier angewidert: »Da drin schaut's aus wie in Willi Renns Gruselkabinett! Würd mich nicht wundern, wenn bei den Wienerle auch noch ein Finger im Glas schwimmt!«

Kluftinger zog seine Hand zurück und ließ die Kühlschranktür zufallen. Priml. Maiers Kommentar hatte ihm die Würste ein für alle Mal verdorben. Denn der spielte auf die makabre Asservatenkammer des Kemptener Spurensicherers an, die aus mehreren abgetrennten Gliedmaßen, einem durchschossenen Schädel und allerhand anderen absonderlichen Leichenteilen bestand. »Hab eh schon die Zähne geputzt«, sagte er bitter. Dann blickte er fragend zu Maier: »Und jetzt?«

»Ich glaub nicht, dass ich wissen will, was sich erst in diesen Vorratsschränken hier befindet«, erklärte der und ließ seinen Blick durch den Raum wandern.

Kluftinger nickte. Und trotzdem musste er noch eine Kleinigkeit essen, sonst würde er wirklich Probleme haben, in den Schlaf zu finden. Also überwand er sich und untersuchte den Inhalt der Schränke, doch außer Geschirr, Gewürzen und Fertigsoßenpäckchen, einer Menge Handtücher und Putzlappen und interessanterweise einer staubigen Handkreissäge fand er lediglich eine verschlossene Packung Spaghetti sowie eine Flasche Ketchup.

»Nudeln mit Tomatensoße?«, fragte er in Maiers Richtung.

Statt einer Antwort begann der mit der Suche nach einem Topf, doch Kluftinger hielt ihn zurück.

»Schmarrn. Wir fangen doch jetzt nicht mehr das Kochen an, mitten in der Nacht!«

Nachdem die beiden Polizisten ein gutes Drittel der trockenen, harten Nudeln in Ketchup eingetunkt und verspeist und sich die fehlende Flüssigkeit mithilfe der beiden Bierflaschen aus dem Kühlschrank zugeführt hatten, lagen sie schließlich eine halbe Stunde später ermattet nebeneinander im Bett. Kluftinger spürte endlich die ersehnte Bettschwere, der Alkohol tat seine Wirkung …

»Gute Nacht«, kam es von seinem Bettgenossen.

»Mhm«, brummte Kluftinger zurück.

»Gut Naaaahaaacht!«

»Nacht und Schnauze jetzt!«

»Und träum was Schönes.«

Kluftinger seufzte resigniert. Er war schlichtweg zu müde, um heute noch jemanden umzubringen.

Donnerstag, 23. September

Kluftinger blinzelte in die rötlichen Strahlen der aufgehenden Sonne, die durch die Löcher im verschlissenen Vorhang ins Zimmer sickerten. Er zog sich die Decke über den Kopf, um noch ein bisschen weiterzuschlafen, da spürte er, wie etwas Weiches über sein Bein streichelte. Schlagartig war er wach, riss sich die Decke vom Kopf und langte nach seiner Waffe. Wenn Maier meinte, er könnte hier ein Spielchen mit ihm ... Ein jammervolles Miauen durchbrach seinen Gedankengang, und er sah, dass es sich eine der Katzen in ihrem Bett gemütlich gemacht hatte. *Wie war die nur hier reingekommen? Und, viel wichtiger, wie lange lag sie schon hier?* Kluftinger versetzte ihr einen Tritt, worauf das Tier ihn erst anfauchte, dann aber lautlos vom Bett hüpfte und aus dem Zimmer verschwand.

Er wandte sich zu seinem Kollegen und atmete beruhigt aus: Maier lag auf seiner Seite des Bettes, friedlich schlummernd wie ein Baby. Und das im wahrsten Sinne des Wortes, denn er hatte sich in Embryonalhaltung gerollt und einen Daumen in den Mund gesteckt. Sein Gesicht war rot und verquollen, offenbar hatte er mit seiner Allergie doch nicht übertrieben. Aber auch Kluftinger hatte diese Nacht darunter zu leiden gehabt, denn dank Maiers Gerotze hatte er kaum ein Auge zugemacht.

Kluftinger erhob sich leise und schlurfte gähnend ins Bad. Er öffnete die Tür – und erstarrte: Auf dem Klo hockte, mit heruntergelassenen Boxershorts, Valentin Bydlinski.

»So, auch ein Frühaufsteher«, grinste der ihn breit an.

»Ich ... ja ... Entschuldigung, ich wusste ja nicht ...«

»Kannst schon reinkommen, bin eh gleich fertig. Wenn du was lesen willst, mit dem Teil bin ich schon durch.« Der Österreicher wedelte mit der Zeitung herum.

»Nein, nein, danke«, sagte Kluftinger und schlüpfte schnell wieder aus dem Raum. Er wartete in der Küche, bis Bydlinski das Bad verlassen hatte, zählte innerlich bis hundert und ging dann noch einmal hinein. *Da hätt ich mal besser bis tausend gezählt*, dachte er, als er die Tür hinter sich schloss, eilte zu dem kleinen Fenster und öffnete es. Dann ließ auch er sich auf der Schüssel nieder, deren Brille von ihrem letzten Benutzer noch warm war, was Kluftinger immer als besonders unangenehm empfand. In diesem Moment öffnete sich die Tür, und Maier kam herein.

»Morgen, Chef«, sagte er fröhlich. »Gut geschlafen?«

»Äh, Richie?«

»Ja?«

»Wie wär's?«

»Wie wär was?«

»Wenn du mich allein lässt, ich bin hier grade mit was beschäftigt.«

»Ach so, das stört mich nicht.«

Kluftinger lief rot an und leistete innerlich einen Eid, nie wieder bei und mit irgendwelchen Kollegen zu übernachten. »Das ist mir scheißegal«, fuhr er seinen Kollegen an. »Mich stört's! Und jetzt raus, aber flott!« Er hatte den Satz noch nicht beendet, da war Maier schon aus dem Zimmer hinaus.

Mit knurrendem Magen betrat Kluftinger die Ausstellungshalle des Völkerkundemuseums. Bydlinskis mit großer Geste präsentiertes »Frühstück« hatte lediglich aus einer Packung Manner-Waffeln und viel zu starkem Kaffee bestanden. Auf die von ihm sowieso bevorzugte Alternative – Salamisemmel und Trinkschokolade – hatte er ebenfalls verzichten müssen, da ihn ein Anruf des Polizeipräsidenten direkt hierher beordert hatte.

Kluftinger sei für die Sicherheit der Preziosen, die heute verpackt und ins Allgäu transportiert wurden, verantwortlich, hatte Lodenbacher gesagt. Es war ihnen also nichts übrig geblieben, als sofort ins Museum zu fahren und die ganze Aktion zu überwachen. Immerhin hatten sie so einen Grund gehabt, schnell aus Bydlinskis Horrorwohnung zu verschwinden.

Die Ausstellungshalle erinnerte kaum noch an das, was Kluftinger gestern in seinem Büro auf der Leinwand gesehen hatte: Nicht nur die Besucher fehlten, überall standen Kisten in den verschiedensten

Größen herum, Folien wurden entrollt, Packpapier zurechtgeschnitten. In diesem ganzen Chaos wuselten in schwarzer Einheitskleidung Mitarbeiter einer Firma herum, die sich auf den Transport von Kunstgegenständen spezialisiert hatte, wie ihnen Bydlinski erklärte. Sie trugen weiße Handschuhe und wirkten nicht so grobschlächtig wie die Möbelpacker, die Kluftinger so kannte.

»Wie wird denn das ganze Zeug beim Transport gesichert?«, erkundigte sich Maier bei seinem österreichischen Kollegen.

Der zuckte nur mit den Schultern, führte eine Hand zum Mund und stieß einen gellenden Pfiff aus, worauf sich Maier demonstrativ sein Ohr zuhielt und ihn vorwurfsvoll anblickte. Als sich die Arbeiter zu Bydlinski umdrehten, winkte er einen von ihnen zu sich. »Seavas, Bydlinski, Gendarmerie Wien. Das sind Kollegen aus Deutschland, die überwachen die ganze Sache da. Wie sichert's ihr denn das alles?«

Der groß gewachsene, blasse Mann nickte ihnen zu. »Wirth mein Name, guten Tag. Wir sind von der Firma TransArt aus Leutkirch.« Er deutete auf das eingestickte Logo seines Poloshirts. Also, wir verpacken die ganzen Sachen mithilfe von speziellem Material, Luftpolsterfolie, Kartonagen und Kantenschutz, je nachdem, wie empfindlich die Exponate sind. In unserem Transporter haben wir dann eine spezielle Luftfederung und außerdem isolierte Klimabehälter. Wir haben auch spezielle Klimasafes. Sollte also nichts passieren.«

»Mich interessiert eigentlich mehr die Diebstahlsicherung«, erklärte Kluftinger.

»Ach so, verstehe. Also es fahren pro Transporter zwei Mann mit. In diesem Fall haben wir ja nur den einen Wagen. Die sind speziell ausgebildet, auch was Selbstverteidigung angeht. Und sie tragen natürlich schusssichere Westen. Die Fahrzeuge sind mit Alarmsystem ausgestattet, werden ständig von der Zentrale per GPS kontrolliert und haben außerdem eine Videoüberwachung des Laderaums, sodass die Fahrer die Fracht immer im Blick haben. Einige sind voll gepanzert, andere nicht. Wir haben heute …«, er neigte seinen Kopf und blickte an Kluftinger vorbei durch ein Fenster nach draußen, »… den gepanzerten. Ich denke, das sollte reichen.«

»Und was ist mit Ihren Leuten?«, fragte Maier.

»Was soll mit denen sein?«

»Na, wie haben Sie die ausgewählt? Arbeiten die schon lange für Sie? Sind die vertrauenswürdig?«

Das bleiche Gesicht des Mannes verfärbte sich. »Hören Sie, wir sind seit Jahrzehnten in dem Geschäft und haben obendrein einen exzellenten Leumund. Wir verstehen was von dem, was wir tun, unser tadelloser Ruf spricht für sich, und überhaupt …«

»Schon gut«, unterbrach ihn Kluftinger und hob beschwichtigend die Hand. »Der Kollege ist bloß vorsichtig, wir hatten es noch nie mit einem solchen Schatz zu tun.«

»Das merkt man«, brummte Wirth und sagte dann: »Ich muss dann mal wieder.« Er tippte sich an die Stirn und wandte sich um, als Kluftinger ihn zurückhielt.

»Sagen Sie mal, Sie machen doch einen Zwischenstopp in Kempten und stellen den Wagen über Nacht auf dem Polizeigelände ab, bevor Sie morgen in Altusried einräumen. Täten Sie uns mitnehmen?«

Maier blickte ihn mit großen Augen an.

»Das geht leider nicht«, antwortete Wirth. »Wir haben, wie gesagt, zwei Mann pro Transport dabei. Wir hätten also nur noch einen Platz.«

Der Kommissar kratzte sich am Kinn und blickte prüfend zu Maier. Ob er dem Kollegen vermitteln konnte, dass sie getrennt nach Hause fahren würden?

»Sag mal, warum willst du denn fahren? Es geht doch bald eine Maschine«, kam ihm sein Kollege zuvor.

»Was ist mit der Maschine?«

»Es geht doch bald eine. Maschine. Nach Memmingen.«

»Ach so, ein Flieger?«

»Sag ich doch.«

»Ach so, ja … also weißt du, der …« Plötzlich hellte sich Kluftingers Miene auf. »Der Lodenbacher hat uns praktisch befohlen, den Transport zu begleiten. Also, da können wir jetzt nicht einfach … nur weil's bequem ist. Lückenlose Kontrolle lautet das Zauberwort!« Kluftinger fand nicht, dass er sehr überzeugend klang, und kürzte die ganze Sache deshalb ab: »Weißt du was? Miet uns doch ein Auto. Kannst du doch bestimmt mit deinem Ding da. Damit fahren wir hinter denen her. Das ist doppelte Sicherheit, und die können sich auch nicht mit ihrem Transporter aus dem Staub machen. Also, komm, mach mal!« Er zeigte auf das Smartphone, das Maier wie üblich nicht in der Jackentasche verstaut hatte, sondern weithin sichtbar in der Hand trug.

»Nö, das ist schlecht, Internet im Ausland kostet ein Schweinegeld. Ich ruf die Sandy an, die soll uns eins besorgen.«

Eine Stunde später standen sie vor dem Museum auf dem Heldenplatz und genossen zum letzten Mal vor ihrer Abreise den majestätischen Anblick der Umgebung. Sandy hatte sich noch einmal gemeldet und gesagt, sie habe einen günstigen Wagen gefunden, man müsse sorgfältig mit dem Geld der Steuerzahler umgehen, nachdem die doch durch die Einheit so belastet worden seien. Die beiden Polizisten hatten kein gutes Gefühl, als sie auf die Ankunft ihres Mietwagens warteten. Als das Auto dann aber vorfuhr, wurden ihre schlimmsten Erwartungen übertroffen: Vor ihnen hielt ein rosafarbener Smart, dessen Seiten blaue Lettern in schwungvoller Schreibschrift zierten, die das Wort »Manner« bildeten.

Ein paar Sekunden starrten sie das Gefährt ungläubig an, dann zischte Maier: »Das haben wir nur dir und deinem Krach mit der Henske zu verdanken.«

»No, da habt's ja einen unauffälligen Wagen gemietet«, spottete Bydlinski. »Kriegt's ihr für die Werbung wenigstens auch Geld? Oder zumindest ein paar Waffeln umsonst?«

Kluftinger wandte sich ihm zu und sagte leise: »Weiß auch nicht, was er da wieder bestellt hat.« Dabei deutete er mit dem Kopf auf Maier.

Im selben Moment kamen auch die Mitarbeiter der Transportfirma aus dem Museum, sahen das Auto und begannen lauthals zu lachen. »Lässt sich die bayerische Polizei jetzt schon von österreichischen Süßwarenfirmen sponsern?«, fragte Wirth grinsend. Ein anderer meinte: »Wäre es nicht besser fürs Polizei-Image, ihr würdet wenigstens Red Bull nehmen?« Schließlich fügte ein Dritter hinzu: »Das ist keine Manner-Schnitte, sondern der sogenannte Manner-Schlitten.«

»Ja, ja, lacht's ihr nur«, konterte Kluftinger mit einer wegwerfenden Handbewegung. »Aber wenn ihr dann überfallen werdet, ist das Geschrei nach der Polizei wieder groß.«

»Und wie helft ihr uns dann?«, feixte Wirth. »Bespritzt ihr die Ganoven mit Zuckerguss?«

Der Kommissar hatte keine Lust mehr, sich noch weitere Kommentare anzuhören, und rief: »Jetzt fahrt's endlich los, sonst kommen wir heut nimmer heim.«

»Schade eigentlich, dass nicht wir euch nachfahren. Verlieren könnten wir uns dann schon mal nicht.« Mit diesen Worten schwang sich Wirth auf den Fahrersitz des Transporters.

»Au weh, Chef, ich glaub, da müssen wir unser Gepäck auf den Schoß nehmen.«

Kluftinger ging um den winzigen Wagen herum. Irgendwie hatte er das Gefühl, dass hinten mindestens zwei Drittel zu einem normalen Auto fehlten. Maier hatte bereits die kleine Kofferraumklappe geöffnet und sah skeptisch auf seinen gelben Trolley, Kluftingers Koffer und die Schachtel mit der Replik der Reliquienmonstranz, die Bydlinski noch in eine Wolldecke der Bundespolizei eingewickelt hatte.

Als der Kommissar den winzigen Raum hinter den Sitzen sah, kam er ins Grübeln, doch er verbreitete Zweckoptimismus. »Nix, da müssen wir halt ein bissle intelligent packen, dann geht das schon!« Dann begann er wie mit Bauklötzchen, die Gepäckstücke immer wieder in anderer Reihenfolge und in unterschiedlichen Lagen ins Auto zu stapeln, wobei Maier und Bydlinski zwar ständig Kommentare abgaben, selbst aber nicht Hand anlegten.

Es erforderte einige Gewalt, aber schließlich konnte er das kleine Heckfenster doch schließen. »Passt!«, vermeldete er stolz.

»Nein, das geht so nicht!«, protestierte Maier.

»Was?«

»Na, wie du gepackt hast. Das versperrt mir die ganze Sicht!«

»Richie, jetzt hab dich nicht so, ist ja nicht gerade ein Vierzigtonner!«

Missmutig stieg Maier auf der Fahrerseite ein.

»Gut, dann packen wir's auch mal, gell?« Kluftinger streckte Bydlinski die Hand hin, doch der zog ihn an sich und klopfte ihm beherzt auf die Schulter. »Wenn du mal wieder in Wien sein solltest, mit deiner Frau zum Beispiel – ich hab eh immer ein Bett für euch frei.«

»Du … äh … ich für dich natürlich auch«, erwiderte Kluftinger aus reiner Höflichkeit. Er wusste, dass er von Bydlinskis Angebot niemals Gebrauch machen würde. Sollte er seiner Frau diese Herberge zumuten, hätte *er* wohl für immer die andere Hälfte seines Bettes frei.

Mit großer Skepsis bestieg er schließlich den Wagen. Irgendwie hatte der Kommissar das Gefühl, im Fond Platz zu nehmen, denn nach vorn hatte er recht komfortabel Platz, drehte er sich jedoch um, wähnte er sich im Kofferraum.

»Stellst du bitte noch den Spiegel auf deiner Seite ein? Ich brauch Rundumsicht«, forderte ihn Maier auf.

Seufzend begann er, den kryptischen Anweisungen seines Kollegen zu folgen, die in dem Satz gipfelten: »Nein, wenn ich rausschieben sag, musst du reinziehen denken.«

Als Maier dann nach einigem Suchen das Zündschloss hinter dem kleinen Automatikwählhebel gefunden hatte und der Motor knatternd startete, erinnerte Kluftinger dieses Geräusch eher an die Gepäckwägelchen auf dem Bahnhof oder Langhammers Aufsitzrasenmäher. Auch der geringe Seitenabstand zu seinem Kollegen machte ihn nicht wirklich glücklich.

Dann setzte sich der Werttransporter in Bewegung, und sie folgten. Kluftinger gefiel es, dass ihnen mehrmals Schulkinder vom Straßenrand aus zuwinkten und lachten. Irgendwie schien dieses kleine rosafarbene Auto die Leute fröhlich zu stimmen. Er beschloss, einfach nett zurückzuwinken, dann schaltete er das Radio ein. Maier, der sich sichtlich entspannt hatte – allmählich hatte er das Prinzip der Halbautomatik durchdrungen –, zeigte auf das Display und lachte auf.

»Ui, schau, *smart* steht da! Das Auto kann offenbar Rückschlüsse auf seinen Fahrer ziehen.«

»Von mir aus hat es wie Depp ausgesehen. Komisch«, brummte Kluftinger.

Kurz darauf, sie hatten das Stadtzentrum inzwischen hinter sich gelassen, machte Maier zu Kluftingers Missfallen das Radio wieder aus, zog sein Telefon aus der Tasche, befestigte ein Kabel daran und stöpselte es in einer Buchse am Armaturenbrett an, wobei er das Lenkrad nur noch mit einer Hand hielt. »Immer gut, wenn man seine Plattensammlung im Smartphone dabeihat!«, trällerte er.

»Pass lieber auf, wo du hinfährst. Aber sag mal: Wie ist das jetzt mit so einem Smartfon?«

»Was willst du denn wissen?«

»Na ja, also, was genau hat das mit dem Auto zu tun?«

Maier antwortete mit einem bellenden Lachen: »Also, da müssen wir etwas tiefer in die Mobilfunkthematik einsteigen …«

Mit einem Ruck fuhr Kluftinger hoch. Er musste eingeschlafen sein. Das Gedudel aus dem Lautsprecher und Maiers Vortrag zum Thema Handy hatten ihn offenbar regelrecht betäubt.

»Wo simmer denn, Richie?«, fragte er gähnend.

»Seit einer Stunde auf der Autobahn«, antwortete der schmallippig.

Kluftinger vermutete, dass er beleidigt war, weil er während seiner Ausführungen weggedöst war. Er kniff die Augen zusammen und sah gegen das Sonnenlicht durch die Windschutzscheibe. Vor ihnen fuhr ein PKW mit Anhänger, vom Werttransporter war nichts zu sehen. »Scheiße, wo ist denn der Lastwagen?«

»Keine Sorge, Herr Kopilot, ich habe mir erlaubt zu überholen. Die Karre von denen haut ja Rußwolken raus ohne Ende. Wobei es nicht leicht war, an dem vorbeizuziehen. Ich glaub, in der Kiste hier …«, er tätschelte das Armaturenbrett, »… ist ein Nähmaschinenmotor verbaut. Und so beladen, wie wir sind!« Bei diesen Worten schielte Maier auf Kluftingers Bauch.

»Aber sonst ist der Smart nicht so verkehrt, oder?«

Maier zuckte mit den Schultern. »Laut, klein und lahm. Aber sparsam zumindest, heißt es.«

Sparsam, das gefiel dem Kommissar. Und wenn er das alles so genau betrachtete, hatte der Wagen auch allerhand Luxus zu bieten: elektrische Fensterheber, Zentralverriegelung, Servolenkung, sogar ABS und andere moderne Fahrhilfen. Mit alldem konnte sein Passat nicht aufwarten.

»Ich find den klasse, irgendwie!«, ließ er verlauten.

»Weißt du was, kauf dir doch einen statt deinem schrottreifen Passat, dann brauchst du nie mehr einen Parkplatz!«

»Wieso?«

»Na, du fährst über die Rollstuhlrampe bis zum Aufzug und parkst ihn dann hinter deiner Bürotür!«

Kluftinger blickte auf die Uhr. Er hatte noch mindestens vier Stunden Fahrt mit Maier und seinen schlechten Witzen vor sich. »Du, Richie, was ist denn das da?« Er deutete auf einen Knopf mit einem durchgestrichenen Lautsprecher.

»Das ist die Mute-Taste, warum? Die schaltet den Ton aus.«

»Sehr gut!« Kluftinger drückte darauf.

»Also, wie siehst du das eigentlich mit diesem Strehl? Glaubst du, dass der …«

Kluftinger drückte noch einmal demonstrativ auf den Knopf. Zu seiner großen Überraschung spielte Maier mit und bewegte nur noch die Lippen. Nachdem er seinen Kollegen mehrmals stummgeschaltet hatte, bat der: »Du, drück doch mal auf den Eject-Knopf!«

Kluftinger bewegte seine Hand gerade zum Armaturenbrett, da brüllte Maier auf, und er zog seine Hand blitzartig zurück. »Was ist denn?«

»Nicht drücken, das ist doch der Schleudersitz!«

Entgeistert sah der Kommissar erst seinen Kollegen an, dann kontrollierte er noch einmal seine Uhr. Mindestens noch drei Stunden und achtundfünfzig Minuten.

»Wenn ich mal fahren soll, sagst du es, gell?«, bot er an.

»Nein, nicht nötig. Aber du könntest dir bitte mal das Phone schnappen und die Navigation starten.«

»Das Fon, aha.«

Maier reichte ihm das Handy. »Apropos: Meinst du nicht, du solltest mal die Kollegen anrufen? Kurz Bericht erstatten und so? Und wir müssen auch sagen, wann der Transport in Kempten ankommt, der soll ja schließlich über Nacht auf dem Polizeigelände stehen.«

Auch Kluftinger hatte schon daran gedacht, wollte allerdings bis nach der Grenze warten, um horrende Auslandsgebühren auf seiner Telefonrechnung zu vermeiden. Andererseits: Wo er Maiers Telefon eh schon in Händen hielt …

»Können wir ja vielleicht gleich mit deinem anrufen, oder? So ein Smartfon ist da ja immer gut!«

»Mach halt. Nummer ist eingespeichert!«

Kluftinger sah auf das flache Gebilde in seiner Hand. Von Tasten weit und breit keine Spur …

»Wähl mal lieber du, nicht, dass ich am Ende noch was verstell!«

Maier langte zu ihm herüber und drückte auf die einzige sichtbare Taste. »Jetzt musst nur noch ›Rufe Büro‹ ins Mikrofon sagen.«

»Alles klar, verarschen kann ich mich grad selber!«

»Nein, wirklich, das geht, das ist Sprachsteuerung. Schau: ›Rufe Büro!‹«

Tatsächlich erschienen nun auf dem kleinen Bildschirm ein Foto des Polizeigebäudes und die Information, dass die Nummer gewählt wurde. Kluftinger hielt sich das Gerät ans Ohr.

»Kriminalpolizeidirektion Kempten, Strobl?«

»Ja, i bin's!«

»Klufti, na, wie geht's euch? Die Sandy hat schon erzählt, dass ihr jetzt lieber auf dem sicheren Landweg heimkommt!«

»Ja, wobei im Moment der Richie fährt. Kannst du vielleicht schnell eine Kerze für unsere wohlbehaltene Rückkehr anzünden?«

Maier schnitt eine Grimasse.

»Am besten in der Sankt-Mang-Kirche, oder? Das tät ja grad passen. Ist er arg schlimm?«, wollte Strobl wissen.

»Schlimmer, Eugen, schlimmer!« Dann versorgte Kluftinger den Kollegen mit den nötigen Informationen und hielt schließlich Maier das Gerät hin.

Der beendete das Telefonat mit einem Tastendruck und presste hervor: »Wenn die Mobberei jetzt wieder losgeht, dann …«

»Jetzt reg dich ab, Richie. War doch bloß Spaß. Diesmal.«

Maier wollte gerade zur Gegenwehr ansetzen, da klopfte ihm Kluftinger auf die Schulter. »Wir sind doch gar kein so ganz schlechtes Team, Richie!«

Maier schob die Lippen nach vorn und nickte beleidigt. »Was ist jetzt mit der Navigation?«, drängte er dann.

Zehn Minuten später lag Maiers Handy auf einer von Kluftinger sorgsam aufgebauten Halterung aus seinem rechten Schuh und Maiers Windjacke auf dem Armaturenbrett. Als Kluftinger seine Füße danebenlegen wollte, fing er sich sofort eine Rüge ein. Das störe nicht nur den Empfang, sondern sei wegen der anlaufenden Scheiben obendrein gefährlich. Kluftinger ließ das zweite Argument gelten, doch dass das Signal zwar das halbe Weltall, sämtliche Atmosphärenschichten, Wolken und Wind durchdringen konnte, vor seinen Füßen jedoch kapitulieren musste, wollte er nicht glauben.

»Ich hab noch Schokoriegel im Koffer, magst du was? An die hab ich gestern Abend gar nicht mehr gedacht«, bot der Kommissar an. Er wusste, dass es Erika lieber sehen würde, wenn er seine Brotzeit komplett vertilgt hatte.

»Hm, eine kleine Süßigkeit könnt ich vertragen.«

Kluftinger schnallte sich ab, kniete sich ungelenk auf seinen Sitz und begann an seinem Koffer, der direkt hinter Maiers Kopfstütze eingeklemmt war, herumzunesteln. Bei jeder Bewegung, die er machte, schwankte das kleine Auto gefährlich.

»Hör auf damit«, rief Maier schrill, »es muss wirklich nichts passieren! Wir können sicher nachher kurz anhalten und Schokolade kaufen.«

»Schmarrn, kaufen!«

»Jetzt schnall dich an, oder ich fahr sofort auf den Standstreifen!«

»Mein Gott, Richie, jetzt mach dir nicht gleich in die Hose!«, brummte Kluftinger, beschloss jedoch tatsächlich, seine Suche aufzugeben, weil ihm in seiner rückwärtsgewandten Haltung allmählich schlecht wurde. Beim Umdrehen touchierte er den Schalthebel, was der Motor mit einem aufgeregten Heulen quittierte. Und nicht weniger durchdringend war der hysterische Schrei, den Richard Maier deshalb ausstieß.

Kluftinger beschloss, so viel wie möglich der noch ausstehenden Fahrzeit zu verschlafen, und lehnte seinen Kopf an die Seitenscheibe.

Diesmal war es die Hupe des Werttransporters, die seine Pläne wenige Minuten später zunichtemachte.

»Du, ich glaub, die wollen eine Pause machen«, erklärte Maier. »Hier kommt eine Raststätte. Ich muss eh tanken.«

»Gut, danach fahr ich dann ein bissle. Aber vorher essen wir eine Kleinigkeit. Bist mein Gast, Richie!«

Eine halbe Stunde später hatte Kluftinger eine Brotzeit im Magen, ein Telefongespräch mit Erika hinter sich und saß nun hinter dem Steuer. »Du, Richard«, begann er erneut ein Gespräch, um ein wenig gegen seine Müdigkeit anzukämpfen, »jetzt sag mal: Wenn du da bei den Nackerten deinen Urlaub machst …«

»Du meinst, FKK-Urlaub?«

»Genau. Macht's ihr da dann alles nackert?«

»Das kommt auf das Camp an. In den echten Naturistenanlagen natürlich. Das ist ja das Schöne an dem Ganzen: nackt einkaufen, nackt Tennis spielen, nackt Tischtennis spielen, nackt essen …«

»Ja, ja, schon gut«, unterbrach ihn Kluftinger. Er schüttelte den Kopf. Wenn er sich vorstellte, er müsste sich unbekleidet zum Abendessen setzen – schönen Dank!

»In Altusried gibt es übrigens auch ein Camp, unten an der Iller. Komm doch mal vorbei, dann kannst du es dir anschauen. Ich bin da öfters. Mitglied sozusagen«, erklärte Maier und grinste seinen Chef verschmitzt an.

»Bei den Nudisten? Nein, danke, da muss ich nicht dabei sein.« Der Kommissar zermarterte sich das Hirn nach einem anderen Gesprächsthema, das ihn wach halten würde, aber ihm wollte nichts einfallen. Da übernahm Maier die Initiative: »Sollen wir was spielen?«

»Was spielen?« Kluftinger glaubte, sich verhört zu haben.

»Genau. Mach ich immer beim Autofahren. Also: Ich sehe was, was du nicht siehst, und das ist gelb!«

Kluftinger schüttelte den Kopf.

»Ach komm, jetzt mach halt mit!«

»Deine Zähne?«

»Nein.«

»Briefkasten.«

»Nein.«

»Deine Fußfarbe.«

»Nein.«

»Dein Frauenkoffer.«

»Richtig. Jetzt du!«

»Rosa«, brummte Kluftinger nur.

»Unser Auto?«

»Exakt.«

»Ach komm, so macht das gar keinen Spaß! Dann singen wir halt was!«

»Wir singen?«

»Ja. *Hoch auf dem rosa Waahaagen, sitz ich beim …*«

Kommentarlos schaltete Kluftinger das Radio ein, und Maier verstummte. Nach einem Nachrichtensender, dem Klassikprogramm, experimentellem Jazz und einem kurzen Hardrockintermezzo fand er endlich ein Programm, das ihm gefiel.

»Über den Wolken – ay ay ay ay – muss die Freiheit wohl grenzenlos sein …«, tönte es aus dem Lautsprecher, und schon bei der zweiten Strophe trällerten die beiden Beamten einträchtig im Chor. Bei Kluftinger war das vor allem der Erleichterung geschuldet, unter statt über den Wolken in Richtung Heimat unterwegs zu sein.

Schon als Kluftinger seinen Sohn in der Einfahrt stehen sah, wusste er, dass er nicht ungeschoren davonkommen würde. Nicht mit diesem Gefährt. Er hatte die Autotür noch nicht richtig geöffnet, da ging es auch schon los: »Respekt, Vatter, das find ich echt gut, dass du dich auch farblich endlich zu deiner weiblichen Seite bekennst. Ich mein, früher wär man für so was verhauen worden, aber da stehst du ja mittlerweile drüber!«

»Schon gut, Markus, tu dir keinen Zwang an. Ich sag nur so viel: Der Karren ist gar nicht mal so verkehrt.«

»Nein, klar, Vatter, und ich finde, du musst dich auch nicht schämen, dass ihr bei der Polizei jetzt auch größere Werbegeschenke annehmen dürft. Wofür war das denn? Gab's das bei 'ner Zehnerpackung Waffeln gratis mit dazu?«

»Im Ernst, Markus, der ist nicht schlecht. Wir sind immerhin von Wien mit dem hergefahren, und …«

»Ach, du hast den auch noch selber abholen müssen? Jetzt sag mal: Seit wann machst du denn bei solchen Preisausschreiben mit?«

Kluftinger winkte ab. »Ich seh schon, mit dir kann man heut kein vernünftiges Wort reden. Mir auch wurscht. Ist die Mutter drin?«

Markus ignorierte seine Frage einfach: »Nimmst du uns denn alle mal auf eine Spritztour mit?« Er schlug sich gegen die Stirn. »Ach nein, geht ja gar nicht, haben ja nur zwei Leute Platz. Und nicht mal die, wenn man's genau nimmt. Pfiati, Vatter!«

Kluftinger beschloss, seinen Sohn nicht weiter zu beachten, wuchtete sein Gepäck aus dem kleinen Fond und ging kommentarlos ins Haus.

»I bin dahoim«, rief er im Hausgang und ließ seinen Koffer fallen. Da er keine Antwort bekam, zog er seine Fellclogs an und machte sich auf die Suche nach seiner Frau. Im Wohnzimmer brannte Licht, und er trat ein, doch er sah nur Yumiko mit einem Buch auf der Couch sitzen.

»Griaßdi, du, wo ist denn die Mutter?«

Yumiko blickte von ihrer Lektüre auf: »Die ist doch noch in Japan.«

»Nein, nein, ich mein *meine* Mutter.«

Yumiko errötete und sagte lächelnd: »Ach so. Die war heut Mittag zum Essen hier, aber jetzt ist sie wieder daheim, denke ich.«

»Nein, die Erika, ich mein: Wo ist denn die Erika?«

»Ach, natürlich. Die ist beim Einkaufen in der Stadt. Sie hat sich das Auto von Frau Langhammer ausgeborgt.«

»Verstehe«, brummte Kluftinger. Er hatte gehofft, seine Frau sei zu Hause, und er würde endlich wieder einmal etwas Anständiges zu essen bekommen. Nun stapfte er in die Küche, öffnete den Kühlschrank und kramte missmutig in dem spärlichen Angebot. Immerhin: Gegenüber Bydlinskis Vorräten war das hier das reinste Schlaraffenland. Schließlich entschied er sich für eine Käsesemmel und ein Glas Bier.

Er überlegte kurz, ob er den Imbiss gleich hier in der Küche einnehmen sollte, verwarf den Gedanken aber, weil Yumiko das möglicherweise als unhöflich empfunden hätte. Andererseits: Vielleicht wollte sie ja lieber in Ruhe lesen? Er seufzte. Er kannte sich einfach zu wenig aus mit diesen Japanern. Kluftinger beschloss deswegen, sich zwar ins Wohnzimmer zu setzen, sie aber in Ruhe zu lassen. Als er in seinen Sessel geplumpst war und den ersten Schluck aus seinem Bier genommen hatte, klappte Yumiko jedoch das Buch zu und legte es auf den Couchtisch.

»Ach, lief doff ruhig weiter«, presste Kluftinger sofort mit vollem Mund hervor, weil er befürchtete, sie wolle sich möglicherweise mit ihm unterhalten, und ihm in diesem Moment auffiel, dass sie das eigentlich noch nie so richtig getan hatten. Und er wollte nicht ausgerechnet jetzt damit anfangen, hier in der Stille des Wohnzimmers am Abend eines so anstrengenden Tages. Nicht, dass er sich grundsätzlich nicht mit ihr austauschen wollte – das würde er zu gegebener Zeit schon noch ausgiebig tun. Dann aber mit Erikas Schützenhilfe, die wusste, wie man Gespräche am Laufen hält, ohne dass zwischendurch peinliche Pausen entstehen, und die sich inzwischen bestimmt auch mit Japanern viel besser auskannte als er.

»Nein, nein, ist nicht so wichtig, Herr … ich meine … Papa.«

Er verschluckte sich. Aus ihrem Mund klang es fürchterlich, fand er, irgendwie antiquiert. Wie in einem Film, in dem die Männer gezwirbelte Schnurrbärte und steife Kragen tragen.

Yumiko blickte ihn mit in ihrem Schoß gefalteten Händen an. Kluftinger hörte das Ticken der Uhr auf der Kommode, so still war es in dem Zimmer. Fieberhaft überlegte er, wie er dieses Schweigen durchbrechen könnte. »So, liest du was?«

»Ja«, sagte sie und klopfte dabei auf das Buch auf dem Tischchen.

»Mhm.« Er nahm einen Schluck aus dem Glas und rückte es dann umständlich auf dem Tisch zurecht. »Und was?«

»Wie bitte?«

»Was liest du?«

»Ach, nur ein langweiliges Fachbuch.«

Kluftinger schöpfte Hoffnung. Vielleicht handelte es von etwas, woraus sich ein Gespräch ergeben könnte. Er beugte sich vor: »Worum geht's denn?«

»Um empirische Sozialforschung. Speziell um kognitive Dissonanz.«

Kluftinger ließ sich in seinen Sessel zurückfallen. »Soso. Ja, diese Dissonanzen, die stören mich bei der Musikprobe auch immer so!« Er blickte nach draußen. Wieder das Ticken der Uhr.

»Und, wie … ist das Wetter in Japan grad so?«

»Ich hab heute eine Mail von meinen Eltern bekommen. Es regnet gerade.«

»Heu? Regnet's da auch so viel wie hier?«

»Ach, mal so, mal so.«

»Ja, ja, das Wetter halt, gell.«

Der Sekundenzeiger der Uhr kroch über das Zifferblatt.

Kluftinger scannte den Raum nach einem möglichen Gesprächsthema ab. Als sich ihre Blicke kreuzten, lächelte Yumiko ihm verlegen zu. Dann blieb sein Blick auf seiner angebissenen Semmel liegen. »Habt's ihr in Japan auch Käse?«, entfuhr es ihm spontan. Schon als er die Frage ausgesprochen hatte, fand er, dass sie nicht gerade besonders intelligent klang, und er fügte schnell hinzu: »Also, das ist jetzt ja eine blöde Frage. Was ich gemeint hab, war … also, ob ihr da auch so Bergkäs und Emmentaler und so habt.«

»Nein, nein, das war gar keine blöde Frage. Tatsächlich gibt es viele Asiaten, die unter einer Laktoseintoleranz leiden.«

»Intoleranz ist ja nie gut«, kommentierte Kluftinger, geriet dann aber ins Grübeln. Sollte Yumiko am Ende auch davon betroffen sein? Sollte sie gar das sein, was man im Allgäu ein »Verreckerle« nannte? Jemand, der anfällig für Krankheiten und auch sonst von schlechter Konstitution war? Ihr blasser Teint sprach dafür. Und was würde das für seine möglichen Enkel bedeuten? Wenn die am Ende keinen Käse … »Habt's ihr bei euch in Japan mehr so … Gendefekte?«, wollte er deswegen wissen.

Yumiko lächelte. »Nein, außer unseren Mandelaugen ist mir nichts bekannt. Und ich selber hab nicht mal die Laktoseintoleranz.«

»Gott sei Dank«, sagte der Kommissar halblaut zu sich selbst.

Wieder folgten quälende Minuten des Schweigens, während derer der Kommissar erst in seine Semmel biss und dann seinen Teller und das Glas mehrmals auf dem Tisch herumrückte, als suche er nach der perfekten Stellung der beiden zueinander.

»Apropos Gott«, hob er schließlich erneut an, »habt's ihr jetzt den Buddha, oder wie?«

»Es gibt bei uns mehrere Religionen, von denen der Buddhismus die populärste ist, das stimmt schon. Das Besondere ist vielleicht, dass die nicht nur nebeneinander existieren. Viele Menschen gehören mehreren Religionen gleichzeitig an.«

»Mei, das ist ja praktisch«, sagte Kluftinger anerkennend. »Ich wär auch manchmal gern noch evangelisch. Bei denen dauert ja der Gottesdienst meistens nicht so lang. Jedenfalls kürzer als bei unserem Pfarrer. Und dann hätt ich die Feiertage von denen auch noch.«

»Also, Katholizismus und Protestantismus sind jetzt bei uns nicht so weit verbreitet. Eher schon Shintoismus.«

»Ja, sicher, der Shinto.« Kluftinger nickte wissend. »Der ist natürlich auch ziemlich … interessant.« Er lauschte eine Weile dem Ticken der Uhr, dann fragte er: »Und dieser Shinto, der ist auch so eine Art Jesus, oder?«

Wieder errötete Yumiko leicht. »Also, nein, so kann man das

nicht sagen. Im Shintoismus gibt es eine große Zahl Götter, viele zum Beispiel in Form von Tieren.«

»So? Habt's ihr dann auch einen … sagen wir … Rauhaardackelgott?«, fragte er grinsend.

Yumiko lachte. »Nein, nicht dass ich wüsste.« Dann sagte sie mit gesenkter Stimme: »Bei meinen Eltern darfst du solche Scherze aber nicht machen, die nehmen das alles sehr ernst.«

Jetzt war es Kluftinger, dessen Äderchen auf den Wangen zu leuchten begannen, und er zog es vor, von nun an zu schweigen und sich seiner Käsesemmel zu widmen, bevor er noch weiter religiöse Gefühle anderer Kulturkreise verletzte.

So saßen sie eine ganze Weile still beieinander und lauschten dem Verstreichen der Zeit, dessen Takt die Uhr auf der Kommode vorgab, bis sie schließlich hörten, wie ein Schlüssel von außen ins Schloss der Haustüre gesteckt wurde.

»Mei, das wird die Erika sein«, entfuhr es Kluftinger freudig, und auch Yumiko wirkte erleichtert.

Als seine Frau das Wohnzimmer betrat, begrüßte sie der Kommissar überschwänglich: »Ja, Schätzle, wo warst du denn so lang? Ich hab mir ja schon Sorgen gemacht. Komm doch rein zu uns.«

»Ja, aber ich muss noch …«

»Nein, lass nur, ich nehm deinen Mantel. Komm, setz dich hin und ruh dich aus.«

Sie sah ihn misstrauisch an. In der letzten Zeit verhielt sich ihr Gatte sehr seltsam, und ihr Verdacht, dass eine andere Frau dahinterstecken könnte, fand immer neue Nahrung. »Bist du krank oder was?«

»Wieso, ich werd meiner Frau doch noch den Mantel aufhängen dürfen.«

»Ja, das schon. Aber wenn du nur alle fünfzehn Jahre auf diese Idee kommst, wird man ja mal fragen dürfen.«

»Hallo, Mama«, begrüßte Yumiko sie und lenkte damit die Aufmerksamkeit auf sich. Kluftinger hatte das Gefühl, Erika freue sich im Gegensatz zu ihm sehr über diese neue Anrede.

»Na, habt ihr euch gut unterhalten?«, erkundigte sich Erika, nahm neben ihrer Schwiegertochter Platz und tätschelte ihren Arm.

Yumiko schaute prüfend zu Kluftinger und sagte dann schnell: »Ja, wunderbar. Und du, hast du alle Einkäufe erledigt?«

»Ja, schon. Aber stell dir vor, ich musste alles von der Straße aus ins Haus tragen, weil irgend so ein Scherzkeks sein grausliges Auto bei uns in die Einfahrt gestellt hat. Das muss eine Art Werbegag von dieser Waffelfirma sein. Und da parken die hier bei uns alles zu. Eine Unverschämtheit, find ich.«

Kluftinger, der gerade wieder hereingekommen war, räusperte sich und sagte: »Das ist das Auto vom Maier.«

»Der arbeitet jetzt für Manner?«

»Schmarrn. Ist doch bloß ein Mietwagen. Aber eigentlich ganz gut, ehrlich. Ich bin jetzt eine ganze Strecke von Wien daher gefahren, und muss sagen: ordentlich verarbeitet. Und grad die richtige Größe für …«, er kratzte sich demonstrativ am Kopf, »… sagen wir mal ein älteres Ehepaar oder so.«

»Apropos Auto: Was ist denn jetzt mit unserem Auto? Das ist jetzt fast zwei Wochen beim Richten, so was gibt's doch gar nicht. Ich hab mir schon das von der Annegret leihen müssen. Man könnt grad meinen, unseres wäre geklaut worden!«

Der Kommissar fuhr zusammen: »Geklaut?«, schrie er. »Wie kommst du denn jetzt auf so einen Schmarrn? Wer sollt denn wohl so einen Karren klauen?«

»Jetzt beruhig dich mal wieder. Ich weiß, man darf nix gegen deine alte Kiste sagen, aber ganz ehrlich: Schad wär's nicht um den.«

Ihr Mann wollte schon eine Verteidigungsrede auf sein Auto anstimmen, seine Zuverlässigkeit und seine solide Bauweise im Gegensatz zu den billigen Japanern heutzutage preisen, da besann er sich eines Besseren. Und das nicht nur, weil er heute in kein interkulturelles Fettnäpfchen mehr treten wollte. »Ja, meinst du, Erika? Vielleicht hast du ja recht, und wir sollten uns mal Gedanken über eine Neuanschaffung machen.«

Erika blickte erstaunt zu Yumiko und dann wieder zu ihrem Mann. »Heu, das sind ja ganz neue Töne. Meinst du das ernst?«

»Ja, sicher. Weißt du was: Ich erkundige mich mal. Ich muss ja eh in die Werkstatt morgen wegen dem Passat, und da red ich mal mit denen.«

»Aber bitte bald. So ohne Auto, das ist einfach nix. Der Markus muss ja überallhin laufen.«

»Das schadet dem gar nix«, gab Kluftinger mürrisch zurück. Wie er selbst zur Arbeit kam, das war hier im Hause anscheinend von nachrangiger Bedeutung.

»Und ich muss auch immer schauen, wie ich meine Einkäufe erledigen kann. Übrigens muss ich der Annegret noch ihr Auto zurückbringen. Kommst du schnell mit dem Smart vom Maier mit, damit ich dann mit dir wieder heimfahren kann?«

Kluftinger stieg gar nicht aus dem Wagen aus, sondern hielt ein paar Meter von Langhammers Haus entfernt an, während Erika das Mercedes-Cabrio in die Einfahrt steuerte und klingelte. Er sah die beiden Frauen miteinander reden und zog unwillkürlich den Kopf ein, als auch der Doktor im Türrahmen erschien. Er begrüßte Erika mit Küsschen auf die Wange, dann lachten sie laut, und Kluftinger hatte gute Lust, sofort allein loszufahren. Doch dann sah er, dass Erika in seine Richtung zeigte und der Doktor auf die Straße lief.

»Bitte nicht«, seufzte er, doch da hatte ihn Langhammer bereits entdeckt.

Der Arzt kam mit auf dem Rücken verschränkten Händen auf ihn zu, blieb stehen, begutachtete das Auto, machte dann eine kurbelnde Bewegung mit der Hand, um Kluftinger zu bedeuten, er solle das Fenster herunterlassen. Als der das widerwillig getan hatte, sprudelte der Doktor los: »Na, was ist das denn für 'ne rollende Keksdose? Wir kaufen übrigens nichts, ja? Nicht, dass Sie den Kofferraum voller Waffeln haben, die Sie loswerden wollen. Wobei: Mehr als ein, zwei Packungen passen da ja eh nicht rein, wie?«

Der Kommissar hatte langsam keine Lust mehr, sich dauernd wegen des Autos veralbern zu lassen. »Wissen S', Herr Langhammer, das ist vielleicht kein großes Auto, aber dafür auch keine solche Dreckschleuder wie … sagen wir mal, ein dicker Mercedes. Und außerdem ist auch der Kleine hier luxuriös ausgestattet. Er hat zum Beispiel eine Klimaanlage und obendrein Zentralverriegelung.« Auf Kluftinger, dessen alter Passat noch nicht einmal über eine Servolenkung verfügte, machten diese Attribute tatsächlich mächtig Eindruck.

»Ach, wirklich?«, sagte der Doktor und streckte seinen Kopf durch das Fenster. »Und einen Blinker und Licht seh ich ja auch. Toll. Wir können doch mal einen gemeinsamen Ausflug machen. Ich nehm Sie und Ihr Auto einfach in meinem Kofferraum mit.«

Kluftingers Schläfen begannen zu pochen. »Wissen Sie, ich brauch halt keine Penisverlängerung.«

Der Doktor grinste. »Das rosa Ding hier wäre noch nicht einmal in Ihrem Fall eine Verlängerung.«

Jetzt hatte der Kommissar endgültig genug. »Soll ich Ihnen sagen, was das Auto noch hat? Elektrische Fensterheber.« Mit diesen Worten drückte er auf einen Knopf, und die Scheibe fuhr wieder nach oben. Schnell zog Langhammer seinen Kopf zurück. Als er das Fenster geschlossen hatte, stellte Kluftinger das Radio an und gab immer, wenn Langhammer etwas sagte, mit zuckenden Schultern zu verstehen, dass er hier drin rein gar nichts hören konnte.

Zur selben Zeit

»Übermorgen also wird es so weit sein, meine Schäfchen: Wir gehen auseinander, und für ein halbes Jahr wird es keinen Kontakt geben. Und wenn ich sage ›keinen Kontakt‹, dann meine ich das auch so.« Er verlieh seinen Worten Nachdruck, indem er ihnen eindringlich in die Augen blickte. Er wusste, dass sein Plan damit stand und fiel. Sicher: Auf ihrem Gebiet waren sie Profis. Aber die Disziplin, sich den plötzlichen Reichtum nicht anmerken zu lassen, hatten die wenigsten. Schon viele seiner Kollegen waren daran gescheitert. Deswegen hatte er auch vor, das Land so schnell wie möglich zu verlassen, was er ihnen jedoch verschweigen wollte.

Sie warfen Magnus misstrauische Blicke zu. Sie schienen beunruhigt, seit er allein aus Wien zurückgekehrt war. Er hatte ihnen gesagt, dass mit Agatha alles zum Besten stehe und dass er sich bald wieder zu ihnen gesellen werde, aber so richtig hatten sie ihm nicht geglaubt. Und er hatte nicht vor, ihnen alle Einzelheiten seines Plans auseinanderzusetzen. Dazu bestand weder Anlass noch hatten sie die nötige Zeit dazu.

»Es ist wichtig, dass ihr jetzt und auch in der Zeit der Trennung nicht vom Glauben abkommt«, fuhr er blumig fort. Er fand immer mehr Gefallen an dieser altmodischen Ausdrucksweise, auch weil er wusste, dass die anderen sie hassten. »Der Tag wird kommen, an dem ihr den Lohn für eure entbehrungsreiche Arbeit in Händen halten werdet. Auch Agatha. Verlasst euch auf mich, auch wenn euch Zweifel plagen. Alles geht seinen Gang. Bis dahin aber muss sich jeder still verhalten, kapiert? Ihr geht wieder euren mehr oder weniger normalen Tätigkeiten nach, und vor allem: Versucht nicht, mich zu erreichen. Es wird euch sowieso nicht gelingen, und wenn ihr es doch versucht, dann werdet ihr es bereuen! Wir werden ein Datum festsetzen, an dem wir uns hier in der Einsiedelei wieder treffen, vorher gibt es keine Kommunikation. Wenn das Geld schneller eintreffen sollte und alle anderen Dinge geregelt sind, werde ich mich gegebenenfalls vorab mit euch in Verbindung setzen.«

Der Anführer sah in den Gesichtern seiner Mitstreiter, dass seine Worte noch wenig überzeugend gewirkt hatten. »Meine Schäfchen, ich bitte euch um eins …«, setzte er erneut an, als sich die alte Tür der Holzhütte auf einmal bewegte. Ein Ruck ging durch die Männer, Lucia löschte geistesgegenwärtig die Gaslampe. Magnus griff in seine Jacke und ließ die Hand auf dem schweren Revolver ruhen. Das Blut pulsierte in seinen Schläfen. Sollten sie nun, zwei Tage vor dem Ziel, doch noch einmal Schwierigkeiten bekommen?

Jetzt wurde am Riegel gedreht, und die Tür ging knarrend einen Spaltbreit weit auf. Auf ein Zeichen von Magnus postierten sich Nikolaus und Georg links und rechts des Eingangs, um den ungebetenen Gast überwältigen zu können, die Übrigen starrten mit aufgerissenen Augen gebannt auf den Eingang, bereit, im nächsten Moment aufzuspringen und den Eindringling unschädlich zu machen. Eine Sekunde später hatte sich die Tür ganz geöffnet, und die beiden Männer warfen sich auf die kleine, dürre Gestalt, die gerade eingetreten war. Eine brennende Zigarette fiel zu Boden, dann der Pulk der drei Männer. Nikolaus drehte ihm den Arm auf den Rücken und presste sein Gesicht zu Boden.

»Was willst du?«, herrschte er ihn an.

»Ich bin's doch, Christophorus!«, kam es gedämpft von der auf dem Boden liegenden Gestalt.

»Scheiße, das ist ja der Krischpl!«, entfuhr es Nikolaus erleichtert.

Magnus ließ die Hand wieder aus seiner Tasche gleiten. Er ging einige Schritte auf Christophorus zu, der immer noch von Nikolaus zu Boden gedrückt wurde. Mit einem Kopfnicken gab er ihm zu verstehen, dass er ihn nun loslassen könne. Doch als der schmächtige junge Mann gerade wieder aufstehen wollte, wurde er von Magnus daran gehindert, indem er ihm den Fuß auf den Rücken stellte. »Hör mal gut zu! Du weißt, wie sehr mir an Präzision und Pünktlichkeit gelegen ist. Wir haben keine Lust auf irgendwelche Nachlässigkeiten, so kurz vor dem Ziel, hast du verstanden? Wer jetzt noch meint, er kann sich Schlampereien erlauben, den lass ich über die Klinge springen, ist das klar?«

Christophorus presste einen gequälten Laut hervor und versuchte zu nicken.

»Steh auf!«, herrschte ihn der Schutzpatron an.

Als sich der Fahrer wieder aufgerappelt hatte, schob er nach: »Warum kommst du so spät, du Idiot?«

»Ich … es … tut mir leid, Ma…Magnus, echt!«, stammelte er. Seine

Koteletten waren vom Dreck grau gefärbt. »Ich hab noch getankt, am Berliner Platz oben, in Kempten, und die beschissene Kreditkarte war nicht lesbar und …«

»Sind sie misstrauisch geworden?«, fragte Lucia besorgt.

»Nein, das lag an dem Dreckslesegerät. Aber es hat halt gedauert!«

Magnus entspannte sich ein wenig und nickte, ein Zeichen für Christophorus, dass er das Schlimmste überstanden hatte. Also fügte der hinzu: »Leute, als ich dann hier rausgefahren bin, ratet mal, was ich da überholt hab?«

Die Angesprochenen zuckten mit den Schultern. »Einen Traktor?«, fragte Nikolaus, der mittlerweile wieder Platz genommen hatte.

»Nein. Das heißt, doch, das auch, aber das mein ich gar nicht! Nein, wie ich bei den Bullen vorbeifahr, da ist grad ein Werttransporter bei denen auf den Hof gefahren. Transart oder so ist draufgestanden. Ich fress einen Besen, wenn da nicht die Ausstellung drin war!«

Die Augen der Anwesenden weiteten sich und begannen zu blitzen.

»Ich mein, die hätten sie uns auch gleich geben können. Übermorgen gehört uns das Zeug sowieso.«

»Halleluja!«, versetzte Magnus mit einem Grinsen.

Freitag, 24. September

Kluftinger hatte sich schon beim Frühstück vorgenommen, alle dummen Sprüche, die die Kollegen heute wegen seines Autos machen würden, ganz einfach von sich abprallen zu lassen. Doch er hatte die Reaktion, die der Wagen auslöste, unterschätzt. Offenbar konnte sich kaum jemand mit Kommentaren zurückhalten. Die Fahrt durch Absperrungen und Polizeiwagen vorbei bis zum neuen Museum wurde zum regelrechten Spießrutenlauf.

Das Museum war vollkommen abgeriegelt worden, damit die Ausstellungsstücke ohne Zwischenfälle in ihre neue Heimat einziehen konnten. Vor dem Gebäude sah er den Transporter stehen, den sie gestern ins Allgäu eskortiert hatten. Außerdem Maier, Hefele und Strobl, daneben, auf ein Gehwägelchen gestützt, Heinz Rösler. Als auch sie Kluftinger erblickten und Strobl gerade Luft holte, um etwas zu sagen, hob der Kommissar die Hand: »Spar's dir, Eugen. Ich glaub, ich hab inzwischen alle Wörter gehört, die sich auf *Waffel* reimen, und auch sämtliche Bedeutungen der Farbe Rosa kennengelernt. Lass gut sein.«

Strobl schloss seinen Mund wieder; es erschien ihm momentan wenig ratsam, seinen Vorgesetzten unnötig zu reizen.

Der nickte dem alten Mann zu und sagte: »Heu, schlecht zu Fuß heut?«

»Ja, mal geht's besser, mal schlechter«, erklärte Rösler. Den fragenden Blick auf seine Gehhilfe, an der statt eines Korbes ein hölzerner Kasten befestigt war, versehen mit Fahrradreflektoren und einer Hupe, beantwortete er mit den Worten: »Ich bastel immer noch gern, und mit einem aufgemotzten Rollator kann man bei den Damen im Altersheim schon punkten!«

»Der Richie hat erzählt, dass du deinen ersten Flug ja recht genossen hast«, unterbrach Hefele ihr Gespräch, und Kluftinger war sich nicht sicher, ob er das ironisch meinte.

»Mhm«, murmelte er deshalb vage und wechselte sofort das Thema: »Wir haben heute viel vor, Männer. Ich lass mir jetzt noch mal die Sicherheitsvorkehrungen erklären, ihr begleitet das Einräumen, und irgendjemand muss auch hier noch mit dem Herrn Rösler …«, er nickte dem Alten zu, der abwesend in die Ferne sah, »… durchgehen. Ihr braucht euch ja nicht mit Einzelheiten aufzuhalten. Vielleicht machst du das am besten, Richie. Dann kannst du ihm auch gleich von Wien erzählen. Vielleicht bringt ihn das, was der Strehl gesagt hat, auf irgendwelche Ideen. Noch Fragen, Kollegen?«

Die Beamten, vom Tatendrang des Kommissars regelrecht überfahren, schüttelten nur die Köpfe. »Gut, also dann: an die Arbeit!«

Kluftinger betrat als Erster das Museum und war überrascht, wie viel sich hier seit seinem letzten Besuch vor wenigen Tagen noch getan hatte: Von den Bauarbeiten war kaum mehr etwas zu merken, jetzt beherrschte das Verpackungsmaterial, das er auch in Wien schon gesehen hatte, das Bild.

»Ah, Herr Kluftinger!« Ein Mann in Jeans und dunklem Sakko lief auf ihn zu. Erst als er vor ihm stand, erkannte ihn Kluftinger wieder: Es war der Typ von der Versicherung, der vorgestern noch bei ihnen im Büro gesessen hatte. Ihm folgte zu Kluftingers Leidwesen Bürgermeister Dieter Hösch, dem die Selbstzufriedenheit über das Großprojekt aus jeder Pore drang.

»Na, da haben wir doch eine tolle Gemeinschaftsleistung vollbracht!«, sagte Hösch generös und zwirbelte seinen schwarzen Schnauzer. »Wer hätte das noch vor ein paar Jahren gedacht!«

Kluftinger fand es bemerkenswert, dass Hösch hier von einer *Gemeinschaftsleistung* sprach, hatte er doch sonst in kleiner Runde bei keiner Gelegenheit verpasst, darauf hinzuweisen, mit welch unermüdlicher Kraft *er* das Projekt vorangetrieben hatte.

»Toll, ja.« Kluftinger schüttelte beiden die Hand. »Ich hätt gern noch mal eine kleine Führung, wenn's geht … die Sicherheitsvorkehrungen und so«, wandte er sich an Kuffler.

»Klar, das lässt sich machen«, erwiderte der wenig begeistert.

»Ich begleite euch«, sagte Hösch freudig.

»Priml«, brummte Kluftinger leise.

»Wo sollen wir denn anfangen?«, wollte Kuffler wissen.

»Wenn ich mich da einmischen darf«, meldete sich Hösch zu

Wort, »dann würde ich vorschlagen, dass wir dem Herrn Kommissar die Umsetzung des Sicherheitskonzepts sozusagen von außen nach innen vorstellen. Bitte.« Er deutete auf den Ausgang. Schleppend setzte Kluftinger sich in Bewegung. Sein anfänglicher Elan war bereits wieder verflogen.

»So, hier draußen haben wir erst mal den Zaun, der das Gelände umschließt und der nachts natürlich abgeschlossen wird«, fuhr Hösch fort, bevor Kuffler noch etwas sagen konnte. »Außerdem Kameras …«, er deutete mit dem Finger auf die Geräte, »… und gekoppelte Hitzebewegungsmelder. Die Bilder der Kameras sind per Datenleitung mit der Zentrale der Sicherheitsfirma verbunden, wo sie alle dreißig Minuten standardmäßig kontrolliert werden. Natürlich schalten sie sich auch ein, wenn ein Sensor anschlägt oder sonst was Unvorhergesehenes passiert, etwa, wenn nachts das Licht angeht oder so.«

»Taugen die was?«, erkundigte sich Kluftinger.

»Wie meinst du das?«

»Na, machen die auch vernünftige Bilder, diese Kameras?«

Mit dieser Frage hatte er Hösch ein wenig den Wind aus den Segeln genommen, und Kuffler übernahm: »Eine berechtigte Frage. Also, Sie kriegen da keinen HD-Film geliefert, das ist schon klar. Aber ich denke, die Technik ist ausreichend. Auch nachts ist alles zu erkennen und bei Tageslicht sogar in Farbe. Dann haben wir natürlich noch Sicherheitsfenster und ansonsten das Übliche.«

»Das Übliche ist genau das, was mich interessiert«, seufzte Kluftinger, der es bedauerte, von einem gelangweilten Versicherungsmenschen und einem übereifrigen Bürgermeister geführt zu werden. Eine Mischung aus beiden wäre ideal gewesen. »Wer wird denn im Fall des Falles wie alarmiert?«

»Es ist ein stiller Alarm«, erklärte Kuffler. »Was anderes würde hier in der Einöde keinen Sinn machen. Hier können wir uns große Sirenen und Lichtorgeln getrost sparen. Der Alarm geht direkt zur Sicherheitsfirma nach Memmingen. Egal, an welchem Melder er ausgelöst wird. – So, weiter geht es dann hier an der Tür. Die ist innen mit Magnetschaltern gesichert. Ein Kontakt ist an der Tür festgeschraubt, der andere im Türrahmen. Ist die Anlage scharf, geht sie los, wenn die Tür geöffnet wird, weil dann das magnetische Feld zerstört wird. Zum Entschärfen muss man draußen in das Tastenfeld eine Nummer eingeben. Und die Fenster sind natürlich aus Sicherheitsglas und außerdem mit Bruchsensoren ausgestattet. Ich darf mal vorausgehen?«

Er wartete nicht ab, ob Kluftinger noch eine Frage hatte, betrat das Museum wieder und ging am Kassen- und Garderobenbereich vorbei in die Ausstellungshalle. »Im Inneren haben wir mehrere Sicherheitssysteme, die parallel funktionieren: zum einen, wie bei solchen Einrichtungen üblich, seismische Sensoren, die an Hitzesensoren gekoppelt sind. Wir haben ja auch über ein Co_2-Messgerät gesprochen, darauf hat der Herr Bürgermeister aus Kostengründen verzichtet.«

Hösch fühlte sich genötigt, etwas dazu zu sagen: »Ich meine, wir haben hier ja wirklich gleich mehrere unüberwindbare Hürden eingebaut, deswegen brauchen wir das gar nicht mehr. Die Versicherung ist so schon absolut zufrieden, und wir müssen ja nicht sicherer sein als Fort Knox, nicht wahr? Ich meine, schau mal!« Er zog Kluftinger am Ärmel hinter sich her zu den Vitrinen: »Alles mehrfach gesichert: Einzelalarm durch Kontakte am Boden und an den Ausstellungsstücken, außerdem ein Laserlichtvorhang. Und mechanische Sicherungen gibt es obendrein: Den Tresor für die Monstranz, der in den Boden eingelassen ist, kriegt eh keiner auf.«

»Ja, ja, ist ja schon gut«, sagte Kluftinger und entwand seinen Ärmel Höschs Griff. »Sonst noch was?«

Hösch ließ die Schultern sinken, er hatte offenbar mit mehr Begeisterung beim Kommissar gerechnet. »Wie ›sonst noch was‹?«

»Wir haben ja mal über diese RFID-Chips gesprochen …«, hakte Kuffler ein.

»Was für Dinger?«

»*Radio-Frequenz-Identifikations-Chips.* Wir können damit Gegenstände genau orten. Und die Dinger sind so klein und flexibel, dass man sie überall unauffällig anbringen kann. Wie auch immer, aus Kostengründen haben wir nur bei der Monstranz einen im Einsatz.«

»Braucht das nicht irgendeine Art von Strom?«

»Ja, klar. Eine winzige Batterie ist mit dabei. Hält fünf Jahre.«

Jetzt war Kluftinger tatsächlich beeindruckt. Das alles war nicht sein Metier, und er staunte, was es auf diesem Gebiet an Sicherheitseinrichtungen gab. »Wie sieht es eigentlich im Untergeschoss aus?«, erkundigte er sich.

»Da unten gibt es eigentlich nichts wirklich Wertvolles«, mischte sich Hösch wieder ein. »Da wird nur die Historie erklärt, ein paar alte Mauerreste sind ausgestellt und so. Da braucht es keine besondere Sicherung.«

»Gut, ich schau's mir trotzdem mal an, wenn's recht ist. Ihr braucht mich aber nicht zu begleiten. Dankschön erst mal.« Kluftinger hob die Hand und ging schnell in Richtung Treppe, weil er hoffte, dass vor allem Hösch ihm nicht folgen würde.

Er stieg die Stufen hinunter, die mit denselben Steinplatten gefliest waren wie der restliche Fußboden, und gelangte in einen etwas kleineren, dunklen Raum, der direkt gegenüber dem Aufzug lag. Die Wände bestanden zum Teil aus hinter Glas befindlichem, altem Mauerwerk, das bei den Grabungen freigelegt worden war. Es wirkte ein bisschen unheimlich, wie eine Gruft, war lediglich punktuell erleuchtet. Der Lärm aus der oberen Etage drang nur gedämpft herunter. Auch die Exponate, die zum Teil noch am Boden standen, verbreiteten eine ganz andere Stimmung als die opulente Schatzkammer oben: Die mittelalterlichen Kupferstiche zeigten wüste Gestalten aus dem Gruselkabinett der Kirche und des Aberglaubens, teuflische Fratzen, die mit weit aufgerissenen Mäulern sündige Menschen verschlangen, alles verzehrende Feuer, in denen verdammte Seelen für immer brannten. Ein schriller Schrei ließ den Kommissar zusammenzucken. Er blickte sich ruckartig um, und es dauerte ein paar Sekunden, bis ihm klar wurde, dass das Geräusch aus einem der Lautsprecher an der Decke gekommen war. Offenbar sollte das dabei helfen, die Besucher atmosphärisch zurück ins Mittelalter zu versetzen. In Kluftingers Fall gelang das auch, denn immer schrecklichere Bilder wurden vor seinem inneren Auge heraufbeschworen: mordende Raubritter, gemarterte Gefangene, aufs Rad geflochten oder mit glühenden Eisen traktiert, vermischten sich in seiner Phantasie mit den Aufschriften der Texttafeln, die von der Geschichte der Ruine erzählten. Davon, dass sich genau hier, wo er jetzt stand, einst die sagenhafte Burg Kalden erhob, ein gewaltiges Bauwerk mit fast dreihundert Metern Länge, ringsherum durch steil abfallende Tobel gesichert. Davon, welch düstere Gesellen hier ihr Unwesen getrieben hatten. Aber auch davon, dass das Areal bis zum Schatzfund 1980 archäologisch nicht erforscht worden war und auch jetzt eine genauere Untersuchung noch ausstand.

Immerhin hatten vier wagemutige Altusrieder am Anfang des vergangenen Jahrhunderts genau das zu ändern versucht, wie ein Originalartikel aus dem Bekanntmachungsblatt vom 12. August 1950 belegte: *»Um die Zeit von 1910 haben die Herren Joseph Rudolf, Josef Natterer, Georg Fähnle und Hans Kreuzer ca. 100 m nördlich des Waldbeginns an einem Steilufer, etwa 20 m in der Tiefe gegen die Iller, mittels Steigeisen und angeseilt, in gefahrvoller und mühsamer Arbeit in einem Brunnenschacht geforscht und gegraben. Nach deren Angaben hat derselbe etwa einen Durchmesser von 1 m und besteht aus runden Steinen. Vielleicht wird der dazugehörende Brunnen im Laufe der Zeit wiedergefunden.«*

Gleich daneben prangte das Zitat eines der Wagemutigen, Josef Natterer, aus einer Zulassungsarbeit von einem gewissen Willi Müller aus dem Jahr 1969: *»Wir konnten damals nur angeseilt zu dieser Stelle kommen, weil wir sonst in die Iller abgerutscht wären, denn die Wand ist hier sehr steil. An fraglicher Stelle bestand noch 1914 ein gemauerter Schacht, ähnlich einem Brunnen. Dieser Schacht ist bis heute zum größten Teil mit Sand gefüllt. Dieses Mauerwerk befindet sich auf halber Höhe der Illerwand. All dies konnte noch nicht festgestellt werden, da bis zum heutigen Tage keine Anzeichen gefunden wurden, die auf einen Brunnen hinweisen.«*

Der Kommissar stellte sich die vier Burschen in der Wand hängend vor, als er plötzlich einen kalten Hauch spürte und eine blasse, knochige Hand sich auf seine Schulter legte. Er wirbelte herum – und blickte in die Augen der rothaarigen Historikerin, die er bei der ersten Sitzung der Arbeitsgruppe kennengelernt hatte.

»Hab ich Sie erschreckt?«, fragte sie, nahm die Hand von seiner Schulter und streckte sie ihm hin. »Doktor Margit Wallmann, ich glaube, wir sind uns das letzte Mal nicht vorgestellt worden, und nach Ihrem überstürzten Aufbruch …«

»Ich … nein, Sie haben mich nicht … ach so, Kluftinger.«

»Sehr beeindruckend, was?«, sagte sie und zeigte unbestimmt in den Raum. »So sieht es aus, wenn Geschichte lebendig wird.«

»Ja, schon, irgendwie.«

»Das Ganze wurde unter neuesten museumspädagogischen Gesichtspunkten gestaltet. Visuelle Eindrücke werden durch akustische unterstützt. Weiter hinten haben wir sogar eine kleine Windmaschine. Synästhesie quasi.«

Derart akademisch betrachtet verlor das Ganze für Kluftinger deutlich an Faszination.

»Sind Sie von hier?«, erkundigte sich die Frau.

»Aus Altusried, ja.«

»Dann kennen Sie die Geschichte ja bestimmt.«

»Also, um ehrlich zu sein …« Kluftinger kratzte sich verlegen am Kopf.

»Nicht? Na ja, nicht so schlimm. Bisher wurde ja von offizieller Seite auch wenig zur Verbreitung des eigenen historischen Erbes getan, wenn ich das richtig sehe. Das ändert sich jetzt aber gewaltig.« Sie ging zu einem Modell, vor dem eine Tafel mit der Aufschrift »Um 1300« stand. Ein Spot ging an, als sie davortrat. »Sehen Sie, so könnte die Burg einmal ausgesehen haben. Es gibt keine historischen Belege dafür, irgendwelche Stiche oder so. Aber wenn man die Umgebung und die anderen verfügbaren Informationen mit einbezieht, dann dürfte das in etwa hinkommen.«

Kluftinger blickte auf das Modell. Es zeigte eine klassische Ritterburg, ähnlich der, die er einst als Kind als Modell gehabt hatte. Kaum vorstellbar, dass dies einmal alles hier gestanden hatte.

»Hier ist der Turm, dessen Reste noch heute zu sehen sind. Dürfte Anfang des zwölften Jahrhunderts entstanden sein. Mit einem kleinen Ort drum herum, der 1353 durch die Pest aber ziemlich dezimiert wurde. 1515 haben die Pappenheimer – also, die hießen wirklich so – dann ein Schloss anstelle der alten Burg gebaut. Weil die alte irgendwann, tja …« Sie machte mit der flachen Hand eine Abwärtsbewegung. Immerhin das wusste Kluftinger zu deuten: Das ganze Bauwerk war bis auf wenige Reste in die Iller gerutscht und hatte ein gewaltiges, Respekt einflößendes Steilufer zurückgelassen.

»Wer hat denn hier eigentlich so gehaust?«, fragte Kluftinger, der sich zum ersten Mal wirklich dafür interessierte.

»Erbarmungslose Ritter wie Heinrich der Rächer und der brandschatzende Hans von Kalden«, sagte eine brüchige Stimme hinter ihnen. Sie drehten sich um: Rösler war unbemerkt die Treppe heruntergestiegen und stand nun, an die Wand gestützt, hinter ihnen. »Heinrich von Kalden war noch ein angesehener Ritter, der im zwölften Jahrhundert den Mörder von König Philipp erbarmungslos verfolgt und schließlich mit eigenen Händen geköpft hat.«

Rösler ging langsam an ihnen vorbei und zeigte auf eine Tafel mit der Aufschrift »Hans von Kalden, um 1550«. »Von diesem Gesellen gibt es dann schlimmere Berichte. Wahrscheinlich ein Nachfahre von Heinrich. Der hat sich, als seine Ritterdienste nicht mehr benötigt wurden, sozusagen selbstständig gemacht und sein Geld mit Straßenraub und Wilderei verdient. Als er deswegen mit dem Abt in Konflikt kam, hat er ihn mit den Worten ›Schlagt um!‹ überfallen. Sein Ende war dementsprechend: Ein Knecht des Abts hat ihm mit der Armbrust den Kiefer durchschossen. Und das ›Schlagt um!‹ wurde in Altusried zum geflügelten Wort. Immer, wenn sie wütend waren, haben sie geschimpft: *Schlagt um, hat der Hans von Kalden gesagt!*«

Kluftinger schauderte.

»Und Sie sind … wer?«, fragte die Historikerin an den Alten gewandt.

»Oh, Tschuldigung«, sagte Kluftinger. »Herr Rösler, Frau Wallmann. Herr Rösler hilft uns hier bei der Arbeit ein bisschen.«

»Ach, sind Sie auch Historiker?«

»Nein, er ist mehr …«, der Kommissar dachte kurz nach, »… eine andere Art von Experte.«

»Aber Sie wissen sehr viel über die Geschichte«, sagte Margit Wallmann anerkennend nickend.

»Ja, ist eigentlich wahr«, stimmte Kluftinger ihr zu. »Woher kennen Sie sich denn so gut damit aus?«

»Wenn ich an etwas arbeite, Herr Kluftinger, dann informiere ich mich immer sehr genau darüber«, erwiderte Rösler mit einem gezwungenen Lächeln. Er wirkte auf einmal blass, und der Kommissar sah, dass sich auf der Stirn des Mannes kleine Schweißtröpfchen gesammelt hatten.

»Geht's Ihnen nicht gut?«, fragte Kluftinger besorgt. Vielleicht hatte er ihm doch zu viel zugemutet.

»Danke, mir … ich …« Er streckte Hilfe suchend die Hand aus.

Die beiden anderen stützten ihn von beiden Seiten. »Wo ist denn Ihr Rollator?«, fragte Kluftinger.

»Ich dachte, es wird schon wieder besser, aber …« Die Knie knickten ihm ein, und seine Augen verdrehten sich.

»Richie? Eugen? Roland? Ruft's mal schnell einen Krankenwagen!«, schrie der Kommissar in Richtung Treppe.

»Du, Chef, es gibt Neuigkeiten!«

Kluftinger fuhr zusammen. Er hätte nicht sagen können, wie lange er schon hier gestanden hatte, an den kleinen rosafarbenen Mietwagen gelehnt, den Blick versonnen auf die Allgäuer Bergkette gerichtet, ohne über irgendetwas Spezielles nachzudenken. Er hatte noch auf den Krankenwagen und den Notarzt gewartet, der Rösler mit der Diagnose »Kreislaufkollaps« abtransportiert hatte. Der Kommissar machte sich Vorwürfe, den Alten noch einmal hierhergebracht zu haben. Eigentlich brauchten sie ihn jetzt ja gar nicht mehr. Aber er hatte das Gefühl gehabt, dass der Mann bei der Beschäftigung mit seinem Leib- und Magenthema regelrecht aufblühte. »Was ist los, Richie?«, fragte er, ohne Maier anzusehen.

»Na, du wolltest doch die ganze Zeit wissen, ob es schon neue Erkenntnisse zu den Autodiebstählen gibt. Jetzt hat mich der Max angerufen, der mit der Sache befasst ist: Stell dir vor, die haben in Immenstadt eine ganze Lagerhalle voll mit gestohlenen Wagen ausgehoben! Da sind die meisten wiederaufgetaucht, die in den letzten Wochen geklaut worden sind – und einige dazu, die noch nicht einmal als gestohlen gemeldet waren!«

Mit einem Ruck fuhr Kluftinger herum. »Wiederaufgetaucht, sagst du? Wo soll das genau sein?«

»Keine Ahnung. In Immenstadt, irgendwo in einem Industriegebiet, hat der Max bloß gemeint. Sie haben allerdings nur zwei Typen dingfest machen können, die gerade die Autos aufmöbeln und für den Weiterverkauf präparieren wollten. Von den Hintermännern fehlt bisher jede Spur, sagt er.«

»Sind die noch dort?«

»Die Hintermänner?«

»Die Autos und die Kollegen, Herrgottzack, Richie!«

»Schon, er wollte ja wissen, ob du vorbeikommen und dir alles ansehen willst. Ich hab ihm aber gleich abgesagt, schließlich können wir doch mittlerweile sicher ausschließen, dass ein Zusammenhang zwischen unserem Mordfall und der Autosache besteht, oder?«

Kluftinger schüttelte den Kopf. »Ausschließen, Richie, können wir gar nix! Ich fahr da zur Sicherheit auf jeden Fall hin. Bring die Adresse in Erfahrung. Ich mach mich gleich auf den Weg, ruf mich an, wenn du weißt, wo ich hinmuss!«

Mit diesen Worten stieg Kluftinger in das kleine Auto und schlug die Tür zu. Maiers Angebot, er könne doch mitkommen, überhörte er geflissentlich.

»Maxl, servus!«, begrüßte Kluftinger eine gute halbe Stunde später Max Greiter, seinen Kollegen vom Diebstahl und Raub, also dem Kommissariat für Eigentumskriminalität, wie es offiziell hieß. Greiter war ein sportlich wirkender Mittvierziger, der durch die Funktionskleidung, die er tagaus, tagein trug, und durch das gebräunte Gesicht immer aussah, als käme er gerade von einer Klettertour. Kluftinger hatte das Gefühl, als wolle er dadurch auch zeigen, dass er, der gebürtige Oberstdorfer, der jeden Tag nach Kempten pendelte, aus anderem Holz geschnitzt war als die »Flachlandtiroler« aus dem nördlichen Allgäu. Auch durch einen besonders kehligen Dialekt hob er sich von den Kollegen ab. Der Kommissar konnte ihn dennoch recht gut leiden – vor allem als Erzähler derber Witze bei Weihnachtsfeiern wurde Greiter im Kollegenkreis geschätzt.

»Servus, Kluftinger! Was verschlägt dich hierher ins obere Oberallgäu?«

»Da fühlt ihr euch recht geehrt, wenn ein Kemptener zu euch raufkommt, gell?«, gab der Kommissar zurück.

»Wir sind vor Ehrfurcht jedes Mal geradezu erstarrt! Aber wir haben uns schon vorbereitet, der Maier hat den hohen Besuch ja angekündigt. Schau dich ruhig um hier, aber ich sag dir gleich: Wir haben nur zwei kleine Lichter gefasst, die gerade ein paar Autos fertig gemacht haben für die Überführung. Vermutlich nach Russland. Wer dahintersteckt – und das werden wahrscheinlich die sein, für die du dich am meisten interessierst –, können wir immer noch nicht sagen. Die kleinen Vögelein, die bei uns im Käfig sitzen, haben noch nicht angefangen zu singen.«

Kluftinger nickte. Wer dahintersteckte, war ihm recht egal – darum sollten sich mal die Kollegen kümmern. Dass kein Zusammenhang zwischen seinem aktuellen Fall und dieser Autoschieberei bestand, wusste er längst. Ihm ging es einzig und allein um seinen Passat. Er sah sich in der Halle um. Es waren an die zwanzig Wagen, die hier dicht an dicht geparkt waren, teilweise mit Nummernschildern, teilweise ohne. Doch statt des von ihm erhofften grauen Kombis erblickte er vorwiegend große, schwere Geländewagen, Limousinen, einige VW-Busse und ein paar Sportwagen. Nicht ein einziger Passat war zu entdecken. Er durchschritt die Reihen der geparkten Autos – nichts, was auch nur annähernd an sein geliebtes Gefährt erinnerte. Am Ende der Halle angekommen, seufzte er resigniert und ließ die Schultern hängen.

»Ganz schöne Auswahl, gell?«

Kluftinger fuhr zusammen – er hatte gar nicht bemerkt, dass Greiter hinter ihm hergegangen war. »Mhm. Schlimm. Sind das denn alle, oder gibt es noch mehr?«

»Na ja, das sind so ziemlich alle, die in den letzten vierzehn Tagen weggekommen sind. Die haben hier einfach noch auf ihre Auslieferung gewartet, wenn du so willst. Was vorher gestohlen worden ist, ist entweder zerlegt oder mit neuer Identität über alle Berge.«

»Hm, und geklaut wurden also fast nur solche neuen, edlen Autos wie die hier?«

»In unserem speziellen Fall schon.«

Kluftinger seufzte. »Aber warum? Ich meine, die sind doch viel schwerer zu knacken! Und fallen mehr auf!«

»Das mit dem Knacken stimmt so nicht ganz. Die Wegfahrsperren sind schnell ausgeschaltet – einen Laptop und ein bisschen Software gepaart mit Erfahrung, da geht das ganz schnell. Wir haben es da mit Experten zu tun, das kann nicht jeder Junkie, das ist schon klar.«

»Und so ganz normale, ältere Autos, die werden nur ganz selten gestohlen?«

»Nein. In der Masse sind das sogar mehr. Nur sind das zwei Paar Stiefel. Häufige Mittelklassemodelle werden zerlegt und dann als Teile in ganz Europa vertickt, vor allem nach Osten. In genau solchen Hallen wie hier. Es gibt einen großen Markt für Ersatzteile von Typen wie Passat, Octavia, Golf, Vectra, Mondeo und so weiter. Die sogenannten Volumenmodelle. Da wird ziemlich wahllos geklaut, und du siehst die Dinger nie mehr wieder.«

Bei dem Wort »Passat« bekam Kluftinger weiche Knie. Wenn er

daran dachte, dass jemand sein geliebtes Auto rücksichtslos ausgenommen haben könnte …

»Die sind dann auch so sechs Jahre oder älter, da ist die Sicherheitstechnik noch leichter zu knacken«, fuhr Greiter ungerührt fort. »Was du hier siehst, ist praktisch die Premiumabteilung: Da wird ganz gezielt nach Modell, Farbe und Ausstattung bestellt und auf Auftrag gestohlen. Dann wird aufwendig die Fahrzeugidentität gefälscht – Fahrgestellnummern und die elektronische Fahrzeuggeschichte. Da brauchst du viel Zeit, Geld, Technik und eine gute Organisation. Dazu ein paar schöne, gut gefälschte Papiere, und ein paar Wochen später fährt ein X5 oder ein Q7 völlig unbehelligt über ein paar Grenzen und wird weit weg von hier verkauft.«

»Aber seit wann ist das denn hier im Allgäu so schlimm?«

»Gute Frage. Eben noch gar nicht so lang. Wir sind ja auch ziemlich weit von den einschlägigen Grenzen entfernt. Aber es muss eine Art Mafia geben, der das im Endeffekt egal ist. Berlin ist im Allgemeinen die Hochburg für geklaute Wagen, gerade für die hochwertigen Autos. Von da aus bist du halt schnell über der Grenze, die ja keine mehr ist. In Bayern ist das Diebstahlrisiko viel geringer – umso spektakulärer ist für unser Gebiet, was du hier siehst. Aber statistisch gilt noch immer: Wenn du in Bayern einen Smart fährst, brauchst du dir am wenigsten Gedanken um einen Autoklau zu machen! Vor allem, wenn er rosa ist.« Greiter grinste breit und zeigte seine Zähne, die in seinem gebräunten Gesicht geradezu unnatürlich weiß strahlten.

»Aber was richtig Altes war jetzt nicht dabei, oder?«, hakte Kluftinger noch einmal nach.

»Ein 67er Jaguar steht da drüben und da vorne die alte S-Klasse. Und als Fahrzeug haben sie irgendeinen alten Kombi benutzt.«

Kluftinger horchte auf. Sein Puls beschleunigte sich, und sein Atem ging schneller. »Was denn für einen? Kann ich den mal sehen? Wär möglicherweise wichtig für … meinen aktuellen Fall!«

»Logisch, der steht hinten im Hof, so ein grauer.«

Grau? Hoffnung keimte im Kommissar auf. Er bedankte sich und machte sich in freudiger Erwartung auf den Weg nach draußen.

Eine Stunde später bog er auf den gekiesten Hof einer Autovermietung in Kempten ein, um den Smart abzugeben. Er war wütend und enttäuscht, denn der besagte Kombi hatte sich doch nicht als sein Passat, sondern als ein höchstens halb so alter Mercedes herausgestellt. Resigniert schlug der Kommissar die rosafarbene Autotür zu. Er musste sich wohl damit abfinden: Sein treuer Begleiter war unwiederbringlich verloren. Was für ein Gestörter sich auch immer sein altes Gefährt geschnappt hatte, was auch immer er damit gemacht hatte – er würde es nicht wiedersehen. Den Gedanken, den Diebstahl doch noch zu melden, hatte er verworfen: Der Materialschaden war im Vergleich zum Imageschaden, den er erleiden würde, gering. Er hatte keine Lust, in Zukunft bei jedem Autodiebstahl von den Kollegen ein hämisches »Vielleicht haben die ja auch deine Karre!« zu hören.

Ein neues Auto musste also her, und zwar bald, denn auch der Gedanke, in fünf Minuten wieder ohne fahrbaren Untersatz dazustehen, war wenig verlockend. Noch dazu lag ihm seine Familie ständig damit in den Ohren.

Aber wie sollte er das anstellen? Welches Fahrzeug wäre das richtige? Er hatte sich ja noch gar nicht damit beschäftigt. Und eine Kluftinger-Familienkutsche musste einigen Anforderungen genügen: Sie musste billig, praktisch, sparsam und widerstandsfähig sein – und am besten genauso zuverlässig wie der gute, alte Passat. Wie sollte er nun aus dem Überangebot von Gebrauchtwagen den einen richtigen finden – noch dazu, wo er nicht gerade Übung hatte, was den Autokauf anging? Da lauerten doch überall Lügner und Betrüger! Und ein Neuwagen kam schon gar nicht infrage. Ob er Maier um Hilfe bitten sollte? Schließlich war der doch immer auf dem neuesten Stand der Technik.

Mit hängendem Mundwinkel und gesenktem Kopf betrat er die Bürobaracke der Mietwagenfirma, aus der ihm eine Duftmischung aus Kaffeesatz, kaltem Rauch und Raumspray entgegenschlug. Hinter einem Tresen saß ein junger Mann in grünem Poloshirt, der eine extravagante Brille mit dickem rotem Rand trug. Kluftinger grüßte murmelnd.

»Ah, der Smart aus Wien, richtig? Guten Tag. Sie Armer – hatten die Kollegen in Österreich denn kein vernünftiges Fahrzeug mehr? Mit diesem Einkaufswagen mehrere Hundert Kilometer runterzureißen ist ja wirklich die Höchststrafe! Noch dazu so eine rollende Litfaßsäule. Das tut mir aufrichtig leid, wir werden uns wirklich bemühen, dass so etwas nicht mehr vorkommt«, erklärte der Mitarbeiter der Vermietfirma mit professioneller Höflichkeit.

Priml. Nicht einmal die standen zu den Autos, die sie da vermieteten. Wie so oft in den letzten Stunden fühlte sich Kluftinger genötigt, das kleine rosafarbene Gefährt zu verteidigen. »Für den Smart brauchen Sie sich nicht zu entschuldigen. Das ist ein astreiner Wagen – und ökologisch obendrein. Ich tät den sofort nehmen!«

»Ach ja? Wenn Sie wollen, können Sie ihn kaufen!«

Kluftinger runzelte die Stirn.

»Nein, ehrlich. Der Vertrag mit Manner läuft aus, und wir müssten ihn sowieso umspritzen lassen, deshalb stoßen die Wiener Kollegen gerade alle Smarts ab, da kam erst gestern eine Mail rein. Die sind im Moment richtig günstig zu kriegen!«

Der Kommissar horchte auf. »Ach so? Was kostet denn dann so was … also … tät so was kosten?«

»Ich seh gern mal nach – lassen Sie mal die Nummer sehen … Moment …« Er tippte etwas in die Tastatur seines Computers. »Ah ja, der Wagen wäre, so wie er draußen steht, für fünfeinhalb zu haben, hat noch keine dreißigtausend drauf und wird demnächst zwei. Und als Zuckerl gibt es noch gebrauchte Winterreifen inklusive Felgen dazu.«

»Fünfeinhalbtausend?« Das war deutlich weniger, als Kluftinger geschätzt hatte, weshalb er den Betrag noch einmal ungläubig laut wiederholte – eine Äußerung, für die er sich sofort verfluchte, vielleicht lag ja ein Irrtum vor, auf den er jetzt erst hingewiesen hatte.

»Ja, das stimmt schon – mir scheint auch, da könnte man preislich noch etwas machen. Noch dazu bei dem Lack. Hätten Sie denn wirklich Interesse? Dann würde ich mal bei der Zentrale in Österreich nachfragen, ob da noch was geht.«

»Hm … na ja, ich mein … fragen kostet ja nix, oder?«

»Kein Problem, ich mach das gern für Sie«, sagte der Mann lächelnd und griff zum Telefonhörer, während Kluftinger noch einmal nach draußen ging. Er musste kurz nachdenken. Noch einmal besah er sich das kleine Auto von allen Seiten. Zwei Jahre, keine dreißigtausend Kilometer, vernünftig gewartet, mit Winterreifen, zu so einem Preis – eigentlich konnte er da nichts falsch machen. Innerlich hatte er auf der Fahrt von Immenstadt hierher schon mit dem Gedanken gespielt, mehr als das Dreifache für ein Auto ausgeben zu müssen.

Und sollten sie doch alle reden! Ihm reichte dieses Auto allemal. In Urlaub fuhr er sowieso nicht, Markus würde ohnehin bald eine eigene Familie haben. Und Erika würde die Vorteile nach kurzer Zeit schon zu schätzen wissen – allein was das Einparken anging. Wie oft hatte sie gegen den sperrigen Kombi gewettert!

»Also«, tönte der Autovermieter, als er aus der Tür schritt, »fünftausend geradeaus, mit deutschen Papieren, neuem Service und neuem TÜV. Umlackieren müssen Sie ihn dann aber selber. Mehr kann ich leider nicht machen – beim besten Willen. Und um den Preis können wir auch kein Altfahrzeug in Zahlung nehmen.«

»Das braucht's eh nicht!«, merkte der Kommissar mit bitterer Miene an.

»Denken Sie einfach in Ruhe drüber nach, das Auto wird erst Ende der Woche abgeholt, bis dahin steht er auf jeden Fall hier auf dem Hof. Wegen der Vermietung ist ja so weit alles geklärt. Haben Sie vollgetankt?«

Kluftinger schüttelte den Kopf. Das Tanken hatte er in der Eile glatt vergessen. Doch im Moment hatten andere Gedanken die Oberhand. Ob er sich kurz mit Erika wegen des Kaufs besprechen sollte? Er griff in seine Hosentasche und fischte sein Handy heraus. Andererseits: Schließlich war er der Mann und auch sonst zu Hause für alle Autofragen zuständig, also konnte er hier selbstständig entscheiden.

»Also, da müssten Sie entweder noch schnell zur Tankstelle fahren, oder wir berechnen Ihnen zwei Euro fünfzig pro Liter, das ist leider …«

»Sagen Sie, wenn ich Ihnen das Geld in bar vorbeibringe, kann ich den Smart dann gleich mitnehmen?«

Der Mann im grünen Hemd zögerte kurz – mit einem so schnellen Geschäftsabschluss schien er beim besten Willen nicht gerechnet zu haben.

»Also …«, begann er, »ich müsste noch mal nachfragen, wann die die Papiere schicken können, eine Weile aber braucht das schon, bis das alles über die Bühne ist.«

»Schade, wenn, dann hätt ich das Auto sofort gebraucht. Dann lassen wir es halt doch lieber …«

»Nein, nein, ich meine …«, hakte sein Gegenüber schnell nach, überlegte ein wenig und sagte dann entschlossen: »Wissen Sie was, ich nehm das jetzt auf meine Kappe. Sie können ihn mitnehmen. Wir machen einen Kaufvertrag, Sie bezahlen und fahren mit dem Smart vom Hof – offiziell zur Miete, aber natürlich zum Nulltarif. Und in ein paar Tagen bekommen Sie den Kraftfahrzeugbrief von uns und melden den Smart auf sich an. Einverstanden?«

Kluftinger nickte. Dann fiel ihm noch etwas ein: »Krieg ich dann auch noch so ein … dings, so ein Smartfon?«

Der Mann lachte, da er annahm, dass Kluftinger einen Witz gemacht hatte, doch als er in ein todernstes Gesicht blickte, erstarb sein Gelächter. »Ich, also, leider nein.« Dann wechselte er rasch das Thema: »Holen Sie doch das Geld, ich mach derweil den Vertrag so weit fertig. Wenn Sie wollen, ruf ich für Sie noch in unserer Vertragswerkstatt an wegen der Umlackierung – da bekommen Sie bestimmt einen Sonderpreis.«

»Nein, danke – da kümmere ich mich schon selber drum«, erklärte Kluftinger. Er würde in Altusried bei seinem Spezl in der örtlichen Werkstatt sicher einen noch besseren Preis bekommen. Dann machte er sich zufrieden und ein bisschen aufgeregt wegen der unerwarteten Entwicklung der Dinge zu Fuß auf den Weg zur nahe gelegenen Sparkassenfiliale.

»Ah, der Herr Kommissar! Fahren Sie jetzt Werbung bei der Polizei?«

Kluftinger sog zischend die Luft ein. Langsam konnte er diese dämlichen Witze nicht mehr hören.

»Grüß Gott, Herr Wondratschek«, sagte er misslaunig und nickte dem Mann durch die offene Scheibe seines Wagens zu. Der Bordellbesitzer war Kluftinger weitaus weniger sympathisch als die Damen, die für ihn arbeiteten. Und die riesige Dogge, die der Mann mit dem stets zum Zopf gebundenen schwarzen Haar immer bei sich hatte, tat ihr Übriges.

»Vielleicht können wir da auch mal ins Geschäft kommen«, fuhr der Mann fort. »Ich mein: Zwei Punkte über das *a* in *Manner* und der Schriftzug vom *Haus 69* dazu – da könnten wir dann schon einmal über Sonderkonditionen für euch reden! Oder meine Mädels lassen mal die Vorhänge offen im zweiten Stock!«

»Danke, der Bedarf ist bei uns eher gering.« Kluftinger nickte ihm noch einmal zu, dann bog er auf den kleinen Hof der Kriminalpolizeidirektion. Dort bugsierte er seinen neu erworbenen Smart in die hinterste Ecke, direkt neben den Fahrradständer. Nachdem er eine Weile herumrangiert hatte, was ihm dank der Abmessungen des Kleinwagens und dessen Servolenkung ohne größere Schweißausbrüche gelang, stellte er den Motor ab und stieg aus. Mit einem zufriedenen Lächeln und durchaus ein wenig stolz drückte er auf seine Funkfernbedienung und sah noch einmal auf seinen neuen privilegierten Parkplatz. Sollten die anderen doch sagen, was sie wollten – was er von nun an fuhr, war das Fahrzeug der Zukunft, auch wenn es sich vielleicht noch nicht überall herumgesprochen hatte.

»Und bei der Eröffnung soll nur die Reliquienmonstranz geraubt werden, oder?«, fragte Hefele eine halbe Stunde später. Kluftinger hatte alle zu einer kurzen Besprechung gebeten. Der Kommissar sah zu Maier, der jedoch mit den Schultern zuckte.

»Hm … also von was anderem war bis jetzt mal nicht die Rede«, erklärte Kluftinger. »Wenn die das mit einer Geiselnahme machen wollen, auch wenn sie nur vorgetäuscht ist, dann können sie wahrscheinlich schlecht die ganzen anderen Sachen auch noch mitnehmen. Das ist ja eine Wagenladung Gold und Edelsteine, wenn man es zusammennimmt.«

»Und wenn die das gar nicht mehr so machen wollen und ihre Pläne geändert haben?«, gab Hefele zu bedenken.

»Das stimmt schon, Roland. Wir wissen nicht, ob morgen wirklich was passiert. Aber andererseits: Wir haben nichts Besseres als die Aussage von dem Strehl. Also müssen wir auch so lange davon ausgehen, dass er uns die Wahrheit gesagt hat, bis das Gegenteil bewiesen ist. Und einfach so zu tun, als hätten wir keine Hinweise auf eine mögliche Geiselnahme, wär mindestens, na ja, grob fahrlässig.«

»Dann lasst uns halt die Eröffnung verschieben, in Gottes Namen!«, fand Strobl.

Kluftinger widersprach: »Nein, Eugen, das bringt im Endeffekt auch nix. Irgendwann müssen wir eröffnen. Ich hab das vorhin schon mit dem Lodenbacher besprochen: Uns ist ja daran gelegen, dass wir den Mörder von der Frau Zahn finden. Wir müssen das morgen durchziehen, daran führt kein Weg vorbei.« Er verschwieg ihnen, dass es im Gespräch mit Lodenbacher vor allem um die Wichtigkeit des für die kommende Woche angesetzten Benefiz-Golfturniers gegangen war.

Maier pflichtete ihm bei: »Wir haben immerhin einen ganz schönen Wissensvorsprung durch den Typen aus Wien. Wir können das doch lückenlos überwachen, und die Manpower haben wir schon angefordert, inklusive SEK und Schutzpolizei. Ich glaube nicht, dass da den Besuchern morgen ernsthaft Gefahr droht.«

»Die Manpower, so, so«, wiederholte Strobl spöttisch, »aber wie wär's denn mal mit Brainpower: Ich hab da nämlich eine Idee.« Er machte eine Pause und sah grinsend in die Runde.

Kluftinger zog auffordernd die Brauen nach oben.

»Ihr habt doch die Nachbildung von dieser Monstranz aus Wien mitgebracht, oder?«

»Schon«, stimmte Kluftinger zu, »die liegt bei mir im Kofferraum.« Er sah, als er sein neues Auto erwähnte, in die Gesichter seiner Kollegen, konnte jedoch zu seiner Überraschung keinerlei Häme erkennen.

»Also, folgende Idee: Wir tauschen vor der Eröffnung das Ding einfach aus und stellen das Original gemütlich in einen sicheren Tresor – bis wir die Täter auf frischer Tat gefasst haben.«

Kluftinger schüttelte den Kopf. »Nein, das haben der Richard und ich auch schon überlegt. Aber die Fälschung stammt ja von denen, die würden die sicher sofort wiedererkennen. Und stellt euch vor, diese Typen bemerken morgen bei ihrem Coup, dass wir versucht haben, sie aufs Kreuz zu legen – da könnte aus der vorgetäuschten schnell eine echte Geiselnahme werden. Das ist zu gefährlich.«

Alle vier starrten eine Weile wortlos zu Boden. Ein Großeinsatz am nächsten Morgen bei der Eröffnung des Museums war unumgänglich, das wurde nun allen klar.

»Also, Männer«, ergriff Kluftinger das Wort, »morgen läuft alles unter unserer Regie. Lodenbacher ist auch vor Ort, aber der wird uns nicht groß stören – der wird sich eher mit der Prominenz unterhalten wollen. Und das ist vielleicht auch das Beste. Wichtigstes Prinzip morgen ist Zurückhaltung, wir können es uns nicht leisten, dass die einfach wieder unerkannt abziehen, weil sie Lunte gerochen haben. Also verhaltet euch unauffällig, das gilt auch für alle anderen Einheiten, die morgen vor Ort sein werden. Wir haben ja die mobile Einsatzzentrale mit den vielen Monitoren drin, damit werden wir die Bilder von den Überwachungskameras anzapfen. Richie, das ist dein Part. Wenn du willst: Das Auto steht schon im Hof vom Präsidium, du kannst dich also gleich mal mit den Geräten vertraut machen.«

Ein stolzes Lächeln machte sich auf Maiers Gesicht breit. Kluftinger war froh, dass sich der Kollege im Lauf der Jahre zum echten Technikexperten gemausert hatte, auch wenn er das nicht einmal unter Folter zugegeben hätte.

»Wir haben Phantombilder anfertigen lassen von den Leuten, die dieser Strehl vorgestern als seine Komplizen beschrieben hat. Bis jetzt sieht es so aus, als brächte es nicht viel – anscheinend haben wir es mit lauter unbeschriebenen Blättern zu tun. Aber egal: Wenn morgen jemand auftaucht, auf den die Beschreibung passt, kann uns das nur hilfreich sein.«

»Und wie halten wir Kontakt?«, wollte Hefele wissen. »Ich mein, falls einer was sieht oder so. Da wird's ja morgen vor Besuchern nur so wimmeln.«

»Darum hab ich mich schon gekümmert.« Maier zog ein Aluköfferchen unter dem Tisch hervor, dem er fünf schwarze Ansteckmikrofone mit den dazugehörigen Ohrhörern entnahm. »Wir haben die Geräte aus München angefordert, weil es bei uns ja leider keine gibt. Aber mal ehrlich: Es wäre schon mal an der Zeit. Die Dinger hatte in Amerika schon vor zwanzig Jahren jeder Personenschützer!«

»Woher weißt jetzt du das so genau?«, fragte Hefele.

»Das weiß man halt. Es gibt da ja schließlich einschlägige Filme, oder?«

»Lass mich raten: ›Bodyguard‹ mit Kevin Costner?«

Maier ignorierte die Bemerkung. »Also, wollt ihr die Dinger jetzt ausprobieren?«

Alle schüttelten desinteressiert den Kopf.

»Es wär vielleicht schon nicht schlecht, wenn ihr testen würdet, ob die In-Ear-Monitore passen und in den Ohren halten. Und die Mikros …«

»Richie, lass mal, die werden schon gehen. Schau aber, dass die Batterien auch noch genug Saft haben!«, bat Kluftinger.

»Wann geht's morgen eigentlich los?«, wollte Strobl wissen.

»Die offizielle Eröffnung ist um zehn, wenn wir gegen halb neun da sind, sollte das reichen. So, und jetzt geht's heim, morgen wird es stressig genug werden. Alle Details sprechen wir vor Ort noch einmal durch. Aber wie schon gesagt: Von unserer Seite hat die Ergreifung der Täter oberste Priorität – wir haben schließlich einen Mord aufzuklären, Schatz hin oder her!«

»Hatten Sie denn eine gute Rückreise aus Wien, Chef?«

Sandy grinste Kluftinger mit einem Gesichtsausdruck an, den er nicht recht deuten konnte. Er beschloss, seinen belastenden Konflikt mit ihr nun endlich beizulegen. Der aktuelle Fall war turbulent genug, da musste man sich nicht auch noch Nebenkriegsschauplätze schaffen. Und eine angenehme Arbeitsatmosphäre in seinem Team, vor allem eine stressfreie Beziehung zur *guten Seele der Abteilung*, wie er Sandy immer nannte, erleichterte den Alltag doch ungemein. Allzu lange würde sie ihnen wegen der Schwangerschaft eh nicht mehr erhalten bleiben.

»Ganz prima, Frau Henske. Und wissen Sie was: Das Auto, das Sie uns da reserviert haben, war eine ganz tolle Wahl. Halten Sie sich fest: Ich hab den Smart grad gekauft!«

Sandy sah ihn ungläubig an – sie schien nicht sicher, ob ihr Vorgesetzter sie auf den Arm nehmen wollte.

»Nein, wirklich. Steht unten im Hof, da!« Kluftinger ging um Sandys Schreibtisch herum zum Fenster. »Wenn man von der oberen Ecke aus schaut, sieht man ihn.«

Sandy stellte sich zu ihm und gab schließlich ein »Isch werd närrsch! Der Chef hat nen bonbonrosa Smart gekauft!« von sich.

»Einen schönen Gruß vom Valentin sollen wir übrigens ausrichten«, wechselte Kluftinger das Thema.

»Aha, danke. Vor unseren Telefonaten die Woche hab ich ja schon länger nichts mehr von dem gehört. Kein großer Verlust.«

Kluftinger schlug nun einen feierlichen Ton an: »Sandy, was ich Ihnen schon länger mal sagen wollte: Ich würd mich sehr freuen, wenn Sie uns auf Dauer erhalten bleiben. Also, wenn Sie nach … dem freudigen Ereignis Teilzeit machen wollen – wir können das ganz flexibel einrichten. Ich mein, ich weiß ja nicht, wann Sie wieder einsteigen wollen in den Beruf.«

Sandra Henske, die immer noch am Fenster stand, wandte sich um und starrte ihn entgeistert an. »Man könnte gerade meinen, ich sei schwanger, so wie Sie reden.«

Kluftinger schluckte. »Ja, sind Sie das … etwa nicht?«

»Seh ich denn so aus, oder wie?«, sagte sie mit gefährlich blitzenden Augen.

Dem Kommissar wurde heiß, kleine rote Äderchen traten auf seinen Wangen hervor. »Ich … hab halt gedacht wegen der …«

»Wegen meiner Figur? Also das ist ja …«

»Nein, ich hab gedacht wegen … Sie haben doch immer wieder so Stimmungsschwankungen und … weil man sich so erzählt, dass …«

»Also das ist doch die Höhe«, kreischte sie. »Leuten, die solche Gerüchte in die Welt setzen, denen gehört das Handwerk gelegt!«

Kluftinger atmete tief durch, dann sagte er in betroffenem Tonfall: »Ja, das find ich auch. Fräulein Henske, ich kümmer mich drum. Ich hab dem Maier gleich gesagt, dass er das nicht bringen kann und dass da bestimmt nichts dran ist. Aber bitte, sprechen Sie ihn nicht selber drauf an und lassen Sie sich ihm gegenüber auch nichts anmerken, ja? Das ist Chefsache.«

Sandy hatte sichtlich Mühe, sich zu beruhigen.

Der Kommissar war erleichtert. Würde ihm seine Sekretärin also doch noch eine Weile länger erhalten bleiben. »Ich hab's den anderen doch gleich gesagt«, fügte er freudig an. »Von wem sollten Sie jetzt auch schwanger sein?«

Er klopfte ihr väterlich auf die Schulter und ließ sie mit offenem Mund zurück.

»Heu, Vatter, hast du schon aus? Mei, ein Leben habt's ihr Beamte! Aber sicher ganz viel Hausaufgaben, oder?«

Kluftinger machte eine wegwerfende Handbewegung. Die Spottreden seines Sohnes fochten ihn im Moment nicht an. Er hatte das Wohnzimmer mit einem erhabenen Gefühl betreten, das weitaus stärker wog als Markus' Spitzzüngigkeit. Es war ein Gefühl, das er schon lange nicht mehr gehabt hatte, und erst jetzt wurde ihm klar, wie schmerzlich er es vermisst hatte: das Gefühl, das Familienoberhaupt zu sein, der Ernährer oder, archaisch formuliert, der Jäger, der nun in die Höhle zurückkehrte. Mit fetter Beute in Form eines kleinen rosafarbenen Autos. Er konnte es kaum erwarten, mit der Neuigkeit herauszurücken.

»Wir reden grad über die Hochzeit«, frohlockte Erika. »Ich bin ja so aufgeregt!« Immer wieder drückte sie die kleinen Hände von Yumiko, als müsse sie sich versichern, dass die Vermählung ihres Sohnes kein Traum und seine Braut aus Fleisch und Blut war. »Und ich kann's kaum erwarten, dass wir deine Eltern kennenlernen.«

»Aber das wird ja nun doch noch dauern«, sagte Yumiko und blickte traurig drein.

»Wieso?«, fragte Erika besorgt.

»Ich hab heute mit ihnen gemailt, und erst jetzt haben sie erfahren, dass sich mein Vater erst in einigen Monaten beruflich frei machen kann.«

»Ich hab auch eine gute Nachricht«, platzte es jetzt aus Kluftinger heraus, worauf er in entsetzte Gesichter blickte. »Also, ich mein … jetzt nicht in dem Sinne. Mehr wegen der … Hochzeit und so.« Der furchtlose Steinzeitjäger war augenblicklich einem verschreckten Dackel gewichen.

»Aha. Und welche soll das sein?«, wollte Erika wissen, doch ihr Tonfall zeigte deutlich, dass sie ihrem Gatten nicht zutraute, mit einer adäquaten, seinen Fauxpas von eben wettmachenden Neuigkeit aufwarten zu können.

»Ich hab ein Hochzeitsauto für euch«, änderte Kluftinger kurzerhand seine Strategie, hatte er vorher doch noch sagen wollen, er habe für Erika endlich ein modernes Fortbewegungsmittel gekauft.

»Für uns?« Markus runzelte misstrauisch die Stirn. »Aber wir heiraten doch frühestens in einem Jahr.«

»Ja, und? Man kann nie früh genug an alles denken«, gab Kluftinger beleidigt zurück.

»Was ist es denn?«, fragte Yumiko freundlich lächelnd. Sie schien die Einzige zu sein, die Vertrauen in ihn hatte.

»Ich sag schon mal so viel: Es ist pink!«

»Ein Cadillac!«, entfuhr es Yumiko atemlos.

»Ein … nein, also kein Cadillac, eher … kleiner.«

Eine Weile war es still, dann ergriff Markus das Wort: »Vatter, versuchst du uns etwa zu sagen, dass du die Keksreklame gekauft hast?«

»Ich … was soll das denn jetzt, hm? Ich will euch hier eine freudige Nachricht überbringen, und ihr? Und … überhaupt.«

Markus brach in herzhaftes Gelächter aus. »Ich pack's nicht, der Vatter hat den Smart gekauft! Und jetzt will er auch noch, dass wir ihm dafür huldigen.«

»Stimmt das?«, fragte Erika ungläubig.

»Ja, hab ich«, erwiderte Kluftinger mit trotzig vorgeschobener Unterlippe.

»Wir machen uns ja zum Gespött, wenn wir damit im Dorf rumfahren.« Erika klang ernsthaft besorgt.

»Du wolltest doch dauernd ein neues Auto! Außerdem lass ich es ja umspritzen.«

»Und das soll unser Hochzeitsauto werden? Vatter, da passt wahrscheinlich noch nicht mal Yumikos Kleid rein.«

»Ja, gut, es ist jetzt nicht wirklich riesig, aber …«

»Hat das nicht Automatik?«, fragte Erika. »Ich kann doch keine Automatik fahren.«

»Ach, das lernt man …«

»Dann musst du aber ein kleineres Instrument spielen«, warf Markus ein, »die Sardinenbüchse hat ja bestenfalls Platz für ein Tamburin – oder du kaufst dir einen Anhänger für die Trommel.«

Kluftingers Wangen begannen gefährlich zu leuchten. Daran hatte er noch gar nicht gedacht. »Ja, Himmelherrgottnochamal, was habt's ihr denn dauernd gegen das Auto? Das ist doch einwandfrei. Ökologisch und modern und … dings. Und wenigstens ist es kein Japaner!«

Die Stille, die auf diese Bemerkung folgte, war so mächtig, dass sie die vorhergehende noch übertraf. Und sie dauerte länger an. Wieder einmal hörte Kluftinger das Ticken der Uhr auf der Kommode und zuckte zusammen, als der Erzherzog-Johann-Jodler aus seinem Handy plärrte.

Schnell zog er es aus der Hosentasche. »Ja, Kluftinger? … Verstehe, nein, unbedingt! Ich bin sofort da!«

Kluftinger ließ sich das erhitzte Gesicht bei heruntergelassener Scheibe vom Fahrtwind kühlen, als er seinen neuen Wagen zum zweiten Mal an diesem Tag in Richtung Burgruine und Museum lenkte. Der Schuss mit dem Auto war nach hinten losgegangen, und der Anruf des Bürgermeisters, dass sie nun die Monstranz in die Vitrine einsetzen würden, genau zum richtigen Zeitpunkt gekommen. Nicht, dass es ihn wirklich interessierte, aber so konnte er sich dem häuslichen Trommelfeuer fürs Erste entziehen.

Hösch kam ihm schon entgegen, als er auf den Eingang zuschritt. »Wundert mich ja, dass du das sehen willst. Bist doch sonst nicht so kunstinteressiert«, begrüßte ihn der Bürgermeister.

»Ja, weil du ja der große Kenner bist. Dich interessieren doch vor allem die zusätzlichen Übernachtungszahlen, die jedes der kleinen Schmuckstücke da bringt.«

Hösch überhörte seine Bemerkung, fasste ihn an der Schulter und führte ihn ins Museum, als wolle er ihm sein Wohnzimmer zeigen. In der großen Ausstellungshalle herrschte eine geradezu andächtige Stimmung; etwa ein Dutzend Leute standen im Halbkreis im Zentrum des Raumes.

»Ist gleich so weit«, flüsterte Hösch feierlich, als befände er sich inmitten einer Zeremonie.

Als sie sich der Gruppe näherten, sah Kluftinger, dass neben Rolf Kuffler von der Versicherung, René Preißler von der Sicherheitsfirma mit seinen Mitarbeitern und den Spediteuren auch der Pfarrer anwesend war. Er seufzte, hatte er doch eigentlich gehofft, erst morgen auf den Geistlichen zu treffen. Jetzt wurden sie von den anderen bemerkt und kopfnickend begrüßt. Nur der Pfarrer, der neben ihm stand, reichte ihm die Hand: »Grüß Gott, Herr Kommissar. Zurzeit sehen wir uns aber oft, gell? In der Kirche bist du ja leider nur sehr selten mein Gast.«

Kluftinger ließ die Schultern hängen. Wie so oft hatte es der Pfarrer geschafft, dass er sich wie ein Schuljunge beim Schwänzen vorkam. Der Geistliche operierte gerne mit dem breiten Instrumentarium an Schuldgefühlen, das die Kirche ihm zur Verfügung stellte. Und bei ihm funktionierte es fast immer. »Ich, ja, mei, das … Gschäft«, stotterte er.

»Verstehe schon«, sagte der Priester und nickte. »Vor mir brauchst du dich nicht zu rechtfertigen. Aber was *Er* davon hält, steht auf einem anderen Blatt.« Bei dem Wort *Er* richtete der Geistliche die Augen unbestimmt zur Decke.

Priml. Kluftinger war noch keine fünf Minuten hier, und schon hatte ihm der Pfarrer nach alter Gewohnheit die ewige Verdammnis prognostiziert. »Schöne Monstranz«, versuchte der Kommissar das Thema zu wechseln und deutete auf das rote Tuch am Boden, in dem er das Schmuckstück vermutete.

»Ja, wirklich, außerordentlich schön«, stimmte der Pfarrer zu. »Weißt du eigentlich, was der heilige Magnus für uns hier im Allgäu vollbracht hat?«

Jetzt nickte Kluftinger zufrieden. Die Antwort auf diese schulmeisterlich gestellte Frage kannte er: »Ja, sicher, der hat der Legende nach mehrere Drachen besiegt. In Kempten direkt an der Iller und in Roßhaupten.«

»Das auch. Es gibt übrigens noch eine andere Drachengeschichte. Einmal hat ihn nämlich einer verfolgt, als er das Evangelium gepredigt hat, am Lech, drüben bei Füssen, kurz vor der heutigen Grenze zu Tirol. Da ist der Fluss ganz schmal. Als der Drache dann Feuer speiend kam, ist Sankt Magnus über den Fluss gesprungen – mit einer solchen Wucht, dass sich sein Fußtritt in den Fels eingedrückt hat. Deswegen heißt die Gegend Mangtritt.«

Kluftinger lächelte. Er mochte diese Geschichten.

»Ich war selbst dort. Den Fußtritt gibt's wirklich … Gibt einem gläubigen Menschen schon zu denken, oder?«, fragte der Pfarrer herausfordernd.

Das Lächeln des Kommissars verschwand.

»Du weißt aber schon, wofür der Drache eine Metapher ist?«

»Ich … also, so genau hab ich darüber noch nicht nachgedacht.«

Der Pfarrer blickte ihn mitleidig über den Rand seiner goldgefassten Brille an. »Der Drache steht für den Unglauben, von dem uns Magnus befreit hat, nicht wahr?«

»Unglauben. Befreit. Klar.« Kluftinger fühlte sich wieder wie der kleine Ministrant, als der er unter dem Drang des damals noch als Kaplan tätigen Geistlichen gelitten hatte, sein überlegenes Wissen mit dem seiner Eleven zu messen.

»In Füssen wird das ja jedes Jahr am 6. September, dem Magnustag, gefeiert. Dort hat der Heilige damals eine Mönchszelle errichtet und das Kloster gegründet. Wo heute die barocke Magnuskirche steht, errichtete man im zehnten Jahrhundert eine romanische Kirche, die Krypta gibt es übrigens heute noch. Die Gebeine des Magnus sind verschollen, seit, ebenfalls im zehnten Jahrhundert, die Ungarn im Allgäu eingefallen sind. In seinem Grab fand man nur noch einen Kelch und seinen Stab, der bis heute am Magnustag durch die Stadt getragen wird. Leider konnte man das Museum hier ja nicht an diesem Tag einweihen, da waren weltliche Aspekte wichtiger als die kirchlichen. Na ja, ist eben so. In Füssen wird übrigens auch der Magnuswein geweiht. Sehr süffiger Tropfen, wenn ich mir die Bemerkung erlauben darf. Er kommt aus Südtirol aus einem Anbaugebiet, das früher dem Füssener Sankt-Mang-Kloster gehört hat. Aber das weißt du ja sicher alles.«

Kluftinger hörte nur mit einem Ohr zu, weil sich zwei Männer der Spedition gerade darangemacht hatten, die Monstranz aus dem samtenen Tuch auszuschlagen und aufzuheben. Sie taten das so langsam und so vorsichtig, dass ihre Bewegungen kaum wahrnehmbar waren. Kluftinger fand das etwas übertrieben, immerhin hatte das Stück die Jahrhunderte in einem verdreckten unterirdischen Gang überstanden. Jetzt hatten die Männer die Monstranz aufgerichtet und stellten sie in den von der Decke hängenden gläsernen Kasten, verschlossen ihn sorgfältig und traten zurück. Dann wurden die Deckenleuchten und Scheinwerfer eingeschaltet, und das Exponat erstrahlte in vollem Glanz. Ergriffen standen alle Anwesenden da und betrachteten schweigend das in unzähligen Farben funkelnde Schmuckstück mit all den Edelsteinen. Derart in Szene gesetzt, konnte sich niemand seiner Wirkung entziehen.

»Heil'ger Magnus, wir dich grüßen: Allgäus hehrer Gottesmund«, wisperte der Pfarrer neben ihm, worauf der Bürgermeister fortfuhr: »Siehe uns zu deinen Füßen, huldigend zu jeder Stund.«

Fragend sah der Kommissar die beiden an.

»Das Magnuslied«, flüsterte der Pfarrer.

Er nickte.

»So, ich glaube, wir sollten sie jetzt gleich versenken«, brach Kuffler das Schweigen. Er wirkte fahrig und nervös, was Kluftinger nur zu gut verstand: Es ging hier um eine Versicherungssumme in Millionenhöhe, diese Verantwortung hätte er nicht tragen wollen.

Nun sah der Kommissar zum ersten Mal den Tresor in Aktion: Mittels einer elektrisch betriebenen Hydraulikvorrichtung fuhren zwei Bodenplatten auseinander, worauf ein darunter eingelassener Tresor sichtbar wurde. Ein Mitarbeiter der Sicherheitsfirma tippte, für die anderen nicht erkennbar, eine Kombination in das Tastenfeld und trat dann einen Schritt zurück, und der Kommissar sah, wie sich eine horizontal verlaufende Tresortür aufschob. Dann wurde der gesamte Glaskubus mit der Monstranz heruntergelassen, direkt in den geöffneten Safe. Schließlich beugte sich Kuffler über die Öffnung, hakte den Kubus aus und trat wieder zurück. Anschließend schloss sich der Deckel, und Kuffler drückte noch einmal einen Knopf, worauf Kluftinger das Schloss einrasten hörte und ein kleines Lämpchen von Grün auf Rot wechselte. Dann schloss sich auf Knopfdruck mit leisem Surren auch die Bodenplatte wieder.

Der Kommissar war beeindruckt. Das hatte alles wie am Schnürchen geklappt; diese Sicherheitsvorrichtung war wirklich Respekt einflößend und schien auf dem allerneuesten Stand der Technik zu sein.

»Na, was sagst du dazu, hab ich das nicht alles toll eingefädelt für die Gemeinde?«, fragte ihn Hösch, der vor Bewunderung seiner eigenen Leistung kaum an sich halten konnte.

»Ganz ordentlich«, erwiderte der Kommissar lediglich.

»Das wird morgen ein Tag, an den die Altusrieder noch lange denken werden«, fuhr der Bürgermeister fort.

Ich hoffe nur, dass es eine gute Erinnerung werden wird, sinnierte der Kommissar.

Zur selben Zeit

»Hat jeder, was er später braucht? Geht eure Checklisten noch einmal durch, wir können uns keinen Fehler mehr leisten! Breitet alles vor euch aus, hakt es ab und packt es dann in die Taschen!«

Magnus war angespannt. Zu viel war passiert, was ihn dazu gezwungen hatte, von seinem ursprünglichen Plan abzuweichen. Er ging vor die Hütte und steckte sich eine Zigarette an.

Noch einmal ging er alle Eventualitäten durch, noch einmal ließ er die Aktion vor seinem inneren Auge ablaufen. Dann nickte er. Alles würde klappen, musste klappen. Wenn, ja, wenn er sich auf alle verlassen konnte.

»Ach ja«, erklärte er, als er den Schuppen wieder betrat, »wenn etwas wider Erwarten nicht ganz nach Plan laufen sollte und wir in alle Himmelsrichtungen fliehen müssen: Werft eure Handys weg, ich weiß schon, wie ich euch erreichen kann, keine Sorge!«

In allen Ecken der Holzhütte kauerten seine Leute in schwarzen Overalls, mit dunklen Wollmützen auf dem Kopf, und packten die großen Rucksäcke. Magnus lief mit verschränkten Armen von einem zum anderen. Es ging nicht nur darum, sie zu überwachen, zu absoluter Sorgfalt zu zwingen. Es war auch wichtig, ihnen Sicherheit zu geben, das Gefühl, dass er alle Fäden in der Hand hielt und dass sie ein Team waren, das zusammen ans Ziel kommen würde.

»Christophorus, hast du den Elektromotor aufgeladen? Auto vollgetankt?«

Der schmächtige junge Mann nickte hektisch.

»Gut. Mach dir keine Sorgen. Geh raus und verstau unser Spezialgefährt im Ducato. Viech, ich meine, Nikolaus, du hilfst ihm! Aber passt auf die Polyesterschilde auf, die liegen schon drin und dürfen nicht beschädigt werden, okay?«

Die beiden hatten gerade die Tür aufgezogen, als in der hinteren Ecke ein dumpfes »Scheiße« zu vernehmen war.

Magnus drehte sich um. Georg, der Artist, schlug sich mit der Hand gegen die Stirn.

»Was ist passiert?«

»Ich Depp hab die Plastikstäbchen und das Klebeband vergessen!«

Magnus presste die Lippen zusammen, verkniff es sich aber, ihn anzubrüllen. Wie oft hatte er sie zur Konzentration gemahnt!

»Nikolaus!«, rief er scheinbar ungerührt, »bring deinen Werkzeugkasten mit und gib Georg, was er braucht!«

Georg war blass.

»Und was dich angeht, Georg«, zischte Magnus, »so hoffe ich, dass das der einzige Lapsus war. Mit dir steht und fällt alles. Zwei kleine Plastikstäbchen, ohne die das Ganze nicht funktionieren wird. Wenn du einen Fehler machst, dann bist du es, der in der Falle sitzt. Und dann Gnade dir Gott! Also reiß dich zusammen, Herrgott noch mal!« Als er sich wieder beruhigt hatte, ging er zu Santa Lucia.

»Lucia«, flüsterte er ihr zu, »wenn wir uns um unser kleines Zubrot kümmern, musst du mir vertrauen. Wenn ich die Sache beende, ist Schluss, ja? Wir dürfen nicht gierig werden.«

Lucia nickte und lächelte.

»Nun, ihr falschen Patrone!«, sagte Magnus und stand auf. »Es ist so weit. Die große Stunde ist da. Wir fahren jetzt los. Möge der Herr uns beistehen!«

Er bebte vor Freude und Anspannung, als er die Beifahrertür des weißen Kombis öffnete.

Samstag, 25. September

»Erika, kannst du mir jetzt endlich diese Scheißkrawatte binden? Ich krieg das einfach nicht hin heut früh!« Kluftinger stand in der Küche, biss in eine Marmeladensemmel und lief dann ins Bad. Was für ein Morgen! Er hatte kaum geschlafen, immer wieder hatten ihn düstere Gedanken an das, was heute alles passieren könnte, heimgesucht. Erst in den Morgenstunden war er in einen unruhigen Schlummer gesunken, den das Schrillen des Weckers jäh beendet hatte. Auch der Blick aus dem Fenster auf einen wolkenlosen Himmel besserte seine angespannte Stimmung nicht.

»Butzele, jetzt sei halt nicht so nervös«, sagte Erika lächelnd, legte ihre Haarbürste aus der Hand und nahm die losen Enden von Kluftingers Krawatte in ihre Hände.

»Was heißt da nervös? Immer ist ein Ende von dem Drecksding zu lang. Ich lass sie vielleicht einfach weg.«

»Kommt ja gar nicht infrage«, protestierte Erika. »Heut sind so viele wichtige Leut da. Und wenn du mal kurz stehen bleibst, dann hab ich den Knoten auch gleich.«

Trotz ihrer Ermahnung zappelte der Kommissar unruhig hin und her. »Ich weiß auch nicht. Ich glaub, wir hätten das doch alles absagen sollen. Und ich find's nicht gut, dass ihr alle mitgeht. Da kann so viel passieren heut.«

»Also, wenn wir irgendwo sicher sind, dann heute da draußen, so viel Polizei, wie da rumlaufen wird. Da mach ich mir wirklich keine Sorgen. Fertig!«

»Was?«

»Die Krawatte.« Sie trat einen Schritt zurück. »Stattlich siehst du aus.«

»Nicht ganz so eng den Knoten, bitte!«

Markus steckte den Kopf zur Tür herein: »Mama, ich brauch jetzt dringend noch ein frisches Unterhemd. Du wolltest die doch noch bügeln.«

»Hab ich ja. Liegen bei uns im Schlafzimmer auf dem Sessel. Dass das bei uns immer so hektisch sein muss, wenn wir zusammen was unternehmen«, schimpfte Erika.

»Sag das mal deinem Sohn!«, polterte Kluftinger. »Immerhin muss man dem Herrn ja noch seine Unterhemden bügeln.«

Erika überhörte die Nörgelei ihres Mannes und sagte stattdessen: »Willst du dir nicht noch andere Socken anziehen?«

Kluftinger sah auf die von seiner Mutter gestrickten grünen Wollstrümpfe, die im Laufe der Jahre an mehreren Stellen recht dünn geworden waren. »Nix, das sind meine Glückssocken. Und in den Haferlschuhen sieht sie eh niemand.«

»Na ja, das musst du selber wissen. Sind denn jetzt die Kinder auch fertig? Ich hab extra Frühstück gemacht.«

»Ja, die Kinder sind bereits auf dem Weg in die Küche und im Gegensatz zu euch auch schon fertig angezogen«, tönte es von draußen.

Erika spitzte durch die Badtür. »Morgen, Yumiko! Du, Markus, komm doch mal kurz zu mir rein!«

»Was ist denn?«, seufzte der. »Willst du mich noch kämmen, oder wie?«

Kluftinger blickte in den Spiegel und nestelte an seinem Krawattenknoten, als Markus das Badezimmer betrat. Er trug eine graue Kapuzenjacke, unter der ein gelbes T-Shirt herausschaute, dazu Jeans und Turnschuhe. Seine Mutter musterte ihn missbilligend.

»Also, Markus«, sagte sie leise und zog die Badtür zu, »ich find, so kannst du nicht gehen. Der Vatter muss schließlich offiziell da hin. Und das ist ja ein richtiger Festakt mit Gottesdienst und allem. Zieh dir halt bitte ein Hemd und eine nette Jacke an. Ich hab dir alles schon gewaschen und hingelegt.«

Markus verdrehte die Augen. »Eine nette Jacke? Sag mal, Mutter, ich kann auch dableiben, wenn du dich für mich genierst!«

»Ach Schmarrn. Aber wenigstens einen Pulli. Und, bitte, Markus, vernünftige Schuhe!«

»Ich bin übrigens schon groß, Mama, gell? Und such mir meine Klamotten selber raus.«

»Aber waschen darf sie dir deine Sachen schon noch, oder?«,

brummte Kluftinger, ohne seinen Blick von seinem Spiegelbild abzuwenden.

»Du musst grad reden!«, gab Markus zurück.

»Das ist was völlig anderes.«

»Herrschaft, müsst ihr immer streiten?«, mischte sich Erika ein. »Können wir nicht *einmal* ganz friedlich zusammen irgendwohin gehen?«

»Mir brauchst du das nicht zu sagen«, erklärte der Kommissar.

»Also, was ist jetzt mit deinen Schuhen?«, drängte Erika.

»Aber der Vatter kann schon mit seinen Ökosocken und seinen Trachtentretern gehen, oder?«

»Du, gell, das kannst du grad noch mir überlassen! Außerdem hab ich meinen Trachtenanzug an, da gehören Haferlschuhe dazu!«

»Und zu meinem Style gehören Sneakers!«

Kluftinger wandte sich um. »Herrgott, Markus, wie du redest, das versteht ja kein normaler Mensch mehr!«

Die Tür öffnete sich, und Yumiko kam herein. »Hallo zusammen. Schaffen wir noch ein Frühstück, oder reicht die Zeit nicht mehr aus?«

Markus ergriff die Gelegenheit und sagte: »Bei der Yumiko sagt ihr ja auch nix! Die hat sogar Chucks an! Und ihre Hose hat Löcher.«

Erika schluckte. »Ach, das trägt man in Japan halt so, oder? Aber wenn du dir was Netteres anziehst, passt sich die Yumiko bestimmt an, gell?«

Markus schüttelte resigniert den Kopf.

»Jetzt lasst mich mal raus da, für das kleine Bad sind das ein bissle zu viel Leut hier«, grummelte der Kommissar und zwängte sich durch die Tür. Er lief in die Küche und schenkte sich im Stehen eine Tasse Kaffee ein.

»Ich glaub, die Mutter wird nie akzeptieren, dass ich erwachsen bin, oder?«, fragte Markus, der sich zu seinem Vater gesellt hatte.

»Ja, Markus, das mit den Frauen, das ist ein weites Feld!«, sagte der und bot seinem Sohn ebenfalls eine Tasse an. Dann ging er noch einmal ins Schlafzimmer, wo sich Erika gerade über seinen Wien-Koffer gebeugt hatte und eine Zeitschrift herausfischte. Blass hielt sie den *Playboy* in der Hand und hielt ihn fragend hoch. Ihre Lippen bebten, ihre Augen wurden feucht. »Also doch«, flüsterte sie kaum hörbar. »Erst das Parfüm und jetzt … wenn dir das«, sie machte eine unbestimmte Handbewegung zum Bett, »nicht mehr reicht, dann hättest du halt mal was sagen müssen.«

»Ich … also«, stammelte Kluftinger. Seine Wangen leuchteten, die Situation war ihm mehr als unangenehm. »Herrgott, Erika«, fuhr er bestimmt fort, »meinst du vielleicht, ich geh in den Puff, oder was? Weil's grad so bequem ist, wo der doch jetzt direkt gegenüber vom Büro liegt?«

Für einen Moment war er nicht sicher, ob sie tatsächlich über die Möglichkeit nachdachte, dann winkte sie ab.

»Nein, aber ich mein …«

Er unterbrach sie sofort: »Das ist alles ganz harmlos, ich erklär's dir später!« Als er merkte, dass sie damit noch nicht zufrieden war, ging er auf sie zu, nahm sie in den Arm und gab ihr einen ungewöhnlich langen und intensiven Kuss.

Zwanzig Minuten später verließen alle vier das Haus – Markus hatte sich zu einer Jeansjacke und seinen ledernen Motorradstiefeln überreden lassen, und Yumiko trug sogar einen Rock unter ihrem engen Sommermantel. Mit einem Siegerlächeln im Gesicht schloss Erika die Tür.

»Auf geht's, fahr' mer!«, drängte Kluftinger, als er das Garagentor aufschwang.

Auf einmal entfuhr Markus ein schallendes Lachen. Auch Yumiko schmunzelte, und Erika schlug sich mit der Hand an die Stirn.

»Gib's zu, Vatter, daran hast du jetzt auch nicht mehr gedacht! Sollen wir einen Shuttleservice einrichten? Mit vier Fahrten wären wir ja alle drüben!«

»Drei, wenn schon, du Schlaumeier!«, blaffte der Kommissar.

»Falsch, Vatter: vier! Die Mutter hat doch ihre Handtasche dabei – ich glaub nicht, dass die in das Babykofferräumchen passt!«

»Ich kenn einen, der sich das Auto noch gern mal ausleihen wird!«, maulte Kluftinger.

Erika, bemüht, die Situation nicht eskalieren zu lassen, fasste Yumiko am Arm und sagte: »Komm, Miki, wir gehen zu Annegret und Martin runter, die wollen auch zur Eröffnung. Und wir sind eh noch viel zu früh dran.«

Kluftinger verstand das als Angriff und konterte: »Ich hab gleich gesagt, dass ich vor der Eröffnung da sein muss. Aber ihr wolltet euch ja alles anschauen, bevor die ganzen Leut da sind. Also bitte jetzt nicht auf mich schimpfen.«

»Nein, nein, Butzele, schon gut. Fahrt ihr Männer mal vor, wir fahren beim Martin mit, der hat ja ein richtiges Auto! Also, bis später!«

Nachdem sie den Smart auf dem frisch gekiesten Parkplatz abgestellt hatten, gingen der Kommissar und sein Sohn den schmalen Weg zum Museum in Kalden einträchtig nebeneinander. Markus hatte gemerkt, wie nervös sein Vater war, und ließ ihn in Ruhe. Kluftingers Blick glitt über die Wiesen, über denen der morgendliche Dunst schwebte. In wenigen Stunden würde er wissen, wie schließlich alles ausgegangen war.

Markus klopfte ihm im Gehen auf die Schulter. »Du packst das, Vatter! Kopf hoch, das wird schon alles. Du bist doch ein wilder Hund!«

Kluftinger nickte dankbar.

Als sie am Museum ankamen, hatte der Kommissar trotz der frühen Stunde das Gefühl, zu spät dran zu sein, so geschäftig ging es dort bereits zu: Der Metzger hatte seinen Imbisswagen nebst Stehtischen und Bierzeltgarnituren aufgebaut und war gerade dabei, Sonnenschirme aufzustellen, daneben hatten die Damen vom Frauenbund einen Tisch mit einer riesigen Schupfnudelpfanne in Position gebracht. Auch der Pilswagen des Getränkemarkts war schon vor Ort. In dem Durcheinander von Menschen machte der Kommissar immer wieder Kollegen in Zivil, die Mitarbeiter der Sicherheitsfirma in ihren schwarzen Anzügen und seine Kollegen von der Blaskapelle aus, die mit ihren Instrumentenkoffern gerade die Szenerie betraten.

»So, bist heute wieder was Besseres?«, rief ihm der Dirigent zu, der wie immer vor ihren Einsätzen vor Aufregung einen hochroten Kopf hatte.

Kluftinger winkte ihm fröhlich zu. Wenigstens der Auftritt mit der Kapelle blieb ihm heute erspart.

Ein wenig abseits standen einige Autos: Neben den Lieferwagen der Gastronomiebetriebe waren bereits ein paar Fernseh- und Radioteams vor Ort, die Feuerwehr hatte einen Einsatzwagen auf der

Wiese abgestellt, und ein Krankenwagen stand für den Notfall bereit. Außerdem hatten sich auch mehrere Streifenwagen rund um das Gelände platziert. An der Einfahrt zum Hof entdeckte Kluftinger schließlich den mit dem Werbeaufdruck einer Münchener Schreinerei getarnten mobilen Einsatzwagen, ihren Kommandostand für den heutigen Tag.

»Also, Markus, bis später! Die Mutter und die Yumiko müssten ja auch bald da sein – ich geh mal was schaffen!«

»Schon recht, Vatter, ich schau mal, vielleicht krieg ich am Pilsstand schon ein Spezi! Bis nachher!«

Auf dem Weg zum Kombi wich Kluftinger geschickt dem sichtlich angespannten Bürgermeister aus, der, wie immer bei festlichen Anlässen, in leinene Landhausmode gewandet war. Dafür lief er allerdings dem Posaunisten der Kapelle in die Arme, der nur auf eine Gelegenheit gewartet zu haben schien, um einen Kommentar zu seinem neuen Auto abzugeben: »Du, Klufti, sag mal, hast du es jetzt mit den Beinen, weil du jetzt im Rollstuhl umeinanderfährst? Und dass du ausgerechnet das Damenmodell genommen hast, ist schon ein bissle gewagt, oder?«

»Paul, hast du jetzt deinen Führerschein schon wieder, oder liegt der immer noch bei den Kollegen von der Verkehrspolizei?«, konterte Kluftinger und ließ seinen Bekannten mit bedröppelter Miene stehen.

Dann klopfte er an die Schiebetür des Lieferwagens. Strobl öffnete ihm. Kluftinger staunte, dass all seine Kollegen, einschließlich Lodenbacher und dem Einsatzleiter des Sondereinsatzkommandos, sich bereits in dem Auto drängten. Der Kommissar nickte ihnen zu und sah auf die Monitore, auf denen die Bilder der Überwachungskameras nicht nur aus dem Museum, sondern auch vom Vorplatz, der Rückseite und vom Parkplatz zu sehen waren.

»So, der Lokalmatador trifft ein!«, tönte Lodenbacher. »Guatn Morgen, Kluftinga!«

»Morgen, Herr Lodenbacher! Morgen, Männer!«

Maier eilte geschäftig zu ihm. »Morgen. Ich hab schon die Funkempfänger verteilt, hier ist deiner. Und dazu das Ansteckmikro.« Als Maier versuchte, sein Ohr zu verkabeln, rutschte der fleischfarbene Metallbügel immer wieder heraus.

»Nix gegen deine Ohren, aber so wird das nix«, stöhnte Maier nach einer Weile. »Am besten nimmst du meinen In-Ear-Empfänger.« Er zog sich den Stöpsel aus seinem Ohr und steckte ihn, bevor Kluftinger reagieren konnte, in dessen Gehörgang.

Der Kommissar verzog angewidert das Gesicht, als er spürte, dass das kleine Gerät noch ganz warm war. Er versuchte nicht daran zu denken, wo das Ding eben noch gesteckt hatte.

»Also, Einteilung, meine Herrn! Kluftinga, wer steht wo?« Lodenbacher klatschte eifrig in die Hände.

Kluftinger runzelte kurz die Stirn, dann ging er das Gelände in Gedanken noch einmal durch. »Ihr kriegt jetzt dann die Phantombilder, und sobald einer von denen auftaucht oder sonst was Verdächtiges passiert, wird Alarm gegeben. Und lieber zu vorsichtig sein! Also, ich würd sagen, einer überwacht den Parkplatz. Roland?«

Hefele nickte.

»Gut. Der Richie bleibt ja hier an den Monitoren zur Überwachung und koordiniert alles. Eugen, du kommst mit mir erst auf das Gelände vor dem Museum, und bei der Einweihung gehen wir dann rein, gut?«

Auch Strobl stimmte zu.

Lodenbacher räusperte sich, und Kluftinger wandte sich seinem Vorgesetzten zu. Es sah fast so aus, als wolle er auch eine Aufgabe übernehmen. Allerdings wusste der Kommissar, dass dessen praktischer Nutzen gegen Null tendieren würde, schließlich hatte er mit wirklicher Polizeiarbeit schon jahrelang nichts mehr am Hut. Wenn er das überhaupt je gehabt hatte, dachte er.

»Wissen Sie wos, Kluftinga«, nahm ihm der Polizeipräsident schließlich die Entscheidung ab, »ich werd mich ein bisserl bei den Honoratioren aufhalten und unauffällig mit ihnen Gespräche führen, um sie gegebenenfalls bei einer Geiselnahme schützen zu können, ned?«

Dieser Vorschlag fand allgemeine Zustimmung und löste bei Kluftinger und seinen Kollegen ein kaum merkliches Schmunzeln aus.

Zehn Minuten später stand Kluftinger abseits des Treibens auf dem Vorplatz der Burgruine und stützte sich auf das Holzgeländer am Steilufer des Illerdurchbruchs. Der Nebel, der vom Fluss heraufzog, war hier noch zäh und dicht und gab nur vereinzelt den Blick auf die ruhig dahinfließende Iller frei.

Der Kommissar hatte das Bedürfnis verspürt, der Hektik noch einmal für einen Augenblick zu entfliehen, um sich ein wenig zu sammeln und den Kopf frei zu bekommen. Wenn ein Fall ihn derart in Beschlag nahm, hatte er oft das Gefühl, fernbestimmt zu sein. Nur wenn er mit sich allein war, konnte er dann ein wenig abschalten. Und einsame Momente waren in den letzten Tagen mehr als rar gewesen.

Tief sog er die klare Morgenluft ein und ließ seinen Blick schweifen: Mit der vom Nebel umwaberten Ruine, dem mächtigen Steilufer im Rücken und den knorrigen Bäumen, die sich in dem lauen Lüftchen wiegten, kam er sich vor wie ins Mittelalter versetzt. Er versuchte sich gerade vorzustellen, wie die Zinnen des Turms vor ihm von Rittern in eisernen Rüstungen besetzt waren, da holte ihn das Brummen des Polizeihubschraubers ins Hier und Jetzt zurück. Vor dreißig Jahren war es gewesen, als an einem ähnlichen Frühherbsttag die ersten Teile des Schatzes gefunden worden waren. Und er selbst war einer der Ersten gewesen, der die Schmuckstücke, um die jetzt so viel Wind gemacht wurde, nach den Jahrhunderten, in denen sie von aller Welt vergessen unter der Erde gelegen hatten, in Augenschein hatte nehmen dürfen. Wie hätte er damals ahnen können, dass ihn der Fund, den er aufgenommen hatte, noch einmal auf diese Art und Weise einholen würde?

Kluftinger malte sich aus, wie es vor sich gegangen sein musste, als dieser Kohler, damals noch ein junger Mann, auf einmal eingebrochen war – und samt Goldschatz vom Bellen seines Hundes gerettet wurde. Nur einen Bruchteil des gesamten Schatzes hatte Kohler damals eingepackt und auf dem Tresen der Polizeistation ausgebreitet. Einmal war Kluftinger sogar nach dem Dienst hier herausgefahren, um zuzusehen, wie die Archäologen nach dem Rest gruben – mit seinem nagelneuen, glänzenden Wagen und einer strahlenden Erika auf dem Beifahrersitz.

Ein Bellen riss ihn aus seinen Gedanken. Er wandte sich um und sah, dass ein kleiner Hund kläffend aus dem Wald auf ihn zuraste. Einige Meter dahinter lief ein Mann mit einer Leine in der Hand. Kluftinger drückte den Rücken gegen das Geländer und hob schützend die Hände in Brusthöhe. Er war kein Hundefreund – und die

Größe der Tiere spielte dabei keine Rolle. Sicherlich würde das Herrchen gleich etwas wie *Der tut nichts!* oder *Der will nur spielen!* rufen.

»Thor, Fuß!«, hörte Kluftinger aus der Ferne den Mann, und tatsächlich machte der Rauhaardackel kehrt. Erst als der Mann aus dem Dunst des Waldrands getreten und näher herangekommen war, erkannte ihn der Kommissar: Es war Andreas Kohler. Auch er schien vor dem Trubel der Eröffnung noch einmal die Ruhe zu suchen. Immerhin war ihm heute eine besondere Rolle zugedacht: Er würde die Monstranz in einem feierlichen Akt enthüllen.

»Ja, der Herr Kommissar! Halten Sie auch noch ein bissle Einkehr vor dem großen Festakt?«

Kluftinger nickte. Thor hatte sich neben seinem Herrchen auf den Boden gesetzt.

»Aber jetzt sagen Sie: Ich hab Sie heute Morgen mit einem anderen Auto kommen sehen, haben Sie den Passat jetzt doch nicht mehr?«

Kluftinger lächelte gequält. »Nein. Irgendwann muss man sich wohl auch von den treuesten Gefährten trennen. Aber wem sag ich das, Sie haben ja auch nicht mehr denselben Hund wie damals!«

Eine Weile standen die beiden Männer nebeneinander und schwiegen. Als sie plötzlich hörten, dass die Kapelle zu spielen begann, wurde ihnen klar, dass sie die Zeit vergessen hatten.

»Kommen Sie, Herr Kohler, wir müssen!«, sagte Kluftinger, und die beiden Männer machten sich auf den Rückweg.

Ein ohrenbetäubendes Knacken in seinem Minilautsprecher ließ den Kommissar zusammenzucken. Unwillkürlich legte er eine Hand schützend auf sein Ohr. Dann ertönte Maiers Stimme: »Hallo, wo bist du?«

»Herrgott, willst du, dass ich taub werde?«, polterte der Kommissar.

»Entschuldige mal, ich hab dich nicht mehr gehört. Ist dein Gerät kaputt?«

»Glaub ich nicht. Vielleicht war ich nur zu weit weg.«

»Weg?« Maiers Stimme klang schrill. »Du kannst doch jetzt nicht weggehen.«

»Immer mit der Ruhe, ich bin ja wieder da.« Er konnte die Schnappatmung seines Kollegen hören.

»Wenn hier jeder macht, was er will, dann können wir auch gleich wieder heimfahren.«

Kluftinger ignorierte Maiers Lamento.

»Hallo?«

»Ja?«

»Ich hab was gesagt.«

»Ich hab's gehört«.

»Und?«

»Wir fahren nicht heim.«

»Ich würd jetzt gern regelmäßig von allen einen Zwischenlagebericht haben. Das wird dann immer so ablaufen: *Überwachungswagen an Parkplatz, wie ist die Lage?*«

»Alles ruhig.«

»Wer war das?«

»Ich.«

»Wer?«

»Hefele.«

»Nein, du bist Parkplatz.«

»Also, Parkplatz ruhig.«

Maier stieß pfeifend die Luft aus. »Besten Dank. Überwachungswagen an Innenraum eins, wie ist die Lage?«

»Alles ruhig, ich bin aber noch draußen.«

»Wer war das?«

»Kluftinger.«

»Aber du bist doch Innenraum zwei. Innenraum eins ist der Eugen.«

»Aber ich hab gedacht, ich bin Innenraum eins. Ich bin doch im Saal.«

»Eben, der Eugen ist an der Tür.«

»Aber der Saal ist doch wichtiger als die Tür.«

»Ja, aber die Tür kommt vorher, oder? Bitte, Kollegen, jetzt haltet euch einfach an das, was ich euch gesagt hab. Der Lodenbacher fand das auch gut so.«

»Das ist ja schlimmer als die telefonische Morgenlage!«

Nun meldete sich Strobls Stimme. »Und wenn du uns einfach bei unseren Namen nennst? Ist vielleicht weniger verwirrend.«

»Danke, Eugen.« Kluftinger hatte den Vorplatz erreicht, auf dem sich einige Hundert Neugierige drängten. Die Musikkapelle spielte gerade einen Choral, und aus der Mitte der Menschenansammlung sah Kluftinger dünnen Rauch aufsteigen. Weihrauch, wie er ein paar Sekunden später roch. Somit begann nun der offizielle Teil, und das hieß in Altusried in der Regel: Gottesdienst. Als die Musik endete, hörte er die Stimme des Pfarrers, die in ihrem sakralen Singsang den Psalm *Dank des Königs für Rettung und Sieg* zitierte. In der Hand hielt er den angeblich wundertätigen Magnusstab, der extra aus Füssen hierhergebracht worden war.

Kluftinger hielt etwas Distanz zu der Menge, um einen besseren Überblick zu haben, außerdem, um nicht in den Dunstkreis des Pfarrers zu geraten. Dennoch konnte er sich der feierlichen Atmosphäre dieses Moments nicht entziehen, und ein Lächeln grub sich in seine Mundwinkel. Wenn er ehrlich war, genoss er es, heute in dieser herausgehobenen Stellung hier zu sein.

Die Musikkapelle begann wieder zu spielen, und die Menge stimmte das Magnuslied an, dessen erste Strophe gestern der Pfarrer und der Bürgermeister zitiert hatten. Zu der getragenen Melodie ließ er seinen Blick über das Gelände gleiten. Da sah er im Hintergrund plötzlich Rösler, der sich, auf einen Stock gestützt, zu der Menschenansammlung vorarbeitete. Kluftinger fand es beinahe rührend, dass der Alte es sich trotz seines gestrigen Schwächeanfalls nicht nehmen ließ, bei der Einweihung dabei zu sein.

»Christi großer, heil'ger Priester, Kämpfer gegen Welt und Sünd …«

Sein Ohrhörer knackte wieder, und Maier meldete sich. »Überwachungswagen an Innenraum zwei.«

War er das? Die vorherige Diskussion hatte ihn so verwirrt, dass er nicht mehr ganz sicher war.

»Höre auf die frommen Kinder, die dir treu ergeben sind.«

»Ich glaub, das bin ich, oder?«, meldete er sich.

»Wer?«

»Kluftinger.«

»Genau. Hör mal zu, ich hab da eine verdächtige Person auf dem Schirm. Elf Uhr.«

Kluftinger blickte auf seine Armbanduhr. »Ich hab's erst zehne.«

»Wie?«

»Nach meiner Uhr ist es erst zehn.«

»Ach so, ja, nein, ich meine die Richtung. Elf Uhr. Südost, wenn dir das besser gefällt.«

Kluftinger seufzte. »Probier's mal mit rechts oder links.«

Der Kommissar hörte die anderen beiden Kollegen lachen, dann sagte Maier: »Links von dir, aber fast geradeaus. Der mit den Lederhosen, der hat irgendwas in der Hand, das sieht aus wie … wie …«, plötzlich schrie er so laut, dass es in Kluftingers Kopfhörer pfiff, »… ein Gewehr.«

Mit schmerzverzerrtem Gesicht sagte der Kommissar: »Ja, das ist ja auch einer von den Trachtlern, die nachher die Böllerschüsse abgeben. Das kann er wohl kaum mit einem Luftballon machen.«

»Ach so«, tönte es kleinlaut aus dem Lautsprecher. »Na ja, Vorsicht ist die Mutter der Porzellankiste. Over and out.«

Kluftinger schüttelte den Kopf. »Du mich auch«, zischte er leise hinterher.

Rösler hatte inzwischen zu der Menge aufgeschlossen und winkte Kluftinger zu. Der nickte freundlich zurück. Als der Chor der Festgäste gerade die Zeile *»Künder ew'ger, froher Wahrheit, unsres Lands Apostel, du«* anstimmte, beobachtete Kluftinger, wie eine ganze Horde Fotografen und Kameraleute vom Altusrieder Verkehrsamtsleiter in Richtung Museumseingang geführt wurden, wo er ihnen ihre Plätze zuwies. Er sah, dass auch der Bürgermeister das wohlwollend registrierte.

»Bringe uns ersehnte Klarheit und im Sturm der Zeiten Ruh.«

So viel Presse hatte es selten in die Marktgemeinde verschlagen. Kein Wunder, dass dem Rathauschef das gefiel.

»Überwachungswagen an Innenraum zwei«, tönte es wieder aus seinem Lautsprecher. Kluftinger grinste, denn Maiers Wortmeldungen klangen ein bisschen wie die kryptischen Durchsagen, die in Kaufhäusern immer wieder zu hören waren: *Siebzehn bitte Zweiunddreißig rufen. Siebzehn bitte Zweiunddreißig.*

»Hörst du mich?«

»Laut und deutlich«, erwiderte Kluftinger genervt.

»Ich habe da wieder ein Subjekt …«

»Ein was?«

»Ein Subjekt, diesmal auf ein Uhr. Der Mann mit der dunklen Trachtenjacke und dem …«

»Meinst du den Bürgermeister? Der mit dem Hut in der Hand?«

»Ich … äh … over and out.«

Der Gottesdienst war zu Ende, und die Masse geriet ein wenig in Bewegung, als vor dem Museum drei Alphornbläser Aufstellung nahmen. Es ertönten gerade die ersten sonoren Klänge aus ihren riesigen Instrumenten, da meldete sich Hefele: »Hört mal, ich hab da vielleicht was.«

»Wer spricht da?«, schaltete sich Maier sofort ein.

»Herrgott, Richie, ich bin's, der Roland. Jetzt halt mal die Klappe, das ist vielleicht ernst. Gerade ist einer an mir vorbeigelaufen, Mitte dreißig, eins achtzig, dunkles Haar, grüner, dicker Parka. Wirkt ein bisschen nervös und schaut sich dauernd um. Der passt zwar zu keinem der Phantombilder, aber ich weiß nicht … schaut ihn euch einfach selber mal an.«

»Hier Überwachungswagen, ich hab ihn schon auf dem Schirm. Er läuft direkt Richtung Eingang. Innenraum eins, dich müsste er als Nächsten passieren.«

»Ich hab ihn. Achtung, ich bleib an ihm dran. Klufti, übernimmst du meine Position?«

»Nein, ich bleib hier, hier hab ich den besten Überblick. Seh ihn auch.« Der Mann lief quer über den Hof, aber im Gegensatz zu den anderen orientierte er sich nicht an der Masse und lief auch nicht direkt zum Eingang, sondern schlug einen Haken und blieb etwa zwanzig Meter hinter dem Pulk zurück. Der Kommissar sah, dass Strobl an ihm dran war, was ihn etwas beruhigte. Dennoch machte sich ein beklemmendes Gefühl in ihm breit. Er hatte nach der Festnahme von Strehl in Wien immer wieder daran gezweifelt, dass die Schutzpatronbande tatsächlich zuschlagen würde. Diese Leute mussten zumindest einkalkulieren, dass der Goldschmied der Polizei Informationen gegeben hatte. Nun war er, wenn alles gut ging, kurz davor, den Mörder der alten Frau Zahn zu fassen. Aber auch eine fingierte Geiselnahme konnte schlimm enden.

Er hob den Kopf. Über ihnen hörte er das Brummen des Polizeihubschraubers, der das Gelände immer wieder überflog. Keine Frage, sie waren gut vorbereitet, versuchte er sich zu beruhigen. Trotzdem fuhr er zusammen, als plötzlich die Böllerschüsse über das Gelände donnerten. Rauch stieg auf, und Applaus ertönte, dann sah er, dass alle nun in das Gebäude drängten. Er lief zum Hauptportal, vor dem sich der Zustrom der Feiergäste staute. Es würde ein ziemliches Gedränge im Inneren geben, was ihnen die Arbeit nicht gerade erleichterte.

»Dienst geht vor«, hörte er auf einmal neben sich die Stimme des Doktors, der ihm mit einer einladenden Handbewegung bedeutete, doch vor ihm nach drinnen zu gehen.

Mit einem dankbaren Nicken nahm der Kommissar das Angebot an und zwängte sich in das Museum, wo er sofort nach Strobl suchte. Er fand ihn in der großen Halle, vor dem Durchgang zum nächsten Raum. Kluftinger hob fragend die Augenbrauen, worauf Strobl seinen Kopf neigte. Er folgte seinem Blick – und da stand der Mann.

Er wirkte blass und hatte beide Hände in den Taschen seiner für diese Temperaturen viel zu dicken Jacke vergraben. Kluftinger begann zu schwitzen. Er senkte seinen Kopf und flüsterte in das kleine Mikro: »Ich bin dafür, dass wir ihn uns greifen. Aber unauffällig. Falls es nix ist, wollen wir die echten Verbrecher nicht unnötig auf uns aufmerksam machen, klar?«

»Soll ich zu euch kommen?«, fragte Hefeles Stimme.

»Nein, bleib du, wo du bist. Wir haben hier drin genügend Kollegen, falls es brenzlig werden sollte.« Mit diesen Worten setzte sich der Kommissar in Bewegung und näherte sich langsam dem Verdächtigen, wobei er sich immer wieder im Raum umblickte, als sei er das erste Mal hier. Jetzt sah er auch, dass der Mann ebenfalls ein Headset im Ohr hatte. »Eugen, guck mal, der hat auch 'nen Knopf im Ohr«, gab er per Funk durch.

»Ja, Bluetooth, wenn ich das richtig sehe.«

»Ach so …« Kluftinger wusste nicht, was das bedeutete, aber es spielte auch keine große Rolle.

Als der Bürgermeister mit seiner Festansprache begann, änderte der Mann mit dem Parka seine Position, offenbar um bessere Sicht zu haben, blieb aber nach wie vor deutlich abseits der Menge. Der Kommissar versuchte, seinen Blicken zu folgen, um mögliche Komplizen auszumachen, doch er konnte nichts Verdächtiges erkennen. Der Funk im Ohr des Mannes verkomplizierte die Sache ein bisschen, denn wenn mehrere Helfer im Raum waren, würden die durch ihr Eingreifen vermutlich gewarnt werden.

»Wir müssen ihm das Ding abnehmen und ihn dann ganz unauffällig greifen, hört ihr? So, dass keiner was merkt«, sagte Kluftinger.

Hösch lobte gerade immer wieder die Gemeinschaftsleistung der Gemeinde, die zu diesem »historischen Tag« geführt habe. In dem Moment, in dem der Bürgermeister von den unüberwindbaren Sicherheitsvorkehrungen sprach, löste sich Rösler mit seinem Rollator aus der Menge und lehnte sich unweit des Verdächtigen an die Wand. Sollte der Alte am Ende doch mit den Gaunern im Bunde stehen? War er das Ziel der vorgetäuschten Geiselnahme? Kein schlechter Plan, denn man würde Rösler sicher nicht fragen, ob er sich nicht habe wehren können.

Der Bürgermeister hatte seine Rede unter tosendem Applaus mit den Worten »Jetzt öffnet den Tresor und lasst unser Prunkstück an seiner neuen alten Heimstatt erstrahlen!« beendet, und die Bläser der Musikkapelle stimmten noch einmal das Magnuslied an, worauf die Menge wieder zu singen begann: *»Zum erlauchten Wundertäter warst du einst von Gott erwählt …«*

Der Kommissar wollte den Geräuschpegel des Liedes nutzen, um den Mann unbemerkt nach draußen zu bringen. Doch als er sich in Bewegung setzte, begann der in seiner Tasche zu kramen, als wolle er irgendetwas herausholen.

»Dank sei ihm mit unsern Vätern, da er dich für uns bestellt.«

Blitzartig blickte Kluftinger zu Strobl, der es auch gesehen hatte und nun ebenfalls loslief. Doch zwischen ihm und dem Mann stand eine ganze Menge Besucher, die nun die Hälse reckten, um zu beobachten, wie die Bodenplatten auffuhren und der Tresor geöffnet wurde.

»Heil'ger Magnus, stärke uns!«

Maier meldete sich aufgeregt: »Der Mann zieht was aus der Tasche, Innenraum … ich mein, Eugen, Chef, schnell, der Mann hat irgendwas.«

»Heil'ger Magnus, segne uns!«

Kluftinger wurde es heiß und kalt zugleich. Jetzt war ihm alles egal. Er rannte los und stieß die Menschen, die ihm im Weg standen, einfach beiseite.

»Heil'ger Magnus, führe uns!«

Es waren nur noch ein paar Schritte. Jetzt hatte der Mann den Gegenstand aus seiner Tasche befreit. Kluftinger sah kaltes Metall aufblitzen, dann hechtete er los.

»Heil'ger Magnus, bitt für …«

Während er auf den Mann zustürzte, hörte die Musik schlagartig auf, und er erkannte den Gegenstand, den der Verdächtige in der Hand hielt: Es war eine kleine Digitalkamera. Doch Kluftinger konnte den Zusammenprall nicht mehr verhindern und riss den Mann mit einem Krachen zu Boden, was dieser mit einem erstickten Laut quittierte, bevor er mit dem Kopf auf den dunklen Steinfliesen aufschlug. In diesem Moment ertönte ein schriller Aufschrei aus den Kehlen der Anwesenden. Kluftinger führte das auf seine Aktion zurück, doch als er aufblickte, erkannte er, dass niemand auf sie achtete. Alle schauten mit entsetzten Gesichtern in die Mitte des Saals, manchen war der Kiefer heruntergeklappt, andere hatten erschrocken eine Hand auf den Mund gelegt.

Kluftinger folgte ihrem Blick – und es durchfuhr ihn ebenfalls. Die Glasvitrine, die dort von der Decke hing und in der gestern noch die Monstranz gestanden hatte, war leer. Das heißt, nicht ganz: Es stand eine grellbunte Heiligenfigur aus Plastik darin, in der rechten Hand ein Zettel mit einer Zahl darauf: »4,35 Millionen«.

Die Nacht zuvor

Es war eine jener nebligen Herbstnächte, wie es sie oft gab, hier im Allgäu, vor allem am Flusslauf der Iller. Magnus sog die kühle, feuchte Luft in seine Lungen und freute sich darüber. Die Bedingungen hätten besser nicht sein können. Manchmal spielte eben auch die Natur, eine der großen Unbekannten in all ihren Gleichungen, wie ein Verbündeter mit.

Christophorus lenkte ruhig und besonnen. Er, der sonst so nervös wirkte, war hinter dem Steuer in seinem Element. Die anderen saßen schweigend und konzentriert auf ihren Plätzen. Magnus blickte auf den Fluss, der sie umgab. Es war das erste Mal, dass er mit einem Boot zu einem seiner *Projekte*, wie er es nannte, fuhr. Das verlieh dem Ganzen einen besonderen Charme, und es passte irgendwie zu der Kulisse, die sie erwartete. Der Grund für ihre außergewöhnliche Anreise war freilich ein anderer: Falls da oben doch irgendwelche Streifen patrouillieren sollten, so verschafften sie sich auf jeden Fall unentdeckt Zugang.

Er erinnerte sich an die Worte seines Lehrmeisters: *Das Problem ist nicht der Bruch, sondern das Wegkommen danach!*, hatte er ihm eingetrichtert.

Jetzt spürte er, wie Christophorus den schallisolierten Außenbordmotor drosselte. Fast lautlos glitten sie über die Wasseroberfläche. Das Boot stellte sich in der leichten Strömung quer. Sie waren fast da. Lucia packte die Tasche mit ihren Utensilien fester, Georg begann vorsichtig mit ein paar Dehnübungen, Servatius, Wunibald und Nikolaus starrten in die Nacht. Magnus legte einen Finger auf seinen Mund, auch wenn keiner ein Wort sprach. Das sollte bedeuten: Ab sofort bis zu ihrer Abfahrt würde kein Laut mehr über ihre Lippen kommen.

Das Knirschen der Sandbank unter dem Kiel verriet ihnen, dass sie ihr erstes Ziel erreicht hatten. Sie schwangen sich aus dem Boot; nur Christophorus blieb zurück. Er reckte zum Abschied aufmunternd den Daumen.

Magnus streckte seine Uhr nach vorn, und sie synchronisierten erneut die Zeit. Es kam auf jede Sekunde an. Noch einmal trafen sich ihre Blicke, dann bahnten sie sich ihren Weg zum Waldrand. Auch wenn der fast volle Mond hell schien, war hier in den Bäumen und zwischen all den Nebelschwaden kaum etwas zu erkennen, sie mussten langsam gehen. Am Fuß des Weges, der nach oben auf die Lichtung mit der Ruine führte, trennten sich schließlich ihre Wege.

Magnus klopfte Georg ein letztes Mal auf die Schulter und nickte ihm zu, dann machte sich der kleine, drahtige Mann allein auf den Weg. Er pirschte noch ein Stück weiter am Ufer entlang in Richtung des Steilhangs und blickte hinauf: Sicher, es würde nicht einfach werden, aber das hier war ganz nach seinem Geschmack. Ohne zu zögern, kletterte er in die Wand.

Er war selbst erstaunt, wie wenig Geröll er auf seinem Weg nach oben löste.

Er hing jetzt etwa auf halber Höhe zwischen Ufer und Lichtung, und aus der Ferne musste er aussehen wie ein nachtaktives Insekt an einer Hauswand. Er kniff die Augen zusammen und blickte hinauf: Der Eingang des Schachtes konnte nur noch ein paar Meter entfernt sein. Und tatsächlich, schon zwei Armlängen weiter oben entdeckte er ihn: Es war mehr eine vage gähnende Schwärze, aber es gab keinen Zweifel. Er zog sein GPS-Ortungsgerät aus dem Rucksack. Ihm war schleierhaft, wie seine »Kollegen« früher diese Dinge bewältigt hatten, aber er dachte nicht wirklich darüber nach. Es gab diese Hilfsmittel, und damit war es ein Leichtes, etwa den Verlauf eines unterirdischen Ganges auszukundschaften – dank Kreiselkompass sogar ohne Satellitenverbindung.

Magnus hatte die Idee mit dem Gang gehabt und damit voll ins Schwarze getroffen. »Burgen hatten immer das Problem der Wasserversorgung«, hatte er gesagt und daraus geschlossen: »Bestimmt gab es da mal einen Brunnen und einen entsprechenden Schacht.« Sie hatten ein bisschen nachgeforscht und waren schnell auf historische Berichte gestoßen, die genau das belegten. Einer davon, der von vier mutigen Burschen erzählte, die in der Steilwand diesen Schacht entdeckt hatten, war besonders hilfreich gewesen. Vor wenigen Wochen hatten auch sie den Schacht entdeckt, den genauen Verlauf ausgelotet und dabei festgestellt, dass er bis ganz in die Nähe des Museums führte. Sie hatten das vermutet, besser gesagt: gehofft, aber dass er fast bis zum Haus ging, hatten sie dann doch kaum glauben können. Es war nur noch eine unbedeutende Grabung zu erledigen gewesen.

Er biss die Zähne zusammen. Dieser Job war nur etwas für Leute mit Nerven aus Stahl, dachte er, während er durch die quälende Enge kroch. Er hatte seine Stirnlampe eingeschaltet, auch wenn er eigentlich kein Licht gebraucht hätte. Doch dieser schwache Schein, dieses bisschen Helligkeit beruhigte ihn.

Ein Geräusch ließ ihn innehalten. Es klang wie ein Plätschern. Oder vielleicht … Seine Augen weiteten sich. Er sah, wie Staub von der Decke des Ganges in den Strahl der Lampe rieselte. Die Körner, die sich von der Decke lösten, wurden immer größer. Georg zog den Kopf ein und schlug seine Arme darüber, auch wenn ihm das nur wenig nutzen würde: Wenn der Gang jetzt einstürzte, wäre das nicht nur das Aus für ihr gemeinsames Vorhaben – sondern auch sein Ende. Panik flackerte in ihm auf. So wollte er nicht abtreten. Gehetzt sah er sich um – nein, der Ausgang war zu weit entfernt, und er hätte rückwärts kriechen müssen. Er blickte wieder nach vorn. Wenn er schnell war, dann … Er hielt inne. Erst jetzt merkte er, dass es längst aufgehört hatte zu bröckeln. Die Angst hatte ihm kurzzeitig die Sinne vernebelt. Er atmete auf und kroch weiter. Vorsichtiger und langsamer als zuvor.

Zur gleichen Zeit bahnte sich Magnus mit seiner Truppe den Weg durch den Wald. Zarter besaiteten Menschen wäre es wohl eiskalt den Rücken hinuntergelaufen angesichts der Nebelschwaden, in denen sich ab und zu das kalte Mondlicht fing, und bei den undefinierbaren Geräusche, die zu dieser späten Stunde dunkle Ängste heraufbeschworen. Doch sie hatten wirklich andere Sorgen als die Bedrohlichkeit eines nächtlichen Waldes. Sie hatten nun die Stufen erklommen, die auf die Lichtung führten. Zügig überquerten sie die Wiese, liefen vorbei an dem verfallenen Turm, der bleich wie ein riesiger Totenschädel emporragte. Jetzt waren es nur noch wenige Meter bis zum Museumsareal. Magnus drehte sich um und nickte den anderen zu. Sie kannten die toten Winkel der Überwachungskameras, doch für die Wärme- und Bewegungssensoren hatten sie sich etwas Besonderes einfallen lassen müssen: Jeder hielt einen fast körperhohen, selbst gebauten Polyesterschild in der Hand, mit dem sie ihre Körper vor den Sensoren abschirmten. Damit pirschten sie sich in gebückter Haltung an das Museumsgebäude heran. Im Mondschein mussten sie dabei aussehen wie Ritter auf einem nächtlichen Kreuzzug.

Georg hatte es inzwischen geschafft: Vor ihm tauchte im Schein seiner Stirnlampe eine frisch verputzte Wand auf. Er atmete einen Moment durch. Erst jetzt merkte er, dass er schweißgebadet war. Er öffnete den Reißverschluss des völlig verdreckten Rucksacks, den er die ganze Strecke vor sich hergeschoben hatte, und entnahm ihm einen Hammer. Damit begann er zunächst ganz leicht, dann etwas fester gegen die Wand vor ihm zu klopfen. Am Anfang hielt er noch nach jedem Schlag inne, ob sich irgendetwas tun würde, doch seine Schläge verhallten ungehört. Also hämmerte er weiter, bis sich ein kleines Löchlein auftat. Er vergrößerte es schnell, legte den Hammer weg und machte mit den Händen weiter. Die Fliesen ließen sich leicht entfernen. Wunibald hatte gute Arbeit geleistet. Schließlich war das Loch groß genug, er zog sich mit beiden Händen heraus und schwang sich akrobatisch hindurch, landete auf einer Kloschüssel und hielt wieder für einen Moment den Atem an. Doch es war nichts zu hören. Ein Blick auf die Uhr verriet ihm, dass er sogar zwei Minuten schneller gewesen war als geplant. Nicht schlecht, dachte er, so hätte er noch Zeit, einem menschlichen Bedürfnis nachzugeben. Er schlich sich aus der Kabine, wobei ihm die Stirnlampe den Weg wies. Hier drin gab es weder Kameras noch Sensoren, weswegen er sie noch benutzen konnte. An einem der an der Wand angebrachten Urinale ließ er der Natur seufzend ihren Lauf. Als er weitergehen wollte, begann es auf einmal heftig zu zischen, und er zuckte derart zusammen, dass sein Herz einen Schlag auszusetzen schien: die automatische Spülung. Allmählich beruhigte er sich wieder, aber er hätte sich ohrfeigen können. Es war leichtsinnig gewesen, was er da gerade getan hatte. Er hoffte nur, dass Magnus nichts davon mitbekommen hatte.

Was war das?, durchfuhr es Magnus. Er stoppte und hielt die Hand hoch, worauf auch alle anderen sich nicht mehr bewegten. Sie hatten nichts bemerkt, aber Magnus verfügte über ein exzellentes Gehör, es war verblüffend, was er alles wahrnehmen konnte. Einmal hatte er das Auto eines Pizzaboten bereits eine halbe Minute vor dessen Eintreffen gehört.

Nachdem er etwa eine Minute regungslos dagestanden hatte, gab er den anderen ein Zeichen, weiterzugehen. Allerdings bewegte er sich nun wesentlich langsamer. Er schien besorgt zu sein. Und genau das machte die anderen nervös.

Georg holte tief Luft und konzentrierte sich wieder auf seine Aufgabe. Jetzt galt es, das Programm wie geplant abzuspulen, kühl, mechanisch, ohne nachzudenken. Er knipste seine Lampe aus und öffnete die Tür zum Treppenhaus, wo ihn absolute Schwärze umfing. Doch das war kein Problem: Er sah sich vor seinem inneren Auge durch die Grundrisspläne laufen, die er längst auswendig kannte. Er ging acht Schritte nach rechts bis zur Treppe, stieg die dreizehn Stufen hinauf, verharrte am Treppenabsatz, wandte sich nach rechts und wusste, dass er nun in der großen Ausstellungshalle stand. Wenn ihr Kontaktmann alles richtig gemacht hatte, dann müssten die Bewegungs- und Hitzesensoren dort lahmgelegt sein. Er lächelte, wenn er daran dachte, wie einfach diese hoch komplizierten Geräte außer Gefecht zu setzen waren: Ein bisschen Haarspray genügte, und die Hitzesensorik war blockiert. Das hielt zwar nicht lange vor, aber lange genug für sie. Und da die Dinger nur bei einer Kombination aus Wärme und Bewegung anschlugen, sollte er unbehelligt weiterkommen. Dennoch war ihm ein wenig mulmig zumute, denn er musste sich ganz auf die Arbeit eines anderen verlassen, noch dazu eines Laien. Schließlich marschierte er los, etwas zaghaft zunächst, obwohl es keine Rolle gespielt hätte, wenn die Sensoren scharf gewesen wären. Dann hätte die kleinste Regung genügt, um auszulösen. Doch nichts geschah. So schien es jedenfalls, denn ganz sicher konnten sie nicht sein, schließlich gab es auch stillen Alarm. Aber offenbar ging alles glatt.

Ein wenig erleichtert beschleunigte er seinen Schritt, dabei immer darauf bedacht, möglichst weit von den Vitrinen und den Laserlichtvorhängen, die sie sicherten, entfernt zu bleiben. Schließlich hatte er die Eingangstür erreicht, und hier fiel endlich auch wieder etwas Mondlicht durch ein Fenster in den Raum. Er blickte hinaus: Die anderen waren jetzt am äußeren Rand des toten Winkels angekommen, nun mussten sie kurzzeitig in das Sichtfeld der Kamera treten. Dies war der heikelste Teil ihres Unterfangens. Er sah, wie Magnus das Zeichen gab und sich alle schwarze Masken über die Köpfe zogen. Auch Georg stülpte sich eine über. Er blickte auf die Uhr. Die Überwachungskameras sendeten ihre Bilder direkt zur Zentrale der Sicherheitsfirma, wo sie alle dreißig Minuten routinemäßig gecheckt wurden. Sollte keiner der Sensoren anschlagen, würde es bei diesem Rhythmus bleiben. Dreißig Minuten, die ihnen reichen mussten, um ihre Aufgabe zu erledigen.

Magnus starrte gebannt auf den Sekundenzeiger seiner Uhr. Noch fünf, vier, drei, zwei ... Es war so weit. Servatius trat als Erster in den Sichtbereich der Kamera, denn nun galt es, die Tür von zwei Seiten zu bearbeiten. Georg fixierte von innen die beiden Magnetplatten mit Klebeband und Plastikstäbchen und löste dann vorsichtig die jeweils vier Schrauben, mit denen sie an Tür und Türrahmen angebracht waren, damit das magnetische Feld intakt blieb. Wegen seiner geringen Körpergröße musste er dabei die ganze Zeit auf Zehenspitzen stehen. Währenddessen las Servatius aus dem Tastenfeld an der Tür die Kombination aus. Er hatte dazu ein kleines Programm geschrieben und brauchte nun nur noch sein Netbook mit den Kabeln des Tastenfelds zu verbinden. Der Südländer grinste. Keine zwei Minuten später war das Museum geöffnet – allerdings nur für ein paar ungebetene Gäste.

Servatius drehte sich um und nickte Magnus zu, der wiederum Lucia einen Klaps auf die Schulter gab. Wieder löste sich eine schwarze Gestalt geschmeidig aus dem Dunkel. Lucia ging lautlos an den beiden Männern vorbei und bewegte sich in Richtung der großen Halle. An deren Eingang blieb sie stehen. Sie brauchte die Augen nicht zu schließen, um sich zu konzentrieren, denn es war stockfinster. Nun würde sich zeigen, ob das Training ausreichend gewesen war. Wenn alles glattlief, würde sie sich in dem dunklen Raum zurechtfinden wie eine Blinde in ihrer Wohnung. Sie kannte jeden Winkel, jeden Sensor, jede Vitrine, hatte alles genau vor Augen – theoretisch jedenfalls. Vierzehn Schritte nach rechts, drei nach links, unter einer Lichtschranke durchtauchen, dann weitere fünfzehn Schritte bis zur Wand. Sie streckte die Hand aus – tatsächlich. Dort war das kleine Türchen, das ihr Zugang zur Stromversorgung des Gebäudeinnenraums gewähren würde. Nun begann der schwierigste Teil ihres Unterfangens: Sie musste blind einen Bypass legen, um so die restlichen Sensoren und die Laserlichtvorhänge zu deaktivieren, die die Vitrinen schützten. Sie öffnete die Klappe und begann damit, die Kabel zu ertasten. Alles war so, wie sie es aus ihren Übungsrunden kannte. Sie zog das mitgebrachte Kabel aus der Hosentasche und klemmte es sich zwischen die Zähne. Ihre Finger zitterten ein wenig, und sie hielt inne und rief sich noch einmal das Schaltbild der Drähte und Platinen ins Gedächtnis. Sie wusste, wie heikel diese Aufgabe war – der kleinste Fehler konnte alles verderben, denn hier ging es um sensible Elektronik: Von der Sicherungszentrale aus wurden Stromimpulse an den Schaltkasten gesendet, die wieder zurückgeschickt, also »beantwortet« wurden, wenn alles ruhig blieb. Das Auslösen eines Sensors hätte durch den Stromfluss dieses »Antworten« unterbrochen und sofort Alarm ausgelöst.

Sie schluckte, dann handelte sie so schnell und gewandt wie ein Pianist, der mit geschlossenen Augen eine komplizierte Komposition spielt, und entfernte anhand einer kleinen Klinge vorsichtig die Kunststoffummantelung zweier Kabel. Dies war besonders diffizil, denn ein Durchtrennen der nur millimeterdicken Kupferdrähte hätte das Ende ihres Unterfangens bedeutet. Sie zog den Draht aus dem Mund und klebte ihn mit Isolierband an die beiden freigelegten Kabel. Schließlich lächelte sie, steckte Klebeband und Klinge weg und nickte zufrieden: Der Bypass war gelegt. Nun wurden die Impulse beantwortet, ohne überhaupt bis zu den Sensoren zu gelangen. Es konnte losgehen.

Sie ging zurück und gab den anderen ein Zeichen, dass sie nun mit der eigentlichen Arbeit beginnen konnten. Georg und Nikolaus postierten sich draußen an zwei etwa zwanzig Meter voneinander entfernten toten Winkeln und warteten. Lucia ging mit Magnus in den Raum mit den Ringen und Edelsteinen. Servatius blieb im Hauptraum, um zu tun, was er als die eigentliche Krönung ihres Hierseins erachtete: Er sollte den Tresor knacken, in dessen Inneren die Monstranz lagerte. Doch zunächst nahm er den Feuerlöscher von der Wand, der direkt neben der Eingangstüre hing. Er drehte ihn, klopfte darauf und grinste, als es plötzlich hohl klang.

Mit seinen Fingernägeln zog er eine kleine Klappe auf und entnahm der Flasche ein Kästchen, dann hängte er den Löscher zurück. In einer Ecke kauerte er sich mit dem Gesicht zur Wand zusammen, führte das Kästchen ganz nah an seine Augen heran und legte einen kleinen Schalter um. Darauf sprang ein kleiner Bildschirm an und zeigte die offene Bodenplatte und den Tresor. Servatius war erleichtert. Auch wenn er nicht wirklich daran gezweifelt hatte, stand und fiel mit dieser Aufnahme doch ihr Plan. Und er hatte nicht so recht einschätzen können, inwieweit er Wunibalds Fähigkeiten als Handwerker hatte vertrauen können. Doch offensichtlich hatte der Dicke die kleine Kamera genau so angebracht, wie er es ihm eingetrichtert hatte, denn das Bild war glasklar und zeigte exakt den Ausschnitt, der für ihn so wichtig war: das Tastenfeld der Tresortür. Es dauerte auch nur ein paar Sekunden, dann schob sich eine Hand ins Blickfeld und tippte die Kombination ein. Das war fast zu einfach gewesen, dachte Servatius, als er den Bildschirm ausschaltete und das Kästchen in seiner Tasche verstaute. Dann ging auch er mit traumwandlerischer Sicherheit zum zentralen Verteilerkasten und ließ die Bodenplatte auffahren, was erstaunlich geräuschlos vonstattenging. Mit gierigem Blick sah er auf das schwach grünlich schimmernde Anzeigefeld, das dadurch freigelegt worden war.

Magnus und Lucia hatten sich vor die Vitrine gestellt. In diesem Nebenraum gab es ein Fenster, und das bisschen Mondlicht, das dadurch hereinfiel, ließ die Ringe silbern glitzern. Dies war der einzige Schaukasten, den sie plündern konnten, ohne dass es bemerkt würde. Jedenfalls bis die Monstranz enthüllt wurde. Und das war Magnus wichtig, denn es würde ihnen ein komfortables Zeitfenster für die Flucht verschaffen.

Ausgestellt waren hier die zahlreichen Ringe, die man im Laufe der Grabungen gefunden hatte. Viele glichen einander, waren Teil der Aussteuer irgendwelcher adliger Frauen gewesen. Nichts von unschätzbarem Wert, aber ein nettes Zubrot im fünfstelligen Bereich – und wo sie schon mal hier waren … Magnus' Plan war, genau so viele Ringe an sich zu nehmen, wie möglich war, ohne dass es auffiel. Dazu galt es, die verbleibenden Preziosen wieder symmetrisch und unauffällig anzuordnen. Während Lucia an der Oberseite der Glasscheibe einen Vakuumheber anbrachte, der ein bisschen wie ein großer, alter Telefonhörer aussah, dachte Magnus daran, warum er diesen Job keinem der anderen hatte anvertrauen können: Die Durchführung erforderte ein Höchstmaß an Disziplin. Disziplin, die er nur sich selbst zutraute. War die Vitrine erst einmal offen – was gleich der Fall sein würde, denn Lucia hatte nun die kleinen Hebel umgelegt, sodass sich die Haltevorrichtung an der Scheibe festsog –, hieß es kühlen Kopf bewahren. Nur jeden dritten oder vierten Ring zu nehmen, die übrigen jedoch so zu verschieben, dass nicht der Eindruck entstand, als würde etwas fehlen – das war nichts für gierige Menschen, und dafür hielt er so ziemlich jeden in dem Team, das er zusammengestellt hatte. Lucia hatte inzwischen die Scheibe heruntergewuchtet. Er hatte ihr nicht geholfen, denn er wusste, dass sie für eine Frau unerhört viel Kraft hatte. Nun begann er mit seinem Teil der Arbeit, der aus seiner Sicht aber noch wesentlich kraftaufwendiger war.

Erstaunlich leise war auch die Tresortür aufgeglitten, und Servatius musste schlucken, als er die Monstranz im Inneren der Glasvitrine erspürte. Vorsichtig zog er sie heraus und stellte sie neben sich. Anschließend nahm er die kleine Plastikfigur aus seinem Rucksack und stellte sie hinein. Er wusste nicht, was das sollte, hielt nichts von solchen Spielereien und schob es Magnus' Eitelkeit zu. Aber er hatte auch nicht gewagt zu widersprechen. Er wollte keine unnötige Aufmerksamkeit auf sich ziehen. Als er die Figur platziert hatte, stand er auf. Schnellen Schrittes lief er in Richtung Garderobe. Die nun folgenden Handgriffe hatte er nicht üben können, sie waren Teil einer kleinen, speziellen Planänderung. Sie mussten einfach funktionieren. Lautlos und schnell.

Magnus nickte Lucia zu. Es reichte. Doch Lucia deutete auf die Ringe in der Vitrine. *Wir können noch mehr nehmen*, sollte das wohl heißen. Magnus hatte richtig gelegen mit seiner Vermutung. Er machte eine Geste, die keinen Zweifel daran ließ, dass ihre Arbeit beendet war: Er führte seine Hand zum Hals und zog sie flach daran vorbei, als würde er sich die Kehle durchschneiden. Lucia senkte schuldbewusst den Kopf, griff sich den Vakuumheber, wuchtete das Glas hoch, doch als sie es fast auf Brusthöhe hatte, löste es sich mit einem satten Schmatzen von einem der Saugnäpfe. Lucia erstarrte, aber Magnus war gerade noch rechtzeitig bei ihr, um die Scheibe aufzufangen. Sie verfluchte sich innerlich: Sie hatte nur Augen für die kostbaren Ringe gehabt, nicht daran gedacht, dass sie das Vakuum noch einmal hätte kontrollieren müssen. Diesmal setzten sie die Scheibe gemeinsam an ihren Platz. Schweigend. Es gab weder die Möglichkeit für Magnus, Lucia wegen ihrer Nachlässigkeit anzuschreien, noch einen Weg für sie, sich zu entschuldigen. Doch schließlich legte Magnus ihr eine Hand auf die Schulter, was sie erleichtert als Geste des Verzeihens wertete.

Just in dem Moment, in dem er seinen Rucksack schloss, hörte Servatius, wie Lucia und Magnus aus dem Nebenraum kamen. Geschafft. Gerade noch rechtzeitig. Servatius wischte sich den Schweiß von der Stirn. Seine kleine Extratour war reibungslos abgelaufen. So schnell und problemlos, wie er es selbst nicht für möglich gehalten hatte. Erst jetzt, da alles geklappt hatte, konnte er die Makellosigkeit und Raffinesse dieses Plans entsprechend würdigen. Er war genial, auch wenn ihm klar war, dass er selbst niemals zu einer solchen Genialität fähig gewesen wäre. Dennoch, man hatte ihn für die Umsetzung gebraucht, sagte er sich zufrieden. Und niemand würde etwas merken ... zunächst.

Georg schloss die Tür, nachdem Lucia den Bypass der Stromversorgung wieder entfernt hatte. Es war ein seltsames Gefühl, nach getaner Arbeit allein zurückzubleiben, doch es gehörte zu diesem ausgeklügelten Plan. Die anderen verschluckte draußen das Dunkel des Waldes, während er die Magnetkontakte wieder an die Tür schraubte, seinen Weg im Dunkeln zurück suchte und in die Toilette ging. Dort konnte er endlich seine Lampe wieder einschalten, und er atmete auf, denn die lange Dunkelheit hatte etwas Zermürbendes an sich. Er ging in die Kabine, schloss sie von innen ab, schaufelte mit den Händen den gröbsten Dreck zusammen und warf ihn in den Mauerdurchbruch. Bevor er sich wieder in das Loch hineinzog, blickte er auf die Uhr: achtundzwanzig Minuten. Länger hatten sie nicht gebraucht, um ein echtes Meisterstück zu vollbringen.

Eine gute halbe Stunde später war bei den Polizisten von dem anfänglichen Schock kaum noch etwas zu spüren. Kluftinger blickte aus der Tür des Einsatzwagens über den Platz vor dem Museum, das bereits fast vollständig geräumt war. Willi Renn hatte lautstark darauf hingewiesen, dass er nur vernünftige Ergebnisse liefern könne, wenn ihm nicht sämtliche Spuren kaputt getrampelt wurden. Jetzt liefen die Eröffnungsgäste auf dem Vorplatz durcheinander oder standen in kleinen Grüppchen zusammen und versuchten in Gesprächen zu verarbeiten, was gerade passiert war. Wer das Gelände verlassen wollte, durfte dies erst, nachdem die Personalien aufgenommen worden waren.

Kluftinger betrachtete das alles mit leerem Blick, dann rieb er sich mit der Hand über die Augen, als könne er damit den Schreck von eben wegwischen. Die ersten Sekunden nach der Enthüllung waren die Menschen wie paralysiert im Ausstellungsraum herumgestanden, bis sich ein gewaltiges Stimmengewirr in der Halle erhoben hatte. Der Mann, den Kluftinger zu Boden gerissen hatte, stellte sich als der etwas sonderbar auftretende, aber völlig harmlose Herausgeber einer Fachzeitschrift für sakrale Kunst heraus.

In dem Durcheinander hatte man erst nach einer Viertelstunde bemerkt, dass nicht nur die Monstranz, sondern auch noch andere Preziosen gestohlen worden waren: Es fehlten mehrere kostbare Ringe aus einer Vitrine, die anderen waren unangetastet geblieben. Den Polizisten war schnell klar geworden, warum: Die Diebe hatten nur so viel entwendet, dass es auf den ersten Blick nicht auffiel und es auf den Bildern der Überwachungskameras, die sich routinemäßig alle dreißig Minuten einschalteten, wirkte, als sei alles in bester Ordnung.

Kluftinger und seine Kollegen waren ratlos: Wie hatte dieser Diebstahl sich nur unbemerkt abspielen können in der letzten Nacht? Die Täter mussten nach einem ungeheuer ausgeklügelten Plan vorgegangen sein und waren zugleich bestens informiert gewesen – schließlich hatten sie allem Anschein nach alle Sicherheitsvorkehrungen ausgeschaltet, die Alarmfallen und Sensoren umgangen und waren völlig unbemerkt wieder verschwunden. Allein den im Boden eingelassenen Tresor zu überlisten sei beinahe unmöglich, hatte der Versicherungsmensch erst gestern noch erklärt. Und nun? Man hatte sie alle Lügen gestraft. Schlimmer noch, man hatte sie vorgeführt. Sie tappten völlig im Dunklen, und Kluftinger hatte nicht gerade das Gefühl, dass sich das allzu bald ändern sollte. So wie es aussah, waren die Täter mit ihrer Beute längst über alle Berge.

Der Kommissar ließ den Blick schweifen und erblickte den Polizeipräsidenten, der sich gerade gestenreich mit dem Landrat und dem Kemptener Oberbürgermeister unterhielt; darum herum hatten sich die Journalisten postiert. Auch wenn er es nicht hören konnte, ahnte er, was dort gesprochen wurde: Lodenbacher würde in bunten Farben schildern, welchen Aufwand man nun betreibe, um die Monstranz einschließlich der Täter zu finden, er würde wie immer behaupten, es gebe schon Hinweise und einen ersten Verdacht. Seine »besten Männer« habe er mit »dera Sach« betraut, es bestehe kein Grund zur Sorge, auch wenn es eine große Herausforderung für ihn und seine Truppe sei.

Kluftinger stieß mit bitterer Miene die Luft aus. Gerade hatte ihm Lodenbacher in schneidendem Tonfall erklärt, er erwarte, dass der Fall umgehend geklärt werde, ansonsten würde er dafür sorgen, dass Kluftinger als Streifenpolizist in den Bayerischen Wald versetzt werde. »Do steht mei Karriere aufm Spiel, Sie … Sie Kasperl!«, hatte er geendet, dann war er in Richtung der regionalen Prominenz wieder abgerauscht. Um die Monstranz machte er sich offenbar weitaus weniger Sorgen.

In der Hand hielt Kluftinger nun eine Tüte mit der Figur, die in der Vitrine gestanden hatte. Wieder und wieder betrachtete er den kleinen Zettel, der daran befestigt war. »4,35 Millionen«, murmelte er resigniert. Was für eine seltsame Zahl. Seine Gedanken wurden unterbrochen, als sich Hefele an ihm vorbeizwängte. Den fragenden Blick seines Chefs beantwortete er mit einem »Ich muss bloß schnell biseln« und zeigte vage auf den Museumsbau.

Kluftinger nickte abwesend. Er dachte an diesen Strehl, den sie vor ein paar Tagen in Wien vernommen hatten. Hatte der sie kaltschnäuzig belogen? Oder hatte der Schutzpatron seine Pläne geändert, nachdem sie seinen Komplizen geschnappt hatten?

»Richard, haben die im Hubschrauber jetzt schon irgendwas Neues?«, fragte Kluftinger. Der Helikopter zog nun größere Kreise über der Gegend. Schließlich hatte man die Monstranz mit einem Funkchip versehen, den sie nun zu orten versuchten.

»Nein, bis jetzt haben die nix!«

»Sollen aber weitersuchen!«

»Werde es weitergeben, Chef! Aber ich glaube, dein Typ wird verlangt.« Maier zeigte nach draußen.

»Herr Kluftinger! Hier!« Langhammer stand an einem Stehtisch vor dem Metzgerwagen, zusammen mit seiner Frau, dem Altusrieder Pfarrer und Kluftingers gesamter Familie, und winkte aufgeregt. Auch der Pfarrer bedeutete ihm, dass er herkommen solle. Als auch noch Erika zu gestikulieren anfing, setzte er sich schließlich in Bewegung.

»Was ist denn los?«, fragte er, als er bei ihnen angekommen war, und gab sich Mühe, dabei nur Erika anzusehen und die anderen zu ignorieren – vergeblich.

Der Doktor klopfte ihm aufmunternd auf die Schulter und sagte mit strahlendem Lächeln: »Großartig, mein lieber Kluftinger, mit Ihnen ist doch immer was geboten!« Beifall heischend blickte er in die Runde, erntete jedoch nur Stirnrunzeln für seine seltsame Äußerung. Also setzte er schnell eine Miene auf, die wohl Besorgnis und echte Anteilnahme signalisieren sollte, wobei er seine Lippen spitzte und mit getragener Stimme verkündete: »Spaß beiseite, wenn ich Ihnen helfen kann – jederzeit!« Er sah Kluftinger eindringlich an.

Anscheinend erwartete er ernsthaft eine Antwort auf sein Angebot.

»Nein, vielen Dank, wir sind personell ganz gut besetzt heut. Sollte sich aber jemand den Fuß verstauchen oder in den Finger schneiden, sag ich Bescheid, gell?«

»Ich dachte nur, manchmal ist Input mit ein wenig Außensicht ganz hilfreich. Oft setzt ja eine gewisse Betriebsblindheit bei den Experten ein. Und wir haben doch schon sehr gut zusammengearbeitet, nicht wahr?«

»Ja, ja, schon recht. Aber in diesem Fall ist ein Input mit ein wenig Ahnung wichtiger. Sonst noch was? Ich mein, alles klar sonst?«

Erika fasste ihn am Arm. »So was Furchtbares für dich jetzt! Sei vorsichtig, gell? Habt ihr denn schon eine Spur?«

Kluftinger setzte zu einem resignierten Kopfschütteln an, besann sich aber eines Besseren: Schließlich glotzten ihn der Pfarrer und der Doktor samt Ehefrau mit großen Augen an. »Du, mei, klar, so eine Spur, die muss man ja haben. Ohne Spur kannst du ja gar nicht ermitteln, so gesehen. Alles so weit … in geregelten Bahnen.«

Erika nahm die linke Hand ihres Mannes in ihre und drückte fest zu. »Pass bitte auf dich auf!«, hauchte sie ihm ins Ohr. Sie wusste, dass ihr Mann nun Zuspruch brauchte.

Nicht so Markus. »Kannst ja die nachgemachte Monstranz aus deinem Auto reinstellen, dann können sich die Leut was anschauen! Die können doch eh nicht unterscheiden, was echt und was eine billige Kopie ist!«

»Du hast eine Monstranz im Auto?«, fragte der Pfarrer entgeistert.

»Schon.«

»Eine geweihte Reliquienmonstranz?«

»Nein, das ist nur eine nachgemachte, eine Kopie von der Magnusmonstranz halt.«

Der Pfarrer atmete erleichtert auf, was Kluftinger ein wenig befremdlich fand.

»Ach, mein Lieber, das ist ja interessant. Haben die Diebe denn mit einer Replik gearbeitet?«, gab Langhammer auf einmal den Experten. »Ein subtiler Plan, der aber offenbar durchkreuzt wurde, habe ich recht?«

»Wisst ihr was? Ich muss jetzt leider wieder was schaffen, gell?«

»Nein, warte noch«, bat der Pfarrer, »du weißt, was für einen guten Katholiken angezeigt ist, wenn etwas so Kostbares, so Heiliges verschwunden ist, nicht wahr? Wie gut, dass uns Katholiken unsere Patrone beistehen, um beim Allmächtigen um Beistand für uns zu bitten!«

»Wissen Sie, Herr Pfarrer, ich hab nichts dagegen, wenn Sie zum Antonius beten. Aber ich verlass mich da von Berufs wegen eher auf anderweitige Methoden.«

»Aber auch du glaubst doch an die Wundertätigkeit der Heiligen, nicht wahr? Hast du denn nicht erst neulich eine Kerze angezündet in unserer Pfarrkirche und in das Buch bei der Madonna ein kleines Anliegen eingeschrieben?«

Alle richteten ihre Augen auf den Kommissar. Der wurde rot und kam sich vor wie ein ertappter Sünder. Doch in dieses Gefühl der

Peinlichkeit und Bedrängnis mischte sich eine ordentliche Portion Wut über den Pfarrer – offenbar hatte der nichts Besseres zu tun als das Büchlein mit den Gebetsanliegen seiner Gemeinde auszuspionieren! Wenn der Geistliche jetzt auch noch den Inhalt des Anliegens ausplauderte, war er vollends geliefert: Und woher wusste der überhaupt davon, er hatte seinen Eintrag schließlich nicht unterschrieben.

»Ich hab ja nicht gesagt, dass ich nicht dran glaub! Aber mein Job schaut halt anders aus«, sagte er und hoffte inständig, dass das Thema damit vom Tisch wäre. »Also, was wollen Sie jetzt von mir?«

»Ah, herrlich, wie dieser einfache Volksglaube noch so verwurzelt ist in den Herzen der Menschen hier!«, jubilierte der Doktor. »Worum haben Sie denn gebetet, mein Lieber?«

Annegret stieß ihrem Mann den Ellenbogen in die Seite.

Kluftinger kniff die Augen zusammen. »Ach wissen Sie, ich hab mir gedacht, wenn der Antonius Sachen wiederbringen kann, dann kann er sie bestimmt auch verschwinden lassen. Und was mit Sachen geht, das geht ja sicher mit Personen auch! Aber bisher lässt das Wunder auf sich warten, gell, Herr Langhammer?«

Der Doktor sah ihn mit gerunzelter Stirn an.

»Also, was ist jetzt, Herr Pfarrer?«, fragte der Kommissar schließlich.

»Wir werden um fünfzehn Uhr einen Rosenkranz beten, mit dem Anliegen, dass die Monstranz wieder unbeschädigt auftaucht. Mach bitte eine Durchsage deswegen.«

»Ganz bestimmt«, presste Kluftinger hervor und ging grußlos.

Als er schon fast wieder beim Kombi angekommen war, lief ihm ein aufgelöster Bürgermeister Hösch über den Weg. Er hatte nervöse rote Flecken im Gesicht. »Du, Klufti, die Presse löchert mich schon andauernd! Mensch, findet bloß die Scheißmonstranz, sonst können wir das Museum gleich wieder dichtmachen! Da kann ich mir jetzt schon die Schlagzeilen vorstellen! Das Ding reist jahrelang durch die ganze Welt, und kaum ist es hier, lassen wir es uns unter dem Arsch rausklauen!«

Kluftinger stutzte. Zwischen Höschs aktueller Ausdrucksweise und seinem Duktus bei der Rede vor nicht einmal einer Stunde lagen Welten.

»Entschuldige, dass ich so deutlich werde, aber unser Ruf ist jetzt schon beim Teufel, da gilt es zu verhindern, dass wir die neuen Schildbürger werden! Und ohne die Monstranz können wir die ganzen schönen Tourismusprojekte wieder begraben!«

»Du, Dieter, ich bin mir sicher, dass …«

»Schnell, ihr müsst kommen! Sofort!« Hefeles Stimme hallte über den Vorplatz. Er stand mit rotem Kopf im Haupteingang des Museums und gestikulierte.

Ohne ein weiteres Wort rannte Kluftinger los. Er kannte Hefele seit Jahren – wenn den einmal etwas derart aus der Ruhe brachte, war es ernst.

Auch Maier und Strobl kamen aus dem Einsatzwagen gelaufen. Gleichzeitig mit Kluftinger erreichten sie Hefele.

»Ihr müsst's mit ins Klo kommen! Schnell!«

Die Kollegen sahen sich fragend an, folgten ihm dann aber durch den Ausstellungsraum, wo sie von den ratlosen Blicken der Spurensicherer begleitet wurden.

»Letzte Klokabine hinten an der Wand, schaut's euch selbst an!«, keuchte Hefele, als sie die Herrentoilette im Untergeschoss erreicht hatten.

»Kreuzkruzifix!« Kluftinger war der Erste, der sich in die Kabine gezwängt hatte. Mitten in der Tür blieb er stehen und starrte auf die gegenüberliegende Wand: Etwa auf halber Höhe prangte ein riesiges Loch, mit einem Durchmesser von vielleicht einem halben Meter. Kluftinger sah zu Boden. Bis auf einige Fliesensplitter lag dort nichts. Ein muffiger Geruch strömte aus der Öffnung. Er sah in die Schwärze hinter dem Durchbruch und bekam große Augen: Es war nicht einfach nur ein Loch, in das er da blickte, es war der Eingang zu einer niedrigen Höhle oder einem unterirdischen Gang. Sofort fielen ihm die Sagen und Berichte über geheimnisvolle unterirdische Gänge unter der Ruine wieder ein und über schwarze Pudel, die sie bewachten.

Schaudernd trat er nach draußen, damit sich auch die Kollegen ein Bild von der Lage machen konnten. Eine Weile standen sie nur da, schwer atmend und ohne ein Wort zu sagen.

Maier war schließlich der Erste, der die Stille durchbrach. »Wer geht rein?«, wollte er wissen.

Kluftinger, Hefele und Strobl sahen sich an. »Du!«, kam es schließlich wie aus einem Munde.

»Gut, von mir aus!«, sagte Maier und machte keinen Hehl aus seiner Freude über das bevorstehende Abenteuer. »Ich hol schnell noch eine große Taschenlampe. Ich bin ja von euch doch der Drahtigste, Sportlichste und Jüngste.«

»Und Nervigste«, ergänzte Strobl leise, als Maier bereits auf der Treppe zu hören war.

»Männer«, sagte Kluftinger nachdenklich, »was heißt das jetzt? Kommt, lasst uns mal überlegen: Die sind hier, nehmen wir mal an, durch eine Höhle, einen Gang oder sonst was reingekommen, oder?« Die Kollegen nickten. »Das heißt, sie müssen sich schon mal mit den örtlichen Gegebenheiten saugut ausgekannt haben. Aber was dann? Ich mein, hier im Keller ist zwar die Sicherung nicht so ausgefeilt wie oben, aber spätestens wenn man die Treppe rauf ist, gibt es einen Haufen Sensoren, die müssen ja irgendwie lahmgelegt worden sein.«

»Der Lodenbacher hat schon die Kollegen vom Raub und vom Einbruch hinzugezogen, mal schauen, was die für eine Theorie haben«, sagte Strobl.

»Jetzt mal blöd gefragt«, meldete sich Hefele zu Wort, »glaubt ihr wirklich, die sind alle durch das Loch geschlüpft? Das ist doch viel zu klein. Da passt ja grad ein Maier durch.«

»Das werden wir gleich wissen, Kollegen!« Maier war wieder zurückgekehrt, gefolgt von Willi Renn, der sich den Mauerdurchbruch interessiert ansah, gleichzeitig aber besorgt auf die vielen Leute blickte, die sich hier aufhielten. Sicher hatte er wieder Angst um seine Spuren.

Schließlich kletterte Maier ein wenig ungelenk in das Loch, und schon bald war nur noch der schwache Schein seiner Taschenlampe zu sehen und ein gedämpftes Stöhnen und Ächzen zu hören. Gebannt starrten die Männer auf das Loch, doch schon nach kurzer Zeit wurden Maiers Unmutslaute wieder deutlicher vernehmbar. Auf einmal erschienen erst zwei staubige Füße, dann der ganze Polizist. Schnaubend und prustend klopfte er sich Staub und Schmutz von der Kleidung, seine Haare klebten am hochroten Kopf.

»Sorry, da ist kein Durchkommen!«

»Ist was eingestürzt?«, fragte Kluftinger.

»Ich glaub nicht. Es wird halt wahnsinnig eng da drinnen. Das ist ein Gang, durch den man eh nur kriechen kann, dann wird es so verwinkelt und schmal, dass ich nicht mehr durchkomme. Dazu müsste man schon ein Schlangenmensch sein!«

»Meinst du, den Gang gibt es schon lang? Also, ist der mittelalterlich? Oder haben die den extra dafür gegraben?«, wollte Strobl wissen.

»Also: Gegraben haben die den nicht, würd ich sagen. Vielleicht streckenweise. Aber was weiß ich! Jedenfalls kommen wir so nicht weiter. Am besten wär, wir hätten einen Hund. Wenn man den mit einer kleinen Videokamera versehen würde …«

»Ein Hund, sagst du?«, fiel Kluftinger ihm ins Wort.

»Ja. Ich denke, so könnte es gehen. Man bräuchte eine vernünftige Lichtquelle …«

Wieder ließ der Kommissar seinen Kollegen nicht ausreden. »Eugen, hol doch mal schnell den Kohler, du weißt schon, den Finder von damals. Der hat doch seinen Dackel dabei. Der ist sicher klein genug, dass er da durchkommt. Dann wissen wir, wenn's gut geht, immerhin schon mal, wo der Gang endet.«

Strobl ging los, Maier aber gab sich noch nicht zufrieden. »Ich weiß aber jetzt nicht, wo ich auf die Schnelle so eine Mikrokamera auftreiben soll!«

»Was?« Kluftinger hatte gar nicht richtig zugehört.

»Eine Mikrokamera für den Dackel!«

»Schmarrn, Richie, das kann man später immer noch machen! Hauptsache, wir wissen, wo die reingekommen sind. Wegen der Spuren!«

»Sehr in meinem Sinne, Klufti«, schaltete sich Willi ein. »Wobei so ein Hundsviech natürlich auch viel kaputt machen kann. Mir wär ein vernünftiger Polizeihund da schon lieber.«

»Mei, Willi, das hilft jetzt halt nix!«

»Ja, ja, schon recht. Ich sag ja bloß. Übrigens – erinnert dich dieses Zeug an irgendwas?« Renn hielt ihm eine Handvoll der Splitter vom Boden hin.

Der Kommissar schüttelte den Kopf.

»Wenn mich nicht alles täuscht, sind das die gleichen Fliesensplitter, wie wir sie in der Werkstatt gefunden haben. Vitroporzellan, du erinnerst dich!«

»Jetzt seid halt mal leise!«

Kluftinger hielt seine rechte Hand in die Luft. Mit zusammengezogenen Brauen horchte er in die Burgruine hinein. Doch das Bellen des kleinen Hundes war zu schwach. Es musste woanders herkommen. Allerdings klang es nicht so, als dringe das Geräusch aus dem Erdreich. Das kleine Tier musste einen Ausgang gefunden haben. Nur wo?

»Thor! Wo bist du? Thor, mein Kleiner?«, rief Kohler nervös. Er hatte sich sofort bereit erklärt, seinen Dackel – mit dem er viel Zeit in der Hundeschule verbracht hatte, wie er betonte – in den unbekannten Hohlraum zu schicken. Jetzt schien er mit seiner Entscheidung jedoch zu hadern.

»Das ist ja kurios«, merkte Maier an, »jetzt brauchen wir noch einen Suchhund, der nach unserem kleinen Spürhund sucht!«

»Ja, weil du deine Wampe nicht durch den Gang bekommst!«, brummte Hefele.

»Da redet der Richtige! Schau dich doch mal …«

»Herrgott, Männer, Schluss jetzt!«, herrschte Kluftinger die beiden an. Noch einmal konzentrierte er sich auf das Bellen. »Sagt mal, das kommt doch aus Richtung Iller, oder?«, sagte er und rannte los. Am Steilufer des Flusses angekommen, hatten sie dann Gewissheit: Kluftinger beugte sich über das Geländer und entdeckte etwa auf halber Höhe des Steilhangs zwischen Felsen, Grasbüscheln und Geröll tatsächlich den kleinen Hundekopf. »Respekt! Ihr Thor ist mal gar nicht so dumm, wie er heißt. Hoffentlich findet er den zurück auch so gut«, sagte der Kommissar und klopfte Kohler lächelnd auf die Schulter.

»Jetzt lasst uns alles noch mal der Reihe nach durchdenken«, bat Kluftinger, der eine kleine Teambesprechung im Einsatzwagen anberaumt hatte. Auch Lodenbacher hatte es sich nicht nehmen lassen, daran teilzunehmen, während die Kollegen vom Raub zusammen mit Willi Renns Leuten noch das Museum auf Spuren untersuchten.

»Ich schneide das Ganze mal mit dem Aufnahmegerät mit, dann fällt das Protokollieren leichter«, erklärte Maier, und in Anbetracht der Anwesenheit des Polizeipräsidenten ließ ihn Kluftinger gewähren.

»Willis Leute haben unten an der Iller nicht nur einen Kletterkarabiner und einen verbogenen Abseilachter, sondern auch jede Menge Fußabdrücke gefunden«, berichtete Maier. »Wir können also davon ausgehen, dass nicht nur ein Einzeltäter in das Museum eingedrungen ist.«

»Okay. Wie genau sie die ganzen Sicherungen ausgeschaltet haben, wissen wir noch nicht, die vom Einbruch haben aber den Verdacht, dass sie die Türkontakte einfach abgeschraubt haben. Die sind ja nur gegen Einbruch von außen geschützt, lassen sich von innen aber abnehmen. Willi hat außerdem Haarspray oder irgendein anderes klebriges Zeug auf einigen Bewegungs- und Wärmesensoren entdeckt. Wir können jedenfalls davon ausgehen, dass sich die Leute verdammt gut im Haus auskannten und die Sicherheitsvorkehrungen bis ins kleinste Detail studiert haben.«

Lodenbacher ließ sich auf einen Stuhl sinken. Diese Erkenntnis schien zu viel für ihn zu sein. Kreidebleich stammelte er: »Sie moanan also, doss so eine Art Maulwurf … also … in den eigenen Reihen …« Dann stimmte er wieder das Lamento über sein vorzeitiges Karriereende an.

Kluftinger winkte ab. »Also, ich glaub jetzt nicht an eine undichte Stelle bei der Polizei oder aufseiten der Gemeinde, wenn Sie das meinen«, erklärte er, »schauen Sie – da waren doch zig Leute dran beteiligt, von der Versicherung über die Planungsbüros bis hin zu den Firmen, die hier alles verlegt haben, Alarmtechniker, Elektriker, was weiß ich!«

Lodenbacher nickte erleichtert und nahm wieder etwas Farbe an.

Da wurde die Tür des Wagens aufgerissen, und Eva Brandstätter, sichtlich aufgelöst, stürmte herein. »Ich … ich stör nur ungern, aber wir … unser Unternehmen … hat soeben eine … ja, eine Art Lösegeldforderung für die Monstranz bekommen«, sprudelte sie sofort los. »Per Mail übermittelt. Nicht zurückzuverfolgen, versteht sich.«

Die anderen sahen sie mit großen Augen an.

»Wie viel?«, fragte Strobl.

»Das ist etwas seltsam«, fuhr sie fort. »Es handelt sich um denselben Betrag, wie er auf dem Zettel bei der Figur steht. 4,35 Millionen. Weitere Anweisungen folgen.«

»Wieso ist das seltsam?«, hakte Strobl nach.

»Stellen Sie sich vor, was mir die Kollegen in der Zentrale gerade mitgeteilt haben: Diese Summe ist exakt die, die bei uns die Benchmark darstellt. Bis zu diesem Betrag würden wir tatsächlich bezahlen, das ist so geregelt.«

Die Polizisten starrten die Frau verständnislos an.

»Wissen Sie, manchmal ist es billiger, einfach so eine Forderung zu akzeptieren. Wenn die Monstranz für immer verschwindet, wäre der Versicherungsschaden, den wir berappen müssten, weitaus höher. Also formuliert man intern eine Benchmark für den Fall der Fälle. In diesem Fall liegt diese eh schon sehr, sehr hoch.«

»Aha«, versetzte der Kommissar vage. »Sie meinen also, das ist entweder ein Riesenzufall, oder aber jemand hat den genauen Betrag gekannt. Und wer weiß über diese … Bentschmarken da Bescheid und setzt das fest?«

»Na ja, das Controlling, die Geschäftsleitung, das Risikomanagement und der Sachgebietsleiter, der das aktuelle Projekt betreut. Ich war da jetzt aber aktuell nicht eingebunden.«

»Aber der Herr Kuffler, oder?«, hakte Kluftinger nach.

»Ja, natürlich, als betreuender Sachgebietsleiter eben.«

»Wo ist der eigentlich heute?«, wollte der Kommissar wissen, der sich erst jetzt der Abwesenheit des Mannes bewusst wurde.

»Herr Kuffler hat sich heute krank gemeldet, habe ich erfahren. Bei mir hat er nicht angerufen, nur bei der Zentrale. Komisch eigentlich.«

Kluftinger horchte auf. Tatsächlich fand auch er es seltsam, dass Kuffler ausgerechnet heute fehlte. Schließlich war das Ganze hier ja sein Projekt gewesen. Sein Blick fiel auf einen der Monitore. Willi Renn, der über die Vitrine gebeugt war, zog gerade sein Handy aus der Tasche und telefonierte. Dieses Bild rief in Kluftinger irgendeine vage Erinnerung wach …

Auf einmal sah er auf. Wie ein Blitz durchfuhr ihn eine Ahnung dessen, was hier möglicherweise vor sich gegangen war! Er hatte schon einmal einen Mann auf einem Monitor beobachtet, wie der in der Nähe der Vitrine telefoniert hatte. Das war in Wien gewesen, am Telefon war der Schutzpatron und … *Kruzifix*, hatte Kuffler nicht gerade in dem Moment den Raum verlassen?

»Frau Brandstätter, haben Sie die Handynummer von Kuffler?«, fragte er aufgeregt.

»Hier sind die Verbindungsdaten!«

Maier war gerannt. Jetzt hielt er seinem Chef, der mittlerweile zu Willi ins Museum zurückgekehrt war, eine Liste hin.

Kluftinger sah ihn auffordernd an. »Und? Auswertung?«

»Also«, begann Maier geschäftig, »Kuffler hat am besagten Mittwoch zur fraglichen Zeit einen Anruf getätigt. Auf ein Prepaidhandy. Und rate mal, in welcher Stadt sich das befunden hat!«

»Wien?«

Maier nickte.

»Herrgott, Richie, dann dürfen wir keine Zeit mehr verlieren! Wir müssen versuchen, das Handy vom Kuffler zu orten. Der hängt da ganz tief mit drin! Und außerdem müssen wir es mit dem Prepaidhandy aus Wien versuchen. Wobei ich eigentlich nicht glaube, dass dieser ominöse Schutzpatron das immer noch in der Hosentasche hat!«

»Ortung war bereits erfolgreich!«, meldete Maier dienstbeflissen. »Kufflers Handy befindet sich in der Nähe von Pfronten. Und stell dir vor, das andere ist grad mal im Nachbarort, in der Nähe von Wiggensbach! Wer macht was?«

»Okay, du und Roland, ihr kümmert euch um den Kuffler. Nehmt euch aber ein paar Grüne mit! Und ich fahr mit dem Eugen nach Wiggensbach! Auf geht's!« Wie auf ein Stichwort rannten beide los.

Kluftinger war überrascht, wie gut sein neues Auto mit der hügeligen Strecke zurechtkam, die sie nun entlangjagten, begleitet vom Getöse mehrerer Polizeiwagen mit Sirene. Sie passierten das Freibad, das Freilichtspielgelände, schossen die Steigung hinauf in Richtung der kleinen Weiler oberhalb des Dorfes. Der Kommissar musste das Gaspedal ganz durchdrücken, um den Anschluss nicht zu verlieren. Er wusste nicht genau, wo es hinging, aber je näher sie dem Ort kamen, desto mehr wuchs die Ahnung, das Gefühl, das Ziel zu kennen. Oder besser: den Namen des Ziels. Und tatsächlich: Nachdem sie Flecken mit so klingenden Namen wie *Lausers* und *Bräunlings* hinter sich gelassen hatten, schalteten die Polizeiwagen plötzlich die Sirenen ab und bogen in einen schmalen Weg ein. Kluftinger warf einen Blick auf den Holzwegweiser: *Behütgott* stand darauf. Er warf Strobl auf dem Beifahrersitz einen vielsagenden Blick zu. Offenbar hatte ihr unbekannter Gegner Spaß an diesem Spiel mit religiösen Begriffen.

Sie fuhren auf der schmalen Straße an ein paar Einödhöfen vorbei, bis nur noch ein Feldweg übrig war. Etwa fünfhundert Meter weiter, vor Blicken durch zwei Waldstücke rechts und links geschützt, tauchte eine kleine Hütte auf. Die Polizeiwagen preschten auseinander und platzierten sich ringsherum. Die Beamten sprangen aus den Fahrzeugen und gingen mit gezogenen Waffen hinter ihren geöffneten Türen in Stellung. Kluftinger und Strobl hielten ein paar Meter hinter ihnen und liefen dann gebückt zu einem der Autos.

»Rührt sich drin was?«, fragte Kluftinger einen der Polizisten, doch der schüttelte nur den Kopf. »Darf ich?« Mit diesen Worten griff sich der Kommissar das Mikrofon im Polizeiwagen, und seine Stimme erschallte aus dem Lautsprecher auf dem Dach: »Hier spricht die Polizei! Kommen Sie mit erhobenen Händen raus. Sie haben keine Chance zu fliehen. Tun Sie uns und sich einen Gefallen, und lassen Sie es nicht drauf ankommen.«

Kluftingers Ruf verhallte in der einsamen Weite der Landschaft hier oben. Nur das Rauschen des Windes in den Baumwipfeln war zu hören.

»Was machen wir jetzt?«, fragte der Polizist, ohne seine Pistole zu senken oder den Blick von der Hütte abzuwenden. Kluftinger wiederholte seine Durchsage. Als auch diese unbeantwortet blieb, sagte er: »Geht's rein.«

Mit zaghaften Schritten und vorgehaltener Waffe setzten sich sechs Polizisten in Bewegung und näherten sich von allen Seiten dem Schuppen. Die Kommissare beobachteten mit angehaltenem Atem, wie sie kurz davor noch einmal riefen, alle sollten herauskommen und sich ergeben, um dann auf einen Schlag die Hütte zu stürmen. Ein paar Sekunden hörten sie nur die Schreie der Polizisten, dann wurde es still. Schließlich kam einer von ihnen wieder heraus, steckte seine Waffe weg und winkte ihnen zu. Dann sprach er etwas in das Funkgerät.

Kluftinger verließ seine Deckung und eilte auf die Hütte zu. »Niemand da?«, keuchte er im Laufen.

»Na ja … irgendwie schon«, sagte der Polizist und deutete mit dem Kopf zum Eingang. Der Kommissar blieb stehen, sah ihn prüfend an und ging dann zögernd hinein. Die wenigen Sonnenstrahlen, die durch die Spalten zwischen den Brettern drangen, tauchten alles in ein schummriges Licht. Auf einmal hielt er sich erschrocken die Hand vor den Mund.

»Ist er tot?«, hörte er Strobl hinter sich keuchen.

»Nein, nur bewusstlos. Ich hab schon den Notarzt gerufen«, antwortete der Polizist vom Eingang aus.

Vor ihnen lag, mit nacktem Oberkörper, ein übel zugerichteter Mann auf dem dreckigen Boden. Südländischer Typ, soweit sich das erkennen ließ. Sein Gesicht war verquollen, seine rechte Augenbraue aufgeplatzt. Er musste heftige Schläge eingesteckt haben. Was Kluftinger aber noch mehr erschreckte, war sein Unterarm. Darauf hatte jemand ein Wort mit einem Messer eingeritzt. Die Wunden waren nicht sehr tief und das Blut bereits geronnen, doch die Botschaft war eindeutig:

Verräter.

»Mein lieber Scholli«, sagte Strobl heiser. »Ist das einer von den Phantombildern?«

»Wenn du mich fragst: nein!«

»Vielleicht solltet ihr euch das hier mal ansehen«, rief ein weiterer Polizist, der in einer dunklen Ecke der Hütte kniete.

Die Kommissare gingen langsam zu ihm, darauf gefasst, noch ein weiteres Opfer zu finden. Doch als der Beamte die Taschenlampe anknipste und damit auf den Boden leuchtete, fiel ihnen die Kinnlade herunter: Dort, im Dreck, halb verdeckt von staubigem Heu, lag die Reliquienmonstranz.

»Kruzifix«, presste Kluftinger hervor.

»Im wahrsten Sinne des Wortes«, grinste der Polizist.

»Kann ich mal?«, fragte Kluftinger und nahm sich die Taschenlampe. Er hob das Schmuckstück vorsichtig auf und leuchtete es an. Es war ziemlich demoliert; die goldenen Strahlen waren zum Teil verbogen, zum Teil fehlten sie auch. Einige der Edelsteine waren ebenfalls aus den Fassungen gebrochen und lagen am Boden herum. Die Jahrhunderte hatte es unversehrt überstanden, und nun das! Kluftinger musste schlucken. Er war kein großer Kunstliebhaber oder Museumsgänger, aber er bedauerte diesen unwiederbringlichen Verlust. Vielleicht wäre es fähigen Restauratoren ja möglich …

er stutzte. »Moment mal!« Er hielt den Lichtstrahl der Taschenlampe an eine der Bruchstellen im Metall und strich mit dem Finger darüber. »Himmelherrgott, das ist Blech.«

»Was?« Strobl kniete sich neben ihn.

»Ja, ich hab mich schon gewundert, wie leicht das Ding ist. Aber hier, schau mal: Da ist die goldene Farbe abgeblättert, und darunter kommt Blech zum Vorschein.« Er stockte. Strobl hielt ihm einen der abgefallenen Edelsteine hin. Kluftinger nahm ihn, drehte ihn in der Hand – und staunte nicht schlecht. *Made in Taiwan* stand dort in winzigen Lettern.

»Jetzt versteh ich gar nix mehr, Klufti.« Der Kommissar erhob sich und kratzte sich am Kopf. »Haben die noch eine Nachbildung gehabt?«

Kluftinger fuhr herum. Auf einmal wurde ihm heiß. Er rannte wortlos nach draußen, bahnte sich unter den erstaunten Blicken der Beamten schnellen Schrittes den Weg zu seinem Auto, schloss den Kofferraum auf, öffnete die Kiste, die sich darin befand, und schlug die Decke zurück. »Jetzt leck mich doch am …«, quetschte er wütend zwischen zusammengepressten Zähnen hervor.

»Was suchst du denn?«, wollte Strobl wissen, der eben angerannt kam.

»Gar nix. Ich hab mich nur von etwas überzeugen müssen.«

»Und wovon?«

»Siehst du das?«, fragte er und zeigte in seinen Kofferraum.

»Nein, ich seh nix.«

»Eben. Aber bis gestern war da noch was drin. Und zwar die Nachbildung von der Monstranz.«

»Also ehrlich, ich hab keine Ahnung, was das zu bedeuten hat.«

»Hm, so ganz sicher bin ich mir da auch nicht, aber wir müssen ja wohl davon ausgehen, dass die falsche Monstranz da drin …«, er hob den Arm und zeigte auf die Hütte, »… bis vor Kurzem noch hier drin gelegen hat.« Er zeigte auf seinen Kofferraum.

»Du meinst, jemand hat die aus deinem Auto geholt? Hat es jemand aufgebrochen? Aber wann? Und vor allem: warum?«

»Eben, die wichtigste Frage ist: Was wollte derjenige, der es gestohlen hat, damit? Und wo ist das Original?« Kluftinger ging in gebückter Haltung um sein Auto herum und betrachtete die Schlösser genau. »Ich seh nix«, sagte er schließlich.

In diesem Moment raste der Krankenwagen in einer Staubwolke auf dem Feldweg heran. Grübelnd liefen die beiden zurück zur Hütte und sahen dabei zu, wie der immer noch bewusstlose Mann auf eine Trage gebettet wurde. Ein bisschen hatte Kluftinger darauf gehofft, dass er zu sich kommen und ihnen einige ihrer Fragen beantworten würde, doch der Verletzte, von dem sie noch nicht einmal wussten, um wen es sich eigentlich handelte, rührte sich nicht.

»Herr Kluftinger, wir haben das Handy gefunden.« Etwa zehn Meter vom Eingang entfernt stand ein junger Beamter in Uniform und zeigte auf eine Stelle im Gras.

»Immerhin etwas«, raunzte Kluftinger. Als er bei dem jungen Mann stand, blickte er etwas unschlüssig auf das Gerät. Er überlegte kurz, ob er warten sollte, bis Willi hier war und das Telefon erkennungsdienstlich bearbeitet hatte. Andererseits: Was für Spuren hätte er finden sollen, die ihnen im Moment weitergeholfen hätten? Fingerabdrücke? Dass das Handy dem Schutzpatron gehörte, wussten sie auch so. Ächzend ging er in die Knie und hob es auf. Es war eingeschaltet, zeigte aber nur minimalen Empfang.

Kluftinger reichte das Gerät an Strobl weiter: »Schau mal nach, ob da irgendwelche Nummern drin sind.«

Strobl tippte sich durch das Menü und fand tatsächlich mehrere Telefonnummern, die jeweils hinter einem Heiligennamen standen. »Guck mal, die Nummer kommt mir irgendwie bekannt vor«, sagte er und zeigte auf den Eintrag *Santa Assecura*.

Kluftinger rieb sich das Kinn: »Ja, wart mal, das ist … genau, das ist die Nummer vom Kuffler. Santa Assecura – sag mal, Assecura ist doch auch eine Versicherung, oder?«

»Ja, schon, wieso fragst du?«

»Lies die anderen Namen noch mal vor.«

»Also, wir haben da Christophorus, Servatius, Lucia …«

»Stopp. Also die ersten beiden sind sicher Schutzheilige. Christophorus für die Autofahrer, Servatius für die Schlosser. Lucia weiß ich nicht, aber, mal ehrlich, es würd mich nicht wundern, wenn unser Schutzpatron lauter kleine Schutzpatrönle um sich versammelt hätte. Kannst du das mal überprüfen?«

Sein Kollege blickte ihn ratlos an. »Und wie soll ich das hier machen? Den nächsten Pfarrer fragen? Oder um himmlische Zeichen bitten?«

»Herrgott, du wirst das doch mit deinem Handy machen können, oder? Der Maier kann das doch auch.«

»Ja, wenn dir dein neues Schätzle Richard Maier hier lieber wär, dann hättest halt mit dem fahren müssen. Ich bin leider kein solcher Technikfreak.«

Tatsächlich bedauerte es der Kommissar ein wenig, dass er Strobl mitgenommen hatte. Sosehr ihn die technischen Spielereien seines Kollegen Maier manchmal nervten, so hilfreich waren sie vor allem in den letzten Tagen gewesen. Doch das Bedauern währte nur kurz: »Nein, nein, um Gottes willen, jetzt sei nicht gleich beleidigt. Ich mein, dann lass das doch gleich mal überprüfen, ja?«

Strobl nickte.

»Und, ist sonst noch was drin?«

»Ja, ein paar SMS. Warte, ich les mal vor: *Meine Schäfchen, da die Werkstatt für uns entweiht ist, treffen wir uns morgen um 23 h in der Einsiedelei. Gelobt sei Jesus Christus.*«

»Von wann ist die?«

»Vom 6. September.«

»Noch welche?«

»Ja, hier hab ich noch eine vom 14.: *Meine Schäfchen, um euch von einer bevorstehenden Pilgerfahrt zu erzählen, muss ich Euch heute um Mitternacht in unserer mobilen Zelle treffen. Sie steht auf dem Parkplatz, Ihr wisst, wo. Gelobt sei Jesus Christus.*«

»Die Pilgerfahrt ging dann wohl nach Wien.«

Strobl nickte.

Plötzlich weiteten sich Kluftingers Augen. »Zefix, Eugen, ist dir klar, was du da in der Hand hältst?«

»Ja, das Handy vom Schutzpatron.«

»Schon, aber ich mein: Was wir damit machen können?«

»Wir? Na ja, wir könnten die ganzen Nummern orten lassen, und …«

»Ja, schon klar, aber es geht noch viel einfacher. Das ist der Schlüssel zur Lösung des Mordfalls!«

Strobl zog die Brauen zusammen.

»Denk doch mal nach: Wir beordern sie alle einfach hierher.«

»Aha, und wie? Sollen wir ihnen vielleicht eine SMS …?« Die Miene des Beamten hellte sich auf: »Natürlich, du hast recht. Aber wenn sie mitkriegen, dass es eine Falle ist?«

»Wie sollten sie?«

»Na, die verwenden ja schon einen speziellen Tonfall.«

»Den können wir doch nachmachen. Erinner dich doch: Das haben wir damals sogar bei den E-Mails an die Terroristen hingekriegt! Und wenn's nicht klappt: Verloren haben wir dadurch nichts. Sollten sie ausgemacht haben, keinen Kontakt mehr aufzunehmen, dann haben sie ihre Handys eh nicht mehr. Falls doch …«

»… trudeln die hier einer nach dem anderen ein«, beendete Strobl den Satz. »Klufti, du bist doch gar nicht so dumm, wie manche meinen.«

»Wer meint das?«

Strobl grinste. »Schmarrn, war nur Spaß. Also los, was schreiben wir?«

Zehn Minuten später sah der Platz wieder genauso verlassen aus, wie sie ihn vorgefunden hatten. Sie hatten eine SMS verschickt mit der Botschaft *»Meine Schäfchen, dringendes Treffen in einer Stunde in der Einsiedelei erforderlich. Wichtige Planänderung. Gelobt sei Jesus Christus«*. Dann hatten sie die Autos versteckt und sich in den Wald direkt hinter der Hütte zurückgezogen, um sich auf die Lauer zu legen.

Kluftinger ließ sich gerade neben Strobl auf einem umgefallenen Baumstamm nieder, da klingelte sein Telefon.

»Du solltest vielleicht besser den Vibrationsalarm einstellen«, mahnte ihn sein Kollege.

Kluftinger nickte schuldbewusst und meldete sich flüsternd. Es war Maier, der ihm erzählte, dass sie Kuffler gerade noch erwischt hatten. Offenbar hatte er sich mit leichtem Gepäck absetzen wollen. Es habe auch nicht lange gedauert, und der Versicherungsmann habe zumindest ein Teilgeständnis abgelegt. Er hatte die Informationen über die Sicherungsvorkehrungen an den Schutzpatron weitergegeben, so viel stand fest. Vermutlich habe er auch die Sensoren mit Haarspray lahmgelegt. Und mit großer Wahrscheinlichkeit sei er auch der Auftraggeber der ganzen Chose. Kluftinger hörte sich alles an, lobte die Kollegen zufrieden und schilderte die Situation vor Ort. »Ich melde mich wieder, sobald sich hier was tut«, schloss er und legte auf.

Als er das Handy wieder einstecken wollte, sagte Strobl: »Vibrationsalarm.«

»Ach, freilich, wollt ich grad …«

Ein junger Polizist näherte sich ihnen in gebückter Haltung. »Herr Strobl, hier die Liste, die Sie in der Zentrale angefordert haben.«

Strobl nahm den Zettel entgegen, las ihn durch und reichte ihn an Kluftinger weiter: »Du hattest recht. Alles Schutzpatrone. Hier die ganze Liste. Weiß zwar nicht, was du damit anfangen willst, aber bitte.«

Kluftinger nahm den Zettel, las ihn durch, las ihn ein zweites Mal, ein drittes Mal …

»Hallo, Erde an Klufti?«

»Hm?«

»Ich hab gefragt, was wir machen, wenn die nicht alle pünktlich sind. Sollen wir warten, bis der Letzte da ist, oder was?«

»Wie? Ach so, nein, wir greifen uns einen nach dem anderen.« Er blickte wieder auf den Zettel.

»Was ist denn an der Liste so interessant?«

»Ich bin mir nicht sicher. Ist nur so ein Gefühl. Lass mich mal noch überlegen.«

Strobl fragte nicht weiter nach. Er wusste, wenn sein Chef »so ein Gefühl« hatte, störte man ihn besser nicht. In den meisten Fällen kam dann tatsächlich etwas Brauchbares heraus. So saßen sie fast eine halbe Stunde stumm nebeneinander, Kluftinger in das Papier vertieft, ab und zu unverständlich vor sich hin murmelnd, Strobl damit beschäftigt, mit einem Stöckchen Muster in den weichen Waldboden zu zeichnen.

»Au, verreck, jetzt hab ich's!«, rief Kluftinger plötzlich, und Strobl fuhr so zusammen, dass der Kreis, den er gerade malte, eine Delle bekam.

»Was denn?«

»Ich weiß, wie sie's gemacht haben. Gestern, mein ich. Also, nicht im Detail, aber grob.«

Strobl schien sich zu fragen, ob sein Chef halluzinierte.

»Nein, wirklich, Eugen, pass auf. Wenn das alles Schutzpatrone sind, und das wissen wir ja jetzt, dann haben wir da quasi eine Aufgabenbeschreibung vom Team des Schutzpatrons vor uns. Jetzt hör zu: Christophorus, das ist ja auch der Schutzheilige der Flößer. Ich mein, überleg mal: Wir haben uns zunächst gefragt, wo die hergekommen sind, es ist ja einleuchtend, dass sie die besondere Lage an der Iller genutzt haben und mit dem Boot gekommen sind. Von da aus konnten sie unbemerkt in die Wand steigen. Und von da aus in den Gang. Klar, der sieht ziemlich eng aus, aber wenn man einen sehr gelenkigen Menschen dabeihätte? Einen Akrobaten zum Beispiel. Und schon sind wir beim heiligen Georg, dem Patron der Artisten. Den haben sie vorgeschickt, und der hat die anderen dann reingelassen. Wie sie das drinnen genau gemacht haben, das werden wir schon noch rausfinden, ich mein, wir haben hier Namen von den Schutzpatronen der Elektriker und der Schlosser, das werden schon so ein paar Spezialisten sein. Die eigentliche Frage ist ja eher: Wie konnten die unbemerkt die hohle Wand im Klo hinkriegen? Und da bleibt für mich nur ein Schluss: Die haben einen eingeschleust bei den Bauarbeitern – und da haben wir den heiligen Wunibald.«

Je länger Kluftinger erzählte, desto interessierter hörte Strobl zu. Obwohl er wusste, dass sein Chef über einen messerscharfen Verstand verfügte, war er doch immer wieder überrascht, wozu der bisweilen in der Lage war. »Reschpekt«, sagte er schließlich.

Die nächsten Minuten hing jeder seinen Gedanken nach, bis plötzlich das Funkgerät des Polizeibeamten neben ihnen knackte und eine Stimme sagte: »Da kommt jemand.«

Vorsichtig hoben sie ihre Köpfe gerade so weit, dass sie über den Baumstamm blicken und die Hütte sehen konnten. Tatsächlich stiegen dort am Ende des Feldweges gerade zwei Männer aus einem grauen Opel. Sie blickten sich mehrmals um, bevor sie sich langsam auf die Hütte zubewegten. Es war ein ungleiches Paar: ein schmächtiger junger Mann und ein muskulöser Blondschopf. Jetzt kam alles auf die Kollegen an, er selbst konnte nun nichts mehr tun. Gespannt folgte er den beiden mit den Augen.

Genau in diesem Moment verlagerte hinter ihm ein Beamter sein Gewicht. Ein Ast zerbrach knackend. Die Männer stoppten und horchten in den Wald. Kluftinger hielt den Atem an. Etwa eine Minute lang rührte sich niemand mehr, dann setzten die beiden Männer ihren Weg fort. Lautlos stieß der Kommissar die Luft aus. Das war knapp gewesen. Dann hörte er, wie die beiden die Holztür des Schuppens aufzogen. Wieder war es ein paar Sekunden lang still, dann wurde die hintere Tür der Hütte aufgestoßen, und die beiden Männer kamen wieder heraus – im Würgegriff zweier in Schwarz gekleideter Beamter des Sondereinsatzkommandos. Kluftinger war beeindruckt, wie schnell und geräuschlos sie die Männer überwältigt hatten.

Das Spiel wiederholte sich insgesamt noch drei weitere Male, dann saß die gesamte Truppe des Schutzpatrons in Handschellen im Gefängniskombi, der außer Sichtweite am Waldrand geparkt war. Als Kluftinger den Wagen ächzend bestiegen hatte, blickte er einen nach dem anderen an. Eine seltsame Zusammenstellung der unterschiedlichsten Typen. Den Phantombildern ähnelte keiner, da hatte Strehl sie wohl verladen.

»Sie kenne ich«, sagte er zu einem von ihnen. »Sie waren damals auf dem Hof bei der Werkstatt. Ihre langen Koteletten hab ich nicht vergessen.«

Christophorus senkte den Blick.

»Und wir haben uns schon mal gesehen.« Kluftinger zeigte auf einen Grauhaarigen, der kurz aufsah und dann wieder zu Boden starrte. »Jetzt weiß ich's!« Der Kommissar schlug sich gegen die Stirn. »Sie waren einer der Handwerker im Museum.« Er lächelte. »Würde mich nicht wundern, wenn Sie an den Fliesenarbeiten im Klo beteiligt gewesen sind.« Jetzt sahen auch die anderen auf. »Ja, meine Dame, meine Herren, wir sind im Bilde. Die Frage ist nur: Wo ist Ihr Anführer? Oder besser gesagt: Ihr angeblich doch so fürsorglicher und verlässlicher Schutzpatron?«

Sie schwiegen.

»Ich würde mir an Ihrer Stelle überlegen, ob Sie ihn decken wollen. Er würde vermutlich keine Sekunde zögern, jeden Einzelnen von Ihnen ans Messer zu liefern.«

»Würde er nicht!«, entfuhr es der Frau in schneidend scharfem Ton.

Der Kommissar blickte sie freundlich lächelnd an. »Es spielt ja eigentlich auch keine Rolle. Falls einer von Ihnen etwas zu sagen hat, dann bitte jetzt. Wenn wir ihn erst mal haben, wirkt es sich leider nicht mehr strafmildernd aus.« Wieder blickte er einen nach dem anderen an. »Niemand? Gut. Wie wäre es damit: Wo ist die Monstranz?«

»Wir haben sie nicht. Hatten sie auch nie«, sagte der Schmächtige bitter. Er wippte nervös mit dem Fuß.

»Was soll das heißen?«, rief Strobl irritiert von draußen in den Wagen.

»Dass wir sie nicht haben. Sie haben doch sicher den Servatius, also den Mann in der Hütte, gefunden, oder?«

Kluftinger nickte.

»Eben. Was glauben Sie, warum wir ihn als Verräter gebrandmarkt haben? Weil er uns übers Ohr gehauen hat, die Drecksau. Er hat das Ding ausgetauscht, verstehen Sie? Wir haben es nie gekriegt.«

Irritiert wandte sich Kluftinger zu Strobl um, der lediglich mit den Schultern zuckte. »Was soll denn das heißen? Wer hat sie denn dann?«

Die Gefangenen sahen sich unschlüssig an.

»Ist Ihnen mal die Idee gekommen«, fuhr Kluftinger fort, »dass Ihr Schutzpatron Sie reingelegt hat? Hm? Wäre das vielleicht eine Möglichkeit?«

Wieder war es die Frau, die ihn verteidigte: »Nein, das würde er nicht. Dann könnte er nie mehr in dieser Branche arbeiten.«

»Vielleicht hat er das nach dieser Sache ja auch nicht mehr nötig.«

Die Männer und die Frau rutschten unruhig auf der Bank hin und her. Langsam schien Kluftingers Verunsicherungstaktik aufzugehen. Deshalb beschloss er, noch eins draufzusetzen: »Wenn Sie schon *einen* Verräter in Ihren Reihen gehabt haben, wer garantiert Ihnen, dass es nicht noch mehr waren?«

Jetzt warfen sie sich gegenseitig misstrauische Blicke zu.

»Wann haben Sie denn die richtige Monstranz das letzte Mal gesehen?«

»Wir haben sie ja gar nicht gesehen«, platzte es aus der Frau heraus. »Es war die Aufgabe von Servatius, sie aus dem Tresor zu holen.«

»Aber er muss sie ja irgendwann ausgetauscht haben. Was hat er dann mit der echten gemacht? Und vor allem: Wo hatte er denn die Kopie her?«

Sie schwiegen, aber – so kam es dem Kommissar vor – mehr aus

Betroffenheit darüber, dass sie sich diese Fragen selbst nicht beantworten konnten. Es hatte wohl erst einmal keinen Sinn, in diese Richtung weiterzubohren.

Also stellte Kluftinger die Frage, die ihn schon seit Tagen umtrieb: »Wer hat die alte, wehrlose Frau Zahn ermordet?«

Erst blieben alle wie versteinert sitzen, dann blickten sie einer nach dem anderen zu dem grobschlächtigen Mann am Ende der Pritsche. Kluftinger war zufrieden: Offenbar wollte sich keiner von ihnen auch noch mit einem Mord belasten. So wie es aussah, würde seine Arbeit in dieser Hinsicht recht einfach werden.

»Klufti, kommst du mal?« Strobl winkte dem Kommissar zu.

Er stieg ungelenk aus dem Wagen und sah den Kollegen neugierig an.

»Die Monstranz …«, begann Strobl, und sofort hatte er die ungeteilte Aufmerksamkeit seines Vorgesetzten. »Sie ist quasi aufgetaucht.«

»Was heißt quasi?«

»Erinnerst du dich an den Chip?«

»Der, der doch nicht gefunkt hat?«

»Genau. Jetzt sendet er Signale.«

»Hör auf!«

»Doch. Die Experten vermuten, dass er in irgendetwas eingewickelt oder eingepackt war, was ihn abgeschirmt hat. Jetzt funkt er jedenfalls wieder.«

»Wo?«, war alles, was Kluftinger wissen wollte.

»Du wirst es kaum glauben: in Kempten. Und er bewegt sich.«

»Fahrt bitte direkt zur Nordbrücke in Kempten, da irgendwo muss das Ding sein – wir können aber nicht sagen, ob oben oder unten, eventuell sogar in der Iller! Wir bekommen komische Signale: Das Ziel hält andauernd an und bewegt sich dann wieder weiter. Wenn ihr dort seid, gebt Bescheid, over!«

Kluftinger und Strobl saßen in dem kleinen rosa Auto und rasten hinter einem Streifenwagen her in Richtung Stadt. Ein mobiles Blaulicht hatte er nicht im Wagen, also hupte der Kommissar einfach, wenn Gefahr drohte, was zahlreiche Autofahrer mit Kopfschütteln und obszönen Gesten quittierten.

In zwei Minuten wären sie an dem Ort, den ihnen Maier, der im Polizeihubschrauber mitflog, gerade durchgegeben hatte – dann würde die Suche nach der Monstranz endlich konkreter weitergehen und hoffentlich zu einem Ergebnis führen.

»Himmelarsch, diese Drecksampel!«, entfuhr es Kluftinger. Sie waren nur noch zwei Kreuzungen von der Illerbrücke entfernt, konnten den Polizeihubschrauber über der zweispurigen Ringstraße kreisen sehen, als ein neuer Funkspruch aus Strobls mobilem Funkgerät schepperte.

Der Chip – und damit die Monstranz – bewege sich jetzt auf dem Ring weiter, in Richtung Berliner Platz, einer nahe gelegenen großen Kreuzung im Osten der Stadt. Als die Ampel auf Grün schaltete, hieß es über Funk, der Chip sei stehen geblieben.

»Wenn das Ding in einem Auto liegt, müssen die doch sagen können, wo es genau ist!«, wetterte Kluftinger. »Frag mal nach, Eugen.«

Maier zitierte einen neben ihm sitzenden Experten mit den Worten, die Ortung des schwach funkenden Chips vom Hubschrauber aus sei zu schwierig, um genauere Angaben machen zu können, zudem sei es bei den vielen Autos, die auf dem Ring unterwegs waren, unmöglich, das richtige auszumachen. »Jetzt fahren sie wieder in Richtung Gewerbegebiet«, gab Maier durch.

An der großen Kreuzung schaltete die Ampel erneut direkt vor Kluftinger auf Rot. Der Streifenwagen war bereits über der Kreuzung, der Kommissar trat energisch aufs Gas und erschrak kurz darauf heftig über die roten Blitze der Kameras. Priml. Noch war das Auto nicht einmal auf ihn zugelassen, und schon stand ihm eine bürokratische Odyssee bevor, damit die Strafe zurückgenommen wurde. Er zog den Wagen um die Kurve, wobei er fast das Gefühl hatte, als habe ein Rad für einen Moment die Bodenhaftung verloren. Strobl griff nach dem Haltegriff – ins Leere, denn es gab keinen. Der kleine Motor heulte beängstigend auf.

»Heli an Smart?«, tönte es auf einmal aus dem schwarzen Funkgerät.

»Smart?«, antwortete Strobl und verdrehte die Augen.

»Im Moment steht das Objekt, wir vermuten es auf dem Parkplatz beim Einkaufszentrum!«

Kluftinger sah Strobl stirnrunzelnd an. Der Dieb schien sich seiner Sache ja ziemlich sicher zu sein, wenn er jetzt erst mal gemütlich shoppen ging.

»Verstanden. Wir kommen.«

Zwei Minuten später bog Kluftinger mit quietschenden Reifen auf den Parkplatz ein. Der Streifenwagen hatte die Sirene ausgeschaltet.

»Smart an Heli«, funkte Strobl daraufhin grinsend nach oben.

»Heli.«

»Was jetzt?«

»Warten. Im Moment keine Bewegung. Irgendwo hier muss das Scheißding sein. Bleibt, wo ihr seid, wir melden uns bei Bewegung und versuchen inzwischen, weiter einzugrenzen.«

Der Kommissar fuhr über den Parkplatz und bog auf eine kleine Straße, die zum Lager des Einkaufszentrums führte. Dort herrschte reges Treiben, einige Lkws wurden beladen, die Müllcontainer geleert. Kluftinger stellte den Motor ab. Von hier aus konnte er den ganzen Parkplatz überblicken. Kaum ein Platz war frei, ausgerechnet ein Samstag hatte es sein müssen. Immerhin, sie wussten, dass sich hier irgendwo die Monstranz befand – nur wo genau, das war im Moment schwer auszumachen. Immer wieder fuhren Fahrzeuge auf den Parkplatz, andere verließen ihn. Erleichtert sah Kluftinger, dass jetzt zwei weitere Polizeiwagen heranrasten.

»Heli an Smart! Zielobjekt bewegt sich wieder! Muss direkt vor euch sein!«

Der Kommissar kniff die Augen zusammen. Direkt vor ihm setzte sich gerade der Müllwagen in Bewegung. Der Müllwagen? Das konnte nicht sein. Andererseits: Das würde auch die ständigen Zwischenhalte erklären. Aber warum zum Teufel ein Müllwagen? Es war wohl nicht anzunehmen, dass die Diebe die Monstranz weggeworfen hatten. Er riss seinem Kollegen das Funkgerät aus der Hand. »Hier Kluftinger für Heli. Kommt euch von dem, was sich bewegt, irgendwas bekannt vor?«

»Wie meinen Sie?«

»Ich meine, war der Müllwagen auch schon auf dem Ring unterwegs?«

»Moment, Objekt bewegt sich nach Norden, Richtung Industriegebiet. Schwer zu sagen, welches von den Fahrzeugen …«

Nach Norden! Da war doch kaum noch etwas, schoss es Kluftinger durch den Kopf. Ein paar kleine Firmen, dann kam schon die Müllverbrennung. »Kruzifix, Scheiße, doch das Müllauto!«, entfuhr es ihm. Er startete den Wagen. »Das Müllauto! Eugen, sag durch, dass alle dem Müllauto in Richtung Verbrennungsanlage folgen. Wir müssen uns beeilen, stell dir vor, der lädt ab!«

Strobl tat, wie ihm geheißen war, und tatsächlich bestätigte die Besatzung des Hubschraubers die Vermutung des Kommissars: Die Signale des Funkchips bewegten sich nun in Richtung Heizkraftwerk.

»Was soll denn das?«, fragte der Kommissar mehr sich selbst als seinen Nebenmann. Der schüttelte nur den Kopf.

Kurz nach den Polizeiwagen kam der rosafarbene Smart am Tor der Anlage an, das sich gerade wieder schloss. Kluftinger ließ die Seitenscheibe herunter und winkte dem erschrocken dreinblickenden Mann an der Pforte. »Polizei! Das Müllauto, das grad durch ist?«, fragte er hektisch.

»Lädt am Bunker ab!«

»Sofort stoppen!«, brüllte er, dann gaben sie wieder Gas.

Sie sahen gerade noch, wie der Wagen rückwärts an eine Rampe fuhr, dann hatten sie ihn erreicht. Sie sprangen aus ihren Autos und rannten auf das Führerhaus zu.

Der Fahrer schien wenig erfreut über die Störung bei seiner Arbeit und bekam große Augen, als der Kommissar ihm erklärte, er solle seine Ladung auf dem geteerten Platz vor dem Kraftwerk abladen. »Wie, abladen?«, rief der ihm vom Führerhaus zu. »Ich glaub, ihr spinnt.«

Kluftinger, von der nervenaufreibenden Fahrt noch in Rage, begann zu brüllen: »Abladen! Und zwar hier auf dem Platz! Aber dalli!«

»Ich mach hier gar nix, bis mir das mein Chef anschafft, ja?«, maulte der Mann zurück.

»Im Moment sind wir deine Chefs, klar? Und wenn du in Zukunft nicht ganz ohne Chef dastehen willst, dann behinderst du jetzt besser nicht unsere polizeiliche Arbeit, kapiert?«

Diese Drohung schien Wirkung zu zeigen, denn der Mann hob abwehrend die Hände. »Schon gut, schon gut! Aber deine Leute helfen mir, das Zeug wieder einzuladen, ich verlass mich drauf!«

Dann startete er den Motor, und allmählich hob sich der riesige

Müllbehälter an. Der Laster fuhr einige Meter nach vorn, und der Müll fiel dahinter auf den Boden.

Kluftinger zog sein Stofftaschentuch heraus und stapfte auf den Abfallberg zu. Die Kollegen hatten ihm Gummihandschuhe gegeben, und der Lastwagenfahrer hatte ihm obendrein seine Gummistiefel angeboten, die er jedoch dankend ablehnte. Er hatte lediglich seine Anzughose hochgekrempelt, das musste reichen. Auf den ersten Blick war nichts von der Monstranz zu erkennen. In einer Schachtel vielleicht?

Kluftinger stieg ein beißender Geruch in die Nase. Ihn grauste, aber hier gab es keine Alternative. Mit dem Fuß drehte er einige Kartons um – vergeblich. Die anderen liefen neben ihm her und stocherten immer wieder willkürlich in den Tüten herum.

»Habt ihr sie schon?« Sie hoben die Köpfe: Maier kam über den Platz auf sie zugerannt. Der Hubschrauber war in der Nähe gelandet und hatte ihn abgesetzt.

Kluftinger schüttelte den Kopf.

Da nahm Maier den Kasten, mit dem er vom Hubschrauber aus den Chip geortet hatte. »Damit sollte es gehen«, sagte er.

Dann lief er damit um den Müllberg herum, wobei er darauf achtete, nicht mit den Abfällen in Berührung zu kommen.

»Wenn du mich fragst, ist der Ausschlag hier am größten!«, rief er auf einmal.

»Wo?«, fragte Kluftinger.

»Da!«

»Herrgott, Richie, jetzt komm halt her!«

»Nein, nein, das braucht's nicht, zwei Schritte weiter links, da musst du schauen.«

Kluftinger konnte außer vollgestopften Müllbeuteln nichts entdecken. Die Monstranz war nicht hier, so viel stand fest. Er hätte sie sehen müssen.

»Kreuzkruzifix, wisst ihr, was das bedeutet?«, schimpfte Kluftinger.

»Warte«, rief Maier. »Jetzt stehst du genau davor. Bück dich mal!«

Der Kommissar ging in die Knie, schob eine Kukident-Schachtel zur Seite – und blickte auf den Chip. Er hob ihn auf und zeigte ihn den anderen.

»Scheiße«, keuchte Strobl.

Der Dieb hatte sie also einmal mehr an der Nase herumgeführt: Er wusste von dem Sender, hatte ihn aber nicht einfach zerstört, nein, er musste ihn abgeschirmt haben, bis er eine günstige Gelegenheit hatte, ihn loszuwerden – und sie hinter dem Müllwagen herzuschicken. Von der Monstranz hatte er ihn freilich längst entfernt. Wieder hatten sie wertvolle Zeit verloren.

»Sag mal, Richie, wo hat das Ding eigentlich zuerst gesendet?«, fragte Kluftinger, auch wenn er wenig Hoffnung hatte, damit irgendwie weiterzukommen. Resigniert sah er zu Boden. Langsam wurde ihm übel inmitten all dieser Windeln, Infusionsflaschen und Nierenschalen. Klinikmüll, priml. Wahrscheinlich würde er jetzt auch noch krank werden. Als er herunterstieg, fiel sein Blick wieder auf die Packung Zahnprothesenreiniger.

»Adenauerring!«, riss ihn Maier aus seinen Gedanken.

»Hm?«

»Es war in der Gegend um den Adenauerring, wo wir zum ersten Mal das Signal bekommen haben.«

»Ja? Ich hätt schwören können, das Zeug hier stammt aus dem Krankenhaus! Aber da ist ja eigentlich keins, sondern nur …« Auf einmal riss der Kommissar die Augen auf. »Kreuzkruzifix!«, zischte er und warf die Handschuhe weg, dann lief er zum Fahrer des Müllautos, der ein wenig abseits an ein Mäuerchen gelehnt stand und die Szene rauchend betrachtete.

»Waren Sie im Altersheim, ich meine, haben Sie im Altersheim eingeladen, am Adenauerring?«

Der Mann nickte.

Kluftinger machte auf dem Absatz kehrt und rannte zu seinem Auto.

»Wohin fahren wir?«, wollte Strobl wissen, der ihm hinterhergelaufen kam.

Der Kommissar hob die Hand. »Ich fahr allein, Eugen. Ich muss da was überprüfen. Bleib bitte da, die sollen Leute schicken, die das hier noch mal alles durchsuchen. Nicht, dass da doch was Wertvolles drin ist – die Ringe oder so. Bis nachher!«

Ohne weitere Erklärungen ließ er den Kollegen stehen und startete den Smart.

Atemlos hetzte Kluftinger die Korridore entlang, flog die Stufen bis in den dritten Stock hinauf, achtete nicht auf die fragenden Gesichter der Menschen, die stehen blieben und ihm nachsahen, ignorierte die Rufe des Personals, er solle gefälligst aufpassen, bog um die letzte Ecke, wo er gerade noch der Kollision mit einem Rollstuhlfahrer ausweichen konnte, und stand schließlich vor der Tür mit dem Katzenposter.

Etwa eine Minute stand er nach Luft schnappend da, dann hatte er sich wieder einigermaßen im Griff. Er drückte die Klinke und trat ein. Das Zimmer war natürlich dasselbe wie noch vor zwei Wochen, doch es kam ihm anders vor. Zu viel war seit seinem ersten Besuch hier passiert. Und es sah auch ein wenig anders aus. Zwar saß in dem einen Sessel wieder der alte Mann und schlief, aber auf dem Tisch stand diesmal ein Koffer, der bereits halb gepackt war. Von dort aus starrte ihn ein überraschter Heinz Rösler wortlos an.

»Herr Rösler, Sie sind auf dem Sprung, wie ich sehe«, presste Kluftinger keuchend hervor.

Der alte Mann räusperte sich. »Sie auch, scheint es, Herr Kommissar.«

»Ja, ich hatte es ziemlich eilig, zu Ihnen zu kommen.«

»Das sehe ich. Hätten Sie noch irgendwas von mir gebraucht?«

»Allerdings.«

»Es tut mir leid, Herr Kommissar. Ich war wohl keine große Hilfe für Sie.«

»Nein, das kann man wirklich nicht behaupten.« Kluftinger verzog die Mundwinkel zu einem bitteren Lächeln.

»Wie Sie sehen, pressiert es ein bisschen. Ich verreise zu meinem … Neffen. Wenn Sie also noch eine Frage haben, dann stellen Sie sie doch bitte gleich.«

»Ja, ich habe noch eine Frage. Ganz einfach und ganz kurz: Würden Sie bitte die Monstranz herausgeben?«

Röslers Gesicht verlor seinen freundlichen Ausdruck. Mit versteinerter Miene blickte er Kluftinger an. »Ich weiß nicht, wovon Sie reden«, sagte er leise.

Kluftingers Kiefermuskeln begannen zu arbeiten. Er war schweißgebadet, sein Puls raste. Der Alte wollte ihn offenbar immer noch für dumm verkaufen. Er hatte ihm vertraut, doch Rösler hatte ihm das auf ganz spezielle Art gedankt. »Hören Sie jetzt endlich auf mit dem Schmarrn! Ist Ihnen nicht klar, dass der Schutzpatron auch weiß, wo er Sie findet? Der wird nicht so verständnisvoll wie ich sein. Es reicht, meine Geduld ist am Ende, was Sie betrifft. Ich lass mich nicht gern verarschen.«

Jetzt lächelte sein Gegenüber wieder. »Was soll das, Herr Kluftinger? Meinen Sie etwa, ich hätte Sie reingelegt? Wie hätte ich das machen sollen? Meinen Sie, ich war es, der nachts da eingestiegen ist, die ganzen Sicherheitseinrichtungen überwunden hat und sich dann wieder aus dem Staub gemacht hat? Schauen Sie mich doch an.« Er zeigte auf seinen Stock.

»Nein, das ist mir schon klar, dass es nicht so abgelaufen ist. Sie hatten einen Mitstreiter, doch der ist nicht weit gekommen. Wir haben ihn gefunden. Aufs Übelste zugerichtet. Die anderen haben sich um ihn gekümmert. Verräter sind nicht sehr beliebt in der Verbrecherwelt, wie es scheint.«

Er hielt inne und sah Rösler prüfend an, doch der verzog keine Miene. »Wie Sie's gemacht haben, weiß ich noch nicht genau, aber dass Sie es waren, da bin ich mir sicher. Das mit dem Müllwagen war ein nettes Ablenkungsmanöver, aber als mir klar wurde, dass er hier vorhin die Tonnen geleert hat, ist mir ein Licht aufgegangen.«

»Ich weiß nicht, wovon Sie reden.«

»Himmelherrgott, jetzt behandeln Sie mich nicht wie einen Deppen!«, entfuhr es dem Kommissar.

Ein paar Sekunden taxierten Sie einander, dann sagte Rösler: »Wissen Sie was? Es gibt ja wohl nur diese eine Möglichkeit, Sie zu überzeugen: Durchsuchen Sie mein Zimmer, Sie brauchen nicht mal einen richterlichen Beschluss. Ich erlaub's Ihnen. Schauen Sie nach, wo Sie wollen. Ich gehe mir inzwischen einen Tee holen.«

Mit diesen Worten nahm er sich eine schmutzige Tasse vom Tisch, stellte sie auf sein Gehwägelchen und schlurfte damit auf die Tür zu.

In diesem Moment fiel bei Kluftinger der Groschen. Auf einmal sah er vor seinem geistigen Auge, wie der Coup abgelaufen sein musste, angefangen am Tag vor der Eröffnung bis zu der verhängnisvollen Enthüllung der Monstranz. Er stand ein paar Sekunden wie erstarrt da, während die Bilder auf ihn einströmten, doch das Geräusch der Zimmertür, die Rösler gerade öffnete, brachte ihn wieder zurück ins Hier und Jetzt.

»Herr Rösler, warten Sie doch noch einen Moment«, sagte er.

Der Alte blieb stehen, wandte sich jedoch nicht um.

»Sie scheinen mir heut gar nicht so schlecht beieinander. Wollen Sie nicht lieber nur Ihren Stock nehmen?«

Langsam drehte Rösler sich um. Aus seinem Gesicht war jegliche Farbe gewichen. »Touché«, war alles, was er herausbrachte. Er schloss die Tür wieder und kam zurück ins Zimmer.

»Ich darf doch?«, sagte Kluftinger, drängte ihn vom Rollator weg, bückte sich und öffnete die Klappe der kleinen Kiste, die an der Gehhilfe befestigt war. Als er hineinblickte und die Monstranz darin funkeln sah, spürte er zu seiner eigenen Überraschung kein Triumphgefühl. Stattdessen breitete sich eine lähmende Erschöpfung in ihm aus, wie er sie lange nicht gespürt hatte.

Rösler ließ sich in seinen Sessel sinken. Mit zitternder Hand wies er auf das Waschbecken: »Würden Sie mir ein Glas Wasser bringen?«, bat er mit brüchiger Stimme. Kluftinger tat ihm den Gefallen. Rösler wirkte schwach. Er trank das Glas in langen Schlucken leer. Dann stellte er es sorgfältig vor sich auf den Tisch, faltete die Hände in seinem Schoß, blickte zu Kluftinger und sagte: »In Ihnen habe ich wohl meinen Meister gefunden. Ist Ihnen klar, dass man mich noch nie auf frischer Tat erwischt hat? Mir nie nachweisen konnte, wie ich einen Bruch begangen habe? Wenn ich überführt worden bin, dann erst, wenn es ums Losschlagen der Beute ging.«

»Soll ich darauf jetzt stolz sein oder was?«

Rösler wirkte abwesend. »Wie sind Sie draufgekommen?«

»Dass noch jemand anderes im Spiel war, war klar, nachdem wir Ihren … Komplizen gefunden hatten. Sie haben ihn gekauft, damit er den Schutzpatron hintergeht, oder? Er wird übrigens durchkommen.«

Rösler nickte erleichtert.

»Und als ich da stand, inmitten dieses stinkenden Müllbergs, da war mir plötzlich klar, dass nur Sie es gewesen sein konnten. Wieder einmal. Ich wusste nur nicht, wie. Bis Sie mit Ihrem Wägelchen hier rausmarschieren wollten. Genauso unschuldig, wie Sie vorhin, in all dem Aufruhr und all der Hektik, unbehelligt das Museum verlassen haben. Respekt, Herr Rösler, Sie haben die anderen die Arbeit machen lassen und selbst die Früchte geerntet. Haben Sie selbst die Replik aus meinem Auto geklaut?«

Wieder nickte der alte Mann.

»Dachte ich mir. So ein Smart ist für jemanden wie Sie wohl kein ernst zu nehmendes Hindernis, oder?«

Rösler schüttelte den Kopf. »Die Heckklappe war nicht abgesperrt.«

Kluftinger lief rot an. »Der Rest ist ziemlich genial, das muss ich sagen. Der Schwächeanfall, der dafür gesorgt hat, dass Sie abtransportiert wurden, Ihr Rollator samt der falschen Monstranz aber im Museum zurückblieb. Die Ihr Komplize dann gegen die echte ausgetauscht hat. Und Sie mussten Ihre Gehhilfe nur nehmen und rausschieben. Wahrscheinlich hat Ihnen noch jemand die Tür aufgehalten. Wer achtet schon darauf, ob ein gebrechlicher Mann mit einem Stock oder einem Gehwägelchen unterwegs ist? Hut ab, wirklich. Und wie haben Sie das mit dem Sender gemacht? Ich meine: Warum hat er keine Signale gegeben?«

»Bleiverkleidung«, sagte Rösler lediglich.

Kluftinger sah sich nach einer Sitzgelegenheit um und ließ sich dann auf einem der beiden Betten nieder. Lange saßen sie so da und schwiegen. Nur das Gurgeln von Röslers schlafendem Zimmergenossen war zu hören.

Dann stellte Kluftinger die Frage, die ihn umtrieb, seitdem er sich in der Müllverbrennungsanlage ins Auto gesetzt hatte. »Hab ich Sie eigentlich erst drauf gebracht?«

Sein Gegenüber sah ihn lange an, dann erwiderte er: »Was würden Sie denn gerne als Antwort hören?«

Kluftinger lächelte. Rösler hatte recht. Was wollte er hören? Änderte die Antwort denn etwas? Er stellte eine andere Frage: »Warum, Herr Rösler? Was bringt Ihnen die ganze Sache denn? Ich meine, Sie sind doch schwer krank, Sie haben …« Er stockte.

»… nicht mehr lange, sprechen Sie es ruhig aus. Ich weiß das und mache mir selber nichts vor. Da haben Sie schon einen der Gründe. Wissen Sie, man kommt ins Nachdenken, wenn man so kurz vor dem Ende steht. Alles erscheint plötzlich in einem anderen Licht. Vorher war ich mit mir im Reinen – dachte ich jedenfalls. Und dann diese Krankheit. Ich hab mir auf einmal vor Augen gehalten, was ich anderen Menschen alles angetan habe. Den Opfern meiner Verbrechen. Sicher, ich habe nie jemanden umgebracht oder ernsthaft verletzt. Jedenfalls körperlich. Aber was ist mit den seelischen Wunden? Sitzen die nicht viel tiefer? Wie lange haben die Leute kein Auge mehr zugetan, weil sie dachten, der Einbrecher würde wieder in der Nacht unbemerkt in ihrem Haus herumschleichen, würde ihnen diesmal aber vielleicht an die Kehle gehen? Haben bei jedem Knacken gedacht, jemand stehe hinter ihrer Tür? Ich hab vielen große Angst eingejagt. Solche Gedanken sind mir durch den Kopf gegangen. Und da habe ich gedacht, ich müsste etwas gutmachen. Indirekt habe ich das Unglück mit der alten Frau neulich ja mitverschuldet.«

»Soll das heißen, dass Sie früher …«

»Ja, ich war einst der Schutzpatron. Dass ich diesen Namen an einen so nichtswürdigen Nachfolger weitergereicht habe, tut mir leid. Wissen Sie, er hat nichts verstanden, der Albert.«

Kluftinger hob die Brauen.

»Ja, so heißt er. Albert Mang. Ist das nicht eine Ironie des Schicksals? Dieser Name? Aber er wird Ihnen wenig nutzen, den hat er schon lange abgelegt. Schon lange vor dem Mord an der Alten. Wissen Sie, das hätte es bei mir nie gegeben. Ich bin wütend geworden. Ich wollte ihm zeigen, dass man besser fährt, wenn man präzise arbeitet und seinen Verstand benutzt, als sich die Finger schmutzig zu machen! Er hat sich über all das erhoben, was ich ihm eingebläut hatte! Eine Lektion sollte er noch bekommen. Und dann, wie gesagt, mein schlechtes Gewissen. Ich hab gedacht, vielleicht könnte ich noch was gutmachen. Wenn ich das Geld spenden würde. An eine Organisation für Verbrechensopfer hier im Allgäu.«

Der Kommissar sah ihn mit gerunzelter Stirn an.

»Ja, ja, ich weiß, das ändert aus Ihrer Sicht vielleicht nichts. Aber für mich hat es sehr wohl eine Bedeutung. Da ich nur über diese speziellen Fähigkeiten verfüge, musste ich mir die Mittel dafür eben auf diese Weise beschaffen. Ich habe keine Ersparnisse. Und ja: Natürlich hat es mich auch noch einmal in den Fingern gejuckt. Aber ich wollte dieses eine Mal, ausgerechnet dieses verdammte letzte Mal, bei dem Sie mich erwischt haben, einfach nur Gutes tun, ehrlich.«

Kluftinger war sich nicht sicher, was er dem Mann noch glauben konnte. Aber spielte das überhaupt eine Rolle? Er würde in Kürze sterben, so viel stand fest, das hatte ihm neulich schon eine Schwester bestätigt.

»Können Sie uns helfen, den Schutzpatron zu kriegen?«

Rösler rieb sich über die Augen. »Ich weiß nicht, Herr Kluftinger. Er wird mir wohl kaum mehr vertrauen. Nach dieser Sache …«

Kluftinger seufzte. Wieder saßen sie eine Weile schweigend da, dann fragte Rösler: »Und jetzt?«

Genau das fragte sich auch Kluftinger. Was sollte er machen? Sicher, das Gesetz gab seinem Handeln hier eine eindeutige Richtschnur vor, an die er sich halten müsste. Aber würde er damit das Richtige tun?

Er zweifelte daran. Zum ersten Mal, seit er Polizist war, schienen ihm die Buchstaben des Gesetzes nicht die richtige Lösung für einen Fall.

Der Mann war todkrank. Und was, wenn wirklich er ihn erst auf die Idee gebracht hätte? Wenn er seine Vorbereitung aufs Sterben mit dieser Idee einer Kooperation durcheinandergebracht hatte? Und was in seinen Augen noch weitaus mehr wog: Was, wenn Rösler seine Finger nicht im Spiel gehabt hätte? Dann wäre die Monstranz mit dem Schutzpatron über alle Berge, so viel war klar. Verloren, vielleicht für immer. Ob er Rösler die Sache mit dem guten Zweck nun abnahm oder nicht: Durch ihn war, wenn auch aus Versehen, das Schmuckstück in Sicherheit. War das nicht Sinn und Zweck der ganzen Aktion gewesen? Selbst den Mord hatte er geklärt oder stand zumindest kurz davor.

Er seufzte, während all diese Gedanken auf ihn einprasselten. Ein solches moralisches Dilemma hatte er noch nie auszufechten gehabt. Doch er musste eine Entscheidung treffen, und zwar schnell. Auf einmal war er der Richter, nicht nur der Jäger.

»Geht es Ihnen nicht gut?« Nun war es Rösler, der mit einem Glas Wasser vor dem Kommissar stand. Er hielt ihm das Getränk hin. Offenbar sah man Kluftinger die inneren Kämpfe an, die er gerade ausfocht. Doch als er den alten Mann so vor sich sah, die zittrige Hand helfend ausgestreckt, da fällte Kluftinger seine Entscheidung.

»Herr Rösler«, begann er zögerlich, »was ich Ihnen jetzt sage, wird mir vielleicht schon sehr bald wieder leidtun, also unterbrechen Sie mich besser nicht. Ich werde jetzt die Monstranz nehmen und sie dorthin zurückbringen, wo sie hingehört. Sie dagegen … können machen, was Sie wollen. Niemand wird von mir erfahren, wie die Sache gelaufen ist. Führen Sie Ihr Leben weiter, solange Sie es noch können. Und fangen Sie etwas Sinnvolles mit der wenigen Zeit an, die Ihnen noch bleibt. Schlagen Sie sich die Sache mit der Spende aus dem Kopf: Man kann nicht Gutes tun mit Geld, das man anderen geraubt hat. So etwas gibt es nur im Märchen! Es wird immer ein Verbrechen am Anfang stehen. Und das macht das Gute zunichte.«

Die Augen des Mannes bekamen einen wässrigen Glanz. »Danke«, hauchte er.

»Ich habe allerdings zwei Bedingungen«, schränkte Kluftinger ein.

Röslers Blick verfinsterte sich wieder. »Und die wären?«

»Nummer eins: In Ihren Memoiren wird nichts anderes stehen, als dass Sie uns durch Ihr Insiderwissen bei der Lösung des Falles geholfen haben.«

»Selbstverständlich. Und die zweite Bedingung?«

Kluftinger lächelte. »Sie müssen mir verraten, wie Sie die Monstranz damals zum ersten Mal gestohlen haben.«

Rösler nickte. Er wirkte erleichtert. Er setzte sich neben dem Kommissar aufs Bett, legte seine Hände in den Schoß und sagte: »Also gut, es ist etwas kompliziert, hören Sie genau zu …«

Auf dem Weg vom Altusrieder Museum, wohin er die Monstranz unter großem Hallo zurückgebracht hatte, nach Kempten wirbelten unzählige Gedanken durch Kluftingers Kopf. Es würde noch lange brauchen, bis er mit diesem Fall abgeschlossen hatte. Nicht nur, weil die gesamte Büroarbeit noch vor ihm lag, sondern vor allem, weil diesmal einfach zu viele Fragen offengeblieben waren.

Er hatte zwar einiges erreicht: Der Mörder von Frau Zahn saß in Gewahrsam, und die Monstranz war da, wo sie hingehörte. Doch hatten ihm die Kollegen die Geschichte wirklich abgekauft, die er ihnen gerade erzählt hatte? Waren da nicht Zweifel in ihren Augen gewesen, als er ihnen erklärt hatte, dass Rösler ihn kontaktiert und ihm das Stück übergeben hatte, dass er es nur »in Sicherheit« gebracht hatte vor den Dieben? Aber Kluftinger war im Grunde nach wie vor sicher, dass er die richtige Entscheidung getroffen hatte.

Eigentlich konnte er auch zufrieden sein, dass sie die Bande gefasst hatten, die den Raub geplant und durchgeführt hatte. Damit hatte er dem Verbrechen im Allgäu mit Sicherheit einen empfindlichen Schlag versetzt. Allerdings wurmte ihn, dass sie den Kopf der Gruppe, den mysteriösen Schutzpatron, nicht hatten dingfest machen können. Kluftinger hatte das ungute Gefühl, dass sich ihre Wege nicht das letzte Mal gekreuzt hatten.

Über all dies grübelte er noch nach, als er wieder einmal einen Parkplatz vor dem Polizeigebäude suchte. Sein neuer Geheimplatz war zugeparkt mit Einsatzwagen, dazu stand auch noch der Gefängniskombi mitten im Weg. Obendrein lag ihm noch die Notlüge im Magen, die er seiner Familie wegen des Wagens aufgetischt hatte. Gerade noch war ihm Erika um den Hals gefallen, als er mit der Monstranz, dem verloren geglaubten Schmuckstück, am Museum angekommen war, Markus hatte ihm stolz auf die Schulter geklopft, und sogar Yumiko hatte ihn in den Arm genommen.

»Kruzifix noch mal!« Er machte seinem ganzen Frust mit einem lautstark ausgestoßenen Fluch Luft. Darin lag auch der Ärger über die erneut erfolglose Parkplatzsuche. Er setzte zurück und beschloss, heute wieder auf ein Notfallangebot zurückzugreifen, das ihm Frau Uschi vom Nachbarhaus einmal gemacht hatte, nämlich, dass er durchaus auch einmal die Kundenparkplätze im Hof ihres Etablissements benutzen …

Kluftinger stieg so heftig auf die Bremse, dass die kleinen Reifen quietschten. Mit schreckgeweiteten Augen starrte er durch die Windschutzscheibe, nicht in der Lage, auch nur einen Finger zu rühren. Mehrere Minuten saß er einfach so da, unfähig zu begreifen, was er sah. Himmelherrgott, das konnte nicht sein! Es war einfach nicht möglich: Auf dem äußersten Parkplatz des Hofes, hinter dem Haus, stand sein Auto. Sein geliebter grauer Passat, sauber eingeparkt und völlig intakt. Als hätte er ihn gerade erst dort abgestellt.

Kluftingers Mund war trocken. Sein Herz pochte bis zum Hals, als er aus dem Smart ausstieg und auf den Passat zuschritt. Seine Augen wurden ein wenig feucht, die Lippen begannen zu zittern. Er hatte ihn wieder! Das Glücksgefühl übertraf jenes beim Auffinden der Monstranz bei Weitem. Doch dann setzte die Erkenntnis mit der Wucht eines Schlags in die Magengrube ein. Seine Wangen begannen zu leuchten, und er schlug sich so heftig mit der Hand gegen die Stirn, dass ein roter Fleck zurückblieb. Er musste sich an der Hauswand abstützen, weil er weiche Knie bekam. Natürlich! Er erinnerte sich wieder. Dienstagmorgen vor zwei Wochen. Eigentlich war er damals in der gleichen Lage gewesen wie heute – er hatte es eilig gehabt, keinen Parkplatz gefunden und beschlossen, ausnahmsweise hier, hinter dem Haus … Und dann waren all diese Ereignisse über ihn hereingebrochen und hatten ihm regelrecht die Sinne vernebelt!

Ein »Hallo, Kommissar!« ließ ihn zusammenzucken. Oben im *Haus 69* war ein Fenster aufgegangen, aus dem sich Uschi im rosa Bademantel herausbeugte.

»Ich wollt ja schon lang mal fragen, wie lange Ihr Wägelchen hier noch parkt. Aber Sie haben ja nie Zeit gehabt. Nicht, dass Sie mich jetzt falsch verstehen: Es ist kein Problem, wenn Sie da mal einen Tag stehen, das hab ich Ihnen ja gesagt, aber gleich über zwei Wochen? Ich meine, nicht, dass man noch denkt, Sie hätten ein Dauerabo bei uns!« Die vollbusige Blondine lachte kehlig auf.

Kluftinger räusperte sich. »Nein, nein, Fräulein Uschi. Ich … äh, danke. Wirklich – tut mir leid, aber ich konnte aus … aus ermittlungstechnischen Gründen nicht mein Auto nehmen, und dann … ich …«

»Schon gut – jederzeit gern. Wenn Sie keine Probleme kriegen deswegen.«

»Ja. Nein, ich mein, nein. Ich … genau. Also, vielen Dank noch mal, Fräulein Uschi!«

Unschlüssig blickte er nun zwischen seinen beiden Autos hin und her. Jetzt musste er wählen. Mit welchem sollte er heute Abend nach Hause fahren? Welches stehen lassen? Schließlich fällte er die letzte Entscheidung des heutigen Tages: Er würde den Passat nehmen. Zum einen, weil sein Fahrrad noch immer in der Pförtnerkabine stand, zum anderen aus sentimentalen Gründen: Er freute sich jetzt schon auf das vertraute Fahrgefühl, das gequälte Jaulen des Anlassers und das Nageln des alten Diesels.

»Sagen Sie, Frau Uschi, dürft ich meinen … Zweitwagen ausnahmsweise bis morgen hier noch parken?«

»Diese halbe Portion da? Na klar, Kommissar! Der passt farblich eh viel besser hierher! Aber denken Sie daran: Wir haben beide einen Ruf zu verlieren!« Sie zwinkerte ihm mit einem Auge zu.

»Ich hol ihn morgen, ganz bestimmt«, versprach Kluftinger, auch wenn er noch keine Ahnung hatte, was er mit dem kleinen Auto anstellen und wie er das seiner Familie erklären sollte. Doch darüber wollte er heute nicht mehr nachdenken.

Einige Tage später

»Sensationserfolg!« Er schüttelte den Kopf, als er das Wort flüsternd aussprach, das da in großen Lettern vor ihm stand. Dann nahm er einen Schluck aus seiner Espressotasse und grinste. Eigentlich war es kein wirkliches Kompliment für die Polizei, eher schon eines für ihn. Egal, welche deutsche Zeitung er hier, fern der Heimat, auch auftrieb, alle berichteten darüber und alle in ähnlicher Art und Weise.

Nicht ohne Stolz las er den Artikel noch einmal, ließ sich Begriffe wie Ganovengenie oder *Phantom* auf der Zunge zergehen. Erst als er zu dem Absatz kam, in dem es um die Vereitelung des Projekts ging, hatte er genug von der Lektüre und faltete die Zeitung zusammen.

Mit einem letzten Schluck leerte er die Tasse und blickte dann auf die Piazza vor ihm. Es war ein Spätherbsttag wie aus dem Bilderbuch, und hier, beschienen von der warmen Oktobersonne, umgeben von historischen Bauwerken, kam er endlich zur Ruhe. Ein paar fremde Wortfetzen drangen an sein Ohr, Kinder spielten Fangen, in der Ferne hörte man gedämpft den Lärm der Stadt, das Hupen, die Motorroller. Er sog die milde Luft ein. Daheim im Allgäu wehten sicher schon die ersten Herbststürme, und die nasskalte Witterung trieb die Menschen in ihre Häuser.

Magnus drehte die Tasse gedankenverloren auf ihrem Unterteller und blickte auf den prachtvollen Dom vor ihm. Er hatte sich seinen Aufenthalt hier anders vorgestellt, hatte als siegreicher Held kommen wollen, doch jetzt war aus seinem Triumphzug eine Flucht mit eingezogenem Schwanz geworden. Nun musste er warten, bis sich die Aufregung zu Hause gelegt hatte. Auch seine Schäfchen daheim würden wohl erst einmal eine Weile ohne ihren Schutzpatron zurechtkommen müssen.

Er senkte den Blick und betrachtete das Foto in der Zeitung, auf dem zwei Männer zufrieden in die Kamera lächelten. Den einen kannte er gut, es war sein alter Lehrmeister, der ihm noch einmal gezeigt hatte, wozu er fähig war. Auch das hatte zu den Lektionen gehört, die er ihm beigebracht hatte: Traue niemandem und unterschätze keinen. Er hatte gegen beide Regeln verstoßen, und nun musste er den Preis dafür zahlen. Er hatte sich zu sicher gefühlt, hatte zugelassen, dass ihm die Polizei zu nahe gekommen war.

Auch um sein Team tat es ihm leid, vor allem mit Lucia hatte er noch einiges vorgehabt.

Nur um Nikolaus war es nicht schade. Er musste bei der Auswahl seiner Leute in Zukunft wieder mehr Sorgfalt walten lassen. Er hätte ahnen müssen, dass Nikolaus eine tickende Zeitbombe war. Nicht umsonst nannte man ihn »das Viech«. Dass der die alte Frau umgebracht hatte, war ein unverzeihlicher Fehler gewesen. Eigentlich hatte damit die ganze Misere erst angefangen, erst ab diesem Zeitpunkt war alles aus dem Ruder gelaufen.

Auch hier hatte sein Lehrmeister recht behalten: Es gab eine Grenze, die man nicht überschritt. Er lächelte das Foto an. Anfangs hatte er vor Wut geschäumt, aber inzwischen nötigte ihm Röslers Finte sogar einen gewissen Respekt ab. Und die ganze Sache nun so darzustellen, als habe er damit nur der Polizei helfen wollen, war großes Kino. Doch schnell erstarb sein Lächeln, denn dem Artikel war zu entnehmen gewesen, dass Rösler wegen einer schweren Krankheit nicht mehr lange zu leben hatte. Es war schade, dass sich ihre Wege auf diese Art und Weise getrennt hatten.

Ein Detail jedoch machte Magnus wirklich zu schaffen: Die Polizei hatte seine Identität benutzt, um seine Leute in die Falle zu locken. Sicher, hätten sie auf ihn gehört und ihre Handys sofort weggeworfen, hätte man sie gar nicht mehr erreicht. Aber so …

Es war eine Idee gewesen, die von ihm hätte stammen können. Doch sie war von diesem Kommissar gekommen, von dem in den Artikeln immer wieder die Rede war. Der behäbig wirkende Mann auf dem Foto neben Rösler. Es beunruhigte ihn ein wenig, dass im Allgäu derart fähige Leute für die Gegenseite arbeiteten. Er sprach den Namen laut aus, denn er wollte ihn sich ein für alle Mal einprägen. »Kluftinger.«

Dieser Polizist war nicht nur viel zu nahe an ihn herangekommen, er hatte ihn zu allem Überfluss auch noch gesehen. Auge in Auge hatten sie sich gegenübergestanden. Doch darüber machte sich Magnus die geringsten Sorgen, denn er würde völlig anders aussehen bei seiner Rückkehr, so viel war sicher. Beunruhigender war da schon dieses unbestimmte Gefühl in seiner Magengegend, diese dumpfe Vorahnung, dass sich seine Wege und die des Kommissars nicht zum letzten Mal gekreuzt hatten. Und seine Vorahnungen trogen ihn selten.

Magnus rieb sich die Augen, um so die düsteren Gedanken zu vertreiben, denn es gab beileibe Wichtigeres, worum er sich nun zu kümmern hatte. Er kramte in seiner Tasche nach ein paar Münzen, legte sie auf den Tisch, griff sich seinen Hut und stand auf.

Sein Ruf stand auf dem Spiel, dachte er, während er auf die Kirche zuschritt. Er war eine Legende gewesen, all die Jahre hatte er sich eine herausragende Position erkämpft. Jetzt war er das Gespött der Szene. Er musste durch ein besonders ausgefallenes Projekt diesen Ruf wiederherstellen, musste zeigen, dass er noch immer ganz der Alte war. Dafür würde er Ruhe, Nerven und vor allem einen ausgefeilten Plan brauchen.

Am Hauptportal der Kirche blieb er stehen. Kühle Luft drang heraus, und der Geruch nach Weihrauch und kaltem Stein zog ihn sofort in seinen Bann. Er blickte nach rechts, auf den bunt bedruckten Aufsteller. Sein Italienisch war nicht besonders gut, aber dafür reichte es allemal: Das Plakat bewarb eine Ausstellung, die schon in Kürze eröffnet werden würde. Prunkstück der Schau war eine ganz besonders schöne und wertvolle Madonnenstatue eines alten italienischen Meisters. Als er durch das Portal schritt, huschte ein Lächeln über sein Gesicht. »Gelobt sei Jesus Christus«, flüsterte er.

Danke

Wir bedanken uns bei der Allgäuer Polizei, besonders bei Polizeipräsident Hans-Jürgen Memel und dem Präsidialbüro, bei Kripochef Albert Müller, Edmund Martin, Markus Lutz, Andreas Erb, Hermann Zettler und Christian Owsinski, die sich trotz ihres fordernden beruflichen Alltags, nämlich der Bekämpfung der Kriminalität, die es entgegen anderslautenden Vorurteilen auch im beschaulichen Allgäu gibt, immer Zeit nehmen, um unsere Fragen zu beantworten. Unser Dank gilt auch Manfred Adamer für die Inspiration zu einer unserer liebsten Figuren, Willi Renn, und wir wünschen ihm – also Adamer, nicht Renn – einen möglichst verbrechensfreien Ruhestand.

Wir danken Dr. Evi Wirthensohn für die medizinische Beratung, Rita Winter für die Übersetzung des Kauderwelsch von Kluftis Chef in lupenreines Niederbayerisch, Michael Marmon für die Bereitstellung seiner lokalhistorischen Forschungen.

Außerdem Wolf Haas für die kollegiale Hilfe bei der Auswahl des Schauplatzes in seiner österreichischen Heimat, trotz vieler Besuche für uns noch immer ein bisschen Terra incognita.

Und Silke und Johanna für einfach alles.

PIPER

Volker Klüpfel, Michael Kobr
Laienspiel

Kluftingers vierter Fall. 368 Seiten. Piper Taschenbuch

Lodenbacher, der Chef von Kommissar Kluftinger, tobt. Ausgerechnet bei ihnen im schönen Allgäu hat sich ein Unbekannter auf der Flucht vor der österreichischen Polizei erschossen. Verdacht: er plante einen terroristischen Anschlag. Bloß wo? Nun muss Kluftinger nicht nur mit Spezialisten des BKA, sondern auch noch mit den Kollegen aus Österreich zusammenarbeiten. Doch das ist nicht sein einziges Problem. Er soll mit seiner Frau Erika und dem Ehepaar Langhammer einen Tanzkurs absolvieren. Dabei hat er gar keine Zeit, denn er steckt mitten in den Endproben für die große Freilichtspiel-Inszenierung von »Wilhelm Tell« … Kluftingers vierter Fall von dem Allgäuer Autoren-Duo Volker Klüpfel und Michael Kobr.

»Klüpfel und Kobr erzählen mit Detailreichtum, komödiantischem Überschwang, Intelligenz und Vitalität! Klufti ist ein liebenswert altmodischer Held.«
Spiegel Online

01/1685/02/R

PIPER

Volker Klüpfel / Michael Kobr
Rauhnacht

Kluftingers neuer Fall. 368 Seiten. Gebunden

Eigentlich sollte es für die Kluftingers ein erholsamer Kurzurlaub werden, auch wenn das Ehepaar Langhammer mit von der Partie ist: ein Winterwochenende in einem schönen Allgäuer Berghotel samt einem Live-Kriminalspiel. Doch aus dem Spiel wird blutiger Ernst, als ein Hotelgast unfreiwillig das Zeitliche segnet. Kluftinger steht vor einem Rätsel: Die Leiche befindet sich in einem von innen verschlossenen Raum. Und über Nacht löst ein Schneesturm höchste Lawinenwarnstufe aus und schneidet das Hotel von der Außenwelt ab. Kommissar Kluftinger ist ganz auf sich allein gestellt. Das heißt: fast. Denn Doktor Langhammer mischt bei den Ermittlungen kräftig mit. Und das alles während der berüchtigten Rauhnächte, über die man sich hier in den Bergen grausige Geschichten von bösen Mächten erzählt.

01/1835/01/R